Daniela Emminger

KAFKA MIT FLÜGELN

Roman

GEGRÜNDET
1999

Daniela Emminger

KAFKA MIT FLÜGELN

Roman

Czernin Verlag, Wien

Gedruckt mit Unterstützung der Kulturabteilung des Landes
Oberösterreich, der Stadt Wien, MA7 / Literaturförderung,
und der Literar mechana.

Emminger, Daniela: Kafka mit Flügeln /
Daniela Emminger
Wien: Czernin Verlag 2018
ISBN: 978-3-7076-0628-7

© 2018 Czernin Verlags GmbH, Wien
Lektorat: Senta Wagner
Autorenfoto: Katharina Roßboth-Fröschl
Umschlaggestaltung: sensomatic
Satz, Umschlagillustration: Mirjam Riepl
Druck: Finidr
ISBN Print: 978-3-7076-0628-7
ISBN E-Book: 978-3-7076-629-4

Dem wilden wie zauberhaften Kirgistan
und seinen Bewohnern gewidmet.

One Art

The art of losing isn't hard to master;
so many things seem filled with the intent
to be lost that their loss is no disaster.

Lose something every day. Accept the fluster
of lost door keys, the hour badly spent.
The art of losing isn't hard to master.

Then practice losing farther, losing faster:
places, and names, and where it was you meant
to travel. None of these will bring disaster.

I lost my mother's watch. And look! my last, or
next-to-last, of three loved houses went.
The art of losing isn't hard to master.

I lost two cities, lovely ones. And, vaster,
some realms I owned, two rivers, a continent.
I miss them, but it wasn't a disaster.

— Even losing you (the joking voice, a gesture
I love) I shan't have lied. It's evident
the art of losing's not too hard to master
though it may look like (Write *it!*) *like disaster.*

(Elizabeth Bishop)

Dies Buch ist rätselhaft von Anbeginn,
verdunkelt ist der vielen Zeilen Sinn.
Verflochten haben sich die Zeichen:
die Tiere, Vögel und die Eichen.

(Die Weissagungen des »Buchs der Wandlung«,
Manas-Epos)

Final Countdown, eins.

Es hatte ja ausgerechnet ein Kirgise sein müssen, also ein halber. Und dann war er auch noch verschwunden, einfach so. Und jetzt, sechsundzwanzig Jahre später, war sie ihm auf den Fersen, hier, mitten in der kirgisischen Steppe, 5.500 Kilometer von ihrem alten Ich entfernt, blickte sie über den Song-kul, als ob er ihr gehörte, und flüsterte seinen Namen: »Samat.« Elizabeth Bishop hatte ja keine Ahnung, wovon sie sprach – *The art of losing isn't hard to master* – von wegen. Es war unglaublich schwer und schwer zu ertragen, einen Menschen zu verlieren, einen Kontinent, ein Land, einen Namen, alles, was man auch einmal gewesen war, hinter sich zu lassen. Geradezu jenseitig war das, denn diesseitig war es nicht.

Im Hochsommer des Jahres 2015 saß Sezim am anderen Ende der Welt am Ufer des auf 3.000 Metern Höhe gelegenen Gebirgssees und fror, trotz Wollmütze und dicker Daunenjacke. Weit hinten am Horizont die schneebedeckten, gewaltigen Gipfel der Moldo-Too-Kette. Hier und da blitzte das Rot von Meerträubeln hinter einem Stein hervor. Der Duft von Wermut und Wacholder lag in der Luft. Über ihr der blaue Himmel. Die Gewalt der Schönheit war kaum zu ertragen.

Einen Moment lang sehnte sie sich nach Siri, nach einem persönlichen Assistenten, der ihr dabei half, akustische Fragmente und Signale zuzuordnen, einzuordnen und zu interpretieren, nach irgendeinem Hinweis oder Zeichen, das die Suche nach ihrem Jugendfreund Samat vorangetrieben hätte, aber es war nur still. Und was hätte es auch geholfen, was hätte es geholfen, natürlich gesprochene Sprache oder Töne erkennen und verarbeiten zu lassen, von einem seelenlosen Softwareprogramm, das auf das Wissen der ganzen

Welt zugriff und trotzdem oft genug versagte, was hätte es geholfen, wo sie selbst kein Wort Kirgisisch oder Russisch sprach, verstand, sozusagen *lost in translation* war.

Andererseits, was hatte sie zu verlieren und zu verlieren gehabt, damals, als sie noch Sybille hieß und nicht in einem Heuhaufenland nach einer Menschennadel suchte, einem Land, in dem Väter und Söhne regierten, im einundzwanzigsten Jahrhundert noch Frauen geraubt wurden und der schwarze Karakurt sein Unwesen trieb. In dem sich die Demokratie schwertat mit ihrer Um- und Durchsetzung, die Armut in Form löchriger Socken und zahnbelückter Münder omnipräsent war, die russische Vergangenheit Risse und Furchen durch Landschaft, Gesichter und Herzen zog, einem Land, in dem Liebe ein Luxus und Luxus inexistent war, Fleisch das Gemüse und an allen Ecken und Enden ein Ahnenkult und Aberglaube regierten, die ihresgleichen suchten. Schnell hieß es da, die Vorfahrensleiter bis zur siebten Sprosse hinaufzusteigen, um aus dem Inzesttal herauszukommen, schnell musste man da die Sinne zusammenhalten, wollte man sich nicht wie von Zauberhand in einen Fisch, einen Vogel oder einen Schmetterling verwandeln, warum eigentlich nicht, *fish have no brain and birds no bags and butterflies no sorrows*, aber vielleicht wollte man ja mehr, ein wenig Staub aufwirbeln wie einst Dschingis Khan oder der große Manas oder, wie sie, einen verlorenen Freund wiederfinden.

»Wo steckst du, Samat?«, dachte sie und »Ich hoffe, es ist noch nicht zu spät«, dachte sie. Und dann steckte sie sich eine dieser starken Papirossy an, deren Filter erst an zwei Stellen geknickt werden musste, bevor man sich die Lungen ruinierte, und paffte kleine Rauchwölkchen in die Luft, die dünnhäutig vor ihr aufstiegen und die kirgisische Landschaft in ein nebulöses Grau hüllten, das alle Zeiten miteinander verwob.

Sie war schon weit gekommen, war ihm ja schon seit Wochen auf der Spur, hatte sich einmal quer durchs ganze Land getastet, dabei manch falsche Fährte aufgenommen, Rückschläge eingesteckt, sogar aufgegeben. Doch irgendwann musste sich die Schlinge zusammenziehen, enger und enger werden, zumindest hoffte sie das. Er würde ihr ins Netz gehen, vielleicht schon morgen.

Dillemädchen, Kerbeljunge.

Als Sybille Samat kennenlernte, war sie gerade einmal neun Jahre alt. Es war im Frühsommer 1984 und ihre Mutter hatte sie zum Kräutersammeln an den nahe gelegenen Waldrand geschickt, für gewöhnlich wuchsen dort wilder Schnittlauch und Dill. Zuerst hatte sie ihn gar nicht bemerkt, wie er da hockte, mitten in der hohen, krautigen Wiese, auf einem Grashalm kauend und in ein dickes Buch vertieft. Sie kannte ihn wohl vom Sehen, er war ein paar Klassen über ihr und damals der einzige Ausländer im ganzen Ort. Es wurde gemunkelt, dass er ein halber Chinese war und ihn seine Mutter Erna Bergen, eine resolute, musikalisch hochbegabte und auch äußerlich recht aparte Person, Anfang der Siebzigerjahre von einem folgeträchtigen Auslandsintermezzo in Moskau quasi als Hauptgepäck mit zurück in ihr Heimatdorf gebracht hatte, winzig, vaterlos, verpflanzt. Sie verschwendete kein Wort über diese Zeit, vor allem auch nicht darüber, was Samats Erzeuger betraf, und ließ so manche Häme kommentarlos über sich ergehen. Nach ihrer Rückkehr konnte sie aus finanziellen Gründen das Geigen- und Klavierstudium am Brucknerkonservatorium in Linz nicht mehr aufnehmen und arbeitete stattdessen halbtags an der örtlichen Volks- und Hauptschule, den Rest der Zeit half sie ihrem Vater, Samats Großvater, bei der Bewirtschaftung des alten Hofes, in dem sie auch lebten.

Samat hatte Sybille ebenfalls aus den Augenwinkeln heraus beobachtet.

»Was machst du da?«, fragte er und lächelte sie an.

»Dill sammeln«, gab sie ein wenig schüchtern zurück.

»Dann nenne ich dich ab sofort Dillemädchen, wenn es dir recht ist.«

»Ich heiße Sybille.«

»Umso besser. Das reimt sich auf Dille.«

Sie lachten. Sybille kam näher.

»Und wie heißt du?«

»Ich bin Samat«, sagte er und streckte ihr die Hand entgegen. »Das ist kirgisisch und bedeutet ›Wunsch und Sehnsucht‹. Den Namen hat mir mein Vater gegeben.«

Er schlug das Buch zu, dass es knallte. Auf dem bunten Einband waren Schmetterlinge zu sehen.

»Übrigens bin ich kein Chinese, wie alle hier im Dorf behaupten, sondern ein halber Russe, also eigentlich ein halber Kirgise.«

Sybille überlegte kurz, für sie machte das keinen Unterschied.

»Was liest du da?«, fragte sie neugierig.

»Ein Buch über heimische Tier- und Pflanzenarten. Ich möchte Schmetterlingsfänger werden, wenn ich groß bin.«

Sybille staunte. »Und wann bist du groß?«

»Bald«, grinste Samat, »ich bin schon fünfzehn und du?«

»Ich bin neun.«

Samat stand auf, nahm ihre Hand und sagte: »Komm, ich zeige dir was.« Sie gingen ein Stück am Waldrand entlang, bis Samat plötzlich stehen blieb und ein paar weiße Blütendolden abknickte, die einen angenehm-würzigen Duft verströmten.

»Das ist frischer Kerbel, mein Lieblingsgewürz.«

Er hielt ihr das Kraut unter die Nase.

»Meine Mutter kocht daraus eine ganz hervorragende Suppe nach dem Rezept eines französischen Spitzenkochs. Die Kerbelsuppe des Paul Bocuse. Du darfst bestimmt einmal zum Essen kommen.«

Sybille strahlte.

»Weißt du, wie ich dich ab heute nenne?«

Er schaute gespannt.

»Kerbeljunge.«

Das war ihr erstes Aufeinandertreffen. Sie hatten sich auf Anhieb gut verstanden, sich wie *Persennick und Ploetz* in der gleichnamigen Geschichte von Artur Knoff gegenseitig mit einem Bindfaden eingezwirnt. Am Anfang stieß die Freundschaft der beiden, nicht zuletzt aufgrund des Altersunterschieds, bei Sybilles Eltern auf große Ablehnung und auch sonst begegneten sie dem halben Kirgisen mit Misstrauen und schlecht verstecktem Argwohn. Aber Samat verhielt sich stets höflich und freundlich, wenn er zu Besuch kam, war ein ausgezeichneter Schüler und wollte später an der Universität Russistik und Biologie studieren. Er war aufgeweckt und fleißig, in seiner Freizeit ging er seiner Mutter und seinem Großvater auf dem Hof zur Hand, und irgendwann gaben auch Sybilles Eltern auf, ihr den Umgang mit Samat schwer zu machen, sahen ein, dass sie gegen die Bande zwischen den beiden keine Chance hatten. Was immer es war, es schien eisern zu sein.

In den Ferien waren sie so gut wie unzertrennlich, molken gemeinsam die Kühe, brachten das Heu ein, streiften durch die Wiesen und Wälder und vertrauten sich ihre kleinen Sorgen und großen Träume an. Sie lachten viel, manchmal schwiegen sie auch nur, langweilig wurde es ihnen nie und ihrer beider Naturverbundenheit einte sie einmal mehr. Als Samat drei Jahre später nach Wien übersiedelte, um mit seinem Studium zu beginnen, vermisste ihn Sybille sehr. Er war ihr wie der große Bruder geworden, den sie niemals hatte. Sie schrieben sich oft und ihre Freundschaft hielt, überdauerte auch jenen ersten Winter der geografischen

Distanz und dann den Frühling, bis schließlich das erste Studienjahr herum war und sie sich in den großen Ferien wieder leibhaftig gegenüberstanden. Es war, als wären sie nicht getrennt gewesen. Vielleicht hielt die ungewöhnlich innige Verbindung auch deswegen an, weil Samat bei allen einschneidenden Ereignissen seiner kleinen Freundin dabei war: Er hatte Sybilles Goldfisch und später ihren Hamster begraben, mit ihr auf bestandene Prüfungen mit Ribiselsaft angestoßen und ihr zum zehnten Geburtstag einen Fotoapparat überreicht (einigermaßen stolz, er musste das Geld über Monate mühsam zusammensparen), weil er versuchen wollte, ihre Freundschaft in Fotografien einzufangen, ihre Gefühle in Bildern festzuhalten, ihre Erinnerungen in Fixierflüssigkeit zu konservieren. Die ersten beiden Aufnahmen hatte Samat selbst auf den jungfräulichen Film geknipst: je eine alte Schautafel von Dill und Kerbel, heimlich abfotografiert im Gerätekabäuschen des Biologielabors. Er wollte sie und sie sollte ihn nicht vergessen. Besonders Sybille, die in einem Elternhaus aufgewachsen war, in dem für Gefühle wenig Zeit und Platz blieben, hatte schon als Kind Probleme mit dem Memorieren und Speichern freudiger Ereignisse und unbeschwerter Gefühlszustände, erinnerte sich, vorgelebt von Vater und Mutter, viel leichter an Negatives, Problematisches, scheinbar Hoffnungsloses. Aber da war sie nicht allein auf weiter Flur, viele Menschen waren von Kindesbeinen an so geprägt, hatten *gelernt zu glauben, dass das Negative mit dem Realistischen und das Positive mit dem Unrealistischen gleichzusetzen sei* (Susan Jeffers), orientierten sich – immer mit dem Schlimmsten rechnend anstatt durchs eigentlich ungetönte, klare Fernglas des Lebens zu schauen – an pessimistischen Gesellschaftskonventionen und elterlichgetrübten Wert- und Moralvorstellungen, die nicht selten von Selbstzweifeln und Tristesse geprägt waren. Vielleicht mochte sie Samat auch deshalb so gerne, weil er diesbezüglich erfrischend anders war, die Welt bunt und fröhlich sah und sie in seiner Gegenwart lachen, träumen und fliegen konnte. Für Sybille war der Fotoapparat das beste Geschenk überhaupt gewesen, eine lebensrettende Zaubermaschine, ein magischer Speicherkasten, mit dem sie fortan imstande war, alle guten, erbaulichen, bedeutsamen Momente festzuhalten. Eine Angewohnheit, die sie lange Jahre beibehielt, so gut wie nie ging sie ohne Kamera außer Haus, knipste sich durch ihr Leben, bis eines fernen Tages, keiner wusste zu sagen, wann genau und warum, die Begeisterung abflaute, vielleicht auch einfach die Disziplin, das Interesse nachließen und sich ihre Klickomanie, wie ihr Umfeld das exzessive Fotografieren scherzhaft nannte, in trägen Routinen, Erwachsenenfaulheit und im schlichtweg schnöden Lebensalltag auflöste. (Erst Jahre später sollte es einem anderen Weggefährten erneut gelingen, ihr mit einer Packung Kaffeebohnen ein ähnlich wirksames Werkzeug zum Erinnern an die Hand zu geben.)

Wofür Samat selbst in all den Jahren nie ein Bild gefunden hatte, war seine Vater- und Heimatlosigkeit. Je älter er wurde, umso stärker rumorte und polterte der halbe Kirgise in ihm, breitete sich aus, (an)getrieben von einer Sehnsucht nach Wahrheit, die ihn zunehmend unruhig und unzufrieden machte. Wie gerne hätte er Antworten bekommen auf seine ausgesprochenen und unausgesprochenen Fragen, aber aus seiner Mutter war trotz anhaltender, erst kindlicher, später pubertärer Beharrlichkeit nichts herauszuholen. Sie sprach nicht von früher, dem Kapitel aus ihrer Vergangenheit, in dem sein Vater und seine Heimat eine Rolle gespielt hatten, und er konnte sich an nichts erinnern, so sehr er sich auch anstrengte.

Zwei weitere Jahre lang zogen so ihre innigen Sommer und briefgesäumten Winter ins Land, bis 1989 eine graue Wolke ihr Zusammensein trübte und einen langen Schatten auf das Land ihrer Freundschaft warf: Die Sommerferien verliefen unharmonischer als sonst. Samat war schweigsam und zerstreut, Sybille rat- und hilflos, und als ihr Freund schließlich ohne ein Wort des Abschieds Anfang August, viel früher als geplant, verschwand, verstand sie die Welt nicht mehr. Die Wochen vergingen, ohne Brief, ohne Nachricht. Samat schien spurlos verschwunden zu sein, war weder in Wien noch in einem Krankenhaus auffindbar, blieb selbst bei der von seiner Mutter initiierten Polizeisuche wie vom Erdboden verschluckt. Sybille konnte sich nur schwer auf den bevorstehenden Schulanfang konzentrieren, die Ferien neigten sich dem Ende zu.

Nun waren Dill und Kerbel zwar zwei recht unkomplizierte, widerstandsfähige Pflanzen, die auf der ganzen Welt Wurzeln schlugen, aufrecht und robust in die Höhe schossen und dabei sogar die Metergrenze überschritten, aber auch sie brauchten regelmäßig Wasser, ein geeignetes Plätzchen und die richtigen Floragesellen an ihrer Seite, um dauerhaft zu überleben.

Als im Februar des Folgejahres ein Brief von ihm kam, völlig zerschlissen und abgestempelt im sich im Auf- und Umbruch befindlichen Deutschland, beschlossen Sybilles Eltern, ihn ihr nicht zu geben. Bestimmt hatten sie ihre Gründe dafür – Samat war ihnen seit jeher ein Dorn im Auge gewesen, eine unwillkommene Ablenkung, ein Störenfried, ein Fremdkörper, der das familiäre Glaubenssystem ins Wanken gebracht hatte. Vielleicht waren sie aber auch deshalb froh, ihn endlich los zu sein, weil sie monatelang dabei zusehen mussten, wie sehr Sybille das wortlose Verschwinden ihres Freundes niedergeschmettert und wie lange es gebraucht hatte, bis selten, aber doch wieder ein zartes Lächeln über ihr Gesicht gehuscht war. Vielleicht wollten sie ihrer einzigen Tochter tatsächlich und in guter Absicht weiteren Kummer ersparen – was immer sie auch angetrieben haben mochte, sie hielten den Brief, wie auch die nächsten, die folgten, vor ihr versteckt. Eltern, die es nicht besser wussten und Fehler machten.

Die Jahre vergingen, die Fotos verblassten, wanderten eins nach dem andern aus den Rahmen und Alben in die Kästen und Kisten der Vergangenheit. Und als Sybille mit achtzehn zu studieren begann – auch sie war ihrer Naturverbundenheit treu geblieben und hatte sich nicht zuletzt aufgrund des Drucks ihrer Eltern für Veterinärmedizin entschieden (»Lern doch etwas Ordentliches, Gescheites, etwas, was Geld und Zukunft hat.«); ihre zweite, unvernünftigere Wahl wäre auf ein Kunststudium an der Akademie gefallen –, hatte sie Samat schließlich vergessen. Dillemädchen und Kerbeljunge waren verwelkt, dürrten und dorrten, wenn überhaupt, nur noch im Dschungelgarten der Erinnerung vor sich hin. Auch die einst so geliebte Kamera war längst in den tiefen Winkeln des elterlichen Kellerabteils verschwunden, rostete und staubte im Finsteren vor sich hin. Stattdessen passierte (ihr) das Leben. Sybille übersiedelte nach Wien, steckte ihre Nase in Hunderte von Büchern, beruhigte ihr Herz, füllte den Kopf mit allerhand Fakten und naturwissenschaftlichen Grundlagen – von Anatomie bis Zellbiologie –, kämpfte sich pflichtbewusst und in der Mindestzeit von sechs Jahren durch alle Studienabschnitte und Praktika und lernte dazwischen schließlich auch ihren zukünftigen Mann Martin Specht kennen (und lieben), einen humorvollen Psychologen und leidenschaftlichen Hobbykoch, der langsam, aber sicher wieder jenen Acker bestellte und fruchtbar machte, den ihr einstiger Jugendfreund so verwildert, zerfurcht und zerbombt zurückgelassen hatte. Kurz vor ihrem Studienende heirateten die beiden und zogen in eine gemeinsame Wohnung etwas außerhalb der Stadt. Mit an Bord ein paar Hühner, die ihr aus einem früheren Experiment geblieben waren und seither für Frühstückseier sorgten, Kinder bekamen sie keine. Das Verhältnis zwischen Sybille und ihren Eltern blieb schwierig und war wie schon die Jahre zuvor von gegenseitigem Unverständnis und Schuldgefühlen geprägt. Da sich Sybille nach ihrer Ausbildung weder eine Zukunft in der Kleintier- noch Wiederkäuer-, Geflügel-, Schweine- oder Pferdemedizin vorstellen konnte, spezialisierte sie sich auf Verhaltensforschung, Reproduktionsbiologie und Genetik und verbrachte, Martin und ihr gemeinsames Heim nur schweren Herzens verlassend, mehrere Monate in einer EU-Besamungsstation im niederländischen Den Hout und in einer pharmazeutischen Forschungsabteilung im litauischen Vilnius. Wieder zurück in Wien ergatterte sie eine Stelle im Department für Integrative Biologie und Evolution am renommierten Konrad-Lorenz-Institut für Vergleichende Verhaltensforschung. Die Ethologie wurde fortan ihre berufliche Heimat und über die Jahre brachte sie es in Fachkreisen zu veritablem Ansehen und Erfolg, die weit über die österreichischen Grenzen hinausreichten.

Sybille war erwachsen geworden, ihr Leben gestaltete sich privat wie beruflich größtenteils erfüllt, das Dillemädchen von einst existierte nicht mehr. Und hätte das Schicksal in ihren späten Dreißigern nicht so grausam zugeschlagen, ihr Leben geradezu orkanmäßig durcheinander gewirbelt, ja hätten sie die zukünftigen Umstände nicht regelrecht dazu gezwungen, sich mit der Kunst des Verlierens auseinanderzusetzen, bestimmt wären Dill und Kerbel für immer in Vergessenheit geblieben. Aber so war das mitunter mit Präteritumsbrocken und verloren geglaubten Freundschaften: Es schaute aus, als wären sie zu Ende. Aber das waren sie nicht.

Fiebertraum.

Manchmal waren Menschen nicht für die launischen Verluste und impulsiven Wirrungen des Lebens gebaut. Manchmal blitzte aus den Untiefen ihres Gedächtnisses ein längst vergessener Name auf, der Hoffnung versprach. Manchmal wurden sie aus der Ferne von (zwei) Geistern beschützt, ohne es zu wissen. Manchmal legten sie sich zum Sterben hin, um dann erst recht weiterzuleben. Manchmal holte sie ein Fiebertraum zurück. Manchmal reichte weniger einfach nicht aus.

Schon seit Monaten hatte sich Sybille Specht nicht mehr gespürt. Man hätte ihr eine Stricknadel in den Oberschenkel rammen oder heißes Wasser über den Arm schütten können, der Schock durch die jüngeren Ereignisse, das Verloren- und Verlustiggegangene saßen so tief, dass zwischen Lachen und Weinen kein Unterschied mehr bestand, sie vielmehr in Sekundenbruchteilen vom einen ins andere verfiel, vollkommen machtlos war gegen das willkürliche Synapsenfunken und die fehlgeschalteten Transmitterströme in ihrem Körper. Vor knapp einem Jahr war Sybilles Mann gestorben, vor wenigen Wochen ihre Eltern. Und sie, die nach Jahren des Heiligen Wirundunser das eigene Ich nicht mehr fand, die wie ein Kind umherirrte, hoffnungssuchend, hilferufend, herrenlos, vorne nicht von hinten und oben nicht von unten unterscheiden könnend, unvermögend, Trauer in Traurigkeit umzuwandeln und diese erfolgreich abzuschütteln, war zu einer bröckelnden Ruine geworden, die nur noch von einem Patzen Pseudoroutinekitt notdürftigst zusammengehalten wurde, wie ein Osteoporosepatient von seinem Stützkorsett. Selbst ihre Arbeit vermochte sie nicht mehr am Leben zu halten. Und als sie so immer weniger und schließlich sogar

transparent geworden war und sich eines Tages wodkage-
tränkt und tablettengefüllt neben ihre nicht vorhandenen
Eizellen und schockgefrorenen Versuchsaffenköpfe in die
zu groß gewordene Gefriertruhe legte, sich sozusagen zum
Sterben bereit machte, setzte wie durch ein Wunder ein kaf-
kaesker Verwandlungsprozess ein. Natürlich unfreiwillig und
vollautomatisch, denn den unbeschilderten Holperpfad an
einer Weggabelung schlug man ja nur ein, wenn ohnehin
schon alles egal war, wenn einen das Leben dermaßen durch-
gebeutelt hatte, dass einem erdbebengleich, sturzbachto-
send die Sinne verrückten und die Koppeln verrutschten.
Den Beginn einer Metamorphose entschied man ja nicht,
er wurde entschieden. Und so wirkten auch im Fall von
Sybille Specht eine Vielzahl an unterbewussten Prozessen
und zufallsgesteuerten Traumteilchen aufeinander ein, die
sie in ihrem neununddreißigsten Lebensjahr über Nacht in
ihren Körper zurückkehren und gleichzeitig zu einer anderen
werden ließen.

Ihr Kopf füllte sich mit Rauschen. Es war, als ob ein gigan-
tischer Strom ihr Gehirn überschwemmte, die Hohlräume
füllte, das Fleischige anschwellen ließ und alles mit vehe-
menter Kraft nach außen drückte, in Richtung Schädelde-
cke, Augen, Ohren, Mund, sodass sie weder denken noch
sprechen noch fühlen konnte und alles Menschliche an ihr
am Grund dieses donnernden Sturzbaches verschüttging. Sie
spürte intuitiv, wenn sie noch einen Moment lang zögerte,
wenn sie jetzt blieb, würde sie untergehen und hoffnungslos
ersaufen. Denn auch im Traum konnte man sterben, natürlich
konnte man das. Aber Koshomkul und Juri Gagarin hatten
andere Pläne für sie. Und während sie Schutzengel eins im
Aberglaubenland aus den Untiefen des Kökömeren rettete,

winkte ihr Schutzengel zwei vom Mondland aus mit einem Packen vergilbter Briefe zu. Und genau das war der Moment, als Sybille Specht halbkomatös die Entscheidung traf, nach einem Halm oder eben einem dicken Stapel zu greifen, sich einzulassen auf verspätete Erklärungen und längst vergessene Fragen, auf ein Leben, das nicht ihres war und gerade deswegen erträglich. Denn wenn man nichts zu verlieren hatte, konnte man nur gewinnen. Sybille schreckte hoch, riss die Augen auf und schnappte nach Luft. Die Briefe. Sie hatte die Briefe vergessen. Ungeöffnet, ungelesen und unbeantwortet gebliebene Lebenszeichen ihres alten Kameraden und besten Freundes, über die Jahre gesammelt und versteckt von ihren Eltern, ihrer Mutter, die erst auf dem Sterbebett die schwere Last des Schweigens nicht mehr ertragen und dem Geheimnis in einem späten Akt der Gewissensberuhigung Luft gemacht hatte. »Briefe von Samat« – drei klammleise Worte, die damals von Sybille nur als wirres Gerede einer Sterbenden verstanden worden, nicht wirklich bis in ihr Bewusstsein vorgedrungen waren, erschöpft und versteinert, wie sie sich fühlte.

Nur langsam beruhigte sich ihr Atem. Die Truhe war voller Erbrochenem, es roch nach Kotze, Schweiß und Urin. Sie setzte sich auf, lehnte sich an die frostige Wand und weinte. Als keine Tränen mehr kamen, hievte sie sich ungelenk über den Rand und hockte sich auf den Kellerboden. Es dauerte eine Weile, bis ihr wärmer wurde und die Körperkräfte zu ihr zurückkehrten. Auf allen vieren kroch sie in den angrenzenden Kellerraum und fand dort tatsächlich bereits nach kurzem Suchen die Briefe von Samat in einer der elterlichen Nachlasskisten, feinsäuberlich nach Poststempel sortiert, zur Ruhe gebettet in einen bunten Geschenkkarton. Sybille fuhr mit den Fingern über das vergilbte Papier. Wo immer das hinführte, sterben konnte sie immer noch. Manchmal fand man nur über das Leben eines anderen ins eigene zurück.

Erster Brief.

Sybille begann damit, die Briefe in chronologischer Reihenfolge vor sich auf den Boden zu legen. Bis auf den ersten, der einen deutschen Stempel trug, stammten sie ausnahmslos aus der Kirgisischen SSR beziehungsweise aus Kirgistan, später hatte sich der Name ja geändert, der einstige Sowjetstaat war eine selbstständige Republik geworden. So viele Lebenszeichen. Sie griff nach dem ersten und dem letzten, wollte es halten wie mit allen wichtigen Dingen in ihrem Leben – Büchern beispielsweise –, bei denen sie auch immer auf den Anfang und das Ende schielte, die erste und die letzte Seite überflog, um eine Orientierung zu bekommen und sich so einen Überblick über das Geschehen(e) zu verschaffen. Diese Vorgehensweise hatte sich bewährt. Der Anfang war wichtig, musste Hand und Fuß haben, neugierig machen, süchtig nach mehr, musste in ihrem Fall auch viel erklären und wiedergutmachen, versöhnlich daherkommen, emotional, mitreißend, packend sein. Sie war gespannt auf Samats Beginn seiner Geschichte, die einmal auch die ihre gewesen war. Das Ende hingegen verriet viel über die Entwicklung der Ereignisse, war bestenfalls rührend, verbreitete einen Hauch Melancholie, transportierte alles, was zwischen den Zeilen lag, und gab, in diesem Fall besonders wichtig, hoffentlich auch Aufschluss über sein Leben, seinen Verbleib, seine aktuelle Adresse. Ihre Hände zitterten, als sie den ersten Umschlag öffnete. Zwei vergilbte Fotos rutschten heraus, begleitet von einer Handvoll Krumen und Bröseln unklarer Herkunft. Auf dem einen Bild ein furchteinflößender, großer und kräftiger Mann mit Bart, der ihr mutig und entschlossen direkt in die Augen blickte, auf dem anderen Juri Gagarin, der weltberühmte Kosmonaut – jene beiden

Männer, und es bestand kein Zweifel, die ihr eben noch im Traum erschienen waren. Sie faltete die Briefbogen auseinander und begann zu lesen:

10. September 1989, Suusamyr-Ebene, Kirgisische SSR.

Mein Dillemädchen, ich bin am Leben.
Ich hoffe so sehr, dass dich dieser Brief erreicht! Ich habe ihn dem Freund eines Freundes anvertraut, der in den nächsten Wochen in die DDR reisen wird und versprochen hat, ihn von dort aus, falls nötig, in den Westen schmuggeln und dann weiter nach Österreich schicken zu lassen. Sonst dauert das ewig.

Es war unverzeihlich von mir, einfach ohne ein Wort der Erklärung, des Abschieds zu verschwinden. Ich weiß. Ich bin bei meinem Vater Jamanbai Tschingis uulu in der Kirgisischen SSR und einigermaßen wohlauf. Fast 6.000 Kilometer habe ich zurückgelegt, nur um ihm endlich von Angesicht zu Angesicht gegenüberzustehen und meine Heimat kennenzulernen. Wobei Heimat der falsche Begriff ist für ein Land, dessen Geschichte seit 1860 von den Russen geschrieben wird, als hätte es meine Vorfahren, das stolze Krieger- und Reitervolk der Skythen, nie gegeben, als wären der große Manas ein Hirngespinst und die Sowjets unsere Helden und Erzeuger, aber das sind sie nicht.
Die private Post in den Westen wird hier immer noch streng kontrolliert, und seit ich angekommen bin, steht alle paar Tage der KGB vor unserer Tür. Ich verstehe nur Bruchstücke von dem, was diese Männer sagen, aber es geht um mich. Ich habe noch ziemliche Verständigungsschwierigkeiten aufgrund meiner rudimentären Kirgisisch- und Russischkenntnisse. Aber wie du weißt, lerne ich schnell. Beide Sprachen klingen ein wenig wie in dem Kaurismäki-Film Schuld und Sühne, *den wir uns*

einmal gemeinsam angesehen haben, besonders das Kirgisische,
die russische (Aus)Sprache kommt hingegen weniger melodisch,
dafür härter und schroffer daher, erinnert an mancher Stelle an
die Hack- und Brechlaute des Arabischen. Sie wollen wissen,
warum ich hier bin und was ich von meinem Vater will. Daran
habe ich gar nicht gedacht, also an die Konsequenzen. Zuerst
läuft ihm vor Jahren seine österreichische Frau mit seinem Sohn
davon und dann taucht dieser plötzlich wieder aus dem Westen
bei ihm auf. Einmal hat er zu den Beamten gesagt: »Was soll ich
machen? Es ist nicht meine Schuld, dass der Bastard da ist, er ist
von sich aus gekommen. Ich habe ihn ganz sicher nicht darum
gebeten. Von mir aus kann er sich zum Teufel scheren.« Es klang
sehr echt in meinen Ohren.

Aber ich fange am besten von vorne zu erzählen an: Es war am
1. August, als ich durch Zufall meine russische Geburts- und
die Heiratsurkunde meiner Eltern unter den Dielenbrettern in
Mutters Schlafzimmer gefunden habe. Zwanzig Jahre lang bin
ich über diesen Boden marschiert und habe nichts bemerkt und
dann stolpere ich einmal und ein Spalt in die Vergangenheit
tut sich auf. Ich war wie gelähmt, als ich den Namen und die
Adresse meines Vaters in den Händen hielt, schwarz auf weiß.
Da gab es kein Zurück mehr. Ich habe mein ganzes Erspartes
genommen, nur das Nötigste eingepackt und mich nach Sopron
aufgemacht, wo am 19. August im Grenzgebiet des Eisernen
Vorhangs ein völkerverbindendes Massenpicknick stattfinden
sollte. Aus diesem Anlass wurde auf der alten Pressburger Straße
zwischen Sankt Margarethen und Fertörakos ein improvisierter
Grenzübergang eingerichtet und für drei Stunden geöffnet, um
auch den Österreichern die Teilnahme an der Veranstaltung zu
ermöglichen. Und als dann völlig unerwartet und zur heillosen
Überforderung der Grenzbeamten Hunderte von DDR-Bürgern

plötzlich aus einem Maisfeld in Richtung österreichische Freiheit stürmten, nützte ich die Gunst der Stunde und marschierte, unbemerkt und so ziemlich als Einziger, gegen den Strom in den Osten.

Ich werde diesen Tag nie vergessen, die Aufregung, den Trubel, die Emotionen, es verursacht mir heute noch Gänsehaut, wenn ich daran denke. Zwei Tage Fußmarsch später erreichte ich schließlich Budapest. Ich musste irgendwie weiter nach Moskau kommen, aber so einfach, wie ich mir das vorgestellt hatte, war die Sache nicht, im Osten hatten sich angesichts der politischen Pulverfasslage das allgemeine Misstrauen und die Vorsichtsmaßnahmen an den Grenzen noch einmal verstärkt. Überall herrschten Unruhe und Unsicherheit, niemand wusste, was er denken sollte, wie es jetzt weiterging und vor allem, ob und wie Moskau auf die jüngsten Ereignisse reagieren würde. Ich brauchte dringend einen Plan und wie immer bei waghalsigen Vorhaben auch ein wenig Glück. Und das kam dann ein paar Tage später auch tatsächlich auf zwei Beinen daher.

Mein Retter hieß Sultan, war Kirgise wie ich, groß und stark und seit zwölf Tagen mit einer dreißigköpfigen Reisegruppe aus der UdSSR in Ungarn und der Tschechoslowakei unterwegs. Eine bunte Truppe aus Melkern, Hirten, Mechanikern und Fabrikarbeitern, die den Urlaub als Belohnung für herausragende Leistungen oder aufgrund guter Parteibeziehungen geschenkt bekommen hatten. Sultan selbst war der beste Stutenmelker seiner Kolchose. Aber ihm war langweilig, er wusste mit den kulturellen Sehenswürdigkeiten und anderen Programmpunkten nur wenig anzufangen und zeigte sich umso interessierter an meiner Geschichte. Wir waren uns sofort sympathisch und er versprach, mir bei der Einreise und bei den Grenzformalitäten behilflich zu sein.

Ich hatte große Angst aufzufliegen, aber es ist alles gut gegangen. Einer mehr in der Gruppe fiel offensichtlich nicht auf und nach der Inspektion meiner Bargeldreserven und meiner Papiere zeigte sich Sultan vollends zuversichtlich. Nachdem wir auch das letzte Stück von Taschkent über Schimkent und Taraz hinter uns gelassen und schließlich Ende August kirgisischen Boden unter den Füßen hatten, verabschiedeten wir uns als wahre Freunde voneinander. Als ich weitere eineinhalb Tage später das Haus meines Vaters im Talas-Oblast erreichte, bin ich buchstäblich auf der Schwelle zusammengebrochen.

Jamanbai Tschingis uulu hat sich nicht gefreut, mich vor seiner Tür vorzufinden. Ich weiß nicht, was ich mir erwartet habe nach all den Jahren, aber bestimmt keine derartige Ablehnung. Vielleicht ist er auch deshalb so schroff zu mir, weil ich ihn an Mutter erinnere, und die hat ihm schließlich seinen Sohn und seine Ehre geraubt. Ein Kirgise verzeiht so etwas nicht.

Er arbeitet hier im Dorf in leitender Funktion in der Kolchose und hat unmittelbar nach dem Verschwinden meiner Mutter wieder geheiratet. Mit seiner neuen Frau Nasgül hat er zwei Söhne und eine Tochter. Nasgül schweigt hartnäckig, seit ich hier bin, knallt mir murrend das Essen auf den Tisch und straft ihre Kinder mit bösen Blicken, wenn sie zaghaft freundlich zu mir sind. Aber mit meinen Halbgeschwistern verstehe ich mich eigentlich ganz gut, nur in ihrer Anwesenheit sind sie immer sehr reserviert. Askar und Tilek müssen in den Sommerferien wie alle Schüler in den hiesigen Kolchosen bei der Gersten- und Zuckerrübenernte mithelfen. Tilek, der ältere der beiden, ist ein ziemlich guter Ringer und will schon bald in der großen Zuckerrübenfabrik in Kant arbeiten. Askar hat es weniger mit dem Sport, er ist sehr gut in der Schule, spielt Schach und hat von den nationalen Turnieren in Moskau schon zwei Silbermedaillen nach Hause gebracht. Vater ist sehr stolz auf ihn und will, dass er nächstes Jahr dort studiert und später einmal in seine Fußstapfen tritt. Und meine kleine Schwester Altinai ist sowieso ein Goldstück. Sie ist so alt wie du, lacht viel und spielt mir ab und zu auf einer Art Gitarre, die hier Komuz genannt wird, kirgisische Lieder vor. Ich habe ihnen von meiner Reise ein paar Kaugummis, Kugelschreiber und Luftballons mitgebracht, die sie ganz ehrfurchtsvoll in einer Kiste unter ihrem Bett aufbewahren. Sie haben sich sehr gefreut.

Mein erster Eindruck von den Zuständen hier ist mehr als befremdlich, jedes Schaf und jeder Halm müssen registriert werden, alles ist bis ins letzte Detail geregelt und durchorganisiert. Jeder weiß, was er am nächsten Tag zu tun hat, und denkt nicht allzu viel über sein Leben nach. Es ist das reinste Marionetten-Theater, aber das darf ich natürlich nicht laut aussprechen. Die Kirgisische SSR ist innerhalb der Union vor allem für die Produktion von Schaffleisch verantwortlich. Im Vergleich zu Österreich ist das Land hier sehr arm, aber ich persönlich kann mich nicht beschweren, mein Vater hat trotz seiner privaten Situation und der dauerhaften Überwachung durch den KGB gute Beziehungen nach Moskau und lässt in seiner Funktion als Hauptbuchhalter ab und zu eins der Schafe durch die Bilanz in unseren Vorratskeller fallen. Ich weiß nicht, wie weit du im Geschichtsunterricht schon gekommen bist und ob ihr die Sowjetunion bereits durchgenommen habt, hier wird jedenfalls kräftig propagiert, dass im Westen alles schlecht ist, während angeblich im Osten das reinste Paradies herrscht: Alle Menschen sind gleich, alle haben Arbeit, keiner muss hungern oder betteln, die schulische und medizinische Versorgung sind gesichert und so weiter. Ich weiß wirklich noch nicht, was ich von alldem halten soll – der Planwirtschaft, der kommunistischen Diktatur –, ob das alles auch sein Gutes hat. Du siehst

*schon, ich erkläre dir ganz automatisch schon wieder das Zeit-
geschehen, bitte verzeih, aber die Geschichte hilft mir dabei,
besser zu verstehen, warum die Menschen hier sind, wie sie sind,
und leben, wie sie leben. Vielleicht hilft sie mir auch, meinen
Vater besser zu verstehen, der sich mit Leib und Seele der Partei
verschrieben hat. Eigentlich ist es ein Wunder, dass er seinen
Kindern keine russischen Namen gegeben hat, ich vermute,
mein Großvater hat sich diesbezüglich noch durchgesetzt (leider
ist er 1976 verstorben). Wegen Jamanbai halte ich jedenfalls mit
meinen politischen Zweifeln hinterm Berg. Das klappt ganz gut.
Man kann einem Elternteil zuliebe ziemlich lange ziemlich viel
(mit)machen, was einem selbst gegen den Strich geht. Auch sollte
ich mit meinen zwanzig Jahren offen sein für die neuen, unge-
wohnten Sichtweisen hier, eigentlich ist es eine große Chance,
mir aus nächster Nähe ein eigenes Bild von der »sowjetischen
Wahrheit« machen zu können.*

*Wir wohnen in einem kleinen, abgelegenen Dorf namens 8. März
in der Suusamyr-Ebene, einem wenig besiedelten Hochtal unterhalb des Töö-Passes. Die Berge sind gewaltig, noch viel gewalti-
ger als die, die du aus Österreich kennst und die wir gemeinsam
erklommen haben. Ganz in der Nähe gräbt sich in einer tiefen
Schlucht der Fluss Kökömeren durchs Land und ist so laut und
wild dabei, dass er mir ständig in den Ohren rauscht. Ein alter
Mann hat mir erzählt, dass in einem unserer Nachbarhäuser
im Jahr 1888 ein Recke namens Koshomkul geboren wurde, der
angeblich fast zweieinhalb Meter groß war und zur Ertüchti-
gung gigantische Steinbrocken in die Luft gestemmt hat. Einmal
soll er sogar meinem Großvater das Leben gerettet haben, als
dieser mit seinem Ochsenkarren in eine Gletscherspalte gefallen
und stecken geblieben war. Seit ich das weiß, ist er mein Held,
und manchmal in der Nacht schleiche ich mich zu seinem Grab*

*am Dorfrand und erweise ihm meine Ehre, heimlich natür-
lich, denn Volks- und Aberglaube sind bei den Russen nicht
gern gesehen, schon unter Lenin war es am besten, man glaubte
gar nicht.*

*Wie es aussieht, werde ich im Frühjahr zu Verwandten nach
Frunse ziehen, um dort mein Studium an der Biologischen
Fakultät der Kirgisischen Staatlichen Universität fortzusetzen.
Vater hat das so entschieden, ich glaube, damit er mich nicht
länger in seiner Nähe hat. Ich habe den Traum, mich auf Lepido-
pterologie zu spezialisieren und dem elfbändigen Standardwerk*
Fauna *und* Flora der Kirgisischen SSR *einen zwölften Band
hinzuzufügen. Insgeheim hoffe ich immer noch, dass sich mein
Vater mit der Zeit an mich gewöhnen wird und, auch wenn
er es vielleicht nicht zeigt, ein klein wenig stolz ist auf seinen
heimgekehrten Sohn. Vielleicht hat er nur vergessen, wie sehr er
sich damals einen Sohn gewünscht hat: Samat –* »Wunsch und
Sehnsucht«. *Im Sommer muss ich mich außerdem einer Kumys-
Kur unterziehen, die mir ein Arzt aus der Kolchose verordnet
hat, um mich körperlich wieder auf Vordermann zu bringen –
die lange Reise hat mich doch mehr mitgenommen als erwartet.
Ich werde dann für zwei Wochen bei einer Pferdehirtenfamilie
wohnen und jeden Tag literweise vergorene Stutenmilch trinken,
die es nur im Juni und Juli gibt, wenn die Stuten junge Fohlen
haben und die Wiesen vor Kräutern nur so strotzen. Kumys wird
auch sonst gerne getrunken, weil es erfrischt und kühlt, aber als
Heilmittel kommt es – in größerer Regelmäßigkeit und Dosis –
vor allem bei Lungenkrankheiten und Immunschwäche zum
Einsatz. Ich sage dir, es schmeckt grausam!*

*Doch noch einmal zurück zu Koshomkul: Ich weiß nicht, wie
viel von seiner Geschichte stimmt und was erfunden ist, es*

gibt hier eine Menge Sagen und Legenden, aber ich bin mir sicher, er wäre dir genauso sympathisch wie mir. Und darum schicke ich dir ein altes Foto von unserem neuen Freund, das ich in den Sachen meines Großvaters gefunden habe, ebenso ein Porträt von Juri Gagarin, der das Glück hatte, die Dinge von ganz weit oben zu betrachten. Kosmonaut hätte man werden sollen … Wusstest du, dass er damals vor allem aufgrund seines ruhigen Temperaments aus zwanzig möglichen Kandidaten für die waghalsige Mission ausgewählt worden ist? Der 1,57 Meter kleine Pilot, optisch quasi das Gegenstück zu Koshomkul, hat am 12. April 1961 mit der Wostok 1 in einhundertsechs Minuten zum allerersten Mal die Erde umrundet. Man hat mir erzählt, dass er die Kirgisische SSR vom All aus gesehen hat, also genau gesagt den blitzblauen Issyk-kul im Osten des Landes (das ist ein riesiger See, der die Form eines Tigerauges hat), und dass er aufgrund der einmaligen Schönheit beschlossen hat, diesem Fleck Erde nach seiner Rückkehr einen Besuch abzustatten. Und das ist dann auch tatsächlich passiert, die Kosmonauten wurden nämlich seinerzeit nach ihren anstrengenden (Test)Einsätzen in speziellen Sanatorien wieder aufgepäppelt – und eins davon befand sich just in Tamga am Issyk-kul! Irgendwann muss ich unbedingt auch einmal dahin. Jedenfalls habe ich nicht vergessen, wie sehr dir ein Bild dabei hilft, dir selbst ein Bild zu machen, und so hoffe ich, dass du mit Hilfe von Koshomkul und Juri Gagarin aus der Ferne in mein neues Leben hineinschauen kannst.

Auch drei Blumen lege ich dazu, sozusagen als drei Nüsse für mein Dillemädchen. Sie waren das erste Schöne, das mir nach den beschwerlichen Wochen vor die Nase gekommen ist. Die eine, die ein wenig an einen weißen Krokus erinnert, ist eine Wildtulpe (Tulipa T. binutans), *die andere ein Junussow-Enzian* (Gentiana junosovii) *und die letzte, lilafarben und flauschig, eine Schmalhausenia aus 4.000 Metern Höhe. Alle drei sind endemische Gattungen, das heißt, sie wachsen nur hier. Sie sind selten und kostbar, wie auch du mir kostbar bist, auch wenn du mir das im Moment vielleicht nicht glaubst. Mögen sie dir Glück bringen.*

Ach, mein Sybille-Dille-Mädchen, ich hoffe wirklich, dass du mir mein plötzliches Verschwinden verzeihen kannst und dass dich meine Zeilen nicht überfordert haben. Ich vergesse immer, dass du erst vierzehn bist. Aber was rede ich da, ich bin mir ganz sicher, dass du alles verstehen und auch verkraften kannst, manches vielleicht sogar besser als ich, weil du intelligent bist und viel zu erwachsen.

    Dein Kerbeljunge Samat Jamanbai uulu
    (ehemals Bergen)

PS: Was sagst du jetzt?! – das ist mein neuer Familienname. Nach kirgisischer Tradition wird der Vorname des Vaters automatisch zum Nachnamen seines Sohnes (= uulu).

Sybille tauchte ihre Finger in die trockenen Blütenbrösel und legte den Brief zur Seite. Ihre Hände zitterten, ihr schwirrte der Kopf. Alles fiel ihr wieder ein: der Kalte Krieg, der Fall der Berliner Mauer, das Ende der Sowjetunion, die Schicksalsbilder im Fernsehen. Sie selbst war gerade einmal vierzehn Jahre alt gewesen, als im September des Jahres 1989 plötzlich die österreichisch-ungarische Grenze geöffnet wurde, kurz darauf die Mauer in Berlin fiel und sich nach und nach der gesamte Eiserne Vorhang in Luft auflöste, bis schließlich mit der Unterzeichnung der Alma-Ata-Erklärung am 21. Dezember 1991 die endgültige Auflösung der Sowjetunion offiziell bestätigt wurde. Das Ende eines geteilten Europas war der Anfang von Samats Geschichte. Sie hatte nicht die geringste Ahnung, was er in den folgenden Jahren alles durchgemacht haben mochte, wie es ihrem Freund Anfang der Neunzigerjahre im kommunistisch regierten Kirgistan ergangen war, wie es ihm jetzt ging, ob er überhaupt noch am Leben war. Allein was dieser erste Brief erzählte und was die Menschen, die ihn von einem kleinen Dorf in der ehemaligen Kirgisischen SSR bis zu ihr nach Österreich brachten, auf sich genommen hatten, überstieg ihre Vorstellungskraft. Samat war sein Anfang mehr als gut gelungen. Einzig die Blumen hatten es nicht geschafft.

Hass, Neugier und Hoffnung machten sich in ihr breit. Hass auf ihre Eltern, die ihr die Briefe jahrzehntelang vorenthalten hatten, Neugier auf das Leben und den Verbleib ihres alten Gefährten und schließlich Hoffnung sie selbst betreffend, dass ihr Leben wieder einen Sinn haben könnte. Zwei Tage und zwei Nächte lang las sie sich durch die sechsunddreißig Briefe, die zwischen 1989 und 2015 in unregelmäßigen Abständen bei ihren Eltern eingetrudelt waren. Ein halbes Leben lag so vor ihr, ausgebreitet auf dem Boden. Und als sie zum zweiten Mal mit seinen Zeilen durch war, aus der Ferne Samats Kirgisenjahre durchstreift hatte, die von idyllischen Sommerweiden, geraubten Frauen, geheimen Schmetterlingsexperimenten, aufreibenden Familiendramen, korrupten Präsidenten, von müde gewordenen Helden und wilden Abenteuern erzählten und die ihr weiß Gott nicht immer gefielen, als sie schließlich den letzten Brief, der erst Anfang des Jahres gekommen war, in den Händen hielt, wusste sie, was sie zu tun hatte.

Hass, Neugier und Hoffnung waren nicht die schlechtesten Brennstoffe, um den Motor des Lebens wieder zum Laufen zu bringen. Sybille war wahnsinnig aufgeregt, schlagartig war alles ganz klar. Sie hatte eine Idee. Und plötzlich auch wieder ein Ziel: Sie würde ihren alten Freund (be) suchen. Der Schritt war weder logisch noch nahe liegend. Aber so verhielt es sich manchmal mit der Zukunft, sie passierte einfach, hielt sich an keinerlei Regeln, agierte völlig willkürlich und spontan.

»Samat, ich komme«, flüsterte sie.

Aufbruch mit Kafka.

Als Sybille am nächsten Morgen erwachte, nahm sie zum ersten Mal seit Langem wieder ihre Umgebung wahr: Die Vögel zwitscherten, irgendwo in der Ferne war ein dumpfes Hämmern und Klopfen von einer Baustelle zu hören, ein leichter Windzug strich durch das gekippte Fenster und streifte ihre Haut. Sie registrierte augenblicklich und mit jeder Faser ihres Körpers, dass sich etwas geändert hatte, etwas Wesentliches und gleichzeitig Unsichtbares, was ja nur in einer nicht denkenden und blinden Gesellschaft einen Widerspruch darstellte. Sie konnte sich spüren, hören und sehen, schnappte wie ein Neugeborenes, das zum ersten Mal das Licht der Welt erblickte, gierig nach Luft, wie ein Wiedergeborenes, das sich mit jedem Atemzug seiner Form, Hülle und Existenz bewusst wurde. Sybille war erwacht, aufgewacht, von den Toten auferstanden und in einen Himmel aufgefahren, der endlich wieder ihr Himmel war, der eine Farbe hatte, strahlend blau, und keine Grenze, in dem alles erlaubt war und sich leicht anfühlte, weil ihn endlich wieder ein anderer stemmte, ihr diese Last abnahm, einer, der vielleicht Atlas hieß und diesen Job schon seit Urzeiten erledigte. So leicht und voller Tatendrang hatte sie sich lange nicht mehr gefühlt, zuletzt als Martin noch lebte, ihn sein Schicksal in der Verkörperung eines rasenden, alkoholisierten Motorradfahrers noch nicht ereilt und in andere Sphären katapultiert hatte. Sie strampelte das Laken zurück, sprang aus dem Bett, hüpfte ins Bad und betrachtete sich im Spiegel. Da war sie. Sie war da. Blickte in ihre Augen, die nicht mehr leer, sondern wach und lebendig waren, registrierte die kleinen Fältchen, die schlecht gezupften Brauen, ihre Haare, die in den letzten Monaten grau und brüchig geworden waren, wie das eben passierte, wenn man argen Kummer hatte und den Horizont nicht mehr sah.

»Hallo, Sybille«, sagte sie, »willkommen zurück.«

Die Aufregung und Vorfreude, ausgelöst durch den nächtens gefassten Plan, trieben das Zähneputzen, Gesichtwaschen und die noch wackeligen Storchenbeine immer hurtiger voran in Richtung Kaffeetasse, Kleiderschrank und Schlüsselbund, Sybille stelzte, dezent aus der Übung gekommen, dafür waghalsig wie in Kindertagen, zur Tür hinaus. Wo sollte sie anfangen? Es gab so viel zu tun.

Am liebsten wäre sie sofort losgeflogen, hätte nur das Allernötigste zusammengepackt, in ihren Koffer geschmissen und sich ohne ein Wort des Abschieds in ihr kirgisisches Abenteuer gestürzt, in ihre Samat'sche Such- und Sybill'sche Findungsaktion, bei der alles möglich war, alles und nichts, bei der ihr allein die Vorstellung von allem oder nichts eine Gänsehaut verursachte. Welch erlösender Moment. Welch erhabenes Gefühl. Welch Tannenzipfel der Hoffnung.

Wer nach so langer Zeit wieder zum Leben erwachte, hatte geradezu unbändige Energien. Als wäre Sybilles Batterie die ganze Zeit über aufgeladen, aber der Stromfluss zwischen Plus- und Minuspol blockiert gewesen, sodass ihr zu erleuchtender Glühkörper dunkel, ihr zu betreibender Lebensmotor stumm geblieben waren. Doch vergangene Nacht hatte die aufgestaute Ionenspannung das passende Ventil gefunden, sich entladen, und jetzt explodierte sie beinahe. Sie würde ihren alten Freund besuchen, ihn überhaupt einmal suchen, ausfindig machen, wer wusste schon, wo er sich gerade herumtrieb, ob die zuletzt angegebene Adresse überhaupt noch aktuell war. Kirgistan. Was wusste sie von diesem Land, das gefühlt am anderen Ende der Welt lag? Zwar gaben ihr Samats

Briefe, die neben seinen persönlichen Erlebnissen immer wieder auch die allgemeine politische, wirtschaftliche und gesellschaftliche Situation streiften, erste Auskünfte über die dortigen Verhältnisse, aber seine Schilderungen waren subjektiv gefärbt, fragmentarisch und zum Teil bestimmt längst überholt. Als Wissenschaftlerin war sie es gewöhnt, die Dinge umfassend und neutral zu betrachten, im Vorfeld möglichst viele Daten einzuholen, die Lage zu sondieren und erst nach Kenntnis aller Fakten an ein Vorhaben heranzugehen. Noch konnte sie nicht wissen, dass im wilden, staubigen, abergläubischen und obendrein vierzig Grad heißen Kirgistan vor allem Instinkt und Improvisation gefragt sein würden und Ratio, Regeln oder Kausalketten nicht die geringste Chance hatten. Analytisch ließ es sich maximal nach Deutschland auswandern.

An die notwendigen Impfungen dachte sie zuerst, sie würden wohl am meisten Zeit in Anspruch nehmen, da zwischen den einzelnen Injektionen erfahrungsgemäß immer ein paar Tage, wenn nicht sogar Wochen verstreichen mussten. Dann natürlich: die Organisation eines Visums, des Flugtickets in die kirgisische Hauptstadt Bischkek, einer Unterkunft, einer Reiseversicherung – schnell füllte sich Sybilles To-do-Liste mit einer Vielzahl an Erledigungen und Besorgungen, zumal sie nicht darauf vertrauen wollte, dass sich alltägliche Bedarfsgüter wie Bargeld (bezahlt wurde, wie sie herausfand, in der Landeswährung Som), Kleidung oder Medikamente auch vor Ort besorgen ließen. Sie würde russische und kirgisische Sprach- und Reiseführer brauchen, sich einen Vorrat an Insektensprays gegen Stechmücken, Zecken, Spinnen und anderes lästiges Ungeziefer zulegen müssen (trotz ihrer Profession plagte sie eine große Angst vor blutsaugenden, giftigen Gliederfüßern aller Art – eine Tatsache, die ihre

Kollegenschaft seit Jahren amüsierte) sowie eine gut ausgestattete Reiseapotheke mit Kohletabletten gegen Diarrhö, einem Breitband-Antibiotikum und einem Blutdruckmittel gegen die Höhenkrankheit. Das Unverzichtbare schien kein Ende zu nehmen: Sie brauchte Sonnencreme mit Lichtschutzfaktor 50 plus, einen robusten Tramper-Rucksack, Bergschuhe, ein einfaches Wertkartenhandy. Sie würde sich beim Außenministerium registrieren lassen müssen, eine E-Mail an Freunde und Familie schreiben, ein neues Zuhause für die Hühner finden, ihre Wohnung untervermieten, den Job kündigen. Und und und. Adrenalingeputscht machte sie sich an die Arbeit, strich emsig einen Punkt nach dem anderen von der Liste und nach vier Wochen hatte sie schließlich alles erledigt. Selbst der unmotivierte Beamte der Pass- und Visumstelle kam nicht umhin, sie anerkennend auf ihre rekordverdächtige Reiseorganisationszeit hinzuweisen: »Respekt!«, entfuhr es ihm beim Überreichen der Papiere, »normalerweise dauert die Beantragung dieser Dokumente Monate.«

»Zum Glück ist das alles nicht normal«, antwortete Sybille. Beinahe täglich hatte sie den frisch gekauften Reiseführer studiert (die Auswahl war ihr leicht gefallen, es gab nur ein einziges Nachschlagewerk über den ehemaligen Sowjetstaat), einschlägige Blog- und Internetseiten diverser Reiseveranstalter und Newsportale durchforstet und auf diesem Weg auch allerhand kirgisische Bilder in sich aufgesaugt: drei alte Männer mit Filzhüten, die nebeneinander in einer teppichgeschmückten Jurte hockten – vor ihnen drei Schüsseln voll Fleisch, als würden sie nur darauf warten, dass sie sich zu ihnen gesellte –, ein kleiner Junge auf seinem Pferd, das wie der Wind über die Steppe jagte (das Foto war lieblich mit »Zwei Freunde« untertitelt), eine Gruppe prachtvoll gekleideter Frauen, die Tee aus dem Samowar einschenkten und Berge von Borsook (ein landestypisches Schmalzgebäck) auf Teller türmten, aufgereihte Blechkübel am Straßenrand, die mit Pyramiden aus Äpfeln, Marillen und Gurken vorbeifahrende Käufer lockten, einsame Schneeleoparden und Sibirische Steinböcke, die mit funkelnden Augen im felsigen Terrain lauerten, wunderschöne Wildblumen, unberührte Berglandschaften und angezuckerte Siebentausender, die am Ende einer holprigen Straße auf Besteiger, Eroberer und Bewunderer warteten. Die Schönheit der kirgisischen Landschaft war so einmalig, groß und gewaltig, dass sie Sybille mitten ins Herz traf. Da war sie wieder – ihre Sucht und Sehnsucht nach Bildern, die ihr immer schon dabei geholfen hatten, die Welt zu begreifen, Gesehenes in Gefühltes umzuwandeln, der allgegenwärtigen Komplexität mit Einfachheit zu begegnen. Ein fähiger Literaturkritiker hatte diese Form innigen Verlangens einmal zwischen den Zeilen Haruki Murakamis entdeckt und sie mit den Worten *Heimweh nach sich selbst* beschrieben. Und genau das war, was sie fühlte, als sie an einem jener Tage den Computer herunterfuhr und die kirgisische Bilderflut noch eine Zeitlang in sich nachwirken ließ. Fotografien waren es gewesen, die ihrer Kindheit Farbe eingehaucht und von ihrer Freundschaft mit Samat erzählt hatten. Bilder waren es, die das Daumenkino ihrer Hochzeitseinladung geziert und sie einst zum Auslandsaufenthalt in Litauen inspiriert hatten. Und Schnappschüsse waren es auch jetzt, die in ihr die Liebe zu einem fremden Land entfachten und sie zu Samat lockten. Sybille hatte plötzlich wieder das Bedürfnis, ihre leer gewordene Leinwand zu bespielen, sie mit neuen Bildern auf einem neuen Film zu füllen – eine Erkenntnis, die sie spontan die elterlichen Nachlasskisten durchwühlen und nach Samats Kamera suchen ließ. Sie musste sie mitnehmen. Es hatte klick gemacht. Klick, klick, klick.

Der Tag der Abreise rückte näher und näher. Die letzte Spritze des Hepatitis-, Tetanus-, Polio-, Typhus- und Tollwut-Marathons hatte sich den Weg in ihren linken Oberarm gebahnt, immer wieder war sie zwischenzeitlich in Samats Briefe ein- und abgetaucht. Zwei Tage vor ihrem Abflug machte sich der unbändige Wunsch nach Veränderung in ihr bemerkbar, zog sich, intensiv und allumfassend, durch sämtliche ihrer Körperfasern und Gehirnwindungen – es war, als ob Franz Kafka persönlich an die Tür geklopft hätte. Wie jeden Morgen hatte sie sich im Spiegel betrachtet und unvermittelt festgestellt, dass die, die sie sah, nicht mehr der entsprach, die sie war, sich bestenfalls nach der Sybille des letzten Jahres anfühlte und nicht nach jener, die schon bald in ein neues Leben aufbrechen würde. Vielleicht hatte die Metamorphose aber auch schon in jener Nacht eingesetzt, in der ihr Juri Gagarin die Grenzenlosigkeit des Universums vor Augen geführt und ihr ein hünenhafter Recke die Sorgenlast abgenommen hatte. Fakt war, Sybille wollte sich verwandeln. Sie hatte plötzlich eine ganz klare Vorstellung vor Augen, wie das aussehen, wer sie in Zukunft sein wollte, innerlich wie äußerlich, was sie tragen, wie sie wirken und (er)scheinen wollte. Es war ein leiser, klarer, letztendlich natürlicher Moment. Sie wollte und konnte nicht länger Sybille sein, würde alles Nötige tun, um eine andere zu werden, eine neue Person mit neuer Hülle, neuem Leben, neuer Heimat, die sich mit ihren frisch aufkeimenden Befindlichkeiten und Wünschen ausstatten und dekorieren ließe. Sybille zog sozusagen in Sybille ein und machte sich unsichtbar und sichtbar zugleich.

Für Metamorphosen gab es ganz allgemein zwei Möglichkeiten: Entweder man wartete, bis die innere Unzufriedenheit, das eigene Unglück derart laut wurden, rumorten und polterten, dass sie sich nicht länger ignorieren ließen und eine Implosion, die mit absoluter Sicherheit einem Kahlschlag, einem Erdrutsch, einem Vulkanausbruch gleichkam, unmittelbar bevorstand, und änderte dann etwas, von innen nach außen quasi – ein durch und durch unfreiwilliger Akt. Oder aber man nahm die Sache proaktiv in die Hand, arbeitete sich selbst von außen nach innen vor, was voraussetzte, dass man sich verändern wollte, dass der Wunsch nach Veränderung freiwillig und größer war als die Angst davor, und wartete nach vollbrachter Tat einfach ab, bis sich die neu evozierte Erscheinung, das neue Bild automatisch nach innen übertrugen und die an der Oberfläche vorgenommenen Änderungen in Sachen Haut, Haare, Körperkonstitution, Kleidung, Haltung und so weiter als visuelle Reize über die Pupillen – die zunächst den eigenen Augen nicht mehr trauten, den neuen Anblick nur schwer entschlüsseln konnten, ihn als fremde Assoziation interpretierten – ins Innere kommuniziert wurden, um sich dort in Windeseile über die körpereigenen Synapsen zu verbreiten, sodass schließlich Herz und Hirn an den Trugschluss glaubten und die Meldung des neu inszenierten Ichs zwar immer noch leicht widerwillig, aber mit bestem Wissen und Gewissen in sämtlichen Organen, Reflexen und Körperteilen abgespeichert wurde. Ein körperlicher Meisterstreich, ein perfekt arrangierter Selbsttäuschungstrick, so perfekt wie ein Mord, den man mit einer Scheibe steinhart getoastetem Brot beging, die man anschließend aufaß. In Sybilles Fall lief der Prozess in beide Richtungen ab. Einerseits hatten sie der Selbstmord und das Überstehen desselben verändert, andererseits wünschte sie sich aus Leibeskräften eine zu sein, der man diese Vergangenheit nicht ansah. Sie marschierte zum nächsten Drogeriemarkt und kaufte ein Parfum (auch das

Olfaktorische wollte neu justiert werden) und vier Packungen dunkelbrauner Haarfarbe. Sie hatte schon früher mit dem Färben experimentiert und wusste, dass bei ihrem Haarvolumen, ihrer Länge und einem möglichst intensiven Farbergebnis eine solche Menge vonnöten war. Danach ging es weiter in ein Bekleidungsgeschäft, wo sie sich mit einfachen weißen Baumwoll-T-Shirts, drei dezent gemusterten Stoffhosen, dunklen Socken und einem Paar weißer Sneakers eindeckte, lauter Dinge, die ihr Labor- und Business-Kleiderschrank nicht hergaben. Als sie die Beute nach Hause trug, musste sie unentwegt lächeln und es war ein hoffnungsfrohes, geheimnisvolles Lächeln, wie es wohl auch einer Gerlinde Kaltenbrunner im Basislager vor dem Gipfelsturm oder einer Elfriede Jelinek bei den letzten Seiten eines neuen Stückes auf den Lippen lag. Zu Hause angekommen öffnete sie eine Flasche Wein, setzte sich ins Bad vor den Spiegel und schnitt mit einer Haushaltsschere in der Höhe des Kinns ihre langen blonden Haare ab. Sie ging dabei nicht zimperlich vor, eine Strähne nach der anderen fiel auf den grau gekachelten Fliesenboden. Da sie bislang immer nur anderen, nie aber sich selbst die Haare gekürzt hatte, nahm es einige Zeit in Anspruch, bis die linke Seite annähernd auf gleicher Höhe mit der rechten abschloss. Sybille landete schließlich bei einer halbwegs akzeptablen Horizontale zwischen Ohren und Kinn. Danach war die Farbe an der Reihe, die sie mit beiden Händen einigermaßen konzeptlos auf ihrem Hinterkopf verteilte und von dort aus in die Längen und bis in die Haarspitzen zog. Nach zwanzig Minuten war der Spuk vorbei und das Resultat so zufriedenstellend wie verblüffend: Die neue dunkle Mähne hatte sie unauffälliger gemacht, mausgrauer, jedermanniger. Und als sie anschließend auch noch ihre fabrikneuen Studentenklamotten überstreifte, den fremden Duft auflegte und zwischen Vanille und Zedernholz ganz automatisch die Haltung änderte, erkannte sie sich selbst nicht wieder. Sie beschloss, die neue Sybille einem Testlauf zu unterziehen. Schon beim Verlassen der Wohnung traf sie auf eine verwirrt-verwunderte Nachbarin, die, als sie Sybille die Tür absperren sah, misstrauisch fragte: »Entschuldigung, kann ich Ihnen helfen? Sind Sie ein Gast von Frau Specht? Wie geht es ihr, ich habe sie länger nicht gesehen.«

Sybille runzelte die Stirn. Konnte das sein? Konnte es tatsächlich sein, dass die Metamorphose dermaßen gut gelungen war?

»Aber ich bin es doch«, gab sie nicht minder irritiert zurück. Die Nachbarin kam ungläubig einen Schritt näher.

»Oh«, sagte sie, »seltsam, ich hätte Sie beinahe nicht erkannt. Wie geht es Ihnen?«

»Gut, danke«, grinste Sybille und hüpfte an ihr vorbei die Stufen hinab.

»Auf zum Lieblingssupermarkt und zum Friseur meines Vertrauens«, dachte sie und bog in die Gasse zur Linken ein. Auch Tamara, die Supermarktkassiererin, mit der sie seit Jahren bei jedem Einkauf ein paar persönliche Worte wechselte, erkannte sie nicht. Und als sie bei Monsieur Amer vorbeischaute und zwischen Waschtischen, Trockenhauben und Lockenwicklern »Hallo« sagte, behandelte er sie ungewohnt kalt und distanziert.

»Wie geht's den Kindern?«, wagte sie schließlich eine weitere Überprüfung.

Amer blickte sie neugierig an: »Entschuldigen Sie, kennen wir uns?«, fragte er verdutzt.

Es war verrückt. Je mehr Sybille daran glaubte, nicht mehr die Alte zu sein, je öfter sie von einer Person nicht erkannt wurde, desto stärker schienen sich tatsächlich ihr

Aussehen und Auftreten zu verändern. Zwar hatte sie schon von Studien gehört, in denen hypochondrische Testpersonen dermaßen in ihren Krankheiten aufgingen, dass diese sich auch körperlich mit den dazugehörenden Symptomen niederschlugen – ein Ausschlag also mental herbeigeführt, ein Herzrhythmus bewusst unterbrochen, ein Bein durch Willensstärke gelähmt werden konnte –, aber nun, da sie selbst das Studienobjekt, die eingebildete Kranke oder, in ihrem Fall, die eingebildete Gesunde war, fühlte sich die Erkenntnis geradezu unheimlich an. Einen letzten Versuch wollte sie noch wagen und steuerte zu diesem Zweck ihr Stammcafé an, in dem sie sich früher oft gemeinsam mit Martin und Freunden getroffen hatte. Sie nahm an einem der Tische Platz, bestellte einen Espresso macchiato, wechselte Worte und Blicke mit ihrem Lieblingskellner Marco (Letzterer stutzte zwar hin und wieder im Gespräch und Sybille bekam kurz den Eindruck, dass er sie zuordnen konnte), aber auch hier flog sie nicht auf. Niemand erkannte sie und allmählich beruhigte sich ihr Puls. Sybilles Plan war aufgegangen. Sie hatte sich in ein unbeschriebenes Blatt verwandelt und war jetzt definitiv bereit, um aus ihrem alten Leben zu verschwinden und in Fremdes und Ungewisses am anderen Ende des Erdballs einzutauchen. Die »Tarnwerkzeuge« für die äußerliche Metamorphose hatten sie gerade einmal hundertfünfzig Euro gekostet. Kalkulierte sie noch die getätigten Ausgaben für Visum, Flug, Impfungen und die sonstigen Besorgungen mit ein, kam sie summa summarum auf 1.500 Euro – ein regelrechter Schnäppchenpreis für ein neues Leben, ein geradezu lächerlicher Betrag für einen Neuanfang. Selbst wenn in Zukunft noch die innere Metamorphose materiell oder immateriell zu Buche schlagen, mit offenen Rechnungen, Risikoinvestments und allerlei unvorhergesehenen

Ein- und Ausgängen die Gesamtkalkulation durcheinanderwirbeln würde – der Preis, den sie letztendlich für ihre neue Existenz zahlte, würde immer weit unter jenem liegen, den sie zu zahlen bereit gewesen wäre. Alles hätte sie dafür gegeben, endlich wieder glücklich zu sein. Abgesehen davon waren Veränderungen grundsätzlich nicht mit Geld aufzuwiegen, genauso wenig wie Verlust und Trauer. Ihre Währungen waren andere: Geduld, Zeit, Zuversicht.

Was Martin und Samat konnten, konnte sie schon lange. Den einen hatte der Tod verwandelt und verschwinden lassen. Und wo der andere abgeblieben war, nun, sie würde sehen.

Abschied mit Kaffeebohnen.

Manchmal genügte ein simples Objekt, um die Welt wieder ins Gleichgewicht zu bringen. Manchmal half ein einfaches Ding dabei, sich an das Schöne im Leben zu erinnern. Manchmal symbolisierte ein einfacher Gegenstand den ganzen Schmerz, den man erlitten hatte. Manchmal sagte eine stumme Packung Kaffeebohnen mehr als tausend Worte. Zum Beispiel jene, die man seit Monaten weg- und vor sich hergeschoben hatte.

Es war Zeit. Eine letzte Sache hatte Sybille vor ihrer Abreise noch zu erledigen. Sie ging in ihre Lieblingsrösterei Alt Wien in der Schleifmühlgasse und kaufte ein halbes Kilo »Wiedner Mischung Ganze Bohne«. Ihr Mann Martin hatte ihr vor vielen Jahren, ziemlich am Anfang ihrer Beziehung, ein ganz besonderes Geschenk gemacht. Es war immaterieller Natur – wie es wirklich guten Geschenken zu eigen ist –, und zwar eine praxisnahe Methode aus der Verhaltenspsychologie, mit deren Hilfe es gelang, dem Guten im Leben einen höheren Stellenwert einzuräumen als dem Schlechten, die eigene Wahrnehmung dahingehend zu trainieren, das Positive, das einem wiederfuhr, nachhaltig im Gedächtnis zu verankern und der Wahrnehmung des Negativen tendenziell entgegenzusteuern: der Kaffeebohnentrick. Man steckte sich täglich eine gewisse Anzahl der braunen Murmeln in die linke Hosentasche (sie selbst nahm immer acht) und wenn dann untertags etwas Erhellendes passiert war, man eine Herausforderung gemeistert, eine Angst überwunden, eine Kleinigkeit zur Zufriedenheit erledigt hatte, ließ man jeweils eine der Bohnen in die rechte Tasche wandern. Eine simple Verankerungsmethode, die Sybille an ihre einstige Klickomanie erinnerte und die ihr nunmehr auf andere, neue Weise dabei half, mehr im Hier und Jetzt zu verweilen und ein positiverer Mensch zu werden. Von da an duftete sie immer ein wenig nach frischem Kaffee, was ihr bei Bekannten, Studien- und Arbeitskollegen den honorigen Spitznamen »KK« (Kaffee-Kaiserin) eingebracht hatte. Doch mit Martins Tod verloren auch die Bohnen an Bedeutung, sie hörte auf, mit ihnen zu jonglieren, hörte überhaupt mit allem auf, was Zukunft signalisierte, verwandelte sich stattdessen immer mehr in eine Porzellanpuppe, die mit stumpfen Äuglein in die Welt hinausstarrte. Ihr Umfeld bemerkte Sybilles Fassadenspiel freilich erst spät, wie so oft keiner merkte (oder erst dann, wenn es zu spät war), dass das innere Land dem Untergang geweiht, das Püppchen schon rettungslos am Ersaufen war. Sybille wollte nicht, dass ihre Traurigkeit sichtbar wurde. Und die anderen wollten ihre Traurigkeit nicht sehen. So einfach war das. Ein jeder sah, was er sehen, und dachte, was er denken wollte. Jede noch so banale Alltagssituation, jede Wahrnehmung, jedes Abbild der Wirklichkeit lieferte den Beweis, dass der sich auftuende Interpretationsspielraum hektargroß war, wie zum Beispiel im Fall von zwei Stühlen, die verlassen nebeneinander in einem sonnigen Garten standen. Vielleicht hatten hier zwei Freunde gesessen und angeregt miteinander geplaudert, vielleicht aber auch zwei Feinde heftig gestritten, oder jemand hatte die beiden Stühle überhaupt ihrer eigentlichen Funktion beraubt und sie als Fußballtor in einem Erwachsenen-, als Rapunzelturm in einem Kinderspiel missbraucht. Vielleicht hatten sie einem vergesslichen Gärtner als Markierung für das Pflanzen eines Rosenstocks gedient, vielleicht war einer der Sitze aber auch von einem alten Mütterchen zu einem Ablagetisch für ihr Stück Malakofftorte und ihr Tässchen

Kaffee umfunktioniert worden. Zu oft war nichts, wie es schien – ein Stuhl nicht zwangsläufig Stuhl, *une pipe pas une pipe* und Sybille nicht länger Sybille.

Nach außen hin funktionierte sie freilich ganz gut, hatte gelernt sich zusammenzureißen, wenn nötig auch zu verstellen, ging wochentags zur Arbeit, zahlte ihre Rechnungen und nahm ab und zu an einer Veranstaltung teil, die sich nicht absagen ließ. Doch das war es auch schon mit der Aufrechterhaltung ihrer Lebensfassade. Viel mehr war ressourcentechnisch nicht drin. An den Abenden und Wochenenden verschanzte sie sich in ihrer Wohnung und verkroch sich unter ihrem Laken. Martins Grab zu besuchen ertrug sie nicht, aber es war ja auch schwer bis gar nicht zu ertragen, wenn einem plötzlich der liebste und wichtigste Mensch abhandenkam, die ganze Person weg war, vom Erdboden verschluckt, und man sich von einem Tag auf den anderen allein zurechtfinden musste – unvollständig, scherbenzerschlagen, herzgeraubt.

An der Liebe konnte man nur scheitern und zerbrechen. Wäre man konsequent und rational genug, man würde sie von vornherein sein lassen und bei sich und allein bleiben. Denn wenn man erst einmal das Blut des anderen geleckt, die Herzen vertauscht, das Sichzuneigen ernst genommen hatte, gab es kein Zurück mehr und ein Vorwärts schon gar nicht. Sybille hatte sich dreimal in ihrem Leben im Lieben versucht: Das erste Mal, die Elternliebe, war ihr wie jedem Menschen von selbst passiert. Was das bedingungslose Vertrauen und kompromisslose Aufschauen zu den allerersten Bezugspersonen betraf, hatte keiner eine Wahl, man suchte sich seine Eltern ja nicht aus. Vater und Mutter musste man lieben, waren sie doch diejenigen, an denen man sich für gewöhnlich in den ersten fünfzehn Entwicklungsjahren orientierte, festhielt, maß und rieb. In diesen Prägejahren wurde der Grundstein für die zukünftige Existenz gelegt, die glücklich ausfallen konnte oder auch nicht, genau dort und nirgendwo anders wurde ein Mensch gefühlsmäßig, geistig, charakterlich, körperlich, sozusagen als Ganzes zusammengebaut, lernte bestenfalls zu lieben, zu verzeihen, sich zu freuen, sich selbst zu begreifen, sich sicher zu fühlen – einmal die ganze Gefühlspalette hinauf und hinunter. Was Sybille betraf, eine einigermaßen missglückte Erfahrung. Ihre Eltern hatten von Anfang an wenig Anteil an ihrem Leben genommen, sich kaum für ihre Träume, ihre Freuden, ihre Freunde, ihre Wünsche interessiert. Einer Bösartigkeit entsprang das freilich nicht, vielmehr stammten sie aus einer Generation, die auf Arbeit, Häuserbauen und Sparen fokussiert war, die es gewöhnt war, Gefühle unter den Teppich und einander den Rücken zuzukehren, die schlichtweg keine Zeit hatte für unbeschwerten Müßiggang und sensibles Seelenstreicheln, für geistige Stimulanzen und zweckbefreite Kreativität – allesamt Elementarteilchen, Grundatome des Lebens, die ein Kind bereits mit der Muttermilch aufsaugen sollte, weil sie genauso zu einem erfüllten Dasein dazugehörten wie Disziplin und Ratio. Abgesehen davon sorgten Sybilles Eltern gut für sie, an Essen, Kleidung und Schulgeld fehlte es ihr nie. Vielleicht waren ihre Dankbarkeit, ihr schlechtes Gewissen mit der Grund, warum sie ihnen zuliebe Veterinärmedizinerin geworden war – lustigerweise eine, die Angst vor Tieren hatte, die stattdessen lieber auf Distanz ging und in Laboratmosphäre mit deren Genen und Verhaltenszügen experimentierte – und nicht Kunst studiert hatte, was sie ursprünglich wollte. Aber was haderte man im Nachhinein mit den Eltern und der eigenen Vergangenheit, mit getroffenen Entscheidungen und eingeschlagenen

Wegen – und doch war Sybille bei Weitem nicht die Einzige, die sich aus besagten Gründen in regelmäßigen Abständen mit ihren Dämonen auf die Couch legte und sich dabei um den Verstand reflektierte. Manche Menschen hätten einfach keine Kinder bekommen sollen. Manche Menschen sollten das auch jetzt nicht.

Sybilles zweiter Liebesversuch verlief dafür umso besser, keimte in ihrer Jugendzeit anfängerherzig, unschuldig und absolut in Form einer innigen Freundschaft auf, gab ihr in Person des halben Kirgisenjungen Samat Bergen Halt und Zuversicht und einen Freund an die Seite, der sie mochte, wie sie war, sie ernst nahm mit ihren Gedanken, Träumen und Sorgen. Sechs innige Jahre hatte die Bande zwischen ihnen gehalten und hätte es bestimmt noch viel länger, wäre er damals nicht einfach von einem Tag auf den anderen verschwunden oder hätten sie zumindest seine pulsierenden Lebenszeichen erreicht.

Und schließlich kam Martin, Liebe Nummer drei, die erste Beziehung im klassischen Sinne, die neben dem platonischen auch den körperlichen Aspekt miteinbezog. Sie hatte ihn relativ am Anfang ihrer Studienzeit im Alter von zwanzig Jahren auf einer Party kennengelernt. Er war Student an der Fakultät für Psychologie in Wien und jobbte nebenbei in einem kleinen Restaurant als Kochgehilfe (seine Begeisterung für gutes Essen und sein Talent für ambrosische Geschmackskombinationen waren ihr schon bei ihren ersten Verabredungen sympathisch gewesen). Er brachte sie zum Lachen, ließ ihr die Zeit, die sie brauchte, herzte und drückte sie bei jeder Gelegenheit, durchlebte mit ihr Höhen und Tiefen und ließ sie auch in ihren dunkelsten Stunden nicht allein, zeigte ihr, dass sie sich auf ihn verlassen, auf ihn bauen konnte, bedingungslos und immer wieder aufs Neue. Sie liebten sich wirklich sehr, schritten im

Gegensatz zu vielen anderen Paaren nicht aus reiner Gewohnheit komatös nebeneinanderher, sondern bei vollem Bewusstsein miteinander durchs Leben, waren auch nach Jahren der Zweisamkeit noch gerne neben dem anderen eingeschlafen und aufgewacht und hatten bis auf wenige, meist berufsbedingte Phasen des Getrenntseins – Auslandskonferenzen, Praktika, Fortbildungsaufenthalte – den Großteil ihrer freien Zeit gemeinsam verbracht. Es war Martin, der ihr (nicht zuletzt aufgrund seiner psychologischen Fähigkeiten) dabei geholfen hatte, die von den Eltern teils ver-rückte Gefühls- und Gedankenarchitektur langsam wieder ins Lot zu bringen, sie an notwendiger Stelle mit dem Hammer zu bearbeiten und an anderer mit einem neuen Anstrich fröhlicher zu gestalten, sodass sie ihr – selbst geschnitzt und neu renoviert – mit der Zeit besser entsprachen. Er hatte ihr über den Verlust von Samat hinweggeholfen. Ihm war es gelungen, in all den Jahren ihre Sehnsucht zu stillen nach etwas, was sie sich selbst nie hatte geben können. Martin hatte ihr sprichwörtlich das Leben gerettet. Fast zwanzig Jahre lang hatten sie an diesem Wir gebaut, ein sinnbildliches Haus errichtet, das immer mehr Stockwerke, heimelige Zimmer und hübsche Erker dazubekam, bis Martin dann vor einem Jahr völlig unerwartet starb und damit ein Erdbeben auslöste, das alles in Sybille zum Einsturz brachte. Jedes Glück war endlich, da brauchte man sich nichts vorzumachen, und je größer es war, desto größer war auch das Unglück, das folgte. Wenn nach zwei Jahrzehnten das Wir wegfiel, wusste das Ich einfach nicht mehr, was es machen, wie es überleben sollte, irrte wie ein ausgesetztes Kind, ein aufgeschrecktes Reh umher, wurde der Reihenfolge nach panisch, apathisch, chronisch verzweifelt. Jetzt war ein gewisses Maß an Fixierung, Abhängigkeit und Selbstaufgabe in einer derart engen Verbindung völlig normal, geradezu ein

Naturgesetz, und doch hatte Sybille die Auswirkungen und den vorprogrammierten Weltuntergangsschmerz im Fall eines Verlustes grob unterschätzt. Sie fiel und fiel – ins Bodenlose.

Irgendwann in der Midlife-Crisis hatten beide ihr Testament formuliert und sich gegenseitig ihre materiellen Besitztümer und Lebensversicherungen überschrieben, vielleicht aus einem ersten Anflug von Zukunftsangst heraus, vielleicht aber auch einfach, um ein wenig Ordnung im (Gefühls)Haushalt zu schaffen und auf der Liste systemimmanenter, gesellschaftsgenormter Pflichten, an denen es sich ab einem gewissen Alter nur schwer vorbeischummeln ließ, einen weiteren Punkt abzuhaken. Sie hatte ihr Kuvert mit den Worten »Für Martin« beschriftet, »auf dass es noch sehr lange nicht nötig ist, diesen Brief zu öffnen«. Auf seinem stand: »Für meine Traumfrau, mach dir keine Sorgen, wir werden noch sehr lange zusammen glücklich sein und miteinander alt werden.« Er hatte ihr etwas versprochen, was er unmöglich halten konnte. Aber wer liebte, log zwangsläufig.

Seit dem Begräbnis war Sybille nicht mehr an seinem Grab gewesen. Und auch jetzt, da sie das quietschende Eisengitter öffnete und den schmalen Kiesweg entlangstreifte, wog jeder Schritt schwer. Steinchen für Steinchen kamen die Erinnerungen zurück – die letzten Minuten in der Unfallstation, der kräftezehrende Abschied, das zu groß gewordene Bett –, holten sie ein, hagelten auf sie nieder, begruben sie lawinenartig unter sich, noch bevor Martins finale Liegestatt überhaupt in Sichtweite war.

Stundenlang hatte sie damals auf einem Stuhl im sterilen Krankenhausflur ausgeharrt, Löcher in die Luft gestarrt und so flach geatmet, dass sie zwischen dem grüngrau gesprenkelten Linoleumboden und der darunterliegenden Betonschicht

Platz gefunden hätte. Sie war sich nicht sicher gewesen, ob sie selbst noch am Leben oder alles nur ein Traum war. Die Menschen erschienen ihr ganz weit entfernt, flimmerten wie in einem alten Stummfilm an ihr vorüber, bewegten zwar ihre Münder, blieben aber die meiste Zeit wort- und tonlos dabei. Ab und zu sah sie sich einen Schluck Wasser aus einem Glas trinken, ein kleines Stück von einem Brot abbeißen, das man ihr hingehalten hatte, einfach nur damit man sie wieder in Ruhe ließ. Der Film lief in Zeitlupe vor ihren Augen ab – und doch war alles so schnell gegangen. Erst der Anruf aus dem Krankenhaus, die Hektik vor der Intensivstation, das Gewusel der Schwestern und Ärzte in grünen OP-Kitteln, die surrealen Summ- und Piepgeräusche der medizinischen Apparate. Auch an den zuständigen Arzt erinnerte sie sich noch, als wäre es gestern gewesen, hörte ihn leise »Frau Specht?« fragen, sah sich den Kopf heben und durch das bebrillte Gesicht eines schlaksigen Chirurgen hindurchblicken.

»Ihr Mann hat es leider nicht geschafft. Wir haben getan, was wir konnten, aber die Verletzungen waren einfach zu schwer. Es tut uns sehr leid.«

Sie sah sich selbst noch auf einem Bett liegen, den halb zugezogenen gelben Vorhang, die an einem Haken befestigte Infusionsflasche. Danach war es finster geworden. Als sie wieder zu sich gekommen war, hatte Karin, ihre Schwiegermutter, auf einem Stuhl neben ihr Platz genommen und geweint.

Und dann die Beerdigung, es war Mai, und mit ihr eine zermürbende Vielzahl an Pflichten und Formalitäten. Sybille hasste das Geschäft mit dem Tod, das bis ins Letzte durchorganisiert war und nichts mit Gefühlen zu tun hatte, im Gegenteil, hier wurde kurzer Prozess gemacht und nüchtern alles Notwendige für den Akt des Verschwindenlassens geklärt – etwa ob seitens der Angehörigen eine Feuer- oder Erdbestattung gewünscht war, welche Termine für die Trauerfeier und den Andachtsgottesdienst zur Verfügung standen, welches Sargmodell es werden sollte, der Wortlaut für die Gedenkkärtchen und die Grabrede, die Anzahl und Ausführung der Blumenkränze, Sarggestecke und Bouquets, die Auswahl der Wunschlieder und -gebete – so schnell konnte man gar nicht schauen, war der Tote gewaschen, angezogen, in den Sarg verfrachtet, abtransportiert und für alle Ewigkeit aus der Spür-, Greif- und Sichtweite verschwunden.

Martin hatte sich immer ein Grab auf dem Wiener Zentralfriedhof gewünscht, dort wo die Künstler und Philosophen ihren Frieden suchten, und aufgrund der einst guten beruflichen Kontakte seiner Mutter zum Kommunikationschef der Bestattung Wien war es ihnen auch tatsächlich gelungen, ein Stück Erde in der Nähe von Falcos letzter Ruhestelle zu bekommen. Die Einladungen waren zum Großteil per Post und E-Mail verschickt worden und hatten Sybille und Karin nervenaufreibende Anrufe erspart. Es war eine kleine Feier mit etwas über dreißig Leuten geworden, ausschließlich Familie und die engsten Freunde. Sybille selbst hatte das Geschehen etwas abseits von einem schattigen Plätzchen aus beobachtet, nachdem sie sprichwörtlich zusammengebrochen und auf eine Bank gesetzt worden war. Sie erinnerte sich an jedes Detail: die Frühlingsastern auf dem Sarg, für die sie sich aufgrund der poetischen Sortimentsnamen entschieden hatte – *Treue, Dunkle Schönheit, Happy End* – und die dunkelblau, violett und rosarot zu ihr herüberleuchteten, die Beileidsbekundungen, die Tränen, auch an einen kurzen Moment, da sie das Gefühl hatte, aus der Ferne von zwei vertrauten Augen beobachtet zu werden (wie sich herausstellte wohl eine Einbildung, eine Fata Morgana der Schwäche, denn als sie sich mehrfach umblickte, war weit und breit niemand zu sehen), an den Trauerschmaus mit gekochtem Rindfleisch und der traditionellen Kümmelsemmel im nahe gelegenen Gasthaus, an die ausgesprochenen Gutgemeintheiten und Hilflosigkeiten:

»Du kannst uns jederzeit anrufen, Tag und Nacht.«

»Bitte melde dich, wenn du etwas brauchst.«

»Möchtest du heute Nacht bei uns schlafen?«

»Wie geht es dir?«

»Wir sind in Gedanken bei dir.«

Kein Wort auf der Welt passte an so einem Tag, war groß und bedeutend genug, um einen am Boden zu halten, oder klein und leicht genug, um einen auf einem Teppich mit dem kleinen Muck davonfliegen zu lassen.

Die darauffolgenden Wochen waren Sybille nur bruchstückhaft und vage im Gedächtnis geblieben. Sie wusste noch, dass sie es nicht ertragen hatte, Martins Mutter zu sehen, seine Geschwister und auch all die anderen, die helfen wollten, als ob ihr zu helfen gewesen wäre. Sie aß wenig, trank sich täglich mit einer Flasche Rotwein in den Schlaf, reagierte nicht auf Telefon- und Haustürklingeln und verharrte in einem Zustand der realitätsverweigernden Wattebauschapathie. Danach folgte eine monatelange Phase der fleischgewordenen Routinen: aufstehen um sechs, duschen, anziehen, sich einigermaßen zurechtmachen, frühstücken, zur Arbeit fahren, arbeiten (von acht bis sechs), zu Abend essen, der Griff zur Rotweinflasche, weinen, schlafen. Einmal pro Woche fuhr sie widerwillig, aber pflichtbewusst die todkranke Mutter und den solidarisch siechenden Vater besuchen. Und an den Wochenenden stand sie erst gar nicht auf, verbrachte

Tag und Nacht vor dem Fernsehapparat, glotzte sich weg, in ferne Seifenwelten und Horrorszenarien, Naturlandschaften und Sozialmilieus hinein. Lange Zeit hatte sie insgeheim auf einen Wendepunkt gehofft, auf ein Exitschild in Richtung Hoffnung, einen Notausgang zur Erträglichkeit, eine Kurve der Stabilisierung, einen Brückenschlag des Vergessens. Aber dieser Punkt war nie eingetreten.

Der Wind, der immer noch aprillaunig durch die Luft fegte, holte Sybille in die Gegenwart zurück. Virtuos peitschte er die Äste und Zweige der Friedhofsbäume hin und her *(dal niente)*, dirigierte sein Naturorchester durch die unterschiedlichsten Passagen der Lebensmelodie *(subito, più, sforzato)*, spielte gekonnt mit Stufen, Übergängen und Akzenten und blies Sybille ein inspirierendes Lautkonzert entgegen. Sie setzte sich auf die Steinumrandung von Martins Grab, holte die Kaffeepackung aus ihrer Tasche, platzierte sie inmitten der Pflanzen und fischte sich eine einzelne Bohne heraus. Lange saß sie einfach nur da und schwieg, ließ den Schmerz kommen und gehen, drehte das braune Oval zwischen Daumen und Mittelfinger hin und her. Es war die Kaffeebohne, die nach einer kleinen Ewigkeit zu Martin sprach: »Ich möchte mich von dir verabschieden. Ich gehe fort und werde vielleicht nicht mehr wiederkommen. Ich bin immer noch traurig, weil du nicht mehr da bist, so sehr, dass ich beinahe daran zugrunde gegangen wäre. Ich vermisse alles an dir, deine Augen, die mich anlachen, deine Hände, die mich halten, deinen Atem auf meiner Haut. Wünsch mir Glück und bitte mach, dass Elizabeth Bishop recht behält, wenn sie schreibt: – *Even losing you (the joking voice, a gesture / I love) I shan't have lied. It's evident / the art of losing's not too hard to master / though it may look like* (Write *it!*) *like disaster.*

Es dämmerte, als sie den Friedhof verließ. Das noch frische Grab ihrer Eltern, das auf der anderen Seite lag, besuchte sie nicht. Mit Verlust war das so eine Sache. Waren Verletzungen, Gram, Nichtvergebung oder Ungerechtigkeit im Spiel, wog er nicht allzu schwer. Im Gegenteil, es konnte dann geradezu erleichternd sein, wenn eine oder einer nicht mehr da war. Verlust schmerzte ja nur dann, wenn das ganz große Empfinden im Spiel war, wenn man einen Menschen so nah an sich herangelassen hatte, dass eine Weiterexistenz ohne ihn schier unmöglich wurde, weil man mit seinem auch das eigene Land verloren hatte, es zu einem blinden Fleck auf der inneren Landkarte geworden war, ohne Territorium, ohne Grenzen, ohne Flagge. Ob das gut oder schlecht war, blieb dahingestellt.

Als sich Sybille an diesem Abend ins Bett legte, war sie seltsam erleichtert. Sie spürte, dass sie vielleicht noch für mehr gemacht war als das Nichtleben, das sie seit Martins Tod geführt hatte, dass sie ohne ihn anderswo sogar besser zurechtkommen würde. Vielleicht war es für eine vom Leben Müde geradezu ideal, in ein Land wie Kirgistan zu reisen, wo nach Angaben des Österreichischen Außenministeriums ein erhöhtes Sicherheitsrisiko bestand. Wenn sie wollte, würde sie zweifellos auch dort sterben können, bestimmt sogar besser und einfacher als hier, gab es doch tiefe Seen, um sich zu ersaufen, und gigantisch hohe Berge, um sich hinabzustürzen. Aber ans Sterben dachte sie ja nicht mehr.

Es war der 8. Mai 2015, als Sybille Specht mit einer ledernen Umhängetasche und einem hellblauen Tramper-Rucksack in der riesigen Abflughalle des Wiener Flughafens stand und auf die Maschine PC 992 nach Istanbul, ihrem Zwischenstopp Richtung Bischkek, wartete. Mit im Gepäck war, nebst ein paar Briefen und einer Zuversicht, auch eine heidengroße Angst, die sich nun einmal einstellte, wenn man das alte Leben aufgab und sich in die große, weite Welt hinauswagte. Sie griff zum Fotoapparat und machte klick. Erst in diesem Moment begriff sie, wie real es war, alles Bekannte, Vertraute, Gewohnte aufzugeben, und wie endgültig und unausweichlich sich dieser Verlust anfühlte. Er führte in eine einzige Richtung, er kannte kein Zurück. Und genau das war es auch, was schwarz auf weiß auf ihrem Ticket stand: one-way, no return.

Ankunft mit Ümüt.

Bei ihrer Ankunft in Bischkek traf sie der Culture Clash wie eine Abrissbirne. Es war unglaublich heiß und staubig, die ersten Impressionen der Fremde – Gesichter, Farben, Gerüche, Laute – drückten sie ohne Vorwarnung mit voller Wucht in den Boden hinein. Sybille hatte mit Müh und Not das richtige Förderband mit ihrem Gepäck gefunden und war einfach der Menschenherde gefolgt, die gemeinsam mit ihr die Maschine verlassen hatte. Alles war so anders, laut, bunt, arm, wild – vielleicht auch deswegen, weil sie noch nie zuvor in Asien gewesen war. Aber nun war sie ein Teil von diesem Leben und dieser Kultur, war, nach vierundzwanzig Stunden und fünfunddreißig Minuten Unterwegsseins, nach zwei langen Flügen und einer Zehntel-Äquatorumrundung, mit ihren dunklen Haaren und Allerweltsklamotten in der kirgisischen Hauptstadt angekommen, hatte Wien und Istanbul hinter sich gelassen, genau wie das Schwarze Meer, den Kaukasus, das Kaspische Meer, hatte bereits die fünfte Bishop'sche Strophe erfolgreich gemeistert und unbeschadet mehr als einem Kontinent Lebewohl gesagt.

Beim Umsteigen am Flughafen in Istanbul hatte noch alles den Touch des halbwegs Normalen, Gewohnten gehabt: alle, vor allem auch die Frauen, recht freizügig und modern gekleidet (und nicht, wie Sybille voreingenommen vermutet hatte, unter Nikabs und Burkas versteckt), internationales Publikum, die üblichen Shops und Boutiquen, ein Anflug von Altersnervosität beim Suchen des Transfergates (die Maschine aus Wien hatte vierzig Minuten Verspätung gehabt), doch Sybille hatte sich zurechtgefunden, wie man sich immer zurechtfand in der Fremde, wenn man allein reiste, wenn man auf sich gestellt war und funktionieren musste. Sie hatte schon lange keine große Reise mehr angetreten, zuletzt vor fünf Jahren gemeinsam mit ihrem Mann nach Frankreich und Italien, mehr oder weniger bekannte Gefilde, wo es für sie ein Leichtes war, sich zu orientieren, mittels Worten, die sie aussprechen konnte und die verstanden wurden, Buchstaben, die sich lesen und deuten ließen. Reisen im Bekannten war ein Kinderspiel, bei dem nur die Allerfaulsten und Ignorantesten versagten.

Als sie in Istanbul nach längerem Suchen und Fragen ihr Gate für den Weiterflug am Display entdeckt und auf dem unübersichtlichen Areal lokalisiert hatte, atmete sie erleichtert auf, überhaupt stellte sich, jetzt wo sie allein war, beim kleinsten Erfolg Erleichterung ein, besonders da sie mit Abenteuern ein wenig aus der Übung war. Ein befreiender Seufzer, ein instinktives Nach-Luft-Schnappen, ein körperliches Loslassen. Sie war den Hinweisschildern bis zum Wartebereich, der mit seinem fleckigen, verschmutzten Teppichboden alles andere als einladend wirkte, gefolgt und froh, keine Flip-Flops zu tragen wie die anderen. In einer Ecke hatten es sich auf einer Decke zwei Mädchen gemütlich gemacht, die ihren Körper in eine Yoga-Stellung brachten, ihre Hinterteile in die Luft streckten und so im halben Kopfstand verharrten. Sybille beneidete die beiden, sie selbst dachte immer viel zu viel über ihr Verhalten in der Öffentlichkeit, ihre Wirkung auf andere nach, hätte auch gerne des Öfteren mit dieser Art von Selbstverständnis in die Welt hineingelebt. Vielleicht schaffte sie das ja in der Zukunft. Die Dichte an Plastiksäcken, bunten Tragetaschen und kreativen Transportverpackungen unter den Bischkek-Anvisierern war enorm und ließ Sybille, die brav nur eine Laptoptasche als Handgepäck bei sich trug und auch beim eingecheckten Rucksack das erlaubte Höchstgewicht von elf Kilogramm nicht überschritten hatte, wie einen europäischen Fremdkörper wirken. Die ganze Flughafenatmosphäre strahlte bereits etwas Östliches aus, diesen ganz speziellen, spröden, verstaubten Sowjet-Charme, der einem auch schon an den Grenzen zu Ungarn, der Slowakei und Tschechien entgegenwehte und klischeehafte Land- und Leute-Assoziationen wie Armut, Rückständigkeit, Kitschprunk und Unfreundlichkeit evozierte. Sybille fotografierte gedanklich (und tatsächlich) die Umgebung ab: die löchrigen Sitze in den Wartereihen, aus denen poröse Schaummasse hervorquoll, klick, die zusammengekniffenen Augen und platten Wangenknochen der russischen, kirgisischen, usbekischen und sonstigen Asien-Reisenden, klick, ein beingegipster Junge im abgewetzten Jogginganzug aus den Achtzigerjahren, der in einem alten Transfer-Wägelchen mit rostiger Hupe und kaputtem Blaulicht zu seinem Gate gefahren wurde, klick, klick. Es gab so viel zu sehen. Mit wachsender Neugier beobachtete sie die Typen von Menschen um sich herum, die da herzukommen schienen, wo sie hinwollte: hübsche, meist zierliche Teenagerinnen mit mandelförmigen Augen und schwarzer glatter Mähne, alte Frauen mit bunten Kopftüchern und folkloristisch bestickten Kitteln und schließlich ein honoriger alter Mann mit einem original kirgisischen Filzhut auf dem Kopf (sie kannte den Nationalhut, Kalpak genannt, von zahlreichen Fotos aus dem Reiseführer), der sie mit seinen kleinen dunklen Knopfaugen ansah, in denen Sybille die Weite kirgisischer Steppen, die Kargheit des alltäglichen Daseins, den Stolz einst gewonnener Schlachten zu erahnen glaubte. Das war er also, ihr erster zum Greifen naher, waschechter Kirgise, der sie in Aussehen und Auftreten augenblicklich an den halben erinnerte, den sie vor vielen Jahren kennengelernt hatte.

Der Alte zitterte am ganzen Körper, versuchte ungefähr eine Minute lang Pass und Ticket in die linke Brusttasche seines Hemdes zu stecken, scheiterte jedoch, vielleicht an Parkinson. Sie hatte schon aufspringen und ihm zu Hilfe eilen wollen, aber eine andere Frau war ihr zuvorgekommen. Gutmütigkeit und Hilfsbereitschaft mussten immer ganz schnell ablaufen, (Erste) Hilfe scheiterte oft an einer noch so kleinen Zögerlichkeit. Was dann geschah, hätte Sybille nur zu gerne in echt mit ihrem Fotoapparat festgehalten, aber sie traute sich nicht. Die Frau hob den Hut des Mannes an, griff nach dem zusammengefalteten Stofftaschentuch, das darunter auf seiner Glatze verborgen lag, und wischte ihm den Schweiß aus dem Gesicht. Nach dieser fast zärtlichen Geste faltete sie das Stück Stoff wieder zusammen, legte es auf seinen Kopf zurück und setzte ihm den Hut wieder auf – was für ein Schauspiel. Später im Flugzeug kam Sybille zu einem ersten Souvenir, das sie für immer an diesen besonderen Tag erinnern würde, den ersten ihres neuen Lebens. Es war ein in grünes Papier gewickeltes Eukalyptus-Menthol-Zuckerl, schon leicht klebrig und laut Auskunft des kirgisischen Gönner-Ehepaares, das neben ihr saß und ihr die Süßigkeit stolz offeriert hatte, »originally made in Germany«. Sie hatte schon im Reiseführer darüber gelesen, dass der deutsche Qualitätsstempel in den ehemaligen Sowjetstaaten immer noch als Luxusnachweis galt, dass Produkte aus Deutschland unangefochten an der Spitze der Qualitätspyramide lagen, danach kam lange Zeit nichts, bis irgendwo im Mittelfeld russische und türkische Ware auftauchte, gefolgt von chinesischem Ramsch am untersten Ende der Begehrlichkeitsleiter. Obwohl sie Eukalyptus nicht mochte, lutschte sie brav das Bonbon auf – einfach weil es höflich war und Höflichkeit eine der wenigen Verständigungsmöglichkeiten in der

Fremde. Wenn ein Minimum an Konversation zustande kam, durfte man nicht Nein sagen, egal wozu: zu einem Zuckerl, das einem nicht schmeckte, einer Umarmung, die man sich lieber erspart hätte, einer Zigarette, obwohl man Nichtraucherin war, oder einem Wodka auf nüchternen Magen. Dieses Gesetz hatte Allgemeingültigkeit. Aus dem Gestikulieren der Frau, die rudimentärstes Englisch sprach, war hervorgegangen, dass das Lutschen von Bonbons gegen Ohrenverschlagen half. Sybille wusste nicht, ob das stimmte, aber darum ging es hier ja nicht. Die beiden stellten sich mit »Galvia, Galva?« und »Bodor oder Bodem?« vor, kirgisische Namen blieben selbst nach dreifacher Wiederholung eine Herausforderung für ihr Aufnahme- und Aussprachevermögen, zumal sie sich in der Regel leichter tat, wenn sie die Wörter in geschriebener Form vor sich hatte, in lateinischer Schreibweise. Ganze fünf (von sechs) Bonbons nahm Sybille auf dem fünfstündigen Flug zu sich, was ihr ordentliche Magenschmerzen einbrachte, aber das war ihr die Gesellschaft wert. Die beiden hatten ihr sogar angeboten, sie nach ihrer Ankunft mit ihrem Wagen mit ins Bischkeker Zentrum zu nehmen (dabei wurde ein imaginäres Lenkrad nach links und rechts gedreht), aber Sybille lehnte, bewusst gegen das von ihr selbst postulierte »Ja-Sagen«-Gesetz in der Fremde verstoßend, dankend ab. Das ging ihr dann doch zu schnell. Sie wollte erst einmal allein ankommen, das Ankommen zelebrieren, der Akklimatisierung die nötige Zeit geben.

Und als sie wenig später zum ersten Mal ihren Fuß auf kirgisischen Boden setzte, dachte sie unweigerlich an Juri Gagarin, umkreiste in Gedanken ihren neuen Planeten, fühlte sich tatsächlich wie bei einer Mondlandung, auch wenn der russische Kosmonaut mit der Wostok 1 nur das Universum durchreist, den Mond als solchen gar nicht betreten hatte.

Auch er musste in etwa so empfunden haben wie sie jetzt, erregt, angespannt, unsicher, neugierig und mutig gewesen sein. Diesen Zustand hieß es auskosten. Sybille ließ ihren Rucksack und die Laptoptasche unter einem schattenspendenden Baum vor dem Ausgang des Airports zu Boden plumpsen und schaute in das fremde Land hinein. Gierig atmete sie das turbulente Treiben auf dem Parkplatz ein und aus, beäugte akribisch die Menschen bei jeder noch so kleinen Verrichtung, ließ die Abenteuerluft bis tief in die Lungen vordringen. Andere Touristen konnte sie nicht ausmachen – sie schien tatsächlich die einzige westliche Person zu sein. Sybille beschloss, noch einen weiteren Moment zu verharren, bevor sie sich mitreißen lassen würde, hineinreißen, aufsaugen vom galaktischen Strom dieser fremden Welt. Als sie sich schließlich einigermaßen gefasst hatte, steuerte sie auf den bemannten Geldwechselschalter zu, tauschte die ersten hundert Euro in Som (die Währung war bei ihrer Bank in Wien nicht aufzutreiben gewesen), investierte am nahen Kiosk in eine Flasche Wasser, eine Schachtel Zigaretten und ein Feuerzeug und warf aus einem spontanen Impuls heraus ihren Pass in den Abfalleimer. Der symbolische Schritt fiel leichter als gedacht, das Dokument hatte ihr aufgrund des veralteten Fotos während der gesamten Reise Probleme bereitet, schon beim Check-in in Wien war sie nur mit Müh und Not und unter Einsatz von Tränen und Erklärungen durch die Kontrollen gekommen – dermaßen nicht wiederzuerkennen, wie sie war. »Wenn ich schon untertauche, dann gleich richtig«, dachte sie und zündete sich, etwas unbeholfen, einen der Glimmstängel an. Ihr wurde sofort schwindlig, sie hatte, bis auf einige wenige Male während ihrer Studentenzeit, nie geraucht, und dass sie nun plötzlich damit anfing, war mit Sicherheit mehr einer aufkeimenden

Lust auf Abenteuer, einem überraschenden Bedürfnis nach Verwegenheit und Unvernunft, denn ihrer Inkonsequenz geschuldet. Man musste die Dinge (an)nehmen wie sie (einem in den Sinn) kamen, durfte sich ruhig aus einer simplen Laune heraus erlauben, eine kleine Ladung Teer, eine große Ladung Zement anzurühren, um damit die neuen Straßen der Eroberung zu asphaltieren, vielleicht dabei auch ein paar Kanaldeckel auszusparen, in die ein anderer dann hineinfallen konnte. Vielleicht gehörten ab sofort auch Eukalyptus und Tabak zu ihrer neuen Identität, genau wie ihr Rucksack, ihre bunten Stoffhosen und lilafarbenen Fünfzig-Som-Scheine.

Sybille dachte an Samats Zeilen über die Symbolkraft kirgisischer Namen, daran, wie er ihr in einem seiner Briefe von der Bedeutung seines und anderer Vornamen erzählt hatte, die Neugeborenen in abergläubischer, sagendurchzogener Tradition von ihren Vätern zugeteilt wurden, um ihnen damit ihre Zukunft weiszusagen. Sie wollte das auch, wollte auch einen neuen Namen haben, einen, der ihr weiteres Schicksal besiegeln, bestenfalls beflügeln würde, aber sie hatte keinen Vater mehr, der diese Aufgabe hätte erledigen können, und so würde sie wohl auch weiterhin Sybille heißen, außer freilich sie fände beizeiten jemanden, der diesen Akt vertrauensvoll für sie vollzog, oder sie war sich selbst Vater und Mutter und suchte sich einen aus – einen Übergangsnamen, Metamorphosenamen, Kirgisennamen, der vor lauter Bedeutungsschwangerschaft nur so hallte.

Sie ließ erneut ihren Blick durch die Menge der Ankommenden, Wartenden und Wegfahrenden streifen und blieb schließlich im Gesicht eines Mädchens hängen, das vor einem parkenden Auto auf dem Gehsteig kauerte. Aus irgendeinem Grund fiel sie ihr auf, ja, sie war hübsch und das Vorsichhinträumen stand ihr gut, aber da war noch etwas anderes, etwas Unnahbares, Vages, Stilles an ihr, was sie wie nicht von dieser Welt wirken ließ. Was war es nur, was die Kleine so besonders machte? Vielleicht die Ruhe, die sie ausstrahlte, das (in Gedanken) Verlorene in ihren Augen, ihren Gesten, ihrer Gesamterscheinung? Nach fünfzehn Minuten intensiven Betrachtens steuerte sie schließlich auf sie zu, hielt ihr nach kurzem Suchen den kirgisischen Sprachführer unter die Nase (sie hatte auch noch in zwei russische Versionen investiert) und deutete mit dem Finger auf die Zeile, in der »Atyngyz kim?« stand. Das Mädchen schaute sich unsicher um. Sie schien verstanden zu haben und antwortete schüchtern: »Ümüt.«

»Ü-müt«, wiederholte Sybille langsam, reichte ihr die Hand und sagte: »Thank you.«

Als sie ein paar Tage später im Internet die Bedeutung nachschlug, musste sie lächeln. »Ümüt« stand für »Hoffnung« und war also bestimmt nicht die schlechteste Option, wenn es darum ging, ihre momentane Situation einzufangen. Aber auch »Yrys« – »Glück« und »Tolkun« – »Welle« sprachen sie an. Und doch, sie musste Geduld haben, der Tag ihrer kirgisischen (Feuer)Taufe würde noch kommen, der richtige Name würde ihr zufliegen, ihr im Namen eines Vaters oder Sohnes oder Heiligen Geistes verliehen werden, dann, wenn es so weit war.

Sybille winkte ein Taxi herbei und kramte nach Samats letztem Brief. Auf der Rückseite des Umschlags stand eine Adresse und genau die streckte sie dem Fahrer jetzt entgegen: T. Abdumomunowa uliza 257, 720085 Bischkek. Er fragte sie irgendetwas auf Russisch, aber sie zuckte mit den Schultern, zeigte auf die Buchstaben und sah ihn auffordernd an.

Der alte Mercedes setzte sich in Bewegung. Es war früh am Morgen, als Sybille über eine breite, holprige Straße ins Stadtzentrum fuhr. Die Schlaglöcher waren so groß und tief, dass ein Kleinkind in Hockstellung locker darin Platz gefunden hätte. Die Flugreise war lang und anstrengend gewesen, sie merkte, wie müde und erschöpft sie war. Der Taxifahrer telefonierte, seit sie eingestiegen war, ununterbrochen und lautstark mit zwei Mobiltelefonen gleichzeitig, offensichtlich kam er mit der Adresse nicht zurecht, immer wieder blickte er zu ihr nach hinten, sagte etwas, mehr fordernd als fragend, aber sie schüttelte erneut den Kopf, blätterte abwechselnd in ihren russischen und dem kirgisischen Sprachführer, versuchte es mit einem unbeholfenen »Ökünütschtömün« – »Es tut mir leid« und »Iswinite, ja plocho ponimaju po-russki«, was übertrieben war, denn sie sprach nicht schlechtes, sondern überhaupt kein Russisch, aber diese Phrase befand sich nicht in ihrem Buch. Wie auch, in einem Sprachführer konnte ja nicht schon mit einem Satz alles gesagt sein, vielmehr war dieser ja dazu da, den darin Blätternden zum Sprechen anzuregen, Neugier und Freude an der neuen Verständigungsform zu entfachen. Doch bei ihr kam die Freude mehr in den Augen auf, die sich zunehmend auf das konzentrierten, was außerhalb des Taxis passierte.

Die Fahrt ging durch mehrere kleine Dörfer. Ein alter Mann saß auf seinem Pferd und hütete mit sturem Blick und einem Stock in der Hand ein paar Schafe am Straßenrand. Zwei Kühe überquerten seelenruhig die vierspurige Rumpelpiste – der Fahrer bremste abrupt, hupte aber nicht. Die alten Blechkisten, ihre mit eingeschlossen, wechselten scheinbar willkürlich von einer Spur auf die andere (es gab keinerlei Bodenmarkierungen oder Verkehrstafeln), verwoben sich zu einem explosiven Gemisch aus Darwin'schen Vor- und kirgisischen Nachrangregeln, lautem Gehupe, Motorengejaule und Radiofragmenten, zu einem schmatzenden, tosenden, wild vor sich hin treibenden Verkehrsfluss in Richtung Stadt. Aber das Erstaunlichste, das sie an diesem Morgen zu sehen bekam und mit ein wenig Glück noch viele weitere Male würde sehen können, war die über allem thronende majestätische Bergkette des Ala-Artscha-Gebirges, die wie ein Jurtendach über der Stadt schwebte, sie ummantelte und beschützte. Unten die staubigen, verrußten Straßen und eingepferchten Häuser, oben die schneebedeckten, hell leuchtenden Schneefelder und Gipfel der Gletscher. Sybille machte klick. Das Bild war perfekt.

Wenn man in eine fremde Stadt hineinfuhr, fielen einem immer Dinge auf, die ungewöhnlich, besonders und ganz speziell für den Ort waren – man fühlte und ahnte bereits im Nano-Bereich, was auf einen zukommen würde, setzte, inspiriert von den allerersten Eindrücken, die die Landschaft und ihre Bewohner hergaben, den entjungfernden Pinselstrich auf die eigene, noch weiße Post- und Landkarte, die freilich erst viel später ein ganzes Motiv offenbaren und zu Beschriftung und Versand bereitstehen würde, ein Prozess, der Wochen und Monate in Anspruch nehmen konnte.

Die Bebauung wurde langsam dichter, verschiedene Behausungen unterschiedlicher Epochen, Stilrichtungen und Komfortklassen zogen an ihr vorbei. Von der heruntergekommenen Blechdachhütte mit Holzverschlag bis zum neureichen säulenverzierten Marmorpalast war alles dabei. Sybille war von der Vielzahl an Motiven, Gerüchen und Geräuschen, die durchs offene Fenster zu ihr drangen, regelrecht berauscht und zwang sich zur Konzentration, als der Fahrer merklich langsamer wurde. Zweifellos hatten sie das Zentrum erreicht, links und rechts der breiten Ulizas und grünen Prospekts erhoben sich sowjetische Bombastgebäude – Marmorkästen mit großzügigen Parkanlagen, Denkmälern und Plätzen davor. Er bog in eine der Seitenstraßen ein und schlängelte sich weiter durch staubige Viertel und an Häuserreihen vorbei, die langsam wieder schäbiger wurden, weit weniger ansehnlich als die Vorzeigebauten mit ihren Sonntagsvorderseiten, die für Touristen, Staatsgeschäfte und Fernsehbilder gemacht waren, nicht aber für das wirkliche Leben. Der Fahrer hatte sein Seitenfenster hinuntergekurbelt, scannte angestrengt die Straßennamen und Hausnummern. Dann stoppte er, sagte etwas zu ihr, was nach Erleichterung klang. Sybille schaute sich um. Die Straße sah schäbig aus. Leerstehende Wohnblockruinen, verfallene Häuser, ein, zwei kleinere Läden und Kioske, eine Baustelle, auf der gerade gearbeitet wurde, Schutt, qualmende Maschinen, Rauchwolken. Dann registrierte sie ein adrettes, junges Mädchen, das vor einem offenen Gartentor aus grünem Blech auf jemanden zu warten schien. Das dahinterliegende Gebäude, es war in freundlichem Zitronengelb gestrichen, wirkte auf den ersten Blick schlicht, aber gut instand.

»Hello! I'm looking for a person called Guljamal«, rief Sybille aus dem Auto heraus. »She's the owner of house number 257 and has rented one of the apartments to my friend Samat Bergen. Do you know where she is right now?«

»I'm Elaine, Guljamal's daughter«, antwortete sie und reichte ihr die Hand. »Unfortunately my mother has to work right now and is out of town, so I'm here to show you the flat.«

Dann unterhielt sie sich auf Russisch mit dem Fahrer, der endlich Dampf ablassen konnte und dabei auch verstanden wurde. Elaine war, wie sich herausstellte, siebzehn Jahre alt und hatte wie fast alle Kirgisinnen eine zarte, zierliche Figur.

Sie versuchte erwachsen zu wirken, gab sich höflich und zurückhaltend, doch ihre kleinen, dunklen Augen, die flink und neugierig hinter dicken Brillengläsern hervorlinsten, verrieten immer noch das lausbubige, freche Mädchen in ihr, das irgendwo hinter der Fassade unbeschwert in Wasserpfützen sprang und Fangen spielte. Sybille drückte dem Taxifahrer auf Anweisung von Elaine fünfhundert Som in die Hand und wollte sich verabschieden, aber er bestand darauf, ihr das Gepäck in die Wohnung zu tragen. Sie stapften über eine enge Stiege in den zweiten Stock des Hauses und Elaine öffnete die Tür mit der Nummer 3. Das war sie also, Samats letzte Bleibe, bevor er vor einigen Monaten spurlos verschwunden war, wieder einmal, wie Sybille nicht frei von Ironie dachte, als sie die Schwelle überschritt und sich in der Wohnung umsah. Hier hatte er also gelebt, hatte auf dem Hocker in der kleinen Küche oder am großen Tisch im Wohnzimmer gesessen und die letzten Zeilen an sie verfasst.

»Are there any news from Samat, the guy who has been living here?«, fragte sie Elaine, die verneinend den Kopf schüttelte. Dieselbe Frage hatte sie auch schon ihrer Mutter am Telefon gestellt, nachdem sie mühsam und über mehrere Umwege von Wien aus eine Telefonnummer zur Bischkeker Adresse herausgefunden hatte. Sie war schon glücklich gewesen, dass da überhaupt jemand am anderen Ende der Leitung war, und überglücklich, als sich herausstellte, dass die ganze Familie perfekt Englisch sprach (der Vater stammte ursprünglich aus London und arbeitete für die United Nations). Aber auch Guljamal hatte schon am Telefon beteuert, dass sie nicht wirklich viel zu Samat und seinem Verbleib sagen könne, sie pflege mit ihren Untermietern nur wenig Kontakt, aber es befänden sich wohl noch jede Menge persönlicher Habseligkeiten im Apartment, das er vor einiger Zeit unangekündigt, aber ohne jeden Zweifel verlassen habe. Da es bis Jahresende im Voraus bezahlt sei, könne sie jederzeit einfach kommen und bis auf Weiteres auch hier wohnen bleiben. Guljamal hatte sichtlich erleichtert geklungen damals am Telefon, war froh gewesen, dass sich endlich jemand bei ihr meldete, der Samat kannte. Sybille erkundigte sich bei Elaine, wann ihre Mutter wieder in der Stadt sein würde, aber Elaine wusste es nicht. Sie sagte etwas von »she's very busy at the moment« und »perhaps in two weeks«.

Sybille wollte nur noch schlafen. Sie streifte sich die grau gewordenen Sneakers von den Füßen, plumpste ins Bett und hörte Elaine beim Zuziehen der Tür noch sagen: »Welcome to Kirgistan.«

Ein bunter Klangteppich zog durch das gekippte Fenster in ihr Schlafzimmer, legte sich auf den Boden und über ihre Träume. Sie wurde nur wach, wenn sie zur Toilette musste oder großen Durst verspürte, schlurfte dann durch den dunklen Flur ins Bad oder zum Kühlschrank, um einen großen Schluck Wasser aus einer der Flaschen zu nehmen, die Guljamal oder Elaine vorausschauenderweise besorgt haben mussten. Danach legte sie sich wieder hin, sie wusste nicht, wie spät es war, eine bleierne Müdigkeit übermannte sie immer wieder aufs Neue, drückte sie förmlich auf ihr Laken und ins Bett hinein, wo sie sprichwörtlich um ihr Leben schlief. Es wurde hell und wieder dunkel und Sybille lauschte sich langsam, aber sicher in das Bischkeker Leben (und die kirgisischen Lande) hinein: Eine Waschmaschine scheppterte und gurgelte vor sich hin. Eine Kreissäge quietschte und schliff. Dazwischen das tiefe Brummen eines Presslufthammers, reges Klopfen und Schlagen, dumpf und spitz, das Knattern und Rattern von Maschinen, die rauf- und runtergefahren wurden. Alles klang seltsam künstlich in ihren Ohren, wie von billigen Spielzeugautos »made in Taiwan«, die kleine Kinder auf Jahrmärkten von Großeltern geschenkt bekamen, die nicht Nein sagen konnten. Weiter weg, in der Ferne, zerstückelten Autohupen die Luft. Polizeisirenen tanzten Disco. Trillerpfeifen lenkten melodiös den Strom. Sybille träumte schwarzweiß. Die vielschichtigen Tonspuren hatten sie skurrilerweise ausgerechnet in alte Stummfilmwelten à la Charlie Chaplin und Laurel und Hardy katapultiert, in denen die Oldtimer und Schrottkarren lautlos aus den letzten Löchern pfiffen, sang- und klanglos über holprige Landstraßen fuhren. Mitten im maschinellen Singsang auch Lebendiges: Männer, die sich mal lautstark und aggressiv, mal ruhig und melancholisch unterhielten oder sich zum Gruß ein gut gelauntes »Salamatsyzby« zuriefen, Frauen, die lachten, Kinder, die fröhlich und ausgelassen spielten, Livemusik und beruhigendes Tellerklappern aus einem benachbarten Café, ein dauerschreiender Hahn, der offensichtlich blind war und den Tag nicht von der Nacht unterscheiden konnte, wildes Esels-I-A, Hundegebell, Grillenzirpen, lästiges Mückensurren, Vogelgezwitscher, darunter manchmal ein Kuckucksruf, Schlagermusik. Still war es nie. Doch Sybille schlief wie ein Baby, ihre Lärmempfindlichkeit schien mit dem ersten Schritt auf kirgisischem Boden automatisch verflogen zu sein – offensichtlich ein natürlicher Mechanismus, ein archaischer, kriegerischer Instinkt, ohne den es sich hier nicht überleben ließ. Auch olfaktorisch machte sich die Stadt bemerkbar: Es roch nach Fleisch, Blumen, Gewürzen, Teer, Abgasen, Regenwürmern, Heu, Kaffee, Kot, Küche. Die vorherrschende Geräusch- und Geruchskulisse, die geträumten und abgespeicherten Ersteindrücke vervollständigten sich im Halb- und Tiefschlaf zu einem farbigen Bild, einem Gemälde, dessen Ölfarben und -schichten noch feucht waren, dessen Meister den Pinsel noch unschlüssig in der Hand hielt, einer Bischkekcollage. Sybille hatte die Strapazen der Reise und die Zeitverschiebung definitiv unterschätzt. Sie schlief und schlief. Die (Außen)Welt musste noch warten.

Am zweiten oder dritten Tag ging Sybille das Wasser aus. Sie setzte sich auf und strampelte sich aus dem Bett. Ihr Kopf schmerzte, ihr Hals kratzte, sie hatte Hunger und Durst. Auf müden Beinen schlurfte sie ins Bad, zog sich aus und stellte sich unter die Dusche. Das Wasser kam in einem kläglich dünnen Rinnsal aus dem Brausekopf, aber es war angenehm kühl und erfüllte seinen Zweck. Sie zog sich an, warf zwei kurze Blicke in den Spiegel und den Kühlschrank, steckte Wohnungsschlüssel und Brieftasche in ihre lederne Umhängetasche und verließ das Haus. Es musste gegen Mittag sein. Die Sonne stand direkt über ihr am Himmel und tauchte die Straße in ein grelles, beinahe weißes Licht. Die Bäume am Straßenrand, es waren Pappeln, warfen kleine Schattenkegel auf den Beton. Sybille blieb eine Weile vor dem grünen Tor stehen, überlegte, in welcher Richtung wohl der nächste Supermarkt lag, entschied sich spontan für links und marschierte drauflos. Die Hitze war unglaublich trocken und massiv, Sybille schlich von Schatten zu Schatten und bewegte sich nur langsam vorwärts. Die Menschen, die ihr begegneten, musterten sie neugierig, aber auch mit einem gewissen Argwohn. Vielleicht bildete sie sich das freilich nur ein, vielleicht war es ihre eigene Unsicherheit, die sie in den Augen der anderen zu erkennen glaubte, auch sie selbst kam ja aus dem Staunen und Entdecken nicht heraus, drehte den Kopf einmal hierhin, einmal dahin, linste hinter jeden Bretterverschlag, in jeden Laden hinein, allein schon weil sie die Schilder nicht lesen konnte und also nicht wusste, ob es hier

Fisch zu kaufen, Autos zu reparieren oder Kaffee zu trinken galt. Das kyrillische Alphabet wollte nicht in ihren Kopf hinein. Sie hatte kurz überlegt, in Wien noch einen Crashkurs in Russisch zu belegen, um nicht ewig mit ihrem Finger auf Sachen zeigen zu müssen, aber zu viele Sprachen hatte sie während ihrer Schul- und Studienzeit schon (kennen) gelernt – Englisch, Französisch, Italienisch –, sodass vor ein paar Jahren beim Holländischen und Litauischen eine Sperre auf- und eingetreten war, die ihr bereits vorhandenes Sprachwissen vor neuen Einflüssen zu schützen schien – offenbar hatte ihr Gehirn keinerlei Ressourcen für weitere Verständigungsmethoden mehr frei. Bei den hiesigen Schmatz- und Gurgellauten, dem kirgisischen Sprach- und russischen Buchstabensalat verhielt es sich ebenso – sie verweigerte. Um dennoch irgendwie zurechtzukommen, hatte sie vor ihrer Abreise gleich in drei Sprachführer investiert – darunter eine ernsthafte russische Ausgabe, die penibel die Grammatik erklärte und sich intensiv mit Konjugationen und Satzstellung auseinandersetzte, wohingegen die beiden anderen mit ihren Zeigebildern, die beim Einkaufen helfen sollten, und der Auflistung einfacher Redewendungen primär für Faule, Dumme oder eben Blockierte wie sie konzipiert waren (bezeichnenderweise hießen sie *Russisch* und *Kirgisisch für Dummies*) – doch selbst das disziplinierte Üben und tägliche Wiederholen einzelner Wörter aus Letzteren hatten bislang nichts gebracht.

Sybilles Kopfschmerzen wurden schlimmer, sie brauchte wirklich dringend Wasser. Überall bohrte und brummte es. Zwei Mädchen mit Mundschutz kreuzten ihren Weg, auch am Flughafen hatte sie schon einige Leute, vor allem Kinder, mit den papiernen Schutzmasken gesehen, bestimmt war der Feinstaubgehalt in der Luft überdurchschnittlich hoch, auch sie hatte seit ihrer Ankunft ein ständiges Kratzen im Hals und leichte Probleme mit der Atmung. Sie steuerte auf das Paar zu und fragte: »Do you know, if there's a supermarket near around?« Die beiden sahen sie verschreckt an, schüttelten den Kopf und ließen sie stehen. Sie versuchte es noch zwei-, dreimal bei anderen Begegnungen, aber auch da ohne Erfolg und eine Antwort. War das der spröde, sperrige Charme, das postsowjetische Misstrauen, das auch fünfundzwanzig Jahre nach dem Zerfall der UdSSR immer noch in den Menschen verankert lag, das Sturgeradeausschauen und Scheuklappendenken, die mit ziemlicher Sicherheit gar nichts mit ihr zu tun hatten? Viel zu oft bezog man ja die Aktionen und Reaktionen der anderen auf sich. (Überhaupt konnte es einem auch im beschützten Wiener Nobelbezirk Döbling passieren, dass man allein beim Ausborgen eines Kugelschreibers auf offener Straße auf Misstrauen stieß, für eine (Tage)Diebin und Kriminelle gehalten wurde und die Angesprochenen panikartig davonstoben.) Auf gut Glück betrat sie schließlich das nächste Geschäft und machte eine Trinkbewegung mit der Hand. Sie war in einem Restaurant gelandet.

»Do you have water? Minerálnaja wodá?«, sagte sie noch und dann wurde ihr schwarz vor Augen.

Als sie wieder zu sich kam, hockte Elaine neben ihr auf dem Boden. »Are you okay?«, fragte sie.

»Yes«, flüsterte Sybille, »I'm okay.«

Sie richtete sich auf und leerte das große Wasserglas, das Elaine ihr entgegenstreckte, in einem Zug. Ihre neue Nachbarin war rein zufällig vorbeigekommen, um Mittagessen für sich und ihre Großmutter zu holen, und bot an, sie nach Hause zu begleiten. Sybille nahm dankend an und fragte sich ernsthaft, ob sie hier zukünftig mit Phrasen aus dem Sprachführer würde überleben können, ob es zu ihrem Schicksal werden würde, mit dem Finger auf Sachen zu zeigen, die sie brauchte oder begehrte. Aber das war eine Angelegenheit, die sie nicht heute klären musste. Sie kauften zwei Fünfliterflaschen Wasser, ein paar Tomaten, ein Stück Käse und Brot und wackelten nach Hause.

»Thank you, Elaine.«

»No prob. Maybe you should have another rest, you seem pale. And don't forget to eat and drink something.«

Jetzt war es also so weit, dass sie sich Erwachsenenratschläge von einer Siebzehnjährigen geben lassen musste.

»I'll look after you tomorrow morning, okay?«, sagte Elaine zum Abschied. Sybille nickte. Zu Hause angekommen machte sie sich Käsebrote mit Tomaten zurecht, trank erneut zwei Gläser kaltes Wasser und verstaute die restlichen Lebensmittel im Kühlschrank. Dann setzte sie sich auf den Hocker in der Küche und verzehrte genüsslich ihre erste Mahlzeit seit Tagen. Ihr Blick wanderte dabei hinunter in den Hof, wo Elaine einer alten Frau (wahrscheinlich ihre Großmutter) dabei half, den Gemüsegarten zu bewässern, schweifte zurück in die Küche, die Kästen entlang bis zum Kühlschrank und zur Küchentür hinaus auf den Flur. Seit sie Samats Wohnung zum ersten Mal betreten hatte, war sie eigentlich nur am Schlafen gewesen, mit Ausnahme ihrer kurzen Ausflüge in Bad und Küche, hatte Sybille sie noch gar nicht richtig in Augenschein genommen. »Der Ordentlichste warst du nicht, lieber Samat«, dachte sie und strich mit den Fingern über die staubig-klebrige Patina, die die Türen der Laden und Schränke überzog. Neugierig öffnete sie einen, doch als ihr ein chaotischer Haufen an Tassen, Besteck, Reagenzgläsern, Pinzetten, angebrochenen Lebensmitteln und sonstigem Krimskrams entgegenpurzelte, beschloss sie, die genaue Wohnungsinspektion und das notwendige

Saubermachen noch ein klein wenig hinauszuschieben. Ihre Neugier wurde von der Müdigkeit besiegt, sie legte sich wieder ins Bett. Als sie später am Tag die Augen aufschlug, fegte ein rauer Sandsturm durch die Straßen. Sie hatte die Fenster offen gelassen, die Holzflügel schepperten und schlugen gegen die Hauswand. Das Glas, das auf dem Küchentisch gestanden hatte, war zu Boden gefallen und zerbrochen, die Dielenbretter waren mit einer dicken Schicht aus Sand und Blattwerk bedeckt, die der Wind mit jedem neuen Stoß hereingewirbelt hatte. Die Bäume bogen sich verdächtig weit in Richtung ihrer Wurzeln, die Strommasten surrten bedrohlich. Ein lauter Knall, gefolgt von plötzlicher Finsternis, ließ sie zusammenzucken. Was für ein wildes und stürmisches Willkommen: ein Hitzschlag, ein Sandsturm, ein Stromausfall.

Da klopfte es auch schon an der Tür. Eine Frau mit Stirnlampe auf dem Kopf stellte sich als ihre Nachbarin Mareike vor. Sie redete Englisch, aber Sybille entlarvte sie sofort als Deutsche – der Akzent, das Selbstbewusste, das Übereifrige, die Stirnlampe –, es bestand kein Zweifel, sie musste aus Deutschland kommen und Sybille hatte recht. Mareike erkundigte sich nach ihrem Befinden, erzählte, dass sie seit über fünf Jahren als Entwicklungshelferin in Kirgistan arbeite, und erklärte, dass wohl wieder einmal der Strom ausgefallen sei – offensichtlich ein Dauerzustand – und dass es ebenso oft zu Wasserknappheit komme. Für solche Fälle gelte es vorzusorgen. Sie drückte ihr eine Zweiliterflasche Wasser, eine Kerze und Streichhölzer in die Hand. Mareike war hilfsbereit und redete viel, für Sybilles Geschmack etwas zu viel. Sie unterbrach den Begrüßungsschwall: »Wir können uns auf Deutsch unterhalten, ich heiße Sybille. Ich wollte auch schon bei Ihnen anklopfen und fragen, ob Sie vielleicht meinen Vormieter kennen, Samat Bergen, ich bin auf der Suche nach ihm.«

Mareike stutzte. »Nun, kennen ist übertrieben«, antwortete sie nach kurzem Zögern, »er war ein ziemlich seltsamer Kau…«, sie stockte, korrigierte sich dann, »also, was ich sagen wollte, er lebte sehr zurückgezogen. Ich habe anfänglich versucht, ihn zum Essen einzuladen oder zu einem Glas Wein, aber er hat immer abgelehnt und am Schluss, glaube ich, sogar absichtlich nicht mehr die Tür geöffnet, wenn ich bei ihm geläutet habe.«

»Wissen Sie denn, wo er sich jetzt aufhält?«, überging Sybille ihre Gekränktheit.

»Ich habe keine Ahnung. Er hat viel gearbeitet, soweit ich weiß im Zoologischen Museum auf dem Gelände der Akademie der Wissenschaften gleich um die Ecke am Tschuj prospekt, und sonst ist er des Öfteren in der Hängematte im Hof gelegen und hat gelesen. Er war wohl mit einer Forschung über Tiere oder Pflanzen in Kirgistan beschäftigt, aber das ist mehr so ein Verdacht, weil ich einschlägige Fachzeitschriften und Bücher bei ihm gesehen habe. Auch roch es im Flur immer stark nach Chloroform oder Äther, wenn er nach Hause kam. Entweder war er Alkoholiker oder er hat Insekten und anderes Getier konserviert«, mutmaßte sie weiter.

Sybille mochte sie nicht. Sie war ihr zu schnell in ihren Urteilen und Spekulationen und obendrein zu aufdringlich. »Dieses Museum, können Sie mir vielleicht die Adresse aufschreiben?«

Mareike drehte sich um und ging zurück in ihre Wohnung. Sie kramte bei offener Tür in einer Kommodenlade nach Stift und Papier.

»Das ist, wie gesagt, gleich um die Ecke«, erklärte sie beim Zurückkommen, »bei der Philharmonie rechts, Tschuj prospekt, die Hausnummer weiß ich nicht, aber ich schätze mal drei, vier Häuserblöcke weit auf der rechten Seite.«

Sybille griff nach dem Zettel. »Danke. Sollte Ihnen noch irgendetwas zu Samat einfallen – wo er gerne hingegangen ist, was er so gemacht hat, ob er Freunde hatte –, lassen Sie es mich bitte wissen.«

Mareike überlegte. »In den letzten Monaten habe ich ihn überhaupt nicht mehr gesehen und auch davor hatte er nur ganz selten Besuch. Ab und zu ist er mit einem älteren Mann hier aufgetaucht. Sie sind dann gemeinsam mit ihren Motorrädern ein paar Tage zum Issyk-kul gefahren, immer mit allerlei Equipment bepackt. Er hat mich dann gebeten, auf seine Katze aufzupassen, ihr ab und zu eine Schale Wasser und etwas zu fressen hinzustellen. Und ein, zwei Mal habe ich ihn auch mit einem Jungen die Treppe heraufkommen sehen.«

»Samat hatte eine Katze?«

»Hat«, korrigierte sie Mareike. »Sie heißt Simsa und schwirrt hier bestimmt irgendwo herum. Seit seinem Verschwinden ist sie zur Hauskatze geworden, wir versorgen sie alle gemeinsam.«

»Samat hatte also eine Katze«, dachte sie im Stillen, »der starke Kirgise und ein Schmusekätzchen, das hat er in seinen Briefen gar nie erwähnt.«

»Wolf«, entfuhr es Mareike plötzlich, »ich glaube, sein Freund hieß Wolf. Sie könnten auch so etwas wie Kollegen gewesen sein, es wurde viel gefachsimpelt – über Schmetterlingsarten, wissenschaftliche Studien und derlei. Ab und zu habe ich ein paar ihrer Worte aufgeschnappt.«

»Wolf«, wiederholte Sybille, »den Nachnamen wissen Sie nicht zufällig auch?«

»Leider nein«, sagte Mareike. »Wollen wir vielleicht morgen Abend miteinander essen gehen?«

»Ehrlich gestanden, lieber nicht. Ich bin gerade erst angekommen und habe mit der Akklimatisierung noch ziemliche

Probleme. Aber danke, dass Sie fragen. Und wie gesagt, wenn Ihnen noch etwas zu Samat einfällt, egal was, geben Sie mir bitte unbedingt Bescheid.«

Wenn sich Mareike aus Deutschland kommunikative Nachbarn gewünscht hatte, hatte sie auch mit Sybille kein Glück. Was hätte sie ihr auch groß zu erzählen gehabt? Momentan wusste sie nicht einmal, was sie antworten sollte, wenn man sie nach dem Grund ihres Aufenthalts in Bischkek fragte, ihr Vorhaben ließ sich nicht einfach mit einer Berufsbezeichnung wie Entwicklungshelferin oder Wissenschaftlerin versehen. Am ehesten trafen es wohl noch »Suchende« oder »romantische Detektivin«, aber derlei Benennungen warfen beim potenziellen Gegenüber wohl mehr Fragen auf, als dass sie beruhigende Antworten geliefert hätten. Dabei war man ja oft im Leben vieles auf einmal. Auch Shaban & Käptn Peng hätten darüber ein Lied schreiben können und das hatten sie ja auch. Wenn der Mond zur gleichen Zeit wie die Sonne am Himmel stehen konnte und sich somit Tag und Nacht die Hand reichten, konnte doch auch ein Mensch zur gleichen Zeit Schläfer und Wächter sein, Geheimniskrämer und Schatzgräber, Burgerstürmer und Luftschlossbauer, Träumer und Orakel.

»Gibt es eigentlich viele Deutsche, also deutschsprachige Ausländer hier in Bischkek?«, fragte Sybille noch.

»Ja, doch, eine ganze Menge eigentlich«, antwortete Mareike leicht irritiert. »Wenn Sie möchten, nehme ich Sie gerne zu einem unserer wöchentlichen Stammtische mit.«

»Ich denke, das möchte ich lieber nicht«, sagte Sybille, verabschiedete sich damit und schloss die Wohnungstür. Wer reise schon in die Fremde, um erst wieder in einer Ausländer-Community und also im Bekannten zu landen. Sie hätte freundlicher sein können, aber seit die Deutschen in den letzten Jahren scharenweise in Wien eingefallen waren, sich dort mit einer Selbstverständlichkeit breitgemacht hatten und mit ihrer harten Sprache, ihrem polternden Auftreten, ihrem unsympathischen Selbstbewusstsein, ihrer regelkonformen Zackigkeit das Wienerisch-Österreichische aufsuppten, entcharmten und verdünnten, mochte sie sie nicht mehr allzu gern. Aber dafür konnte Mareike nun wirklich nichts.

Sybille zündete die Kerze an. Bis auf einen kleinen Lichtkegel, den das Flämmchen ausstrahlte, blieb alles finster, funktionslos, tot – kein Kühlschrank, kein Internet, kein Handyempfang. Eigentlich genau das, was sie gewollt, wonach sie sich unbewusst gesehnt hatte: Anonymität, die ihr das Untertauchen ermöglichte, Kargheit, die sie dazu zwang, sich auf das Wesentliche zu konzentrieren, rudimentäre Zustände, in denen sie unbeobachtet langsam erblühen und vor sich hin wuchern konnte. Sie legte den Zettel mit der Adresse auf den Küchentisch und beschwerte ihn mit einer Kaffeetasse. Ihr erster Hinweis. Gleich morgen würde sie ins Zoologische Museum aufbrechen und sich nach ihrem Freund erkundigen. Das lief ja gar nicht so schlecht. Zumindest war es ein Anfang.

Medina.

Eine Mischung aus lautem, melodiösem Schlagersound und verstörendem Hahngeschrei übernahm am nächsten Morgen den Weckruf. Sybille lugte hinter dem Vorhang ihres Wohnzimmers hervor in eine Art Gastgarten hinunter, wo die Geräusche herkamen. Das Café lag gut versteckt in einem Innenhof abseits der Straße, bis gerade eben war es ihr nicht aufgefallen. Hier herrschte bereits geschäftiges Treiben, die Tische wurden von den Feierspuren des Vorabends befreit, die Blumen in den hängenden Töpfen gewässert, es wurde gekehrt, gelacht, geschnattert. Nach kurzem Zögern überwand Sybille ihre Scheu, öffnete das Fenster und rief beherzt »Prastítje! Tok njet rabótat« hinaus, woraufhin eine Frau mittleren Alters suchend in alle Richtungen blickte.

»Prastítje! Wy móschytje pamótsch mnje?«, wiederholte Sybille jetzt erneut und etwas kräftiger ihre Frage und hielt sich dabei an einem Sprachführer fest. Die Frau hatte sie bemerkt. »I don't understand«, kam es von unten retour, »say it again!« Sie war etwas fester, hatte eine geblümte Bluse an, ein lässiges Band in den wilden Haaren und hielt sich ihre Handfläche an die Ohrmuschel, um Sybille im Tumult besser zu verstehen.

»I don't have electricity for a couple of hours«, rief Sybille so laut sie konnte, »but obviously you do. Do you think I could come down and plug in my laptop for a while?«

Die Frau lachte. »Dawai, dawai. No problem.« Dann verschwand sie hinter einem kleinen Verschlag und winkte ihr mit einer Kabelrolle zu. Sybille streckte ihr ihre rechte Hand entgegen, um mit ihren fünf Fingern die Bitte um fünf Minuten anzudeuten, zog sich vom Fenster zurück und machte sich daran, alle auffindbaren Kabel und

Verteilerstecker zusammenzusuchen und aneinanderzuschließen. Das Resultat war eine lustig-bunte Leitung von etwa vier Metern Länge, deren Ende sie ihrer Nachbarin zuwarf. Wenig später hatte sie Strom, was sie mit strahlendem Gesicht und einem Thumbs up zum Ausdruck brachte. Auch hatte ihr die Hilfsbereite ein WLAN-Passwort verraten. Sie musste nicht, konnte aber, wenn ihr danach war oder es die Dinge verlangten, ins World Wide Web eintauchen und sich mit der Welt verbinden – normalerweise ja keine große Sache, aber in der Fremde verursachte die Tatsache die Wahl zu haben ein berauschendes Gefühl.

»Thank you!«, rief sie noch einmal dankbar in den Hof hinunter und versprach am späteren Nachmittag vorbeizuschauen, um sich ordentlich bei ihr vorzustellen. Das war der Tag, an dem Medina in Sybilles Leben trat.

Doch zunächst wartete die erste »Samat-Mission« auf sie – der Besuch des Zoologischen Museums, seiner langjährigen Arbeits- und Wirkstätte, wo sie mit etwas Glück Auskunft über seinen aktuellen Aufenthaltsort erhalten würde. Sie nahm den Stadtplan zur Hand und markierte den kürzesten Weg zum Tschuj prospekt, der allerdings sehr lange war und von ihrem Standort aus gesehen in zwei Richtungen verlief. Aber so schwer konnte es nicht sein, das Ziel zu finden, zumal Mareike gemeint hatte, es liege nur einen Katzensprung von der Philharmonie entfernt, und die wiederum war, wie ein Foto im Reiseführer zeigte, aufgrund ihrer Größe und Imposanz bestimmt nicht zu übersehen. Hinzu kam, dass Bischkeks Straßenarchitektur sehr übersichtlich nach sowjetischen Baurichtlinien angelegt war. Die Stadt wurde von Norden nach Süden von vier großen Straßen und Alleen durchzogen, die das zentrale Regierungs- und Geschäftszentrum genau wie die angrenzenden Wohnviertel, wo auch

Samats Bleibe lag, zerteilten und in leichter verdauliche Portionen zerstückelten: die Sowjetskaja-Straße, die Togolok-Moldo-Straße, der Manas prospekt und der prospekt Molodaja Gwardija. Auch von West nach Ost verliefen nur zwei zentrale Achsen: der prospekt Dshibek Dsholu und der Tschuj prospekt. Was die Orientierung jedoch seit dem Zerfall der Sowjetunion im Jahr 1991 stark verkomplizierte und bei Einwohnern wie Fremden gleichermaßen für Verwirrung sorgte, war die Tatsache, dass viele Straßen umbenannt worden waren, fast jede Uliza, jeder Prospekt zwei gültige Namen hatte, einen alten und einen neuen, die Sowjetskaja also auch Abdrachmanow kötschösü und der Manas prospekt auch prospekt Mira hieß, sodass in der Folge die Generationen oft aneinander vorbeiredeten, die Aufgeschlossenen an den Altmodischen scheiterten und umgekehrt die Traditionalisten die Modernisierer in die Wüste und also falsche Richtung schickten. Bei der Anreise hatte sie es selbst erlebt, als der Taxifahrer erst nach langwierigem Suchen und Umkreisen ihre Adresse gefunden hatte. Sybille sollte erst später herausfinden, dass Adressen hier sowieso so gut wie keine Bedeutung hatten, dass, besonders auf dem Land, kaum einer seine eigene Anschrift kannte, dass das Postwesen de facto nicht existierte und man vor allem als Fremde *lost in translation* und auf Hilfe angewiesen war. Auch die Fortbewegung in der Stadt schien abenteuerlich zu sein. Soweit Sybille das überblickt hatte, war der Großteil der Menschen mit Marschrutkas unterwegs – private Kleinbusse, meist alte Mercedes Sprinter oder noch schäbigere Vorgängermodelle –, die auf wechselnden Strecken, ohne festen Fahrplan willkürliche Spuren durch die Stadt und das gesamte Land zogen. Sie hatte die Leute schon dabei beobachtet, wie sie die meist überfüllten Wagen mit seitlich nach unten ausgestrecktem

Arm und flacher Hand stoppten, scheinbar an jeder beliebigen Stelle, und auch wie sie mehr oder weniger unbeschadet – vorausgesetzt, sie hatten sich rechtzeitig bemerkbar gemacht – der Mischung aus Schweiß, Gedränge, lauter Musik, Aggression und Resignation wieder entkommen, aus dem lebendigen Busbauch ausgespuckt worden waren. So weit war Sybille definitiv noch nicht. Auf dem Weg zum Zoologischen Museum würde sie die Stadt zu Fuß erkunden. Allein schon ihren Fotoapparat zu zücken, erforderte Mut. Einerseits versuchte sie, so wenig wie möglich aufzufallen, nicht sofort als Touristin entlarvt zu werden, andererseits wollte sie ganz genau hinsehen, um das Neue aufzunehmen. Sie schritt durch das grüne Gartentor auf ihre Straße hinaus – direkt vor dem Ausgang saß ein Mann im Schatten eines Baumes und taxierte sie. Sie wusste nicht, ob er nur kurz rastete oder ob er den ganzen Tag so verbrachte, weil er nichts Besseres zu tun hatte. Ein paar Kinder liefen an ihr vorbei, vis-à-vis auf der Baustelle verrichtete eine Gruppe von Bauarbeitern ihr Tagewerk. Sybille passierte einen kleinen Kiosk, bog bei einem Bruchbuden-Hotel an der nächsten Ecke nach links ab und erreichte schon nach ein paar hundert Metern die Philharmonie am Manas-Platz (offensichtlich wohnte sie zentraler, als sie angenommen hatte), wo sie ihre Kamera auspackte und ein zaghaftes Foto schoss. Überall blühten die Rosenbüsche, rankten sich um Springbrunnen, Statuen und Denkmäler, wuchsen darüber hinaus auf zahlreichen Kopftüchern, Plastiktischdecken, Bettwäschen, Steppdecken, Vorhängen und Geschirr; der Rosenkitsch und sonstige Nostalgieprunk begleiteten jeden ihrer Schritte, zeugten von einer seltsamen Vermischung von Schönheit und Symbolik. Mitten auf dem Platz erhob sich, in Stein gemeißelt, der große Manas, Urvater der Nation, der im neunten

Jahrhundert alle kirgisischen Stämme vereinigt hatte, ritt auf seinem Pferd durch die Lüfte, thronte, ungezähmt und frei, hoch über der üppigen Blumenpracht. War das der »Freund« in ihrer Nähe, den Samat einmal brieflich erwähnt hatte? Die Straßen waren breit und dermaßen stark frequentiert, dass sie keine Ahnung hatte, wie sie auf die gegenüberliegende Seite gelangen sollte. Nach mehreren gescheiterten Versuchen, von ihr ausgelöstem Autogehupe und einem Beinahe-Crash entdeckte sie schließlich eine Unterführung. Sie ging die Stufen hinunter und fand sich in einem unterirdischen Labyrinth aus Minibuden und Basarständen wieder, die sich eng aneinanderreihten. Es gab Papierwaren, Copy-Shops, Beauty- und Haarprodukte, Brot- und Wurstwaren, Geldautomaten, alte Mütterchen, die Margeritensträuße und Obst feilboten, Schoro- und Kumysverkäufer, alles durcheinander. Sybille kostete einen Becher vergorene Stutenmilch und musste sich zur Belustigung des Verkäufers fast übergeben, probierte mit etwas besserem Resultat auch einen Schluck des offerierten und ebenfalls vergorenen Getreidesafts – beides beliebte kirgisische Nationalgetränke, die, wie sie gelesen hatte, vor allem in den heißen Sommermonaten für Erfrischung sorgten. Mit flauem Magen deckte sie sich schließlich noch mit Stiften, Klebeband und ein paar Notizblöcken ein (sie hatten allesamt Katzen- und Rosenmotive auf dem Cover, aber andere gab es nicht), kaufte bei einem der Mütterchen einen Strauß Margeriten und je ein ausgewaschenes Gurkenglas voll Kirschen und Walderdbeeren – warum nicht das Angenehme mit dem Nützlichen verbinden und auf dem Weg eine Prise kirgisischer Atmosphäre mitnehmen? Die Preise wurden für sie entweder auf einen Zettel geschrieben oder in den Taschenrechner getippt. Beim Bezahlen dachte sie erst, die Alte hätte ihr zu wenig

Wechselgeld herausgegeben, aber nach abermaligem Nachrechnen stellte sich heraus, dass es Sybille war, die sich vertan hatte. Sie schämte sich einigermaßen und reichte der Verkäuferin als Zeichen der Entschuldigung ihre Hand. Sie musste schleunigst das Misstrauen ablegen, das primär von den Warnungen in ihrem Reiseführer herrührte. Reiseführer waren überhaupt die schlechtesten Berater und Begleiter, um sich mit einem fremden Land vertraut zu machen, zeigten sie sich für gewöhnlich von einer klischeehaften und oberflächlichen Seite, aber andere hatte sie nun einmal nicht.

Wieder an der Straßenoberfläche angekommen, verlor sie die Orientierung und schlug, ohne es zu wissen, die falsche Richtung ein. Die Sonne brannte bereits in den frühen Vormittagsstunden auf ihren Kopf. Sie brauchte wirklich dringend einen Sonnenhut. Sie bemerkte ihren Irrtum erst, als sie vor dem Nationalmuseum zu stehen kam. Unsicher drehte sie die Karte in alle Richtungen, umrundete den Bau und entdeckte auf dessen Rückseite eine riesengroße Lenin-Statue, die bestimmt nach dem Zerfall der Sowjetunion vom prunkvollen Vorplatz an die schäbigere Hinterhofadresse verfrachtet worden war (sich gänzlich von ihr zu verabschieden hatte man offensichtlich nicht übers Herz gebracht – unschöne, verdrängte Wahrheiten wucherten nur zu oft an geheimen Orten vor sich hin). Sie beschloss umzukehren, schlenderte durch eine Art Vergnügungspark, der mit großen Plakaten von Spinnen, Schlangen und Echsen für ein begehbares Terrarium warb, und legte automatisch einen Gang zu, denn bestimmt gab es dort auch ein Exemplar des grausigen Karakurts. Allein der Gedanke an die Schwarze Witwe verursachte ihr Gänsehaut. Wenn sie ihre Orientierung nicht ein zweites Mal im Stich gelassen hatte, handelte es sich um den Panfilow-Park. Sybille zündete sich eine Zigarette an und nahm auf einer der Bänke Platz. Eine Gruppe von Amseln und Spatzen pickte nach Körnern – sie hatten weitaus größere, dickere und gelbere Schnäbel als jene, die sie aus heimischen Gefilden kannte. Aufmerksam beobachtete sie die Passanten – die Dichte an spazieren geführten Fake-Taschen und Sporthosen-Imitaten war enorm, als wollte man sich eine Zukunft umhängen, in sie hineinschlüpfen, obwohl diese noch gar nicht bereit dazu war. Irgendetwas Besonderes schien heute in der Stadt los zu sein, schon seit sie das Haus verlassen hatte, waren ihr auffallend viele junge Menschen untergekommen, die feierlich herausgeputzt mit roten Rosen, Mappen und Dokumenten in der Hand fröhlich durch die Straßen schlenderten. Vielleicht war Prüfungs- oder Zeugnistag? Sie würde später Elaine fragen. Auf den Gehwegen reihten sich alte Frauen mit mitgebrachten Körperwaagen aneinander, auf denen man sich für fünf Som wiegen lassen konnte, wer wollte schon sein Gewicht wissen, und dann noch in der Öffentlichkeit? Daneben mannshohe Plüschpferde und -esel, weiße Turteltäubchen und Aschenputtel-Kutschen, vor denen man posieren und ein Souvenirfoto schießen lassen konnte. Die ewig große Sehnsucht nach Heldentum und Prinzessinnendasein, die nur im Osten in so ausgeprägter Form vorhanden war. Offensichtlich war sie an einem Platz zum Händchenhalten gelandet – auf den umliegenden Bänken saßen junge Liebespaare, die sich ins idyllische Grün der Stadt zurückzogen, um zumindest für ein paar Minuten den Augen und dem Einflussbereich der Eltern zu entkommen. Sybille schmunzelte. Hier war alles schräg. Aber sie mochte es, im Lauten und Fremden unterzugehen, nicht mehr nachdenken zu müssen. Mitunter war es eine wahre Wohltat, sich abzulenken und zu zerstreuen. Ganz oft erreichte man ein Ziel ja mittels Müßiggang und Kontemplation.

Je mehr sie von Kirgistan sah, je mehr sie über das Land in Erfahrung brachte, desto konkreter wurde die Wunschliste an Unternehmungen und Abenteuern: berauschenden Kumys bei einer rot bekittelten Verkäuferin an einem der hiesigen Molkereistände trinken – erledigt, Schoro kosten – erledigt, beim traditionellen Fünf-Finger-Essen Beschbarmak dabei sein, bei dem ein ganzes Lamm verkocht und mit allen Innereien von Kopf bis Schwanz verspeist wurde, eines der lokalen Teehäuser, Tschajchanas, besuchen, über den Osch-Basar flanieren, auf einem Pferd über die wilden Steppen reiten, in einer Jurte schlafen und und und. Aber jetzt galt es erst einmal, Samat aufzuspüren. Sybille machte sich auf den Weg. An der nächsten Straßenkreuzung wurde sie von einer alten Kirgisin, die aufgeregt auf sie einredete, endgültig in die Gegenwart zurückgeholt. Erst verstand sie nicht, was die Alte von ihr wollte, aber allmählich begriff sie, dass sie Hilfe beim Überqueren der Straße benötigte, was kein Wunder war, denn trotz Zebrastreifen und Ampelschaltung hielt sich hier kaum einer an die Regeln, die Autos brausten und sausten auf mehreren Spuren an ihnen vorbei und eine Unterführung war nicht in Sicht. Sybille hakte sich bereitwillig bei ihr unter und gemeinsam wagten sie sich in das große Rauschen. Es amüsierte sie, dass jemand noch überforderter mit den lokalen Gegebenheiten war als sie selbst. Was das Überqueren betraf, so lag das Geheimnis im Losschreiten. Man musste sich einfach trauen, sobald der erste Schritt auf die Fahrbahn gesetzt war, blieben die Autos auch stehen, hupten zwar mitunter widerwillig, bremsten erst in letzter Sekunde, aber sie stoppten. Die alte Kirgisin war überglücklich und drückte ihr zum Dank mehrfach die Hand. »Rachmat!«, wiederholte sie immer wieder, »Rachmat!«

Nachdem sie den Tschuj prospekt nunmehr in die richtige Richtung gelaufen und den Manas-Platz hinter sich gelassen hatte, scannte sie die Häuser nach der Nummer 265, die das Internet als Standort des Zoologischen Museums ausgespuckt hatte, doch ohne Erfolg. Die Nummer 265 schien nicht zu existieren, es gab keinen Eingang und kein Schild (wie konnte man ein ganzes Museum übersehen, eine öffentliche Einrichtung, einen bestimmt komplexen Bau, oder hatte sie einfach die falsche Adresse?), doch nach mehreren gescheiterten Frageversuchen und planlosem Auf- und Abschreiten der Häuserfront erbarmte sich schließlich eine Pförtnerin, die sie beobachtet hatte – und bestimmt war es ein ergreifendes Bild: Sybille verloren im Bischkeker Smog mit einem weißen Margeritenstrauß, Walderdbeeren und Kirschen in Gurkengläsern im Arm –, kam aus ihrem Kabuff hervor und geleitete sie ein paar Meter die Straße entlang und dann weiter in einen verschachtelten Hinterhof, in dem sich unbeschriftet im zweiten Stock eines unscheinbaren Treppenhauses das Zoologische Museum versteckte. Erst an der angelehnten Eingangstür entdeckte Sybille ein kleines handbeschriebenes Zettelchen, auf dem sie mit einiger Fantasie die Worte »Museum« und »30 Som« entzifferte. Zaghaft öffnete sie die Tür. Unglaublich, was hier als Museum bezeichnet wurde: drei kleine, karge Räume mit konzeptlos zusammengewürfelten Exponaten. Gleich im ersten saß eine ältere Frau an einem Schreibtisch und verkaufte ihr ein Ticket. Sie schrieb es ebenfalls von Hand und versah es mit der Nummer 312. Sybille war also die 312. Besucherin – ob seit der Jahrtausendwende oder seit Jahresanfang blieb offen. Sie sah sich um. Die Schmetterlingssammlung in der ersten Glasvitrine sprang ihr sofort ins Auge. Da waren sie, die kirgisischen Prachtexemplare, die wunderschönen Tien-Shan-Falter, die in Samats Herz geflattert waren, in seine Arbeit, sein Leben und die in ihrer Vielfalt und Pracht seine Bücher, Studien und Experimente füllten: *Parnassius apollo merzbacheri, Parnassius tianschanicus insignis, Parnassius apollonius gloriosus* – allesamt weiß mit hellen, farbigen Zeichnungen. Daneben braun-weiß-beige Varianten, die seltsam flauschig wirkten: *Chazara briseis magna* und *Chazara enervate enervata*. Ein oranges Exemplar: *Colias romanovi romanovi* – und schließlich die besonders hübschen: *Aporia crataegi tianschanicus* – der Inbegriff weißer Origami-Kunst und *Gonepteryx rhamni tianschanicus* – ein zitronengelber Flatterer mit vier kleinen orangen Sprenkeln auf den Flügeln. Die beiden letzten hatte ihr Samat auch feinsäuberlich präpariert in einem seiner Briefe geschickt. Im zweiten Raum waren die Säugetiere untergebracht. Hier gab es tatsächlich zwei der seltenen Schneeleoparden zu sehen, die aufgrund der Wilderei, die hierzulande immer noch gutes Geld brachte und nebenbei als Inbegriff des Männlichen galt, so gut wie ausgestorben waren. In einer nachgestellten Raubjagdszene erlegten sie gerade einen ebenso raren Sibirischen Steinbock, kämpften und ritten auf ihm wie ein paar Häuserblocks weiter Manas auf seinem Pferd. Gegenüber eine Reihe ausgestopfter Geier und seltener Enten- und Vogelarten wie etwa der Schwarzstorch, die in ihrer Inszenierung an Karg- und Lieblosigkeit nicht zu übertreffen waren. Auch als sie den dritten Raum erreichte, in dem ein paar Reptilien und Fische – nebst einem ausgestopften Fuchs, der nach verstaubten Plastiktrauben schielte – in seltsamen Arrangements ihr postfaunisches Dasein fristeten, war weit und breit kein anderer Besucher in Sicht, es gab nur sie und die Kassiererin, die jeden ihrer Schritte mit konzentrierter Strenge überwachte. Nachdem Sybille die beschauliche Sammlung inspiziert hatte, ging sie auf die Frau zu und fragte nach Samat. Ihr Gegenüber schaute überrascht, griff zum Telefon und unterhielt sich eine Zeitlang auf Russisch. Dann bedeutete sie ihr, sich zu setzen. Nach einigen Minuten tauchte ein Mann auf, der nicht wenige Ähnlichkeiten mit jedem der Käuzchen-Exponate aufwies, begrüßte sie auf Englisch und stellte sich als Professor Dima Petschkin vor.

»Nice to meet you, Mr. Petschkin, my name is Sybille Specht and I'm looking for Samat«, grüßte sie zurück.

»Samat Jamanbai uulu?«, fragte er und bat sie in sein Büro.

»Yes!« Sybille fiel ein reptiliengroßer Stein vom Herzen, bestimmt würde ihr der honorige Wissenschaftler gleich sagen können, wo ihr Freund steckte, sie bestenfalls direkt zu ihm führen. Doch Petschkin räusperte sich und fuhr fort: »Professor Jamanbai uulu was one of our leading experts of entomology and has realized several extraordinary scientific studies of local butterflies and moths.«

Er musterte sie eindringlich, schien sich ein genaues Bild von ihr machen zu wollen.

»But unfortunately, he has left us approximately three years ago and moved over to another department outside town. To be honest, we haven't seen each other for a very long time. But I've heard that in the meanwhile he also quit his belongings there and took a year sabbatical.«

Sybille war enttäuscht, ihre Mundwinkel wanderten nach unten. »You know, we're old friends from Austria and I really have to talk to him«, versuchte sie erneut, Samats ehemaligen Chef zum Reden zu bewegen.

»So, you really don't know where I could find him right now? Or at least tell me the address of his last place of employment.«

»As I said, we haven't been in contact for quite a while. I'm sorry.«

Sybille dachte nach: Laut Petschkin hatten er und Samat zum letzten Mal vor Jahren miteinander zu tun gehabt, aber das konnte nicht sein. Sie war sich relativ sicher, dass der Name Dima Petschkin auch noch in einem seiner letzten Briefe auftauchte. Und zwar in Zusammenhang mit diesem ominösen, anscheinend streng geheimen psukh-Projekt, das Samat wirr und kryptisch angedeutet hatte. Sie musste das überprüfen, wenn sie wieder in der Wohnung war. Aber jetzt war sie hin- und hergerissen, ob sie den Wissenschaftler direkt darauf ansprechen sollte, und versuchte ein wenig Zeit zu gewinnen. Sie beschloss zu improvisieren und sah sich interessiert im Raum um. Er war vom Boden bis zur Decke mit sperrigen Holzregalen, Karteikästen und Ordnern vollgestopft, auf den zwei Schreibtischen stapelten sich Berge von Papieren, Mäppchen, Karten, dicken Lexika und Schachteln, in den Nischen und auf dem Boden ein buntes Durcheinander aus Campingausrüstung, Schlafsäcken und allerhand technischen Apparaten, Kabeln, Lampen und Schmetterlingsfallen. An der Wand hing eine große, abgenutzte Landkarte von Kirgistan, die mit verschiedenen roten und schwarzen Kreuzen versehen war.

»Do you know our country? Did you already have the chance to travel around?«, fragte er in Small-Talk-Manier und zeigte auf die Karte.

»Not yet«, antwortete Sybille, »I just arrived a few days ago but as I said I'm urgently looking for Samat and so it might be possible that I'll go for a trip through the country if necessary. What's the meaning of these marks?«, fragte sie beiläufig und schritt näher an sie heran.

»Actually this map belonged to your friend Samat, so it must have been him to set the indications. Due to cost reduction Professor Jamanbai uulu has never been replaced by another expert. I guess that's the reason why part of his belongings are still in this room. I've never cleaned them up.«

Er kraulte seinen Bart und studierte die Kreuze eine Weile.

»For sure he has visited all of these places (and a lot more that are not signed on the map) in course of his former butterfly excursions. Most of them seem to identify mountains, for example here«, er zeigte auf den Westen des Landes, »this is Turkestanskij Chrebet, a high mountain region close to Batken-City which goes along the Tajik boarder. Or here«, jetzt bewegte er sich zum rechten Kartenrand, »Karakol-City near Sary-Dshaz Alatoo. In our national territory the region in the very east shows up with some of the highest peaks of the country – such as Pik Khan Tengri or Pik Pobedy.«

Immer wenn er einen kirgisischen Orts- oder Gebirgsnamen aussprach, schrieb er während des Zeigens und Erklärens mit seinen Händen Gänsefüßchen in die Luft, was Sybille sympathisch-verschroben fand. Aber auch in den restlichen Oblasten des Landes waren vereinzelte, hauptsächlich schwarze Markierungen verteilt.

»Do you think I might find him at one of these places?«, fragte Sybille.

»I really don't know. But I don't think so. Though, if you want to try, I'd intuitively say that red is more important than black, but that's a common rule, isn't it?«, scherzte er. Sie bat darum, sich die Karte ausleihen und mit nach Hause nehmen zu dürfen, und Petschkin willigte ein. Während er ihr dabei half, sie von der Wand zu nehmen, ließ Sybille ihren Blick über den davorstehenden Schreibtisch schweifen.

»Was this Samats working space?«, fragte sie, obwohl sie bereits die Antwort kannte, denn an einer Stelle im chaotischen Haufen lachte ihr der junge Samat aus einem verstaubten Bilderrahmen entgegen. Er saß inmitten einer kirgisischen Familie – seiner Familie? – und musste um die zwanzig Jahre alt sein. Er sah genauso aus, wie sie ihn in Erinnerung hatte.

»Yes, indeed«, antwortete Petschkin indes, »but since Professor Jamanbai uulu has left, his desk is mainly used as a storage place.«

Er beäugte Sybille, die sich den Rahmen geschnappt hatte, und fügte hinzu: »Obviously he didn't take all of his personal belongings with him.«

»You don't have a picture of Samat that is up to date?«, fragte sie Petschkin, der dabei war, die Karte zusammenzurollen, und nach einem Klebeband suchte.

»I don't think so. We asked him to get one done for several times, mainly for publishing reasons, but he never did.«

Irgendwie wurde Sybille nicht schlau aus dem Mann. Sagte er die Wahrheit? Wusste er wirklich nicht, wo Samat war? War er nur freundlich zu ihr, um sie endlich loszuwerden? Zweifellos gab sich Petschkin ihr gegenüber bislang korrekt, freundlich und hilfsbereit, gleichzeitig versteckte er sich hinter einer Oberfläche, die einiges zu verbergen schien. Erneut dachte sie daran, ihre Karten offen auf den Tisch zu legen – Samats Briefe, die Andeutungen über das geheime psukh-Projekt, der namentlich erwähnte Petschkin –, entschied sich aber ein weiteres Mal intuitiv dagegen. Ja, ihr Freund hatte ihr von psukh erzählt, zumindest ansatzweise, aber wenn die Entdeckung tatsächlich so weltbewegend war, wie er dachte, war es auch nachvollziehbar, dass Petschkin ihr gegenüber schwieg. Natürlich hätte sie ihn noch fragen können, ob er einen gewissen Jaroslaw Nikitin, ein weiterer Name, den Samat in diesem Zusammenhang erwähnt hatte, kannte, oder ihn damit provozieren, dass sie über psukh Bescheid wusste, aber in Wirklichkeit wusste sie ja gar nichts. Es lag ein gefährliches Grinsen in seinen Augen, das ihn – zu Recht oder eingebildet – verdächtig machte und sie schweigen ließ. Stattdessen notierte sie sich seine Kontaktdaten, hinterließ ihm ihrerseits ihre E-Mail-Adresse und bat ihn, sich zu melden, sobald er etwas von Samat hörte. Zum Abschied gaben sie sich die Hand. Sybille klemmte die zusammengerollte Karte zum Margeritenstrauß unter ihren Arm, schnappte sich die beiden Gurkengläser und schritt zum Ausgang. Die Kassiererin saß nicht auf ihrem Platz, aber der Schlüssel steckte in der Eingangstür und im Vorbeigehen zog sie ihn kurzerhand ab und ließ ihn in ihre Tasche gleiten. Sie hatte das Gefühl, dass sie ihn noch würde brauchen können. Dann ging sie eilig die Treppe hinunter in den Innenhof und war auch schon dabei, diesen wieder zu verlassen, als sie plötzlich abrupt stehen blieb. Ihr Blick hatte zwei kleine Baumgruppen gestreift, die ihr beim Herkommen nicht weiter aufgefallen waren. Mitten auf dem Platz stand auf einer etwa vier Quadratmeter großen Fläche eine kunstvolle Formation von Ministämmen – ein Baum-Penjing, eine Landschaft in der Schale –, die wie ein waldiger Fremdkörper im kirgisischen Betondschungel aufragte. Sie machte einen Schritt an sie heran und entzifferte nacheinander die kleinen Metallschilder, die in lateinischen Buchstaben Aufschluss über die jeweilige Baumart gaben. Da standen doch tatsächlich etwa zwei Meter hohe Bonsai-Versionen einer *Betula pubescens* (Moor-Birke), *Picea abies* (Gewöhnliche Fichte), *Fagus sylvatica* (Rotbuche) und einer *Tilia platyphyllos* (Sommerlinde). Und in einer separaten zweiten Einfassung, die sich weiter abseits befand, eine *Platanus hispanica* (Ahornblättrige Platane) sowie eine *Quercus cerris* (Zerr-Eiche). Sybille mochte sich irren, aber der erste Gedanke, der ihr in den Sinn kam, war, dass diese seltsamen, unnatürlich wirkenden Baumbonsais Samats

Handschrift trugen. Als sie noch Kinder waren, hatten sie oft aus Spaß unter bestimmten Bäumen ihre Schätze vergraben und geheime Botschaften für den anderen versteckt. Hatte er ihr an dieser Stelle etwa ein Zeichen hinterlassen? Sie spürte Petschkins Blick im Rücken und zwang sich zum Gehen. Sie würde zu einem günstigeren Zeitpunkt wiederkommen, am besten in der Nacht, um den botanischen Minigarten genauer unter die Lupe zu nehmen. Irgendetwas sagte ihr, dass die Bäume nicht ohne Grund hier standen, und während sie sich auf den Heimweg machte, wiederholte sie immer und immer wieder die Verse, mit denen sich Samat, war es nicht sogar im letzten Brief gewesen?, von ihr verabschiedet hatte: *Unter Birken wirst du wirken, unter Fichten alles sichten, unter Eichen heißt es weichen, unter Buchen sollst du suchen, unter Linden wirst du finden, unter Platanen Gefahr erahnen.* Noch hatte sie keine Ahnung, was er ihr damit sagen, ja ob er ihr überhaupt etwas damit sagen wollte.

Dima Petschkin hatte ihr lange vom Fenster aus nachgesehen. Dann ging er zurück zu seinem Schreibtisch, setzte sich an einen Morseapparat und schickte mit kurzen, versierten Bewegungen ein melodiöses Stakkato durch den Äther:

.-.-.- .-.-.- .-.-.- / ...- .. .-.. .-.. .. .-.. .... - / .... .- - - . .-. / ... ... /
.-. . .-. .... - / -- .. - / .. ..-. .-. / ...- . .-. -- .. - .. -. --. .-.-.- /
. -.... -. / .. .... - / ... -.-- -... .-.. .-.. / ... .-- . .-.-. .... - / .... ..
. .-. / .- .. .-. .-. -- . .- .- .. -.-. .... - --.-- / ..- -- / .... .. -.-. .... / -.
.- -.-. .... / ... -... / --.. ..- / .-. .-. .- .. -. -.. .-.-. / ....
/ ... -.-. ....- -. - / .- .... -. .. -. .... .. --- ... --..-- / .- -... . ...
/ . -. - ... -.-. .... .-.. --- ... . -. .-.-.- / - .- .-.. .- -. .- / -.-. .- -..
.- - / .-- .. .-. -.. / -. --- -.-. .... / ....- - . / .-.- --- -. .- -.- .- ..
. .-. - .-.-.- / .-- . .. - .- .-. / ...- --- .-. -. --. . .... .- .- -. .. .. /
.-- .. . / -.... .... .-.. .-. --- -.-. .... . -. .-. .-.-.- / -.. .-..

(… vielleicht hatten Sie recht mit Ihrer Vermutung. Eben ist Sybille Specht hier aufgetaucht, um sich nach SJU zu erkundigen. Sie scheint ahnungslos, aber entschlossen zu sein. Talant Kubat wird noch heute kontaktiert. Weitere Vorgehensweise wie besprochen. DP)

Die eigene Intuition irrte nur selten. Sie war letztendlich das Einzige, worauf sich der Mensch wirklich verlassen konnte. Sybille hatte sich nicht geirrt: Dima Petschkin hatte ihr vieles verschwiegen. Und die Karte genau wie die Bäume trugen tatsächlich versteckte Botschaften in sich. Ohne es zu wissen, war sie bereits Teil eines hochkomplexen Such-, Versteck- und Fangenspiels geworden, dessen Regeln und Ziele sie zu jenem Zeitpunkt nicht einmal annähernd durchschaute. Aber um ein Spiel zu gewinnen, brauchte es abgesehen von Taktik immer auch eine Portion Glück. Und dieses würde sich früher oder später in Form von Assen und Trümpfen bestimmt auch bei ihr einstellen.

Die Blumen waren einigermaßen verwelkt, als sie das Café in ihrer Straße erreichte, um ihrer Nachbarin Hallo zu sagen und sich für den Strom zu bedanken. Über einem unscheinbaren Eisentor prangte in großen Lettern der Name »rup:rup«. Im schattigen, blumengeschmückten Gastgarten, der sich weiter hinten im Innenhof verbarg, saßen hübsche Bischkeker Menschen und unterhielten sich. Sybille fragte eine der Bedienungen nach der älteren Dunkelhaarigen vom Vormittag, scheiterte jedoch wie üblich an der Sprachbarriere. Das Mädchen verstand kein Englisch. Unschlüssig stand sie im Hof herum und überlegte, ein anderes Mal wiederzukommen, als die lebenslustige Dame hinter einem Verschlag hervortrat. Ihr Name war Medina, sie stellte sich als

Besitzerin und Köchin des Ladens heraus. Die Köchin hatte ihr also Strom gegeben, natürlich, nicht umsonst hieß es, *Wo sechs Köchinnen, da zwölf Brüste* – ganz eindeutig waren sie die Retterinnen in sämtlichen Lebenslagen. Medina war sichtlich erfreut, sie zu sehen, bot ihr einen Platz an einem der freien Tische an und ließ zwei persische Kaffees kommen. Sie war halb Perserin, halb Georgierin, lebte aber schon seit einem Jahrzehnt in Bischkek und hatte hier vor zwei Jahren ihr eigenes Lokal eröffnet, das sie gemeinsam mit ihrem Sohn betrieb. Die Küche war, wie sie meinte, eine georgische Version für Kirgisen, was weniger scharf und sehr fleischlastig bedeutete. Ihre absolute Spezialität war Chatschapuri, eine Art Pizza mit Käse gefüllt, die, laut Aussage eines amerikanischen Botschafters, den Italienern und ihren Teigfladen bestimmt den Rang abgelaufen hätte, wäre sie und nicht Gennaro Lombardi zur richtigen Zeit am richtigen Ort gewesen (will heißen 1905 in Manhattans »Little Italy«). Als Medina hörte, dass Sybille aus Wien kam, geriet sie sofort ins Schwärmen. Sie war auf der ganzen Welt herumgekommen und auch schon einmal für drei Tage in die Stadt an der Donau gereist. Ihr damaliger Arbeitgeber, ein deutscher Botschafter, dessen Herz und Küche sie in Beschlag genommen hatte, hatte sie eingeladen, sie zur Veranstaltung seines Freundes Tschingis Aitmatow zu begleiten, der dort die deutschsprachige Übersetzung von einem seiner Romane präsentierte. Sie war im noblen Hotel Sacher einquartiert worden, hatte von Aitmatow eine ganz persönliche Widmung bekommen und den Geschmack von Kaiserschmarrn und Dukatenbuchteln bis zum heutigen Tag in wohlwollender Erinnerung. Ihre langjährige Arbeit in Botschaftskreisen, die vielen Reisen und nicht zuletzt ihre aufgeschlossene, weltmännische Art waren für Sybille eine plausible Erklärung für ihre mehr als passablen Deutschkenntnisse, die mit Medinas Lieblingswort »erschockt« (sie beschrieb damit eine positive Erregung) eine charmante Note bekamen.

»Wissen Sie, das Hotel Sacher hat mich damals richtig erschockt. Ich kam mir vor wie eine Statistin in einem bedeutenden Historienfilm. An so einem edlen Ort will jeder ein guter Mensch sein. Die Atmosphäre, die Geschichte, das Personal – das alles ermutigt einen dazu, das Beste aus sich herauszuholen. Ich werde das nie vergessen.«

Medina war ein bunter Hund, um die fünfzig Jahre alt und eine Lebenskünstlerin, wie sie im Buche stand. Sie hatte für Botschafter und andere bedeutende Persönlichkeiten gekocht und den Haushalt geführt und war viermal verheiratet gewesen. Man sah ihr auf den ersten Blick an, dass sie wahnsinnig viel erlebt und von der Welt gesehen hatte, und auch hier in Bischkek schien sie über gute Kontakte zur hiesigen Polit-, Society- und Künstler-Prominenz zu verfügen.

»Medina, Sie kennen nicht zufällig einen Mann namens Samat Bergen oder Samat Jamanbai uulu, der bis vor wenigen Monaten in Ihrem Nachbarhaus, da wo ich jetzt wohne, gelebt hat? Er ist Schmetterlingsfänger und halber Kirgise.«

Medina lachte. »Jetzt sagen Sie nicht, Sie sind wegen eines Mannes um den halben Globus gereist.«

»Ja und nein«, antwortete Sybille, »aber es ist nicht ganz so, wie Sie denken. Er ist nur ein alter Freund, den ich vor langer Zeit aus den Augen verloren habe.«

Medina schien ihr nicht ganz zu glauben. »Ich weiß, wen Sie meinen. Er war jeden Freitagabend bei mir zum Essen, ein wenig wortkarg, aber nicht unsympathisch, eigentlich sogar sehr sympathisch, wenn ich es mir recht überlege, er hat mir gut gefallen, auch als Mann, aber er schien für amouröse Abenteuer nicht zugänglich zu sein.«

Sie machte eine kurze Pause. »Wenn er geredet hat, dann immer nur von seinen Schmetterlingen, ein seltsames Hobby, wenn Sie mich fragen.«

Sybille hing gebannt an ihren Lippen und wetzte unruhig auf dem Stuhl hin und her. »Und wo ist er jetzt? Wann haben Sie ihn das letzte Mal gesehen?«, fragte sie neugierig.

Medina überlegte eine Weile. »Hm, das muss wohl Anfang des Jahres gewesen sein, im Februar oder März. An jenem Abend wirkte er anders als sonst, irgendwie unruhig und nervös, er hat wenig gesprochen und ein Glas Wein nach dem andern getrunken. Den mache ich übrigens selbst«, fügte sie stolz hinzu. »Die Kirgisen hier können das nicht, produzieren nur extrem zuckerhaltige Tropfen, die ich beim besten Willen nicht trinken kann. Ich kaufe die Trauben einmal im Jahr in Georgien ein, lasse sie dort pressen und mir den Saft dann in großen Fässern nach Bischkek liefern, sie stehen alle bei mir im Keller, ich kann sie Ihnen nachher gerne zeigen, wenn Sie wollen.«

Sybille hörte Medinas Weinausführungen nicht wirklich zu, zu sehr war sie in Gedanken bei dem, was diese zuvor über Samat berichtet hatte.

»Und Sie haben wirklich keine Ahnung, wo er sein könnte?«

»Nein, tut mir leid. Aber jetzt fällt mir ein, dass er mich damals bat, ein paar Fotos von ihm zu machen, ich glaube, er brauchte ein Porträt für die Arbeit. Als ich ihm die Abzüge eines Tages vorbeibringen wollte, war er nicht mehr da.«

»Fotos? Sie haben Fotos von ihm?«, entfuhr es Sybille.

»Könnte sein«, antwortete Medina. »Ich müsste nachschauen, ob sie noch irgendwo herumliegen.«

»Oh ja, bitte sehen Sie nach, ich denke, es wäre leichter nach jemandem zu suchen, der ein Gesicht hat. Auf dem letzten Bild, das ich von ihm besitze, ist Samat etwa zwanzig Jahre jung und heute bestimmt nicht wiederzuerkennen.«

Medina versprach, die Sache gleich am nächsten Tag in Angriff zu nehmen. Sybille war aufgeregt, sie nippte am persischen Kaffee, den ihr ihre auf Anhieb liebgewonnene neue Bekannte kredenzt hatte, ein köstliches, obgleich sehr süßes Gemisch aus gekochtem Honig, Zucker, Milch und Kaffeepulver. Die kleine Rebellion ihres Magens ignorierte sie geflissentlich. Sie verabredeten sich für den übernächsten Tag. Medina zeigte ihr noch den Eingang zu ihrer Wohnung, der an der Rückseite des Cafés lag und über einen hinter Pflanzen und Büschen versteckten schmalen Pfad zu erreichen war. Sie wohne im dritten russischen Stock des Gebäudes (in Russland wurde, wie sie erklärte, das Erdgeschoss bereits als erster Stock mitgezählt) und wolle sie das nächste Mal lieber in privatem Rahmen empfangen. Sybille war schon am Gehen, als Medina sie bat, noch einen Augenblick zu warten. Sie huschte ins Lokal und als sie wenig später zurückkam, hatte sie eine CD in der Hand.

»Hier, für Sie! Temir Nazarow, Mirbek Atabekov – zwei populäre kirgisische Musiker. Wir spielen ihre Nummern hier rauf und runter, bestimmt können Sie sie ohnehin nebenan hören«, strahlte sie, »aber sicher ist sicher. Ein paar türkische und indische Lieblingslieder von mir sind auch auf der CD. Ein kleines Willkommensgeschenk, das Ihnen die Eingewöhnung hier erleichtern soll. Ich weiß aus eigener Erfahrung, dass Kirgistan, nun, etwas gewöhnungsbedürftig ist am Anfang.« Sie lächelte. »Meinen Lieblingsrefrain habe ich Ihnen sogar auf Deutsch übersetzt.«

Sybille las die handgeschriebenen Zeilen auf dem Cover: *Umarmt von Bergen und schnell fließenden Flüssen / Erbaute der Mensch eine Stadt wie ein Lied. / Und ich werde mein Bischkek lieben müssen / Solange mein Auge das Leben sieht.*

Als sie an diesem Abend in ihrer Wohnung ankam und die Tür hinter sich ins Schloss fallen ließ, war sie müde und erschöpft. Es war ein langer Tag gewesen: der erste richtige Streifzug durch die Stadt, die seltsame Begegnung mit Dima Petschkin, die ersten (obgleich vagen) Hinweise und Vermutungen zu Samats Verbleib, das erbauliche Treffen mit Medina – die, wer weiß, eines Tages vielleicht eine echte Freundin werden könnte. Sybille nahm eine kurze Dusche, um sich von den staubigen Tagrändern zu befreien, und ging ins Schlafzimmer. »Was man an einem einzigen Tag alles erleben kann«, dachte sie, legte sich auf ihr Bett und beschloss vor dem Einschlafen noch einmal Samats letzten Brief zu lesen, allein schon, um sich in Bezug auf Petschkin und ihre Bonsaibaum-Vermutung Gewissheit zu verschaffen. Sie fischte den zerknitterten Umschlag aus dem Stapel und begann.

Letzter Brief.

T. Abdumomunowa uliza 257, 720085 Bischkek/Tschuj-Oblast,
Kirgistan, 20. Februar 2015.

Liebes Dillemädchen,
  ich fühle seit Langem wieder so etwas wie Leben in mir, neue
Kraft, Hoffnung und Zuversicht.
  Seit nunmehr zehn Monaten weiß ich, dass du dich in all
den Jahren nicht aus Abscheu und Entfremdung von mir abge-
wendet hast, sondern schlicht und einfach, weil dich meine
Zeilen nie erreicht haben. Deine Mutter hat es mir gebeichtet,
im Mai 2014, als ich sie einer spontanen Eingebung folgend
kurz in deinem Elternhaus besucht habe. Sie lag im Kranken-
bett, ich wusste nicht, dass es gesundheitlich so schlecht um sie
stand. Ich bin damals zum allerersten Mal seit meinem Weggang
im Jahre 1989 nach Österreich gereist – ein Lepidopterologen-
Kongress in Wien hat meine Anwesenheit zwingend erfordert
– und habe durch Zufall (was wäre die Welt nur ohne Zufälle?)
deinen Namen in der Zeitung entdeckt. Allerdings nicht im
Ressort Wissenschaft & Technik, sondern absurderweise in
einer halbseitigen Todesanzeige, die du (oder jemand aus der
Familie) in Gedenken an deinen Ehemann Martin in Auftrag
gegeben haben musste. Das Begräbnis war für den Tag nach dem
Kongress festgesetzt, ich war auch dort, doch eine Begegnung mit
dir habe ich einfach nicht übers Herz gebracht. Du bist völlig
aufgelöst und verloren am Grab gestanden und es hat mir fast
das Herz zerrissen, dich so leiden zu sehen – deine unendliche
Verzweiflung und Trauer hätten sich einfach nicht mit meiner
Wiedersehensfreude und Unbeholfenheit vertragen. Und so habe
ich stattdessen deine Mutter besucht. Sie hat mir offenbart, dass
sie meine Briefe in gut gemeinter, wenngleich falscher Absicht

vor dir versteckt gehalten hat. Jahrzehntelang dachte ich, du bist mir gram, und allein, dass dem vielleicht nicht so ist, hat meine Sicht auf die Dinge wieder ein wenig geradegerückt und nicht unwesentlich auf meinen Plan eingewirkt, den ich dir später noch schildern werde. Ich hoffe sehr, dass sie in der Zwischenzeit ihr Gewissen erleichtert und dir alles erzählt hat – sie gab mir ihr Wort darauf – und ich nicht mehr gar zu lange auf ein Lebenszeichen von dir warten muss.

So vieles ist anders gekommen, als ich mir das gewünscht habe – mit uns, mit meinem Leben, generell (ist das nicht immer so?). Zu gerne hätte ich schon früher unserer Entfremdung ein Ende bereitet, ein schattiges Plätzchen für unsere Freundschaft gefunden, an dem wir uns (wieder) erholen, neue Samen abwerfen, uns gegenseitig befruchten, über uns hinauswachsen und so manche Suppe hätten würzen können. Aber meine diesbezüglichen Versuche sind gescheitert, meine Worte nie bei dir angekommen, und so sind wir verwelkt und in einer Wüste aus Distanz, Missverständnissen und unbeantwortet gebliebener Fragen verdurstet. Der Verlust unserer Freundschaft schmerzte mich sehr. Wie ein giftiger Stachel saß er tief in meinem Herzen und erinnerte mich daran, was ich alles falsch gemacht und verloren habe: meinen Vater, auf den ich einst so viel gesetzt, von dem ich mir so viel erhofft hatte – es ist meine Schuld, dass er tot ist; meine Frau Ak Möör, die ich gemeinsam mit meinem Halbruder Askar geraubt und zu der meinen gemacht habe – mein schlechtes Gewissen plagt mich bis zum heutigen Tag. Dass ich ohne rechtliche Konsequenzen davongekommen bin, liegt einzig und allein an diesem Land, nur hier kommen Kriminelle und Korrupte ungeschoren davon, wenn sie Macht, die richtigen Beziehungen oder das nötige Kleingeld haben. Ich habe viel zu selten Kontakt zu Beshkempir, dem ich wenn schon nicht als richtiger Vater doch wenigstens als Onkel in Erinnerung bleiben möchte, und ich habe es nicht geschafft, meine Mutter Erna vor ihrem Tod wiederzusehen – sie hatte damals recht, den alten Tyrannen zu verlassen und mit mir nach Österreich zu flüchten –, doch jetzt kommen mein Einsehen und meine Dankbarkeit zu spät. Jahrelang hatte meine Jurte keine Kuppel mehr, nur wenige der sechzig Stangen waren übrig geblieben, schon ein kleiner Windhauch hätte gereicht, um sie zum Einsturz zu bringen, aber jetzt ist alles anders, jetzt, da ich weiß, dass für uns beide wieder Hoffnung besteht, dass ich dir und mir vielleicht mit dem, was ich vorhabe, helfen kann, werde ich mir eine neue bauen. Eine mit hundert Stangen, die auch den stärksten Ängsten und Zweifeln trotzt. Und so wünsche ich mir für die Zukunft nichts sehnlicher, als dass wir uns Schritt für Schritt und Zeile für Zeile einander wieder annähern und eines nicht allzu fernen Tages, wenn du dich bereit dazu fühlst, endlich wiedersehen. Ich vermisse dich nämlich, mein Dillemädchen, mehr denn je, und ich habe einen Plan für uns ersonnen, eine geradezu unglaubliche Entdeckung gemacht, die deine und meine und die ganze Welt aus den Angeln heben wird. Alles kann wieder gut werden, alles (hörst du!), auch zwischen dir und mir, aber bis es so weit ist, will ich geduldig Dill und Kerbel pflanzen und auf dich warten.

Schon bald werde ich mit meinem Laborköfferchen aus meiner Wohnung hinausspazieren und zu meinen Schmetterlingen in die Berge hinauffliegen, um einer von ihnen zu werden und damit in die letzte Phase des psukh-Projekts zu starten. Zu gerne würde ich dir alles darüber erzählen, aber noch ist die Sache zu gefährlich – alles zu seiner Zeit, erst musst du zu mir kommen, mich suchen und finden, erst dann kann ich mein großes Geheimnis mit dir teilen, dich Anteil haben lassen an meinem Herz- und Seelenprojekt, an meiner bahnbrechenden

Wissenschaft, die, das verspreche ich dir, mehr als nur Wissen
schafft.

Wenn überhaupt werden nur wenige Menschen wissen, wo ich
mich in der Zukunft aufhalten werde, vielleicht mein ehemali-
ger Chef Professor Dima Petschkin vom Zoologischen Museum
und der Dritte im psukh-Bunde, Professor Jaroslaw Nikitin,
oder aber, was mir am wahrscheinlichsten zu sein scheint, mein
treuer Freund Wolf, aber all das ist noch ungewiss, da ich selbst
nicht voraussagen kann, wem ich am Ende vertrauen, wo und
in welchem Zustand ich mich in Kürze befinden werde.

Sybille stoppte, sie hatte sich nicht geirrt, tatsächlich stand
da der Name Dima Petschkin schwarz auf weiß und bestätigte, da Samat den Brief mit 20. Februar datiert hatte, ihren
Verdacht, dass dieser sehr wohl wusste, was mit ihrem Freund
los war – es zumindest bis zu jenem Zeitpunkt gewusst haben
musste. Aus dem völlig abstrakten psukh-Gerede wurde sie
hingegen, auch jetzt beim wiederholten Lesen der Zeilen,
einfach nicht schlau. Sie zündete sich eine Zigarette an und
fuhr fort:

Schon seit Wochen bin ich leicht benebelt vom vielen Gras,
das ich zur Einstimmung auf meine persönliche psukh-Trans-
formation inhaliere, und, nein, das ist jetzt keine Ausrede,
die Schmetterlingslarven, mit denen ich gerade arbeite, eine
eigens gezüchtete Kreuzung aus dem dill- und kerbelfressenden
Schwalbenschwanz und der Goldenen Acht, meinem Lieblings-
flatterer von den kirgisischen Wacholderweiden (ich habe ihn
nach dir benannt: Colias hyale sybillis*), sprechen gut darauf*
an. Cannabis wächst im ganzen Land wie Unkraut. Mit ein
klein wenig Engagement könnte man in Bischkek ein überschau-
bares Drogengeschäft damit aufziehen, aber wen interessiert

heutzutage getrockneter Hanf, wo es im sechshundertsechzig Kilometer entfernten Osch, das sich immer mehr zum zentralen Drogenumschlagplatz für ganz Mittelasien entwickelt, Heroin gibt wie Heu, und wir dabei sind, eine Weltformel zu finalisieren, die auf natürlichem Wege sowieso bewusstseinserweiternder wirkt als jede Droge, die alle Gesetzmäßigkeiten, so wie wir sie kennen, außer Kraft setzen wird. Sogar Putin, Trump, Tom Cruise und eine gewisse Kim Kardashian (ich weiß nicht, ob dir der Name etwas sagt, sie ist angeblich ein Reality-TV-Star aus Amerika) haben bereits ihr Interesse an psukh bekundet und zum Teil die Verwandlung auch schon ausprobiert. Es ist unglaublich. Verrückt. Fantastisch.

Als ich mit zwanzig Jahren hierhergekommen bin, um mich in einen echten Kirgisen zu verwandeln, dachte ich in meiner kindlichen Naivität, in meinem jugendlichen Leichtsinn ja noch, dass alles möglich wäre, auch die menschliche Metamorphose, dass man sich ändern, verändern, ein neuer Mensch werden könnte. Aber dann holte mich die Realität ein und ich musste einsehen, dass man als Erwachsener nicht mehr völlig und ganz in einer fremden Kultur aufgehen kann, sondern ewig in jener stecken und verankert bleibt, die sich in den Kindheits- und Jugendjahren in einen eingebrannt hat. Jahrelang habe ich versucht, mich selbst zu belügen, mir etwas vorzumachen, aber ich war immer nur ein Gast, ein Dauergast vielleicht – erzwungen, eingeschleust, erduldet –, nie wie ein echter Kirgise von Anfang an mit den Manas-Wurzeln verbunden, hatte nie das Kampfgen eines Dschingis Khan im Blut und die Lebensweise der Nomaden in den Genen (oder eben nur halb), nicht um all die Geheimnisse der vergangenen Jahrhunderte gewusst und das alles auch unmöglich aufholen können. Vielleicht ist es normal, dass sich der eigene Blickwinkel auf die Möglichkeit einer

Metamorphose über die Jahre verändert – besonders wenn man wie ich mit Schmetterlingen zu tun und die echte Verwandlung stets vor Augen hat. Und so fand ich mich irgendwann damit ab, dass die Dinge waren, wie sie waren, dass ein Mensch letztendlich immer der blieb, der er war – mit seinen tief sitzenden Charakterzügen, die ihm von Geburt an von den Eltern und vom (Schwarz)Storch in die Wiege gelegt worden waren, und mit seinen oberflächlichen Angewohnheiten, die er sich erst im Laufe seines Lebens angeeignet hatte (das Saufen, das Rauchen, das Aggressivwerden, das Sinnieren, das Beten). Ganz sicher war ich mir zu jener Zeit, dass sich der innere Schweinehund über jedweden Metamorphoseversuch zu Tode lachte, weil er wusste, dass sich alle (un)menschlichen Veränderungsversuche, Vorsätze, Versprechen nach geraumer Zeit in Luft auflösten und er früher oder später seinen Herrscherthron wieder besteigen würde. Ich war verloren – kein Kirgise, kein Russe, kein Österreicher, nur ein Fass voll Misch-Assoziationen-und-masch-Eindrücken, die, ungefiltert, subjektiv, zum Teil falsch interpretiert, durcheinandergeraten waren. Ein Heimatloser, der die Hoffnung aufgegeben hatte, je wieder ganz zu werden. Ein falscher Krieger, ein halbherziger Frauenräuber, ein gefakter Sohn-und-Vater, ein erfundener Freund-und-Feind, ein Kuckuckskind, das im falschen Nest gelandet war.

Der Kuckuck gehört sowieso ausgerottet, wenn du mich fragst, völlig zu Unrecht wird er nostalgisch verehrt, man sollte endlich aufhören, bei seinen Rufen verträumt in den Jacken- und Hosentaschen nach Münzen zu greifen oder, wie es hierzulande Brauch ist, seine Schreie mitzuzählen, um die verbleibenden Lebensjahre zu erfahren. Wenn es nach mir ginge, müsste er schon längst seinen falschen Schnabel halten, der Unheilvogel. Ich habe ihn beobachtet, wie er mühelos fremde Eier kopiert, wie heimtückisch er mit seinen Augen ihre Form, Farbe und

Struktur scannt, wie hinterlistig er die Daten in sein 3-D-Drucker-Hirn einspeist, wie hinterfotzig er perfekte Duplikate produziert – um diese dann anderen unterzujubeln und völlig entfremdete, verwirrte Nachkommen in die Welt zu setzen, die gar nicht anders können, als wild um sich zu strampeln, ihre Nestnachbarn hinauszuwerfen, sie in ihrer Verzweiflung gar zu erdrücken, damit sie selbst überleben, fetter und fetter werden und die Vogeleltern mit dem Wurmzufliegen gar nicht mehr nachkommen.

Glaub mir, ich weiß, wovon ich spreche, zu viele Eier habe ich mir selbst gelegt, auch ich habe gelernt, mich zu tarnen, anzupassen, einzuschleusen, aber weitergebracht hat es mich nicht.

Und dann, als ich mich diesem Schicksal schon so gut wie ergeben hatte, tat sich plötzlich eine schier unfassbare Chance auf, die mein Metamorphoseweltbild erneut auf den Kopf gestellt hat: das psukh-Projekt. Durch Zufall bin ich auf dieses wissenschaftliche Wunder gestoßen, diese Schmetterlingsoffenbarung, die unsere Seelen neu zu justieren vermag, uns von einem Leben in ein anderes überwechseln lässt, mit deren Hilfe wir uns neu erfinden und zu besseren Menschen werden können. Psukh wird alles verändern, wird ähnlich wie Otto Hahns gelungener Versuch einer Kernspaltung die ganze Welt aufhorchen lassen, bestenfalls einen echten Neuanfang ermöglichen, einen gigantischen Neustart, den die Menschheit dringend nötig hat, und schlechtestenfalls tatsächlich in einer Atombombe enden, metaphorisch gesehen freilich, die mit einem Giftpilz-Rumms das ganze System auf Null stellt, Auslöschung auf höchster Stufe betreibt, aber das ist immer das Risiko großer Entdeckungen, nicht wahr?, zumindest behaupten das meine beiden Mitwisser und Mitwirker Petschkin und Nikitin. Ich bin mir ziemlich sicher, dass sie selbst den Preis einer Atombombe zu zahlen bereit wären, im Gegensatz zu mir, der ich mit allen mir zur Verfügung stehenden Mitteln versuchen werde, psukh als das gute, reine, unschuldige Wunder zu etablieren, das es ist. Die psukh-Formel ist so groß, dass die ganze Welt hineinpasst. Und wenn du willst, ist in dieser neuen Welt auch noch Platz für dich. Aber jetzt Schluss damit. Mehr kann (und darf) ich an dieser Stelle nicht preisgeben, ich habe ohnehin schon viel zu viel verraten. Stattdessen möchte ich diesen letzten Brief an dich auch dazu nützen, um mir einen Anflug von Sentimentalität zu erlauben, mein altes Leben ein letztes Mal Revue passieren zu lassen, mir meine Menschlichkeit noch einmal deutlich vor Augen zu führen, denn schon bald wird mir das nicht mehr möglich sein. Dann, wenn ich meine Hülle zurückgelassen und mich endgültig von meiner Vergangenheit gelöst habe:

Ich bin mir, wie gesagt, ziemlich egal geworden im letzten Vierteljahrhundert, das ich in einem Land verbracht habe, das seinen Anfang nicht kennt und sein Ende nicht findet, das sich logisch betrachtet nur in den eigenen Schwanz beißen kann. Jahrelang habe ich umgeben von Widersprüchlichkeiten gelebt, was an dieser Stelle nichts rechtfertigen kann oder soll, aber Kirgistan ist voll von Widersprüchen: Das Schöne existiert neben dem Hässlichen, das Gute unmittelbar neben dem Schlechten, die Zukunft neben der Vergangenheit, und ich bin genauso widersprüchlich geworden wie das Land, hin- und hergerissen, geschunden, verletzt, verwirrt. In meinen Anfängen 1989 bin ich mitten in die maroden Strukturen der Sowjetunion hineingeplumpst, in das Gemauschel, die Geheimniskrämerei, die Partei, die alles gesehen und über alles gerichtet hat. Mein Vater war, wie ich leider erkennen musste, ja kein Kirgise, sondern Russe, ein brutaler Barbar, der Gorbatschows Politik der Glasnost und Perestroika verabscheut und ihn, wie viele andere, für den Zusammenbruch der Sowjetunion und die folgende Phase wirtschaftlicher und politischer Unsicherheit verantwortlich gemacht hat. Ich hingegen mochte Michail Gorbatschow sehr. Aus meiner Sicht hat er in den entscheidenden Umbruchsjahren 1990 und 1991 und auch schon davor viel bewegt, als einer der wenigen Staatspräsidenten, früher wie heute, für Frieden gesorgt, den Fall der Berliner Mauer bewirkt und das Ende des Kalten Krieges eingeleitet. Im Westen war er ein Held, im eigenen Land ein Volksverräter. Ich denke, Gorbatschow wäre lieber in seinem Heimatland der Held gewesen, aber das kann man sich nicht immer aussuchen. Wem sage ich das. Und als es dann im Dezember 1991 zum endgültigen Zerfall der Sowjetunion gekommen ist, herrschte hier sowieso nur noch Ausnahmezustand. Wir waren wie kleine Kinder, die mutterseelenallein zurückgelassen wurden, im Stich gelassen von Mütterchen Russland, das uns bislang gewaschen, gewickelt und gesäugt, uns das Essen auf den Tisch gestellt und auch sonst alles geregelt hatte. Es hieß damals nicht umsonst, dass alle Wege nach Moskau führten. (Und zugegebenermaßen war ja auch nicht alles schlecht: Das System hatte uns die Straßen und das Stromnetz gebracht, die Schulpflicht und Universitäten, die medizinische Versorgung, die Gleichstellung der Frau.) Doch dann hatten wir plötzlich gar nichts mehr, nichts hat mehr funktioniert. Die Sowchos und Kolchos sind zusammengebrochen oder wurden aufgelöst, weil sie wirtschaftlich unrentabel waren, die Jungen flohen in die Städte und zurück blieben Kulturruinen, Landbrachen, Orientierungs- und Hoffnungslosigkeit, Chaos und Armut. All das passierte freilich nicht über Nacht. Die wirtschaftliche Untragbarkeit zeichnete sich schon viel früher in den Achtzigerjahren ab, die Wachstumsraten fielen von Jahr zu Jahr, der Unmut in der Bevölkerung stieg. Die angebotenen Güter waren von schlechter Qualität, immer öfter kam es zu Lebensmittelknappheit, manchmal stand man stundenlang in einer Schlange, um ein Paar neue Schuhe zu ergattern, und als man an der Reihe war, waren keine mehr da. Die Arbeit wurde immer beschwerlicher, was auch machtpolitische Gründe hatte, denn um mit den USA mitzuhalten, wettbewerbsfähig zu bleiben, wanderten immer mehr finanzielle Mittel in die Waffenindustrie und Weltraumforschung. Das mag man sich heute ja gar nicht mehr vorstellen.

Wie oft habe ich dir von den schwierigen Jahren der Unabhängigkeit erzählt, von den Höhen und Tiefen, Freuden und Leiden, die sie mit sich brachten. Meine Erlebnisse und Versuche über die Runden zu kommen, mein Glück zu machen, füllten wohl mehr als einen Brief. Ich erinnere mich an meine Zeit als Viehhirte auf den Sommerweiden, an mein erstes Festmahl nach Jahren des Hungerns, das aus zwei Eiern und Beljaschi (eine Art Piroschki mit Fleisch) bestand, an die lausigen Versuche in die Fußstapfen meines Großvaters zu treten und Taigane und Falken zu züchten, an die illegalen Jagden auf Schneeleoparden und Sibirische Steinböcke, an meine Zeit als Autoübersteller, in der ich heruntergekommene Audis und Mercedes-Sprinter-Busse aus Deutschland nach Kirgistan gebracht habe (die Deutschen waren damals froh, den »Schrott« loszuwerden, und wir haben ihn dankend angenommen).

Ich habe dir auch erzählt, wie mir in all den Jahren meine Arbeit mit den Schmetterlingen Trost und Zuversicht geschenkt hat, wie mir einmal in der Dämmerung am Song-kul zwei gigantisch große, grünviolette Exemplare erschienen sind, die ich lange vergeblich zu fangen suchte – so lange, dass ich schon dachte, sie nur herbeigeträumt zu haben (jetzt weiß ich, dass es sich in Wahrheit gar nicht um echte Schmetterlinge gehandelt hatte). Oder erinnerst du dich noch an die unglaubliche Goldregen-Geschichte? Wie ich bei einer meiner Höhleninspektionen *für psukh in der Nähe von Kumtor auf einen gut versteckten, drei Kilogramm schweren Goldklumpen gestoßen bin? Den musste vor Urzeiten, noch lange vor der Mineninbetriebnahme, jemand hier entdeckt, mühsam aus dem Gestein geschlagen und vor dem Rest der Welt versteckt haben; dem Finder selbst schien sein Fund aber nichts gebracht zu haben – oder aber, was noch tragischer wäre, er hatte die Stelle einfach nicht mehr wiedergefunden, sodass letztendlich mir sein Unglück zum Glück wurde. Auch wenn Gold bekanntlich nicht glücklich macht, hat es in meinem Fall bereits gute Dienste geleistet. Ich habe den Stein entzweigeschlagen und die Hälfte in den Schutz meines psukh-Wissens investiert. Wer weiß, wozu die restlichen anderthalb Kilogramm noch nützlich sein werden.*

Es ist so wahnsinnig viel passiert. Wir haben, blauäugig und blutend, die fünfzehnjährige Ära Akajew überlebt, der nach korrupten Parlamentswahlen im Jahr 2005 endlich von seinem Volk davongejagt wurde (vielleicht erinnerst du dich noch an die Tulpenrevolution am 23. März 2005, bei der Hunderttausende Kirgisen, »wilde Tulpen«, ihren Unmut auf einer Demonstration geäußert und die Regierung gestürzt hatten.) Aber danach kam es fast noch dicker: Auf Akajew folgte die unglaublich korrupte Amtszeit von Bakijew – und auch er flüchtete nach fünf Jahren ins ausländische Exil, auch seine Zeit nahm ein unschönes und friedloses Ende in einem tragischen Blutbad am 7. April 2010, bei dem geschätzte 300.000 Kirgisen seinen Rücktritt eingefordert und mit ihrem Leben verteidigt hatten. Einundneunzig Menschen waren damals gestorben, 1.500 waren verletzt worden, niedergestreckt von achtzehn Scharfschützen und zweihundert Soldaten mit Kalaschnikows, die er auf und im Weißen Haus hatte postieren lassen. Auch er ist Geschichte, genau wie sein Sohn Maxim, der damals an seiner Seite als

Direktor der »ZARI« regierte (Zentrale Agentur für Entwicklung und Investition – die sprachliche Nähe zum Wort »Zar« war bestimmt beabsichtigt) und Jahre später einmal auf einer Pressekonferenz in Las Vegas auf die Frage, wie er es zum ersten Milliardär Kirgistans gebracht habe, sinngemäß geantwortet hatte: »Ich besitze nichts, nur fünf Millionen Schafe.« Er hatte uns, sein Volk, damit gemeint.

Und es brodelt immer noch, auch unter Atambajew. Der Norden weiß nichts vom Süden und umgekehrt, die Menschen sind arm und unzufrieden, tragen immer noch den Zwiespalt, die Vorurteile und Altlasten aus der Vergangenheit in ihren Herzen. Dabei waren wir Kirgisen die ersten und einzigen der ehemaligen Unionsstaaten, die sich bereits 1991 zu echten demokratischen Wahlen bekannten, naiv und zuversichtlich, aber was hat es geholfen außer nichts? Noch immer kommt es zu Wahlbeeinflussungen, Wahlbetrug, Nachwahlen, noch immer wird gelogen, betrogen und gemordet in unserer sogenannten Demokratie, in der Verfassung und Fassungslosigkeit oft Hand in Hand gehen, in der Präsidenten immer noch ein Khan-Gefühl an den Tag legen, das an Größenwahnsinnigkeit seinesgleichen sucht, sich ein, zwei Jahre an die Gesetze halten, um dann unweigerlich unterzugehen in einem Sumpf aus kriminellen Machenschaften, Unmoral, Machtmissbrauch und Korruption.

Und was, wenn ich dir jetzt sage, dass auch damit Schluss sein könnte in einer nahen Zukunft, dass es – mit Hilfe von psukh – vielleicht schon bald keine Akajews, Bakijews, Atambajews, keine Putins und Trumps, Erdoğans und Kim Jong-uns mehr gibt, zumindest nicht so, wie wir sie kennen?

Und so sitze ich wieder einmal auf meinem Hocker in der kleinen Küche und schaue zum Fenster hinaus, den gelbweißen Zitronenfaltern hinterher, die mich ungeduldig erwarten und dich aus der Ferne grüßen lassen. Wer hätte gedacht, dass mich ausgerechnet meine Lieblingstiere einmal zur Erleuchtung führen, meinem Leben wieder einen Sinn geben, mir ein spätes Glück verschaffen würden? Dabei ist ein Tier immer näher an der Wahrheit als der Mensch, legt sich intuitiv und automatisch in die Sonne und nicht in den Schatten, aber das brauche ich dir, einer der bedeutendsten Tierverhaltensforscherinnen Europas, ja nicht zu erzählen. Und doch liegt das Naheliegende oft so fern. Drei Jahrzehnte lang bin ich meinen Freunden, den Tag- und Nachtfaltern, durch sämtliche Vegetationszonen gefolgt – bis in die kirgisische Halbwüste, in Trocken- und Hochgebirgssteppen, habe sie in borealen Gebirgswäldern, nemoralen Breitlaubwäldern, auf subalpinen und alpinen Wiesen und in azonalen Lebensräumen gesucht und gefunden. Beinahe mein ganzes Leben habe ich mit ihnen verbracht, sie beobachtet, gesammelt und kartiert, bis sie mir nach einer kleinen Ewigkeit endlich ihr letztes Geheimnis preisgegeben haben, das ich in meinem Lebenswerk zur Vollendung bringen werde: die psukh-Formel. Sie wird mein Vermächtnis sein.

Ich fühle, dass sich der Brief endgültig seinem Ende zuneigt, und auch wenn ich es erfolgreich bis zu den letzten Zeilen aufgeschoben habe, so gibt es an dieser Stelle kein Entkommen mehr. Ich muss dir etwas sagen, was offensichtlich sechsundzwanzig Jahre gebraucht hat, um sich in Worten zu gebären, aber alles braucht eben seine Zeit, wie auch Schmetterlinge mitunter Jahre benötigen, um aus einer Raupe zu schlüpfen:

Du musst zu mir kommen, mein Dillemädchen, und mich (be)suchen, denn wenn du mich nicht findest, findet mich keiner. Bitte beeile dich, mein Dillemädchen, ich brauche dich, dringender denn je – deine Sachkenntnis, deine Erfahrung, deine Freundschaft –, lass uns gemeinsam für Wissenschaft und

Frieden, für Welt und Seelenheil Leib und Leben riskieren und die psukh-Formel zur Entfaltung bringen.

Vielleicht habe ich deshalb nie damit aufgehört, dir zu schreiben, weil ich dich (immer schon) geliebt habe. Und vielleicht höre ich genau deshalb jetzt damit auf, weil ich dich (immer noch) liebe. Und ja, das war es, was ich dir schon die ganze Zeit sagen wollte: Ich liebe dich.

Wenn du glaubst, das ergibt alles keinen Sinn, so lass dir mit Gewissheit sagen, es ergibt immer alles einen Sinn am Ende. Und so schicke ich dir ein letztes Mal drei Erinnerungsblitze aus der Ferne in der Hoffnung, dass sie dich ganz schnell zu mir locken: ein Foto von uns beiden aus dem Jahr 1984, weil die Vergangenheit etwas Versöhnliches in sich trägt. Ein Bild von mir aus der Gegenwart (eine Freundin hat es gemacht), damit du siehst, zu wem ich geworden bin. Und eine Computersimulation aus der Zukunft, damit du dir vorstellen kannst, was psukh alles vermag.

Einen allerletzten Rat für dich habe ich noch: Auch in Kirgistan bergen vertraute Bäume mitunter Geheimnisse und versteckte Botschaften – erinnere dich an früher, als wir unter Linden gefunden, unter Fichten gesichtet, unter Birken gewirkt und unter Buchen gesucht haben.

Alles, was du sonst noch brauchst, findest du in meiner Wohnung in der T. Abdumomunowa uliza mit der Nummer 257.

Dein Kerbeljunge Samat

Wie oft hatte sie diesen Brief jetzt schon gelesen? Bestimmt ein Dutzend Mal und immer noch stellten sich ihr dieselben Fragen: Was hatte das alles zu bedeuten? Warum machte Samat so viele kryptische Andeutungen, gab ihr unzählige Rätsel auf? Warum versteckte er sich überhaupt vor ihr und

wollte, dass sie ihn suchte? *Unter Buchen musst du suchen,*
unter Linden wirst du finden, murmelte sie. Laut Reiseführer gab es überhaupt keine Buchen und Linden in Kirgistan
– hatte Samat die Bonsai-Baumgruppe tatsächlich in Erinnerung an ihre gemeinsame Kindheit angepflanzt, verbarg
sie wirklich geheime Botschaften und Schätze, oder sah sie
in ihrer Orientierungslosigkeit nur Zeichen, wo gar keine
waren? Zumindest mit dieser Baustelle würde sie bald auf-
räumen können, ihr Entschluss, demnächst eine nächtliche
Grabungsaktion zu veranstalten, stand fest.

Und dann sein Liebesgeständnis – er wusste doch gar
nichts mehr von ihr, kannte sie doch gar nicht mehr. War
das »Ich liebe dich« nur platonisch gemeint? War es dem
Gras, das ihm die Sinne vernebelte, und seiner generellen
Lebensmüdigkeit geschuldet? Und schließlich, psukh. Was
zum Teufel hatte es damit auf sich?

Nach allem, was sie gelesen hatte, war ihr klar geworden,
dass Samat sich in den vergangenen Jahren definitiv verändert
hatte, wahrscheinlich kirgisischer geworden war, was immer
das hieß, vielleicht rauer, wilder, wahnsinniger. Vielleicht
hatte er in der Tat schlimme Dinge verbrochen – der erwähnte
Vatertod, die geraubte Frau –, auch wenn sie das einfach
nicht so recht glauben wollte. Der Samat, den sie gekannt
hatte, besaß kein böses Herz, aber manchmal begingen auch
gute Menschen schlimme Taten, ja gerade die Guten, weil sie
die Ungerechtigkeiten der Welt nicht länger ertrugen und,
ihr Fass(-ungsvermögen), wenn es ausgereizt war, die ganze
aufgestaute Wut unkontrolliert und mit voller Wucht nach
außen sprengte. Das erwähnte Foto von Samat hatte leider
von Anfang an gefehlt – zu gerne hätte sie gewusst, wie er
jetzt aussah. Ob Medina es geknipst hatte, ob sie es noch
fand? Vielleicht hatte er es sich auch anders überlegt und es

doch nicht mitgeschickt. Aber warum? Warum spielte man überhaupt Verstecken und Fangen? Doch wohl, weil man etwas zu verbergen hatte. Weil man Zeit schinden wollte. Weil man nicht gesehen werden oder sich selbst nicht mehr sehen wollte. Was genau war mit Samat passiert?

Und sie in ihrer Rolle als Fängerin, was wollte sie eigentlich? Für gewöhnlich fing man etwas ein, was man brauchte oder haben wollte. Was wollte sie? Ihre Freundschaft zurück? Ihren Lebenssinn? Ihre Identität? Sybille überlegte. Vielleicht von allem ein bisschen. Ihrem Faible für spannende Enden kam dieser Brief auf jeden Fall entgegen. Bis zur letzten Zeile zeigte er sich rätselhaft, dramatisch und touchant.

In dieser Nacht träumte Sybille stürmisch und ausufernd: von Zeiten, in denen das Wünschen noch geholfen hatte, von Grenzen, die sich langsam in Luft auflösten, von idyllischen Schmetterlingswiesen und sonnenbeschienenen Berggipfeln, von finsteren Höhlen und apokalyptischen Reitern. Vieles erschien ihr möglich, gar manches seltsam klar. Wissenschaftlich gesehen konnten die bunten Filme dabei helfen, Kontakt mit dem Unterbewussten aufzunehmen, das tagsüber Erlebte zu verarbeiten und daraus zu lernen. Beim Träumen mischte das Gehirn neue Informationen mit vorhandenem Wissen, verband unbekannte Erfahrungen mit gelebten Emotionen und fand so kreative, auf den ersten Blick oft unlogische Lösungen für aktuelle Probleme, vielleicht sogar für solche, die noch gar nicht existierten. Man trainierte praktische Fähigkeiten, von denen man gar nicht wusste, dass man sie besaß und einmal brauchen würde, bereitete sich auf Situationen vor, die in der Zukunft spielten, lernte mit der Angst umzugehen. Gar mancher jagte Verbrecher oder kämpfte gegen zottige Monster, ein anderer verschlang mannshohe Schokoladentorten oder den heimlichen Schwarm. Sybille schöpfte in dieser Nacht mit jedem Atemzug und jedem REM aus dem Vollen, praktizierte, trainierte und kämpfte, bis es Morgen wurde. Denn wenn ihr der letzte Fiebertraum in der Gefriertruhe eins gezeigt hatte, dann wie nahe Traum und Wirklichkeit mitunter beieinanderlagen. Sie musste vorbereitet sein.

things.

Der Vorteil, wenn man schon im Morgengrauen auf den Beinen war: Der Tag dauerte länger und man hatte mehr Zeit zur Verfügung – was positiv war, wenn es einem (emotional) gut ging, und schlecht, wenn Krise und Depression vorherrschten, dann empfahl es sich nämlich, möglichst spät aufzuwachen oder gleich den ganzen Tag zu verschlafen. Sybille wusste, wovon sie sprach, doch zum Glück ließ sich das Kapitel ihres Darniederliegens bereits im Präteritum erzählen. In der Gegenwart war sie gut gelaunt und voller Tatendrang. Wie üblich krähte schon der verrückte Gockel von nebenan. Sie brühte Kaffee auf (erst vor Kurzem hatte sie ganz hinten in einem Supermarktregal eine verstaubte Packung Lavazza-Kaffee entdeckt) und legte die neue CD von Medina ein. Die bunt gemischten Schlager zeigten rasch Wirkung, gewöhnten ihre Ohren erstaunlich schnell an den fremden, billig anmutenden Ost-Trash-Disco-Sound, den sie bislang so verabscheut hatte. Doch hier in der Fremde nahm ihr Körper die neuen Rhythmen dankbar auf und ließ sie durch seine Gliedmaßen vibrieren. Etwas ungelenk tanzte sie in der kleinen Küche zwischen Herd und Hocker hin und her, nippte noch leicht verschlafen an ihrem Morgenkaffee und musste herzhaft lachen, als zwischen den unbekannten Liedern plötzlich *Kiss Kiss* von Tarkan aus dem Lautsprecher ihres Laptops schallte – ein ihr bekannter Ohrwurm, der sich da in Medinas CD-Mix eingeschlichen hatte und bei Sybille eine alte Erinnerung wachrief: Eine frühere Arbeitskollegin hatte sie einmal in Wien zum Bauchtanzen überredet. Auch dort war ähnliche Musik durch den Saal geschallt, während die kleine, sympathisch-inhomogene Frauengruppe sanfte

Beckenkreise, leichtfüßige Grundschritte und grazile Armbewegungen trainiert hatte. Sie war sich damals recht deplatziert vorgekommen mit ihrer steifen Wissenschaftlerinnen-Hüfte und den unbeholfenen Akademikerinnen-Extremitäten, hatte das Gehopse aber insgeheim auch als spaßig empfunden, wie vieles Schräge und Unbekannte auf einen wirkte, wenn man sich zum ersten Mal darauf einließ. Ein Lied hatte es der Bauchtanzgruppe ganz besonders angetan und für geradezu ekstatische Hüft-Mayas und Münzgeklimper-Schimmis gesorgt: *Kiss Kiss*. Sie hätte wirklich nicht gedacht, den türkischen Popsong ausgerechnet in Kirgistan einmal wiederzuhören. Sybille drehte die Musik lauter und sah sich um. Es war höchste Zeit, ein wenig Ordnung und Struktur in ihr neues Zuhause zu bringen. Sie war jetzt schon seit fast einer Woche hier und hatte es noch nicht geschafft, Samats Apartment zu inspizieren und auf Vordermann zu bringen. Dafür war ihre Akklimatisierung täglich vorangeschritten und der Bischkeker Verlauf der Dinge langsam, aber sicher zu einem Fixbestandteil ihres Lebens geworden. Auch hatte sie in den ersten Tagen definitiv Wichtigeres zu meistern gehabt als Küchenschubladensichten und Badewannenschrubben. Tapfer und unaufhörlich hatte sie das Revier markiert und erweitert, wusste mittlerweile, in welchen Läden und Kiosken der Umgebung sie Kaffee, Obst, Gemüse und Waschmittel kaufen konnte, auch wenn die Wahrscheinlichkeit zu bekommen, was sie wollte, zu finden, was sie suchte, immer noch bei nur fünfzig Prozent lag, ein lotteriehaftes fifty-fifty, vielleicht sogar auch nur thirty-seventy, denn nicht selten landeten nach wie vor mehr Nieten als Treffer in ihrem Korb: Die vermeintliche Milch entpuppte sich als eine Art Molke, der Joghurt als Käse, der Käse als ungenießbar, oder die Produkte waren überhaupt längst abgelaufen. Mehr als einmal war sie von den Einheimischen rat-, gruß- und antwortlos auf der Straße zurückgelassen oder auch – was nicht weniger irritierend war – ohne ersichtlichen Grund bejubelt, beschimpft, belächelt, bestaunt worden, war sie in eine falsche Marschrutka eingestiegen und im Straßennetz, Menschen- und Verkehrsgewusel verloren gegangen, aber so war das eben in einer Fremde, die erst erobert werden wollte. Wie schon bei ihren Urlauben in Griechenland, Frankreich, Italien oder bei ihren Studien- und Arbeitsaufenthalten in den Niederlanden und in Litauen, wo sie im Supermarkt (und auch sonst) immer ein wenig gebraucht hatte, um sich zurechtzufinden, wo der Weg zur Theke mit den gekühlten Weintrauben oder karamellisierten Stroopwafels oder geräucherten Schweineohren auch erst geebnet werden musste. Der Unterschied zu diesen Destinationen (bislang war sie ja nicht über den europäischen Tellerrand mit Moules frites, Pizze e Paste, Fish & Chips und deutscher Currywurst hinausgekommen) hatte darin gelegen, dass sie letzten Endes mit Hilfe gesprochener Worte, entzifferbarer Informationen und europaweit ähnlichen Gepflogenheiten und Umgangsformen dann doch schnell ans Ziel gekommen war.

Aber hier in Kirgistan war alles noch fremder als fremd. Und auch wenn sie mit Elaine, Mareike und Medina, ja selbst dem des Englischen mächtigen Petschkin, auf gleich vier Sprachausnahmen im kirgisisch-russischen Lautdschungel getroffen war, so fühlte sie sich doch des Öfteren verloren. Wirklich alles war neu für sie: die Sprache, die Umgebung, die Menschen – überhaupt: Asien. Es gab so viel zu lernen. Sie fühlte sich wie ein kleines Kind, das gerade dabei war, die ersten Schritte zu erlernen, nur dass das in ihrem Fall langsamer und nicht mehr ganz so spielerisch vonstattenging: das Aufladen der Handywertkarte am Automaten, das Abheben von Bargeld (beides, ohne das Display entziffern zu können), das Umrechnen der Währungen, die kleinen Tricks, um die jeweiligen Schlösser der Garten-, Eingangs- und Wohnungstür aufzubekommen (ein festes Nach-oben-Ziehen, ein kräftiges Schlüssel-ins-Schloss-Rammen, ein Sich-dagegen-Stemmen), das Bedienen ihrer russischen Waschmaschine und ganz allgemein das Fragen nach Hilfe, das geradezu Überlebenssache war. Selbst einfache Begrüßungsworte, Namen, ein höfliches Bitte und Danke dauerten bei ihr so lange, dass das Gegenüber vor dem Artikulieren meist verschwunden war. Sie memorierte die Lautfolgen einfach nicht. Jede noch so kleine Verrichtung und alltägliche Tätigkeit waren für sie zu einer Herausforderung geworden und mit Mut verbunden.

Langsam streifte sie durch die Wohnung, freundete sich Schritt für Schritt, Zimmer für Zimmer mit Samats alter und ihrer neuen Behausung an, beruhigte in einer groben Säuberungsaktion die Spielflächen, indem sie alle auf den ersten Blick unspektakulären Hinterlassenschaften wie alte Zeitungen, angebrochene Lebensmittel, ungustiös gewordene Kosmetika und sonstigen Müll entsorgte, und widmete sich dann akribischer, aufmerksamer jedem Raum einzeln. Schließlich galt es, nützliche Hinweise zu sammeln, bedeutsame Fundstücke auszumachen. Sybille fing im Schlafzimmer an, das gerade groß genug war, um ein Doppelbett, einen Wandschrank und einen kleinen Nachttisch aufzunehmen. Die Wände waren beige gestrichen, die Vorhänge farblich mit dem Bezug der Bettwäsche abgestimmt. In einer Ecke thronte eine alte Klimaanlage, die sich nach mehrmaligen Startversuchen als reine Zierde entpuppte. Sybille holte Putzlappen, Scheuermittel und einen Eimer mit warmem

Wasser aus dem Bad, streifte ein Paar Gummihandschuhe über und machte sich ans Werk. Im Schrank selbst fand sie abgesehen von Samats Kleidung, einigen Handtüchern und frischer Bettwäsche nichts Nennenswertes, auch sonst war der kleine Raum hausfrauentechnisch schnell abgehakt – lediglich in der Schublade des Nachttisches war sie auf ein dickes Buch gestoßen, einen Band über Manas, wenn man so wollte also auf die Bibel der Nation, aber was eigentlich ihre Aufmerksamkeit erregte, waren ein paar Zeilen in Samats Handschrift, die ihr beim raschen Durchblättern entgegen-purzelten: *Dies Buch ist rätselhaft von Anbeginn, / verdunkelt ist der vielen Zeilen Sinn. / Verflochten haben sich die Zeichen: / die Tiere, Vögel und die Eichen.* War das eine Stelle aus dem Buch, die (ihm) besonders wichtig war? Es fiel ihr schwer, nicht genauer hinzusehen, nicht gleich beim ersten Objekt hängenzubleiben, denn es lagen noch viele Kästen und Laden vor ihr, und so beschloss sie, erst einmal weiterzumachen, alle Fundstücke im Wohnzimmer zu sammeln und erst nach Beendigung der Reinigungsaktion eingehend zu inspizieren. Als Nächstes sprang ihr eine Serie von zehn gerahmten Schmetterlingsexponaten im Gang ins Auge. Jedes der wun-derschönen, zum Teil äußerst auffälligen Exemplare war mit einer persönlichen Widmung versehen, die sich in den meisten Fällen jedoch mehr recht als schlecht entziffern ließ. Auf einer glaubte sie etwa »many thanks and many kisses, kim k« zu lesen, auf einer anderen »Klauen wir uns ein paar Atomraketen und nehmen die Welt als Geisel! Heil, psukh! NH & HCS« und auf einer dritten: »Ich glaube wie Sie an ein friedvoll geeintes Europa. Vielen Dank, Angela M.« Die restlichen Dedikationen waren in fremden Sprachen verfasst, sodass sie deren Inhalt nicht einmal ansatzweise verstand: »Beyler Petschkin, Nikitin, ve Jamanbai uulu, parlak bir

Darbe! Çok Teşekkür Ederim! RTE« – war das Türkisch? Russisch? Kirgisisch? Unter einem besonders exzentrischen, farbenprächtigen Flatterer waren überhaupt nur lustige Zeichen hingemalt: 나는 이전에도 존재하지 않았지만 지금은 더 그렇게 되었군요. 기적입니다. 축하합니다. ㄱㅈㅇ – vielleicht Chinesisch oder Koreanisch? Sie hatte keine Ahnung, was diese zu bedeuten hatten. Unter jedem Falter war außerdem dessen wissenschaftlicher Name angeführt. Und, wie sie erst jetzt bemerkte, der zehnte Rahmen war leer, lediglich der Artenname war auf das weiße Blatt Papier gedruckt worden – *Colias hyale sybillis* –, auch unterschied er sich dahingehend von den neun anderen, dass er nicht flach verglast, sondern mit einem Klapptürchen versehen war, das offen stand, gerade so, als sollte der fehlende Flatterfreund in real time und real life freiwillig und von allein hinter das Glas fliegen, sich quasi selbst einfangen und narkotisieren. Waren das Postkarten, besonders seltene Exemplare, Dankesschreiben? Auch diesem Umstand wollte sie später auf den Grund gehen. Sybille machte mit der Putzaktion im Badezimmer weiter, befreite die alte, rostige Wanne weitgehend von den eingetrockneten Schmutzspuren und Kalkablagerungen, reinigte den blauen Duschvorhang mit Delphinen darauf, dann das Waschbecken sowie die diversen Ablageflächen und warf den schmuddeligen Teppichvorleger in die Waschmaschine. Das Wasser im Eimer wurde schnell trüb. Offensichtlich legte sich hier der Staub, einst aufgewirbelt von den mächtigen Kriegern des Landes, auch heute noch über die Stadt, war in der täglichen Luft und auf allen Oberflächen beheimatet und bildete eine schmierige, leicht raue Patina, mit der nicht nur Hausfrauen zu leben lernen mussten. Der Bischkeker Staub glänzte weder rötlich noch golden, wie eine verträumte Schriftstellerin sich das vielleicht ausgedacht hätte, sondern zeigte sich schwarz und grau und klebrig und zäh, machte selbst nach wiederholtem Bodenwischen noch die Fußsohlen dunkel. Sobald man ein Fenster öffnete, war er da. Ließ man es geschlossen, blieb der Staub zwar draußen, aber die Hitze brachte einen um den Verstand. Wie es aussah, kam Saubermachen in Bischkek einem Kampf gegen Windmühlen gleich, den man nur schwer gewinnen konnte. Und doch hatte es für Sybille auch etwas Meditatives, den Boden zu wischen, über die Oberflächen zu streichen, es gab ihr ein Gefühl der Vertrautheit, machte sie sogar ein wenig stolz – sah sie doch unmittelbar den Erfolg ihres Tuns, eine Befriedigung, die vielleicht auch Handwerker bei ehrlich verrichteter Arbeit verspürten. Putzen war bei aller Kurzlebigkeit etwas herrlich Konkretes und obendrein war es immer lustiger und interessanter, ein fremdes Leben aufzuräumen, auszumisten, sich durch die Abfälle und Auffälligkeiten eines anderen Daseins zu wühlen als durch die eigenen. In ihrem alten Leben in Wien hatte sie dafür eine Putzfrau bezahlt. Nachdem sie auch die beiden Fenster gereinigt und mit Zeitungspapier trocken gewischt hatte, widmete sie sich der Toilette. Als sie mit dem feuchten Lappen über den Spülkasten wischte, rutschte der Deckel aus der Verankerung. Sie warf einen Blick ins Kasteninnere und entdeckte ein in mehrere Plastikschichten gewickeltes und mit Klebeband sorgfältig abgedichtetes Päckchen, das mit einer dicken Kordel an die Spülvorrichtung geknüpft war und an der Oberfläche vor sich hin dümpelte. Beherzt fischte sie es heraus, entfernte neugierig die Verpackung und traute ihren Augen nicht, als ein Revolver und ein faustgroßer Gewürzklumpen zum Vorschein kamen. Letzteren definierte sie nach kurzem Schnuppern als gepresstes Harz (Samat würde wohl kaum Majoran oder Oregano in der Toilette verstecken).

Sybille setzte sich auf den Rand der Kloschüssel und runzelte die Stirn. Das fing ja gut an. Eine Waffe und Drogen. Samat der Mörder oder Samat der Selbstverteidiger? Samat der Drogenbaron oder Samat der (eingebildete) Kranke? Hatte er nicht in seinem letzten Brief erwähnt, dass er mit dem Zeug im Rahmen der psukh-Forschung experimentierte und dass es in Kirgistan an jeder Straßenecke wuchs? Und warum zum Teufel besaß er eine Waffe? Noch nie zuvor hatte sie einen Revolver in der Hand gehabt, er war schwerer als gedacht und bewirkte automatisch, dass sie sich wie eine Schurkin in einem (kirgisischen) Western fühlte. Sie brachte die beiden Funde zu den anderen Sachen ins Wohnzimmer und betrachtete sie eine Weile. Sie beschloss, eine kurze Pause einzulegen, machte es sich im Schneidersitz auf dem Boden bequem, platzierte das *Manas-Epos* auf ihren Oberschenkeln und fitzelte etwas ungeschickt den Tabak aus einer ihrer Zigaretten. Dann mischte sie ein paar Hanfbrösel aus Samats Klumpen darunter und versuchte, mangels Zigarettenpapier, den Mix mit Hilfe einer Kugelschreibermine wieder in den ursprünglichen Korpus zu stopfen. Es war ihr erster Joint seit fast zwanzig Jahren (damals in Wien hatte sie selten, aber doch mit ihren Kommilitonen Gras geraucht) – und genau so sah er auch aus. Schon nach wenigen Zügen wurde ihr schlecht und schwindlig, das Kraut schien es in sich zu haben. Am liebsten hätte sie sich ins Bett gelegt, aber es war bereits kurz vor Mittag und es galt noch, die Küche, das Wohnzimmer und eine kleine Rumpelkammer am Ende des Flurs in Angriff zu nehmen. Auch wollte das Tageslicht gut genützt werden, denn bis auf die Kabelleitung zu Medina verfügte sie immer noch nicht über Strom. Sie raffte sich auf und rückte, leicht berauscht, dem Chaos in der Küche zu Leibe, reinigte erst den völlig verdreckten Herd, dann die wie sich herausstellte zitronengelbe Küchenzeile, räumte die Kästen aus und wieder ein, entdeckte auch hier zwischen Töpfen und Pfannen allerhand Ungewöhnliches und sammelte so nach und nach eine Reihe kurioser Fundstücke an: zwei große Tierfallen, einen Umschlag mit Fotografien – von einem in die Jahre gekommenen Haus (Samats Elternhaus?), einem verwitterten Friedhof (mit dem Grab seines Vaters, Großvaters?), einem alten kirgisischen Ehepaar (seine Großeltern?), einem kleinen Jungen (sein Sohn?), einer (seiner?) wunderhübschen Frau (Ak Möör?) –, mehrere Päckchen mit Dill- und Kerbelsamen (die Sybille nicht ohne zu schmunzeln zur Seite legte), eine tatsächlich noch nicht abgelaufene und originalverpackte Tüte mit Süßigkeiten aus Schokolade und Erdnüssen namens »Step«, die aussahen wie eine Billigversion von Snickers, eine kleine Flasche Bailoni Bitter Kräuterlikör aus einer Destillerie in der Wachau und eine hübsch gestaltete Schachtel mit starken russischen Papirossy-Zigaretten (sie zeigte ein goldenes Sputnik im tiefblauen Weltall) – auch die letzten drei »Funde« schlichen sich weniger aus Fakten-, als vielmehr aus Gute-Laune-Gründen zu den anderen. Des Weiteren hortete sie einen dicken Schlüsselbund, eine hübsche Holzschatulle gefüllt mit bunten Stoffbändern, einer Tierpfote und einigen Eulenfedern, auf deren Deckelinnenseite der Name Koshomkul eingebrannt war (sollte Samat am Ende abergläubisch geworden sein?), und schließlich eine Reihe von Instrumenten und Utensilien aus dem Labor – Pinzetten, Pipetten, Röhrchen, Fläschchen und Tiegelchen in allen erdenklichen Größen und Ausführungen (offensichtlich zur Präparierung seiner Schmetterlinge).

Bei der Sichtung ging Sybille zunehmend intuitiv vor, sammelte alles zusammen, was ihr auch nur annähernd brauchbar erschien, jagte allem hinterher, was sie an Aussagen und Andeutungen in Samats Briefen erinnerte oder was ihr ihre eigenen Traumfragmente und ihr eigenes Unterbewusstsein eingaben. Pippi Langstrumpf, ihres Zeichens Weltmeisterin im Sachensuchen, wäre stolz auf sie gewesen. Unermüdlich arbeitete sie sich voran, bis sie endlich im Wohnzimmer landete, dem letzten und größten Raum des Apartments, der ihr zukünftig als Kommandozentrale dienen sollte – von hier aus würde sie ihre Recherchen und Nachforschungen angehen, im Notfall Strom von Medina beziehen und als netten Nebeneffekt und willkommene Abwechslung das rege Treiben in ihrem Café verfolgen können. Mit einigem Kraftaufwand schob sie den großen Esstisch ans Fenster und verstaute drei der vier Stühle in dem kleinen Abstellraum, wo sie auch Bügelbrett, Wäscheständer und sonstiges überflüssiges Mobiliar untergebracht hatte. Sie putzte und werkelte den ganzen Tag, grub sich durch Raum und Zeit und hörte erst mit dem Schatzsammeln auf, als es zu dämmern begann und sie nicht mehr gut sah. Erschöpft und zufrieden überblickte sie ihre Arbeit. Sie mochte ihr neues Zuhause. Obwohl es zum Großteil möbliert war, hatte sie nicht das Gefühl, hier nicht sie selbst sein zu können. Alles, was da war, passte, keiner der Einrichtungsgegenstände erdrückte sie, störte sie in ihrem Sein, die Farben waren schön, der Stil unauffällig, und es war noch genug Platz für ihre eigenen Errungenschaften, die sich im Laufe der Zeit ansammeln und bei ihr einnisten würden.

»Du alter Geheimniskrämer, du Ratten- und Schmetterlingsfänger, was hast du dir nur dabei gedacht?«, murmelte Sybille, als sie ihren Blick über den inhomogenen Haufen schweifen ließ. So viele Puzzlesteine, so viele mögliche Hinweise oder vielleicht auch Nieten, die es allesamt zu entschlüsseln, knacken und zu einem großen Ganzen zusammenzufügen galt. Auch die Karte aus dem Zoologischen Museum, die an manchen Stellen eingerissen war (im östlichen Teil des Landes fehlte sogar ein größeres Stück), den entwendeten Schlüssel und Samats Briefe hatte sie dazugelegt. Ihr neuer Arbeitsplatz, überhaupt ihr neues Leben zeigten sich bunt und chaotisch – überall hatte Samat seine Spuren hinterlassen, wobei sich natürlich darüber spekulieren ließ, was tatsächlich eine Spur war und was nicht, was Sybille subjektiv als mögliches Indiz und für die Suche förderlich deklariert und was ihr Selektionsverfahren völlig grund- und aussichtslos überlebt hatte. »Spur« war ja genau wie »Fundstück« eine recht optimistische Bezeichnung für ein potenzielles Zeichen, mit dessen Hilfe sich vielleicht, vielleicht auch nicht, Rückschlüsse auf Samats Verbleib oder auf in diesem Zusammenhang relevante, in der Vergangenheit liegende Vorgänge ziehen ließen, für eine Reihe von (fiktiven?, eingebildeten?, tatsächlichen?) Ab- und Eindrücken, die jemand (er?, ein Feind?, ein Freund?) oder etwas (psukh?) bei der Fortbewegung in Richtung Zukunft hinterlassen hatte und die eventuell in Kausalität zueinanderstanden. Es war spannend, aber auch seltsam, in den Hinterlassenschaften eines anderen Menschen herumzuwühlen, in seine ehemalige Behausung einzudringen, sich die Lebens- und Gefühlsarchitektur eines anderen wie eine dritte Haut überzustülpen. Noch sorgte alles hier lediglich für Verwirrung, Gänsehaut und Kopfzerbrechen. Noch sah sie das filigrane Netz aus Informationsbausteinen nicht, das mit der Zeit immer dichter werden und ihre Wissenslücken füllen würde. Noch wusste sie nicht, dass sie längst Teil eines ausgeklügelten Plans geworden war, bei dem es vielleicht gar nicht ums Finden ging, sondern ums Suchen, noch wusste sie nicht, dass Samat diese ganze Schnitzeljagd zumindest ansatzweise initiiert, sie auf diese Reise geschickt hatte, damit sie sich beim Suchen selbst fand. (Um genau zu sein, hatte er den Entschluss gefasst, als er sie damals mit ihrer Traurigkeit, ihrer Verlorenheit, ihrem beginnenden Zerfall auf Martins Begräbnis gesehen hatte.) Noch ahnte Sybille in keiner Weise, dass vielleicht sie es war, die ihm eines fernen Tages ins Netz gehen sollte, und nicht umgekehrt, noch konnte sie kein Konzept hinter all den versteckten Botschaften und geheimen Zeichen erkennen. Doch irgendwo musste sie anfangen. Das Apartment war Samats Basis gewesen. Von hier aus würde auch sie starten, eins und eins zusammenzählen und – endlich – Fährte aufnehmen.

Vom Tage war nicht mehr allzu viel übrig geblieben, aber zum Schlafen schien es noch etwas zu früh zu sein – auch war Sybille von der ganztägigen Putzaktion, der Eroberung des Samat'schen Reliktgebiets zu aufgeputscht und unruhig, um sich einfach ins Bett zu legen. Sie musste raus, weg von den Eulenfedern, Schmetterlingen und Reagenzgläsern, frische Luft schnappen. Außerdem knurrte ihr Magen (sie hatte vor lauter Arbeit völlig zu essen vergessen) und ihr Wasservorrat, den zu kaufen sie sich seit ihrem Hitzekollaps angewöhnt hatte, neigte sich dem Ende zu. Wenn sie sich recht erinnerte, hatten einige der Kioske im Zentrum bis spät in die Nacht geöffnet. Sie freute sich auf den Nachtspaziergang durch die Stadt, aufs Beschreiten der breiten Straßen und staubigen Fußholperwege, auf neue Bilder und Eindrücke, die eine willkommene Ablenkung zum heutigen Tag darstellen würden.

Es war bereits dunkel und Sybille sah kaum, wo sie hintrat, doch als sich ihre Augen nach einigen Minuten an das Fehlen einer Straßenbeleuchtung gewöhnt hatten, ging es besser. Nach einer Weile erreichte sie das Weiße Haus, in dem es sich nach den Desastern mit Akajew und Bakijew nunmehr Atambajew bequem gemacht hatte. Das Gebäude war hell erleuchtet und allmählich belebten wieder Menschen den öffentlichen Raum. Auf dem Alatoo-Platz vor dem Nationalmuseum hielten zwei uniformierte Beamte in einem Glaskobel Wache. Sybille blieb stehen und beobachtete die beiden, ernst und reglos standen sie im grellen Lichtkegel der Scheinwerfer in ihren steifen Uniformen da – die Köpfe unter überproportional großen Visoren versteckt, die ihr auch schon an den Zöllnern am Flughafen aufgefallen waren. Offensichtlich wurde hier noch die Macht der Uniform zelebriert. Wer eine Uniform trug, galt etwas, nicht wie in Österreich oder Deutschland, wo es frei nach Monoohr hieß: *Ich bin nichts, ich kann nichts, drum trag ich eine Uniform.* Eine Zeitlang verfolgte sie noch die wenig glamouröse Patrouille inmitten der postsowjetischen Architektur – ein ärmliches Pendant zur imposanten Buckingham-Palace-Garde; die hiesigen Ordensträger erinnerten bestenfalls an verstaubte Setzkastenfiguren oder an eine afrikanische Vogelart im Tiergarten Schönbrunn, die aufgrund ihres erhöhten Wärmebedürfnisses stets unter roten Wärmelampen ausharrte. Nachdem sie vom skurrilen Szenario genug hatte, steuerte sie einen kleinen Imbiss am Rande des Platzes an und bestellte per Fingerzeig eine gefüllte Teigtasche und eine Cola (beides wurde ihr mürrisch und ohne Wechselgeld über den Tresen geschoben). Sie schlenderte weiter, am Hauptpostamt vorbei (der einzige Ort in ganz Bischkek, an dem man Auslandsbriefmarken kaufen und Ferngespräche führen konnte, wie sie im Reiseführer gelesen hatte, auch wenn sie beim besten Willen nicht wusste, wem sie hätte schreiben, wen sie hätte anrufen sollen) und erreichte schließlich das Opernhaus, aus dem durch die offenen Fenster versöhnliche Streichorchesterklänge und Chorgesang nach außen drangen. Sybille lauschte der Musik und musste dabei wieder an Samat denken. Bischkek war seine Stadt, sie war seinetwegen hier und aufpoppende Gedanken an ihn waren – wenn auch sicher nicht Sinn und Zweck des nächtlichen Streifzugs – geradezu unvermeidlich. Sie zwang ihren Geist zurück in die Gegenwart, kaufte zwei Liter Wasser in einer kleinen Bretterbude an der Straße und machte sich auf den Heimweg. Genug für heute, sie war erschöpft und bettreif, auch juckte es sie am ganzen Körper – die hiesigen Mücken schienen intelligenter und schneller zu sein als anderswo, flogen zumindest in Sybilles Fall stets blutgestärkt davon, da half auch das mitgebrachte Autan nicht. Auf ihrem ganzen Körper leuchteten die Einstiche und waren besonders an den Gelenken dermaßen angeschwollen, dass sie beulenartig aus der Haut traten und wie zweite Ellenbogen oder Knie wirkten. Sie kratzte sich und bemerkte, dass sie den unbeleuchteten Teil des Rückwegs erreicht hatte und wieder ganz allein auf der Straße war. Sie beschleunigte ihren Schritt, drehte sich alle paar Sekunden um, irgendwie hatte sie plötzlich Angst, beobachtet oder verfolgt zu werden. Und tatsächlich war es ein Hund, ein ausgesprochen verwahrlostes Exemplar, das aus der Dunkelheit auf sie zu gesprintet kam. Sie ließ vor Schreck die Wasserflaschen fallen und wollte den Streuner schon mit dem Fuß abwehren, als er seinen Lauf verlangsamte, vor ihr stehen blieb und an ihrem linken Hosenbein schnupperte. »Ruhig, Sybille«, sagte sie laut – zu sich und dem Hund –, »bleib jetzt ruhig.« Sie hatte sich vor ihrer Abreise gegen Tollwut impfen lassen, es konnte also nichts passieren, außerdem trug sie lange Hosen. Und als sie den verlausten Wildfang genauer unter die Lupe nahm, ihm die Reste ihrer Teigtasche vor die Füße warf, beruhigte sie sich langsam wieder. »Blöde Reiseführerhysterie«, dachte sie. Gleich auf mehreren Seiten wurde da die Angst geschürt und vor hiesigen Gefahren und Sicherheitsrisiken gewarnt: häufige Diebstähle, Einbrüche, Überfälle, tollwutinfizierte Katzen und Hunde, tödliche Spinnen und Schlangen, sexuelle Übergriffe und Frauenraub, politisch instabile Krisenherde im Süden, sich häufende IS-Macht, Korruption und und und. Als ob es solche Entwicklungen nicht in anderen Ländern auch gäbe, als ob Angst oder das daraus resultierende Bedürfnis nach Sicherheit nicht rein subjektiv wären, als ob man in brenzligen Situationen besser einem Reiseführerratschlag denn auf die eigene Wahrnehmung vertraute. Jedes Kind sollte wissen, dass Reiseführer maximal als Einstiegshilfe taugten, zur Grob- und Erstorientierung geeignet waren, aber zu weiter nichts – zu viele Oberflächlichkeiten und Unwahrheiten zierten die Seiten. Sybille zwang sich zur Vernunft. Sie musste schleunigst ihr Misstrauen ablegen. Bestimmt würden ihre Unsicherheit, ihr Gestresstsein schon bald nachlassen, wie sie es immer taten, wenn man erst einmal ein paar Tage oder Wochen mit einer neuen Situation konfrontiert war, sich ihr nach und nach angepasst hatte und sich schließlich schneller als gedacht daheim in der Fremde fühlte.

Angetrieben von diesen Gedanken hatte sich auch ihr Körper in Bewegung gesetzt (beim Joggen funktionierte der Prozess lustigerweise genau umgekehrt), sodass sie wenig später in ihre Straße einbog. Vor dem grünen Gartentor blieb sie stehen und zündete sich eine Zigarette an, der Hund war längst in der Nacht verschwunden. Klick – das Blitzlicht ihrer Kamera erhellte für wenige Sekunden die Umgebung. Bei ihrer Ankunft war ihr die Abdumomunowa uliza schäbig und schmutzig vorgekommen und jetzt, wenige Tage später, fand sie sie eigentlich sehr charmant. So schnell ging das, dass alles normal wurde, dass sich das Auge und das Herz an einen Zustand gewöhnten, der vor nicht allzu langer Zeit noch unvorstellbar erschienen war. Sybille mochte Bischkek. Trotz der holprigen Gehwege, unfreundlichen Verkäuferinnen und versifften Toiletten, trotz Hitze, Staub und Lärm, trotz der rotzenden Männer, dauerschreienden Gockel und räudigen Hunde, trotz Stromlosigkeit und Wasserschwund, trotz der gewöhnungsbedürftigen Marmelade im Tee und der fetten Schaffleischbrocken in der Suppe – sie konnte das Schöne bereits erkennen.

Als sie die Wohnung betrat und die Tür ins Schloss fallen ließ, fühlte sie sich dennoch erleichtert, ganz automatisch löste sich ihre angespannte Haltung – verursacht durch das krampfhafte Einklemmen der Handtasche zwischen Oberarm und Oberkörper (ein weiteres Symptom des Reiseführerwahnsinns) und der schwer gewordenen Wasserflaschen –, Sybilles angepeilte Grundeinstellung der Angstlosigkeit schien noch nicht zur Gänze angekommen zu sein. Sie bemerkte ein hektisches Blinken und Piepsen in allen Räumen – die elektronische Kühlschrankanzeige, das Waschmaschinendisplay, das Internetmodem –, der Strom war zurückgekehrt! Bevor sie sich rechtschaffen müde vom erledigten Tagewerk in ihr Bett legte, brachten auch drei Vorsätze Licht ins Dunkel. Erstens: Sie würde ab sofort öfters ihren Kopf auslüften und das Revier erkunden. Die Bewegung im Freien hatte ihr gut getan. Vielleicht könnte sie auch wieder ein wenig Sport treiben, eine Spur Alltag und Struktur in ihr neues Leben bringen. Vage erinnerte sie sich an das Dreißig-Minuten-Workout, das ihr eine Personal-Trainerin in Wien vor langer Zeit zusammengestellt hatte, damals, als Martin noch lebte und sie donnerstags immer gemeinsam geschwitzt und geschnauft hatten. Aber vielleicht waren dreißig Minuten angesichts des Klimas auch zu viel des Guten, sie würde sehen. Zweitens: Sie würde ab sofort immer früh am Morgen aufstehen und den Vormittag für die Recherche und Suche nach Samat verwenden – untertags war es bei Gott zu heiß, die Hitze machte ihr sogar jetzt noch zu schaffen. Wer hier lebte, musste zwangsläufig zum Frühaufsteher und/oder Nachtaktiven mutieren. Selbst beim Wasserkochen überlegte man es sich ja dreimal, ob der Wunsch nach Kaffee oder Tee tatsächlich groß genug war, um mit der Ofenhitze die Küchentemperatur um weitere fünf Grad zu steigern. Und drittens: Was Samats Suche betraf, musste sie strategischer vorgehen, sich Unterstützung holen. Definitiv würde sie Hilfe brauchen – beim Übersetzen, beim Herumreisen, beim Rätsellösen. Gleich morgen würde sie sich an den Wohnzimmertisch setzen und alles auflisten, was sie bereits wusste, die möglichen Rückschlüsse und Handlungen daraus ableiten und konkrete Pläne schmieden. Auch wenn es noch aussichtslos erschien, Samat unter sechs Millionen Kirgisen auszumachen, sich in dieser unheimlich komplexen 3-D-(Puzzle)Welt mit den unzähligen fehlenden Teilchen zurechtzufinden, unmöglich war es nicht. Das bestätigte schon Max Frisch, der einmal gesagt hatte: *Krise* kann *ein produktiver Zustand* sein. *Man muss ihr nur den Beigeschmack der Katastrophe nehmen.*

Geständnisse.

Das Café hatte noch nicht geöffnet, als Sybille tags darauf bei Medina vorbeischaute, um sich nach den Fotos zu erkundigen. Wie geheißen schlug sie den schmalen Weg ein, der die Mauer entlang zu ihrem Hauseingang führte, und drückte auf den Klingelknopf. Ihre Nachbarin hatte sich trotz vorherrschender Trockenheit und Dauerhitze ein kleines Paradies geschaffen. Auf den Steintreppen zierten links und rechts unzählige Blumen und Sträucher den Weg – rosaroter Oleander, ein Feigenbaum, prachtvolle Duftrosen, die sich die Mauer hinaufrankten, üppige Töpfe voll Basilikum, Dill, Minze, Oregano, Lavendel und anderer Kräuter, deren Düfte sich ineinander verwoben und die mit Sicherheit in den Speisen und auf den Tellern des Cafés landeten und mit für das Geheimnis von Medinas georgisch-kirgisischer Küche verantwortlich waren. Sybille nahm auf den Stufen Platz und wartete. Nach wenigen Minuten trat Medina aus der Tür, die offensichtlich gerade geduscht und noch nasse Haare hatte.

»Schön, Sie wiederzusehen«, sagte sie ehrlich erfreut und bat Sybille ihr zu folgen. Sie stiegen eine schmale Treppe hinauf. »Wie geht es Ihnen? Haben Sie sich schon ein wenig eingelebt?«

Sybille nickte. »Mir geht es gut, vielen Dank, nur die Hitze hier macht mir zu schaffen.«

Sie zupfte ihr sichtlich verschwitztes T-Shirt zurecht. »Ich habe gestern den ganzen Tag die Wohnung geputzt und weil ich danach nicht schlafen konnte, gleich auch noch einen ausgiebigen Spaziergang durch die Stadt unternommen.« Sie war außer Atem, als sie schließlich auf dem Dach des Hauses ankamen.

»Das ist ja unglaublich«, staunte Sybille. »Erst Ihre Kräuter- und Blumenpracht beim Eingang und jetzt auch noch diese Aussicht! Schön haben Sie es hier.«

»Ja, das finde ich auch«, seufzte Medina zufrieden.

Sybille sah sich um. Mitten auf dem Dach stand ein kleines rotes Gartenhaus aus Holz, gerade so, als wäre es vom Himmel gefallen. Der Rest der Fläche war mit weiten, luftigen Sonnensegeln überspannt, die an den umliegenden Baumwipfeln befestigt waren und zusätzlich Schatten spendeten.

»Ich habe das Gartenhaus bei einem Preisausschreiben gewonnen und in Ermangelung eines Grundstücks einfach auf unser Hausdach gestellt«, erzählte sie vergnügt.

»Verrückt«, stammelte Sybille, »das ist in der Tat verrückt, aber auch genial. Und hier leben Sie also?«

Medina nickte. »Gemeinsam mit drei Hasen und einem verwirrten Hahn, der zu jeder Tages- und Nachtzeit kräht, wann immer es ihm passt«, sie deutete auf einen kleinen Bretterverschlag hinter dem Häuschen, »nur mein Sohn hat es vorgezogen, wie normale Menschen im Haus zu wohnen, einen Stock unter mir. Aber passen Sie bitte auf, dass sie nicht irgendwo hinunterpurzeln, es gibt hier weder ein Geländer noch sonst eine Begrenzung und der Boden ist an manchen Stellen ziemlich uneben. Das alles ist ein wenig, nun, wie soll ich mich ausdrücken, illegal, aber das schert hier niemanden.«

Sie lachte. Das Gartenhaus war von der Straße aus nicht zu sehen und auch sonst vor neugierigen Blicken geschützt, da das ganze Café-Gebäude von stattlichen Bäumen umgeben war. Sybille ließ ihren Blick in die Ferne schweifen und fühlte sich erhaben wie eine Kaiserin, so hoch über den Dächern der Stadt, so nah am Himmel, weit hinten am

Horizont konnte sie sogar die schneebedeckten Berge des Ala-Artscha-Gebirges sehen. Medina brachte eine Flasche Wasser und zwei Gläser und dann nahmen sie auf gemütlichen Sitzpolstern Platz. Es war wie auf einem orientalischen Basar – auf dem Boden lag ein großer Filzteppich mit mandalaartigen Symbolen, die Kissen waren mit leuchtend bunten Stoffen überzogen, es gab bunte Blechlaternen und mit kleinen Glöckchen, Spiegeln und Goldquasten verzierte Stoffbahnen, die friedlich im Wind schaukelten.

»Wie Sie wissen, komme ich nicht ganz ohne Hintergedanken«, begann Sybille das Gespräch, »ich wollte nachfragen, ob Sie die Fotos von Samat schon gefunden haben.«

Medina senkte den Blick und stocherte mit ihrer Zigarette im Aschenbecher herum.

»Leider nein«, antwortete sie nach kurzem Zögern. »Also, ehrlich gesagt habe ich sie gar nicht gesucht, weil …«, sie geriet ins Stocken und Sybille war leicht irritiert. »Wissen Sie, ich habe Ihnen letztens nicht die ganze Wahrheit erzählt. Die Sache ist ein wenig komplizierter und ich weiß nicht so recht, wo ich beginnen soll.«

Sybille merkte, wie sich ihr Körper anspannte. Die Wahrheit kannte keine Teilmengen. »Ich fürchte, ich verstehe nicht ganz«, versuchte sie die Situation aufzulockern.

»Es gibt keine Fotos von Samat, also nicht mehr. Ich habe sämtliche Aufnahmen vor ein paar Monaten verbrannt. Ich wollte Sie gestern nicht anlügen, aber es wird ein Weilchen dauern, um Ihnen alles zu erklären.«

»Ich habe Zeit«, antwortete Sybille, »und was immer es auch ist, ich bitte Sie, aufrichtig zu sein. So gut wie alles, was Ihnen zu Samat einfällt, kann mir unter Umständen dabei helfen, ihn zu finden.«

Medina fischte gedankenverloren ein paar Obstschalen aus einer Schüssel mit Küchenabfällen und verfütterte sie an die Hasen. Sie räusperte sich: »Wissen Sie, ich bin fast fünfzig Jahre alt. Und warum auch immer wollte ich vor einem Jahr unbedingt noch ein Kind bekommen. Vielleicht waren es die Hormone, vielleicht eine späte Midlife- oder frühe Latelife-Crisis, was weiß man schon – heutzutage geht ja die eine beinahe nahtlos in die andere über –, jedenfalls war der Wunsch nun einmal da und blieb es auch, trotz aller Gegenargumente, Bedenken und Risiken, aber da ich seit Jahren ohne festen Partner lebe«, sie lächelte zweideutig, »und man hier in Kirgistan als ehrbare Frau nicht einfach in eine Samenbank oder mit Online-Samen in ein Krankenhaus hineinspaziert, schien er sich nicht realisieren zu lassen. Bis, ja bis mir eines Tages einfiel, dass ich vielleicht meinen Nachbarn Samat Jamanbai uulu oder, wie Sie ihn nennen, Samat Bergen, um Hilfe bitten könnte. Er kam ja immer freitags zum Abendessen in mein Café und auch wenn er nicht der gesprächigste Zeitgenosse war (er saß stets allein und in ein Buch versunken an einem Tisch), so hatten wir uns über die Jahre doch ein wenig angefreundet. Ich wusste, dass er im Zuge seiner Arbeit Zugang zu einem Labor hatte und auch gute Kontakte zu einer Privatklinik etwas außerhalb von Bischkek pflegte – beides gute Voraussetzungen für mein Vorhaben. Außerdem war er ein untypischer Kirgise: ausgesprochen attraktiv (sonst haben die Götter hierzulande ja nur die Frauen mit Schönheit bedacht), groß, schlank, mit tiefblauen Augen, und auch charakterlich schien er mir für eine Samenspende in Frage zu kommen: Er war verschwiegen und diskret, hatte wenig Interesse daran, jemanden in sein Leben schauen zu lassen, und umgekehrt, das Herz der anderen zu ergründen. In all den Jahren hat er bei seinen wöchentlichen Besuchen wenig von sich preisgegeben oder von seiner Vergangenheit erzählt, ich denke, sie war dunkel und irgendwie schmerzhaft für ihn. Jedenfalls habe ich ihn eines Abends einfach direkt gefragt, ob er mir dabei helfen würde, schwanger zu werden. Bestimmt sind Sie jetzt erschockt von mir?!« Sie suchte Sybilles Blick und dieser ermunterte sie fortzufahren: »Er hat mir in Ruhe zugehört, mich um eine Woche Bedenkzeit gebeten und schließlich Ja gesagt. In der Folge haben wir ganz sachlich die Rahmenbedingungen festgelegt, einen handgeschriebenen Vertrag aufgesetzt – die Samenspende war kostenlos, auch war es ihm wichtig, festzuhalten, dass bei der ganzen Sache keinerlei, wirklich keinerlei Gefühle im Spiel seien, er in Zukunft auf sämtliche väterliche Rechte und Pflichten verzichten wolle und ich keinerlei finanzielle oder sonstige Ansprüche geltend machen könne. Wir haben den Pakt besiegelt, ein Datum für die Samenspende und künstliche Befruchtung in der Klinik vereinbart und bestimmt wäre auch alles gut gegangen, hätte ich mich nicht zwischenzeitlich in Samat verliebt, plötzlich Gefühle entwickelt, wo keine hingehörten. Zuerst konnte ich meine aufkeimende Leidenschaft, mein offensichtlich hormongesteuertes Wunschdenken – wie immer Sie es nennen wollen – noch vor ihm verbergen, wir haben uns ja nach wie vor immer nur einmal pro Woche gesehen, und eine Zeitlang dachte ich auch, ich würde mich schon wieder einkriegen, aber das Gegenteil war der Fall, die Sache wurde zunehmend schwieriger, ich konnte meine Emotionen und Erwartungen einfach nicht mehr abstellen«, sie machte eine lange Pause, »das konnte ja keiner ahnen.«

»Ich glaube, ich brauche jetzt einen Schnaps«, sagte Sybille. Medina nickte, telefonierte kurz mit ihrem Handy und ließ dann an einem quietschenden Flaschenzug einen leeren

Blechkübel in den Hof hinunter. Wenig später ruckelte es am Seil und sie zog den Eimer wieder nach oben. Darin zwei kleine, beschlagene Gläser, eine eisgekühlte Flasche Wodka und je eine Dose mit gefüllten walnussförmigen Keksen und Chips. Sybille fühlte sich kurzzeitig in ihre Kindheit zurückversetzt, wo sie in der Villa Kunterbunt Löwenzahnsalat mit Fahrradöl zubereitet oder Fantasiereisen mit dem kleinen Muck auf seinem fliegenden Teppich unternommen hatte. Medinas Tischlein-deck-dich-Aktion und die Samat-Samen-spenden-Geschichte hatten eine ähnlich surreale Wirkung auf sie. Sie leerte den Wodka auf ex, zündete sich eine Zigarette an und signalisierte ihrer Gastgeberin, dass es weitergehen konnte.

»Nun, es ist nicht dazu gekommen, um Sie gleich zu beruhigen«, fuhr Medina fort. »Zwei Wochen vor dem vereinbarten Termin hat er einen Rückzieher gemacht. Er meinte damals, es sei zu meinem Besten, ich müsse ihm vertrauen, zwar könne er mir die Hintergründe nicht erklären, aber ich sei vielleicht in Gefahr. Mag sein, dass das nur eine Ausrede war, weil er mich durchschaut hatte, schon ahnte, dass die Sache für mich weit emotionaler, hoffnungsschwangerer war, als ich zugab, vielleicht hatte er aber auch einen ganz anderen Grund, ich weiß es nicht. An diesem Abend habe ich ihn jedenfalls zum letzten Mal gesehen. Und da sind auch besagte Fotos entstanden, um die er mich, ich erinnere mich, wirklich eindringlich gebeten hatte. Ich war, wie Sie sich vorstellen können, ziemlich enttäuscht und verwirrt, aber ich wollte die Situation nicht noch schlimmer machen und so habe ich schließlich mit meiner Kamera ein paar Porträts von ihm unten im Café geschossen. Als er am folgenden Freitag nicht wie gewohnt zum Essen kam und sich auch die Woche darauf nicht blicken ließ, wollte ich sie ihm persönlich vorbeibringen, aber da war er bereits verschwunden. Ohne Vorwarnung. Ohne Abschiedsbrief. Ohne Auf Wiedersehen oder Lebewohl zu sagen.«

Medina dämpfte ihre Zigarette aus. Sie beobachtete Sybille aus ihren Augenwinkeln heraus, doch die saß ruhig da und schwieg. »Sehen Sie, ich konnte Ihnen das bei unserem ersten Treffen nicht erzählen, weil ich Sie für Samats Freundin oder Frau gehalten habe, und selbst als Sie beteuerten, rein platonische Gefühle für ihn zu hegen, war ich mir nicht sicher. Ich glaube, so etwas wie Freundschaft zwischen Männern und Frauen existiert nicht, und manchmal weiß man ja selbst nicht so genau, was man will, verwechselt Freundschaft mit Sympathie oder Liebe, oder es kommt schlichtweg anders, als man denkt. Ich selbst bin das perfekte Beispiel dafür.« Auch sie leerte jetzt ihr Glas in einem Zug. »Bestimmt sind Sie nun erschockt und halten mich für verrückt oder bedauernswert«, sagte sie.

Sybille griff zur Wodkaflasche und schenkte ihnen nach. Nachdem sie die Gläser erneut ausgetrunken hatten, stand sie auf, umrundete das kleine Tischchen und umarmte Medina.

»Danke, dass Sie mir die Wahrheit erzählt haben, es war bestimmt nicht leicht für Sie. Es tut mir wirklich leid, dass es mit dem Verliebtsein und dem Kinderkriegen nicht geklappt hat, aber vielleicht ist es besser so. Ich habe Samat seit sechsundzwanzig Jahren nicht gesehen, alles, was ich von ihm weiß, stammt aus einem Packen vergilbter Briefe. Und die sind nicht nur schön, das können Sie mir glauben. Außerdem hat er schon einen Sohn – Beshkempir – und eine geraubte Ex-Frau noch dazu, wenn es wahr ist. Und er hat mehrfach betont, dass er nicht zum Vatersein geschaffen ist, wie auch sein Vater kein guter Vater war. Also wer weiß, vielleicht sind Sie so tatsächlich besser dran.«

Medina seufzte: »Im Nachhinein betrachtet war es einfach eine verrückte Idee, eigentlich habe ich ihn überhaupt nicht gekannt.«

»Ich weiß nicht, was ich dazu sagen soll«, antwortete Sybille, »ich habe seit Längerem das Gefühl, überhaupt niemanden richtig zu kennen, nicht einmal mich selbst. Vor einem Jahr ist mein Leben völlig aus den Fugen geraten – mein Mann Martin ist verunglückt, dann sind meine Eltern gestorben und irgendwie bin am Ende auch ich innerlich und äußerlich tot gewesen. Ich habe Martin wirklich sehr geliebt und vermisse ihn immer noch unendlich, vielleicht ist das der eigentliche Grund, warum ich aus Österreich weg musste und hier am anderen Ende der Welt gelandet bin – ich bin schon froh, einfach nur am Leben zu sein. Und was Samat betrifft, so bin ich gekommen, weil er meine Hilfe braucht. Ich habe zwar noch keine Ahnung, warum und wobei genau, aber ich werde es herausfinden. Er war der beste Freund, den ich in meiner Kindheit hatte, das bin ich ihm einfach schuldig, und auch wenn ich vielleicht falsch liege, so möchte ich gerne glauben, dass er sein Herz noch am rechten Fleck hat. Und wer weiß, ob sich nicht am Ende sogar herausstellt, dass wir alle hier sind, um uns gegenseitig zu helfen.«

Nach einer kurzen Pause mussten sie beide plötzlich lachen. Es war ein erleichtertes, ein heilsames Lachen.

»Wissen Sie was? Wir trinken jetzt noch einen«, prostete ihr Medina versöhnlich zu und ließ, wie es die russische Tradition beim dritten Glas erforderte, einen Trinkspruch über die Liebe los: »Auf unsere verschwundenen Männer, auf unsere neu gewonnene Freundschaft und auf die Liebe, also auf das, was ein jeder von uns liebt – einen Menschen, ein Tier, ein Land.«

»Sagen Sie, wollen wir uns vielleicht duzen?«, fragte Sybille spontan.

Medina lachte: »Ich dachte, das tun wir schon die ganze Zeit. Wissen Sie, Deutsch ist eine schwierige Sprache mit all den Fällen, Abwandlungen und Ausnahmen, ich habe immer nur die Sie-Form gelernt. Sogar zu meinem deutschen Ehemann konnte ich nicht du sagen.« Sie lachten erneut. Medinas Ehrlichkeit hatte Sybille gut getan, sie war froh, sich nicht in der quirligen Perserin getäuscht zu haben. Sonst kannte sie hier ja niemanden, außer Elaine vielleicht, dem sie sich hätte anvertrauen können, sonst war sie ja ausnahmslos gezwungen, ihre Sorgen und Gedanken für sich zu behalten oder – im äußersten Notfall – einem Wildfremden anzuvertrauen, den sie dann mit einem entzündeten Mückenstich, einer temporären Verzweiflung, einem gellenden Hilfeschrei zwangsbeglücken, zu einem Zweckintermezzo würde überreden müssen. Einen kurzen Moment überlegte sie, Medina von Samats Liebesgeständnis in seinem letzten Brief zu erzählen – auch sie wollte ihrer Freundin gegenüber offen und aufrichtig sein –, entschied sich dann aber dagegen. Zum einen wusste sie sein »Ich liebe dich« selbst nicht zu deuten, es war gut möglich, dass auch er Freundschaft und Sympathie mit Liebe verwechselte, zum anderen hätte sie Medina vielleicht damit gekränkt.

Diese war nach wie vor in Erzähllaune und zeigte ihr stolz ihren Pass, der mit bunten Visa und Stempeln von ihren vielen Reisen dermaßen gespickt war, dass sich die einzelnen Seiten gar nicht mehr zusammenpressen ließen. Auch sie war eine Suchende und würde es, wie sie kokett meinte, wohl immer bleiben, aber der Pachtvertrag für das rup:rup lief noch drei weitere Jahre und zumindest so lange würde sie wohl auch an dieser Adresse aufzufinden sein. Was danach kam, konnte sie nicht sagen, wie auch Sybille nicht wusste, wie ihr Leben weitergehen, wo sie selbst in drei Jahren landen, ja was morgen passieren würde. Sie hatte Glück, auf einen Menschen wie Medina getroffen zu sein, in ihr eine Gleichgesinnte, eine Freundin gefunden zu haben, die in ihrem Dasein frei und nicht festgenagelt war, deren Zukunftsplanung, so sie denn überhaupt eine Zukunft plante, sich auf einen überschaubaren Zeitraum beschränkte. Lebensentwürfe waren, wie auch Sybille in den letzten Jahren schmerzlich feststellen musste, ohnehin überbewertet, instabil, oberflächlich, variabel, einsturzgefährdet, dienten, wenn überhaupt, nur der pseudomäßigen Beruhigung – das Leben selbst hielt sich ganz bestimmt nicht an sie.

Ein besonders schöner Stempel aus Indien – samt dazugehöriger Geschichte – holte Sybille in die Gegenwart zurück. Eigentlich hatte Medina damals nach Tibet reisen wollen, aber kein Visum bekommen. Sie war zu jener Zeit rast- und ruhelos gewesen, unzufrieden mit sich und wütend auf die Welt und hatte sich heimlich aus dem Staub gemacht. Ihren Eltern erzählte sie, sie würde ihren damaligen Mann auf eine Geschäftsreise begleiten, ihr Mann dachte, sie wäre bei einer Freundin, und bei ihrem Arbeitgeber entschuldigte sie sich mit der Ausrede, dass sie aufgrund eines familiären Notfalls ein paar Wochen freinehmen müsse. Sie hatte alle, die ihr wichtig waren, belogen, nur um heimlich ein paar Wochen allein Urlaub zu machen. In Wahrheit war sie freilich nur davongerannt – vor ihren Verpflichtungen, ihrem Unglück, ihrer Wut –, aber das hatte sie wie so oft im Leben erst hinterher erkannt. Es war einem Zufall geschuldet, dass sie eines Tages nach einer durchzechten Nacht auf dem Bahnhof in Mumbai auf einen Swami traf, der mit seinen Anhängern zum Aschram des indischen Philosophen Osho in Pune unterwegs war. Sie hatte sich über ihn und seinen orangen Pulk lustig gemacht und ihn frech angesprochen: »Na, was können Sie mir schon über meine Zukunft sagen, was ich selbst nicht weiß?«

Der Swami war stehen geblieben und hatte geantwortet: »Lüge dreißig Tage lang nicht. Und dann komm zu mir nach Pune.« Zunächst hatte sie seine Worte gar nicht ernst genommen, auch die folgenden Tage hindurch exzessiv gelebt, getrunken, Party gemacht, doch eines Morgens beim Blick in den Spiegel fielen sie ihr plötzlich wieder ein. Sie wollte und konnte so nicht weitermachen, musste früher oder später ehrlich sein mit sich und dem Rest der Welt. Und genau das tat sie dann auch. Ihr Mann wollte die Scheidung, ihre Freundin nichts mehr mit ihr zu tun haben, ihr Vater erlitt einen Herzinfarkt und ihr Boss sprach ihr die Kündigung aus. Medina war aufgeflogen, ihre Lügenwelt zusammengebrochen, und als sie dreißig Tage nach ihrer Begegnung mit dem Swami im Osho-Aschram in Pune eincheckte, hatte sie gar nichts mehr. Erst langsam wurde ihr klar, dass die totale Auslöschung ihrer Existenz auch ihr Gutes mit sich gebracht hatte, dass sie nunmehr ein neues Leben anfangen konnte. In den folgenden Wochen lernte sie ihre Gefühle zu kontrollieren, ihre schlechten Eigenschaften – den Jähzorn, die Ungeduld, die Wut, das Lügen – in den Griff zu bekommen. Abgesehen von ihrem täglichen Putz- und Kochdienst, den sie als Gegenleistung für ihren Aufenthalt zu verrichten hatte, gab ihr der Swami eine einzige Übung auf, die sie einundzwanzig Tage lang wieder und wieder praktizieren sollte: »Er hat mir einen Korb voll Obst vor die Nase gestellt und mich aufgefordert, mir drei Sorten auszusuchen«, erzählte sie, »also habe ich mir eine Banane, einen Apfel und eine Mango geschnappt und vor mich auf den Tisch gelegt. Ich sollte mir vorstellen, wie ich das Obst anfasse, wie ich es in der Hand halte, daran rieche, schließlich hineinbeiße und wie es schmeckt, also alles nur in Gedanken, nicht in echt. Jedes Detail musste ich mir ausmalen: Wie sich der erste Bissen anfühlt, ob das Fruchtfleisch saftig oder fleischig schmeckt, wie ich die Schale aufbreche, auf einen Kern beiße und so weiter. Am Anfang hätte ich ihn am liebsten umgebracht vor lauter Ungeduld und Wut über die Dummheit dieses Vorhabens«, fuhr sie fort, »aber dann hat das alles tatsächlich einen Sinn ergeben.« Sybille lauschte gespannt, dachte dabei an das »Schatzobst« – die illustre Ansammlung von Gegenständen und Samat-Hinweisen –, das gerade in ihrem Wohnzimmer lagerte.

»Was ist dann passiert?«, fragte sie neugierig.

»Als einundzwanzig Tage herum waren, hat mein Lehrer die Früchte in drei verschiedene Körbe gelegt, sodass ich sie nicht sehen konnte. Er hat sie vor mich hingestellt und mich gebeten ihm zu sagen, wo welches Obst versteckt liegt. Und Sie werden es nicht glauben, aber die Antwort war ganz einfach für mich, ich musste keine Sekunde lang überlegen.«

»Das ist unglaublich«, sagte Sybille, die gleichzeitig fasziniert und skeptisch war.

»Ich weiß«, antwortete Medina. »Angeblich hat das etwas mit der Kraft der Imagination zu tun: Je fester und detaillierter man sich eine Sache vorstellt, desto realer wird sie. Das Unsichtbare wird sichtbar, das Versteckte kommt ans Licht und liegt einem dann direkt vor der Nase.«

»Das ist eine wirklich spannende Geschichte, Medina, aber ich bin schon mein Leben lang Wissenschaftlerin und immer ein wenig befremdet, wenn es um so, wie soll ich sagen, spirituelle Phänomene geht«, gab Sybille vorsichtig zurück. Medina lächelte: »Schon gut, es ist ja auch meine

Geschichte. Ich hatte einfach das Gefühl, dass sie Ihnen vielleicht an irgendeinem Punkt bei der Suche nach Ihrem Seelenfreund von Nutzen sein könnte.«

»Apropos Suche«, hakte Sybille ein, »Sie kennen nicht zufällig jemanden, der mir dabei helfen kann, Samat zu finden? Ich bin gerade dabei, alle Hinweise zu ordnen, und hoffe, dass ich mich bald auf den Weg machen kann. Ich dachte an eine Art Reiseleiter oder Dolmetscher, auf jeden Fall an jemanden, der Land und Leute kennt und mit den hiesigen Gepflogenheiten vertraut ist. Wenn er außerdem noch die Kraft der Imagination beherrscht, wäre das geradezu perfekt«, zwinkerte sie Medina liebevoll zu.

»Da fällt mir bestimmt jemand ein, geben Sie mir ein, zwei Tage Zeit, um darüber nachzudenken«, sagte sie und als sie bemerkte, wie Sybille ihre Zigaretten in der Jackentasche verstaute und offensichtlich langsam an Aufbruch dachte, fügte sie rasch hinzu: »Eine Sache noch: Ich habe Ihnen noch nicht erklärt, wo Samats Fotos abgeblieben sind. Nicht weit von hier, etwa zwanzig Kilometer außerhalb der Stadt, befindet sich neben der erwähnten Privatklinik ein geheimnisvoller Berg, von dem angeblich eine besondere Magie ausgeht. Im Volksmund heißt es, dass man dort mit dunklen Kapiteln der Vergangenheit abschließen, unliebsame Gedanken und Gefühle zu Grabe tragen und ein neuer Mensch werden kann. Es gibt eine ganze Reihe überlieferter schamanischer und heidnischer Rituale, die vor Ort praktiziert werden: Einige pilgern hin und schleppen symbolisch Steine zum Gipfel (als Zeichen der Last, die sie nicht länger schultern wollen – wie etwa die Einsamkeit und Ächtung nach einer Scheidung oder die Leere nach dem Tod eines Kindes), andere tanzen nackt um ein Feuer, um sich von bösen Geistern, Flüchen und Prophezeiungen zu befreien, wieder andere beten, meditieren oder singen für materielle Besitztümer, Macht und Erfolg.

Man hört die abenteuerlichsten Geschichten über die Vorkommnisse am Keremettüü Too, übersetzt bedeutet das »Berg der Wunder«. Nach Samats Verschwinden bin jedenfalls auch ich dorthin gefahren, um meine Gefühle für ihn ein für alle Mal loszuwerden. Ich habe mir einen Stein gesucht, der an Gewicht und Größe in etwa meiner Verliebtheit entsprach«, Medina deutete mit ihren Armen einen großen Brocken an, »und habe ihn den Berg hinaufgeschleppt. Dann habe ich ein Feuer gemacht, mich nackt ausgezogen, meine Kleider und die Fotos von Samat in die Flammen geworfen und mich auf meinen Wunsch konzentriert, wieder zu Medina zu werden. Als ich damit fertig war, habe ich den Stein mit voller Wucht den Berg hinuntergeworfen und, glauben Sie es oder nicht, mich wirklich besser gefühlt. Wenn Sie wollen, fahren wir da gemeinsam hin. Ich würde Ihnen den Ort wirklich gerne zeigen«, bot sich Medina an.

»Wissen Sie was? Vielleicht werfe ich für einen Tag meine Skepsis über Bord und lasse mich einfach mal auf den Hokuspokus ein«, lachte Sybille. »Wir machen das bei nächster Gelegenheit, versprochen, und ich überlege mir bis dahin, ob ich eine Erinnerung loswerden oder lieber einen Wunsch äußern möchte! Aber jetzt muss ich wirklich los.« Sie verabschiedete sich und wackelte nach Hause. Sie wollte endlich in die Gänge kommen, handeln statt grübeln. Aber bislang war ihr aus den unterschiedlichsten Gründen immer etwas dazwischengekommen, hatte ihr einen Strich durch ihre Vorsätze gemacht, die Stunden und Tage durcheinandergewirbelt – mal war ein Stromausfall Schuld gewesen, dann ein Sandsturm, dann die Hitze, die Müdigkeit, eine unverhoffte Freundschaft, eine Reisediarrhö. Die Uhren hierzulande schienen einfach anders zu ticken. Aber jetzt konnte es losgehen. Der Nachmittag war so jung wie sie.

SpuSi (Spurensicherung).

Wenn man vor einer komplexen Aufgabe stand, es ein weit-
reichendes, verzweigtes Unterfangen zu bewältigen galt, war
es wichtig, fokussiert zu bleiben, sich nicht aus der Ruhe
bringen zu lassen, vor dem scheinbar gigantischen Berg an
Arbeit nicht von vorneherein in die Knie zu gehen. Stattdessen war es ratsam, sich schrittweise voranzugraben, einen
kleinen Versuchsbrocken nach dem anderen zu stemmen,
Stein für Stein und These für These abzuklopfen, die jeweiligen Entwicklungen und Zwischenergebnisse zu sammeln
und zu dokumentieren. Analysiert wurde erst ganz zum
Schluss. Das war das ganze Geheimnis hinter der Versuch-
Ergebnis-Analyse – dem wichtigsten Grundprinzip wissenschaftlichen Arbeitens – und wer, wenn nicht Sybille, war
darin meisterlich geschult.

Sie setzte in der Küche Kaffee auf, um den Schnaps
aus ihrem Körper zu vertreiben, und verzehrte ein halbes
Piroschki vom Vortag. Obwohl es bereits mitten am Tag war,
hörte sie nebenan Medinas verrückten Gockel schreien. Aus
einer Ecke im Wohnzimmer kam indessen lautes Gemaunze
und Geschnurre – offensichtlich hatte sich Simsa mit ihr in
die Wohnung geschlichen.

»Schade, dass ich meinen Laborkittel nicht hier habe«,
dachte Sybille, deren Arbeitsuniform sie automatisch in einen
konzentrierten Modus brachte, und befestigte als Erstes die
große Landkarte aus dem Zoologischen Museum an der
freien Wand. Dann holte sie Papier, Stifte, Klebeband und
Reißnägel und begann feinsäuberlich jede einzelne Information aufzulisten. Sie hatte keine Ahnung, wie sie vorgehen,
womit sie beginnen sollte, jedoch in einem Anflug spontanen Bauchgefühls beschlossen, die Gegenstände so weit wie

möglich geografischen Orten zuzuordnen, sie, so gut es ging, mit konkreten Anlaufadressen in der kirgisischen Weite in Zusammenhang zu bringen. Sie notierte erst die Orte mit den roten, dann jene mit den schwarzen Kreuzen, die sich quer durchs ganze Land zogen und die – wie Petschkin vermutet hatte – Samats Schmetterlingsexpeditions-Stützpunkte kennzeichneten. Da waren rot: der Song-kul – ein Hochgebirgssee im Naryn Oblast, das Turkestan-Gebirge bei Batken – die abgelegenste und ärmste Gegend des Landes und ein drittes bei Karakol im Terskej Alatoo. Und schwarz: Diese Kreuze waren mit wenigen Ausnahmen, etwa dem Pik Manas im Talas-Gebiet, hauptsächlich im Nordosten des Landes rund um den Issyk-kul angesiedelt, etwa bei Kumtor. Konzentriert kniff Sybille die Augen zusammen, sie fühlte sich wie die weibliche Ausgabe von Kommissar Wallander, wie eine Forensikerin, die vor der Fahndungstafel stand und aufmerksam die einzelnen Beweisstücke an ihren vermeintlich richtigen Platz heftete, sie mittels roter Wollfäden in sinnvollen Konstellationen miteinander zu verknüpfen suchte. Auch Bischkek wurde mit einer roten Markierung (in Form eines Reißnagels) bedacht, schließlich lagen hier Samats Wohn- und Arbeitsstätte. Dann waren da natürlich noch die Adresse seiner Familie in Koshomkul, geschätzte zweihundert Kilometer von Bischkek entfernt (Sybille klebte die Fotos des Elternhauses, des Friedhofs und der Großeltern dazu), sowie der Aufenthaltsort seiner Frau und seines Sohnes, der sich laut Samats Briefen irgendwo in der Nähe von Batken befand. Auch hier pinnte sie das Foto aus dem Umschlag, das eine wunderschöne Frau und seinen Buben zeigte, zum roten Kreuzchen (die Rückseite war mit »Ak Möör und Beshkempir« beschriftet). Ein paar Destinationen wie Batken oder Bischkek doppelten sich aus den unterschiedlichen

Quellenzugängen – was, wie Sybille zufrieden feststellte, beim späteren Auskundschaften Zeit sparen würde. Nun widmete sie sich den einzelnen Stücken des aufgetürmten Rätselbergs, begann mit dem Buch, das sie in Samats Schlafzimmer gefunden hatte, blätterte sich durch das *Manas-Epos* mit seinen Weissagungen, Reimen und Legenden, fand zwischen den Seiten ein Gedenkbild von Martins Beerdigung, was sie kurzzeitig aus der Fassung brachte, bis ihr einfiel, dass Samat ja dort gewesen war und ihre Mutter getroffen hatte. Mit dem Gedicht, das Samat eigens auf einen Zettel transkribiert hatte, wusste sie im Sinne der Forensik nichts Erhellendes anzufangen, klebte es aber, primär der Namensgleichheit wegen, beim Pik Manas auf die Karte. Die Gegenstände, die ihr ein völliges Rätsel blieben und die obendrein nicht jeder zu sehen brauchte – der Revolver, das Päckchen Cannabis, die beiden Tierfallen –, verbarg sie weit hinten in einem der Wohnzimmerschränke. Sie weiterhin mit großen Augen anzustarren wäre ihr nicht schwer gefallen, hätte sie aber auch nicht weitergebracht. Vielleicht könnte ja Medina eines Tages ihre Kraft der Imagination walten lassen, dachte sie mit leichtem Spott. Blieben noch Samats Schlüsselbund und die Holzschatulle – auch bei ihnen tappte Sybille im Dunkeln. Besonders faszinierte sie die Serie der Schmetterlinge hinter Glas. Feinsäuberlich nagelte sie die Rahmen neben der Landkarte an die Wand. Die Kürzel sagten ihr nichts: kim k, NH, HCS, Angela M, RTE, ⌐ㄨ० – wer mochten die Verfasser der Zeilen nur sein? Einzig der Name des fehlenden Schmetterlings machte sie stutzig: *Colias hyale sybillis* – hatte Samat ihr am Ende tatsächlich einen eigenen Falter gewidmet? Hatte der nicht auch mit psukh zu tun? Und wenn ja, was mochte es bedeuten, dass der Rahmen als einziger leer geblieben war? Als sie gerade dabei war, den entwendeten Schlüssel aus dem

Zoologischen Museum in der Gegend von Bischkek auf der Karte zu befestigen, klopfte es an der Tür. Sie schaute auf die Uhr, es war spät geworden, die Minuten hatten sich durch das Abdriften in andere Sphären, ähnlich wie beim Surfen im Internet, in Stunden verwandelt. Ein älterer Mann stand neben Elaine, um, nun da Strom, Gas und Wasser wieder funktionierten, nach den Leitungen zu sehen. Auch einen Fernseher hatten die beiden dabei. Sie konnte also, wenn sie wollte, zukünftig russische Nachrichten, kirgisische Folkloreprogramme oder schlecht synchronisierte Filme schauen – wie sie während des Einrichtens der Programmplätze amüsiert feststellte, als gerade eine Szene aus *Men in Black* über den Bildschirm flimmerte. Vielleicht ließen sich, wenn sie die Lautstärke hoch genug pegelte, hinter der russischen Übersetzung das englischsprachige Original hören und so tatsächlich ein paar Worte Russisch lernen. Elaine sah sich interessiert um: »Oh, you've obviously done some cleaning«, registrierte sie fröhlich und spielte mit den Bändern und Eulenfedern aus der Schmuckkiste herum.

»Yes I did. And now I'm just about to screen all of the bits and pieces I found here. It's really hard to decode and map them, to find out something about Samats recent domicile. I still haven't got a clue where he's gone.«

»Sorry to hear that. If I can help you with anything, please don't hesitate to contact me.«

»Actually, I really want to ask you something«, sagte Sybille, die – vielleicht war es dem Schlüssel geschuldet, den sie eben noch in der Hand gehabt hatte – an die Bonsaibäume denken musste.

»Do you have a digging spade? And do you have time to accompany me right now? There's a late night mission that can't wait and I could need a little help from a friend.«

»Immediately?«, fragte Elaine ungläubig, »you know it's quite late.« Sie schien zu überlegen. »Well, my parents are not at home and I think my grandma will go to bed soon, so maybe let's wait for half an hour and then meet downstairs at the entrance door«, entschied sie aufgeregt. »In the meantime I'll look for a spade.«

Und während Elaine nach ihrer Großmutter sah und im Gartenschuppen nach dem Werkzeug suchte, borgte Sybille sich von Mareike deren Stirnlampe aus, steckte den Museumsschlüssel wieder ein und rauchte vor dem Gartentor eine Zigarette. Als Elaine wenig später mit zwei Schaufeln bewaffnet auf sie zugeschritten kam, murmelte Sybille einige der Baumreime vor sich hin: »... *unter Birken kannst du wirken, unter Fichten alles sichten, unter Buchen sollst du suchen, unter Linden wirst du finden*«, und übersetzte diese, da Elaine sie verständnislos anblickte, so gut sie konnte ins Englische: »... *from an oak tree do flee, a pine do decline, sallow means sorrow, but a beech do beseech.*« Schon nach Kurzem stimmte Elaine in den Takt des Singsangs mit ein, die Reime schienen ihr vertraut zu sein. Neugierig fragte sie, was es damit auf sich habe und wohin die nächtliche Reise eigentlich gehen solle.

Sybille erzählte von der Bonsai-Baumgruppe im Hof des Zoologischen Museums, von ihren Schatzausgrabungen aus der Kindheit und auch von ihrem Verdacht, dass sich unter Buche, Linde und Konsorten vielleicht eine Nachricht von Samat verstecken könnte. Während sie die Worte aussprach, kam sie sich albern und lächerlich vor. Vielleicht war die ganze Sache ein Fehler und sie hatte sich alles eingebildet. Vielleicht hatte auch Medinas Gerede über Bananen, Äpfel und Mangos Früchte getragen und der hiesige Aberglaube bereits auf sie abgefärbt. Denn wenn sie ehrlich war, glaubte sie nach wie vor nicht wirklich an Vorsehung oder Zeichen, die vom Himmel fielen, an seltsame Bergrituale, an die Kraft der Imagination oder daran, dass das Wünschen half. Sybille glaubte an Fakten, an fremde Sitten, die in fremden Ländern herrschten, und darüber hinaus vielleicht maximal noch an die Jung'sche Synchronizität – ein mehr oder weniger wissenschaftlich anerkanntes Phänomen, das *zeitlich korrelierende Ereignisse* beschrieb, *die nicht über eine Kausalbeziehung verknüpft waren, jedoch als miteinander verbunden, aufeinander bezogen wahrgenommen und gedeutet wurden.* Im allgemeinen Sprachgebrauch war oft auch ganz profan von Schicksalsfügung oder Bestimmung die Rede, was dem Ganzen, wie Sybille fand, fälschlicherweise einen esoterischen Touch verlieh. Aber Esoterik hin, Wissenschaft her, genau diese seltsame Gleichzeitigkeit hatte sie an jenem Tag empfunden, da sie Petschkins Büro verlassen und das Baum-Penjing entdeckt hatte: Erst war da nur der Anblick der Bäume, dann, vielleicht auch gleichzeitig, der unmittelbare Gedanke an Samat und schließlich die plötzlich aufkeimende Erinnerung aus der Kindheit, die wiederum parallel die lebhafte Idee in ihr auslöste, ihrem Freund unter eben jenen Buchen und Linden näherzukommen.

In Kürze würde sie wissen, ob ihre Assoziationen und Gefühle kausal oder nicht kausal zusammenhingen, ob die Synchronizität in ihre Gegenwart hineingepikst hatte oder ob sie schlicht und einfach nur verrückt geworden war. So oder so – die Zeit der Spatenstiche schien gekommen zu sein.

Bonsai-Trojaner.

Flink und leise wie zwei Katzen schlichen Sybille und Elaine durch die dunklen Straßen. Erst folgte Sybille ihrer kleinen Freundin, die sich sichtlich besser zurechtfand als sie, auf Schritt und Tritt, doch als sie den Tschuj prospekt erreicht hatten, war es an ihr, die Führung zu übernehmen und sie in den verwinkelten Innenhof des Zoologischen Museums zu lotsen. Das Gebäude war stockdunkel, nur von den umliegenden Häusern drang ein klein wenig Licht aus vereinzelten Fenstern. Schemenhaft machte sie die Baumgruppe in der Mitte des Hofes aus.

»Beech, lime, birch and spruce first«, flüsterte sie Elaine zu und drückte ihr ein Feuerzeug in die Hand, um damit die Bezeichnungsschilder anzuleuchten. »Let's find some answers or make a fool of ourselves«, fügte sie hinzu, im Stillen die rhythmischen Baumreime memorierend. Die Ausgrabungsaktion gestaltete sich schwieriger als gedacht, zwar schien die Erde unter den Bonsaibäumen nicht allzu tief zu sein, aber sie war steinig und hart. Das Graben kostete sie einige Anstrengung, doch dann stieß Sybilles Schaufel auf etwas Metallenes. *»Unter Linden wirst du finden«,* freute sie sich und beide legten mit den Händen eine schuhkartongroße Kiste frei. Es war fast wie im Märchen. Natürlich sprang nicht wie in *Drei Nüsse für Aschenbrödel* einer der am Boden liegenden Zapfen oder eine Buchecker auf und spuckte – begleitet von schlechten Special Effects und schnarrender Zauberharfenmusik – ein seidenbesticktes Ballkleid aus, mit dem Sybille in einem dramatischen Happy End auf ihren Seelenprinzenfreund Samat treffen und glücklich bis ans Ende aller Tage sein würde, aber die Utensilien, die der scheppernde Behälter zu Tage förderte, ließen auch nicht zu wünschen übrig. Sie schaltete die Stirnlampe ein und registrierte ein schwarzes Buch mit dem Titel »psukh I: Forschungstagebuch« und einen kleinen Plastik-USB-Stick in Form eines schwarzen Kriegers. Sie hatte die Figur schon des Öfteren in einer weltweit bekannten Science-Fiction-Serie gesehen – wenn sie sich recht erinnerte, hatte diese irgendetwas mit Sternenkriegen und Kämpfen zwischen Gut und Böse zu tun. Fragend blickte sie zu Elaine.

»That's Darth Vader from *Star Wars*«, klärte sie sie dann auch umgehend auf.

»And what kind of character does he symbolize?«, fragte Sybille weiter.

»Well, at the beginning Darth Vader is called Anakin Skywalker. He's a Jedi-Ritter, one of the good guys. He's kind of a chosen one to rebuild the balance of power, but later on he changes into Darth Vader, a member of the dark side, and fights for the evil.«

Sybille dachte nach, wollte ihr Samat mit dem Symbol etwas sagen? Führte auch er einen Krieg? Aber gegen wen oder gegen was? Sie selbst benützte zur Datensicherung für gewöhnlich eher unauffällige Speicherquader, die maximal durch die Namenwahl, die erst nach Anschluss derselben auf dem Desktop angezeigt wurde, eine persönliche Message, eine geheime Bedeutung zum Ausdruck brachten. So hatte sie zum Beispiel ihre Dissertation auf einem Stick namens »Go for victory« gesichert oder ihre erste preisgekrönte Studie zum Thema »Evolution des reziproken Altruismus« regelmäßig auf einem Gerät namens »Konrada Zacharias Lorenz« zwischengespeichert – wohl um sich selbst zu motivieren und arbeitstechnisch ihrem großen Vorbild nachzustreben. Auch hatte sie einmal von einer jungen Schriftstellerin gelesen, die Großes vorhatte und ihre Werke auf einem Datenträger namens »Elfriede Jelinek« sammelte. Sie war also bestimmt nicht die Einzige, die durch Formauswahl und/oder Namensgebung eines technischen Hilfsmittels eine Aussage zwischen den Zeilen tätigte, und so konnte sich durchaus auch Samat etwas erhofft oder dabei gedacht haben, Informationen ausgerechnet auf einer Darth-Vader-Figur zu hinterlassen.

»Elaine, how does the story end? Does the change from Anakin Skywalker into Darth Vader mean that the evil obtains? Does he die in the end?«

»Well, it's quite a complex and complicated plot, but there's a final battle between Darth Vader's son Luke Skywalker and his evil boss called Imperator and he finally fights next to his son and helps him to survive. In the end Darth Vader dies, but they made up before. So if you want a conclusion I'd rather say that finally the good succeeds.« Sybille schüttelte den Kopf. Als sie Buch und Plastikfigur in ihrer Tasche verstaut hatte und die Kiste wieder einbuddeln wollte, entdeckte sie an der Innenseite des Deckels einen Briefumschlag. Ungeduldig riss sie ihn auf. Es war Samats Handschrift, die ihr entgegenleuchtete:

Bischkek, 2. Mai 2015.

Liebes Dillemädchen,
    bist du es, die meine Zeichen richtig verstanden hat und diese Zeilen jetzt in den Händen hält? Mir bleibt nur mehr wenig Zeit. Der Countdown startet in Kürze. Und wenn er die Null erreicht hat, ist in meinem Fall entweder alles gut oder alles verloren. Ich bin tatsächlich aufgeregt.
    Traue niemandem, schon gar nicht Petschkin und Nikitin, sei vor ihnen auf der Hut. Weiche auch in Zukunft vor Eichen und Platanen zurück – ganz besonders vor denen, die sich auf der

anderen Seite des Hofes befinden. Sie verbergen etwas, was nur für den absoluten Notfall, das Worst-Case-Szenario, bestimmt ist, das hoffentlich niemals eintreten wird.

Alles, was du hier findest, dient deiner Sicherheit. Der dritte (und aktuellste) Teil der psukh-Akte befindet sich in meiner Obhut – er ist noch nicht vollendet. Zu gerne würde ich dich fragen, wie es dir geht, und dir sagen, wie sehr ich mich auf dich freue, aber dafür ist an dieser Stelle weder Platz noch Zeit. Wir sehen uns bald. Ich hielt und halte es für das Beste, dir als neuer Mensch gegenüberzutreten, dann, wenn die Uhr auf Null steht.

In Liebe, Dein Kerbeljunge

Die zweite Seite, sie war auf Russisch verfasst, gab sie an Elaine weiter. Im Flüsterton übersetzte sie:

Kollege Nikitin, Kollege Petschkin,

ich hoffe, dass Sie diesen Brief nie zu Gesicht bekommen werden, ich ihn also völlig grundlos verfasse.

Es schien mir ein genialer Coup zu sein, das gesammelte psukh-Wissen direkt vor Ihren Nasen zu vergraben – auch ich habe mittlerweile meine Unterstützer beim Kirgisischen Geheimdienst. Aber wie dem auch sei, hier eine letzte Warnung: Halten Sie sich von mir und meinen Freunden fern, insbesondere von Sybille Specht. Ich habe Vorkehrungen getroffen, die, sollten Sie ihr auch nur ein Haar krümmen, Ihnen Ihren Größenwahn sprichwörtlich um die Ohren fliegen lässt.

Mit freundlichen Grüßen, SJU

Elaine schaute ziemlich erschrocken, als sie mit dem Lesen fertig war, und auch Sybille war von den bedrohlichen Worten einigermaßen irritiert. Dennoch zwang sie sich zum Weitermachen – auch die anderen drei Bonsai-Trojaner wollten noch entblättert und ausgehoben werden. Nach und nach förderten sie unter Birke, Buche und Fichte einen goldenen Ring mit einer für sie nicht entzifferbaren Gravur, einen schweren, faustgroßen metallisch schimmernden Gesteinsklumpen und einen radioweckerähnlichen Countdownzähler zutage, der bereits aktiviert worden war und in jenem Moment 83 Tage, 20 Stunden, 25 Minuten und 3 Sekunden anzeigte (einen kurzen Augenblick waren sie in Panik geraten, weil sie das Ding für eine Bombe gehalten hatten).

»Wow, this is really incredible«, staunte Elaine, als sie alle Spuren verwischt und den Garten wieder in Ordnung gebracht hatten. »How did you know that Samat chose exactly this place in order to send you some signs?«

»In fact I didn't know, I just had a certain feeling.«

»And now?«, fragte Elaine. »Are we also going to scoop earth at the other trees?« Sie deutete dabei auf die zwei Bäumchen, die weiter abseits standen.

»No, we won't touch the oak and the plane, they symbolize hazard and disaster. But I'd rather like to visit Samats office again. Last time when I was there I was uninterruptedly observed by Professor Petschkin, I didn't have any chance to calmly examine his former working place.«

»You want to break in?«, flüsterte Elaine.

»That won't be necessary«, flüsterte Sybille zurück und sperrte mit dem mitgebrachten Schlüssel die Eingangstür auf. So leise wie möglich bewegten sie sich die Stiegen hinauf – dafür, dass es sich um den ersten Einbruch ihres Lebens handelte, machten sie ihre Sache erstaunlich gut. Sie schlichen am leeren Schreibtisch der Kassiererin und den ausgestellten Tierpräparaten, die in der Nacht erschreckend gruselig und gespenstisch wirkten, vorbei in Petschkins Büro und tasteten sich im Finstern zu Samats Schreibtisch vor. Dort angekommen beschloss Sybille, zumindest kurz die Stirnlampe anzuknipsen, um etwas vom Raum und seinen Inhalten wahrnehmen zu können. Wer sollte sie auch zu dieser gottlosen Zeit entdecken? Elaine wurde unruhig.

»What are we looking for? I don't want to be caught by some night guard. It's absolutely illegal what we are doing here.«

»Please give me five minutes, I just want to check if there's something I haven't spotted last time. I'm sure that Petschkin didn't tell me the truth. He definitely should know where Samat is right now.« Sybille ließ ihren Blick langsam durch das Büro streifen, als ein mechanisches »Tok, tok, tok« die Stille unterbrach. Auf Petschkins Schreibtisch hatte es zu klopfen und zu brummen begonnen. Sie traten näher heran und staunten: »Unbelievable – I guess that's a Morse operator. Do you know how to use it? Do you know the Morse alphabet?«, fragte sie Elaine, »I've never handled such a thing before.« Ihre Komplizin verneinte, sie war definitiv zu jung für eine solche technische Antiquität, aber ihre Finger wischten bereits über das Display ihres Handys und suchten nach einer Lösung. Jedes Kind und jeder Greis verfügten erstaunlicherweise hierzulande über ein Mobiltelefon, wenn auch zumeist über ein einfaches, veraltetes Billigexemplar aus China – selbst die Allerärmsten, die keine Adresse, kein Haus, kein Schaf ihr Eigen nannten, hatten ein Handy in der Tasche. Zigaretten, Wodka und Mobiltelefonie: die günstigsten Untergangsvergnügungen Kirgistans. Tatsächlich entdeckte Elaine schon nach kurzer Zeit eine App namens »Morse Talk«, mit deren Hilfe sich derart verschlüsselte Nachrichten senden und empfangen ließen, sofern das verwendete Telefon über ein modernes Blitzlicht und eine hochauflösende Kamera verfügte.

»Was es auf der Welt – und vor allem im App-Universum – nicht alles gibt«, dachte Sybille. Elaine, deren Eltern für hiesige Verhältnisse wohlhabend waren und ihre beruflich häufig bedingte Abwesenheit mit teuren Geschenken wiedergutzumachen suchten (so wie das Eltern mit schlechtem Gewissen überall auf der Erde praktizierten), besaß ein technisch mehr als geeignetes Exemplar. Versiert und in Windeseile lud sie die App herunter und fing mit ihrem Gerät sogar noch den letzten Teil des unruhigen Signalflusses, der bewegten Lauf-, Geh- und Schleichtakte ein. Die Übersetzung folgte Sekunden später, sie hatte sie für Sybille gleich auf Deutsch anzeigen lassen:

... dringend Ihre Anwesenheit in der Klinik. Lady Gaga und Marine Le Pen haben sich angemeldet. Bitte DNA-Proben Nr. 3, Nr. 7 und Nr. 150 bereitstellen. Wie ist der Status quo in Sachen TK-Ermittlungen? Ist SJU schon aufgetaucht? Was hat Sybille Specht vor? Ist sie wirklich zufällig hier? Vielleicht kann sie uns zu ihm führen? Treffpunkt: morgen um dreizehn Uhr in den Ei- und Raupenräumen. JN

Ungläubig starrte Sybille auf die Nachricht, die parallel von einem an den Morseapparat angeschlossenen Gerät digitalisiert und gespeichert wurde. Sie hatte beinahe zu atmen vergessen. »What the hell«, entfuhr es ihr, als sie panisch vom Schreibtisch aufsprang, Elaine am Arm packte und sie zur Tür zerrte.

»Hurry up! Let's go! Immediately! I haven't got a clue what's going on here, but we've to leave now. I've been mentioned in the message, look, here: ›Sybille Specht‹, my name! The whole thing seems to become quite dangerous. I shouldn't have brought you along and involve you in this crazy shit.«

Und dann hasteten sie zur Tür hinaus und die Treppe hinab ins Freie. Auch den Heimweg legten sie mehr oder weniger im Laufschritt zurück, verschnauften erst, als ihr grünes Tor in Sichtweite war. Sybille lehnte sich an die Hausmauer und schüttelte (immer noch) den Kopf.

»What the hell«, keuchte sie erneut und zündete sich, als sie sich einigermaßen gefangen hatte, eine Zigarette an. »Was soll das alles nur bedeuten? Was genau ist dieses psukh? Warum vergräbt Samat einen Countdownanzeiger und dubiose Akten unter Bäumen? Warum morsen die über mich? Warum lügt Petschkin mich an? Wo zur Hölle steckst du, Samat!? Ich bin ja schon mit dem, was ich jetzt weiß oder vielmehr nicht weiß, völlig überfordert«, murmelte und zeterte sie kleinlaut vor sich hin, bis sie merkte, dass sie damit Elaine irritierte.

»Are you ok?«, fragte diese.

»Yes, I'm fine, irritated, but fine. And you, everything's okay with you?«, fragte Sybille zurück, »I didn't want to scare you!«

Doch Elaine grinste. »You know, I feel like an actress in a real spy movie and I love it.« Es war eindeutig jugendlicher Leichtsinn, der aus ihr sprach, Sybille selbst steckte immer noch der Schreck in den Gliedern.

»Something really wicked and obviously dangerous is going on. I've to find out what it's and therefore definitely need foreign help to sort out things and signs. Somebody who's familiar with the people and habits of the country, speaks Kyrgyz, Russian and either German or English and also has access to reliable sources so that we can find out some information about the pictures and other things I already have collected in Samats flat. Do you know where to find such a person? I really appreciate your help – you're clever and smart and a great support – but still you're far too young, sorry if this doesn't sound cool, and it would be irresponsible to implicate you any further in this insane mission. I really don't know what comes next.«

Elaine kniff die Augen zusammen. »Don't worry, Sybille, everything will be fine«, beruhigte sie sie in vollendeter Erwachsenenmanier. »Maybe we can split the tasks. I still could assist you with some minor duties – for example do some research for you, some translation, some questioning in the neighbourhood. And for major projects like night-time burglaries, excavations and other follies«, sie lachte, »we are gonna organize you a capable, competent adult, maybe some private detective or guide. What do you think?«

Sybille überlegte.

»I could join you almost every day for a couple of hours«, legte Elaine leidenschaftlich nach, »the only two obligations I've to meet are to go to school – and I'm an A-level-student – and to help my grandmother with watering the garden. Please say yes«, bettelte sie.

»But what about your parents?«, wandte Sybille ein. »I can't imagine that they'll agree.«

»As I said, my parents are out of town most of the time. And they really don't need to know everything I do. I'm already seventeen!« Sie verdrehte die Augen und rümpfte ihre Nase zu einer liebenswerten Fratze.

»Okay«, ließ sich Sybille schließlich breitschlagen. »But there's still one thing we've to talk about.«

Elaine schaute sie neugierig an. »Your salary«, sagte Sybille mit gespielt ernster Miene, »a spy-assistant has to be duly paid!« Elaine grinste.

»Well, recently I get 1.500 Som pocket money a week, so maybe the same?«, antwortete sie schüchtern.

»You know what, I'll pay you 2.500, that's fair enough«, schloss Sybille zur Freude von Elaine die Verhandlung. Sie besiegelten ihren Deal per Handschlag und verabredeten sich gleich für den nächsten Tag, um die restlichen Hausbewohner und in den umliegenden Geschäften nach Samat zu fragen, auch wenn sich Sybille nicht allzu viel davon erhoffte. Auch bat sie ihre neue Assistentin, eine kurze Liste mit möglichen Agenturen für private Guides und Detekteien zu erstellen. Sie selbst nahm sich vor, zeitig in der Früh einen ersten Blick in die Forschungsunterlagen und Dateien auf dem Memorystick zu werfen. Sie tauschten ihre Handynummern aus und vereinbarten, mehr aus Spaß denn aktueller Notwendigkeit, noch ein Codewort, mit dem sie sich schnell und unkompliziert gegenseitig kontaktieren konnten, wenn Not an der Frau war. »Let BONSAI be our secret code«, schlug Elaine vor, »it's short and easy to remember.« Sybille sollte es recht sein. Dann sagten sie sich gute Nacht und Elaine huschte leise in ihre Souterrainwohnung hinunter, während Sybille die letzten Stufen des Tages zu ihrem Zuhause erklomm. Sie dachte dabei über Elaine nach, wie unterschiedlich sie beide waren – allein schon im Hinblick auf das Alter und ihre Herkunft. Elaine hatte ihr ganzes Leben noch vor sich. Sie war umgänglich, blitzgescheit und für ihre siebzehn geradezu unglaublich erwachsen. Und doch blitzten zwischen ihrem Pflichtbewusstsein und ihrer Ernsthaftigkeit immer wieder auch eine kindliche Leichtigkeit, ein unbändiger Lebenswille hervor, die sich erst mit dem Älterwerden einmal abschleifen würden. Elaine liebte alles, was aus dem Westen kam, sehnte sich nach Glitzer, Glamour und High-Tech-Konsum und ging, wann immer es ihr Zeit und Taschengeld erlaubten, ins »Bischkek Park« Einkaufszentrum zum Shopping – ganz besonders hatten es ihr Sport- und Luxuslabels,

(Funkel)Schmuck und Handys angetan. Letzteres hatte sie wie alle Siebzehnjährigen ständig dabei, snappte, postete und bloggte mühelos zu jeder Tages- und Nachtzeit, lud sich in Sekundenschnelle Morse-Apps und anderen Kram herunter – da unterschieden sich auch kirgisische Jugendliche nicht vom Rest der Welt (bis auf die finanziellen Möglichkeiten vielleicht).

Sybille hingegen wollte und brauchte nicht viel, hatte sich schon vor ihrer Ankunft in Bischkek freiwillig von so gut wie allen materiellen Besitztümern getrennt, genoss die kärglichen, rudimentären und teilweise rückständigen Traditionen und Lebensumstände hier. Nichts zu wollen und nichts zu besitzen, konnte so befreiend sein. Dennoch beschloss sie, Elaine bei nächster Gelegenheit eine kleine Freude zu bereiten, vielleicht kaufte sie schicke Freundschaftsarmbänder oder Women-in-Black-Sonnenbrillen für sie beide oder sie schenkte ihr einfach das kirgisische Pendant eines Bravo-Abos. Kurz stellte sie sich vor, wie es wäre, eine Tochter wie sie zu haben, aber das Kinderkriegen war zwischen Martin und ihr nie wirklich Thema gewesen, zu sehr beschäftigt waren sie mit sich selbst und dem jeweils anderen gewesen, zu schwer hatten ihre beiden Kindheiten gewogen, als dass sie das natürliche Verlangen nach Fortpflanzung gespürt und zugelassen hätten. In Elaines Gegenwart fühlte sie sich automatisch um Jahre jünger, energiegeladener, lustiger – all die »XOXOs«, »YOLOs« und »BFFs«, die sie vorher nicht einmal vom Hören kannte, amüsierten sie und verliehen ihr Schwung. Am liebsten hörte sie »coolio« aus dem Mund ihrer kleinen Freundin – ein häufig gebrauchter Ausdruck der Zustimmung und Freude, der unter den Kids en vogue zu sein schien, auch wenn er Sybille eher an die eigenen Siebziger- als an die Zehnerjahre des einundzwanzigsten Jahrhunderts erinnerte. Aber hier war neu schon einmal alt und in out und fake echt und heiß kalt. Und coolio eben cool genau wie der deutschsprachige Music-Trash-Import von Alex C., von dem in Europa wahrscheinlich noch nie jemand etwas gehört hatte, der aber hierzulande die Hitparaden stürmte und die Marschrutkas beschallte, in denen dann gestandene Kirgisenmänner *Du hast den schönsten Arsch der Welt* mitsangen, ohne überhaupt den Text zu verstehen. Sie war jetzt seit einer Woche hier, fühlte sich im guten Sinne leer (was ja Raum für Zukunft bot), handelte im Unbekannten ihr unbekannt, war freier geworden, ungezwungener, unkonventioneller, lebte leichter in einen unstrukturierten Tag hinein, auch wenn sie letztendlich nur so frei war, wie sie es vermochte, zwischenzeitlich immer noch an Bekanntem festhielt (indem sie eine Wohnung putzte, alte Briefe las und klick machte) – vielleicht aus einer phantombeschmerzten Vergangenheitstreue heraus oder weil sie, rein pseudomäßig versteht sich, etwas zum Festhalten brauchte.

Sybilles ganzer Anfang holperte noch. Sie schaute gleichzeitig in alle Richtungen und umkreiste sich dabei selbst. Aber was, aber was, wenn der Kreis in Wirklichkeit eine Ellipse war, wenn das alles hier ins Nichts führte, alle Spuren unendlich waren? Aber was, aber was, wenn der, der sie gebeten hatte zu kommen, auch weiterhin verschwunden blieb, wenn sich die Erde einfach so weiterdrehte und nur sie blieb, wo sie war?

Ihr tägliches Gedankenkontingent war überstrapaziert. Es war weit nach Mitternacht, als Sybille ihre Beute zu den anderen Fundstücken ins Wohnzimmer legte, Darth Vader und die psukh-Akte neben ihren Laptop bettete – beide quasi schon bereitmachte, um anderntags in die Schlacht gegen das Unwissen zu ziehen – und die Augen schloss.

Das hier konnte alles werden. Von einem *Kirgisischen Western* bis hin zu einer *Star-Wars*-Episode de luxe.

Vermeintliches Kleeblatt.

Schon den ganzen Vormittag hatte sich Sybille konzentriert durch das umfangreiche Material auf dem Memorystick geklickt und aufmerksam Samats Notizen im Forschungstagebuch durchgeblättert. Darth Vader war von seinem Bespieler lapidar mit »psukh-Protokolle« betitelt worden – und nicht etwa mit einem größenwahnsinnig anmutenden »Weltrettungsprogramm« oder romantisch beseelten »Schmetterlingsformel«, wie sie insgeheim vermutet hatte. Doch die seitenweisen Zahlen, Statistiken, Tabellen und wissenschaftlichen Versuchsanordnungen – ganze acht Gigabyte voll Fakten – versöhnten sie schnell mit der fehlenden Poesie. Weit über 3.000 Protokolle, datiert zwischen 2009 und 2015, gegliedert in zahlreiche Unterkapitel und Phasen, entführten sie in spannende, utopische Dimensionen. Das Datenkonvolut schien endlos zu sein – Diagramme, Skizzen, Versuchsreihen unterschiedlicher Verfasser, Probanden, Themen und Fragestellungen poppten vor ihr auf –, sie einer gewissen Logik oder einem Raster zuzuordnen war schlichtweg unmöglich.

Experiment ψυ·χή – Versuchsprotokoll Nr. 154
Datum: 15. Juni 2009 – Bearbeiter/Mitarbeiter: Samat
Jamanbai uulu (SJU)
Thema: Vorbereitungsuntersuchungen mit Parnassius apollo
merzbacheri
Phase: Eistadium
Charakteristika: Eier Haupttyp I – flach, schmale Spindelform, eingedellte, behaarte Oberflächenstruktur, regelmäßiges Muster, nabelförmige Ausbuchtung (Mikropyle) regulär an der Oberseite

Größe: 9,8 Millimeter
Färbung: milchig-transparent (anfangs hell, in späterem
Entwicklungsstadium schwarz bzw. dunkelblau)
Fragestellungen: Wann genau formiert sich die Schmetterlings-
seelenzelle (SSZ)? Ist diese extrahierbar? Wann tritt das
Schmetterlingsleuchten ein?
Hypothese: Beide Phänomene stehen in kausalem Zusammen-
hang. Untersuchung der SSZ-Abspaltung auch in den Meta-
morphosephasen II–IV.
Versuchsaufbau: Eiablage in kleinen Reagenzgruppen (insge-
samt 40 Module) mit Klebesubstanz an Unterlagen/Futter-
pflanzen a und b befestigt (a: Scharfer Mauerpfeffer – Sedum
acre, *b: Fetthenne –* Sedum*) – alternative Reihe mit (a: Dill*
– Anethum graveolens, *b: Kerbel –* Anthriscus cerefolium)*,*
künstliche Bedeckung mit Haaren des Afterbusches
Beobachtung/Messwerte: Sauerstoff- und Nährstoffzufuhr
regulär. Erste Larvenbildung bei Modulen Nr. 3/40, 6/40 und
9/40.
Auswertung/Fehleranalyse: SSZ erfolgreich in 7 von 10 Fällen
extrahiert. Fluoreszierendes Leuchtphänomen weiter ungeklärt.

Während derlei frühe Aufzeichnungen ausschließlich auf
Schmetterlingen basierten – die Reproduktionsbiologin in
ihr erfasste die grundlegenden Parameter des Experiments
auf den ersten Blick –, schienen sich die Inhalte der psukh-
Forschung in späteren Jahren geändert zu haben. Auch war
auffällig, dass, je näher die Protokolle an die Gegenwart her-
anrückten, viel häufiger Passagen verschlüsselt waren, Mor-
seprotokolle auftauchten, verstärkt die Namen Dima Petschkin (DP) und Jaroslaw Nikitin (JN) (mit)erwähnt wurden
und – könnte das stimmen?! – sich auch menschliche DNA
in die Experimente und den Genpool diverser Falterarten

eingeschlichen hatte. »Hier zum Beispiel«, dachte sie und ließ dabei Blick und rechten Zeigefinger über eine Seite aus 2013 gleiten:

Experiment ψυ·χή – Versuchsprotokoll Nr. 3008
Datum: 15. Dezember 2013 – Bearbeiter/Mitarbeiter: JN, DP
Proband/Patient Nr. 465/2013: Kim Kardashian (KK)
Thema: Zwischenuntersuchung Phase III
Phase: Raupenstadium. Problemloser Übergang von Tiefkoma in Wachzustand mittels narkotischer Substanzen (Opium, Cannabis, Analeptika, Psychopharmaka etc.), Zustand der Patientin seit 21 Tagen stabil.
Dauer: insgesamt 6 Wochen, Verpuppung Ende KW 1/2014 erwartet
Vorbetrachtungen: bislang leichte Häutungskomplikationen, Abstoßungstendenz von DNA Nr. 24 und Nr. 201, restliche Zusätze (Nr. 12, Nr. 97, Nr. 378, Nr. 789, Nr. 885) erfolgreich implantiert.
Fragestellung: Plastischer Eingriff zur Rückbildung der Puppenorgane notwendig? Veränderter Komponentenaufbau im Vorderhirn sinnvoll? (Komponentenaufbau im Stirnhirn verläuft vielversprechend). Weitere Zellkulturexperimente? Computersimulationen?
Fortschritte: Larvenentwicklung grundsätzlich lt. Plan und stabil.
Mehrfachmanipulationen des genetischen Codes in Phasen I und II (je zehn Reagenzreihen) abgeschlossen. Abstraktes Denken, Symbolsprachlichkeit und Selbstreflektion noch verbesserungsfähig, bipolare Ausprägung nicht anpassen (ist von Patientin ausdrücklich erwünscht!), Schlupf derzeit mit 30. Jänner 2014 berechnet. Überstellung in Suite 2/Höhle 3. Optionale Einwinterung möglich.

Beobachtung/Messwerte: auffälliges Kommunikationsverhalten,
starke Anzeichen von Ichbewusstsein und Persönlichkeit,
schmerz- und lichtempfindlich, Reiztests: Empfindsamkeit
normal.
Auswertung/Fehleranalyse: Transformation in Phasen I–III
erfolgreich. Eignung für Best-Practice-Studie?

Sybille war einigermaßen ratlos. Wieder und wieder überflog
sie die Ergebnisse aus den verschiedensten Protokollen, blätterte parallel dazu in Samats Forschungstagebuch, aber sie
wurde und wurde nicht schlau daraus. Dass gegen Ende des
Manuskripts viele der Daten chiffriert waren, mit einer Art
Code belegt, zu dem ihr der Schlüssel fehlte, vergrößerte nur
das Fragezeichen, das ohnehin bereits überdimensional im
Raum schwebte. Der wichtigste Teil der psukh-Unterlagen
– die grundlegenden Informationen zu Ziel und Ausrichtung des Forschungsprojekts, ja überhaupt die Bedeutung
von psukh in diesem Zusammenhang – fehlte. Zwar war
der Begriff im Internet einigermaßen schnell recherchiert –
das altgriechische Wort stand für »Psyche« oder »Seele« und
bezeichnete *einen Ort menschlichen Fühlens und Denkens*
sowie die Summe aller geistigen Eigenschaften und Persönlich-
keitsmerkmale eines Individuums (wobei im bunten Dschungel der Seeleninterpretationen und Verständnisansätze oft
auch transzendente Elemente eine Rolle spielten) –, ergab im
Zusammenhang mit den vorliegenden Unterlagen jedoch
aus Sybilles Perspektive keinen Sinn. Und dass Samat seine
wissenschaftlichen Aufzeichnungen obendrein mit seltsamen
Versformen aus dem *Manas-Epos* versehen hatte, machte
die Sache noch komplizierter. Was hatte das eine mit dem
anderen zu tun? Gleich auf der ersten Seite des ausgegrabe-
nen Forschungstagebuchs tauchten beispielsweise dieselben

Zeilen auf, die sie auch schon auf dem handgeschriebenen Notizzettel gelesen hatte: *Dies Buch ist rätselhaft von Anbeginn, verdunkelt ist der vielen Zeilen Sinn …*

Nach dem fünften Kaffee und der zehnten Zigarette schüttelte sie erneut den Kopf. Sie hatte seit den frühen Morgenstunden gerätselt, nachgedacht, kombiniert, gerechnet, aber immer wenn sie einen Moment lang geglaubt hatte, zumindest ansatzweise dem geheimen Vorhaben auf die Spur gekommen zu sein, verstand sie im nächsten Augenblick wieder überhaupt nichts mehr. Hier ließ sich nicht eins und eins zusammenzählen – die chemischen Formeln, medizinischen Analysen und psychologischen Versuchsreihen wollten nicht zusammenpassen, gestalteten sich zu komplex, unzusammenhängend und divers, als dass sie zwischen ihnen einen roten Faden hätte entdecken können. Die einzigen beiden Aussagen, die Sybille mit absoluter Sicherheit treffen konnte, waren erstens, dass sämtliche Daten die vier verschiedenen Stadien der Schmetterlingsmetamorphose beschrieben (die Einträge variierten ausnahmslos zwischen Eistadium – Larvenstadium – Raupen- und Puppenstadium), und zweitens, dass zu Beginn der Forschung ausschließlich mit Falter-DNA gearbeitet wurde, während später fast immer eine Kombination aus Falter- und menschlicher DNA zum Einsatz kam. Ihren Verdacht, dass im Rahmen des psukh-Experiments zudem eine Reihe fragwürdiger, wenn nicht sogar illegaler genetischer Manipulationen vorgenommen wurden, legte sie gedanklich auf Eis. Sie wollte einfach nicht daran denken, dass Samat in eine ethisch derart zweifelhafte Sache verstrickt sein sollte.

Noch einmal schlug sie das zentrale Wörtchen psukh nach, es musste noch andere, genauere Bedeutungsebenen geben, und tatsächlich wurde sie fündig:

[1] selten, wörtlich: Atem, Odem (ausgeatmete Luft)
[2] Leben (die Eigenschaft lebendiger Wesen, die den Toten fehlt)
[3] dichterisch: Lebensblut (die Eigenschaft [2] als Materie
*   betrachtet)*
[4] Seele (der unsterbliche Teil eines Menschen)
[5] Geist (Seele eines Toten)
[6] Ort der Emotionen und Wünsche: Seele, Herz, Gemüt
[7] Verstand
[8] Geist, Mut
[9] selten, übertragen: Schmetterling, Motte

Gerade als sie dabei war, über der seltsamen Assoziations-
mischung aus »Odem-Lebensblut-Mut« erneut ins Grübeln
zu verfallen, klingelte es an der Tür. Es war Elaine, die wie
besprochen um Punkt zwölf auf der Matte stand und zwei
Brioches dabei hatte. Sybille schloss die psukh-Protokolle,
kochte heiße Schokolade und frischen Kaffee und stellte
Marmelade und Butter auf den Tisch. Dann leerte sie den
Aschenbecher, der vor Zigarettenstummeln überquoll. Sie
nahmen im Wohnzimmer vor der Kirgistankarte Platz, die
immer deutlicher an die Fahndungstafeln aus Agenten- und
Kriminalfilmen erinnerte – auch wenn noch so gut wie alle
Fäden zwischen den einzelnen Puzzleteilchen fehlten oder,
besser gesagt, der entscheidende rote, der sie zum Ziel führte.

»Welcome to the commissioner's office«, sagte sie. Elaine
lächelte und sah sich um. »I've decided to go for a trip through
the country«, eröffnete Sybille ihren Plan. »I don't think, I'll
find Samat somewhere in the city. I do have at least a few
addresses and destinations where he could have gone – his
parents' place, his former wife's home, the expedition marks
on the map – I really think I've to act now and search for him
in the countryside. My brain already seems to get mad from

thinking.« Elaine nickte verständnisvoll und streckte ihr einen Zettel entgegen. Wie aufgetragen hatte sie eine Liste mit für die Mission in Frage kommenden Begleitpersonen erstellt – darauf zwei selbstständige Reiseleiter, zwei kleinere Vermittlungsagenturen und zwei Detektivbüros, bei denen es sich ebenfalls um Ein-Personen-Unternehmen handelte.

»Wow, you're quick!«, stellte Sybille anerkennend fest. »How do you know about these people?«

»To be honest, our neighbour Medina helped me a little«, gab Elaine zu, »she knows everything and everyone and also told me that you already became friends.«

»Yes, I really like her. I didn't know she gets up that early in the morning. She seems to work all night long so I thought she would sleep until afternoon«, lachte Sybille.

»Anyway, I told her that you're looking for a very special person who's willing to support you in private matters as well as in unusual, maybe even tricky and risky situations, in a way probably more a friend than a typical tourist guide, someone creative, intelligent and smart, someone you really can trust«, erzählte sie munter weiter.

»Exactly«, antwortete Sybille.

»So this is the result«, sagte Elaine, »I think it's better to contact them personally, finally it's you who has to find them simpatico. I wrote down their numbers and e-mail-addresses, so you can get in touch with them immediately if you want.«

»Thank you Elaine, you've done a good job! Please also say thanks to Medina when you meet her next time.«

Sybille, die sich gleich ans Werk machen und ihre potenziellen Begleiter kontaktieren wollte, bat Elaine, sie in einer Stunde abzuholen, um gemeinsam bei den noch ausständigen Hausbewohnern, Nachbarn und Lokalen der Umgebung nach Samat zu forschen. Ihre Erwartungshaltung hatte sich seit gestern nicht geändert, aber wie hieß es doch in Anlehnung an einen Vierzeiler Goethes so schön: *Warum in die Ferne schweifen, wenn das Gute liegt so nah?*

Sie setzte sich an ihren Laptop und klopfte einen Mail-Entwurf mit den wichtigsten Infos zur geplanten Mission in die Tastatur. Auch einen ersten Reiseroutenvorschlag hängte sie an, darauf die aus ihrer Sicht wichtigsten Stationen: Samats Elternhaus in Koshomkul, das vermeintliche Zuhause von Samats Frau und ihrem Sohn in Batken, das dort ebenfalls markierte Turkestan-Gebirge, den Hochgebirgssee Song-kul (zwei der roten Kartenspuren) und danach – je nach Ergiebigkeit der bis dahin gesammelten Fakten und Anhaltspunkte – die restlichen, gegebenenfalls auch schwarzen Kreuzstationen. Abschließend bat Sybille noch um ein ehestmögliches Treffen. Einigermaßen zufrieden mit ihren Zeilen verschickte sie diese an die Adressen der sechs potenziellen Begleiter. Sie hatte sich absichtlich kurz gehalten – persönlich würde sich über die ganze Sache bestimmt viel besser reden lassen.

Wenig später marschierte sie mit Elaine los. In den nahe gelegenen Supermärkten, Bars und Cafés verstand man zunächst überhaupt nicht, was sie wollten. Selbst Elaine, die bereitwillig das Übersetzen und die offenbar notwendigen (ausufernden) Erklärungen übernahm, schien bei den Kassiererinnen, Restaurantbesitzern und Wachmännern an ihre Grenzen zu stoßen. Entweder zeigte man sich generell unwillig, über eine dritte Person Auskunft zu erteilen, oder man beteuerte nur, dass es bei der Vielzahl an täglichen Kunden unmöglich sei, sich an einen bestimmten zu erinnern, der noch dazu Kirgise war, somit also keine auffälligen Merkmale aufwies, und von dem sie noch nicht einmal ein Foto bei der Hand hatten. Schnell sahen sie ein, dass sie so nicht weiterkommen würden, und trotteten frustriert heimwärts, aber auch die vier Hausparteien, die Sybille noch nicht zu Gesicht bekommen hatte, wussten nichts Erhellendes zu ihren Fragen beizutragen. »Ja, der wohnt einen Stock über mir. Wie, der ist gar nicht mehr hier? Ausgezogen? Keine Ahnung, tut mir leid«, hieß es da etwa und schon wurde ihnen auch wieder die Tür vor der Nase zugeschlagen. Eine Frau aus dem ersten Stock, eine etwa dreißigjährige Kirgisin namens Tolgonaj, hatte sich einmal Eier und Mehl von ihm geliehen, einer Alten aus dem dritten Stock hatte er von Zeit zu Zeit die Einkäufe nach oben getragen und mit einem jungen Mann, Student der Ökonomie, ebenfalls aus dem dritten, bei einer Gelegenheit ein Glas Wodka getrunken. Das war alles. Auch auf die Frage, ob denn einer wüsste, wo Samats Motorrad parkte (der Schlüsselbund und die frühere Erzählung Mareikes wiesen auf die Existenz eines solchen hin), wurden ratlos die Köpfe geschüttelt oder die Schultern gezuckt.

»Elaine, this will lead us nowhere«, schloss Sybille das leidige Unterfangen und lud sie stattdessen auf ein Eis ein. Elaine bestellte einmal Erdbeere, einmal Aprikose, Sybille eine Kugel Schokolade. Es schmeckte versöhnlich.

Wieder in ihren vier Wänden zurück, hatte sie mehr Glück. Die Mailbox war voll neuer Nachrichten, fast alle der angeschriebenen Kontaktpersonen und Agenturen zeigten sich interessiert und zu einem Treffen bereit. Noch am selben Nachmittag führte sie die ersten Gespräche. Sie hatte alle ins Café rup:rup bestellt, um durch die Anwesenheit Medinas einen zweiten Eindruck zu bekommen. Die meisten kommunizierten in einer Mischung aus Russisch und gebrochenem Englisch und entsprachen auch sonst nicht wirklich Sybilles Vorstellungen. Bis schließlich ein gewisser Talant Kubat zu ihr an den Tisch trat und ihr von der ersten Sekunde an sympathisch war. Er sah aus wie ein Ringkämpfer – klein, kompakt, mit O-Beinen –, trug dunkle Shorts und ein rotes Poloshirt und schien körperlich gut in Form zu sein.

»Guten Tag, ich bin Talant, Sie müssen Sybille sein.« Er setzte sich zu ihr unter den Sonnenschirm in den Schatten und bestellte Wasser und Kaffee. Schnell reichten sich wie in einem Reigen Fragen und Antworten die Hand und schubsten ihre Konversation zügig voran. Talant fragte eindringlich, wollte wissen, warum sie das alles überhaupt machte, welche Anhaltspunkte es gab, welche Unterlagen und Hinweise sie hatte. Sybille umgekehrt versuchte möglichst viel über seine Person, seinen Charakter, seine Stärken und Schwächen herauszubekommen – so gut sich das eben in einem ersten Gespräch machen ließ. Über die Jahre war es ihr zunehmend wichtig geworden, mit Menschen zusammenzuarbeiten, die sie mochte. Das Vorhandensein einer gewissen Sympathie war geradezu essenziell für sie, erst wenn diese stimmte, punkteten weitere Faktoren, wie fachliche Qualifikation, Erfahrung, Pünktlichkeit, Loyalität oder umfassendes Wissen – im konkreten Fall von Land und Leuten. Lag ihr hingegen ein neues Gegenüber nicht, machte sie die Schotten dicht und lehnte ein berufliches und/oder privates Miteinander ab, sofern sie die Wahl und Entscheidungsbefugnis hatte. Das war einer der Vorzüge des Älterwerdens, es gab deren ja nicht so viele, dass man sich die Personen aussuchte, mit denen man kooperieren und die kostbaren Stunden des Tages verbringen wollte. Kompromisse waren eine Sache der Jugend.

Talant Kubat war, wie sich herausstellte, im gleichen Jahr wie Samat geboren, im Gegensatz zu ihm aber ein waschechter Kirgise, der sein ganzes Leben in Kirgistan verbracht hatte. Er war im Talas aufgewachsen und blickte insgesamt auf eine glückliche Kindheit und Jugend zurück. Aber auch in späteren Jahren hatte es das Schicksal, wie sich im Verlauf des Gesprächs herausstellen sollte, immer gut mit ihm gemeint – allein bei der Wahl des Studiums etwa. Ursprünglich hatte Talant Geschichte studieren wollen, jedoch nur noch einen freien Platz in der Germanistik ergattert – einem wenig angesehenen Fachgebiet, das damals ausschließlich von Frauen belegt wurde. Doch als wenig später die Sowjetunion zerbrach und das bislang vermittelte Geschichtswissen keine Bedeutung mehr hatte, ja geradezu obsolet geworden war, erwies sich diese unfreiwillige Wahl als wahrer Glücksfall. Die Fremdsprachenkenntnisse hatten ihm von Anfang an ein sicheres Aus- und Weiterkommen beschert. Aber auch sonst war Talant Kubat mit vielen Talenten gesegnet, hatte sich – vor allem was seine berufliche Zukunft betraf – immer schon ausnehmend kreativ, wandelbar und einfallsreich gezeigt. Er schien sich mühelos, einem Chamäleon ähnlich, den jeweils vorherrschenden Rahmenbedingungen anpassen und das Beste aus ihnen herausholen zu können. Eine Zeitlang hatte er sich mit dem Backen und Verkauf von Brot über Wasser gehalten (er hatte es von einer Kommilitonin gelernt), seine schamanischen Fähigkeiten und autodidaktischen Autoreparaturkenntnisse zu Geld gemacht, ein anderes Mal war er als Ensemblemitglied mit einem chinesischen Zirkus unterwegs gewesen oder hatte ernsthaft überlegt, als Präsident zu kandidieren (er hatte den Plan aber schnell wieder verworfen, da er nicht über die nötigen finanziellen Mittel und Beziehungen verfügt hatte). Und in wieder einer anderen Lebensphase war er mit einem Journalismus-Stipendium der Stiftung Niedersachsen für drei Monate nach Deutschland gereist, hatte dort unter anderem Helmut Kohl und Gerhard Schröder getroffen und zurück in Kirgistan als Nachrichtensprecher und Journalist bei einem nationalen Radiosender sein Geld verdient. Hier hatte er schließlich auch seine Frau Elena kennengelernt, mit der er nunmehr seit zwanzig Jahren verheiratet war und drei Kinder hatte, zwei Söhne, Melis und Ishemkulov, und eine Tochter namens Machabat. Aber der Journalistenberuf sei auf Dauer nichts für ihn gewesen, wie er meinte, er habe ihn zunehmend unruhig und nervös gemacht, was natürlich auch daran gelegen haben mochte, dass zu jener Zeit die kirgisische Medienfreiheit ausschließlich auf dem Papier existiert hatte. Auch nach dem Bruch mit der Sowjetunion habe ja hierzulande strenge Zensur geherrscht und selbst jetzt hätten die ersten zwei, drei TV- oder Zeitungsmeldungen noch ausnahmslos vom (jeweiligen) Präsidenten zu handeln, wie er halbironisch anmerkte, völlig egal, ob es etwas Relevantes über ihn zu berichten gab oder nicht. Er hatte noch eine Zeitlang für einige Oppositionsblätter geschrieben, dann aber relativ schnell eine kleine Detektivkanzlei eröffnet, in der er anfangs vor allem wirtschaftliche und politische Recherchen angeboten, sich in den letzten Jahren jedoch zunehmend auf die Interessen von Privatpersonen spezialisiert hatte. Die Geschäfte seien gut gelaufen, besonders zu Bakijews Zeiten, in denen es, wie er sarkastisch feststellte, besonders viel aufzudecken gegeben habe. Sybille lauschte interessiert, auch sie hatte schon von den Eskapaden des wohl korruptesten Präsidenten der jüngeren Kirgistan-Geschichte gehört.

Sie wurden kurz von einer der rup:rup-Kellnerinnen unterbrochen, die die Wasserkaraffe auffüllte und Kaffee nachschenkte. Talant erzählte weiter. Nach einem besonders gefährlichen Einsatz, bei dem er nur mit viel Glück einigermaßen glimpflich davongekommen war, hatte er schließlich

Elena versprechen müssen, sein Büro zu schließen. Seither arbeitete er als Privatlehrer für Deutsch und Geschichte und führte ab und zu exklusivere, speziell interessierte Reisegesellschaften durchs ganze Land. Erst vor zwei Monaten war er mit einer Gruppe Wildobstexperten im Süden unterwegs gewesen, um in den verborgensten Tälern Samen und Ableger alter Bergapfel-, Wildpflaumen- und Weißdornbäume zu sammeln. Nicht ohne Stolz erklärte er, dass ein Großteil aller kultivierten Obstsorten des Abendlandes ursprünglich aus dem Tien-Shan und seinen Randgebieten stamme. Ganz glücklich sei er mit seiner Lehr- und Tourentätigkeit freilich nicht, und das sei auch der Grund, warum er sich so schnell auf ihre Anfrage hin gemeldet habe, eine gewisse Sehnsucht nach Spitzelei, Abenteuer und Adrenalin liege ihm einfach im Blut.

Ihr mehrstündiges Tête-à-Tête wurde in regelmäßigen Abständen von kurzen Telefongesprächen zerhackt – Talants zwei Mobiltelefone waren im Dauereinsatz –, aber seltsamerweise schaffte er es trotzdem, aufmerksam zu bleiben, irgendwie schienen die ständigen Auskünfte und Checkereien zu ihm zu gehören, und Sybille, die ein derartiges Verhalten sonst als grobe Unhöflichkeit empfand, sah es ihm nach. Seit sie in Bischkek Fuß gefasst hatte, war sie aus ihr unerklärlichen Gründen unkomplizierter geworden, was die hiesigen Unarten wie Lärm, Hektik, Unpünktlichkeit und Unfreundlichkeit betraf. Auch Medina gesellte sich immer wieder auf einen Sprung zu ihnen, brachte einen kleinen Teller mit frischen Erdbeeren oder Melonen und zwinkerte Sybille dabei aufmunternd zu. Als die Gesprächsflut schließlich verebbte, war es Nacht geworden. Sybille hatte ein wirklich gutes Gefühl, was Talant Kubat betraf. Sie fragte, ob er noch Zeit habe, mit in ihre Wohnung zu kommen, um einen ersten Blick auf Samats Hinterlassenschaften zu werfen, und er sagte Ja.

Wie ein Adler auf Beutefang glitt er durch die einzelnen Zimmer des Apartments, umkreiste Einrichtung und Gegenstände, öffnete, nachdem er ein rhetorisches »Darf ich?« in den Raum gestellt hatte, die eine oder andere Schublade, lobte anschließend die Fahndungstafel an der Wand und blieb schließlich vor dem vollgetürmten Tisch im Wohnzimmer stehen.

»Das ist dann wohl der Schatz«, konstatierte er und kniff dabei die Augen zusammen.

»Eher ein Berg von Fragen«, antwortete Sybille.

Talant fischte sich eine Papirossa aus der offenen Schachtel, knickte gekonnt den Filter und zündete sie an. Seine Augen funkelten. »Nun, dann nähern wir uns der Sache mal an.«

Er griff nach den Fotografien und studierte eine nach der anderen. Ein Motiv erkannte er auf Anhieb.

»Also das Grab steht auf dem Friedhof in Rotfront, einem kleinen deutschen Dorf nicht allzu weit von hier in der Nähe von Kant, da bin ich ganz sicher. Es gibt nicht viele Grabsteine mit deutschsprachigen Inschriften. Vielleicht haben Sie schon davon gehört?«

Sybille schüttelte verneinend den Kopf.

»Nun, die Deutschen, die sich hier in den 1920er-Jahren angesiedelt haben, hatten eine völlig andere Geschichte als die vielen Russlanddeutschen, die während des Zweiten Weltkriegs von Stalin zwangsangesiedelt wurden. Sie waren Anhänger des Mennonitenordens, einer protestantischen Freikirche aus Norddeutschland, die bereits im achtzehnten Jahrhundert nach Russland zogen, um der Wehrpflicht zu entgehen. Als dann aber der Zar den Militärdienst auch für sie einführte, sind einige von ihnen von der mittleren Wolga in den Talas und später dann ins Tschuj-Tal weitergezogen. Das Dorf hieß früher Bergtal, wurde 1931 aber in Rotfront umbenannt. Heute leben nur noch wenige Deutsche dort, nach dem Zerfall der Sowjetunion ist der Großteil von ihnen nach Deutschland zurück. Trotzdem ist Rotfront immer noch der Ort mit der kompaktesten deutschen Minderheit hier im Land. Vielleicht liegt Samats Großvater oder -mutter dort begraben? Wissen Sie von einer möglichen deutsch-stämmigen Vergangenheit seinerseits?«

»Leider nein. Ich weiß nur, dass seine Mutter gebürtige Österreicherin war und sein Vater Kirgise.«

»Übrigens wächst dort jede Menge wilder Hanf«, erzählte er und holte dabei den versteckten Vorrat aus dem Schrank – er war ihm nicht entgangen. »Wie ich sehe, sind Sie ein Fan?«, grinste er und zeigte auf das kleine Paket. Revolver und Tierfallen kommentierte er nicht, vielleicht gehörten sie für ihn zur normalen kirgisischen Realität. »Die anderen Fotografien würde ich gerne mitnehmen, das könnte ein bisschen dauern, aber auch hier ist wohl eine gewisse ver-wandtschaftliche Nähe anzunehmen. Ist das ein Bild seiner Frau und seines Sohnes?«, fragte er und drehte es um.

»Laut Beschriftung, ja«, antwortete Sybille.

»Das sind ja mal zwei interessante Namen«, fuhr er fort, »Ak Möör und Beshkempir – kennen Sie die Geschichten dazu?«

»Ich fürchte, nein«, genierte sich Sybille für ihre Unwissenheit.

»Beginnen wir mit Ak Möör«, er überlegte kurz, »es ist eine Art Liebestragödie, eine überlieferte Legende aus der Zeit um 1850 – 1880, in der sich ein alter Khan namens Jantai in das sehr junge Mädchen Ak Möör verliebte. Sie war wunderschön, kam wie alle schönen Frauen hier vom Song-kul«, er zwinkerte verschmitzt, »und ihre Eltern arrangierten ein scheinbar zufälliges Treffen zwischen den beiden. Ak Möör badete nackt in einem Fluss, als der Khan des Weges geritten kam und angesichts ihrer unglaublichen Schönheit ihr sofort verfiel. Sie kam tatsächlich als seine dritte Frau zu ihm an den Hof, allerdings recht unglücklich, denn in Wahrheit hatte sie ihr Herz bereits einem anderen geschenkt. Aber Ak Möör war nicht nur gut aussehend, sondern auch klug, und so ersann sie eine List und schleuste ihren Geliebten Bolot als Pferdehirte am Hof ihres Gebieters ein. Doch der Schwindel flog auf und die Geschichte endete grausam und tragisch: Bolot wurde entmannt und zum Mankurt gemacht, kurz danach starb der Khan und wenig später auch das Mädchen.

»Was bedeutet Mankurt?«, erkundigte sich Sybille.

»Bolots Kopf wurde in einen unmenschlich engen Helm aus Wolle und Leder gesteckt, sodass seine Haare nach innen wuchsen, bis ins Gehirn, und er vollkommen wahnsinnig wurde. Es gibt viele verschiedene Versionen von diesem historischen Ereignis – Theaterstücke, Märchen, Filme –, in einem aktuelleren Streifen leiht die berühmte Schauspielerin Tattybübü Tursunbaeva Ak Möör ihr Gesicht. Auch sie wurde nur fünfunddreißig Jahre alt und war, wie man sich erzählt, in ihrem echten Lieben und Leben mindestens so unglücklich wie die Filmfigur. Vielleicht sehen Sie sich ihn bei Gelegenheit einmal an?«

»Ich weiß nicht«, sagte Sybille, »mir ist momentan eher nach Zukunftsoptimismus als nach Weltuntergangstragödie. Ich weiß ja, dass Namen hier eine große Bedeutung zukommt, aber Ak Möör möchte ich bestimmt nicht heißen. Doch da wir schon dabei sind, was hat es mit Beshkempir auf sich?«

»Beshkempir bedeutet wortwörtlich übersetzt ›fünf alte Jungfrauen‹, aber seit der kirgisische Regisseur Aktan Abdykalykow im Jahr 1998 den gleichnamigen Kinofilm herausgebracht hat *(Beshkempir – The adopted sun)*, steht der Name auch für einen adoptierten Jungen, der mehr als einmal schlecht und ungerecht behandelt wird. Adoption und Waisenhäuser sind in Kirgistan ja quasi inexistent, eigentlich ist es schlicht unmöglich, in diesem Land ohne Familie aufzuwachsen, Familie bedeutet alles für uns. Es ist ein sehr schöner, bewegender Film, aber«, er lachte, »wohl auch nichts für Ihre momentane Stimmungslage. Wissen Sie, ob Ihr Beshkempir nach 1998 geboren wurde? Vielleicht ist die Namensgleichheit aber auch reiner Zufall.« Talant war ein wenig abgeschweift, doch Sybille versuchte jedes seiner Worte aufzunehmen und fokussiert zu bleiben. Er steckte den Umschlag mit den Fotografien ein und versprach, alles über die beiden in Erfahrung zu bringen. Talant selbst wurde, wie Sybille befand, schon jetzt seinem Namen gerecht, der für »Talent« stand. Ja, er hatte Talent. Und er wusste eine Menge über sein Land, was ihr nur von Nutzen sein konnte. Als Nächstes erweckte die Schatulle mit den bunten Bändern sein Interesse.

»Und wie es ausschaut, ist Ihr Freund abergläubisch. Solche Bänder werden hierzulande mit Wünschen versehen und an Wacholderbüschen und Pilgerstätten befestigt.« Talant strich sich über seinen nicht vorhandenen Bart. »Samat muss sich entweder ganz fest etwas gewünscht oder aber an etwas geglaubt haben. Haben Sie dazu vielleicht eine Idee?«

»Oh ja«, antwortete Sybille, erfreut, auch etwas zum Gespräch beizutragen. »Er war, soviel ich weiß, ein großer Fan von diesem kirgisischen Ausnahme-Recken aus dem neunzehnten Jahrhundert, wie hieß der noch mal, genau!,

Koshomkul, und auch Juri Gagarin hat er sehr verehrt. Und was er sich gewünscht hat? Ich denke, dass das Projekt, an dem er schon sein halbes Leben lang arbeitet, Erfolg hat und zur Entfaltung kommt«, sie stockte kurz, überlegte, ob sie ihm mehr von psukh erzählen sollte, entschied sich aber genau wie schon zuvor im Café rup:rup dagegen, »und natürlich, dass ich komme, um ihn zu suchen«, schäkerte sie.

»Wie Sie sehen, zeigen die Bänder bereits Wirkung, immerhin sind Sie ja schon einmal hier«, lachte nun auch Talant. »Im gleichnamigen Ort Koshomkul lebt oder lebte doch auch seine Familie, richtig? Haben Sie nicht erwähnt, dass Samat drei Halbgeschwister hatte? Da sollten wir auf jeden Fall hin, denn nach kirgisischer Tradition müsste der jüngste Sohn nach dem Tod der Eltern eigentlich das Haus übernommen haben. Und einen Abstecher nach Rotfront machen wir auf dem Weg auch gleich. Mit Koshomkul selbst kann ich leider nicht dienen – wie Sie richtig angemerkt haben, ist er längst gestorben –, aber ich kenne den stärksten Mann Kirgistans – Nursultan Alischerov, Spitzname Taschtschainar. Er kann ein ganzes Flugzeug mit seinen Zähnen durch die Gegend ziehen und wurde sogar einmal von Dieter Bohlen für diese deutsche Talentshow Super-irgendwas angefragt.«

»*Deutschland sucht den Superstar?*«, korrigierte ihn Sybille und schmunzelte. Es konnte so falsch nicht sein, bei dieser Mission einen an der Seite zu haben, der den stärksten Mann der Nation zum Freund hatte. Talant plauderte wie ein Wasserfall – sie mochte die Mischung aus Wissen, Ernsthaftigkeit und Humor, die ihr zukünftiger Wegbegleiter an den Tag legte.

»Sie wissen schon, dass eine Statue des großen Koshomkul gleich bei Ihnen um die Ecke steht? Also in der

Togolok Moldo uliza, gleich gegenüber dem Sportplatz?«, fragte er. Sybille wusste es nicht. Ein Koshomkul-Denkmal? Ein Sportplatz? Und beides ganz in ihrer Nähe, das war großartig.

»Da spaziere ich ganz sicher bei nächster Gelegenheit vorbei und wünsche mir etwas. Dreimal dürfen Sie raten, was. Und der Sportplatz, glauben Sie, ich kann da auch meine Runden drehen? Ich bin ein wenig aus der Form und in der Wohnung ist es mir immer zu stickig, um zu trainieren.«

»Am besten, Sie fragen nicht lange, gehen einfach rein und laufen los. Ich denke nicht, dass Sie jemand ansprechen oder des Platzes verweisen wird. Aber übertreiben Sie es nicht, in einem Hochgebirgsland wie Kirgistan klopft das Herz schon einmal ein wenig schneller als sonst.« Sybille beschloss, gleich am nächsten Tag ihr Glück zu versuchen und beiden Abenteuern nachzukommen.

»Darf ich ein ›Step‹ haben?«, unterbrach Talant ihre Gedanken, »ich brauche etwas Süßes und wenn Sie schon meine Lieblingsschokolade hier haben …«

»Aber gern«, antwortete Sybille, öffnete die Verpackung und hielt sie ihm hin. Auch sie kostete eins der klebrigen Dinger und musste zugeben, dass sie ganz hervorragend schmeckten. »Die nehmen Sie am besten alle mit«, bat sie ihn, »sonst esse ich sie in einem Anfall von Heißhunger oder Frust auf einen Sitz auf.« Sie hatte soeben definitiv ihre neuen Lieblingssweets entdeckt.

»Was ist das?«, fragte er mit vollem Mund und hielt ihr die Darth-Vader-Figur unter die Nase.

»Ein Speicherstick. Ich habe die Daten darauf bereits durchgesehen, aber werde nicht schlau aus ihnen. Es handelt sich um die Forschungsarbeit von Samat, von der ich kurz erzählt habe. Irgendetwas mit Schmetterlingen und Metamorphose.« Sie hielt sich bewusst kurz und schob beiläufig das Forschungstagebuch beiseite. Auch von den Bonsai-Trojanern im Zoologischen Museum erzählte sie erst einmal nichts – sie hatte Samats Warnung noch deutlich vor Augen.

»Und das hier?«, er zeigte auf die gerahmten Schmetterlingsexponate.

»Wohl auch Teil seiner Arbeit, wobei ich Ihnen dankbar wäre, wenn Sie die Urheber der handgeschriebenen Zeilen eruieren könnten. Mir sagen die Kürzel leider nichts.« Pflichtbewusst notierte er sich die verschiedenen Initialen in ein Notizbüchlein: kim k, NH, HCS, RTE … »Ich werde sehen, was ich tun kann.« Beim goldenen Ring angelangt fragte Sybille: »Können Sie mir sagen, was hier eingraviert ist?« Talant drehte das Schmuckstück zwischen den Fingern hin und her.

»Ja, da steht *per aspera ad astra* in kyrillischen Buchstaben, aber was es zu bedeuten hat, weiß ich leider nicht.«

»*Per aspera ad astra*«, wiederholte sie, »durch das Raue zu den Sternen – das ist eine lateinische Redewendung. Sybille seufzte tief, »ich sollte mir den Ring am besten gleich anstecken, so verloren, wie ich mich fühle! Können Sie vielleicht herausfinden, wer die Gravur in Auftrag gegeben hat, bestimmt gibt es nicht allzu viele Exemplare davon.«

»Wenn das in Bischkek gemacht wurde, ganz sicher.« Danach begutachtete er noch die Flüssigkeiten und Tinkturen in den Flaschen und Tiegelchen und die sonstigen Präparationsutensilien. »Mit der Schmetterlingsthematik muss ich mich erst noch vertraut machen, mich ein wenig einlesen. Wenn Samat Vögel oder Pflanzen gesammelt hätte, wäre es einfacher, vor zwei Jahren war ich mit einer Gruppe europäischer Ornithologen im Land unterwegs – wir haben nach

Schwarzstörchen, Ibisschnäbeln, Tien-Shan-Laubsängern, Himalaya-Braunellen und seltenen Geierarten Ausschau gehalten und sie haben mir am Ende der Reise ein Buch geschenkt: *Birds of Central Asia*, sogar mit den deutschen Übersetzungen darin. Und von dem Trip mit den Obstexperten habe ich Ihnen ja schon am Nachmittag erzählt. Sagen Sie, wäre es unverschämt, nach einem Drink zu fragen? Es ist spät, mir wäre danach.«

»Überhaupt nicht, ich fürchte nur, ich kann Ihnen lediglich diesen Bailoni Bitter anbieten, etwas anderes habe ich nicht im Haus.«

»Das klingt doch hervorragend«, sagte er und auch Sybille goss sich ein Gläschen ein. Auf dem Weg in die Küche waren ihm Samats Handy, sein Schlüsselbund und seine Geldbörse samt Dokumenten und Kreditkarten aufgefallen, auch ein paar tausend Som in bar waren darin. Sybille hatte den Gebrauchsgegenständen bislang keine Bedeutung beigemessen.

»Wer geht weg und lässt dabei Telefon und Brieftasche zurück?«, wunderte sich Talant. »Könnte es sein, dass er gar nicht freiwillig gegangen ist, sondern entführt wurde?« Sybille dachte nach. Samats letzte Briefe vermittelten ihr nicht diesen Eindruck, aber natürlich war es eine Möglichkeit.

»An diese Variante habe ich noch gar nicht gedacht«, sagte sie. »Ich bin nicht sicher, aber ich glaube eigentlich nicht, dass er gekidnappt wurde.« Sie prosteten sich zu. Obwohl es bereits spät war und Talants Handys immer häufiger blinkten und schepperten (Sybille tippte auf seine Frau, die bestimmt wissen wollte, wo ihr Mann so lange abblieb), wurden auch die restlichen Stücke von ihm genauestens inspiziert und mit Kommentaren und Mutmaßungen bedacht. Das *Manas-Epos* (»Natürlich habe ich das gelesen, mehrmals sogar, ich bezweifle aber, dass es uns hier weiterhelfen kann.«), der Countdownanzeiger (»Heißt das, dass uns genau zweiundachtzig Tage bleiben, um Ihren Freund zu finden?«) und schließlich der faustgroße, seltsam geformte Gesteinsklumpen, der an manchen Stellen metallen schimmerte. Talant wog ihn in seiner Hand, rieb an der unregelmäßigen Oberfläche und versuchte an einer Stelle mit seinem Autoschlüssel die Verkrustungen abzukratzen. Er stutzte, blickte zu Sybille und wieder zurück auf den Stein, begutachtete ihn erneut, hielt ihn ganz nah an die Glühbirne des Lampenschirms und holte schließlich tief Luft: »Sie wissen schon, was das hier mit ziemlicher Sicherheit ist?«, fragte er und zum ersten Mal lag echte Spannung in seiner Stimme. Sybille hatte keine Idee, griff ihrerseits nach dem Brocken und zuckte mit den Schultern.

»Altin, das hier ist Altin!«, zischte er aufgeregt mit hochrotem Kopf.

»Eine seltene Gesteinsart?«, fragte Sybille ahnungslos weiter.

»Das kann man wohl sagen. Was Sie da in der Hand halten, ist entweder eine kupferhaltige Gesteinsschlacke oder aber es ist, was ich eher denke, echtes Gold. Der Klumpen wiegt bestimmt ein Kilogramm, wenn nicht mehr, und ist ein Vermögen wert. So etwas habe ich noch nie gesehen, das ist wirklich unglaublich.« Sybille konnte es ebenfalls nicht fassen. »Der Goldfund!«, schoss es ihr plötzlich ein. Tatsächlich hatte Samat davon berichtet, einmal durch Zufall in einer Höhle auf einen Schatz gestoßen zu sein.

»Wie kommt Ihr Freund bloß an so viel Gold? Ich weiß zwar, dass Kirgistan über eins der größten Goldvorkommen der Welt verfügt, jenes in Kumtor, wo auf 4.000 Metern Höhe um die 2.500 Minenarbeiter unter den widrigsten Umständen mit der Bergung des Edelmetalls beschäftigt sind – bis zu zwanzig Tonnen jährlich werden dort abgebaut. Bestimmt haben Sie schon davon gehört – immer mal wieder wird von den schwelenden Konflikten um die Kontrolle und Besitzverhältnisse der »Goldgrube« berichtet, die derzeit zu fast siebzig Prozent vom kanadischen Bergbaukonzern Centerra gehalten wird. Das haben wir dem korrupten Sohn des ebenso korrupten Ex-Präsidenten Bakijew zu verdanken, der noch vor dessen Sturz im Jahr 2010 die zwielichtigen Verträge ausgehandelt hat. Seither versucht die Regierung, die Mehrheitsrechte wieder zurückzuverhandeln, mit mäßigem Erfolg. Ich persönlich finde ja, man sollte Kumtor überhaupt verstaatlichen. Aber das ist freilich eine andere Geschichte. Jedenfalls wird das gesamte Gebiet großflächig und strengstens bewacht, da liegen nicht einfach so ein paar Goldbrocken herum.«

»Ich erinnere mich, dass Samat mir in einem seiner Briefe tatsächlich von einem unglaublichen Goldfund in dieser Gegend berichtet hat, allerdings lag das Versteck in einer Höhle, die er für seine Schmetterlingsexperimente zu einer Forschungseinrichtung umfunktioniert hat«, erzählte sie. Sie blickten beide automatisch auf die Landkarte, und tatsächlich war auch Kumtor mit einem roten Kreuz markiert.

»Vielleicht ja doch eine weitere Spur?«, überlegte Talant laut.

»Ich weiß nicht. Ich glaube eigentlich nicht, zumindest hat er diesbezüglich keine Andeutungen gemacht, aber natürlich könnten Sie richtig liegen.« Sie holte eine Küchenwaage aus einem der Hängeschränke und wog den Stein. Er hatte exakt anderthalb Kilogramm, dasselbe Gewicht, mit dem Daniil Charms in einer Geschichte aus *Zwischenfälle* das Ungleichgewicht der Welt berechnet hatte: *Kriegen Sie keinen Schreck, Jekaterina Petrowna, und machen Sie sich keine Gedanken.*

Aber es gibt auf der Welt kein Gleichgewicht. Der Fehler beträgt aufs ganze Universum bezogen knapp anderthalb Kilogramm, und doch ist es erstaunlich, Jekaterina Petrowna, ganz erstaunlich. Ja, in der Tat, die ganze Sache war erstaunlich. Und im Gleichgewicht war hier schon lange nichts mehr.

»Wie es aussieht, brauche ich mir über meine Bezahlung keine Gedanken zu machen«, scherzte Talant, als er sich wieder gefasst hatte. »Ich muss jetzt aber wirklich nach Hause!« Dann machte er noch ein Handyfoto von der Landkarte, steckte seine Notizen zu den Fotos in die Jackentasche und meinte: »Ich melde mich morgen oder übermorgen bei Ihnen, wenn es Ihnen recht ist. Bestimmt habe ich dann schon das eine oder andere in Erfahrung gebracht.«

»Ja, gerne«, erwiderte Sybille. »Dann können wir vielleicht auch gleich das Datum unserer Erkundungstour festlegen. Ach ja, und bitte überlegen Sie sich einen Tagessatz, der für Sie passt.«

»Das machen wir schon«, winkte Talant ab.

»Ich suche Ihnen in den nächsten Tagen auch noch ein paar von Samats Briefen heraus, die zu unseren heutigen Gesprächen, Assoziationen und Überlegungen passen. Den einen oder anderen möchte ich selbst noch einmal in Ruhe lesen.« Talant war einverstanden. Als Sybille die Tür hinter ihm schloss, war sie nicht unzufrieden. Offensichtlich hieß es für sie schon bald, auf Reisen zu gehen. Am liebsten hätte sie sich betrunken, den goldenen Ring angesteckt und im Garten die Dill- und Kerbelsamen ausgestreut, aber die Bailoni-Flasche war leer und die kurz aufkeimende Euphorie auch schnell einer bleiernen Müdigkeit gewichen. »Was für ein Tag«, dachte sie und »Was für ein Glück, auf Talant gestoßen zu sein«, dachte sie. Und dann ließ sie die letzten Stunden im Geiste noch einmal Revue passieren. Sie hatten über Gott weiß was geplaudert, waren ausgehend von Samats Hinterlassenschaften mehr als einmal vom Hundertsten ins Tausendste gekommen: So hatte sein Großvater väterlicherseits einmal mit bloßen Händen einen Wolf erlegt, der mütterlicherseits sich minderjährig in den Kriegsdienst gelogen – eine amüsante Anekdote, die davon handelte, wie ein Fünfzehnjähriger unbedingt sein Land verteidigen wollte und dafür bei den russischen Behörden vorstellig wurde. Das einzige Wort, das er in der Sowjetsprache beherrschte und das er sich eigens für dieses Unterfangen angeeignet hatte, lautete »semnadzat«, siebzehn, womit er seine Alterstauglichkeit zum Ausdruck bringen wollte. Jedoch dürfte die Fragestellung eine andere gewesen sein, denn als er dem Offizier auf diese Weise geantwortet hatte, trug dieser 1917 in den Pass ein, womit Talants Großvater sich nicht wie beabsichtigt zwei Jahre älter gemacht hatte, sondern gleich vierundzwanzig Jahre alt geworden war. So oder so hatte er sein Ziel erreicht.

Das Gespür dafür, ein glückliches Händchen an den Tag zu legen, ersprießliche Entscheidungen zu treffen, zur rechten Zeit am rechten Ort zu sein, schien in Talants gesamter Familie verankert zu sein. Sybille war wirklich beeindruckt vom bewegten Leben und den vielen Facetten ihres neuen Wegbegleiters. Er zeigte sich offen und weltmännisch, wenn er von Politik und Wirtschaft sprach, konservativ und engstirnig, wenn es um Homosexualität, Gleichberechtigung und sonstige gesellschaftspolitische Tendenzen ging, und ausnahmslos kompromisslos, wenn er von seiner Familie, seiner Heimat, seinen Werten erzählte. Mit Talant hatte Sybille einen fähigen Detektiv, Journalisten, Lehrer, Hobbyornithologen und -pflanzenkundler, Politologen, Automechaniker, Brotbäcker, Koch und

Reiseleiter in einer Person an der Seite. Und dann waren da auch noch Medina und Elaine, um das Spionage-Kleeblatt komplett zu machen.

All das klang wirklich perfekt, beinahe zu schön, um wahr zu sein. Und das war es auch nicht. *There is a crack in everything. That's how the light gets in*, sang schon Leonard Cohen in weiser Voraussicht. Und auch in diesem Fall hatte das Gebäude, das Talant Kubat von sich entworfen hatte, einige Risse und Sprünge, die nicht nur Licht hindurchblitzen ließen, sondern auch sehr dunkle Schatten warfen. Der sympathische Kirgise hatte Sybille an diesem Tag nur einen Bruchteil der Wahrheit erzählt, nicht Weniges war gelogen oder, wenn es nicht gelogen war, so hätte doch das, was er ihr verschwieg, treffender Aufschluss über ihn gegeben. Er war gar nicht auf Elaines Liste gestanden, hatte sich vielmehr selbst unter die potenziellen Kandidaten geschlichen, sich selbst beauftragt, präziser gesagt, sich beauftragen lassen, von gleich drei anderen, die ihrerseits unterschiedliche Gründe und großes Interesse daran hatten, Sybille entweder unter Kontrolle zu halten, ihre Schritte zu überwachen, ihr gegebenenfalls ein bisschen Angst einzujagen, um eine zu groß werdende Neugier einzudämmen, oder darauf zu schauen, dass sie in den Tagen des Countdowns nicht ernsthaft in Gefahr geriet, zumindest nicht, bevor sie das Ziel erreicht hatte. Nicht einmal der umtriebigen, umfassend informierten, wachsamen Medina war der Irrtum aufgefallen. Zu gut, dass Sybille das zu diesem Zeitpunkt nicht wusste. Es wäre gar zu niederschmetternd gewesen.

Berg der Wunder.

Um sieben Uhr früh stand Sybille vor dem Sportareal und hatte nach mehrmaligem Umrunden schließlich einen offenen Eingang gefunden. Es war bereits heiß, aber noch einigermaßen auszuhalten, und sie, von dem Treffen mit Talant immer noch positiv aufgeladen, startete gemeinsam mit anderen – meist sehr jungen oder sehr alten Männern – in die erste Runde. Sie lief. Mitten in Bischkek. Und es war unbeschreiblich. Die halbe Bahn lag noch im Schatten und immer wenn sie diesen erreichte, genoss sie die Kühle und tankte Energie für das bevorstehende Halboval in der Sonne, das sie mit einem Blick auf die schneebedeckten Gipfel in der Ferne belohnte. Die gelben und blauen Plastiksitze der Sektionen 12–15 leuchteten. Als Sybille das erste Mal auf die Uhr schaute, weil sie außer Atem war, waren erst fünfundzwanzig Minuten vergangen, sie hatte kein Wasser dabei und war außerdem aus der Übung. Sie beschloss, die sportliche Premiere damit gut sein zu lassen, dehnte und streckte sich noch ein wenig und beobachtete die anderen Recken, die im Gegensatz zu ihr eher nach Profisportlern als Hobbyathleten aussahen. Auf dem Sportplatz herrschte reges Treiben: Hürdenläufer, Stabhochspringer, Kurzstreckenläufer, Speerwerfer, dazwischen eine in die Jahre gekommene Matrone, die in strenger Geschäftigkeit zwei Jungs in Tennis unterrichtete – bestimmt war sie in ihren Glanzzeiten eine berühmte Spielerin gewesen. Durch die Lautsprecher schallten immer wieder russische Durchsagen und Kommentare, die von einer mitreißenden Stimme zum Besten gegeben wurden. Ein paar der älteren Semester, die am Rand der Laufbahn Klimmzüge und Liegestütze absolvierten, warfen ihr neugierige Blicke zu, zwei junge Mädchen tuschelten miteinander, ein anderer, der barfuß mit den Sandalen in der Hand seine Runden zog, stoppte kurz und rief etwas in ihre Richtung, ließ aber, nachdem sie unsicher geradeaus starrte, wieder von ihr ab und rannte weiter. Sie zwang sich schließlich doch noch zu vier weiteren Runden und als sie nach einer dreiviertel Stunde aus dem Stadion schritt, entdeckte sie einen kleinen Zettel am Ausgang, auf dem unter anderem 6.00–21.00 und 1.000 Som geschrieben stand – vielleicht die Öffnungszeiten und der Eintrittspreis? Wie auch immer, sie würde wiederkommen, das Laufen tat ihr gut, sie hatte fast schon vergessen wie sehr. Sybille war stolz auf sich. In der Fremde wogen bereits kleinste Erfolge so viel mehr als die täglichen Niederlagen – zu Hause war es umgekehrt gewesen. Aber hier ging man ja quasi vom Scheitern aus und wenn dann etwas klappte, stellte sich unmittelbar Erleichterung ein. Auf diese Weise angespornt entschied sie, auch noch das Koshomkul-Denkmal aufzusuchen, das sich laut Talant ganz in der Nähe befand, sie wollte ihm endlich in sein steinernes Antlitz blicken, dem Aberglaubenhelden, dem Wunschbandbehängten, dem Hoffnungszauberer. Nach wenigen Minuten traf sie auf den Koloss, der es sich im Schatten hochgewachsener Bäume gemütlich gemacht hatte, ein Pferd auf dem Rücken, eine überdimensionale Gürtelschnalle mit Tigerkopf um die Lenden. Im mannshohen Sockel war ein Handabdruck eingelassen.

Sybille beobachtete einen alten Weißbart, der gerade Halt machte, seine rechte Hand in den Abdruck legte und zu beten schien oder zu wünschen oder beides, was machte das auch für einen Unterschied. Ihr Wissenschaftlerinnenhirn, das seit jeher auf Ratio und Vernunft ausgerichtet war, stand ihr zeitweise immer noch im Weg. Aber musste das auch so bleiben? Vielleicht galt es, sich zum Wünschen und Glauben zu zwingen? Vielleicht könnte auch sie eines Tages ihre Hand in die seine legen, ihm eins der Bänder aus Samats Schatulle umlegen und ihre Fragen, Sorgen, Wünsche, Sehnsüchte und Hoffnungen mit dem Wind davonflattern lassen. Wer in einem abergläubischen Land wie Kirgistan nicht ans Aber glaubte, war selbst schuld, da musste man die Wissenschaft doch getrost einmal für ein paar Minuten vergessen können. Sybille beschloss, dem Irrationalen eine Chance zu geben, nahm ihren ganzen Mut zusammen und tat es dem Alten gleich, der ihre Handlung aus den Augenwinkeln heraus beobachtete und ihr aufmunternd zuzwinkerte. Er schien ihr High five mit Koshomkul zu goutieren. Ob sie es wirklich ernst meinte, wusste sie selbst nicht zu sagen.

Auf dem Heimweg kaufte sie eine Flasche Wasser. In ihrer Straße fiel ihr immer wieder etwas Neues auf: Es gab sowohl Autos, die das Lenkrad rechts, als auch solche, die es auf der linken Seite hatten – Modelle aus Deutschland und Großbritannien, wie sie während der Umbruchs-jahre zu Hunderten hierherüberstellt worden waren. Auch Samat hatte einmal in einem Brief davon erzählt: Sogar schon in den Jahren 1989–1991, kurz nach der Wende, als Helmut Kohl an die 300.000 Russlanddeutsche zurück in ihre Heimat geholt hatte, wurden Verwandtschaftsbesuche aus den Noch-Sowjetstaaten oft dazu genützt, um bei der Rückkehr Autos mitzunehmen. Doch richtig professionell wurde das Business erst Anfang der Nullerjahre aufgezogen, als es beispielsweise spezielle One-Way-Tickets von Almaty nach Frankfurt für dreihundertfünfzig US-Dollar gab – ein Sonderangebot der Lufthansa und obendrein eine kreative Form der Subventionierung, denn die Deutschen waren froh, die »Schrott«-Wagen außer Landes zu bekommen, und die Kirgisen und Konsorten glücklich über die soliden westlichen Fahrzeuge. Bis dahin gab es in Kirgistan ja nur russische Ungetüme – günstige Saporoshez für 1.500–2.000 Rubel, die im Volksmund auch »Invalidenautos« genannt wurden, weil sie beeinträchtigte Personen vom Staat geschenkt bekamen, Moskwitsch für etwa 5.000 Rubel, Lada und Lada niva – wer so einen fuhr genoss Prestige – für etwa 7.500 Rubel oder für damalige Verhältnisse echte Luxusschlitten wie Wolga für 10.000 Rubel.

Zweimal war Samat auf diese Art nach Deutschland gereist und mit Hilfe eines ausgeklügelten Systems gleich mit vier Wagen zurück nach Kirgistan gekommen. Er selbst hatte dann ein großes Ladefahrzeug samt Sprinter obendrauf gelenkt und an einer fixen Vorrichtung einen weiteren Kleinbus mit den Pkws im Inneren hinterhergezogen. Normalerweise ließ sich die gut 7.000 Kilometer lange Strecke in zwei Wochen bewerkstelligen, aber wenn der Hut brannte, hatte er sie auch schon mal schlaflos in sieben Tagen geschafft. Sybille war einigermaßen verwundert, dass sie diese Details behalten hatte – sie selbst interessierte sich nicht für Autos oder Automarken –, aber das mehrmalige Studieren von Samats Briefen schien Spuren hinterlassen zu haben. Sie registrierte eine öffentliche Freiluft-Waschstraße, in der flinke Bubenhände Windschutzscheiben und Felgen blank putzten, eine Erste-Hilfe-Rettungsstation mit einem alten Krankentransportwagen vor dem Eingang, das prunkvolle Plaza Hotel mitten im Staub, das wie ein Fremdkörper aus dem Boden ragte. Den Gegensatz von Reich und Arm gab es überall auf der Welt, auch hier, in ihrer Straße. Verschwitzt zu Hause angekommen fand sie eine Nachricht von Mareike an der Wohnungstür – Medina sei hier gewesen und bitte dringend um ein Gespräch – und beim Betreten des

Apartments hörte sie auch schon deren Rufe durchs offene Wohnzimmerfenster schallen: »Sybille? Hallo? Sind Sie da?« Sie blickte in den Hof hinunter und rief »Guten Morgen« zurück.

»Es tut mir leid, dass ich Sie schon so früh belästige, aber ich habe heute tagsüber frei und wollte fragen, ob Sie nicht Lust haben, mich zum Keremettüü Too zu begleiten?«

»Wohin?«, fragte Sybille nach.

»Zum Berg der Wunder, Sie wissen schon, Steine schleppen.« Sie lachte.

»Ja gut, machen wir das. Ich habe Ihnen ohnehin ganz viel zu erzählen – ich sage nur Gras, Revolver, Bonsaibaum, Gold«, antwortete sie aufgekratzt, »aber jetzt springe ich noch schnell unter die Dusche. In zwanzig Minuten bin ich bei Ihnen.«

In ein paar Tagen würde sie auf Reisen sein, insofern passte ihr der spontane Ausflug gut ins Programm. Als sie halbnackt im Badezimmer stand, läutete das Telefon. Sie brauchte zwölf Klingeltöne, bis sie ihr neues Handy als Tonquelle ausmachte – Elaine hatte es ihr erst vor Kurzem gemeinsam mit einer lokalen Wertkarte besorgt, sie wusste noch nicht einmal ihre Nummer auswendig. Es war Talant, der am anderen Ende der Leitung ungeduldig »(H)allo, (h)allo« in den Hörer brüllte. Er war fleißig gewesen und konnte mit den ersten Ergebnissen aufwarten – vor allem über Samats Familie hatte er einiges herausgefunden: Samats Vater Jamanbai und seine Stiefmutter Nasgül und seine Großeltern Tschingis und Frieda seien bedauerlicherweise bereits verstorben (Samats Großmutter hatte tatsächlich deutsche Wurzeln gehabt und lag bei ihrer Familie auf dem Friedhof in Rotfront begraben), aber seine drei Halbgeschwister lebten noch. Askar, der jüngere der beiden Brüder, war vor ein paar Jahren in die USA gezogen, aber Tilek und Altinai wohnten noch im ehemaligen Elternhaus in Koshomkul. Eine Adresse gebe es zwar wie so oft nicht, aber das Örtchen sei, wie er meinte, nicht allzu groß, und sie würden sich bestimmt durchfragen können. Auch Samats Ex-Frau Ak Möör hatte er ausfindig machen können (ein Cousin seiner Frau Elena aus Batken hatte ihm dabei geholfen) – ob Beshkempir ebenfalls bei ihr wohne, wisse er zum jetzigen Zeitpunkt nicht, aber auch das würden sie, so versicherte er, am einfachsten vor Ort eruieren können. Nachforschungen in Batken ließen sich von Bischkek aus generell nur schwer realisieren – kaum einen Bischkeker verschlug es jemals freiwillig in den entlegensten Winkel des Landes. Auch zwei der Widmungen auf den Schmetterlingsexponaten hatte er entziffern können, eine davon mit Hilfe einer koreanischen Bekannten: »Ich habe schon zuvor nicht existiert. Jetzt existiere ich noch weniger. Ein Wunder! Gratulation! KJU«, die zweite, indem er den Text einfach durch einen Online-Translator hatte laufen lassen, worauf sie eigentlich auch selbst hätte kommen können, wie sie in dem Moment kleinlaut dachte: »Werte Herren Petschkin, Nikitin und Jamanbai uulu, ein genialer Coup! Herzlichen Dank! RTE.«

Was die schrägen Botschaften allerdings bedeuten sollten und wer dahintersteckte, wusste er nicht zu sagen. Sie notierte die wichtigsten Eckdaten auf der Kartonverpackung ihres Haarshampoos, zog einen Bademantel über, watschelte in die Küche und zündete sich vor Aufregung eine Zigarette an. Talant schlug vor, in zwei, drei Tagen aufzubrechen, und Sybille, die es kaum mehr erwarten konnte, stimmte zu. Er habe vorerst einundzwanzig Tage für ihre Reise einkalkuliert, da er danach wichtige Termine in der Hauptstadt wahrnehmen müsse, aber gegebenenfalls könnten sie im darauffolgenden Monat ein zweites Mal losstarten. Sybille war froh, dass Talant die gesamte Planung und Organisation übernommen hatte, und signalisierte ihm absolute Gestaltungsfreiheit. Zu guter Letzt instruierte er sie noch, was sie alles einpacken sollte, und versprach seinerseits für Zelte, Schlafsäcke, warme Jacken und Proviant zu sorgen. Nachdem sie aufgelegt hatten, klopfte Sybilles Herz fast so schnell wie eben auf der Sportbahn. »Es geht los!«, summte sie vergnügt vor sich hin und stieg erneut in die Badewanne, um sich den getrockneten Schaum abzuwaschen – »Ich komme, Samat, ich komme.« Und dann grinste sie von einem Ohr zum anderen, weil ihr erneut Medinas indische Obstübung in den Sinn kam, die – genau wie ihre Reise – einundzwanzig Tage dauerte, vielleicht schaffte ja auch sie es in dieser Zeit, ihr Ziel herbeizuvisualisieren: Samat. Beschwingt und voller Tatendrang hüpfte sie in ihre Klamotten, musterte kurz ihr Spiegelbild und mochte, was sie sah: eine Sybille, die strahlte, die sich langsam wohlfühlte in ihrer Haut, die Lieblingssüßigkeiten für sich entdeckte, Freundschaften schloss, kurzum, eine Sybille, die nicht mehr traurig war. Sich des Öfteren im Spiegel zu betrachten war generell eine gute Idee – nicht aus narzisstischer Selbstbefriedigung, sondern einfach, um sich mal kurz Hallo zu sagen, denn es war keine Selbstverständlichkeit, dass man sich jeden Tag aufs Neue wiedersah. Abgesehen davon lauerte *hinter den Spiegeln* für gewöhnlich eine Flut an Abenteuern, Weisheiten und Unglaublichkeiten, die man sich, glaubte man einer gewissen Alice (Pleasance) Liddell, auf keinen Fall entgehen lassen durfte.

»Na, wie war es gestern noch mit Ihrem neuen Reiseführerdetektiv?«, fragte Medina, die schon zappelig bei Kaffee und Wasser auf sie gewartet hatte.

»Vielversprechend, in spätestens drei Tagen wollen wir los. Ich mag ihn und er scheint sich hier ziemlich gut auszukennen.

Selbst gestern hat er schon ein paar kleinere Rätsel lösen können. Danke übrigens für den Tipp.«

»Oh, der kam nicht von mir. Ich kenne den Mann zwar vom Sehen, doch ich habe ihn nicht auf Elaines Liste gesetzt. Vielleicht ist er ein Bekannter ihrer Eltern und sie hat ihn empfohlen?«, mutmaßte sie. »Aber das ist ja jetzt auch egal, Hauptsache, Sie sind glücklich mit ihm.« Auch für Sybille schien das eine logische Erklärung zu sein und beide gingen nicht weiter darauf ein – zu viele wichtigere Dinge hatten sich seit ihrem letzten Treffen ereignet. Sybille erzählte aufgeregt von den jüngsten Funden in Samats Wohnung – dem Revolver, dem Hanfpäckchen, dem Goldklumpen – und der nächtlichen Bonsai-Ausgrabungsaktion mit Elaine. Medina staunte nicht schlecht: »Ich bin erschockt«, gab sie in regelmäßigen Abständen von sich, dann rollte sie die Augen und lachte. »Also, Sie haben es ja faustdick hinter den Ohren, ich dachte immer, ich wäre durchgeknallt!«

Wenig später saßen sie in Medinas altem Saab, in dem sich auf dem Rücksitz und am Boden allerhand Müll und Krimskrams häuften. Sie entschuldigte sich für die Unordnung, machte Musik – eine zur Vormittagsstimmung passende Auswahl an Nouvelle-Vague-Songs – und dann glitten sie auf ungewohnt leeren Straßen zur Stadt hinaus. Sybille blies in einem Anflug von Überschwang wie der kleine Junge in *Ma vie en rose* alle Ampeln auf Grün. Es hatte tatsächlich zu regnen begonnen, was im sonnenerhitzten Kirgistan einer Ausnahmeerscheinung gleichkam. Das sanfte Getröpfel dauerte bestenfalls fünf Minuten, aber Regen war Regen und man konnte die staubigen Straßen, ausgetrockneten Böden und nach allem Möglichen dürstenden Menschen förmlich aufseufzen hören. Bischkek schien verwaist zu sein, alle, die es sich leisten konnten,

waren aufs Land gefahren, um der Hitzewelle zu entgehen
– zum Badeurlaub an den Issyk-kul oder zum Wandern ins
kühlere Gebirge.

Auf der Fahrt bekam Sybille eine detaillierte Beschreibung
ihres nebulös-mystischen Reiseziels: Am Fuße des Berges der
Wunder, etwa zwanzig Kilometer außerhalb der Stadt, war
eine zumindest in einschlägigen Kreisen bekannte private
Entzugsklinik samt angrenzendem Spiritareal angesiedelt,
gegründet im Jahr 1991 von einem exzentrischen kirgisischen
Psychiater, der seither mit äußerst umstrittenen Therapie-
formen und martialischen Methoden bei primär reichen
Patienten lebenstechnisch den Reset-Knopf drückte. Er
war allgemein unter dem Pseudonym Dr. Magic bekannt,
wohl weil vor allem Drogensüchtige und Alkoholiker zu
ihm nach Bischkek gepilgert kamen oder, besser gesagt,
von ihren Anverwandten ins Wonderland Center hineinge-
pilgert wurden, um ihrer Sucht Herr oder Frau zu werden.
Gestorben war unter seiner Obhut angeblich noch keiner,
doch westliche Suchtexperten beäugten das undurchsich-
tige Treiben mit einigem Argwohn. Medina übrigens auch.
In Bischkek sprach so gut wie keiner über diesen Ort und
auch in den Umgebungsplänen und in Sybilles Reiseführer
wurde er mit keiner Silbe erwähnt. Medina schien dagegen
wieder einmal bestens über alles informiert zu sein. Zwischen
sieben und fünfundvierzig Tagen dauerte so eine Wunderkur,
bei der jeder Patient zuallererst sein eigenes Grab anlegte,
versehen mit einer sogenannten *Plate of Hope*, auf der der
eigene Name und der Spruch *I've been given a chance* eingraviert wurden, um dann per Spritzencocktail für mehrere
Tage ins Koma versetzt zu werden. Medina spekulierte, dass
man auf diese Art und Weise wohl den ärgeren Entzugs-
qualen entging und vielleicht sogar einen Teil der früheren

Erinnerungen und schlechten Gewohnheiten wegschlafen konnte. Man könne, wie sie berichtete, die ganze Geschichte auch im Internet nachlesen, allerdings größtenteils auf Russisch. Nach dem Koma ging es dann mental und körperlich zur Sache: Man suchte sich auf dem Areal einen Stein aus, den man fortan mit sich herumtrug und auf den man alle schlechten Gedanken und negativen Energien entlud, atmete sich (zur Bewusstseinserweiterung) tagelang in einem einsamen Jurtencamp am Seeufer des Issyk-kul in Trance und wanderte anschließend bis zur völligen Erschöpfung eine Teilstrecke der Opium-Route entlang, die von Afghanistan über Tadschikistan und Kirgistan bis nach Russland reichte – den Stein immer als symbolisches Gepäck mit dabei. Wer das alles erfolgreich hinter sich gebracht hatte, wurde – zurück in der Klinik – ein letztes Mal vom Chef persönlich in Hypnose versetzt und verbal mit Glaubenssätzen und Gedächtnisankern bearbeitet. Als Abschluss des Heilungsprozesses folgte schließlich am letzten Tag noch eine feierliche Zeremonie auf dem Berg der Wunder, bei der die Patienten ihren Leidensstein mit voller Wucht die Böschung hinunterwarfen und an einer Feuerstelle zu hypnotisierenden Gesängen (*from stone to stone, from heart to heart, … I am burning the thing that reminds me of past*) symbolisch ihre alten Sachen verbrannten. So weit, so gut.

Was Sybille hingegen viel spannender fand, war die Tatsache, dass es der Berg zur heimlichen Pilgerstätte ganz normaler Kirgisen geschafft hatte, die mit ihren Alltagssorgen und kleineren oder größeren Problemen dorthin fuhren, um sich in Form eines teils abgekupferten, teils zurechtgereimten Rituals von ihnen zu befreien: frisch Geschiedene, finanziell Gebeutelte, Menschen, die ihren Ehepartner oder besten Freund verloren hatten, Mid- und Latelife-Crisler, die in der

Sinnkrise steckengeblieben waren, oder einfach allgemein Unglückliche, die einen neuen Lebensabschnitt beginnen wollten. Sie alle stiegen sozusagen kostenlos und sich eigenmächtig therapierend in der letzten Phase des »Entzugsprogramms« ein, suchten sich einen Stein, schleppten ihn den Hügel hinauf und warfen ihn dann mitsamt ihrer negativen Energie weit weg von sich und den Berg hinunter. Das kostete keine 5.000–15.000 Euro und bewirkte – zumindest bei Abergläubischen und spirituell Empfänglichen – ebenfalls eine gewisse Heil- und Symbolkraft. Auch Medina hatte die alternative Steinschlepp-Kleiderverbrennungs-Therapie damals zur Samat-Entwöhnung praktiziert und offensichtlich vor, den Akt im Hier und Jetzt zu wiederholen.

Sybille war aufgeregt und verwirrt, wusste nicht so recht, was sie von diesem Hexen-(?), Schamanen-(?), auf jeden Fall für sie äußerst befremdlichen Schauspiel halten sollte, wollte ihre Freundin aber auch nicht vor den Kopf stoßen und beschloss, da sie schon mal auf dem Weg waren, ihre Skepsis für ein paar Stunden beiseitezuschieben. Die Kraft der Steine hatte der dubiose Psychiater in dem Sinne ja nicht neu erfunden, vielmehr standen diese schon seit Urzeiten sinnbildhaft für Stärke, Stabilität, Zuverlässigkeit, Ewigkeit – lauter Attribute, die sich nicht zuletzt auch sprachlich manifestiert hatten: ein Fels in der Brandung sein, jemandem Steine aus dem Weg räumen, Stein und Bein schwören, Stein des Anstoßes sein. Derlei Gedanken beruhigten sie wieder.

In einem kleinen Dorf hielt Medina an und kaufte von einer Frau am Straßenrand frisch gebackenes Brot und ein Glas Erdbeeren: »Voilà, kirgisisches Frühstück mit Croissants und Marmelade«, grinste sie und beide ließen sich die knusprig-süßen Bissen schmecken. Die Gegend war ländlicher geworden, eine Horde von Spatzen stieg aus einem

Gerstenfeld auf und erhob sich in die Lüfte. Sie kamen an einem kleinen Parkplatz vorbei, der, wie Medina ihr erklärte, nachts gerne von Liebespaaren frequentiert würde, und nach weiteren zehn Minuten Fahrt erreichten sie ihr Ziel. Sie schritten durch ein großes Tor, das aus Holzpfosten gezimmert war. Medina wies sie an, mit dem rechten Fuß zuerst hindurchzugehen, das würde Glück bringen. Der sich gemächlich bergauf schlängelnde Weg wurde links und rechts von mehrsprachigen Informationstafeln gesäumt: *The truth is hidden in silence* stand da beispielsweise zu lesen und auf einem grob skizzierten Plan waren der Feuerplatz und einige Gebets- und Medidationsstätten eingezeichnet. Am Rand des Areals machte Sybille das Wonderland Center aus. Es war von einem metallenen Militärgitterzaun umgeben und lag inmitten einer üppig begrünten Parkanlage.

»Bestimmt schwitzen, strampeln und halluzinieren sich da gerade ein paar Drogensüchtige einer besseren Zukunft entgegen«, scherzte Sybille ins Blaue hinein und ahnte wie so oft bei Nur-so-Dahingesagtem, Aus-dem-Bauch-heraus-Formuliertem nicht, wie nah sie mit ihrem Kommentar an der Wahrheit lag, wie sehr er mitten ins Schwarze getroffen hatte – freilich weniger, was die Drogensüchtigen anbelangte, als vielmehr, was die geheimen Aktionen und Vorkommnisse in den Stockwerken unter der Erde betraf.

»Und jetzt?«, fragte sie an Medina gewandt, »soll ich mir jetzt einen Stein aussuchen?«

»Wenn Sie möchten, ja.«

Sybille schaute sich um. Der sandige Boden war voller Steine: Es gab große, kleine, helle, dunkle, flache, dicke, eckige, runde. Nach kurzem Umsehen entschied sie sich für ein fußgroßes, schwarzes Exemplar, hob es auf und ließ dabei ihren Blick über die Stadt streifen. Sie war gespannt, ob der

Ort in ihr etwas auslösen würde. Oft glaubte man ja, rational alles unter Kontrolle zu haben, und musste dann schmerzlich feststellen, dass dem nicht so war, dass einen vielmehr aus dem Nichts heraus Gefühle übermannten, die man längst zu Grabe getragen glaubte. Sie sah kurz zu Medina hinüber, die in einiger Entfernung auf einem Baumstumpf Platz genommen hatte und ihren eigenen Gedanken nachzuhängen schien. Schön und kräftig sah sie aus, wie sie da saß und ihr den Rücken zukehrte. Sybille schritt ein Stück den Hügel hinauf und versuchte sich wieder auf ihren Stein zu konzentrieren, aber sie wurde erneut abgelenkt: erst von einem Kirgisen, der einen Pfau – es ließ sich nicht sagen, ob tot oder lebendig – in einer karierten Stofftasche mit sich herumschleppte, und wenig später von einem zweiten, der – betend? – im Schatten eines Bänderwunschbaums verweilte. Kurz dachte sie darüber nach, ob sie das auch aushalten würde, wie ein Hirte tagtäglich unter einem Baum zu sitzen und ins Land zu schauen, ob sie das glücklich und zufrieden machen, ob ihr das kontemplative *Warten auf Godot* genug sein würde. Das Konzentrieren fiel ihr sichtlich schwer, immer wieder fragte sie sich, warum genau sie eigentlich hier war (ihrer selbst wegen?, wegen Samat?, wegen Medina?), suchte sich ihre Aufmerksamkeit ein anderes Ziel – drei alte Grabstelen, die einsam in der Landschaft standen, ein paar angenagte Melonenstücke und leere Wasserflaschen, die jemand achtlos im Gras zurückgelassen hatte. Sie setzte sich auf den Boden und nahm ihren schwarzen Stein eingehend unter die Lupe: Auf seiner Oberfläche hatten sich erosionsbedingt braune, orange und grüne Flecken gebildet. Eine Ameise krabbelte aufgeregt auf ihm herum, mal nach rechts, dann wieder nach links – ganz offensichtlich hatte sie die Orientierung verloren. Ein weißer Faden – wahrscheinlich von einem Spinnennetz – zog sich filigran über den dunklen Grund und teilte ihn in zwei Hälften. Sie hatte es nicht so mit den Sprüchen von hier – *the truth is hidden in silence, I've been given a chance*, was zur Hölle sollte das bedeuten? –, stattdessen fiel ihr das Gedicht von Elizabeth Bishop ein, in dem es darum ging, Verlust ertragen zu lernen. Sie hatte es als Schülerin einmal in einer Deutschstunde vortragen müssen und Teile davon noch immer im Gedächtnis.

Es begann damit, dass ein Schlüssel verschwand – ein einfacher Gegenstand, dessen Unauffindbarkeit zwar ärgerlich, jedoch relativ leicht hinzunehmen war, doch im Verlauf der Strophen ging die Verfasserin immer Elementarerem verlustig – einer Erinnerung, einer Heimat, am Ende sogar einem über alles geliebten Menschen. »*The art of losing isn't hard to master*«, murmelte Sybille gedankenverloren, als sie plötzlich realisierte, dass sie quadratmeterweise von blau schimmernden Vergissmeinnichten umgeben war, die ohne Vorwarnung eine Leere und zugleich Schwere in ihr auslösten, die sich dringend entladen musste. Vergissmein-nicht. Irgendwo mitten in den Poesiebringern hatte sich Martin versteckt, signalisierte ihr mit einem hellblauen Schleier der Vertrautheit, dass er bei ihr war, wenn sie nur genau hinsah und es geschehen ließ. An jedem ihrer Hochzeitstage hatte er ihr eine Schale mit Vergissmeinnichten geschenkt, war aus besagtem Anlass am Vortag ausgerückt, um einen Strauß für sie zu pflücken und dann die einzelnen Halme reihum, mit dem Stängelende nach innen, in einen tiefen Suppenteller zu legen und in der Mitte mit einem Stein (ja, einem Stein!) zu beschweren. Über Nacht hatten sich die Blumen dann aufgerichtet und in ein kugelförmiges Kunstwerk verwandelt. Sybille begann zu weinen. Die Tränen sprudelten mit einer Intensität und Wildheit aus ihr heraus, die alles um sie herum milchig werden ließen, unscharf, verschwommen, und die das Land, den Berg, die Stadt unter Wasser setzten. Selbst das Universum zeigte sich solidarisch: Es hatte wieder zu regnen begonnen. »Ich vermisse dich so sehr«, schluchzte sie und jetzt, da sie die Traurigkeit zugelassen hatte, kam sie in gewaltigen Wellen dahergerauscht, preschte und schnalzte ans Ufer und hinterließ ihre salzige Gischt. Sie dachte nichts mehr, nur der Wind redete, pfauchte, pfiff, regte sich auf, bestärkte, beruhigte, ermutigte sie – wozu auch immer. Als die Ebbe kam und die Tränen versiegten, legte sich Erleichterung über ihr Land.

Verlieren und Gewinnen hingen eng zusammen. Wer verlor – jemanden, etwas –, der gewann auch. Und war es nur eine mit jedem Tag wachsende Gewissheit, dass man überleben konnte. Verlorene Schlüssel bedeuteten auch Freiheit, eine verlorene Heimat neue Himmelsrichtungen, ein Freund, der nicht mehr da war, brachte einen neuen Freund und alte Weltansichten neue Erkenntnisse. »I've to *practice losing farther, losing faster*«, dachte sie (beflügelt von Bishop's Gedicht) und: »*As if all my tomorrows start now*«, dachte sie (in Anlehnung an eine gewisse Jenny Holzer, deren Verszeile ihr ebenfalls in den Sinn gekommen war), und genau so war es ja auch. Sybille stand auf und warf mit ihrer ganzen Kraft den Stein ins Tal hinunter, der Aufprall hallte noch lange nach.

Es war Medina, die sie aus ihren Gedanken riss. »Wir werden beobachtet«, flüsterte sie. Sybille verstand nicht gleich. »Wie, beobachtet?«, fragte sie ebenso leise zurück.

»Von da drüben«, Medinas Kopf neigte sich leicht nach links, in die Richtung, in der auch das Wonderland Center lag. Sybille folgte mit dem Blick ihrer Bewegung und blinzelte gegen die Sonne. Erst nach einigen Sekunden gebannten Starrens glaubte sie auf dem Dach und an den Seiten des Gebäudes dunkle Gestalten auszumachen.

»Wer ist das?«, presste sie heraus, während sich diese jetzt definitiv in Bewegung setzten. Kurz und scharf zischte es plötzlich durch die Luft. Metallen und dumpf hallte es im Gestein. Explosionsartig spie der staubige Boden Brocken aus.

»In Deckung!«, schrie Medina jetzt panisch und riss Sybille mit sich zu Boden. »Sind die verrückt geworden?! Wer schießt denn da auf uns?« Sie hielten beide die Luft an und wagten nicht, sich auch nur einen Millimeter zu bewegen. Sybilles Nasenspitze und Lippen berührten den Boden, wie in Trance spuckte sie ein paar Mal den Dreck aus, der ihr beim Sturz in den Mund gekommen war. Reglos, vor Angst erstarrt, lagen sie da und harrten der Dinge. Doch es geschah nichts weiter. Weder wiederholte sich der Kugelhagel, noch kam jemand, um nach ihnen zu sehen oder sie zu holen. Nach einer gefühlten Ewigkeit hob Sybille leicht ihren Kopf an, wandte sich ihrer Freundin zu und griff nach ihrer Hand. Es ging ihr gut, so gut es einem unter solchen Umständen gehen konnte.

»Was zur Hölle geht hier vor?«, stammelte sie geschockt, aber auch Medina hatte keine Antwort parat. Es blieb weiterhin still und irgendwann war es ihnen beinahe so, als ob sie sich die Schüsse nur eingebildet hätten. Sie überlegten, was sie jetzt machen sollten, versuchten sich einen Überblick über das Klinikgelände zu verschaffen – die Gestalten schienen verschwunden zu sein und auch von den beiden Kirgisen fehlte jede Spur. Wie es aussah, waren sie allein auf dem Berg. Sybille nahm ihren ganzen Mut zusammen und richtete sich langsam auf.

»Wo genau sind wir hier, Medina?«

»Auf dem Berg der Wunder, das sagte ich doch schon. Das da unten ist die Privatklinik von Dr. Magic.«

»Und wie heißt Dr. Magic im richtigen Leben?«, bohrte Sybille nach. Medina überlegte kurz.

»Ich glaube, Jaroslaw Nikitin, aber was tut das zur Sache? So gut wie jeder nennt ihn Dr. Magic.«

»Jaroslaw Nikitin?!«, wiederholte Sybille hysterisch und kämpfte mit einer neuen Ohnmacht. »Sind Sie wahnsinnig? Das ist der Chef oder Projektpartner oder was weiß ich von Samats geheimem Forschungsexperiment. Er ist gefährlich, Samat hat mich vor ihm gewarnt. Wir müssen hier weg! Schnell!«

Doch dann sahen sie sie kommen. Vier Männer mit schwarzen Masken und in Militärkleidung eilten den Hang hinauf, zwei von ihnen mit Kalaschnikows bewaffnet. Sybilles Herz tickte wie eine Bombe. Im Nu hatte man sie vom Boden hochgewuchtet und die Steppe hinuntergeschleift.

»Hilfe! Hilfe!«, schrie sie, so laut sie konnte, kratzte, biss und schlug wild um sich. Danach wurde es schwarz vor ihren Augen.

Als sie wieder zu sich kam, fand sie sich in einem Krankenhauskittel auf einer schlecht gepolsterten Pritsche wieder. Ihr Mund war trocken, ihr Oberkörper verkabelt – offensichtlich hatte man sie an ein EKG-Gerät angeschlossen, in ihrem linken Unterarm steckte eine Infusionsnadel. Der Geruch von Desinfektionsmittel und Medikamenten lag in der Luft. Sybille war sichtlich erleichtert, als sie hinter dem dürftig zugezogenen Plastikvorhang Medina auf einem Stuhl sitzen sah. Auch sie hing an einer Infusionsflasche, auch ihr stand die Angst ins Gesicht geschrieben.

»Medina, Medina, was ist hier los? Wo sind wir? Doch nicht etwa in der Klinik?!«, fragte sie mit heiserer Stimme.

»Geht es Ihnen gut? Was wollen die von uns?«, als auch schon einer der Vermummten laut »Ticho, blin!« rief und ihr mit einer drohenden Geste signalisierte, den Mund zu halten. Medina redete indes auf Russisch auf die Männer ein, Sybille dabei nicht aus den Augen lassend, schien ihnen zu erklären, dass sie Ausländerin war und sie nicht verstehen konnte, was man ihr sagte. Sybille schaute sich um. Das Zimmer, in dem sie sich befanden, war relativ klein, kalt und grün gefliest. An der hinteren Wand befand sich ein Regal mit medizinischen Hilfsmitteln – einige Sonden, Infusionsbeutel und Medikamente. Weiter links gab ein Fenster mit halb heruntergelassenem Rollo den Blick auf einen Teil einer Parkanlage frei. Draußen sah alles friedlich aus. Ihr Blick traf auf einen Gärtner, der dabei war, die prachtvollen Orchideen, Oleanderbüsche und sonstigen Pflanzen zu bewässern, und konzentrierte sich dann auf eine Reihe von Schalen, die mit je einer Platane und einer Eiche bepflanzt waren. Täuschte sie sich oder waren das exakt die gleichen Penjings, die sie auch schon im Innenhof des Zoologischen Museums gesehen hatte? »*Vor Eichen musst du weichen*«, murmelte sie benommen vor sich hin, während Medina weiter eindringlich zu den Wachmännern sprach.

»Sie wollen wissen, was wir hier zu suchen haben«, übersetzte sie zwischendurch. »Ich habe ihnen erklärt, dass wir rein zufällig hier sind und ich Ihnen einfach das spirituelle Areal zeigen wollte. Sie glauben mir nicht. Jemand möchte Sie sehen.« Wieder hallte ein ohrenbetäubendes »Ruhe, verdammt!« durch die Luft. Nach etwa einer Stunde betrat ein großer, drahtiger Mann um die sechzig in weißem Kittel den Raum, schnappte sich zwei leere Stühle und wies Medina an, näher zu kommen. Eingeschüchtert und mit der Infusionsflasche in der Hand nahm sie genau wie er an Sybilles Bett Platz.

Er winkte den Wachen zu gehen, musterte die beiden Frauen eindringlich und fragte schließlich auf Russisch: »Was wollen Sie hier?« Sybille blickte verängstigt zu Medina, die automatisch zu übersetzen begonnen hatte und ihr mit einem kurzen Nicken zu verstehen gab, dass sie antworten sollte.

»Nichts«, stammelte Sybille, »wir wollten hier wirklich nichts. Meine Freundin hat mich hierhergebracht, weil uns eine gemeinsame Geschichte verbindet. Sie erzählte mir von der Magie, die diesem Berg zugeschrieben wird, und so haben wir uns zwei Steine gesucht, symbolisch unsere Ängste und Sorgen auf sie projiziert und sie dann, quasi als Akt der Befreiung, den Hang hinuntergeworfen.« Sie konnte es selbst kaum fassen, wie dumm sich die Worte anhörten, die eben aus ihrem Mund gekommen waren.

»Welche Geschichte?«, bohrte der Weißkittel nach. Sybille überlegte kurz. »Die Geschichte einer Freundschaft«, versuchte sie die richtigen Worte zu finden. »Wir haben beide einen Mann verloren, einen Freund, und wollten diesen Abschnitt hinter uns lassen.«

»Welchen Freund?«, ging das Verhör weiter.

»In meinem Fall sind es eigentlich zwei, einer hieß Martin, der andere heißt Samat.« Sie konzentrierte sich darauf, ruhig zu bleiben. Das Ziel lautete definitiv, unbeschadet und so schnell wie möglich von hier wegzukommen.

»Es gibt hier keinen Samat. Und Sie befinden sich auf privatem Gelände. Ihr Besuch ist unerwünscht.«

»Aber der Berg ist doch ein öffentlicher Pilgerort oder etwa nicht?«

Der Alte schwieg. Ganz offensichtlich dachte er nicht daran, auf diese Frage zu antworten.

»Wer sind Sie? Und warum haben Sie auf uns geschossen?«, fragte Sybille weiter und fasste langsam Mut.

Er begann zu grinsen. »Ich verstehe nicht. Keiner hat auf Sie geschossen. Wir haben Sie beide ohnmächtig auf dem Hügel gefunden und hierhergebracht, offensichtlich ist Ihnen die Hitze nicht bekommen.«

»Es hat geregnet, es war nicht so heiß«, sagte Sybille.

»Es hat seit Wochen nicht geregnet. Ich denke, Sie brauchen noch ein Glas Wasser und vielleicht auch noch eine zweite Beruhigungsspritze.«

»Und die Männer mit den Kalaschnikows?«, bohrte sie weiter. Die Sache wurde zunehmend verrückt. Sie war sich ganz sicher, dass der Kugelhagel nicht ihrer Fantasie entsprungen und hier einiges nicht in Ordnung war. »Medina, bitte sagen Sie doch auch etwas«, bat sie ihre Freundin um Hilfe. Doch diese senkte den Kopf und schwieg. »Medina, ich bitte Sie, so erzählen Sie doch, was passiert ist. Ich bin doch nicht verrückt!«

Medina griff nach Sybilles Hand und sagte dann mit leicht zittriger Stimme zu dem Mann im weißen Kittel: »Wahrscheinlich haben Sie recht. Uns wird wohl die Hitze einen Streich gespielt haben. Vielen Dank für Ihre Hilfe und verzeihen Sie die Unannehmlichkeiten, die wir Ihnen bereitet haben.«

Er nickte bestätigend. »Nun, ich denke, dann können wir jetzt dieses Missverständnis vergessen und Sie nach Hause bringen. Allerdings muss ich Sie darauf hinweisen, dass Sie sich heute noch ein paar Stunden ausruhen sollten. Wir haben zur Sicherheit ein paar Tests durchgeführt, nur das Übliche – Blutwerte et cetera, kostenlos versteht sich. Und die gute Nachricht gleich vorweg: Es ist alles in Ordnung mit Ihnen, Sie hatten wirklich nur einen heftigen Sonnenstich.« Dann entledigte er beide versiert ihrer jeweiligen Nadeln, Saugnäpfe oder Kabel und reichte ihnen die sorgfältig zusammengefalteten Kleidungsstücke. Sybille wich unmerklich zurück. Der Ring, sie hatte den Ring mit der lateinischen Gravur an seinem Finger aufblitzen sehen, ihn erkannt, wiedererkannt, es war der gleiche, den sie unter der Bonsai-Fichte ausgegraben hatte. »Du musst dich jetzt zusammenreißen, Sybille«, ermahnte sie sich selbst, »du musst Ruhe bewahren, du darfst jetzt keine falschen Fragen stellen, nimm dir ein Beispiel an Medina«, doch ihre Gedanken ritten wild und ungezügelt über ihre Gehirnbahnen, galoppierten wie scheu gewordene Gäule über die Synapsengräben – die bewaffneten Männer, die Schüsse, *per aspera ad astra,* was hatten sie ihr injiziert?, oder gar entnommen?, warum das EKG? –, doch irgendwie gelang es ihr, die Fragen im Zaum zu halten. Gemeinsam mit zwei Wachmännern, die sich vor dem Behandlungszimmer postiert hatten, begleitete der Drahtige sie durch einen langen Flur in Richtung Ausgang.

»Es war in der Tat interessant, obgleich unerwartet, Sie auf diese Art und Weise persönlich kennenzulernen, Frau Specht«, sagte er verschwörerisch und reichte ihr zum Abschied die Hand. Die kreidebleiche Medina übersetzte weiter: »Wer weiß, vielleicht sieht man sich schon in Bälde wieder. Ich habe viel von Ihnen und Ihrer Arbeit gehört – Ihr Ruf eilt Ihnen ja quasi voraus. Aber, wenn ich mir den Rat gestatten darf, bis es so weit ist, sollten Sie nicht noch einmal uneingeladen hier aufkreuzen. Die Klinik ist auf privatem Gelände und Sie verstehen bestimmt, dass es sowohl unsere Klienten als auch unsere wertvolle Arbeit hier zu beschützen gilt.« Dann schloss er hinter den beiden die Tür. Sybille fuhr ein Schauer über den Rücken.

»Das war Jaroslaw Nikitin« schnaufte Medina, »Nikitin höchstpersönlich. Ich habe ihn schon einmal gesehen, damals, als ich zu einem Routinecheck wegen der In-vitro-Geschichte hier war.«

»Ich habe es mir fast gedacht«, sagte Sybille.

Die Sonne stand hoch am Himmel und vermittelte den Eindruck, dass zumindest ihr keiner etwas anhaben konnte. Zu gerne hätte Sybille gewusst, was genau mit ihr passiert war, was man ihr hier verschwieg, was es mit den Eichen- und Platanen-Trojanern auf sich hatte, wie sie Nikitins Andeutung interpretieren sollte, sie vielleicht schon bald wiederzusehen. Zu gerne hätte sie gewusst, ob er wusste, dass sie wusste, ob am Ende vielleicht sogar Samat irgendwo ganz in der Nähe war? Zu gerne hätte sie. Aber in diesem Moment war Sybille einfach nur erleichtert, mit dem Schrecken davongekommen zu sein.

»Los, nichts wie weg hier!«, hörte sie Medina rufen, die bereits in Richtung Wagen rannte. Und dann rannte auch sie.

places, names.

Das Countdowngerät zeigte 78 Tage, 2 Stunden, 3 Minuten und 14 Sekunden an, als Sybille ihren hellblauen Rucksack packte, um sich für die Reise mit Talant bereitzumachen. Fast achtzig Tage blieben also bis zum Tag X, was immer dieser mit sich brachte. Die nächsten drei Wochen waren jedenfalls geplant – der Wettlauf gegen die Zeit konnte beginnen. Dass die gleiche Spanne 1873 auch schon einem Jules Verne gereicht hatte, um seinen Protagonisten Phileas Fogg einmal um die ganze Welt zu schicken, stimmte Sybille optimistisch – zumal sie nicht vorhatte, den gesamten Globus zu umrunden, sondern nur die kirgisischen Oblaste abzuklappern. Statt des französischen Dieners Jean Passepartout würde in ein paar Stunden der kirgisische Tausendsassa Talant Kubat vor ihrer Tür stehen und sie begleiten. Und als Alternative zur 20.000 Pfund Sterling schweren Wette gegen die Mitglieder des Londoner Reform Clubs würde sie einen Klumpen Gold und ihre ganze Hoffnung auf sich selbst setzen.

Der Ausflug zum Berg der Wunder hatte bei allen Spuren hinterlassen: Sybille ging seit jenem Tag nicht mehr ohne Revolver aus dem Haus. Medina verschanzte sich vor lauter Angst überhaupt Tag und Nacht in ihrem Café. Talant, der von Petschkin und Nikitin beauftragt worden war, sie zu überwachen, hatte für Sybilles Überraschungs-Stippvisite einen saftigen Drohanruf aus der Klinik erhalten. Und die Morsegeräte in diversen Laborkellern, Höhlen und Büros waren aus dem Klopfen gar nicht mehr herausgekommen. Gleich nach ihrer Rückkehr hatte Sybille im Internet nach Dr. Magic gegoogelt und festgestellt, dass Medina mit ihren

Schilderungen über den glatzköpfigen Psychiater in keinster Weise übertrieben hatte. Er galt durch die Bank als äußerst geschickter Wortverdreher und Gedankenmanipulierer, als eine Art Bildhauer, der die prolongierte Symbolkraft der Steine nützte, um aus den Patienten – seinen persönlichen Gesteinsbrocken – mit ein wenig Hokuspokus und psychologischem Therapie-Simsalabim, zugegebenermaßen recht gekonnt, neue Skulpturen herauszuschlagen. Dabei waren die einzelnen Stufen seines Programms weder besonders innovativ noch bahnbrechend – künstliches Koma zur Symptombekämpfung, körperliche Anstrengung zur Ablenkung, Atemtechniken zur Bewusstseinserweiterung, Hypnose zur manipulativen Verankerung von Glaubenssätzen, Stressbewältigungsübungen und klassische Psychiater-Sitzungen kamen schließlich überall auf der Welt zum Einsatz, wenn es darum ging, mittel- oder langfristige Verhaltensänderungen zu bewirken. Was Jaroslaw Nikitin jedoch von allen anderen unterschied, was ihn wirklich einzigartig machte, waren sein atomraketenmäßiges Charisma, seine stahlalpine Willensstärke und sein steinzeitriesengroßes Selbstbewusstsein, die das ganze Spektakel auf eine höhere Ebene hoben – eine Bühne der Inszenierung, die sich so effekt- und glanzvoll gestaltete, dass seine »Kunststücke« sogar bis Europa und Amerika strahlten, die sich von seinen Regieanweisungen abwechselnd irritiert, beeindruckt und entsetzt zeigten. Und das alles nur, was Nikitins offizielles Tätigkeitsfeld betraf. Denn dass es da noch ein ganz anderes, inoffizielles, unterirdisches, größenwahnsinniges, absolut geheimes gab, wusste zu jenem Zeitpunkt ja keiner – außer er selbst und eine Handvoll psukh-Eingeweihter und natürlich jene Patienten, die bereits mit den Schmetterlingsseelenzellen in Berührung gekommen waren.

Sybille schauderte es immer noch, wenn sie ihre Einstiche in der Ellenbeuge bemerkte, automatisch kam die unbehagliche Atmosphäre des grün gefliesten Raumes zu ihr zurück. Warum hatte er sie untersucht? Warum war sie zum Opfer geworden, wo sie doch voller Tatendrang steckte, sich viel lieber in der Rolle der Täterin gesehen hätte? Und doch, etwas Gutes hatten die jüngsten Ereignisse auf dem Berg auch gehabt – Sybille war einmal mehr gezwungen worden, ihre Wünsche neu zu überdenken. Hatte sie vor wenigen Wochen in einer österreichischen Gefriertruhe noch leise sterben wollen, so schrie es in der Gegenwart von einer Nikitin'schen Pritsche todesängstlich »Ich möchte leben!« aus ihr heraus. Man sollte vorsichtig sein mit dem, was man sich wünschte, mitunter ging es zeitverzögert, fehlgeleitet, falsch interpretiert in Erfüllung – vielleicht hatte der Wunschgott sein eigenes Zeitgefühl. Auch ihrer Freundin Medina schien die ganze Sache unheimlich zu sein, nur selten hatte sie sich im Lokal blicken lassen, ungewohnt steif und verschlossen war sie von einem Gast zum anderen, von einem Tisch zum nächsten gestakst. Sie hatten definitiv in ein Wespennest gestochen, auch wenn sie sich nicht erklären konnten in welches und zwischendurch immer wieder an ihren Erinnerungen zweifelten – der Kugelhagel, die als Erste Hilfe getarnten Untersuchungen, Nikitins einschüchternde Präsenz –, die Gedanken surrten aufgescheucht und stechbereit um sie herum, so viele Zigaretten konnten sie gar nicht rauchen, um sie einzunebeln und ruhigzustellen. Egal wie oft sie das Szenario auch durchspielten, am Ende des Tages waren sich beide absolut sicher, dass alles genau so passiert war, wie es ihnen ihre Erinnerung diktierte. Insofern war Sybille geradezu erleichtert, dass ihre Reise in Samats Vergangenheit, die sie in alle Himmelsrichtungen des

Landes führen würde, in unmittelbare Nähe gerückt war, sie Nikitin, Petschkin, das Wonderland Center, die Stadt hinter sich lassen und in der kirgisischen Pampa untertauchen konnte. Sie war wahnsinnig aufgeregt. Sie würde Samats Geschwister kennenlernen, seine geraubte Ex-Frau, seinen Sohn, und vielleicht wussten die, wo er steckte. Bei diesem Gedanken unterbrach sie sich sofort, so weit wollte und konnte sie sich nicht hinauswagen mit ihrer Hoffnung. Sie würde endlich die gewaltigen Gebirgsketten, die sie schon am ersten Tag ihrer Ankunft in Bischkek bewundert und die sie bei ihren Spaziergängen durch die schachbrettartige Stadt immer wieder kurz erspäht hatte, aus der Nähe sehen, sie schrittweise erobern, überhaupt würde sie den Bildern aus ihren Reisebüchern echtes Leben einhauchen, die kirgisische Welt außerhalb der Hauptstadt kennenlernen, die laut Talant ganz anders war: echter, wilder, ärmer, erbarmungsloser, ungefälschter, würde selbst zur Nomadin werden, einundzwanzig Tage, einundzwanzig Nächte lang, würde es Samat und dem furchtlosen Dschingis Khan gleichtun und über Steppen jagen, sich das Land untertan machen, Koshomkuls Heimat bereisen, den sagenumwobenen Kökömeren rauschen hören, sich Höhenmeter um Höhenmeter hocharbeiten, an den Himmel herantasten, wo die Luft dünn war und nicht für jedermann geeignet. Sie würde den trockensten Winkel der Welt auskundschaften, Batken, vielleicht das mächtige Turkestan-Gebirge erklimmen, den Song-kul umrunden, den Issyk-kul umkreisen, der der Legende nach ein Meer aus Tränen war (kirgisische Dramatik – was sonst?). Und mit etwas Glück könnte sie am Ende dann in Samats Augen schauen, ihn in die Arme schließen und Antworten bekommen auf eine Million und eine Frage.

Sybille schnitt zwei Tomaten in Würfel, um sich das Warten bis zur Abreise zu vertreiben. Das Messer war völlig stumpf – sie hatte es bislang vermieden, in ein neues zu investieren, aber sie hatte noch Zeit und beschloss, bei Elaine zu klopfen und Abhilfe zu schaffen. Das Mädchen warf das alte in den Müll und reichte ihr ein noch verpacktes mit orangem Griff.

»Today's the day, right?«, fragte sie aufmunternd. »Are you ready? Do you need something?«, aber Sybille verneinte dankend und erwiderte: »If you're still at home a little bit later let's say goodbye, okay?« Dann stieg sie wieder in ihre Wohnung hinauf und machte sich weiter am Gemüse zu schaffen. Sie war stolz auf sich, die Sache mit dem Messer war ihr aus mehreren Gründen wichtig gewesen. Es hatte nichts mit Faulheit oder Passivität zu tun, die Investition in alltägliche Gebrauchsgegenstände vor sich herzuschieben, sich vor einer Art Sesshaftwerdung zu drücken, sich in Ausreden zu flüchten, wenn es darum ging, Nägel in die Wand zu schlagen, Bilderrahmen aufzuhängen, Bücherregale aufzustellen, die Einbauküche anzuschrauben. Vielmehr waren aus Sybilles Sicht eine mangelnde Gegenwartsverhaftung, die Angst davor, sich festzulegen (auf etwas, auf jemanden), und letztendlich wohl auch fehlender Selbstwert die Gründe. In Wien waren Bilder, Rahmen, Möbelstücke oft jahrelang originalverpackt im Vorzimmer liegen geblieben. Wer wusste schon, wie lange er an einem Ort bleiben würde? Das Definitive, Konkrete und Handfeste hatten ihr Angst gemacht, doch damit war jetzt Schluss. Als ob man im Leben auf etwas warten sollte. Als ob es einen richtigen Zeitpunkt für etwas gäbe, einen Anlass für etwas bräuchte. Als ob es sich nicht immer auszahlte, in die Gegenwart zu investieren, selbst wenn sie einem zum Hals heraushing. Es tat so gut, etwas zum Festhalten zu haben. Auch wenn es sich nur um den Griff eines lausigen Messers handelte. Die menschliche Psyche war unheimlich kompliziert.

Letztendlich war es den permanenten Strom- und Wasserausfällen geschuldet, dass sie sich ein Koch- und Essdasein ohne Kühlschrank angewöhnt hatte. Meist gab es (wie heute) Tomatensalat mit Avocado, Petersilie und einem Schuss Olivenöl, dazu zwei Scheiben Brot. Mit dem Teller in der Hand wanderte sie von einem Zimmer ins andere, überlegte, ob sie alles eingepackt hatte, wo sie in der Zwischenzeit ihre Bargeldreserven verstecken sollte, schaute den letzten Wäscheteilen beim Trocknen und kirgisischen TV-Moderatoren beim Sprechen zu, machte sich ein wenig Sorgen, ob sie die Höhe gut vertragen würde, überprüfte mehrmals ihre Reiseapotheke auf das Vorhandensein von Desinfektions-, Kreislauf- und Diarrhö-Mitteln, Insektenspray, Pflaster und Sonnenschutz, um am Ende wieder in der kleinen Küche und auf dem Hocker zu landen. Talant war zu spät und Sybille, die sich wie ein Panther im Käfig vorkam, fasste den Entschluss, die restliche Wartezeit im Garten zu verbringen. Seit ihrer Ankunft hatte sie diesen immer nur vom Küchenfester aus betrachtet, sie hoffte, die frische Luft und das Grün würden sie ablenken. Sie schleppte ihr Gepäck nach unten und nahm auf einer der Betonstufen Platz. Elaines Großmutter war fleißig gewesen und hatte je zehn Reihen Tomaten, Paprika und Auberginen gepflanzt. Der Rest des Innenhofs wirkte verwahrlost – am hinteren Ende wucherte inmitten von wilden Cannabispflanzen ein einzelner Rosenbusch, hie und da blühten ein paar Ringelblumen. Samat hatte recht gehabt, Hanf wuchs unbeachtet in ganz Kirgistan vor sich hin. Sybilles Blick schweifte weiter zu einer müden Wäscheleine, die schwer zu tragen hatte, einem verfallenen

Schuppen mit faustgroßem Vorhängeschloss, einer ausgeblichenen Hängematte, die zwischen zwei schattenspendenden Bäumen zum Schaukeln und Dösen einlud. Gerade als sie sich eine Zigarette anzünden wollte, hörte sie lautes Hupen. Es war Talant, der in einem weinroten Jeep der Marke Nissan Patrol vorfuhr und den Motor abstellte.

»Na, alles klar?«, rief er über den Zaun. »Sorry für die Verspätung, aber ich musste dringend noch ein Lamm schlachten – der Bruder meiner Frau hat Geburtstag –, Melis beim Autoreparieren helfen – es streikte schon wieder – und zwei unangenehme Auftraggeber besänftigen. Das Übliche also«, feixte er, »aber wie auch immer, jetzt bin ich ja hier!« Er war gut gelaunt und praktisch gekleidet, genau wie beim letzten Mal. Auch Elaine und Medina waren herbeigeeilt, um sich von Sybille zu verabschieden und ihr viel Glück für die Reise zu wünschen.

»Passen Sie gut auf unser Mädchen auf«, sagte Medina und drückte Sybille fest an sich.

»Du weißt, was du im Notfall zu tun hast?«, fragte Elaine und flüsterte ihr leise BONSAI ins Ohr. Sybille holte ihre Kamera aus der Tasche und schoss ein Abschiedsfoto von ihren zwei Freundinnen – sie winkten, während sie klickte. Dann setzte sich der Jeep in Bewegung.

Sybille genoss die Fahrt hinaus aus der Stadt, an verfallenen Häusern und Straßenverkäufern vorbei, die mit einer dubiosen Sortimentsmischung aus Autoersatzteilen, Krautköpfen und Damenschuhen – feilgeboten auf der Motorhaube oder im Kofferraum ihres Wagens – auf Kundenfang gingen, sie passierten die zum Landschaftsbild gehörenden, im Schatten rastenden Männer, verfallene Kraftwerke, einsame Reklametafeln, brachliegende Felder und erste Jurten, die den Nomaden als Behausung dienten. Sybille war sich nicht sicher, ob sie Talant von Nikitin und dem Intermezzo auf dem Berg der Wunder erzählen sollte. Einerseits versuchte sie die angsteinflößende Begegnung einfach zu vergessen, andererseits wusste er vielleicht etwas Erhellendes über Dr. Magic und seine Machenschaften zu berichten. Sie überwand sich schließlich und fragte so beiläufig wie möglich: »Sagen Sie, kennen Sie zufällig einen Psychiater namens Nikitin? Ich hatte kürzlich eine, sagen wir mal, interessante Begegnung mit ihm.« Sie beobachtete Talants Gesichtszüge, die kein Zeichen auffälliger Erregung zeigten.

»Nur vom Hörensagen«, antwortete er, »persönlich habe ich ihn bislang nicht kennengelernt. Warum fragen Sie?«

»Ach, ich war mit Medina auf dem Berg der Wunder, um mit ihr so ein Steineritual zu vollziehen, und da sind wir durch Zufall auf den Psychiater und ein paar seiner«, sie suchte nach dem richtigen Wort, »besorgten Mitarbeiter getroffen. Es war etwas seltsam. Er war seltsam. Ich dachte nur, Sie kennen ihn vielleicht.«

»Nein, aber ich kann mir gut vorstellen, dass unangemeldeter Besuch auf dem gesamten Klinikareal unerwünscht ist. Schon seit Jahren pilgern reihenweise Durchgeknallte zu diesem Berg, um dort ihr eigenes Ding durchzuziehen (was immer das sein mag). Vielleicht ist ihm der Andrang jetzt zu viel geworden. Er wird tun, was nötig ist, um seine Patienten vom Rest der Welt abzuschirmen. Machen Sie sich deswegen keinen Kopf, bestimmt war die ganze Sache ein Missverständnis.«

»Genau das hat Nikitin auch gesagt«, antwortete Sybille und beschloss die restlichen mysteriösen Details für sich zu behalten. Aber eine Frage hatte sie noch: »Konnten Sie eigentlich etwas über den goldenen Ring herausfinden?«

»Ja. Es wurden genau drei solcher Exemplare bestellt. In einem Juwelierladen in Bischkek vor etwa fünf Jahren. Alle mit derselben Gravur. Wissen Sie, wann Samat geheiratet und seinen Sohn bekommen hat? Vielleicht hat er sie für sich und seine Familie anfertigen lassen?«

»Eine seltsame Inschrift für eine geraubte Frau und ihren Sohn«, antwortete Sybille, »zumal Jaroslaw Nikitin genau denselben am Finger trug.«

Talant schluckte. »Sind Sie sicher?«

»Ja.«

Er schwieg.

»Warum lügen Sie?«, fragte Sybille, die spürte, dass er ihr nicht die Wahrheit sagte. »Ich möchte Ihnen wirklich vertrauen, ich brauche Sie bei meiner Suchaktion nach Samat, aber dafür ist es notwendig, dass Sie ehrlich zu mir sind.« Talant fuhr langsamer, blieb am Straßenrand stehen und sah ihr in die Augen.

»Ich möchte auch, dass Sie mir vertrauen. Drei Ringe, vor fünf Jahren – das ist die Auskunft, die ich von dem Juwelier erhalten habe. Wenn Sie sicher sind, dass dieser Psychiater den zweiten oder einen dritten dieser Art besitzt, werde ich den Grund herausfinden. Ich verspreche Ihnen, dass ich Ihnen helfe, Ihren verschollenen Freund zu finden. Ich gebe Ihnen mein Wort darauf.« Sybille beließ es dabei. Sie wollte und musste ihm vertrauen, sie hatte gar keine andere Wahl.

Sie hatten die Stadt in Richtung Osten verlassen – die Straßenschilder wiesen sommerfroh und badebehost in Richtung Issyk-kul, Kant, Iwanovka, Tokmak –, da Talant, bevor es sie in die eigentliche entgegengesetzte Richtung davontragen sollte, noch den Friedhof in Rotfront mitnehmen wollte, wenn auch mehr aus nostalgischen Gründen, denn was hätten die Toten groß ausplaudern sollen, Samats

Großmutter Frieda hatte ihre Geheimnisse längst ins Grab mitgenommen. Der Friedhof war klein, die Grabsteine verfallen und von mannshohem Gras und Gebüsch überwuchert – ein kirgisischer Brauch, der den Verstorbenen ihre verdiente Ruhe gestattete. Sybille durchstreifte das kleine Terrain, seit dem Tod ihres Mannes empfand sie die diesseitigen Gedenkstätten für Jenseitige mehr belastend denn friedensstiftend. Nach kurzer Zeit stießen sie tatsächlich auf Friedas Grabstein, sie war von 1924 bis 1985 auf der Welt gewesen, hatte ihren Mann Tschingis, Samats Großvater, um neun Jahre überlebt und sich neben ihren Eltern in ihrem Heimatort begraben lassen. Damals hieß das Dorf noch Bergtal und seine Bewohner trugen eine völlig andere Geschichte mit sich als die vielen Russlanddeutschen in Kasachstan, Sibirien und im russischen Fernen Osten, Sybille erinnerte sich, Talant hatte bei ihrem ersten Treffen davon berichtet.

Rotfront schien verlassen, viele der Höfe standen leer, nur noch eine kleine deutsche Minderheit lebte hier, die meisten Einwohner waren vor langer Zeit zurück nach Europa gegangen. Sie verweilten vor Friedas Stein und Talant informierte sie über die deutsche Dorfschule samt Museum, die es hier immer noch gab, und über einen Film namens *Milch und Honig*, der diesen speziellen Teil deutschkirgisischer Vergangenheit dokumentierte. »Adalbert Stifter hätte seine Freude gehabt«, dachte sie, als sie wieder in den Wagen stiegen, »er hätte gleich drei *Witikos* füllen und drei mal zehn Jahre seines Lebens investieren können, um die fremden Landschaftseindrücke, die verwirrende Historienbeschaffenheit, die spannenden Menschenbegegnungen zu detailgetreuen Schilderungen zu verarbeiten.« Und als sie auf dem Rückweg eine kleine Picknickpause am Alamedin-Fluss am Rande des weitläufigen Ala-Artscha-Nationalparks einlegten, fühlte auch sie sich, als wäre sie *mittagwärts, mitternachtwärts* durch eine erste kirgisische Empfindungsflut gereist. Über holprige Straßen ging es nunmehr in Richtung Westen weiter, Talant kommentierte die Orte, die sie passierten, gab ein launiges Gemisch aus allem, was ihm interessant und wichtig erschien, zum Besten und hielt schließlich in einem kleinen Durchzugsörtchen namens Belowodsk, in dem sie Kumys einkauften.

»Sie haben es bestimmt eilig, nach Koshomkul zu kommen, aber würde es Sie stören, wenn wir kurz bei meinen Eltern und meinem jüngsten Sohn vorbeischauten?«, fragte er. »Es liegt quasi auf dem Weg.«

»Schon in Ordnung«, antwortete Sybille, die dem Rausch der neuen Eindrücke und Bilder noch längst nicht überdrüssig war. Mitten im Nirgendwo tauchte wenig später der elterliche Hof auf. Das Hallo war groß und herzlich. Die Frauen schälten an einem großen Tisch in einer Blechgarage Kartoffeln und Rüben, auf dem alten Holzofen köchelten Lammteile in diversen Töpfen und Pfannen vor sich hin. Sybille wurde sofort zum Helfen eingeteilt – wie es aussah, waren sie zum Essen eingeladen. Talant unterhielt sich indessen angeregt mit seinem Vater und seinem Jüngsten, Ishemkulov, der einmal das kleine Anwesen übernehmen sollte und schon jetzt, wann immer es die Schule erlaubte, bei der Arbeit half – dabei tranken sie die mitgebrachte Stutenmilch aus den Plastikflaschen. Sybille beobachtete das patriarchalisch getrennte Geschehen – alle Akteure, allen voran die drei Stammesfürsten, schienen in ihrem Element zu sein. Sie hatte ihre Hausaufgaben gemacht: Eine »tugendhafte« Frau zeigte sich in Kirgistan stets zurückhaltend, artig und gehorsam und hatte vor allem dekorativ und hübsch zu sein. Ein eigenständiges und selbstbestimmtes Leben mit qualifizierter Ausbildung und Arbeitsplatz waren keine realistische Option, Ehe lautete fast ausnahmslos das Ziel, auch wenn es danach nicht unbedingt rosig weiterging. Frauen arbeiteten unterm Strich härter, hatten weniger Rechte und mehr Pflichten als XY-Bechromosomte, was ihnen mit zunehmendem Alter in den Gesichtern anzusehen war wie einst den schwer arbeitenden Großmüttern aus Kriegszeiten. Im Fall einer Scheidung, die ohnehin dem Scheiterhaufen gleichkam und ähnlich inexistent war wie Homosexualität oder Waisenhäuser, hatten Frauen weder ein Recht auf Unterhalt, Alimente noch Erbe. Zwar sahen Talants Schwestern, Cousinen und Nichten nicht unglücklich aus, aber verhielt es sich mit Glück und Unglück nicht so, dass diese darauf bauten, was man kannte, was in einer Gesellschaft üblich war, in der eigenen Sozialisierung als normal empfunden wurde? Während man hier Patriarchat, Polygamie, traditionelle Rollenbilder akzeptierte, regierte anderswo der Feminismus oder eine Mischlösung aus beidem, ein Zwischenschritt, und wieder eine Vierteläquatordrehung weiter die geschlechtsneutrale Zukunftsvision von Genderqueers, bei der Mann- und Frau-Unterschiede (Schwänze und Mösen) überhaupt keine Rolle mehr spielten. Sybille fiel hierzulande nur eine einzige Frau ein, die zwischen 1811 und 1907 sämtliche Regeln über Bord geworfen hatte – zu einer Zeit, in der Frauen anderer islamisch geprägter Länder ausschließlich als Leibeigene ohne jegliches Mitspracherecht galten: Kurmandshan Datka, die legendäre Stammesfürstin der Alaj-Kirgisen, die sich einer Zwangsheirat widersetzte und als Widerstandskämpferin gegen die Armee des Zaren einen Namen machte, was eine echte Sensation darstellte. Auch heute noch wurde die »Königin des Südens« hochverehrt und schaffte es, ihren Töchtern der Jetztzeit von einem Fünfzig-Som-Schein aus Mut zuzulächeln.

Über all das dachte Sybille nach, als sie zwischen den Greisinnen und kleinen Mädchen in der überdachten Freiluftküche saß und Gemüse schälte. Was sie wohl von ihr hielten? Sie, eine Ausländerin, die das hiesige Frauenbild nicht einmal annähernd verkörperte, die sich mit ihrem Dutt auf dem Kopf, ihrer Kinder- und Ehelosigkeit, ihrer Ungeschminktheit beinahe wie Matula vorkam, asexuell, sächlich, unsichtbar, die einen Guide engagierte und allein durchs Land reiste, um eine Mission zu verfolgen, über die man, so ehrlich musste sie sein, eigentlich nur den Kopf schütteln konnte. Sybille zog also ihre Ausländer- und Matulakarte, setzte sich ein Stück weit entfernt auf einen Stein in die Sonne und rauchte eine Zigarette. Die Gegend war unbeschreiblich schön, vor allem die Berge – seit Anbeginn hingepflockt, mehrreihig aufgetürmt, zu gewaltigen Ketten aneinandergereiht, die in matt changierenden Grau- und Grüntönen auf das Ende der Welt zu warten schienen und jedes Echo schluckten. Hier sagten sich definitiv Fuchs und Hase gute Nacht oder Steinadler und Schneeleopard – und Sybille war unheimlich froh hier zu sein, mitten in der Pampa, mitten im Nirgendwo, umgeben von Menschen, die einfach nur waren, wer sie waren, lebten, wie sie lebten, hatten, was sie hatten, auf eine Art echter, unbeeinflusster, vielleicht auch rückständiger daherkamen als ihre Brüder und Schwestern in den Metropolen der Welt, die von Fortschritt, Globalisierung, Wettbewerb verwässert und verändert wurden. Selbst Bischkek verkörperte in dem Sinne ja nicht das wirkliche Kirgistan.

Sybille schlenderte über das Grundstück, entdeckte einen kleinen, knallpinken Plastikspiegel mit Strasssteinen an der Außenseite des Scheunentors, in dem sie sich kurz musterte, flanierte durch einen wilden Garten mit knorrigen

Obstbäumen und Gemüsereihen zurück zum Haus und warf einen flüchtigen Blick in eins der Zimmer, wo sie einen stolz präsentierten Fauteuil auf nacktem Betonsockel nebst altem Fernsehapparat, rostiger Zimmerantenne und ein paar gackernden Hühnern ausmachte – ein lustiges Bild. (Klick). Wieder im Kreis der fleißigen Frauen mit ihren grellen Kopftüchern, rauen Händen und goldenen Zähnen angekommen hatte Sybille das Gefühl, dass ihr kirgisisches Abenteuer jetzt erst richtig losgehen würde.

»Ich dachte, wo wir schon einmal quer durchs ganze Land fahren, könnten Sie auch gleich das echte Leben kennenlernen«, rief Talant ihr entgegen. Offensichtlich war auch er von seiner Hof-, Stall- und Viehinspektionsrunde zurück. »Kommen Sie, wir kriegen gebratene Eier, Joghurt mit Marmelade und frische Blinis serviert, der Schafseintopf dauert zu lange.« Nachdem sie gespeist und Talant die aus der Stadt mitgebrachten Geschenke verteilt oder, besser gesagt, gegen einen nicht unbeträchtlichen, in verschiedenen Dosen und Papieren verpackten Reiseproviant getauscht hatte, fuhren sie satt und müde davon und ließen Kilometer um Kilometer der leidlich ausgebauten M41 hinter sich, die die Tschuj-Ebene mit Dshalal Abad, Osch und dem Süden verband. Erneut stoppte Talant in einem unscheinbaren Durchzugsort, um den Wagen vollzutanken und bei einem der Jurtenbesitzer sein Leibgetränk (Kumys) und seine Magenspeise (Kurut) nachzukaufen – der ursprüngliche Vorrat war zum Großteil bei seinen Verwandten verblieben und die Fleisch- und Brotberge im Kofferraum schienen ihm nicht zu reichen.

»Wir sind gerade in Paris«, grinste er schelmisch, »der Ort verdankt seinen Namen diversen Lkw-Fahrern, die sich, aus der endlosen Einöde des Südens kommend, wieder zurück in der Zivilisation glaubten. Die grellen Reklametafeln und Leuchtschriften an den Häusern erinnerten sie offensichtlich an das lustvolle Leben in Paris.«

»Paris also«, amüsierte sich Sybille, »warum nicht gleich Las Vegas?« Darauf hatte auch Talant zur Abwechslung einmal keine Antwort parat.

»Das heißt, wir fahren jetzt ins absolute Niemandsland?«

»Ja, so könnte man es nennen. Wir passieren heute noch den Töö-Pass mit seinen 3.229 Metern und dann werden Sie staunen.«

»Warum?«, hakte Sybille nach.

»Weil Sie danach die schönste Postkartenlandschaft von ganz Kirgistan zu sehen bekommen – ein abgelegenes, kaum besiedeltes Hochtal, die Suusamyr-Ebene. Und von da aus sind es dann auch nur noch fünfzehn Kilometer bis Koshomkul.« Sybilles Augen leuchteten. Sie hatte sich während des Wartens turbanartig ein Tuch um ihren Kopf gewickelt, um sich vor dem Fahrtwind und der gleißenden Sonne zu schützen (ihre Augen brannten schon), und so weit ins Gesicht gezogen, dass zwischen Stoff und Sonnenbrille nur ein winziger Spalt frei geblieben war.

»Sie sehen aus wie eine Wüstenmaus«, machte sich Talant über sie lustig.

Stundenlang bretterten sie durch die unendlichen Weiten, gelangten höher und höher, bis sie schließlich den Pass erreichten. Sybille bat ihn kurz anzuhalten, sie wollte den Ausblick genießen und ein Erinnerungsfoto machen. Mit ausgebreiteten Armen posierte sie fröstelnd im kurzärmeligen T-Shirt zwischen den steil aufragenden Felsen im Schnee und juchzte. *You can count on me* stand in großen Lettern unter Grobi, dem schusseligen Monster aus der Sesamstraße. Sie hatte das Oberteil passend zum Auftakt ihrer Reise gewählt. Hier oben war es kalt, richtig kalt – der Temperaturunterschied betrug bestimmt fünfzehn Grad und stellte eine interessante Abwechslung zu Sybilles permanent gefühlter Überhitzung dar. Sie verdrückten beide je zwei »Step«, die Talant extra für die Reise besorgt hatte.

»In Kirgistan sagt man, das Wetter in den Bergen ist wie eine Frau: unberechenbar und launisch.« Er lachte.

»Ein blödes Klischee«, dachte Sybille, aber sie grinste auch, war sie doch selbst das beste Beispiel dafür.

Am frühen Abend erreichten sie Koshomkul. Talant steuerte den Wagen im Schritttempo durch den Ort, wie so oft fehlten die Straßenbeschriftungen und Hausnummern, aber Orientierung funktionierte in Kirgistan ohnehin nur auf eine Art und Weise: Er parkte im Schatten eines Baumes und winkte eine Frau herbei, die mit zwei großen Kannen die Straße entlangschlurfte. Er hielt ihr das Foto von Samats Elternhaus unter die Nase und fragte auf Kirgisisch nach dem Weg (Sybille glaubte den Namen Jamanbai uulu herauszuhören). Eine Zeitlang gestikulierte sie wild, zeigte mal in die eine, mal in die andere Richtung und stieg schließlich zu ihnen in den Wagen, nicht ohne Sybille dabei neugierig und unverhohlen anzustarren.

»Na bitte!«, sagte Talant, »Glück muss man haben. Sie weiß, wo wir hinmüssen.« Fünf Minuten später waren sie da. Das Haus sah noch genauso aus wie auf dem Foto, nur die Türen und Fenster waren neu gestrichen und leuchteten in einem hellen Blau.

»Aufgeregt?«, fragte er. Sybille nickte und nahm einen Schluck aus der Wasserflasche.

»Sehr«, sagte sie. Es war ganz etwas anderes, jetzt in Zentralasien auf Samats zweite Familie zu treffen, als in Kindertagen im vertrauten Österreich seine Mutter Erna Bergen besucht zu haben. Seine kirgisische Verwandtschaft war, bis auf die wenigen Beschreibungen aus seinen Briefen, absolut fremd für sie. Sie wusste nichts von ihr. Aber hoffentlich wusste sie etwas von ihm.

»Das wird schon«, ermunterte sie Talant, »lassen Sie mich nur machen.« Und dann klopfte er an die Tür. Ein wildes Bellen und Knurren setzte ein, heraus trat eine Frau, in etwa so alt wie Sybille, begleitet von einem hüfthohen, sich aufbäumenden Hund, und blickte sie fragend an. Talant erklärte ihr, dass sie auf der Suche nach Samat seien, Samat Bergen oder auch Samat Jamanbai uulu, und dass seine Freundin, er zeigte auf die leicht eingeschüchterte Sybille, extra den weiten Weg aus Österreich auf sich genommen habe, um ihn zu sehen. Sie seien Jugendfreunde gewesen, bevor er 1989 nach Kirgistan verschwunden sei, und das hier, er reichte ihr die Fotografie, sei laut seiner Briefe sein Elternhaus. Er fragte die Kirgisin, ob das so weit stimme, ob sie Samat kenne und ob sie wisse, wo er sich zurzeit aufhalte. Es gestaltete sich einigermaßen anstrengend für Sybille, so gut wie nichts zu verstehen, nicht selbst und direkt fragen zu können, sondern nur mit Hilfe von Talants Übersetzung dem Gespräch zu folgen. Die Kirgisin sah sich das Foto an, blickte dann zu Sybille und winkte den beiden ins Haus zu kommen. Wie sich herausstellte, war sie Altinai, Samats Halbschwester. Sie war gerade dabei, Marmelade einzukochen, und Sybille bedeutete ihr, dass sie helfen wollte. Sie schnappte sich eine der herumstehenden Schüsseln mit Ribiseln und löste die Früchte von den Stielen. Altinai lächelte. Auch sie schien verunsichert zu sein, doch Talant klärte sie auf, dass es sich wohl weniger um Schüchternheit handelte als vielmehr darum, dass Altinai allein zu Hause war und für gewöhnlich der Mann das Reden übernahm.

»Welcher Mann?«, setzte Sybille an, als die Tür aufging und ein stämmiger Kerl mit mürrischem Gesichtsausdruck und Schnauzbart das Haus betrat. Er hielt überrascht inne und wich einen Schritt zurück, doch Talant streckte ihm die Hand entgegen und erklärte erneut den Grund ihrer Anwesenheit. Der Stämmige grunzte, streifte sich die Stiefel von den Füßen und ließ sich aufs Sofa plumpsen. Mit herrischem Ton kommandierte er Altinai in die Küche und wenig später kam diese mit Chai, Marmelade und Borsook-Schmalzgebäck zurück und schenkte ihnen ein. Sybille musterte ihn: Er trug drei Wollpullover übereinander, nahm auch in der Stube seine löchrige Strickmütze nicht vom Kopf und roch stark nach Schweiß und Stall, vielleicht auch nach Pferd, denn das sah Sybille jetzt durchs offene Fenster angepflockt vor dem Haus stehen. Ein Kirgise ohne Pferd war absolut undenkbar, was sie spätestens wusste, seit sie Alfred Edmund Brehms Reisenotizen aus 1867 gelesen hatte, in denen der deutsche Zoodirektor und Schriftsteller unter anderem festhielt: *Ohne Pferd ist der Kirgise dasselbe, was bei uns ein heimatloser Mann ist, ohne Pferd hält er sich selbst für den Ärmsten unter der Sonne.*

Sie selbst war noch nie auf einem Pferd gesessen, hatte einigen Respekt vor den groß gewachsenen Tieren, vor allem seit sie im Zuge eines kurzen, verdrängten Praktikums bei einem Landarzt relativ zu Beginn ihres Studiums einmal einem Fohlen unter komplizierten Umständen zum Leben verholfen hatte. Über dem geparkten Hengst zogen in beinahe unheimlichem Tempo die Wolken über den Himmel, flohen von rechts nach links aus ihrem Fensterblickfeld. Schon die ganze Zeit lag ein dumpfes Donnergrollen in der Luft, das sie einem drohenden Gewitter zugeschrieben hatte, doch dann fiel ihr ein, dass das Geräusch aller Wahrscheinlichkeit nach vom mächtigen Kökömeren herrührte, der damals in jener fiebergetränkten, zukunftsweisenden Nacht ihrem verstopften Lebensfluss wieder neuen Auftrieb gegeben, die gewaltigen Felsbrocken ihres Unterbewusstseins talwärts gerollt, zermalmt und zu glänzenden Kieseln geschliffen hatte.

»Das ist der Kökömeren, nicht wahr?«, rutschte es ihr heraus und Talant nickte. Er flüsterte ihr zu, doch mit Altinai nach nebenan in die Küche zu gehen, es sei besser, sich mit Samats Halbbruder von Mann zu Mann zu unterhalten, sie solle ihm vertrauen und jetzt nicht ihre westliche Emanzenkarte ausspielen, aber das hatte Sybille gar nicht vorgehabt.

»Möge das kirgisische Patriarchat mit euch sein«, sagte sie mit ernster Miene und zog gemeinsam mit Altinai ab. Diese wies ihr einen Platz auf der Küchenbank zu und verschwand. Nach wenigen Minuten kam sie mit einem bunt verzierten Schmuckkästchen zurück. Sie öffnete es und kramte ein Foto hervor. Sybille schnappte nach Luft. Es zeigte sie und Samat in ihrem letzten gemeinsamen Sommer in Österreich. Das war sechsundzwanzig Jahre her, aber Altinai hatte sie wiedererkannt und deutete zuerst mit dem Finger auf sie und dann auf das Mädchen auf dem Bild.

»Where's Samat?«, versuchte Sybille es jetzt auf Englisch, tippte ihrerseits auf den Jungen, malte Fragezeichen in die Luft und holte die Landkarte aus ihrer Tasche. »Samat? Where? Gde? Eng shakyn Samat?«, fragte sie erneut mit einer unbeholfenen Mischung aus Englisch-, Russisch- und Kirgisischbrocken, aber Altinai schüttelte den Kopf. Sie schien zwar verstanden zu haben, nicht aber die Antwort zu kennen. Mit einigem Geschick in Sachen pantomimischem Herumgefuchtel und mehreren vollgemalten Zetteln gelang es Sybille dennoch, herauszufinden, dass das nebenan Tilek, der ältere ihrer beiden Brüder war, der andere, Askar, in

Amerika weilte und ihre Eltern Jamanbai und Nasgül, wie auch Talant bereits erwähnt hatte, nicht mehr am Leben waren (was Altinai mit zwei Kreuzen erklärte, unter die sie die Zahl 2004 kritzelte). Sie hatte umgekehrt wissen wollen, wie alt Sybille war (wie sich herausstellte, waren sie beide 1975 geboren), ob sie Kinder hatte, ob sie verheiratet war und welchen Beruf sie ausübte. Auch das ließ sich einigermaßen zufriedenstellend mit Händen und Füßen beantworten. Schließlich nahm Altinai Sybilles Hand und zog sie in den Garten hinaus. Hinter einem Bretterverschlag wuchsen kniehoch, krautig und in sattem Grün zwei vertraute Gefährten: Dill und Kerbel. Einträchtig standen die beiden Frauen eine Zeitlang vor dem Hain. Altinai schien vieles zu wissen und verstanden zu haben.

»Samat«, sagte sie und formte mit ihren beiden Daumen und Zeigefingern ein Herz. Sybille legte die Hand auf ihre Schulter.

Zurück im Haus horchten die beiden auf. Nebenan war es laut geworden. Als sie zu den Männern in die Stube traten, wurde heftig debattiert. Talant hatte einige Samat-Briefe, die sie ihm zum Lesen überlassen hatte, auf den Tisch gelegt und redete auf Tilek ein, der seinerseits wild gestikulierte und schließlich wutentbrannt, gefolgt von seinem Taigan, zur Tür hinausstürmte.

»Familiengeschichten in Kirgistan sind kompliziert«, eröffnete Talant seinen vorläufigen Ergebnisbericht. »Und diese hier scheint noch um einiges komplizierter zu sein. Hier ist gar nichts, wie es sein sollte: Die Eltern haben sich umgebracht oder wurden grausam ermordet. Der jüngere Sohn, der eigentlich dafür bestimmt war, das Haus zu übernehmen, ist nach Amerika abgehauen. Stattdessen lebt jetzt Tilek ohne Frau und Kind – die sind beide gestorben – mit seiner Schwester Altinai, einem gefallenen Mädchen, hier. Das ist die Kurzversion, aber am besten wird es wohl sein, ich fange von vorne zu erzählen an, dazu muss ich allerdings ein wenig ausholen. Um die Kirgisen und ihre Denk- und Handlungsweisen zu verstehen, gilt es, sich zwei wesentliche Dinge vor Augen zu führen: erstens, die Geschichte der vorigen und vorvorigen Generationen und zweitens, den bedingungslosen Zusammenhalt zwischen Vätern und Söhnen, Brüdern und Schwestern, Lebenden und Toten. In Kirgistan ist jede Familiengeschichte auch eine politische Geschichte. Oder anders gesagt: In einem Land politischer Umbrüche und Instabilität ist Familienzusammenhalt die einzig mögliche Überlebensstrategie. Selbst in diesem Fall.«

Sybille ahnte, wovon er sprach. Zwar hatte sie selbst nie ein großes Bedürfnis gehabt, sich mit ihren zerrütteten Familienverhältnissen auseinanderzusetzen, aber geschadet hätte es ganz sicher nicht. Familie hörte in dem Sinne ja nie auf, sie machte einen zu der Person, die man war, mit allen ahnenschweren Vorzügen und urzeitenschwangeren Fehlern.

»Was ist mit Tilek?«, fragte sie.

»Der kommt schon wieder, keine Sorge. Ich habe ihm wohl zu viele unangenehme Fragen auf einmal gestellt – über den Tod seiner Eltern, warum er keine eigene Familie hat, warum Altinai bei ihm lebt und natürlich ob er in letzter Zeit etwas von Samat gehört hat. Da sind ihm einfach die Nerven durchgegangen. Erst wollte er mit mir ja überhaupt nicht über die Vergangenheit sprechen, aber ein wenig Bargeld hat seine Zunge schließlich gelockert«, grinste Talant vielsagend. »Wie gesagt, er ist nur etwas Dampf ablassen, geben wir ihm eine Weile. In der Zwischenzeit fasse ich zusammen, was ich bereits in Erfahrung bringen konnte. Setzen Sie sich, es gibt viel zu berichten.« Er wetzte ein paar Mal auf dem Stuhl hin und her, um es sich bequem zu machen, und warf einen kurzen Blick in seine Notizen. »Mal sehen«, überlegte er, »in Samats Fall beginnen wir am besten bei seinem Großvater Tschingis.« Und dann fing Talant zu erzählen an:

»Samats Großvater Tschingis Bakir uulu wurde im Jahr 1905 in einer kleinen Jurtengemeinschaft, einem sogenannten ail, im nördlichen Kirgistan geboren, wo er seine ersten sechs Lebensjahre verbrachte und gemeinsam mit seinen Eltern von der Viehzucht lebte. Wie alle Nomaden zogen sie in der heißen Jahreszeit mit ihren Viehherden auf die Sommerweiden im Hochgebirge und im Winter wieder hinunter ins Tal. Der Clan, zu dem auch die Familie von Samats Großvater gehörte, lebte jedoch in einem Gebiet, das zu Beginn des zwanzigsten Jahrhunderts von russischen Siedlern eingenommen wurde. 1916 kam es zu blutigen Kämpfen und Vertreibungen – Tschingis' Familie musste wie viele andere in die Berge fliehen. Geschätzte 200.000 Zentralasiaten verhungerten und verdursteten damals auf der Flucht, unter ihnen auch Tschingis' Eltern. Aber er selbst überlebte und gelangte nach einigen Umwegen über entfernte Verwandte in Pischpek (der Stadt, die ab 1926 Frunse, ab 1991 Bischkek heißen sollte) nach Koshomkul, wo übrigens der berühmte Recke, dem Sie und Ihr Freund ja zugetan sind, in den 1920er-Jahren Vorsitzender der hiesigen Kolchose war. Tschingis jedenfalls arbeitete hart, hackte Brennholz, verteilte das Wasser im Dorf und hütete das Vieh. Als dann regelmäßig ein Lehrer ins ail kam, zeigte Tschingis großes Talent, lernte Lesen und Schreiben (in seiner frühesten Kindheit war er mit der geschriebenen Sprache nur bei seltenen Besuchen von Volksdichtern, sogenannter Akyne, in Berührung gekommen) und so beschlossen seine Verwandten – auch auf Anraten seines Freundes und Mentors Koshomkul –, ihn 1922 zum Studium ins Internat nach Taschkent zu schicken. Ein Vorzeigeschüler und Waisenkind wie er bekam dort Ausbildung und Essen umsonst – die Sowjetmacht eröffnete ihm zu jener Zeit völlig neue Möglichkeiten. Die Führung des zaristischen Russlands war mit der Februarrevolution 1917 entmachtet worden, die Bolschewiki hatten unter Lenin in der Oktoberrevolution gekämpft und schließlich mit dem Sieg des Russischen Bürgerkriegs im Dezember 1922 die Union der Sozialistischen Sowjetrepubliken ausrufen lassen. Nun hieß es, aus dem in vielen Bereichen rückständigen und wirtschaftlich katastrophalen Bauernland innerhalb von zwanzig Jahren eine Industriemacht aufzubauen, um diese dann in der Folge zum Ausgangspunkt einer Weltrevolution zu machen – so lauteten zumindest damals die hehren Ziele. Wie auch immer, Februar-, Oktoberrevolution und Bürgerkrieg waren überstanden, und als Tschingis siebzehn Jahre alt wurde, begann sozusagen sein zweites Leben als Sowjetbürger, auch wenn er, wie die Zukunft zeigen sollte, seine Nomadenjahre nie vergessen, seine Herkunft nie verraten würde. Als er nach fünf Jahren an der mittelasiatischen Staatsuniversität in Taschkent 1927 voller Freude und Sehnsucht in seine Heimat – die frisch gebackene Kirgisisch Autonome Sozialistische Sowjetrepublik – zurückkehrte, schlug er eine mittelbescheidene Funktionärskarriere auf Rajonebene ein und baute im Zuge der fortschreitenden Kollektivierung des Landlebens in den Folgejahren eine der ersten Kolchosen auf. Nach Moskau zog es ihn nie. Er schrieb die klassische Geschichte eines Aufsteigers der frühen Sowjetzeit, eines Funktionärs, der seine Ausbildung und Karriere zwar dem sowjetischen Staat verdankte, dabei jedoch nie die Welt seiner Vorfahren vergaß. Rückblickend gesehen war Tschingis Bakir uulu wie tausend andere Zeit seines Lebens in der Ambivalenz und Tragik der Sowjetisierung gefangen, einerseits ein begeisterter Anhänger des Fortschritts und des Neuen, andererseits innerlich ein erbitterter Gegner der brutalen Vergangenheits- und Identitätsvernichtung, die auch seine ganze persönliche, kirgisische Vergangenheit mitsamt dem genealogischen Wissen seiner Vorfahren auszulöschen suchte. In seiner (Doppel)Rolle als Sowjetbürger gab Tschingis sein Bestes, um in seinem Wirkungskreis – der Kolchose –, seinen nomadischen Traditionen und, wenn man so wollte, seiner archaischen Identität treu zu bleiben. Das funktionierte phasenweise leichter – wie etwa unter Lenin oder später auch unter Chruschtschow und Breschnew, aber selbst in der ideologisch spielraumlosen Ära Stalin hielt Tschingis, wenn auch im Geheimen, an seiner Naturverbundenheit, den althergebrachten Glaubens- und Brauchtumstraditionen fest, betete mutig zu seinen Helden und Göttern und predigte sein altes Wissen im Kreise seiner Familie und Freunde.

Dann kam der Zweite Weltkrieg und mit ihm eine andere, elementarere Art von Sorgen, ging es doch jahrelang um die Bekämpfung der Hungersnot und ums nackte Überleben. Eine in der Tat absurde Kriegsgeschichte aus diesen Jahren hatte es von Tschingis' Mund über seinen Sohn Jamanbai bis zu den Ohren seines Enkels Tilek geschafft – sie handelte von Hakenkreuzwäldern, die in den Jahren 1941/42 angeblich von Wolga-Deutschen in der Nähe des Dörfchens Leninpol (heute hieß es Bakaiata) im Talas-Gebiet angepflanzt worden waren mit dem Hintergedanken, dass deutsche Flieger das Dorf nicht bombardieren würden, wenn sie erst aus der Vogelperspektive das eindeutige Symbol entdeckten (die deutsche Armee sollte freilich über Moskau gar nie hinauskommen). Eine ähnliche Idee, obgleich mit gänzlich anderer Absicht, hatte später auch noch eine Gruppe deutscher Kriegsgefangener verfolgt, die – vielleicht aus innerer Rebellion, vielleicht aus Langeweile heraus – einen Hakenkreuznadelwald bei Tasch Baschat im Naryn-Oblast anlegten, der angeblich immer noch steht. Aber ich bin wohl etwas abgeschweift«, entschuldigte sich Talant. »Wir waren beim Zweiten Weltkrieg stehen geblieben, aus dem die Sowjetunion als eine der Siegermächte hervorging und die patriotische Wende ihren Höhepunkt erreichte – die Kirgisen waren (nach und nach) zu Sowjetmenschen geworden. Und genau in diese Zeit hinein wurde schließlich Tschingis' einziger Sohn Jamanbai – Samats und später auch Tileks, Askars und Altinais Vater – geboren, der einen ganz anderen Weg einschlug und alles ablehnte, was seinem Vater jemals heilig gewesen war. Tschingis Bakir uulu habe zweifellos ein widersprüchliches, tragisches und kompliziertes Leben geführt, aber er sei dabei immer gerecht gewesen, habe ein gutes Herz gehabt und im Zweifelsfall zugunsten der Menschen und nicht der Partei entschieden, wie Tilek meinte. Und außerdem hat er noch betont, dass sein Großvater, wenn man das so sagen kann, der einzig wahre Kirgise in der Familie war. Er war unter anderem mit Koshomkul – den kennen Sie ja schon – «, zwinkerte ihr Talant munter zu, »und Kasym Tynystanov befreundet – zwei bedeutende Zeitgenossen. Tynystanov galt in den 1930er-Jahren als einer der einflussreichsten kirgisischen Politakteure, war Verfasser eines lateinischen Alphabets, einer Grammatik sowie eines angefangenen Wörterbuchs für die kirgisische Sprache. Leider fand er ein grausames Ende, er wurde im Zuge des stalinistischen Terrors des Nationalismus für schuldig befunden und 1938 hingerichtet. Aber zurück zu Tschingis: Dieser hatte mit großer Leidenschaft Taigane und Falken gezüchtet, das *Manas-Epos* und den Tengrismus studiert, kirgisische Tänze und Komuz gelehrt. Er war es, der bei allen vier Enkelkindern auf kirgisischen Namen bestanden und letztendlich auch Erna und dem kleinen Samat Anfang der Siebzigerjahre heimlich zur Flucht verholfen hatte – eine Tatsache, die ihm sein Sohn seinen Lebtag nie verzieh. Und er war es auch, der sich an einem kalten Wintertag des Jahres 1976 schließlich auf sein Sterbebett legte und friedlich einschlief. Ihn hätte Samat, laut Tilek, kennenlernen sollen, nicht seinen Vater. Aber leider sei er dafür, als er im Herbst 1989 vor ihrer Tür aufgetaucht sei, dreizehn Jahre zu spät gewesen.«

Altinai kam genau im richtigen Moment aus der Küche und brachte auf einem Tablett nochmals frisch gebrühten Chai mit der eben fertiggestellten Ribiselmarmelade zum Süßen, kleine Teller mit Waffeln, Nüssen, getrockneten Marillen, in buntes Cellophan verpackte Süßigkeiten und natürlich den obligatorischen Nachschub an Borsook und Sary maj – ausgelassener Butter. Aus der Küche roch es schon nach Schafseintopf, der auf dem Herd munter dem Abendessen entgegenzuköcheln schien. Sie bedankten sich, Sybille brachte ein gekonntes »Yrachmat« über die Lippen. Das konzentrierte Zuhören und Verarbeiten der Tschingis- und Tilek-Informationen hatten sie hungrig gemacht, sie langte ordentlich zu.

»Geht es noch bei Ihnen?«, fragte Talant, »oder sollen wir eine kurze Pause einlegen?«

»Bloß nicht«, gab Sybille zurück, »außer Sie möchten ein wenig verschnaufen.« Gierig war sie an Talants Lippen gehangen, seinen Worten gefolgt und dabei in die sowjetisch-kirgisische Vergangenheit eingetaucht, die an einem bestimmten Punkt bei Samat und der Gegenwart enden würde. Unbedingt wollte sie wissen, wie es weiterging. Vor allem jetzt, da Samats Vater Jamanbai an die Reihe kam, die Person, wegen der ihr Seelenfreund damals überhaupt erst auf die Idee gekommen war, Österreich den Rücken zu kehren und seine Heimat aufzusuchen. Nicht einmal eine Zigarette wollte sie rauchen, so begierig war sie auf die Fortsetzung. »Los, los, los«, bettelte sie.

»Samats Vater Jamanbai Tschingis uulu kam 1940 zur Welt. Er war wie gesagt Tschingis' einziger Sohn, der ihm für kirgisische Verhältnisse ungewöhnlich spät geschenkt wurde – er war damals bereits fünfunddreißig Jahre alt. Dass seine Frau Frieda, die als Kind einen Unfall erlitten hatte und seither als unfruchtbar galt, überhaupt einmal gebären würde, kam einem Wunder gleich. Jamanbai wuchs bei seinen Eltern in der Kolchose auf, die Zeiten waren hart, der Große Vaterländische Krieg, der als Teil des Zweiten Weltkriegs 1941 mit dem Überfall der deutschen Wehrmacht auf die Sowjetunion begonnen hatte, hinterließ seine Spuren: Im Mai 1942 waren die Planziele erhöht worden, was ein Mehr an harter Arbeit, zahlreiche Spar- und Zwangsmaßnahmen und Requisitionen mit sich brachte, und so waren Jamanbais erste Lebensjahre von rauen, kargen Bedingungen, der Allgegenwart des Hungers und langen Schlangen vor den Geschäften geprägt.« Talant machte eine kurze Pause. Offensichtlich überlegte er, wie er fortfahren sollte. Er entschloss sich zu einem kurzen Exkurs in allgemeinem Geschichtswissen: »Der Zweite Weltkrieg veränderte ja grundlegend die politischen und sozialen Strukturen, nicht nur in den Titularnationen, sondern auf der ganzen Welt: Die europäischen Kolonialmächte Großbritannien und Frankreich verloren ihre Großmachtstellung, die USA und die Sowjetunion wurden zu Supermächten. Ihre größte Ausdehnung, die sie auch bis zu ihrem Ende beibehielt, erlangte die Union zwischen 1941 und 1945 mit der Einverleibung der baltischen Länder, Bessarabiens, Tuwas, des nördlichen Teils Ostpreußens sowie finnischer, polnischer, tschechoslowakischer und japanischer Gebiete. Unglaubliche 22,4 Millionen Quadratkilometer, fast ein Sechstel des Festlandes der Erde, umfasste das Territorium der UdSSR zu jener Zeit und zählte damit zu den größten Herrschaftsräumen der Geschichte. Und Kirgistan«, er korrigierte sich, »also die Kirgisische SSR war ein Teil davon. Zwischen zwanzig und vierzig Millionen Sowjetbürger mussten damals ihr Leben lassen – darunter auch schätzungsweise 150.000 Kirgisen –, noch immer zeugen zahlreiche Soldatendenkmäler im ganzen Land von den Opfern des Deutsch-Sowjetischen Krieges. Doch am Ende kam es zum sowjetischen Sieg. WIR hatten gewonnen. WIR hatten unseren Teil dazu beigetragen. Ich betone dieses Wir, weil der Zweite Weltkrieg und der errungene Sieg maßgeblich dafür verantwortlich waren, dass es zwischen den einzelnen Titularnationen der UdSSR zu einem starken Gefühl der Vereinigung, der Zusammengehörigkeit kam, das in der Folge auch den Übergang und Wandel hin zum russischen Patriotismus, zum Russozentrismus erklärt. Es ist mir wirklich ein Bedürfnis, das zu betonen, Ihnen die geschichtlichen Hintergründe zu erläutern, Sie unterbrechen mich einfach, wenn ich zu oberlehrerhaft werde«, hielt Talant kurz inne und wartete auf Sybilles Reaktion.

»Fahren Sie ruhig fort, es ist spannend«, sagte sie.

Talant konzentrierte sich. »Doch der Sieg half uns Kirgisen ja nicht beim täglichen Leben. Das Land war wirtschaftlich und gesellschaftlich überfordert, zu einer klaffenden Wunde geworden. Hunderttausende kamen, um sich hier anzusiedeln und niederzulassen – darunter Fahnenflüchtige,

Verurteilte, Deportierte und Entrechtete aus allen Teilen der Sowjetunion, Flüchtlinge aus der jungen Volksrepublik China, vor Hungersnöten fliehende Nomaden, Juden, Kriegsgefangene … – das Land platzte förmlich aus allen Nähten, es gab viel zu wenig Lebensraum für zu viele Menschen, notdürftige Barackensiedlungen wurden angelegt, ethnische Konflikte zwischen den Einheimischen und Neubesiedlern keimten auf, Krankheiten und Hunger standen auf der Tagesordnung und das gesamte »kirgisische« Leben wurde erneut ausschließlich von Moskau diktiert. Die Kirgisische SSR war neben der Kasachischen die einzige der Sowjetrepubliken, in der die Titularnationalität weniger als die Hälfte der Gesamtbevölkerung stellte. Kein Wunder, dass wir seither unsere Probleme mit der Identitätsfindung haben«, seufzte er. »Aber zurück zu Jamanbai. Wenn Sie mich fragen, war es ihm geradezu vorherbestimmt, in die Wiege gelegt, mit Haut und Haar Russe zu werden. Er wurde ja quasi mitten in die aufkeimenden kanonischen Sowjetpositionen hineingezeugt, gegen die auch Tschingis und Frieda schnell nicht mehr ankamen, besonders als ihr Sohn 1950 mit zehn Jahren auf eine russische Parteischule wechselte – im Nachhinein vielleicht eine Fehlentscheidung seines Vaters, zumal es bis 1958 eigentlich üblich war, dass jedes Kind die Schule seiner jeweiligen Nationalität besuchte. Aber das Niveau russischer Bildungseinrichtungen galt damals um Klassen besser, und Tschingis, der seinem Sohn die bestmögliche Ausbildung zukommen lassen wollte, hatte es gut gemeint. Überhaupt, wer war rückblickend nicht schnell einmal klüger. 1958 übersiedelte Jamanbai nach Moskau, um dort an der Kommunistischen Universität der Arbeiter des Ostens zu studieren – das Russische war ihm längst zur eigentlichen Muttersprache geworden. Seine Eltern in Koshomkul sah er kaum, immer mehr löste er sich von ihrer, wie er es nannte, rückständigen Einstellung und hinterwäldlerischen Art und den alten kirgisischen Traditionen. Man wusste nicht, woran es lag, dass zwei, die sich liebten und ein gutes Herz hatten, zu einem Sohn kamen, der sich zum kompletten Gegenteil entwickelte, alles ablehnte, was er in seiner Kindheit an Werten mitbekommen hatte, mit den Jahren immer berechnender, kälter und grobherziger wurde, komplett dem Sowjetsystem verfiel und seine Wurzeln zur Gänze vergaß.«

Lautes Hufgetrappel im Hof unterbrach erneut ihren Familienausflug in die Vergangenheit. Es war Tilek, der von seinem Ausritt zurückgekehrt war und seinem Gefühlschaos offensichtlich genügend Raum und Luft gegeben hatte. Er betrat die Stube. Sybille schlug Talant vor, ihn auf den aktuellen Stand zu bringen und anschließend, vorausgesetzt er willigte ein, das Gespräch gemeinsam fortzuführen. Sie selbst ging vor die Tür, um eine Zigarette zu rauchen. »Never underestimate the power of family«, dachte sie und hatte schon jetzt mehr über Samats kirgisischen Stammbaum erfahren, als sie von ihrem eigenen wusste. Familie in Kirgistan war unausweichlich, unumstößlich, elementar. Da gab es kein Entkommen, da war man schneller, als einem lieb war, von alten Geistern und Banden und Geheimnissen umzingelt. Ausgerechnet hierher hatte es sie verschlagen müssen, mitten hinein in das verlorene (Ahnen)Land, aber vielleicht war genau das ihr vom Schicksal vorgezeichneter Weg, sich im Verlorenen wiederzufinden und neu zu definieren. Sie nahm zwischen den beiden Männern Platz und musterte Tilek, während Talant in kurzen Abständen seine Worte für sie übersetzte: »Jamanbai verachtete Tschingis für seine Menschlichkeit und die Freiheiten, die er in der Kolchose gewährte, denunzierte ihn mehr als einmal für seine nonkonforme Staatseinstellung und sein amoralisches Verhalten bei der Partei – wie er es auch schon zu Studienzeiten bei durch Schlägereien, Diebstahl, Rowdytum oder systematischen Trinkgelagen auffällig gewordenen Kommilitonen und Professoren getan hatte – und bewies früh ein gutes Händchen dafür, sich dort Freunde zu machen. Jamanbai betrieb die Überwachung und Beschattung, die besonders zu Chruschtschows Zeiten professionalisiert wurde, dermaßen gewissenhaft und erfolgreich, dass er eine Zeitlang sogar als Spitzel für den KGB im Einsatz war – unter anderem an den damals überlaufenen Pilgerorten in Südkirgistan, wie etwa dem Berg Tas-Sulejman in Osch, wo eine beachtliche Anzahl an Geistlichen seinetwegen in Gewahrsam genommen, wenn nicht sogar hingerichtet wurde. So kam es, dass er es im jungen Alter von nur sechsundzwanzig Jahren zum Volkskommissar für das Handelswesen der Kirgisischen SSR gebracht hatte. Es hätte alles so schön sein können, hätte ihm nicht ein einziges, entscheidendes, folgeträchtiges Mal das Schicksal einen Strich durch seine Rechnung gemacht, hätte er an einem launig-schwülen Sommertag des Jahres 1968 nicht eine falsche Entscheidung getroffen, weil er auch nur ein Mann war und den Blicken einer wunderschönen, liebreizenden Österreicherin erlag. Es war auf einem großen Schriftstellerkongress in Moskau, bei dem zahlreiche prominente Politiker, Literaten und andere Künstler vor Ort waren – er selbst sollte etwaige aufkeimende, nationalistisch gefärbte Meinungsäußerungen dokumentieren und eine Namensliste kritischer Literaten verfassen, eine Art an Stalin erinnerndes antikommunistisches Schwarzbuch –, als die junge Erna Bergen auf die Bühne trat und ihn in gewisser Weise der Blitz traf. Sie weilte gemeinsam mit anderen Austauschstudenten, primär aus der DDR, in Moskau, um an einem universitären Musikwettbewerb teilzunehmen, und war an jenem Tag eingeladen worden, um zur Zerstreuung der Tagungsteilnehmer zu singen und zu musizieren. Erna war das Rahmenprogramm, das Jamanbais Rahmen sprengte – ein Blick, ein Lächeln, eine Geste von ihr hatten ihn schwach gemacht, um den Verstand gebracht, sodass er, eitel und berechnend, diese westliche Trophäe, dieses wunderhübsche Prestigesubjekt mit glockenheller Stimme und naiv-jugendlichem Zauber haben wollte, besitzen musste. Wer konnte bei der anfänglichen Verliebtheit auch ahnen, dass sie sich nicht fügen würde, zu stark und eigenwillig war und ihr Glück trotz des gemeinsamen Sohnes Samat nur von kurzer Dauer sein würde. Jamanbai ahnte es nicht. Und so nahm er Erna zur Frau und mit sich nach Kirgistan, wo er einige rückständig gewordene Kolchosen – darunter auch jene seines Vaters – neu strukturieren und profitabler machen sollte. In den ersten Monaten bemühte er sich noch um Erna, überlegte für sie beide eine Eigentumswohnung in einem der neuen Stadtteile von Frunse anzuschaffen – er hätte ohnehin viel lieber dort gelebt, musste sich aber arbeitsbedingt vorerst in Koshomkul niederlassen –, lud sie zu den seltenen Gastspielen der bekannten Moskauer Theater und Opernhäuser ein, die oft notgedrungen, aber nicht minder spektakulär unter freiem Himmel stattfanden und scharenweise Zuschauer anzogen, die das Geschehen selbst noch von weit entfernten Berghängen aus beobachteten. Doch es dauerte nicht lange, bis Jamanbai ihres unbändigen Charakters überdrüssig wurde, sich mit anderen Frauen amüsierte, sie schlecht behandelte und Erna umgekehrt sein wahres Wesen erkannte, seine Brutalität, seine Menschenverachtung, seine Gräueltaten, und sich nach zwei kurzen, harten kirgisischen Jahren in einer Nacht- und Nebelaktion den kleinen Samat schnappte – Jamanbai war für ein paar Tage beruflich verreist und Tschingis brachte es nicht übers Herz, sie zurückzuhalten – und mit ihm nach Österreich floh. Hätte unsere Großmutter Frieda nicht so lange gelebt und immer wieder heimlich von Tschingis, Jamanbai und den alten Zeiten erzählt, wir wüssten nichts von all diesen Geschichten. Vaters Versionen waren freilich andere, er zimmerte sich seine eigene Wahrheit zurecht.« Tilek fiel es sichtlich schwer, über seinen Vater zu sprechen, nur widerwillig und ungelenk fanden die Worte ihren Weg an die Oberfläche.

»Jamanbai dürfte sehr streng und jähzornig gewesen sein«, übersetzte Talant jetzt etwas freier, »offensichtlich hat er auch seine zweite Frau Nasgül, Tileks Mutter, nicht sonderlich gut behandelt, genau wie seine Kolchosearbeiter, geschweige denn die Schafe und das sonstige Getier. Über die Zeit mit Samats Mutter hatte er überhaupt nie ein Wort verloren. Von der Existenz Samats erfuhren sie erst, als dieser eines Tages plötzlich vor ihrer Tür stand und damit – zum Leidwesen aller – einen dunklen Winkel in Jamanbais Vergangenheit ausgeleuchtet hatte. Samats überraschendes Auftauchen hatte jede Menge Fragen aufgeworfen, vor allem seitens des KGB und seiner Frau Nasgül – der Haussegen war in eine vollkommene Schieflage geraten. Auch Tilek hatte damals nicht verstanden, warum plötzlich ein halber Bruder aus dem Westen bei ihnen auftauchte und, ja, er war damals bestimmt nicht sonderlich nett zu ihm gewesen, hatte auf der Seite seines Vaters gestanden, aber mit zunehmendem Alter hatte er die Dinge auch anders betrachtet. Für ihn ergab es einfach keinen Sinn, dass einer aus Österreich kam – lange Zeit hatte er Austria mit Australia verwechselt –, um um jeden Preis einer von ihnen zu werden, das war doch absurd.

Allein die kulturellen, politischen, wirtschaftlichen, sozialen Unterschiede waren riesig, Samat wusste nichts von ihrem Leben, ihrer Vergangenheit. Vielleicht war er damals auch einfach eifersüchtig gewesen auf dessen aufrichtige Vaterliebe, vielleicht hatte er ihn auch aus brüderlicher Rivalität, aus Unwissenheit und der generellen Ablehnung gegenüber jedem und allem, was aus dem Westen kam, nicht an sich herangelassen. Aber Jamanbai hatte Samat dann ja auch schnell wieder weggeschickt, zu Verwandten nach Frunse – um ihn aus den Augen zu haben und damit er dort studieren konnte. Tilek könne letztendlich nichts Schlechtes über Samat sagen, im Gegenteil, er sei ihnen allen gegenüber eigentlich immer voller Liebe und Wohlwollen gewesen, im Gegensatz zu seinem Vater – der voller Hass und Ablehnung war. Aber weder er noch sein Bruder Askar waren Samat zu jener Zeit wirklich nahegestanden. Doch Altinai und er hatten sich sehr gemocht, standen, soweit er wusste, auch jetzt noch in Kontakt. Der Vater war jedenfalls seit Samats Auftauchen nicht mehr derselbe gewesen. Er wurde des Landesverrats verdächtigt und konnte sich nur dank seiner bislang engen Kontakte nach Moskau einigermaßen über Wasser halten. Jamanbai hatte es nie überwunden, dass ausgerechnet er, der sich Zeit seines Lebens unumstößlich der Partei und dem sowjetischen Gedanken verschrieben, der alles Westliche wie auch alles Kirgisische von Grund auf abgelehnt hatte, zum Landesverräter erklärt wurde. Das war damals auch für Tilek unbegreiflich. Ja, und dann, als die Sowjetunion immer mehr zu bröckeln begann, sich schließlich Ende 1991 das komplette System in Luft auflöste, er alles, woran er jemals geglaubt hatte, verlor, ging es mit ihm rasant bergab. Jamanbai verfiel immer mehr dem Alkohol und vergriff sich im Suff an seiner Frau – und auch Altinai hatte wohl einiges abbekommen. Zwar sei sein Vater seit jeher kein gutherziger Mensch gewesen – Tilek hatte ihn im Verlauf seiner Ausführungen mehr als einmal als hart, machtgierig, kalt und berechnend beschrieben –, aber ab 1991 habe er sich in einen regelrecht aggressiven und lebensmüden Barbaren verwandelt. Für ihn – einen Patrioten der ersten Stunde, der seinen Kindern aus Parteitreue sogar den Umgang mit dem Großvater verbot, der Gorbatschows Politik der Glasnost und der Perestroika verabscheut hatte wie kein Zweiter, diesen, wie viele andere, für den Zusammenbruch der Sowjetunion und die danach auftretende Phase wirtschaftlicher und politischer Unsicherheit verantwortlich gemacht hatte – war endgültig die Welt untergegangen. Tilek ist sich sicher, dass Jamanbai Samat die Schuld für sein persönliches und das politische Scheitern gegeben hat. Und er ist sich ebenso sicher, dass sich Samat diese Schuld aufgeladen hat und immer noch mit sich herumträgt«, schloss Talant fürs Erste das Jamanbai-Kapitel. Eine Zeitlang schwiegen sie. Sybille hatte das Gefühl, die Last der Ereignisse auf ihren Schultern zu spüren, beinahe unter ihr zusammenzubrechen. Im Nachhinein war es mehr als ironisch, dass Samat hierhergekommen war, um seine kirgisischen Wurzeln zu ergründen, um ein echter Kirgise zu werden, und dass ausgerechnet sein Vater der letzte Mensch war, der ihm das hätte geben können. Sie hatten von Anfang an aneinander vorbeigeredet und sich nichts zu sagen gehabt.

Tilek schlug vor eine Pause einzulegen und bedeutete ihnen mitzukommen. Talant, Altinai und Sybille folgten ihm in den Hof. Er schwang sich auf sein Pferd und ritt ihnen im Schritttempo voraus in Richtung Dorfausgang. Schweigend marschierten sie hinterher und erreichten nach einer Weile den Friedhof, der auf einem sanften Hügel angelegt war.

Das Gras stand hoch. Die Grabsteine waren von wildem Gestrüpp, Blumen und Halmen überwachsen und trotzten unberührt der Gegenwart. Tilek stieg ab und die vier schritten im Gänsemarsch einen schmalen Pfad entlang, bis er vor einem verwitterten Stein stehen blieb. Es war das Grab seiner Eltern, die eingemeißelte Gravur zeigte »Jamanbai Tschingis uulu, 1940–2004« und »Nasgül Marat kyzy, 1950–2004«. Es war totenstill, die beiden Geschwister schienen zu beten. Talant zog Sybille zur Seite und erklärte ihr im Flüsterton, warum Tilek sie hierhergeführt hatte: Die elterliche Tragödie war vor elf Jahren passiert, was genau in jener Nacht vorgegangen war, wie sich die Ereignisse abgespielt hatten, wusste keiner von ihnen mit Sicherheit zu sagen. Weder Tilek, der zu jener Zeit in einer Mehlfabrik in Balyktschy arbeitete, noch Askar, der in der Hauptstadt an seiner politischen Zukunft schmiedete, noch Altinai, die damals in einer Zwangsehe bei ihrem Mann in Osch steckte, noch Samat, der nach seinem Studium in Bischkek geblieben und zu Hause sowieso nicht willkommen war. Fest stand nur, dass die drei Halbbrüder mitten in der Nacht von der Miliz geweckt und nach Koshomkul gebracht wurden, wo sie ihre Eltern tot und blutüberströmt auf dem Fußboden vorfanden. Es hatte stark nach Alkohol und Exkrementen gerochen, offensichtlich hatte Jamanbai wieder mächtig über den Durst getrunken. Ob, wie und warum es zum Kampf zwischen den beiden gekommen war, ließ sich nicht mehr rekonstruieren, dass es einen gegeben hatte hingegen schon. Denn die Stube glich nicht nur einem grausigen Schlachtfeld, Jamanbai hielt die Mord- oder auch Selbstmordwaffe immer noch fest umschlossen in seiner rechten Hand. Es folgte eine Reihe von Untersuchungen und Verhören, vor allem Samat wurde verdächtigt, die beiden getötet zu haben.

Das Messer war nämlich sein Messer oder, besser gesagt, jenes, das er Jamanbai bei seiner Ankunft 1989 als Willkommensgeschenk mitgebracht hatte, freilich damals noch nicht wissend, dass ein Messer zu verschenken in Kirgistan Unglück bedeutete. Mit einer großen Geste der Zuneigung hatte er sogar noch die Widmung »Atam Jamanbaiga uulu Samattan« (für meinen Vater Jamanbai, von Samat) eingravieren lassen. Jamanbai hatte es in all den Jahren nie eines Blickes gewürdigt, erst in den letzten Monaten seines körperlichen und geistigen Verfalls hatte er es ab und zu gezückt, wenn er besonders wütend war, und damit eins der Schafe erstochen oder es in einen Baumstamm gerammt. Er hasste dieses Messer. Sich damit umzubringen war wohl ein letztes Aufbegehren gegen den Westen und gegen seinen Sohn.

Tilek kam zu ihnen: »Es war nicht Samats Schuld«, übersetzte Talant, »mein Bruder Askar hat das zwar anders gesehen und auch Samat hat sich, denke ich, die Schuld am Tod unserer Eltern gegeben, aber wenn überhaupt jemand dafür verantwortlich war, dann die Geschichte dieses Landes mit all ihren Grausamkeiten, Unverhältnismäßigkeiten, Verwirrungen, Gehirnwäschen und Fehlern. Jamanbai hat seinen letzten Zorn gegen sich und unsere Mutter gerichtet, da bin ich ganz sicher.«

Sybille hätte Tilek am liebsten umarmt und »Yrachmat« gesagt, aber es kam ihr unpassend vor und so ließ sie es bleiben. »Ich habe bei den politischen Unruhen 2010, am Tag, da Bakijew gestürzt wurde, meine Frau und meinen Sohn verloren. Seither habe ich es aufgegeben, darüber nachzudenken, wer ich bin. Ob ich mich als Kirgise oder als Russe fühle. Ich denke, ich fühle gar nichts mehr, und es ist eben, wie es ist. Nicht jeder hadert so mit seiner Existenz wie Samat. Ich lebe hier mit meiner Schwester, die auch nicht viel Glück im Leben hatte. Mehr kann ich nicht tun.« Vielleicht waren Tileks Gleichgültigkeit, Angepasstheit und Resignation nur gespielt, vielleicht waren sie auch dem Nachhall sowjetischen Gehorsams geschuldet, der vielen Bewohnern ehemaliger Unionsstaaten noch in den Genen steckte, Sybille konnte es nicht sagen. Aber nicht umsonst lautete ein russisches Sprichwort: *Lieber eine graue Gegenwart als eine ungewisse Zukunft.* Samats anderer Halbbruder Askar schien das glatte Gegenstück zu Tilek zu sein, zumindest hatte dieser ihn Talant gegenüber so geschildert: mehr wie der Vater, launisch, gewaltbereit, an Macht und Status interessiert. Altinai strich gedankenverloren mit den Fingern über die Grabinschrift, und als Sybille an sie herantrat, um sie zum Aufbruch zu bewegen, bemerkte sie das Messer. Es steckte in der trockenen Erde und rostete vor sich hin. Das Messer, das Samat seinem Vater als Zeichen der Liebe überreicht hatte und das als Symbol des Hasses zurückgeblieben war. Mochten sie alle in Frieden ruhen.

Zurück beim Häuschen setzte sich Sybille auf eine verwitterte Bank in den Garten. Was mochte all das mit Samat gemacht haben? War es ihm gelungen, zu guter Letzt doch noch zu einem Kirgisen zu werden? Auch Jamanbai hätte sich zu einem ganz anderen Menschen entwickeln, ein anderes Ende nehmen können, hatte er aber nicht. Man selbst entschied, welche Türen man (sich) aufmachte und welche man geschlossen hielt. Es gab so viele Gründe, sich für oder gegen eine Sache, eine Person zu entscheiden, das Richtige oder Falsche zu tun. Natürlich hatte das oft auch mit Politik zu tun. Jedes Leben war politisch. Die Zeit an sich war politisch. Nur scheinbar frei von Absicht beschrieb sie die Abfolge von Ereignissen, doch in Wahrheit war die

physikalische Größe eine aus Fleisch und Blut, die zielge-
richtet und berechnend, unberechenbar und willkürlich
um sich schlug und sich dabei nicht nur einmal ungerecht
zeigte, immer tödlich. Unaufhaltsam schlich sie aus der
Vergangenheit in Richtung Zukunft. Die Gegenwart hing
ihr schon lange zum Hals heraus – die Gegenwart, die sich
ohnehin nur in einem einzigen Punkt definieren ließ, raum-
artig getrennt von Vergangenheit und Zukunft. Es gab viele
verschiedene Zeiten, eine für jeden Gegenstand und jeden
Menschen. Das machte sie zu einem mächtigen Gegner.
Sybille konnte sich vorstellen, wie Samat bei all den Zerrüt-
tungen zum Zerrütteten geworden war. Wie er seine Heimat
in dem Sinne nie gefunden hatte. Oder wenn, nur bei sich
und seinen Schmetterlingen.

Sie hatte eigentlich genug für heute, aber die Möglichkeit, noch etwas Neues über Samat in Erfahrung zu bringen,
motivierte sie, sodass sie Talant nach dem Abendessen über-
redete auch noch mit Altinai zu sprechen. Laut Tilek war
sie ihrem Bruder näher gestanden, hielt, wenn es stimmte,
was er sagte, auch jetzt noch Kontakt mit ihm. Bereitwillig
setzte sich Altinai zu ihnen in den Garten und erzählte von
früher: »Als Samat noch studierte, ist er in den Sommerferien immer für ein paar Wochen vorbeigekommen, um in
der Kolchose oder bei der Tabakernte mitzuhelfen, wir waren
beide nicht gerne im Haus und haben den Großteil unserer
Freizeit draußen in den Wiesen und Feldern verbracht. Er
hat mich immer wie eine Erwachsene behandelt und mir von
seinem Dillemädchen aus Österreich erzählt«, sie schickte ein
kurzes Lächeln zu Sybille. »In den restlichen Ferienwochen
wurde er von der Universität zu verschiedenen Sommerar-
beiten verpflichtet. Mal war er mit einer Brigade von zwanzig
oder dreißig anderen Studenten als Zugbegleiter im Einsatz

und ist mit der Transsibirischen Eisenbahn bis nach Sibirien gereist, mal musste er in der Nähe von Osch einen Monat lang auf dem Bau arbeiten und Hochhäuser im großen sowjetischen Stil errichten und wieder ein anderes Mal arbeitete er als Nachtwächter bei einer Baufirma am Issyk-kul, wo er dafür zu sorgen hatte, dass sich keine Diebe am Material, den Ersatzteilen oder sonstigen Gerätschaften bereicherten – einmal hat er sogar eine ganze Bande hops genommen.« Altinai lachte. »Am Ende der Ferien hat er mir immer etwas mitgebracht – eine Puppe aus Krasnojarsk in Sibirien, ein Kopftuch aus Osch, eine Muschel vom Issyk-kul.« Während Talant fertigübersetzte, kamen Sybille ihre eigenen Sommer mit Samat in den Sinn. »Wie lange das schon her ist«, dachte sie melancholisch. Altinai erzählte weiter: »Wenn Vater es nicht bemerkt hat, habe ich für ihn immer ein Stück Tierfett zur Seite gelegt, das hat er dann stundenlang in Wasser ausgekocht, um das Fett abzuschöpfen und es mit Nudeln, Kartoffeln oder einem Stück Brot zu verzehren. Er nannte es ›seine Studentenmahlzeit‹. Der Hunger hat ja zum Teil bis 1998 angedauert, eine normale Mahlzeit bestand oft nur aus Tee und Brot, bestenfalls noch aus Zucker, Butter und Marmelade. Auch die Fabriken blieben oft den Lohn zwei oder drei Jahre lang schuldig, es konnte schon vorkommen, dass Samat im August 1996 für eine Arbeit im September 1992 bezahlt wurde, aber er hat sich immer irgendwie mit Gelegenheitsjobs über Wasser gehalten, Autoüberstellungen aus Deutschland gemacht, in einem Kommissionsladen ausgeholfen, wo er hinter den Vitrinen stand und westliche Waren feilbot. Obwohl meine Eltern nie sonderlich nett zu ihm waren, hat er immer einen Teil seines Lohns geschickt, manchmal waren auch ein paar Schachteln Zigaretten für Tilek und Askar oder ein Säckchen getrocknete Aprikosen und Rosenblätter für Mutter und mich dabei. Ja, und als er dann mit seinem Studium fertig war, hat er sich völlig und ganz auf die Schmetterlingsforschung konzentriert und im Zoologischen Museum zu arbeiten begonnen.« Sybille horchte auf. »Talant, können Sie sie bitte fragen, ob Samat je über psukh gesprochen hat – ein Schmetterlingsprojekt?« Altinai verneinte. »Ich weiß nur, dass er sehr glücklich war, als er 2005 endlich eine Festanstellung dort bekam. Ich lebte zu dieser Zeit bei meinem Mann in Osch und hatte keine Möglichkeit, Samat oder meine Eltern zu besuchen, wir haben uns in dieser Phase meines Lebens leider aus den Augen verloren, aber ein-, zweimal hat mich eine kurze Nachricht von ihm erreicht«, sie schwieg und bemühte sich redlich, die Dämonen ihrer Vergangenheit dort zu lassen, wo sie sie verscharrt hatte. »Ich weiß, dass er eine Zeitlang sehr unglücklich war, und auch, dass er ein paar schlimme Dinge getan hat, weil er es nicht besser wusste, aber ich denke, jeder macht Fehler und die, die einen Grund hätten böse auf ihn zu sein, haben ihm längst verziehen.« Altinai seufzte leise. »In den letzten Jahren, genauer gesagt, seit mich Tilek zu sich geholt hat, sind wir uns schließlich wieder näher gekommen«, fuhr sie fort. »Samat hat viel gearbeitet, ist durchs ganze Land gefahren, um jeden noch so versteckten kirgisischen Falter aufzuspüren und zu dokumentieren – ich glaube, er hat an einer Art Lexikon gearbeitet. Leider kam er nur vorbei, wenn er auf dem Weg nach Batken war, um seinen«, sie stockte, »seinen Sohn zu besuchen.«

Jetzt war es Talant, der fragte: »Beshkempir, nicht wahr?«

»Ja, Beshkempir und Ak Möör«, antwortete sie und dann holte sie die Schatulle aus dem Haus und reichte Sybille einen Zettel. »Son«, sagte sie, »adress of Samat's son.« Die beiden Frauen sahen sich tief in die Augen. Es gab ein

Grundverständnis und eine Art von Sympathie, die auch ohne viele Worte auskamen. Wenn Samat jemanden nicht im Stich lassen würde, dann seinen Sohn. Wenn jemand wüsste, wo er sich aufhielt und was er vorhatte, dann wohl er.

»Sagen ihr denn die Namen Petschkin und Nikitin was?«, ließ sie Talant noch fragen. »Oder kennt sie vielleicht sonst jemanden, der bis vor Kurzem mit Samat befreundet war?«

»Nein, die Namen sagen mir nichts. Aber einen Freund hatte er, mir fällt nur der Name nicht mehr ein, er hieß irgendwie wie ein Tier und lebte zurückgezogen am Issyk-kul.«

»Hieß er vielleicht W-o-l-f?«, fragte Sybille, die sich an Mareikes Hinweis erinnerte. Altinai nickte.

»Und sie weiß wirklich nicht, wo Samat sich gerade aufhält?«, hakte sie bei Talant noch einmal nach. Aber als Sybille in Altinais trauriges Gesicht blickte, wusste sie die Antwort bereits.

Einen Moment lang ertappte Talant sich dabei, wie sehr ihm Sybille imponierte, wie sie sich reinhing, der Wahrheit auf den Grund zu gehen, wie kompromisslos sie an ihre Freundschaft zu einem Menschen glaubte, von dem sie seit einer Ewigkeit eigentlich nichts mehr wusste. »Nur nicht Geschäft mit Sympathie verwechseln«, ermahnte er sich, »Sybille Specht ist ein Auftrag, nicht mehr und nicht weniger. Ich habe sie bereits angelogen und werde sie wieder anlügen, sollte es notwendig sein.«

Als sie sich endlich verabschiedeten, gab Tilek Talant das Geld zurück. Er wollte es nicht mehr. »*Land kann man rauben, Reichtum kann man rauben, sogar das Leben kann man rauben*, zitierte er (Aitmatow), *aber die Erinnerung auszulöschen ist schlimmer als der Tod*. Samat war ein besserer Kirgise, als ich es jemals sein werde. Finden Sie ihn und sagen Sie ihm das bitte.« Sybille drückte den Geschwistern die Hand und dankte ihnen für die Gastfreundschaft und ihre Offenheit. Wiederzukommen versprach sie nicht, es wäre ein Versprechen gewesen, von dem sie nicht wusste, ob sie es würde halten können. In Altinais Schatztruhe ließ sie ein Kuvert mit Geld und den vier Worten »Altinai«, »Móshno?« (Darf ich?), »Yrachmat« und »Ak shol!« (Alles Gute!) zurück – etwas Passenderes ließ sich im Sprachführer auf die Schnelle nicht finden – und das Tuch, das ihr bislang als Turban gedient hatte, es war eins der wenigen schönen Dinge, die sie noch besaß.

Der Besuch in Koshomkul war nicht umsonst gewesen. Sybille hatte die Adresse von Beshkempir in der Hand. Aber was noch viel wichtiger war, sie hatte das Gefühl, ihrem alten Freund näher gekommen zu sein, sich über alte Erinnerungen, längst verklungene und doch lebendig gebliebene Namen an ihn herangetastet zu haben: Tschingis, der »Herrscher der Ozeane« – er hatte für sie die Wogen der Geschichte geglättet –, Jamanbai, »böse« und »reich« – er hatte ihr gezeigt, dass diese beiden Eigenschaften gar oft ins Unglück führten –, Askar donnerte und grollte ihr aus weiter Ferne von seinem »Schneeberg« entgegen, Tilek verdiente »Glückwünsche« zu seinen späten Einsichten und versöhnlichen Worten und Altinai, das »Goldchen«, hatte ihnen eine glänzende Spur zu ihrem nächsten Ziel gelegt. Nur Samat schien zum gegenwärtigen Zeitpunkt den »Wunsch und (die) Sehnsucht« nach einem Wiedersehen nicht erfüllen zu können. Der Mond war aufgegangen, als sie das Dorf und dieses Kapitel der Geschichte hinter sich ließen.

Geraubte Frau.

Sybille blickte aus dem Fenster in die Nacht hinaus. Es war angenehm ruhig, auch der Radiosender schlief und nur ab und zu hörte man das schwache Rauschen eines anderen Autos, das sich in der Ferne einen Weg zu einem anderen Ziel bahnte. Schweigend saß sie neben Talant auf dem Beifahrersitz, sie hatten genug geredet. So jagten sie in der Finsternis in Richtung Batken durch die Steppe, näherten sich dem angeblich rückständigsten aller Oblaste, einem Flecken Wüstenerde, der vom Fortschritt übersehen worden war. Sybille versuchte ein wenig zu schlafen, aber zu viele Gedanken wehten mit dem Fahrtwind herein. Einer davon war, dass sie schon morgen, spätestens übermorgen auf Beshkempir treffen würde, Samats Sohn. Und auch dessen Mutter würde sie wohl kennenlernen, Ak Möör, Samats geraubte Frau. Sybille hegte die Hoffnung, dass einer der beiden wusste, wo Samat abgeblieben war. In Dshalal Abad, das sie in den frühen Morgenstunden erreichten, hatte Talant zwei Zimmer reserviert, er wollte sich ein wenig ausruhen. Das angebotene Frühstück lehnten sie dankend ab, beide waren müde von der langen Nacht und fielen ungeduscht und mit schweren Knochen in die Betten. Sybille hatte sich eigentlich noch bei Elaine und Medina melden wollen, aber der Schlaf übermannte sie augenblicklich. Es war gegen Mittag, als sie Talant gut gelaunt mit einer Tasse Kaffee und einem »Step« weckte.

»Alles gut bei Ihnen? Wollen wir weiterfahren?«

Sybille rieb sich die Augen und nippte dankbar an dem Kaffee. »Wie spät ist es?«

»Kurz nach zwölf. Wenn wir gleich losfahren, schaffen wir es heute noch nach Batken. Ich habe eine Telefonnummer zur Adresse auf Altinais Zettel herausgefunden. Wollen wir uns anmelden?«

Sybille überlegte kurz. »Ehrlich gesagt, besser nicht. Ich weiß gar nicht, was ich sagen soll. Ich brauche noch ein wenig Zeit. Lassen Sie uns einfach hinfahren.«

Zwanzig Minuten später waren sie erneut auf dem staubigen Highway in Richtung Süden unterwegs. Mit jedem Melonenhain, den sie hinter sich ließen, mit jedem Baumwoll- und Reisfeld, das sie passierten, mit jedem blütentragenden Walnussbaum am Wegesrand nahm ihre Aufregung zu. Ein geradezu bleiernes Gewicht legte sich auf ihr Herz und die drückende Hitze machte ihren Kopf schwer und die Gedanken seltsam mechanisch, gleichförmig und geradlinig – wie Spaghetti wurden sie durch Metalllösen in ihr Hirn gepresst, um nach etwa zwanzig Zentimetern (oder in ihrem Fall Sekunden) ein abruptes Ende zu nehmen, im Gegensatz zur holprigen Kurvenpiste, die sich endlos weiterzog. Sie hatte es lange genug aufgeschoben, aber jetzt war die Zeit gekommen. Sie musste einmal mehr den Brief lesen, jenen der sechsunddreißig, den sie am allerwenigsten mochte, den sie bislang nur widerwillig und mit Unterbrechungen überflogen hatte, zu unvorstellbar, unverzeihlich und rau waren ihr jener Wesenszug und Teil von Samat erschienen, die sich ihr darin offenbarten. Andererseits, es waren nur Worte. Und vielleicht hatte er, ähnlich wie beim Schuldgeständnis des Vatermordes, einfach die Wirklichkeiten verdreht, sie metaphorisch aufgeladen, sich dermaßen große Vorwürfe gemacht, dass diese ihm zur Wahrheit geworden waren. Sybille hoffte inständig, dass dem so war, denn es war einfacher, Menschen, die man zu kennen glaubte, so zu sehen, wie man sie sehen wollte. Die eigentliche Frage lautete:

Konnte jemand, der ein gutes Herz hatte oder zumindest ganz sicher einmal gehabt hatte, etwas wirklich Böses tun? Und die Antwort hieß: ja.

Kiewskaja uliza 48, 720085 Bischkek/Tschuj-Oblast, Kirgistan, 18. August 2005.

Liebes Dillemädchen,
ich habe etwas Schreckliches verbrochen, etwas, wofür ich eigentlich ins Gefängnis gehen müsste, gemeinsam mit Askar (und den anderen), aber ich möchte die Schuld nicht auf andere abwälzen, sondern meinen Teil der Verantwortung schon selbst tragen. Es hat ein Jahr gedauert, bis ich Worte für mein Verbrechen fand. Und wohl auch, bis ich bereit war, sie voller Scham und Reue zu dir zu schicken. Denn das ist die größte Strafe für mich, dich charakterlich so zu enttäuschen. Ich, Samat Jamanbai (für dich immer noch Bergen), habe vor genau einem Jahr eine Frau geraubt. Es war eine Woche, nachdem mein Vater und Nasgül gestorben sind. Als ich damals die Klinge meines Messers in seiner toten Hand gesehen habe, ist in mir etwas abgestorben. Vielleicht ein Teil meiner Seele oder meines Herzens oder des Gehirns. Ich weiß es nicht. Askar hatte wie von Sinnen auf mich eingeschrien: »Das ist deine Schuld! Du hast ihn auf dem Gewissen, du ganz allein! Wärst du bloß nie gekommen!« – ich kann den Klang seiner Worte immer noch deutlich hören. »Du willst Kirgise sein? Du bist kein Kirgise, du bist nicht einmal ein richtiger Mann!« Er war völlig ausgerastet, hatte mich aufs Brutalste zusammengeschlagen und hätten Tilek und die Milizbeamten damals nicht eingegriffen, man hätte mich neben Jamanbai und Nasgül in die Erde legen können. Ein paar Tage nach ihrem Tod hat Askar mich in Bischkek vor meiner Wohnung abgefangen – gemeinsam mit ein paar seiner Freunde,

allesamt heillos betrunken – und mich in sein Auto gezerrt. Wir sind in Richtung Kara Balta gefahren, ich dachte zuerst, es ginge nach Hause und er wollte mir den Ort des Blutbads noch einmal vor Augen führen, sich gar an mir rächen, doch dann haben wir in einem kleinen Dorf Halt gemacht und stundenlang gewartet – ich wusste weder worauf, noch auf wen –, bis irgendwann ein Mädchen die Straße entlanggeschlendert kam, eine wunderhübsche Kirgisin, und die drei wie von der Tarantel gestochen über sie herfielen und sie in unseren Wagen schleppten. Es ging alles so schnell. Ich war wie gelähmt. Das Mädchen schrie und weinte, aber Askar schlug ihr mit solcher Wucht ins Gesicht, dass sie ohnmächtig wurde und augenblicklich verstummte. Wir fuhren weiter nach Koshomkul ins Haus unserer Eltern, sie tranken immer noch Wodka und zwangen auch mich eine halbe Flasche zu leeren. Ich habe wirklich versucht, aus dem Auto, aus der Sache auszusteigen und davonzulaufen, aber es gelang mir nicht. Einer von ihnen riss ihre Bluse auf und griff wild nach ihren entblößten Brüsten. »Das ist deine neue Kirgisenbraut«, richtete Askar schließlich das Wort an mich. »Das wolltest du doch: ein Kirgise sein. Dann steh jetzt deinen Mann und zeige, was du drauf hast, du Nichtsnutz, du Verlierer, du dreckiger Bastard, du Vatermörder!« Er war außer Rand und Band und prügelte sich mit mir. »Was ist jetzt? Bist du zu feige dazu?« Ich kotzte mir sprichwörtlich die Seele aus dem Leib.

Sybille legte den Brief zur Seite, auch jetzt brauchte sie eine Pause. »Nein, nein, nein«, sagte sie. Talant verstand nicht gleich, dass sie zu sich selbst gesprochen hatte.

»Was haben Sie? Was steht da?«, erkundigte er sich und blickte zu ihr hinüber.

»Können wir kurz anhalten? Ich möchte eine Zigarette rauchen. Und wenn wir Cognac dabeihaben, nehme ich einen.« Talant parkte den Wagen neben der Straße im Schatten der Bäume. »Was wissen Sie über Frauenraub, Talant?«, fragte sie und nahm einen tiefen Zug.

Talant erstarrte, es war ihm anzusehen, dass ihm das Thema mehr als unangenehm war. »Bride kidnapping? Das ist etwas, was die ausländischen Medien erfunden haben. So etwas gibt es hier nicht, oder besser ausgedrückt: Wer nicht von hier ist, versteht diese Tradition nicht.«

Sybille seufzte. »Wie meinen Sie das? Wenn wir es nicht verstehen, dann heißt das doch auch, dass dieser Brauch grundsätzlich existiert.« Sie lächelte unbeholfen, wollte mit Charme versuchen ihm ein paar Antworten zu entlocken.

»Aber wie kommen Sie überhaupt darauf?«, hakte er nach.

»Ich glaube, Samat hat sich eine Frau geraubt. Zumindest schreibt er das in diesem Brief.«

»Das kann nicht sein, bestimmt interpretieren Sie da etwas falsch. Außerdem, wer wäre so dumm, eine solche Tat auch noch schriftlich einzugestehen?« Talant schüttelte den Kopf. »Die Raubehe mag in früheren Zeiten verbreitet gewesen sein, in vielen Kulturen übrigens, denken Sie nur an den Raub der Sabinerinnen im alten Rom. Sie wurde primär als taktisches Mittel der Kriegsführung, für Macht- und Reichtumsanhäufung und bei religiöser oder finanzieller Unvereinbarkeit zwischen zwei Familien eingesetzt.« Er schnaufte erbost. »Was Sie meinen, sind vielleicht arrangierte ›Entführungsehen‹«, er zeichnete beim Aussprechen des Wortes Gänsefüßchen in die Luft, »die gibt es hier tatsächlich, aber die gelten in vielen Ländern als völlig normal, schauen Sie nur nach Japan oder in die Türkei. Wenn ich richtig informiert bin, gibt es sogar einen lustigen Abklatsch dieser Tradition im deutschsprachigen Raum, eine Art Hochzeitsrollenspiel, das ›Brautstehlen‹, nicht wahr?«, lachte er.

»Aber das ist nicht das, was ich meine. Ich rede von echtem, gewalttätigem Brautraub, wo die Frau gegen ihren Willen entführt, vergewaltigt und zwangsverheiratet wird. Und dafür bestand weder im Mittelalter noch besteht im einundzwanzigsten Jahrhundert irgendein Grund, der eine solche Tat auch nur ansatzweise legitimieren würde.«

»Ich bin mir sicher, Sie irren sich. Bestimmt schreibt Ihr Freund von einer Art Ehearrangement, einem freiwilligen, vielleicht durchaus realistisch inszenierten Akt des Raubens, um gewissen Konventionen, Verboten oder Verpflichtungen zu entgehen. Vielleicht waren die Eltern seiner Freundin gegen das Bündnis, vielleicht war sie Muslimin und er Atheist oder er hatte kein Geld – in solchen Fällen kann das Liebespaar schon mal eine Entführung inszenieren, denn sobald das Mädchen eine Nacht außer Haus verbringt, ist ihre Ehre beschmutzt und die Eltern willigen normalerweise in die Ehe ein. So etwas gibt es in der Tat, aber das ist ja mehr ein Spiel.« Er räusperte sich. »Jedenfalls ist es eine Lüge, zu behaupten, dass kirgisische Mädchen einfach so von der Straße weggestohlen werden, das hat mit der Realität nichts zu tun.«

Normalerweise schätzte Sybille Talants umfangreiches Wissen und seine Meinung, merkte aber schnell, dass er sich für eine ernstzunehmende Diskussion über dieses spezielle, heikle Thema nicht wirklich eignete, vielleicht weil er ein Mann war oder es wie die Mehrheit der kirgisischen Bevölkerung – selbst die betroffenen Frauen – mit fadenscheinigen Gegenargumenten oder eisernem Schweigen abtat. Doch Sybille hatte anderes gelesen, war im Internet auf Statistiken und Zahlen gestoßen, die eine geradezu erschreckende Wirklichkeit abbildeten. Frauenraub wurde in der Gegenwart durchaus noch bei vielen Männern als wertvolle urkirgisische Tradition angesehen. Fast jeder Kirgise konnte über einen

Brautraub in der Familie oder im Freundeskreis berichten – und war, was die ganze Sache noch schlimmer machte, einigermaßen stolz darauf. Allein in den letzten beiden Jahren lag die Zahl erzwungener Verschleppungen bei je knapp 12.000 Fällen und nur eines von 1.500 der angezeigten Delikte wurde juristisch verfolgt. Selbst wenn nur ein Bruchteil der Angaben stimmte, war das Bild, das dadurch auf die Gesellschaft geworfen wurde, ein alarmierendes. Schenkte man den Ansichten internationaler Soziologen Glauben, hatte der Brautraub mit dem Zerfall der Sowjetunion einen neuerlichen Aufschwung erlebt. Auch wenn die Ursachen und Hintergründe des Phänomens längst nicht vollständig geklärt waren, gaben sie primär der maroden Wirtschaftslage die Schuld, die hierzulande Frauen verstärkt von männlichen Versorgern abhängig machte und Gewalt in Kauf nehmen ließ und die gleichzeitig bei Männern enormen Druck und Frustration bewirkte und – begünstigt durch den stets verfügbaren, spottbilligen Alkohol – deren Hemmschwelle sinken ließ. Hinzu kamen noch die völlig unzulängliche Gesetzeslage, der Mangel an Bildung, der kulturelle Vermächtnisse und Überlieferungen ins falsche Licht rückte, und die Vormachtstellung des Patriarchats im Allgemeinen. Doch was für Sybille momentan noch viel schlimmer war als all diese Fakten zusammen: Samat war – zumindest sprach manches dafür – einer von den Übeltätern.

Das Gespräch hatte die Stimmung im Wagen unentspannt gemacht und Sybille beschloss, den Brief später allein zu Ende zu lesen. Sie blätterte stattdessen im Reiseführer und versuchte sich auf die Landschaft zu konzentrieren. Nachdem sie den kirgisischen Teil des fruchtbaren Fergana-Beckens (die Hauptfläche lag in Usbekistan) hinter sich gelassen hatten, regierte die Wüste. Sie war allgegenwärtig, trocken, endlos

– und hatte Sybille in Bischkek schon gedacht, dass ihre Eiweißmoleküle im Blut unter der sengenden Sonne zum Stocken kämen, so wurde der Stau in ihren Gefäßen jetzt unübersehbar – die Adern auf den Handrücken und in den Kniekehlen schwollen geradezu Michelin-Männchen-artig an. Das war also das wilde Batken-Land, die Heimat von Wölfen, Füchsen und von durchschnittlich fünfundzwanzig Menschen pro Quadratkilometer, die im komplizierten Grenzverlauf von Kirgistan, Usbekistan und Tadschikistan hoch oben im Gebirge ihr Auskommen fanden. Batken war infrastrukturell vom Rest des Landes abgeschnitten, die öffentliche Strom- und Wasserversorgung funktionierte nur partiell und die Geröllstraßen in den Bergen konnten schlichtweg als abenteuerlich bezeichnet werden. Talant, der das schwierige Thema offensichtlich verdaut und die Unterhaltung erneut aufgenommen hatte, wies sie immer wieder auf seltene Pflanzenarten hin, die ihren Weg säumten – wunderschön-bizarre Orobanche- und Wildtulpenarten, darunter auch *Tulipa T. binutans*, deren getrocknete Brösel sie einst in Samats erstem Brief gefunden hatte. Trotz Frauenraub, Beshkempir, Ak Möör, Hitze und Fragen, die vielleicht bedrohliche Antworten mit sich bringen würden, hielt Sybille sich tapfer und ließ die vorüberziehenden Roadmovie-Bilder in Echtzeit auf sich einwirken. Am späten Nachmittag erreichten sie das Städtchen Batken, das mit nur 12.000 Einwohnern recht provinziell wirkte. Am zentralen Markt machten sie Halt. Talant rieb sich die Hände.

»Ich werde die Gelegenheit nutzen, um unsere Vorräte aufzustocken und mir ein Säckchen Nasvai zu gönnen«, flüsterte er verschwörerisch. »Wollen Sie mitkommen oder warten Sie hier im Wagen?«

»Sollte ich wissen, was das ist?«, fragte Sybille.

»Kommt ganz darauf an – wenn Sie von einer Geheimrezeptur aus Hühnerdreck, Tabak, Pflanzenasche und Löschkalk ein wenig high werden möchten, dann ja«, grinste er. »Es ist eine Art Kautabak und ich kenne den weltbesten Produzenten hier.«

»Ich werde mir lieber ein wenig die Beine vertreten«, antwortete Sybille, »aber so ein bisschen Nasvai können Sie mir schon mitbringen«, schäkerte sie.

»Alles klar. Falls wir uns aus den Augen verlieren, treffen wir uns hier in einer halben Stunde wieder«, sagte er noch und war bereits im Getümmel der Obsthändler und Sammeltaxis verschwunden. Sybille machte sich auf die Suche nach einer Toilette – die Reisediarrhö hatte zugeschlagen wie das Amen im Gebet – und als sie dann einen entsprechenden Verschlag betrat und zusammen mit anderen Frauen in halbherzig abgetrennten Betonkojen auf dem Boden hockte, wäre sie vor lauter Luftanhalten beinahe ohnmächtig geworden. Sie war hygienetechnisch wirklich einiges gewöhnt, aber der Akt der Darmentleerung in einer Art Stall mit Publikum war entwürdigend. Sie wusch sich notdürftig in einer Wassertonne die Hände, schluckte eine der knallgelben Tabletten aus ihrer kleinen Notapotheke und hielt nach Cola und Chips Ausschau (das Großmütterchen-Rezept wirkte immer). Und da sah sie ihn. Sie erkannte ihn sofort. Er war Samat wie aus dem Gesicht geschnitten, erinnerte sie schlagartig an den Jungen in der Krautwiese, nur dass dieser hier noch kirgisischer aussah – flachere Gesichtszüge aufwies, markantere Wangenknochen, mandelförmigere Augen. Zwischen abgehackten Pferdeköpfen und Kisten voll Äpfel stand er direkt unter dem in Stein gehauenen Freiheitsengel, als wäre er selbst eine Heiligenerscheinung mitten auf dem Platz, nur dass er im Gegensatz zur Statue statt des traditionellen

Jurtendachs »Tündük« – das Symbol zierte auch die Landesflagge – billiges Werkzeug »made in China« in der Hand hielt. Sein zufälliger Blick traf Sybille wie ein Donnerschlag und machte, dass ihr der Atem stockte. Sie ging ein paar Schritte auf ihn zu und fragte, ungläubig ihren Kopf schüttelnd: »Bist du Beshkempir?«, doch der Junge starrte sie nur mit großen Augen an. »Are you Beshkempir, Samat's son?«, setzte sie noch einmal nach und kramte gehetzt und unbeholfen in ihrer Tasche nach dem Foto, das ihn zusammen mit seiner Mutter zeigte. Der Knabe war sichtlich irritiert, wurde seinerseits unruhig und verlegen und wandte sich mürrisch von ihr ab. Sollte sie sich tatsächlich geirrt haben? Natürlich sahen für sie hier kirgisische Gesichter in gewisser Weise ähnlich aus, genau wie auch sie wahrscheinlich unter hundert Mitteleuropäerinnen nicht weiter herausgestochen wäre, und doch war sie sich sicher. Kurz entschlossen lief sie zum Auto zurück, um Talant zu Hilfe zu holen, ihr war schlecht und schwindlig, aber als sie ihm aufgeregt erklärt hatte, was eben passiert war, und sie beide Minuten später atemlos vor der Statue ankamen, war der leibhaftige Engel verschwunden.

»Vielleicht haben Sie sich ja getäuscht«, ächzte Talant, »oder er ist erschrocken, weil er nicht verstanden hat, was Sie von ihm wollten. Aber wie dem auch sei, wir haben ohnehin seine Adresse und dann werden wir ja sehen.«

Noch am selben Abend erreichten sie den kleinen Ort Ak-Sai, der vierzig Kilometer von Batken entfernt, westlich der Enklave Woruch lag. Sybilles Herz pochte, zu viele solcher einschneidender und nervenaufreibender Begegnungen würde sie nicht mehr aushalten. Vor dem einfachen Häuschen, zu dem sie ihre Adresse geführt hatte, saß eine Frau und putzte Gemüse. Sie hatte dunkle Mandelaugen, einen hellen, ebenmäßigen Teint und war auf eine unaufdringliche und gleichzeitig überwältigende Weise schön, dass rund um sie die Zeit still zu stehen schien – als hätte jemand den Schwarzweißfilm A*k-Moor* von Melis Ubukeev aus den Siebzigerjahren genau an jener Stelle angehalten, an der die Hauptdarstellerin alles wissend und alles sagend in die Kamera blickte. Ak Möör. Talant und Sybille winkten ihr zu, und als Talant fragte, ob sie hier richtig seien und ihr ein paar Fragen stellen dürften, nickte sie, wies aber gleichzeitig auf ein kleines, selbst gemaltes Schildchen hin, das an einer Sprosse des Gartentors angebracht war – darauf: das durchgestrichene Piktogramm eines Mannes. Sollte hier tatsächlich Männerverbot herrschen, war das möglich? Sollte es ausgerechnet im kleinen Ort Ak-Sai, dem letzten Zipfel dieses Macho- und Pascha-Landes, so etwas wie Emanzipation geben? Ein inneres Lächeln tat sich in Sybille auf. Man durfte die Hoffnung nicht aufgeben. Man sollte nicht pauschalisieren. Man musste mit dem Unerwarteten rechnen. Immer. Auch Talant war sichtlich irritiert, sagte etwas auf Kirgisisch zu Ak Möör, aber sie schüttelte den Kopf. Sybille hingegen winkte sie zu sich in den Garten: »We can talk in English, if you want. I've been studying the language when I was a student«, sagte sie und Sybille war das sehr recht, auch weil Talant nur schlecht Englisch sprach und sie von Frau zu Frau mit ihr reden wollte. Dieses eine Mal hatten sich die Sprach- und sonstigen Machtverhältnisse umgekehrt und es war Talant, der etwas hilflos im Abseits stand und nicht wusste, was er jetzt machen sollte. Er ging zurück zum Wagen und tippte beleidigt in seine Mobiltelefone.

»I'm looking for your husband and I really hope that you can help me«, sagte Sybille. Ak Möör blieb ganz ruhig.

»I don't have any husband, times of husbands and men are over.«

»I'm talking about Samat«, ließ Sybille sich nicht beirren und holte das Foto von ihr und einige seiner Briefe hervor. »We've lost sight of each other for many, many years but he never stopped to write letters to me. He also sent me a very special one about you and what happened one year before Beshkempir was born.« Sybille zögerte und suchte nach dem besagten Brief: »There he explains everything about the day when you were kidnapped by him and his brother and that he regrets from the bottom of his heart what he had done to you.«

Ak Möör unterbrach sie, indem sie ihre Hand auf den Brief legte und mit dem Kopf langsam und lautlos Nein sagte.

»I'll never forget that day and that night, how could I, it changed my entire life and buried all my dreams, but over the years the past gracefully put some protecting layers over my memories.« Sie schwieg eine Weile. »It was not Samat who played the major part in this tragedy. It was his brother Askar and two other guys.« Ihre Stimme zitterte leicht. »I shouted and cried and also cried the next day and the day to come. But Askar didn't stop to punish me. He was a monster. And finally it was Samat who saved my life and brought me to hospital – Askar had hit me brutally in my face and broken some of my bones – and after that to my parents' house here in Ak-Sai. But they were even worse and told me to leave, because I lost virginity and would bring shame over the whole family. Once you are branded, you've to stand by your man, no matter how cruel and violent he is. In a way my father was glad that I would get married and he no longer would have to pay for me. ›You are old enough to accept your fate‹ – these were his last words. Samat gave me some money, so that I was able to rent a small flat before I moved over here into my parents' house after they died. He felt guilty for not having prohibited the horror and officially took me as his wife, but to be honest he simply had no chance: They were three against one and they were merciless. You probably can't imagine what it's like to be a woman within Kyrgyz society and how old-fashioned and crazy people become when it comes to marriage. As a woman you're nothing, you've no rights at all and you're worth less than a sheep. Men see you as their property. Of course there are always some exceptions to the rule, but that's the way female rights are commonly treated. I was far too shocked to go to the police that time, even though going to police does not solve the problem at all. Social law and legislation are just a fairy tale, men don't have to face any consequences.«

Sybille war fassungslos. »I'm awfully sorry what happened to you, it's hard to find the right words … but I really have veneration for your strength and dignity.«

»Of course, I've heard about domestic violence against women and girls, bride kidnapping and raping, but I never thought it could happen to me«, sagte Ak Möör leise, »until that day.«

»Please stop me if I'm too curious, but what happened to Askar? Why didn't you blame him for what he had done? And what about his son? Didn't he want to take Beshkempir along with him after he was born, I've heard that a Kyrgyz father – never ever – would let go his boy.«

Ak Möör holte tief Luft: »Samat told me that Askar left the country soon after that day, he didn't know that I became pregnant. He now lives in America. I hope he will never return.«

Sybille fühlte sich leer und traurig, sie streifte sich ihren Pullover über, die Brutalität der kirgisischen Männer und die horrenden Gesetzesmissstände hatten sie erschaudern lassen.

»But what about Samat? Are you and Beshkempir still in contact with him? At least, Altinai told me so.«

»Yes, that's true. From time to time he shows up to visit Beshkempir. I think he visited him a couple of weeks ago, but let's wait for my son, he'll know better.«

Sybille konnte es kaum glauben. Das war die heißeste Spur, die sie bislang hatte. Samat war hier gewesen, noch vor wenigen Wochen.

Ak Möör bat sie mit ins Haus zu kommen und kochte Chai. Beide waren aufgewühlt, die eine, weil sie eine längst versperrte Tür in die Vergangenheit geöffnet hatte, die andere, weil sie sich an die Schatten und Lichter, die aus diesem Raum hervorgetreten waren, erst gewöhnen musste. Als Außenstehende kam man sonst ja maximal vor einer brettervernagelten Pforte zu stehen, konnte mit der eigenen Sicht, dem eigenen Verständnis auf die Welt ja gar nicht erst eindringen in eine neue Architektur. Brautraub, Bride kidnapping, das war für eine wie sie, die aus einem aufgeklärten Land wie Österreich kam, geradezu unglaublich weit weg, wie aus einer anderen Welt, aus einem Paralleluniversum. Aber ließen sich die Realitäten eines fremden Landes überhaupt jemals begreifen? Waren nicht alle Eindrücke und Gedanken, die man sich darüber machte – ob positiv oder negativ –, ein sinnloses, unzulängliches, oberflächliches Unterfangen, weil sie immer nur einen subjektiven Bruchteil der Wahrheit erfassten, ja waren nicht sogar in Echtzeit Gehörtes, Gesehenes, Gedachtes, Erlebtes nur eine seichte Annäherung, ein kläglicher Versuch zu verstehen, und dabei doch gleichzeitig die einzige Möglichkeit, die einem blieb? All das beschäftigte Sybille, während sie neben Ak Möör in der winzigen Küche saß und Tee trank und Waffeln aß. Was ihr angetan wurde, war nicht schönzureden. Doch was sollte sie jetzt von Samat halten? Sollte sie sich erleichtert fühlen, dass ihr alter Freund offensichtlich nicht vollends den Verstand verloren, letztendlich Reue gezeigt, Wiedergutmachung geleistet hatte? Vielleicht war er Täter und Opfer zu gleichen Teilen, in den Wirren und Widersprüchen der letzten Jahre selbst verwirrt und widersprüchlich geworden. Vielleicht war das so, wenn man dabei war, sich selbst zu suchen, zu finden und neu zu definieren in einem Umfeld, wo nicht einmal Gitterstäbe über Recht und Unrecht wachten, weil manchmal die Bösen davor und die Guten dahinter saßen. Ak Möör hatte ihm verziehen. Und sie? Nun, sie war zumindest bereit, den Brief zu Ende zu lesen:

Was danach im Haus meiner Eltern passierte, war noch schlimmer, aber ich werde die Details dieses Albtraums für mich behalten, sie sollen allein meine Bürde sein. Ich hätte uns alle anzeigen müssen, auch Askar, der seit jenem Tag nicht mehr mein Bruder ist. Ich war so ein Narr. Ich hätte überhaupt nicht hierherkommen sollen, was habe ich mir nur dabei gedacht. Wäre ich nicht nach Kirgistan gekommen, meine Eltern wären vielleicht noch am Leben, Ak Möör hätte nicht geschändet und geraubt auf ihrem Bett gelegen, und ich hätte vielleicht noch einen Rest von Würde. Ich mag nicht mehr – etwas sein wollen, was ich niemals sein werde. Da kann ich noch so viele Jurten bauen und Filzhüte tragen und mir die uralten Zeiten herbeiwünschen, als es noch geflügelte Pferde gab und Tiere, die die Sprache der Menschen verstanden. Und jetzt, wo mir das klar geworden ist, was mache ich noch hier? Mein Vater ist tot. Nasgül ist tot. Mein Bruder ist ein Schwein. Meine Frau nicht meine Frau. Mein Sohn nicht mein Sohn. Ich bin eine verlorene Seele in einem seelenverlorenen Land. Einzig die Schmetterlinge sind mir geblieben und geben meinem Dasein noch Sinn.

Ich hoffe, es ergeht dir in deinem Leben besser als mir in meinem. Du hättest es verdient.

Dein Samat

In dem Moment kam der Junge zur Tür herein. Erschrocken sah er die beiden Frauen an, doch seine Mutter gab ihm zu verstehen, dass alles in Ordnung war. Er war es tatsächlich gewesen, der Friedensengel von der nachmittäglichen Zufallsbegegnung in Batken. Immer noch sichtlich beunruhigt kauerte er sich in eine Ecke auf den Fußboden und verharrte dort mit flackerndem Blick, unregelmäßig atmend wie ein gehetztes Reh, das seinen Jäger kannte. Er war braungebrannt und gelenkig, wachsam und flink. Auf dem Kopf trug er eine flache Kappe aus Filz, gehalten von zwei etwas abstehenden Ohren. Das war also Beshkempir. Mutter und Sohn wechselten einige Worte auf Kirgisisch, der Junge zeigte sich dabei wortkarg und verschlossen. Sybille realisierte plötzlich, dass Talant seit über einer Stunde allein im Auto saß und auf sie wartete. Sie wollte nach ihm sehen – auch um nach dem Quartier für die Nacht zu fragen –, als ihr einfiel, dass sie die wichtigste Frage noch gar nicht gestellt hatte: Wo war Samat? Ak Möör antwortete, dass er ihres Wissens nach, wie gesagt, vor wenigen Wochen das letzte Mal zu Besuch gewesen sei – er und Beshkempir hätten damals einen Ausflug in die Berge unternommen –, aber sie könne ihn gerne jetzt direkt fragen. Normalerweise spreche sie nicht mit ihm über seine Treffen mit Samat, sie waren Männersache und unterlagen einer Schweigevereinbarung, die sie vor langer Zeit getroffen hatten, auch mit Samat wechsle sie immer nur die nötigsten Worte, sie habe aufgehört mit Männern zu sprechen, einzig Beshkempir sei eine Ausnahme, was daran liege, dass sie in ihm keinen Mann, sondern ein Kind sehe. Erneut unterhielt sie sich mit ihrem Sohn, woraufhin er in einen kleinen Verschlag verschwand und dort, begleitet von Kramgeräuschen und Möbelknarzen, nach etwas zu suchen schien. Als er wenig später zurückkehrte, ließ er zwei kleine Gegenstände vor Sybille auf den Tisch purzeln. Es handelte sich um einen Datenstick in Form einer Plastikfigur, ähnlich jener, die Sybille unter den Bonsai-Trojanern gefunden hatte, und um ein kleines Stück modriger Landkarte, auf der ein grünes Kreuzchen klebte. Sie griff nach der Figur und sagte: »I found a similar thing in Bischkek.« Und dann legte sie ihren Sternenkrieger neben seinen auf den Tisch.

»What's the name of yours?«, fragte sie, »is he also out of *Star Wars*? Did Samat give it to you?« Er nickte. »This is Luke Skywalker, son of Darth Vader.«

Sybille erinnerte sich an Elaines Erklärung. Der böse Vater, der gute Sohn, die letztendliche Läuterung und Versöhnung. Die Zusammenführung der beiden Figuren schien eine seltsame Wirkung auf Beshkempir zu haben, ihn in gewisser Weise mit ihr zu verbinden. Sybille griff nun zum ausgefransten Kartenstück, schaute, überlegte. Es war nur etwa zwei Daumen groß und es dauerte ein paar Sekunden, bis es bei ihr klick machte und sie darin ein potenzielles Puzzlestück von Samats alter Kirgistankarte erkannte, die mit ihren Kreuzen und Abnutzungserscheinungen in seinem Apartment in Bischkek zurückgeblieben war. Sybille hatte nicht daran gedacht, sie einzupacken. Sie nahm den Ausschnitt genauer unter die Lupe, das Stückchen Papier war weiß und ockerbraun gefärbt, eine fadendünne blaue Linie zog sich von West nach Ost und nur wenige Buchstaben, ihrer vollständigen Bedeutung entrissen, zierten die Oberfläche: »Khan 69«, »tschek-Gl«. »What's this?«, fragte sie Beshkempir. »Part of Kyrgyzstan, Issyk-kul«, gab er zurück und zeigte in die

Himmelsrichtung, die dazuzugehören schien. Und dann fügte er noch einen Ausdruck hinzu, den Ak Möör für sie übersetzen musste: »soverschenno sekretno« – streng geheim.

»Do you know what psukh means or what's the meaning of all the facts and figures on the stick?«, bohrte Sybille aufgeregt weiter. »I've gone through all the files and information and I think that Samat has discovered something pioneering, ground-breaking, kind of a formula of transformation of human soul. Do you know something about it? Do you know where he's right now? He might be in danger.«

Der Junge schaute sie lange an. Sybille, die seinem Blick nicht auswich, sich vielmehr öffnete, um sich von ihm scannen zu lassen, konnte förmlich sehen, wie er nachdachte, hin- und herüberlegte und wie in seinem Kopf die Gehirnwindungen ratterten. Er schien herausfinden zu wollen, ob er ihr trauen konnte. Er antwortete ihr nicht direkt, sondern sprach zu seiner Mutter, die übersetzte: »He has an idea where Samat is located at the moment, at least he can show you a place that might be useful for your further search. He also knows something about the psukh project, you've mentioned, but he stubbornly refuses to talk about it. He says he promised Samat not to betray a word. But he'll try to contact him as soon as possible.«

»Could you ask him, when he met Samat at last? And if I could borrow the two gadgets for a while?«

Reflexartig griff Beshkempir nach seinen Schätzen.

»He says that Samat showed up five weeks ago. Come here by tomorrow morning, my son will take you to the mountains in order to show you something.«

Sybille konnte ihr Glück kaum fassen. Vielleicht könnte sie schon in Kürze Samat kontaktieren. War er am Ende ganz in ihrer Nähe? Es war erst fünf Wochen her, dass ihn jemand leibhaftig gesehen hatte. Er war am Leben. Alles schien gut zu sein.

»I will be here!«, juchzte sie und sprang wie ein Rumpelstilzchen auf dem Boden herum, um die überbordende Freude in andere Kanäle zu lenken – am liebsten hätte sie den Jungen umarmt und abgeküsst.

An diesem Abend konnte Sybille lange nicht einschlafen. Erst hatte sie Talant beruhigen müssen, der sich neugierig und beleidigt zeigte – er war es nicht gewöhnt, dermaßen ausgeschlossen und an den Ereignisrand katapultiert zu werden. Aber Sybille erklärte ihm geduldig, dass es eben auch Themen gebe, vor allem zwischen zwei Frauen, die einfach nur sie etwas angingen, das habe nichts mit ihm zu tun und er dürfe es nicht persönlich nehmen. Sie schmeichelte ihm ein wenig, indem sie ihn wissen ließ, dass er nach wie vor ihr wichtigster Begleiter auf dieser Reise sei und sein Wissen, seine Übersetzungs- und Überlebenskünste schon am nächsten Tag wieder zu hundert Prozent gefragt sein würden. Und so gab er sich schließlich, wenn auch murrend, zufrieden. Zwei weitere Stunden verbrachte Sybille damit, erneut die psukh-Protokolle auf ihrem eigenen Stick zu durchforsten, aber das Gespräch mit Ak Möör ließ sie immer wieder abschweifen. Sybille war froh, nicht als kirgisische Frau auf die Welt gekommen zu sein (schon gar nicht als eine so schöne wie Ak Möör), froh, dass sie sich nicht einer patriarchalischen Weltanschauung hatte fügen müssen. Sie hätte es schlichtweg nicht geschafft, für einen Pascha Chai zu kochen, sich von ihm herumkommandieren und schlagen zu lassen, hätte, wenn überhaupt, dann schon lieber als kirgisischer Mann das Licht der Welt erblickt, der sagen, tun und lassen konnte, was er wollte, der, wenn ihm danach war, sein halbes Leben im Schatten eines Baumes verschlief. Die Liebe hier war nichts für sie. Liebe, wie sie sie kannte – frei von Besitz(-anspruch), Zweck und Macht –, gab es hier nicht. Sich als Frau und Mann gegenseitig mit Respekt zu behandeln, den anderen in seinen Träumen zu unterstützen, ihn frei sein zu lassen war ein Luxus, den sich hier keiner leisten konnte. »Men seni süiöm« (Ich liebe dich) – drei trügerische Worte.

Höhle.

Beshkempir wartete schon auf sie. Er stand mit gepacktem Rucksack vor dem Gartentor und spuckte die Schalen von Sonnenblumenkernen in die Luft. Grußlos stieg er zu ihnen in den Wagen, Ak Möör war nicht zu sehen. Er deutete in die Richtung, in die sie fahren sollten, und als Talant ihn nach den Details der Wegstrecke fragte – wie lange sie unterwegs sein würden, ob sie genug Proviant dabei hätten und so weiter –, antwortete er kurz und knapp, oft nur, indem er den Kopf schüttelte oder nickte. Auf steiniger Piste ging es ins Tal des Karawschin-Flusses und danach ein Stück denselben entlang, bis er sich bei Woruch mit dem Kschmemysch zum Isfara-Fluss vereinte und es trotz Talants versierter Fahrtechnik und dem robusten Allradfahrzeug kein automobiles Weiterkommen gab. Es hieß, zu Fuß den Berg hinaufzumarschieren. Als sie ihre Ausrüstung und den Proviant zusammengepackt, die Last unter sich aufgeteilt hatten und bereit zum Aufbruch waren, trat Beshkempir an Talant heran und unterhielt sich auf eine Art und Weise mit ihm, die Sybille bislang nicht an ihm gesehen hatte: Er war energisch, bestimmt, selbstsicher. Auch Talant schien irritiert zu sein. Stritten sie oder war es nur ein kleines Kräftemessen unter Männern, eine Uneinigkeit bezüglich der Route oder wer hier das Sagen hatte?

»Der Rotzbengel will nicht, dass ich mitkomme«, fluchte Talant. »Er sagt, er gehe mit Ihnen allein oder gar nicht.«

Sybille war ratlos – wenn sie den Jungen richtig verstanden hatte, lagen zwei Tagesmärsche, erst zum Orto-Schatschma-Tal und dann weiter zum Zusammenfluss des Ak Töbek und Dykönök in 3.000 Metern Höhe, vor ihnen. Sie brauchte Talant – seine Erfahrung, seine Campingausrüstung und seine Sprachkenntnisse –, wie sonst sollte sie sich, sofern er es überhaupt zulassen würde, ordentlich mit Beshkempir verständigen?

»It's okay. He's okay«, versuchte sie den Jungen zu beschwichtigen und klopfte dabei, wie um sich selbst zu bestätigen, Talant auf die Schultern, »we can trust him.« Beshkempir schüttelte verständnislos den Kopf, marschierte dann aber doch mit flinken Schritten los, sie hatten einige Mühe hinterherzukommen. Sybille war es nicht mehr gewöhnt, sich solchen Strapazen auszusetzen, auch wenn sie immer noch einigermaßen schlank und fit war, das letzte Training – ihre Laufrunde im Bischkeker Stadion – lag gefühlte hundert Jahre zurück. Das Versöhnliche am Wandern war – man kam der Natur so nah wie sonst nie, rückte ihr unmittelbar und schrittweise zu Leibe, der sich im hiesigen Fall erst mit wildem Enzian und anderen königlichen Auswüchsen der Flora schmückte, später dann, felsig und karg, unter ersten Schneefeldern versteckte. Die Landschaft war atemberaubend, Sybille kam aus dem Staunen nicht heraus, so vielseitig und aufregend schlug ihr hinter jeder Kurve die wilde Direktheit der Natur entgegen. Dreißig Kilometer hatten sie am ersten Tag zurückgelegt, bevor sie erschöpft und knochenschwer ihre Zelte aufschlugen und am Feuer mit großem Appetit die mitgebrachten Dosen-Ravioli verschlangen. Die körperliche Anstrengung brachte einen weiteren Segen mit sich: Sybille war vollkommen entspannt und viel zu müde, um sich über all die offenen Fragen und Hürden auf den verschlungenen Steigen und steinigen Wegen ihrer Gipfelsuche nach Samat Gedanken oder Sorgen zu machen. Sie lag einfach nur da, umgeben von geheimnisvollen Farnen und Moosen und einem friedvollen Gefühl der Allerweltsbeseeltheit. In dieser Nacht hatte sie einen Traum. Er glich jenem, den sie auch schon in Wien geträumt hatte, damals, als sie ihrer Lebensmüdigkeit in der Gefriertruhe hatte ein Ende setzen wollen, nur winkten ihr Koshomkul und Juri Gagarin in dieser Nacht nicht mit vergilbten Briefen zu, sondern versuchten Tausenden von Schmetterlingen Herr(en) zu werden. Sie waren kaum zu sehen – der ganze Äther, von den tiefen Schluchten des Kökömeren bis zu den höchsten Kratern auf dem Mond, war vom Singsang ihrer Flügelschläge erfüllt, der in Volumen und Dichte an eine galoppierende Pferdeherde erinnerte, und tatsächlich tauchte, als Sybille sich mit den Flatterern weiter in die Höhe treiben ließ, hinten am Horizont eine berittene Schar fremder und gleichzeitig vertrauter Gestalten auf: Manas, der Hochherzige auf seinem Rehbraunen, Drachenköpfige und Hundsköpfige, Dolcharmige und Einäugige, Zauberer und Hexen. Nur zögerlich folgte sie ihnen in ihr Land, … *wo eichendicke Schilfstängel wuchsen, wo fledermausgroße Feldmäuse tollten, wo Eidechsen groß wie sechsjährige Knaben durchs Gras huschten, Schildkröten wie umgestülpte Riesenkessel ihre Spuren zogen,* wo Schmetterlinge groß wie Elefanten in der Wiese saßen und der versöhnliche Duft ihrer Kindheit lockte – jener nach Dill und Kerbel. Aber so fantastisch und wundersam ihr diese Welt entgegenkam, so sehr beschlich sie das bedrohliche Gefühl, in ihr verloren zu gehen, nicht mehr in die Wirklichkeit zurückzufinden. Doch sie wollte zurück, doch sie zogen an ihr, doch sie fand den Weg, doch sie folgten ihr. Als Sybille schweißgebadet und wild um sich schlagend die Augen aufriss, war es Beshkempirs Gesicht, das sie ganz nah über dem ihren ausmachte. Er hatte sich an sie herangepirscht und sie aus dem Schlaf gerüttelt. Sybille brauchte einen Moment, um sich zurechtzufinden. Doch als er in perfektem Deutsch flüsterte: »Bist du wirklich das Dillemädchen?«, war sie schlagartig wach.

»Ja, ich bin das Dillemädchen«, flüsterte sie zurück, »und du hast es offensichtlich faustdick hinter den Ohren. Seit wann sprichst du Deutsch?!«

Beshkempir entwischte zum ersten Mal ein Lächeln. »Samat hat es mir beigebracht und für einen Lehrer bezahlt, der mir dreimal pro Woche Unterricht gibt. Er meinte, die Sprache würde uns verbinden und zu so etwas wie Vater und Sohn machen.«

»Weiß deine Mutter davon?«

»Niemand weiß es. Außer Samat und«, er zögerte ein wenig, »jetzt du.«

»Was hat er dir von mir erzählt, also vom Dillemädchen?«, fragte Sybille.

»Er hat gesagt, dass du eines Tages kommen wirst, um ihn zu suchen. Und dass ich dann meinen Schwur des Schweigens brechen und dich in alles einweihen soll, was ich weiß. Aber jetzt müssen wir los, nur wir zwei. Dein Begleiter kann auf keinen Fall mit uns kommen, du magst ihm trauen, ich tue das nicht. Du musst das Wichtigste zusammenpacken, ein Zelt, Schlafsäcke und Essen habe ich bereits. Mach schnell. Und sei leise!«

Als Talant Stunden später erwachte und aus seinem Lager an die frische Morgenluft trat, bemerkte er als Allererstes, dass der Junge verschwunden war. Nur das platt gedrückte Moos zeugte noch von der Stelle, an der sein Schlafplatz gewesen war. »Seltsam«, dachte er und ging zu Sybilles Nachtquartier hinüber.

»Guten Morgen«, rief er durch die gelbe Plastikplane, »ich fürchte, der Kleine ist ausgebüxt. Ich koche Kaffee für uns und dann beratschlagen wir, wie wir weiter vorgehen wollen.« Pfeifend erhitzte er Wasser auf seinem Bunsenbrenner und kramte zwei Säckchen Instantpulver und Zucker hervor, doch als aus Sybilles Richtung keine Geräusche zu hören waren, wurde er schließlich misstrauisch. Er öffnete den Reißverschluss ihres Zeltes und fluchte.

Sybille und Beshkempir waren seit den frühen Morgenstunden auf den Beinen. Der Junge trieb zur Eile an – er wollte ihr Ziel unbedingt vor Einbruch der Dämmerung erreichen, zu gefährlich war es, in diesen Höhen bei schlechtem Licht herumzusteigen, auch hatte er Angst, dass Talant ihnen folgen und sie einholen könnte. Doch Sybille, die von Stunde zu Stunde müder wurde, brauchte immer mehr und immer längere Pausen. Zu Mittag konnte sie nicht mehr weiter, sie hatte Hunger, ihre Beine schmerzten, sodass Beshkempir schließlich nachgab. Er suchte eine windgeschützte, schneefreie Stelle und kleidete den Spalt zwischen zwei Felsen mit Alufolie und ihren warmen Schlafsäcken aus. Er reichte ihr Talants Thermoskanne mit heißem Tee und ein großes Stück Brot mit Käse.

»Seid ihr eigentlich ein Liebespaar gewesen?«, fragte er Sybille und überraschte sie damit. Er hatte sich einigermaßen gewunden bei der Formulierung, das Reden über Liebessachen und Intimitäten war jedem Halbwüchsigen unangenehm.

»Nein«, antwortete sie dementsprechend schnell, »wir waren ja noch Kinder damals. Aber uns hat eine ungewöhnlich tiefe Freundschaft verbunden, die selbst heute, nach all den Jahren, noch Bestand zu haben scheint. Doch jetzt erzähl du, was weißt du über psukh? Und wo ist Samat?«

Beshkempir legte los, bestätigte ihren Verdacht, der sich beim Durchackern von Samats Akten aufgetan hatte: Sein Vater arbeitete tatsächlich seit Jahren an einem großen Wissenschaftsexperiment, hatte an seinen Schmetterlingen ein

Seelen-Gen entdeckt, mit dem sich auch das menschliche Dasein positiv beeinflussen ließ – »das Schmetterlingsleuchten«, wie er bedeutungsschwanger flüsterte –, aber er könne ihr das alles viel besser zeigen als erklären, heute Abend schon, wenn sie die geheime Höhle, eine von fünf Forschungsstationen, die im ganzen Land verstreut lagen, erreicht hätten. Sie würde dann mit eigenen Augen sehen, was psukh bedeute, wovon hier eigentlich die Rede sei – unglaublich, geradezu gespenstisch sei es dort, wie er es enthusiastisch formulierte. Samat selbst würde nicht vor Ort sein, aber sie könnten über ein Morsegerät mit ihm Kontakt aufnehmen.

Er hatte die psukh-Formel in den letzten Jahren gemeinsam mit zwei anderen Wissenschaftlern vorangetrieben – Beshkempir kannte sie nur vom Namen her und Sybille war nicht wirklich verwundert, als diese sich als Petschkin und Nikitin entpuppten –, doch war die Zusammenarbeit zunehmend in eine Richtung gegangen, die seinem Vater missfallen, die den eigentlichen Kern der Sache, das Gute, das Weltverbessernde, das Positive seiner psukh-Entdeckung immer mehr zur Nebensächlichkeit degradiert hatte.

»Samat wollte mit Hilfe der Schmetterlingsseele den Menschen dabei helfen, bessere Versionen ihrer selbst zu werden, zu wachsen und dabei eine höhere, universale Verständnisebene zu erreichen, eine Art Allbeseeltheit, die die ganze Welt miteinander versöhnen könnte«, erzählte Beshkempir, »und so hat er sich vor wenigen Wochen dazu entschlossen, die Transformation am eigenen Körper zu durchlaufen, allein, an einem Ort, von dem weder Petschkin noch Nikitin wissen und den nicht einmal ich kenne.«

Sybille war sich nicht im Klaren darüber, was sie von Beshkempirs Worten halten, wie genau sie sich diese Schmetterlingsseelensache, diese Transformation vorstellen sollte, aber es war erstaunlich, wie sehr er sich während des Erzählens verändert hatte, noch ernster und erwachsener geworden war. Der mit Kernen um sich spuckende, einigermaßen verschreckte und verstockte Junge, der noch vor einem Tag am Gartentor auf sie gewartet hatte, schien sich in Luft aufgelöst zu haben. Nachdem Sybille trotz klirrender Kälte eine Stunde geschlafen hatte, machten sie sich wieder auf den Weg. Angetrieben von Neugier und einer sich steigernden Euphorie brachten sie auch den Rest der anstrengenden Route hinter sich und erreichten vor Einbruch der Dämmerung den Zusammenfluss von Ak Töbek und Dykönök. Die beiden Gebirgsbäche rauschten und tosten und Sybille erhaschte einen letzten Blick auf den gewaltigen Pik Kara Suu, der sie die ganze Erschöpfung für einen Augenblick vergessen ließ. Sie zündete sich eine Zigarette an und machte klick. Die kleinen Metallplättchen auf ihrem T-Shirt fingen die letzten Sonnenstrahlen ein und projizierten zuckende Lichtreflexe in alle Himmelsrichtungen. Wie eine Discokugel, wie ein Fremdkörper sprengte sie die Naturkulisse, die ganze Situation erschien unwirklich und surreal. Und das war sie ja auch. Beshkempir legte hinter einem dichten Gestrüpp aus Zweigen und Astwerk den Eingang zu einer Höhle frei und nahm sie an der Hand. Es war so weit. Sie würde endlich jene geheime Welt betreten, sich an jene Offenbarung herantasten, die Samat erschaffen und seinem Jungen anvertraut hatte.

Zwei aufgeschreckte Fledermäuse segelten ihnen entgegen, es roch modrig und feucht und dauerte ein paar Sekunden, bis sich ihre Pupillen adaptiert und an die Finsternis gewöhnt hatten. Wenn Sybille ihren Augen trauen konnte, reichte der Raum tief in den Felsen hinein, das hintere Ende der Höhle war nicht auszumachen. Beshkempir schaltete eine alte sowjetische Lampe an. Der Eingangsbereich beherbergte einen Schreibtisch mit Sessel und Morsestation, eine Reihe metallener Schränke und drei stockbettartig übereinander liegende Pritschen mit graubraunen, kratzigen Wolldecken, wie sie auch in Zugschlafwagen oder Arrestzellen zu finden waren.

»Unglaublich, das ist bestimmt ein Relikt aus Sowjetzeiten, vielleicht ein aufgelassener KGB-Stützpunkt«, mutmaßte sie.

»Dann warte erst einmal ab, was du weiter hinten zu sehen bekommst«, sagte Beshkempir, ließ sein Gepäck auf den Boden fallen und setzte sich an den Schreibtisch.

»Dann wollen wir mal loslegen.« Und schon klopfte er hochkonzentriert ein melodisches »Dit-dah-dah, dah-dit-dit« in den Apparat.

»Ist da Samat am anderen Ende der Leitung? Was schreibst du ihm denn?«, wollte Sybille aufgeregt wissen, doch Beshkempir schien alles um sich herum vergessen, die Wahrnehmung für den Rest der Welt komplett eingestellt zu haben. Sie beobachtete ihn – die flinke Motorik seiner rechten Hand, mit der er in präzisen Abständen die Morse-taste drückte, um seine Worte in elektrische Impulse zu verwandeln, die andernorts von einem Ankerhebel in Form von Punkten und Strichen auf Papier gewalzt wurden – und kam sich vor wie in einer fremden Galaxie. Es war ganz anders als damals im Zoologischen Museum mit Elaine und ihrer Handy-App. Hier fühlte sie sich ins neunzehnte Jahrhundert zurückversetzt, wo sich ab 1837 Samuel Morse und Alfred Vail an die Konstruktion des Schreibtelegrafens samt dazugehörigem Morsecode gemacht und damit einen Quanten-sprung in der elektrischen Telegrafie bewirkt hatten, wo man 1850 mit der Verlegung der ersten Seeleitung zwischen Dover und Calais begonnen und ab 1870 sogar schon weite Teile der

Erde miteinander verkabelt hatte. Aber wen interessierte in so einem Moment die Geschichte, da ein kirgisischer Junge aus dem einundzwanzigsten Jahrhundert eine dringende Botschaft in akustische Zeichen übersetzte und aus einer dunklen Höhle des Batkenlandes an seinen Vater schickte.

»So, das wird jetzt eine Weile dauern, bis eine Antwort kommt«, informierte sie Beshkempir, der wieder in der Gegenwart gelandet war. »Komm, ich zeige dir solange, was ich dir eigentlich habe demonstrieren wollen, es befindet sich weiter hinten im Felsen. Sybille folgte ihm durch einen langen Gang, an dessen Ende ihnen eine schwere Metalltür den Weg versperrte. Beshkempir zog einen Schlüssel hervor, den er an einer langen Kette um den Hals getragen hatte – sie stutzte kurz, war sie seit ihrem Besuch bei Petschkin nicht im Besitz eines ähnlichen Exemplars? –, und öffnete sie. Der Raum, der sich nunmehr vor ihnen auftat, übertraf Sybilles kühnste Vorstellungen – spätestens hier führte sich das Wort Höhle ad absurdum –, sie betraten ein hell erleuchtetes, voll klimatisiertes und absolut hightechmäßig ausgestattetes Gentechniklabor, das genauso gut in Wien oder sonst einer europäischen Wissenschaftshochburg hätte stehen können. Überall surrten und blinkten modernste Forschungsapparate – Kühl-, Trocken- und Gefrierstationen, Fermenter, Elektroskope, Mikroskope, Ultraschallbäder, Zentrifugen –, sogar einen nagelneuen, noch originalverpackten *CRISPR/Cas*-Kit, mit dem DNA-Codes bearbeitet und modifiziert wurden, machte sie aus. Perplex schritt Sybille zwischen den Zellkultur-Reagenzreihen, pharmazeutischen Chemikalien, DNA-Proben, Pipettierhilfen, Kanülen, Vakuumpumpen, Thermometern und einer schier endlosen Reihe weiterer Werkzeuge und Hilfsmittel hin und her. Es gab keinen Zweifel – sie befand sich in einem Luxuslabor, das

die allerhöchsten Anforderungen an genetische und bio-
technologische Experimente erfüllte und auf den ersten
Blick dermaßen professionell ausgestattet war, dass man hier
sogar hätte operieren können. Beshkempir schob sie zu einer
Schleuse, in der sie Schutzkleidung überstreiften und durch
einen Sprühnebel aus Desinfektionsmittel in einen dritten
Höhlenabschnitt hinüberglitten, der sich finster, warm und
olfaktorisch herausfordernd gestaltete – roch es doch gleichzeitig nach Leben und Verwesung. Sie mussten in einer Art
Gewächshaus oder Tierhaltungsraum gelandet sein oder aber
sie waren in ähnlich natürliche Höhlenbedingungen zurückgekehrt, die sich ihnen auch zu Beginn offenbart hatten. Sybille
hörte es zirpen und kreischen und schmatzen und raunen und
ab und zu flackerte glühwürmchengleich ein schwaches vio-
lettgrünes Leuchten auf. Sie griff im Dunkeln nach Beshkempirs Hand, das Herz schlug ihr bis zum Hals. Da hingen sie
– menschengroß, mumienhaft, kokonverpackt – vom Fels,
von diversen Büschen, in den Mauernischen, was immer »sie«
sein mochten, mit allerlei Gerätschaften verkabelt, mit Nähr-
stoffblasen verbunden, und schaukelten in friedlicher Ein-
tracht vor sich hin. Das ganze Setting wirkte seltsamerweise
nicht künstlich generiert oder wie einer schlechten Science-
Fiction-Szene entnommen, in der Aliens gezüchtet, das fünfte
Element gerettet oder Mutanten beseitigt wurden, sondern im
Gegenteil, auf eine Art unverbildet und natürlich, als ob es
sich gerade aus den Gesetzen der Natur ergeben hätte.

»Sind das Menschen?«, presste Sybille zwischen ihren
Lippen hervor.

»Das ist psukh«, antwortete Beshkempir. »Das ist die
letzte Phase der Seelenverwandlung. Wenn man näher an sie
herangeht, kann man sie manchmal auch sprechen hören.
Du musst keine Angst haben, sie tun dir nichts.«

Sybille nahm ihren Mut zusammen und machte zwei
große Schritte auf eins der leuchtenden Exemplare zu. Sie
hielt den Atem an, lauschte und tatsächlich vernahm sie eine
kleine, feine Melodie:

Plop! *Und schon* werde ich *zu einem Weidenstock,*
vom Stock zum Baum, vom Baum zum Gras,
vom Gras zum Reh, zum Schlauch zum Glas,
zum Hemd zum Zaun und vom Zaun zum Lurch,
ich verwandle mich *völlig und* drehe *durch,*
werde *groß, klein, dick, dünn, schwer und leicht,*
ich brauche eine Basis, bitte, es reicht!
Ich bäume mich *auf,* mir wird *kalt und heiß.*
Ich verliere meine *Form und* werde *zum Kreis.*

Und gerade als sie sich etwas gefasst hatte, als ihre Knie dem
Unglaublichen wieder standzuhalten, sich dem Wahnsinn ent-
gegenzustemmen suchten, packte sie jemand von hinten und
drückte ihr ein feuchtes, leicht süßlich duftendes Stück Stoff
auf Mund und Nase. »Ich denke, das ist genug der Erkenntnis
für heute«, hörte sie eine Stimme sagen und dann verlor sie
das Bewusstsein. Es war Talant, der ihren Vorsprung aufge-
holt und sich in der Dunkelheit an sie herangeschlichen hatte.
Nachdem er Sybille betäubt hatte, kam Beshkempir an die
Reihe, der nicht minder überrumpelt zusammensackte. Es
war nicht weiter verwunderlich, dass sie – selbst mit einem
Wunder beschäftigt – seine Ankunft nicht bemerkt hatten.
Vor allem Sybille wurde geradezu überwältigt von dem, was
sich vor ihren Augen abspielte, was sie dabei war, zu begreifen
und zu entdecken. Doch auch Talant war sichtlich überfordert mit der Situation. Was waren das für seltsame Gestalten?
Wo war er da hineingeraten? Was sollte er jetzt machen mit
den beiden? Nikitin und Petschkin kontaktieren? Oder Samat

Bergen? Oder alle drei? Und was würde er ihnen sagen, da er ein weiteres Mal versagt hatte, die Person, die es zu observieren galt, bei Weitem nicht so unter Kontrolle hatte, wie es von ihm erwartet wurde. Er steckte umso tiefer in der Zwickmühle, da er von Anfang an doppel-, nein dreigleisig gefahren war, sich von allen Seiten hatte bezahlen lassen, sogar von der Zielperson selbst. Auch Gauner und Betrüger haderten mitunter mit ihren Entscheidungen, besonders wenn sie wie in seinem Fall auch noch einer Sympathie zum Beschattungssubjekt anheimgefallen waren. Er hatte keine Zeit zu verlieren, er musste handeln. Kurz entschlossen schleifte er die beiden in den Eingangsbereich und schnallte sie auf den Pritschen fest. Auf dem Schreibtisch blinkte in unregelmäßigen Abständen ein Lämpchen auf, das Morsegerät spuckte unter Surren und Rattern eine Nachricht aus:

... .- -- .- - / --. . .... - / . ... / --. .. - .-.-.- / - .- --. / .---- ....- /
...- . .-. .-.. . .- .. .-- ..-. - / .- .-. .-. --.. .. .. -.-. .... -. .. -. --. ... --.
. -- .- . ...-.-.- / ....-. / . .. -. / ....- --- .-. .-.. .- ..- ..-. ..
--. . . .-. / . .-. --. . .-... -. .. ... -... .. .-. .. .. -.-. .... - .-.-.- / -- .- -.-. ....
/ -.. .. .-. / -.- . .. - . / .... --- .-. --. . . .-. .-.-.- / --. .-. ..- .. . . / -.
.- -. / -.. .. .. / -.. .. .-.. .-.. . -- .- .- -.. -.-. .... -. .-. .-.-.- / ..- -. --.
/ .---- . - --.. - / .... . .-. .... .. -. -.. . - .. - .- .. -.-. .... - / .... -.-. .... .-.. .
.. .- -. .. -. --. ... - / ....- --- -. / -.. .. --- .-. - .- .-.-.- / .-- --- .-.. --..

(Samat geht es gut. Tag 14 verläuft aufzeichnungsgemäß. Hier ein vorläufiger Ergebnisbericht. Mach dir keine Sorgen. Grüße an das Dillemädchen. Und jetzt verschwindet schleunigst von dort. Wolf)

Talant, der die Nachricht überflogen hatte, saß unschlüssig vor dem Gerät. »Mission schiefgelaufen. Sybille Specht hat

Höhle entdeckt. Sie ist betäubt und in meinem Gewahrsam. Erbitte dringend weitere Instruktionen« – war der erste Wortschwall, der ihm beim Gedanken an Nikitin in den Sinn kam. Doch dann änderte seine Gemütsverfassung plötzlich die Richtung: »Ich will mehr Geld. Sie haben mich nicht annähernd darüber in Kenntnis gesetzt, worum es bei der psukh-Mission eigentlich geht. Beweisfotos und DNA-Proben sind in meinem Besitz. Denken Sie nicht daran, mich zu verfolgen.« Doch auch diese Botschaft kam ihm nach kurzem Überdenken alles andere als geeignet vor, um durch die elektrischen Leitungen gejagt zu werden. Talant sprang gehetzt vom Tisch auf und warf einen Blick zu Sybille und dem Jungen hinüber – beide schliefen tief und fest. Es würde bestimmt nicht schaden, alles hier zu dokumentierten, die ganze Sache schien top secret zu sein und egal wie sie am Ende ausging, sich die Dinge entwickelten, ein Druckmittel, eine Absicherung waren nie fehl am Platz. Er hechtete zurück ins Labor, knipste dort ein paar schnelle Fotos und schleuste sich schließlich erneut in den dunklen Dschungel ein, wo er überfordert, ängstlich und unter einigem Ekel die Mumien ablichtete. Als das mehr schlecht als recht erledigt war (den Blitz einzuschalten hatte er sich nicht getraut, entsprechend schemenhaft waren die Gestalten zu erkennen) und er erleichtert die Schleuse hinter sich gelassen hatte, hielt er vor dem großen Kühlschrank inne, neben dem er bei seiner Ankunft auch das Chloroform entdeckt hatte. Er war mit kleinen Röhrchen gefüllt, die, wenn stimmte, was auf den Etiketten stand und sich keiner einen Scherz erlaubte, menschliche DNA enthielten, und zwar nicht von x-beliebigen Zeitgenossen, sondern von keinen Geringeren als Wladimir Putin, Mahatma Gandhi, Manas, dem 12.–14. Dalai Lama, Aristoteles, Albert Einstein und auch von Brangelina – wie er beim hastigen Überfliegen feststellte. Genmaterial, für das sich mit absoluter Sicherheit Käufer und Interessenten würden finden lassen. Wie ferngesteuert füllte er zwei große Kühltaschen mit einer mehr willkürlich denn sorgsam ausgewählten Probenmischung und eilte in Richtung Ausgang zurück, wo immer noch der Morseapparat ratterte. Die letzten Striche und Punkte kamen aus Nikitins Klinik.

Wer ist da?, dekodierte er. *Was ist los? Sämtliche Probanden-Apparate melden Störungen bezüglich Temperatur und Luftfeuchtigkeit. Identifizieren Sie sich. Sofort.*

Es war höchste Zeit, eine Entscheidung zu treffen. Erneut warf Talant einen kurzen Blick zu den Pritschen hinüber – der Zustand von Sybille und Beshkempir war unverändert. Und plötzlich wusste er, was er zu tun hatte, gerade weil er es eigentlich nicht wusste: Er würde gar keine Entscheidung treffen. Gar nichts tun. Sich aus dem Staub machen. Die beiden ihrem Schicksal überlassen. Das Ganze hier war nie passiert. Und später, wenn er sich beruhigt hätte, würde er Nikitin anrufen und sagen, dass er sie aus den Augen verloren hatte. Er musste an seine Familie denken. Kein Wort von der Höhle. Kein Wort von der DNA. Und dann rannte er los.

»Beshkempir«, flüsterte Sybille. Ihr Kopf schmerzte, ihr Hals kratzte, ihre Stimme klang seltsam fremd. »Beshkempir, kannst du mich hören?« Sie hätte Todesangst spüren müssen, aber absurderweise überkam sie stattdessen eine unbändige Lust auf »Oreschki«, walnussgroße russische Kekse mit süßer Karamellfüllung, die ihr – abgesehen von »Step« – seit ihrer Ankunft den kirgisischen Alltag versüßt hatten. Sie versuchte sich zu konzentrieren, sich daran zu erinnern, wo die Pritsche, auf der sie augenscheinlich lag, gestanden hatte, aber sie war sich nicht mehr sicher. Sybille zog und zerrte an den Riemen an ihren Handgelenken, aber sie ließen sich nicht lockern. »Dieser Mistkerl Talant«, dachte sie und riss erneut so fest sie konnte an den Gurten, »das ist jetzt schon das zweite Mal, dass ich in diesem Land auf einer Bahre liege. Beshkempir hat recht gehabt. Ganz offensichtlich habe ich mit Talant Kubat dem Falschen vertraut. Warum zur Hölle hat er uns betäubt? Steckt er am Ende sogar mit Petschkin und Nikitin unter einer Decke?« Doch schnell kehrten ihre Gedanken ins Gegenwärtige zurück – wo war Beshkempir, er musste doch hier irgendwo sein. Erneut rief sie seinen Namen in die Finsternis, als plötzlich das Bettgestell zu ruckeln begann, erst unmerklich, fast eingebildet, doch dann immer heftiger, bis unter Keuchen und mit einem lauten Rums etwas Großes, Dumpfes zu Boden plumpste.

»Bist du das Beshkempir, geht es dir gut?«, japste Sybille verängstigt. Und dann spürte sie zwei vertraute Hände, die ihre Fesseln lösten.

»Alles wird gut, Dillemädchen«, flüsterte er, »aber jetzt müssen wir uns sputen. Samat hat mir gesagt, was im Notfall zu tun ist.« Sybille richtete sich benommen auf und beobachtete Beshkempir dabei, wie er hastig die Morsebänder einsteckte, ihr Gepäck ins Freie beförderte und dann ins Innere der Höhle eilte: »Die psukh-Wesen! Wir müssen sie freilassen! Komm, schnell, du musst mir helfen!«

Als sie ihn eingeholt hatte, war Beshkempir gerade dabei, einen der Nirosta-Etagenwägen freizuräumen, indem er alles, was sich darauf befand, hektisch mit beiden Händen zu Boden fegte. Mit enormer Kraftanstrengung hievten sie gemeinsam eine Gestalt nach der anderen darauf – sie waren zum Teil so groß wie Sybille, wogen an die siebzig Kilo, und es nahm bestimmt zwanzig Minuten in Anspruch, bis sie nach dreimaligem Hin und Her alle psukh-Wesen ins Freie transportiert hatten. Beide keuchten und schwitzten, doch fürs Verschnaufen blieb keine Zeit.

»Los, mach schon, versteck dich da!«, schrie Beshkempir ihr zu und deutete dabei auf zwei große Felsen, die in einiger Entfernung zum Höhleneingang lagen. »Ich komme gleich nach!« Sybille kauerte sich hinter die Gesteinsbrocken auf den Boden und ehe sie wusste, wie ihr geschah, donnerte eine gewaltige Explosion durch die Luft, die die gesamte Höhlenumgebung mit Massen von Staub überzog. Sybilles Haut juckte, ihre Ohren hämmerten, ihr Herz trommelte. Sie hustete und weinte und dann fing sie regelrecht zu schluchzen an. »Beshkempir, das ist doch alles Wahnsinn! Ich will jetzt auf der Stelle wissen, was hier los ist. Du musst mich zu Samat bringen, jetzt sofort, hörst du!«

»Ruhig, liebes Dillemädchen, ganz ruhig. Ich werde dir alles sagen, was ich weiß, versprochen, aber erst einmal müssen wir weg von hier. Ich weiß, wo wir für zwei Tage hinkönnen. Los, lass uns gehen!« Er reichte ihr eine der beiden Wasserflaschen aus dem Proviantrucksack, packte sie an der Hand und stolperte mit ihr in die stockfinstere Nacht hinein.

»Aber was ist mit den, den psukh-Wesen?«, stotterte sie. »Wir können sie doch nicht einfach so zurücklassen!«

»Doch, das können wir. Sie werden auch ohne uns zurechtkommen.«

»Die Sache ist doch total außer Kontrolle geraten«, schimpfte sie weiter. »Und was helfen mir ein Revolver und ein BONSAI-Notsignal, wenn ich das erste nicht benütze, wenn es die Situation erfordert, und das zweite nicht senden kann, weil ich keinen Empfang habe!« Doch Beshkempir ging nicht weiter darauf ein. »Sei sparsam mit dem Wasser«, »Geh schneller« und »Hab keine Angst, Dillemädchen«, war alles, was Sybille in dieser Nacht noch von ihm zu hören bekam. Aber allein ab und an seine Stimme zu vernehmen, seine Hand in der ihren zu spüren gaben ihr das Gefühl, nicht gänzlich verloren zu sein. Als die Sonne aufging, erreichten sie Kara Bulak. Der Countdown zeigte 75 Tage, 2 Stunden, 33 Minuten und 18 Sekunden.

Vertrauen war eine komplizierte Angelegenheit. Man wusste nie, wem man vertrauen konnte. Solche, die einem vermeintlich nahestanden, entpuppten sich nicht selten als Betrüger, und andere, die einem völlig fremd waren, konnten einem überraschend zu Hilfe eilen. Im Grunde war Vertrauen wie ein Spiel, bei dem man alles verlieren oder alles gewinnen konnte. Das Gegenüber war immer auch Gegner, der wie jeder gute Spieler seine Karten nie ganz offen auf den Tisch legte, sie vielmehr in der Hand behielt und taktisch entschied, welche er zuerst aufdeckte und welche er bis zum Schluss zurückbehielt. Man könnte auch sagen: *Vertraue niemandem, denn auch der Schatten einer weißen Rose ist schwarz.* Vielleicht war das der Grund, warum die meisten Menschen nur auf sich selbst bauten.

Experiment psukh.

Das Ich ist unrettbar. Die Vernunft hat die alten Götter umgestürzt und unsere Erde entthront. Nun droht sie, auch uns zu vernichten. Da werden wir erkennen, daß das Element unseres Lebens nicht die Wahrheit ist, sondern die Illusion. Für mich gilt nicht, was wahr ist, sondern was ich brauche, und so geht die Sonne dennoch auf, die Erde ist wirklich, und ich bin ich.
(Hermann Bahr)

Es waren Verluste, die Menschen verbanden und sie nach Hoffnungshalmen greifen ließen. Es waren Verluste, die einen zwangsläufig kreativ machten und eigene Fähigkeiten ans Licht brachten, die man nicht an sich vermutet hatte. Und es waren Verluste, die schließlich Platz für Neues schufen, wo früher Altes war. Auch wenn sie dabei mitunter ein apokalyptisches Bild wie nach einer Sintflut hinterließen. Es war notwendig. Denn erst auf innere Auslöschung und Dürre folgte wieder fruchtbares Chaos, in dem es sich weiterleben ließ.

Samat und Sybille mussten ein ähnliches Schicksal erlitten haben. Anders war es nicht zu erklären, dass sie nach all den langen Jahren des Getrenntseins noch miteinander verbunden waren. Sie beide hatten im Verlauf ihrer Leben vieles, was ihnen wichtig war, verloren – Hoffnungen, Erwartungen, den Glauben, die Würde. In seinem Fall hieß das: zwei Heimaten, den kirgisischen Vater, die österreichische Mutter, seine geraubte Frau, ein bisschen auch seinen geborgten Sohn, in ihrem Fall: Martin – der bester Freund, Gefährte und Ehemann in einem gewesen war, die Eltern, sich selbst. Samat und Sybille waren leer geworden, durchlöchert von all den Schicksalsschlägen, die ihnen widerfahren waren, ihre Existenzen waren sich nicht unähnlich, wenn auch nicht zu vergleichen, weil sich zwei Menschen und zwei Leben nun einmal nicht miteinander vergleichen ließen. Und doch war es den jeweiligen Verlusten geschuldet, dass die beiden im Vierteljahrhundert ihrer Distanz in eine entscheidende Richtung getrieben wurden: zueinander hin, aufeinander zu.

Fast dreißig Jahre seines Lebens hatte Samat mit Schmetterlingen zugebracht, ihren Facetten- und Artenreichtum erforscht, sich dermaßen intensiv mit ihren Eigenschaften, Entwicklungsstufen, auftretenden Anomalien und Besonderheiten, ja ihrem gesamten Dasein befasst, dass er mehr über sie wusste als über sich selbst oder irgendjemand anderen auf der Welt. Sie waren ihm zu ständigen Begleitern geworden, zu Freunden, wenn er welche brauchte, zu Feinden, wenn sie es ihm schwer machten, einem ihrer Mysterien wissenschaftlich auf die Spur zu kommen. Er kannte so gut wie jedes Buch und jedes Forschungsergebnis – bis in die Antike zurück hatte er recherchiert und sich schlau gemacht. Er schrieb nicht nur ein Lexikon über sie, er war selbst zu einem wandelnden auf zwei Beinen geworden. Und doch hatte sich ihm ihr größtes Geheimnis, das »Schmetterlingsleuchten«, wie er es insgeheim liebevoll und beinahe poetisch nannte – wissenschaftlich sprach er nüchtern von psukh oder SSZ (Schmetterlingsseelenzelle) –, erst vor wenigen Jahren, genau gesagt 2009, offenbart.

Die ersten Ideen zum psukh-Projekt waren ihm freilich schon viel früher gekommen, in seiner Studentenzeit in Bischkek (das 1990 noch Frunse hieß), wo er sich im Zuge des Biologiestudiums bis 1996 immer wieder mit der immanenten und zentralen Frage »Wie funktioniert das Leben?« auseinandergesetzt hatte und diese im Rahmen zahlreicher

Studien und Versuchsreihen mit seinen Tien-Shan-Flatterern zu beantworten suchte. Er wollte, wie schon viele Naturforscher vor und auch nach ihm, der vollständigen Metamorphose und ihrer Bedeutung auf die Schliche kommen und verschlang deshalb vom Fachartikel bis hin zur Pseudoliteratur informationstechnisch alles, was auch nur im entferntesten mit Schmetterlingen zu tun hatte, beschäftigte sich neben ihrem Körperbau und ihrer Lebensweise auch mit ihrer Symbolkraft, ihrer philosophischen und religiösen Bedeutung sowie ihrer Rolle in speziellen Forschungsgebieten wie etwa dem Altruismus in der Tierwelt. Denn eins war ihm von Anfang an klar: Die Wissenschaft allein würde das Rätsel ihres Daseins nicht lösen. Schon der Gelehrte Ernst Mach, dessen Name nicht nur für die Maßeinheit der Überschallgeschwindigkeit, revolutionäre Erkenntnisse in der Wärmetheorie und die Entdeckung der Gleichgewichtsorgane im menschlichen Ohr stand, sondern auch für allerlei philosophische Aha-Erlebnisse und Axiome, hatte seinerzeit postuliert: ... *das Physische und Psychische sind identisch und nur ihrer Betrachtungsweise nach verschieden. Die Sinne täuschen nie und zeigen nie richtig.* Und auch Samat befand in seiner täglichen Arbeit, dass Schein und Wirklichkeit, Abstraktes und Konkretes, Sinn und Unsinn oft nahe beieinander lagen. An anderer Stelle, bei den alten Griechen, war er auf den Begriff ψυ·χή (psukh oder psyche) gestoßen, der neben einem »Schmetterling« auch gleichzeitig die menschliche Seele bezeichnete – das Wort hatte ihm auf Anhieb gut gefallen. Überhaupt war die Schmetterlingsmetamorphose offensichtlich schon früh zu einem faszinierenden Sinnbild seelischer Prozesse und Wandlungen geworden – etliche Verfasser setzten sich mit der faszinierenden Entwicklung von der unattraktiven Raupe hin zum schönen, fertigen Imago und der daraus abgeleiteten, auf den Menschen übertragenen Verwandlung vom Gebundensein im Materiellen hin zur inneren Freiheit und Göttlichkeit auseinander. Auch im Volksglauben und in christlichen Vorstellungen wurde er fündig, wo Falter als Zeichen der Auferstehung und Vergänglichkeit fungierten und häufig, wie etwa in der Romantik, in Kombination mit dem Spruch *per aspera ad astra* als Grabsteininschrift zum Einsatz kamen. Allein der Umstand, dass die filigranen Flügelwesen manchmal nur einen einzigen Tag lebten – wie etwa die Echten Sackträger *(Psychidae)* –, obwohl ihre Entwicklung mitunter Jahre dauerte, faszinierte ihn.

Im Schamanismus, in der Imaginations- und Traumarbeit, in der es oft darum ging, alte Gewohnheiten abzulegen und sich in neue, ungeahnte Richtungen aufzumachen, wiesen Schmetterlingslarven und -raupen auf die unbewussten Seelenanteile hin, während der fertige Imago die Schönheit der entfalteten Seele anzeigte. Und im Volks- und Aberglauben – einem in Kirgistan nicht minder bedeutenden Wirtschaftszweig – bekamen sie überhaupt die kuriosesten Bedeutungen umgeschnallt: Wenn man zum Beispiel im Frühling zuerst ein gelbes oder weißes Exemplar erblickte, durfte man sich Glück in Geldsachen erhoffen, wohingegen einem ein graues Pech brachte. Lauter Witz oder auch Aberwitz, auf den Samat bei seiner umfangreichen Lektüre und Recherche im Laufe der Jahre gestoßen war und der sein Bild über Schmetterlinge immer mehr vervollständigt hatte. Doch von entscheidender Bedeutung erwies sich eines Tages ein weitgehend unbekanntes, unbeachtet gebliebenes, handschriftliches Traktat des Universalgelehrten Aristoteles, das parallel zu seinem antiken Werk *Historia animalium* – eins der ersten Klassifizierungsbücher von Lebewesen – entstanden sein dürfte und ihm, so deutete es zumindest Samat, als Arbeitsjournal und persönliches Tagebuch gedient hatte. Er erinnerte sich noch genau an den Tag, als er zum ersten Mal auf die aristotelischen Überlegungen zur Metamorphose gestoßen war, die sich auf jenen Punkt im Verwandlungsprozess konzentrierten, an dem die erwachsene Raupe sich zum letzten Mal häutete, mit der Verpuppung begann, die Raupen- zu Falterorganen umbildete und ihre gesamte äußere Gestalt veränderte. Sein Interesse hatte vor allem eine philosophische Stelle in der aufs Erste völlig hanebüchen und absurd anmutenden Urzeugungstheorie geweckt, skizzierte sie doch grob die Möglichkeit einer Art Seelentransformation, umriss, wenn auch nur schemenhaft und äußerst vage, eine Metamorphoseformel hin zum Göttlichen. Natürlich war der Ansatz, demzufolge Lebewesen durch spontanes Zusammenrinnen eines Urstoffes entstanden – also beispielsweise Frösche und Schmetterlinge aus Schlamm, Bienen aus Kuhmist, menschliches Leben aus Blut und Eiter –, längst widerlegt worden. Spätestens Francesco Redi hatte den noch im Mittelalter kursierenden Darstellungen von Schafbäumen und dergleichen 1668 wissenschaftlich ein Ende bereitet und die Entwicklung der Organismen im heutigen Sinne nachgewiesen. Doch irgendetwas an psukh fesselte Samat. Und das geheimnisvolle Wörtchen tauchte in unregelmäßigen Abständen – vielleicht war es seiner selektiven Wahrnehmung geschuldet – immer wieder vor seinen Augen auf: mal in Friedrich Wöhlers »Brücken«-Nachweisen zwischen lebenden und nicht lebenden Stoffen, mal in den Beschreibungen über die individuelle Anpassung von Organismen eines Carl von Linné, im ontologischen Gottesbeweis von Anselm von Canterbury oder auch im Werkkomplex der beiden Evolutionsbiologen Charles Darwin und Ernst Haeckel. Doch so faszinierend er den psukh-Gedanken damals schon fand, für seine Doktorarbeit im Jahr 1998 war ihm das Thema dann doch bei Weitem zu unausgereift, gewagt und letztendlich auch zu unsachlich erschienen – auch wenn das durch und durch abergläubische Kirgistan bestimmt der perfekte (Feldforschungs)Ort für derlei philosophisch-psychologisch angehauchte Seelen- und Verwandlungsthesen gewesen wäre. Vielleicht hätte Samat seine Meinung geändert, wäre sein Großvater Tschingis noch am Leben gewesen. Der war – wie zwei alte Bücher aus seinem Nachlass vermuten ließen – seinerzeit dem alten Wissen der Nomaden und der Magie des Universums nicht abgeneigt.

Samat hatte sie aus den Flammen gerettet, als sein Vater sie im Rausch, begleitet von einer Suada abfälliger Bemerkungen und Verfluchungen, hatte verbrennen wollen. Das erste behandelte Tengri(smus), einen alten Glauben der mongolischen und der Turkvölker Zentralasiens, der sich aus Animismus, Schamanismus und Ahnenverehrung zusammensetzte und den Sinn des Lebens für einen Menschen dahingehend definierte, *mit allem, was unter dem Himmel ist, … in Einklang zu leben.* Samat mochte den Gedanken einer Art Allbeseeltheit, in der Tiere, Pflanzen und Berge gleichermaßen als lebendig betrachtet wurden. Zumindest was seine Schmetterlinge betraf, war er ganz sicher, dass ihr inneres Wesen der Menschenseele um nichts nachstand, auch wenn er damals noch nicht hatte erklären können, warum. Das zweite Buch stammte aus Japan und handelte von heiligen Tieren in Buddhismus und Shinto, die dem Menschen an Kraft, Mut und Schlauheit überlegen waren. Auch das war ein Ansatz, den Samat bedenkenlos unterschrieb – seine Schmetterlinge waren ihm immer schon heilig gewesen. Irgendetwas musste es damit auf sich haben, dass Tiere in vielen Kulturen als Verkörperung einer ihnen innewohnenden Seele oder Gottheit gesehen wurden, mitunter verschmolzen sogar Tier- und Ahnenverehrung miteinander (beispielsweise im religiösen Totemismus), was den Kreis zum ersten Buch wieder schloss. Natürlich galt Samats primäres Interesse nach wie vor der Wissenschaft – die philosophischen Ansätze und Abweichungen eines Aristoteles oder Mach waren das Maximum an kreativer Freiheit, die er sich in seiner Arbeit ein- und zugestand. Und doch hörte psukh nicht auf ihn zu inspirieren, appellierte Jahr für Jahr an seinen Forscherinstinkt, zog ihn in bester Lorelei-Manier gedanklich auf eine zunächst wagemutig erscheinende, absurd-anmutende Fährte, die er immer intensiver und kompromissloser verfolgen und mit Glück und Zufall in einer fernen Zukunft zur Entfaltung bringen sollte: den Ort der Emotionen und Wünsche zu finden, die (Schmetterlings)Seele zu lokalisieren. Es war, als ob schon damals ein Körnchen Weltwahrheit in ihn eingedrungen wäre, ganz tief ins unterste Unterbewusstsein, um dort schlummernd darauf zu warten, dass er eines Tages so weit sein würde, sie (die Wahrheit) zu begreifen, es (das Korn) aufzubrechen und das zart hervorsprießende Keimchen (die Seele) zu ernten. Doch noch hatte er andere Ackerböden in seinem Leben zu bestellen, andere Schlachten zu schlagen. Er und psukh brauchten noch Zeit. So wie auch Ernst Mach und später dann Hermann Bahr Zeit gebraucht hatten, um ihre unrettbaren Ichs zu retten, sie aus den schiefen Kontexten vergangener Zeiten herauszulösen und nicht mehr zwischen Schein und Wirklichkeit, Wahrheit und Fiktion zu unterscheiden. Noch zweifelte er an sich und seiner psukh-Idee. Wie konnte es auch möglich sein, dass quer durch die Jahrhunderte bei den verschiedensten Naturforschern ein Ansatz aufgetaucht und gleichzeitig weitgehend unerforscht geblieben war, die Vorstufe einer Theorie nie zu

Ende gedacht, sondern im Gegenteil stets nur am Rande, beiläufig erwähnt worden war, und es diese jetzt ausgerechnet an seine Oberfläche getrieben haben sollte? Konnte es tatsächlich sein, dass etwas so Wesentliches in Vergessenheit geraten, dass etwas derart Universales im Menschsein im Strudel des Fortschritts, der Schnelligkeit, des gesellschaftlichen Wandels, der allgemeinen Entwicklungen untergegangen war? Dass Fortschritt in Wahrheit Rückschritt bedeutete, man sich stattdessen auf altes Wissen und alte Werte rückbesinnen und darauf vertrauen musste, dass alles Urwissen bereits vorhanden war? Konnte es tatsächlich sein, dass er, der verlorene Sohn unter all den verlorenen Töchtersöhnen – ansatzweise und ausgerechnet in Kirgistan –, auf eine Art Seelen- und Wesensformel gestoßen war, die nichts mit personalem Substrat gemäß Art. 19 III GG oder Schleiermachers Erlösungsbeschreibungen eines Jesus von Nazareth zu tun hatte, sondern mit der Lokalisierung dessen, was jedes Lebewesen aus- und einzigartig machte? Der Seele? Psukh? Wie oft hatte er daran gedacht, Sybille in einem seiner Briefe von der ungeheuerlichen Entdeckung zu erzählen, sie Teil haben zu lassen an seinen Mutmaßungen und Überlegungen, es dann aber bleiben lassen – zu kühn und unausgereift waren ihm seine Gedanken erschienen.

Erst Jahre später, als Samat seine persönlichen kirgisischen Verluste einigermaßen überwunden hatte (so ganz gelang einem das ja nie), als er sich mit dem Elternhaus, dem Frauenraub, dem daraus resultierenden Sohn und seinen sonstigen Unglückstaten ausgesöhnt hatte, sein Akklimatisierungsscheitern mit Fassung trug, befasste er sich mit nichts anderem mehr. Zwar kam er nach außen hin seinen Pflichten nach – erschien pünktlich zur Arbeit, publizierte den einen oder anderen Fachartikel, unternahm seine

Schmetterlingsexpeditionen, arbeitete an der Vervollständigung seines Lexikons –, aber in Wahrheit kreisten all seine Gedanken um die psukh-Idee. Die Zeit war gekommen. Ohne eigenes Zutun, ohne ersichtlichen Grund, ohne groß an die Tür zu klopfen. So war das mitunter mit wichtigen Wendungen und Entdeckungen in einem Leben – sie vollzogen sich nicht infolge rationaler Berechnungen, kalkulierter Pläne oder steuerbarer Entschlüsse, sondern sprunghaft, willkürlich, wie durch Zauberhand. Und so kam es, dass es eines Tages plötzlich grün und violett aus den Ei-, Raupen- und Puppenkäfigen hervorblitzte, dass wie aus dem Nichts die Metamorphose, das Verwandlungsmoment zwischen den einzelnen Entwicklungsstadien sichtbar wurde und ein Phänomen, das jahrelang im Verborgenen stattgefunden haben und seiner Aufmerksamkeit entgangen sein musste, Samat als Augenzeugen heimsuchte. Aber dass Hingabe, Fleiß und Verstand allein nicht reichten, ja noch nie gereicht hatten, um einen wichtigen Meilenstein in der Geschichte zu hinterlassen, dass es manchmal einfach Glück und Zufall brauchte, bewiesen ja viele Errungenschaften der Menschheit, wie Penicillin (Resultat einer im Labor vergessenen Bakterienkultur des Mediziners Alexander Fleming, aus der der hilfreiche Schimmelpilz *Penicillium notatum* hervorging), die Röntgenstrahlung (von Wilhelm Conrad Röntgen und seiner Frau beim spielerischen Herumexperimentieren mit Elektronenstrahlen entdeckt), Viagra (der Wirkstoff Sildenafil sollte ursprünglich die Durchblutung des Herzmuskels und nicht den Penis anregen) oder auch Teflon, Mikrowelle und LSD. Auch bei Samats Forschung hatte es ein auslösendes Moment gebraucht, das Bewegung in die Sache brachte, das die Neugier auf einen Level trieb, von dem aus es kein Zurück mehr gab, und sich das vage Wissen, das man angesammelt hatte, zu einem handfesten Klumpen verdichtete. Genau gesagt waren es zwei Momente.

Der erste ereignete sich an einem Herbsttag des Jahres 2009 im Kellerlabor des Zoologischen Museums, als er zum allerersten Mal das Schmetterlingsleuchten sah. Wie so oft hatte er sich mit routinemäßigen Manipulationen und Züchtungen für ausgewählte staatliche Auftraggeber beschäftigt – einmal galt es die Auswirkungen der zunehmenden Gletscherschmelze auf Fauna und Flora zu untersuchen, ein anderes Mal ein biologisches Insektenvernichtungsmittel zum Schutz von Obstplantagen oder Waldbeständen zu kreieren. Im konkreten Fall war er gerade dabei, eine Laborversuchsreihe mit echten Schädlingen anzulegen, die im letzten Jahr aufgrund ihrer massiven Vermehrung in ausgedehnten Gebieten rund um den Issyk-kul für enorme Obstfraßschäden und wirtschaftliche Einbußen gesorgt hatten – *Aporia crataegi L.* (Baum-Weißling) und *Euproctis chrysorrhoea L.* (Goldafter). Zu diesem Zweck positionierte er die ausgewählten Schmetterlingseier mittels Pinzette in kleinen Gefäßen, auch ein paar Puppen aus früheren Untersuchungen befanden sich noch im Raum. Es war alles wie immer, bis auf die Tatsache vielleicht, dass plötzlich der Strom ausfiel, wobei auch das ein annähernd normal- kirgisischer Zustand war, als er plötzlich ein sanftes grünlich-violettes Schimmern und Blitzen in einem der Reagenzgläser wahrnahm. Es dauerte etwa zwei Minuten, vielleicht auch länger, bis es schwächer und schwächer wurde und schließlich erlosch. Aus den Eiern waren kleine Larven geschlüpft, die Metamorphose ganz offensichtlich von einem ins nächste Stadium übergegangen. Erst traute Samat seinen Augen nicht, aber als sich das Leuchten und Blitzen wiederholte, nicht nur bei der Ei-Raupen-Verwandlung, sondern auch in den etwas abseits gelegenen Puppenkäfigen zeigte, ja dort beinahe noch kräftiger zum Vorschein kam, als würde das Strahlen kurz vor dem Schlupf an Intensität gewinnen, war er geradezu beseelt vor Glück und von dem Gedanken, dass er eben aus noch unerklärlichen Gründen dem psukh-Phänomen beigewohnt hatte. Die sprichwörtliche Erleuchtung war Samats Rettung gewesen. Als wäre er an jenem Tag von den Toten auferstanden (ein wenig wie Sybille andernorts und andernzeits in ihrem Fiebertraum). Wobei ihm plötzlich einfiel, dass er schon einmal ein grünviolett schimmerndes Schmetterlingspaar zu sehen geglaubt hatte, zwei geradezu gespenstisch große Exemplare in der Nähe des Song-kul, die ihm aber leider entwischt waren. Er hatte sie damals für eine neue Art gehalten, aber so wie sich die Dinge jetzt darstellten, könnten die Falter auch frisch geschlüpft sein und einfach nachgestrahlt haben. Wieder und wieder stellte er die Versuchsreihe nach, passte die Rahmenbedingungen bestmöglich an jene des Stromausfalltages an. Wochenlang beobachtete er aufgeregt die ausgewählten Raupen und Stadien, führte Buch, untersuchte akribisch die einzelnen Entwicklungssprünge unter dem Mikroskop und dem Einsatz von UV- und Röntgenstrahlen und kam dabei immer zum selben Ergebnis: In allen drei Übergangsphasen der Schmetterlingsentwicklung, also vom Ei zur Raupe, von der Raupe zur Puppe und schließlich von der Puppe zum fertigen Insekt, trat ein fluoreszierendes Leuchten auf, ein changierendes Flackern, das nur im Finstern zu sehen war – letztendlich wohl die Erklärung dafür, dass er im normalen Laborlichtalltag das Phänomen nie hatte beobachten können. Aber es kam noch besser. Gleichzeitig mit dem Schmetterlingsleuchten, das, wie er festgestellt hatte, in der letzten Wandlungsphase vor der letzten Häutung besonders heftig ausfiel, passierte das eigentliche Wunder: Eine einzelne Zelle spaltete sich vom übrigen Zellmaterial ab, löste sich für die Zeit des Fluoreszierens vom restlichen Falterkörper – vom Exoskelett und den Skleriten, von Kopf (Caput), Brust (Thorax) und Hinterleib (Abdomen), von den dominanten Flügeln –, stand ganz allein im Raum (oder lag, besser gesagt, auf dem Laborplättchen) und wurde so extrahierbar, bevor sie sich, ließ man der Natur ihren Lauf, nach vollzogenem Metamorphoseschritt wieder zum restlichen DNA-Konglomerat gesellte und unsichtbarer Teil des (großen) Ganzen wurde. Es war unglaublich.

Von diesem Tag an untersuchte Samat die abgespaltenen Singel-Zellen tagein, tagaus, beobachtete und variierte sie, konservierte und sammelte sie, vermischte und verpflanzte sie und kam, so unfassbar und romanhaft er die Beobachtungen fand, so sehr er sich aus wissenschaftlicher Sicht dagegen sträubte, zu dem Schluss, dass es sich bei der flüchtigen Zellabspaltung tatsächlich um den transzendentalen Ort der Emotionen und Wünsche handelte, der Urzelle allen Fühlens, Denkens und Empfindens, der Summe aller geistigen Eigenschaften und Merkmale, die ein Lebewesen ausmachten. Erstmals hatte er das bislang Abstrakte, nur Erahnte plötzlich ganz real und greifbar vor Augen. Es bestand kein Zweifel, der einst gepflanzte psukh-Wissenskeim hatte endlich die Membran durchbrochen und ausgetrieben. Samat hatte psukh entdeckt. Es war ihm gelungen, die Schmetterlingsseele zu extrahieren, sie einzufangen und damit jenem universalen Rätsel allen Lebens auf die Spur zu kommen, dem die bedeutendsten Wissenschaftler aus allen Epochen hinterhergejagt waren, das sie mit psukh zwar beschrieben und gestreift, aber nie restlos gelöst hatten. Obwohl er sich des Ausmaßes seiner Entdeckung zu jenem Zeitpunkt nicht bewusst war, nicht annähernd erahnte, welche Chancen und Möglichkeiten sich daraus für die Zukunft ergaben, wie sich psukh würde einsetzen lassen, was sich damit bewirken ließe, so ahnte er doch, dass er auf etwas wirklich Bedeutsames gestoßen war, etwas ganz Großes, etwas, was es zu beschützen galt.

Drei Jahre lang forschte er so allein und im Verborgenen vor sich hin, versuchte in den ersten zwölf Monaten herauszufinden, ob eine derartige Seelenabspaltung auch bei anderen Lebewesen festzustellen war (um unauffällig zu bleiben, beobachtete er vor allem die Wachstums- und Entwicklungsschübe von Laborratten, Käfern, Pflanzen und Fischen, die im Zoologischen Museum zur Verfügung standen), aber das Phänomen zeigte sich, wie er erwartet und sich insgeheim gewünscht hatte, nur bei den Schmetterlingen. Nicht nur einmal fragte er sich in dieser Zeit nach seinem Seelenverständnis. Glaubte er an das Vorhandensein einer Seele – seiner Seele? Gab es überhaupt einen Seelensitz? Samat wusste diese Fragen nicht endgültig zu beantworten – früher hatte er gehofft, so etwas wie eine Seele zu besitzen, jetzt wünschte er es sich –, aber was er definitiv wusste, war, dass zumindest seine Schmetterlinge eine besaßen. Der Seelenbegriff an sich war ja nach wie vor ein ungelöstes Phänomen, das die unterschiedlichsten psychologischen und philosophischen Konzepte zu verstehen und erklären suchten. In den meisten Fällen beschrieb Seele ein *immaterielles Prinzip, das als Träger des Lebens eines Individuums und seiner durch die Zeit hindurch beständigen Identität* aufgefasst wurde – eine Art körperlose, vom Körper getrennte Substanz, die auch nach dem physischen Tod existieren konnte und damit unsterblich war. Aber auch ein breites Spektrum stark divergierender Ansätze, wie Positionen zum eliminativen

Materialismus, wurden in der Fachwelt diskutiert, bei dem alle scheinbar seelischen Zustände und Vorgänge restlos auf Biologisches reduzierbar waren. Den letzten groß angelegten Versuch zur Lokalisierung des Seelenorgans beim Menschen hatte es Ende des achtzehnten Jahrhunderts gegeben, durchgeführt vom deutschen Anatom Samuel Thomas von Soemmerring und in seinem Werk *Über das Organ der Seele* skizziert. Er hatte darin vor allem den Hirnventrikeln eine zentrale Rolle bei der Kommunikation zwischen Seele und Körper beigemessen und außerdem festgestellt, dass insbesondere die Ventrikelflüssigkeit, Ventrikelwände und das Ende der Hirnnerven hierbei von Relevanz waren. Vereinfacht gesagt hatte von Soemmerring also den *Liquor cerebrospinalis* als Seelenorgan bestimmt, aber die These war damals wie heute umstritten. Samat glaubte nicht, dass seine Seele, so er denn eine hatte, im Nervenwasser vor sich hin schaukelte. Vielleicht lag die Wahrheit irgendwo zwischen einer körperunabhängigen, geistigen Substanz und einer biologisch-fleischlichen. Für den Moment reichte es ihm, dass er an psukh glaubte, daran, dass seine Schmetterlinge – René Descartes und allen sonstigen biowissenschaftlichen, elektrophysiologischen und evolutionstheoretischen Zweifeln zum Trotz – eine Seele besaßen und er den Ort ihrer Interaktion zwischen Körper und Geist hatte ausfindig machen können. Überhaupt hätte er im Zweifelsfall eher Tieren als Menschen eine Seele zugeschrieben (natürlich mit Ausnahmen), der Mensch als solcher hatte aus seiner Sicht längst seine Sonderstellung im Reich der Arten eingebüßt, wenn es nach ihm gegangen wäre, stand schon lange außer Frage, dass Tiere die besseren Menschen waren. Zwei, die das auch glaubten und (echten) Altruismus in der Tierwelt nachgewiesen hatten, waren der Biologe Michael Taborsky und keine Geringere

als die ebenfalls aus Österreich stammende Reproduktionsbiologin, Gentechnikerin und Verhaltensforscherin Sybille
Specht. Der erste hatte 2007 demonstriert, dass Geben und
Nehmen, ein selbstverständliches Solidaritätsempfinden und
-handeln sowie zahlreiche weitere Eigenschaften, die bislang
als exklusiv menschlich gegolten hatten (Empathie, Mitleid,
Fairness), genauso häufig bei den tierischen Gefährten auf-
traten – sei es beim Futterteilen, Kindergroßziehen oder
-verteidigen, manches Tier ließ für seine Artgenossen sogar
sein Leben. Dieser Beweis war immer noch einigermaßen
revolutionär, lange Zeit hatte Darwins *Survival of the fittest*
das diesbezügliche Gedankengut dominiert. Rückblickend
hatte jedenfalls bei Weitem mehr als ein Gemeiner Vampir in
ein Forschungslabor geflogen kommen und sich dabei beobachten lassen müssen, wie er seine Blutmahlzeiten brüderlich
mit fremden Artgenossen teilte, um etwas wie Seele nachzuweisen. Es hatte mehr als eine herbeisurrende Feldwespe
gebraucht, die vor Forscheraugen auch die Jungen nicht
blutsverwandter Weibchen mit aufzog. Und mehr als einen
Schmetterling, der vor neugierigen Lepidopterologennasen
mit seiner Schrecktracht fremde Artgenossen vor Feinden
beschützte. Seine Jugendfreundin Sybille Specht war in ihrer
Arbeit sogar noch einen Schritt weitergegangen und hatte
2010 in einer Studie belegt, dass Tiere dem Menschen ähn-
licher waren, als ihm lieb sein konnte, sie sich lern- und
empathiefähiger zeigten als so mancher Homo sapiens. So
änderten sie zum Beispiel nach selbst empfangener Hilfe-
leistung ihre eigene Haltung und begannen ihrerseits anderen
weiterzuhelfen – wahllos und uneigennützig –, woraus sich
völlig neue, evolutionär stabile Kooperationsformen ergaben
(Das klang wie Zukunftsmusik in Samats Ohren – wer
wünschte sich das nicht?). Sybille Specht hatte damals den

Begriff der *generalisierten Reziprozität* geprägt und mit dem Paper großes Aufsehen in wissenschaftlichen Kreisen erregt, was Samat mit Stolz erfüllt hatte. Mehr als eine E-Mail hatte er in seine Tastatur getippt, um seiner Freundin zu gratulieren, sich mit ihr auszutauschen, doch jede einzelne bis auf den letzten Buchstaben wieder gelöscht. Er konnte es nicht. Schaffte es nicht. Vielleicht würde er Sybilles Wissen eines fernen Tages in sein psukh-Projekt einfließen lassen, doch noch brauchte er sich nicht zu fragen, wie weit zu gehen er einmal bereit sein würde, wie es mit seinem eigenen Altruismus aussah, wie selbstlos sein Verhalten ausfiel, wenn es um Geld, um Tod, um Leben ging.

Im zweiten Jahr der psukh-Forschung begann Samat damit, die einzelnen Falterarten hinsichtlich Robustheit und Größe der abgespaltenen Seelenzellen und der Intensität und Dauer des Leuchtens genauer unter die Lupe zu nehmen und in verschiedene Kategorien einzuteilen. Wie sich herausstellte, variierten die Ergebnisse zwischen den einzelnen Falterarten beträchtlich. Auch versuchte er besonders vielversprechende Exemplare miteinander zu kreuzen, um ihre Vorzüge und Stärken ein weiteres Mal zu potenzieren. Immer mehr kleine Volieren, Zuchtkästen und Klimaschränke landeten in seinem Kellerlabor im Zoologischen Museum, die er an seinem Vorgesetzten Dima Petschkin und Kollegen vorbeigeschmuggelt hatte. Der Vorrat an extrahierten SSZ wuchs dennoch nur langsam an, die Herausforderung bei der Zellentnahme lag primär in der Einschätzung und im Erwischen des richtigen Zeitpunkts – schon nach wenigen Sekunden löste sich die flüchtige Abspaltung wieder auf. Der Eingriff selbst gestaltete sich relativ unspektakulär, was dem einfach gestrickten Nervensystem der Schmetterlinge geschuldet war: Es lag an der Bauchseite verankert und bestand aus zwei längslaufenden Nervensträngen, die an mehreren Stellen durch dickere Knoten, den Ganglien, strickleiterartig verbunden waren. Im Kopf waren sie zu zwei größeren Konglomeraten verschmolzen – dem Ober- und dem Unterschlundganglion. Von hier, besonders von den neurosekretorischen Drüsen, zu denen auch die *Corpora allata* und die *Corpora cardiaca* gehörten (die erste schüttete das Juvenilhormon aus, die zweite war mit für die Produktion von Ecdyson verantwortlich – mit beiden ließ sich der Häutungsprozess beeinflussen), schien der Großteil des sich abspaltenden und zu einer einzigen Zelle zusammenrinnenden Genmaterials zu kommen. Aber auch aus anderen Nervenzentren – etwa drei besonders großen Ganglienpaaren im Thorax – flossen DNA-Informationen in die SSZ mit ein. Allein mit den beiden Hormonen hatte Samat unzählige modulare Testreihen angelegt, ließ sich mit unterschiedlicher Dosierung derselben doch der Zeitpunkt der möglichen Zellentnahme immer exakter steuern. Insgesamt war die DNA-Analyse bei Schmetterlingen also ein überschaubares Unterfangen – ein einzelnes Vorderbein reichte, um sämtliche Basenpaare zu bestimmen und den uniquen Barcode zu erstellen. War die SSZ erst lokalisiert und entnommen, wurde das flüchtige Etwas zum Zwecke der Konservierung unmittelbar schockgefroren und in einem kleinen Reagenzglas im Gefrierschrank des Kellerlabors verwahrt – natürlich nicht, ohne es zuvor akribisch mit dem jeweiligen Datum und den wissenschaftlichen Details zu versehen. Und doch war die ganze Sache wahnsinnig aufregend und spannend für ihn gewesen – vielleicht weil das, was sich hier vor seinen Augen abspielte, noch in keinem Lehrbuch zu finden war, weil es vielmehr an ihm lag, jedes Detail dieser Entdeckung für die Nachwelt festzuhalten.

Im dritten Jahr konzentrierte sich Samat schließlich fast ausnahmslos auf den Verpuppungsprozess, verfolgte angestrengt die einzelnen Entwicklungssekunden und -mikrosekunden des heranwachsenden Insekts, denn wie sich bereits zu Beginn seiner Forschung folgerichtig herausgestellt hatte, kam der vierten und letzten Phase der Schmetterlingswerdung, den Ministadien vor der letzten Häutung, die alles entscheidende Rolle zu – dann, wenn das Seelenabspaltungsphänomen, das grüne Leuchten und violette Flackern, die stärkste Intensität erreichten. Oft hockte er stundenlang vor einem seiner Schützlinge, um diesen Moment nur ja nicht zu verpassen. Als ob ein Geschöpf erst in Begleitung einer discomäßigen Visual-Art-Performance bereit für die Welt wäre. Als ob es ein überirdisches Spektakel bräuchte, um das läppische Erdendasein überhaupt zu ertragen.

Das Puppenstadium hatte ihn schon immer besonders fasziniert. Hier änderte sich die gesamte äußere Gestalt der Tiere, die Raupenorgane wurden zu Falterorganen umgebildet, und das alles hinter verschlossenen Gardinen, in filigranen Puppen und kunstfertigen Kokons. Bei den Puppen unterschied man grundsätzlich zwei verschiedene Arten: die frei baumelnden Stürzpuppen und die mittels Gespinstfäden in der Körpermitte festgezurrten Gürtelpuppen – Samat arbeitete mit beiden Varianten. Die Puppenruhe dauerte im Durchschnitt zwei bis vier Wochen, aber es gab auch Arten, die überwinterten und erst im darauffolgenden Frühling schlüpften. Viele von ihnen zirpten und fiepten in dieser Phase, was von Natur aus vorgesehen war, um Fressfeinde zu verwirren, und was Samat jedes Mal aufs Neue belustigte, kam er sich doch zeitweise vor wie in einem Konzertsaal und nicht wie in seinem Labor. Erreichte die Puppe das Endstadium platzte sie an den vorgegebenen Nähten auf oder der fertige Falter verließ durch einen eingelassenen Deckel sein bisheriges Zuhause. Die Metamorphose war beendet.

Daran, dass jemand auf die Idee kommen könnte, die von ihm entdeckte SSZ beim Menschen anzuwenden, hatte er ja nie gedacht (wer sah den Wahnsinn schon kommen). Bis zu jenem Tag im Herbst 2012, als der Zufall ein zweites Mal zuschlug und ein zweites auslösendes Moment Bewegung in die Sache brachte. Wieder einmal saß Samat an einem Studiertisch im schlecht beleuchteten Archiv der Biologischen Fakultät und war ganz in Georges de Cuviers Katastrophentheorie versunken, als beim Umblättern der Seiten plötzlich ein schmales Heftchen hervorrutschte. Darin eine Reihe handgezeichneter psukh-Symbole, einige Tabellen mit komplizierten chemischen Formeln und ein fragmentarischer Auszug aus einem medizinischen Untersuchungsprotokoll, in dem Samat eindeutig seine SSZ-Daten wiederfand, und zwar in einem Experiment am Menschen. Er war schockiert. Interpretierte er den Protokollauszug einigermaßen richtig, versuchte tatsächlich jemand, die Schmetterlingsseelenzelle ins Erbmaterial des Menschen einzubauen. Konnte und, wenn ja, wie konnte das sein? Wer außer ihm wusste von psukh? Es gab in Bischkek nur drei Orte, an denen man Zugriff auf derlei wissenschaftliche Quellen hatte: die Staatsbibliothek vis-à-vis der Oper, die Bibliothek der Staatlichen Kirgisischen Universität und einige kleinere Archive auf dem Gelände der Akademie der Wissenschaften, darunter auch jenes des Zoologischen Museums, in dem er gerade verweilte. Wer hatte sich Zugang zu seinen geheimen Forschungsergebnissen verschafft? Und: Hatte dieser jemand gar extrahierte Zellen aus seinem Tresor gestohlen? Er würde das gleich heute noch überprüfen müssen.

Samat blickte sich langsam im Saal um und steckte, da er sich unbeobachtet fühlte, nach kurzem Zögern das Heftchen in seine Tasche. Dann klappte er den vorderen Buchdeckel auf und suchte den Namen des letzten Entlehners. Die eingeklebte Registerkarte war korrekt ausgefüllt worden: »JN« stand da feinsäuberlich vermerkt, daneben »Datum der Entlehnung: 10. Juli 2010« und »Datum der Rückgabe: 10. August 2010«. Samat runzelte die Stirn, dachte nach, wanderte in Nomadenmanier seine Gehirnwindungen ab, versuchte eins und eins zusammenzuzählen. Er ließ sich weitere Bücher bringen, die er zum Thema psukh bereits ein oder mehrere Male entlehnt hatte, und wieder tauchten in den Karteikarten die Initialen JN auf, lückenlos, genau wie noch ein zweiter Name, der ihm einen kalten Schauer über den Rücken jagte. Hastig blätterte er durch die Seiten und entdeckte, dass an vielen Stellen Passagen unterstrichen oder mit Randnotizen aus fremder Hand versehen worden waren. Aber so fremd waren die Hände nicht. Der zweite der beiden Mit-Entlehner und Mit-Wisser war kein Geringerer als Dima Petschkin, sein Chef. Hatte er seine Arbeit überwachen lassen und seine Daten, seine Proben gestohlen? Konnte es am Ende sein, dass er die Fixanstellung am Zoologischen Museum überhaupt nur deshalb bekommen hatte, weil er sich mit dem psukh-Projekt befasste? War er schon zu Studienzeiten ausspioniert worden? Die Entlehnungsdaten in den Büchern machten seine Spekulationen zu einer Möglichkeit. Und langsam dämmerte ihm noch etwas: Petschkin hatte seit vielen Jahren einen renommierten, obgleich nicht unumstrittenen Arzt zum Freund, der außerhalb der Stadt eine Privatklinik betrieb. Sein Name: Jaroslaw Nikitin – JN. Wenn er sich recht erinnerte, war er ihm sogar schon ein paar Mal bei diversen Anlässen persönlich begegnet. So viel also zu der Frage nach dem Wer. Blieb noch das Warum. Warum sollte jemand mit Schmetterlingsseelenzellen in Menschengenen experimentieren? Warum sollte jemand auf diese Art und Weise in den menschlichen Seelenhaushalt eingreifen wollen? Samat überlegte. Funktionierte das überhaupt? Und wenn ja, was mochte das für Auswirkungen haben? Verwandelten sich Menschen dann in Schmetterlinge? Durchliefen sie den Metamorphoseprozess? Er schüttelte den Kopf, zu absurd mutete diese Vorstellung an. Rein spontan war das Warum natürlich schnell beantwortet – letztendlich ging es immer um dieselben Gründe, warum man sich einer Entdeckung bemächtigte, warum man von einer Offenbarung nicht genug bekam, warum man etwas Neues für andere Zwecke missbrauchte: Macht, Geld, Gier, Ruhm. Samat beschlich ein vages Gefühl von Angst. Die SSZ entdeckt zu haben stellte zwar grundsätzlich nichts Gefährliches, Bedenkliches, Besorgniserregendes dar – eine Erfindung an sich war immer neutral –, aber wie man danach mit ihr umging, was man aus ihr machte, in welche Hände sie geriet, hatte unweigerlich mit Gewissen, Moral und Verantwortung zu tun. Genau wie bei der Kernspaltung lag es in der Art der Anwendung, ob eine Innovation in Zukunft für das Schlechte oder Gute stand, ob man damit Atombomben baute oder nutzbare Energie erzeugte, ob man ganze Landstriche radioaktiv lahmlegte oder aufgrund des klimawandelbedingten Gletscherschwundes überlebenswichtiges Süßwasser aus dem Meer generierte, ob man Massen vernichtete oder das Tor zur Raumfahrt öffnete. Je länger er darüber nachdachte, desto weniger mochte er sich vorstellen, was mit psukh alles möglich war. Seelen zu manipulieren beispielsweise, sie neu zu formen, Traurigkeit in Freude zu verwandeln, Schwäche in Stärke, Schlechtes in Gutes – aber eben auch andersherum. Vielleicht ließen sich damit auch physische und psychische Metamorphosen auslösen, Menschen in Tiere verwandeln, bizarre Mutanten erschaffen? Erneut griff Samat zu dem Buch, das das vergessene Heftchen ausgespuckt hatte. Es fasste auf etwa zweihundert Seiten alle wichtigen Erkenntnisse der Evolutionstheorie zusammen. Die üblichen Namen tauchten auf – Aristoteles, Pasteur, von Linné, de Lamarck, Darwin –, genau wie das Wörtchen psukh, das an vielen Stellen und Passagen hervorgehoben oder gar ergänzt worden war. Was war hier los? Wollte jemand die Welt neu erschaffen? Wurde der philosophische Ansatz, demzufolge Schmetterlinge als Verkörperung der menschlichen Seele galten, wörtlich genommen, gar fleischlich gemacht? Spielten hier zwei Herren in ihren weißen Kitteln Gott, vermischten Illusion und Wirklichkeit, Physisches und Psychisches, Tierisches und Menschliches, Himmlisches und Teuflisches? Hatte die Vernunft die Erde entthront? War das Ich noch rettbar?

Genie und Wahnsinn.

Wir klauen uns ein paar Atomraketen und nehmen die Welt als Geisel. So wie wir's immer tun. (Dr. Evil in *Austin Powers*)

Vom wissenschaftlichen Hirngespinst zum epochalen Echtzeit-Unterfangen, von den Gräueltaten der Vergangenheit zu den Ungeheuerlichkeiten der Jetztzeit, vom Gutgemeinten und Gutgeglaubten zur Weltherrschaft war es nicht allzu weit. Genau wie vom Genie zum Wahnsinn und umgekehrt. Das lehrte einen schon die Menschheitsgeschichte.

Sie hatten schon auf ihn gewartet. Zumindest waren sie keineswegs überrascht, als Samat am nächsten Tag die beiden psukh-Mitwisser kontaktierte und um ein Treffen bat. Sein Chef Dima Petschkin, bei dem er als Erstes an die Tür klopfte, um ihn mit seiner Entdeckung, seinem Verdacht zu konfrontieren, zog die Jalousien in seinem Büro herunter und instruierte seine Sekretärin, sie in den nächsten Stunden nicht zu stören, es sei denn, Jaroslaw Nikitin würde sich melden.

»Es war ja eigentlich nur eine Frage der Zeit«, begann Petschkin das Gespräch und grinste. »Jetzt, wo Sie uns auf die Schliche gekommen sind, können wir genauso gut zusammenarbeiten, nicht wahr? Zumal wir einen Punkt erreicht haben, an dem zwei fähige Hände mehr durchaus gut zu gebrauchen sind.«

»Sie haben meine Idee gestohlen«, polterte Samat.

Petschkin blickte erstaunt auf und antwortete ruhig: »Nun, das stimmt so nicht ganz.« Und dann begann er zu erzählen. Schon seit Jahren forschten er und sein Psychiaterfreund ebenfalls an einem psukh-Nachweis. Auch sie waren – mehr oder weniger zur gleichen Zeit wie Samat – auf verschiedene Quellen und Hinweise zu einer möglichen Schmetterlingsseelenzelle gestoßen, hatten genau wie er die unterschiedlichen psukh-Ansätze in der Literatur verfolgt. Und ja, so waren sie naturgemäß auch auf seine Arbeit gestoßen, vor allem in den letzten drei Jahren, wo sie ihn, wie er ohne mit der Wimper zu zucken zugab, tatsächlich vom Kirgisischen Geheimdienst GKNB hatten überwachen lassen. Dieser leistete immer noch gute Dienste, hatte sich ja nicht schlagartig am 31. August 1991 (dem offiziellen Tag der Unabhängigkeit) in Luft aufgelöst. Samat schluckte, er kam sich unglaublich naiv vor.

»Trotzdem haben Sie illegalerweise meine Forschungsergebnisse eingesehen und extrahierte Zellen entwendet. Ich habe meine Aufzeichnungen mit den SSZ-Proben verglichen. Sie waren sehr geschickt, immer wieder ist nur eine kleine Anzahl aus dem Gefrierschrank verschwunden. Ich habe es nie bemerkt.«

»Ich bitte Sie, wer wird denn so kleinlich sein?«, Petschkin sah ihn mit zusammengekniffenen Augen an. »Zumal Sie Ihre Forschung zum Großteil in Ihrer Arbeitszeit betrieben, dabei auf die Mittel Ihres Arbeitgebers zurückgegriffen haben, nicht wahr?« Es war eine rein rhetorische Frage. »Es geht hier bei Gott nicht um Sie, sondern um die Sache. Wir sind längst in der Lage, selbst SSZ zu generieren, lediglich zu Beginn waren Sie uns imagotechnisch voraus. Ehrlich gesagt sind wir an Ihren Tien-Shan-Flatterern nur in zweiter Linie interessiert. Wir haben früh damit begonnen, Ihre in der Tat sensationelle Entdeckung in Verbindung mit menschlicher DNA anzuwenden, eine grandiose Idee, die primär meinem verehrten Kollegen geschuldet ist. Professor Nikitin galt schon immer als Visionär der Medizin und Wissenschaft, als Psychen-(Ver)Zauberer und obendrein auch als Marketinggenie. Als Sie noch dabei waren, eins und eins zusammenzuzählen, die Strahlungsintensität bei der Zellabspaltung zu messen, die Rahmenbedingungen für eine solche zu optimieren und nach der am besten geeigneten Falterart zu suchen, wusste er schon längst, dass diese Entdeckung definitiv eine Weltsensation darstellte, dass sich damit Großes und Profitables würde anstellen und realisieren lassen. Früh sah er das Potenzial für Seelen- und Verwandlungsexperimente am Menschen und einen neuen, globalen Markt, um Geschäfte damit zu treiben. Was, wenn ich Ihnen sage, dass es uns mit Hilfe von psukh längst gelungen ist, solche Eingriffe vorzunehmen, Menschen durch die Implantierung der SSZ neu zu justieren, ihre körperlichen und geistigen Grenzen zu sprengen, sie zu verbesserten Versionen ihrer selbst zu machen? Denn das ist die Wahrheit. Natürlich haben wir am Anfang eine Reihe von Fehlschlägen erlitten, uns geirrt, unnötige Um- und Abwege eingeschlagen, gar dunkle Kapitel in der Beschaffung von ›freiwilligen‹ Probanden geschrieben. Natürlich haben auch wir versucht, die SSZ in diverse andere Organismen einzupflanzen (allein schon aus Ermangelung an Personen) – vom Prinzip her ähnlich wie Sie mit Ihren Fischen und Ratten. Dabei lag es geradezu auf der Hand, dass die Schmetterlingsseele, die nicht umsonst schon seit Urzeiten mit der menschlichen gleichgesetzt worden war, ihre Kraft und Magie nur in einem humanen Genpool entfalten konnte.«

Ungläubig starrte Samat seinen Vorgesetzten an. Bei aller Absurdität des eben Gehörten (das in der Sekunde tausend weitere Fragen in ihm evozierte) irritierte ihn die Tatsache, dass sie Schmetterlinge für das Experiment gewählt hatten, am wenigsten.

»Wir arbeiten schon seit Jahren daran, eine geläuterte, gestärkte, grenzensprengende Menschenseele zu erschaffen, die über das weltliche Beherrschtsein – egal ob in Form politischer Zwänge, gesellschaftlicher Abhängigkeiten oder wirtschaftlicher Unterjochung – erhaben ist, eine Seele, die absolute Gültigkeit erreicht, die Wahrheit, Weisheit und Urkraft in sich vereint und dabei die Unschuld eines neugeborenen Kindes in sich trägt«, fuhr Petschkin fort.

Samat schluckte, er fühlte sich unbehaglich. »Verstehe ich Sie wirklich richtig, dass Sie die extrahierte SSZ in die menschliche DNA einbauen?«, fragte er ungläubig. »Ganz abgesehen davon, dass ich mir nicht vorstellen kann, wie genau das funktionieren soll, wem nützt das? Der Mensch hat doch schon eine Seele«, er stockte kurz, um sich zu vergewissern, ob er selbst glaubte, was er da sagte. »Es liegt doch an ihm, im Laufe seines Lebens ganzer, geheilter, geläuterter zu werden.«

Petschkin grinste amüsiert. »Sind Sie sicher, dass jeder Mensch eine Seele hat? Vielmehr habe ich oft den Eindruck, dass dem nicht so ist. Gibt es nicht jede Menge Beispiele aus Politik, Wirtschaft, Society und natürlich auch aus der ganz normalen geistlosen Masse, die das Gegenteil beweisen? Ganze Staaten und Regierungen sind entseelt, rechnen wir doch Ihr und mein geliebtes Vaterland gleich dazu. Stellen Sie sich vor, dass es mit Hilfe Ihrer Entdeckung und unserer Weiterentwicklung gelingen könnte, das Kirgisische neu zu beleben, ihm so nahezukommen wie noch nie. Wollten Sie nicht Zeit Ihres Lebens ein ›echter‹ Kirgise werden? Sind nicht, wenn man ehrlich ist, bislang alle an der Definition des Ur-Kirgisischen gescheitert? Zuerst haben die Bolschewiki das Land in Besitz genommen, dann wurde es vom UdSSR-Regime unterdrückt und geformt und noch später, nach dem Fall des sowjetischen Reiches, haben die nächsten darin versagt, auf den Ruinen eines nicht mehr vorhandenen, zusammenfantasierten Kirgisentums einen neuen Staat aufzubauen, eine nationale Ideologie zu erschaffen, eine neue kirgisische Identität zu begründen. Ob das jetzt ein Askar Akajew war, ein Kurmanbek Bakijew, kurz auch eine Rosa Otunbajewa oder ein Almazbek Atambajew – allen ist das missglückt. Akajew sprach seinerzeit sogar von einem ›genetischen Code‹ des kirgisischen Volkes, wollte auf den (vermeintlichen) Werten einer idealisierten Vergangenheit eine Zukunft aufbauen. Was sollten das für Werte sein? Was war und ist denn das Ur-Kirgisische überhaupt? Was macht Kirgistan und das Volk der Kirgisen aus? Kriegerischer Patriotismus? Naturverbundenheit, Nomadentum, Clanbewusstsein? Die alte Form der Volksversammlung – Kurultaj, die aussterbenden Verkünder des *Manas-Epos* – Manastschi, die in Vergessenheit geratene Abstammungslehre Sanjyra vielleicht? Oder lieber: Patriarchat, Polygamie und Frauenraub? Was bitte schön ist Ihrer Ansicht nach typisch kirgisisch? Und selbst wenn Sie es für sich persönlich mit dem einen oder anderen Punkt beantworten können, wie lässt sich daraus eine neue Identität, eine nationale Ideologie aufbauen, ein Staatsverständnis, ein Völkerverständnis, ein Menschenverständnis?« Petschkin hatte sich in Rage geredet. Doch sein flammender Patriotismus traf bei Samat durchaus einen Nerv, die angesprochenen Probleme hatten auch ihn jahrelang beschäftigt und um den Schlaf gebracht. Und auch wenn sein eigener Glaube an das Land seiner Väter nachgelassen hatte, so war er doch geblieben und Kirgistan – trotz aller Unzulänglichkeiten – immer noch sein Land. Sollte also das psukh-Projekt tatsächlich wie Petschkin andeutete eine Möglichkeit darstellen, ihm wieder »duchovnost«, Geistigkeit und Moral, einzuhauchen, wäre das vielleicht doch keine so schlechte Sache. Zumindest hatte Samat das Gefühl, darüber nachdenken zu wollen.

»Aber was genau hat das alles mit psukh zu tun?«, hakte er nach.

»Was das mit psukh zu tun hat?«, schnaufte Petschkin. »Ja, kapieren Sie denn nicht?! Mit Hilfe der Seelentransformation können wir endlich aus der zweiten Reihe hervortreten, zu Akteuren statt bloßen Zuschauern werden, aufhören nach einer kirgisischen Vergangenheit zu suchen und stattdessen kirgisische Zukunft schreiben. Ist das denn nicht auch Ihr Traum?«

Samat wusste es nicht, nicht mehr, wusste nur, dass sein Land in den letzten fünfundzwanzig Jahren eine mehr als schwere Geburt hinter sich gebracht, ein Wechselbad der Gefühle durchlebt hatte und selbst jetzt noch voller Widersprüche und Widersprüchlichkeiten war: Die alte Sowjetnostalgie existierte Seite an Seite mit einer wackeligen Zukunftseuphorie. Und die Bevölkerung steckte genau aus diesem Grund immer noch zwischen Verdammung, Verlustschmerz und Bedeutungslosigkeit fest.

»Und doch begreife ich nicht, wie Sie mit psukh das Land neu beseelen wollen.«

»Wir haben die Manas-DNA«, platzte es aus Petschkin heraus. »Verstehen Sie?! Die sterblichen Überreste des mutigen Helden, mächtigen Kriegers und Gründers der Nation. Seine schlaue Gattin Kanykeh hatte sein Mausoleum einst mit einer falschen Beschriftung versehen, um Grabschänder in die Irre zu führen. Nur so konnten sie all die Jahrhunderte unbeschadet überdauern. Nikitin hat den Standort vor geraumer Zeit herausgefunden und die Manas-Relikte in einer geheim initiierten Exhumierungsaktion bei Nacht und Nebel bergen und zur Generierung der kostbaren DNA in seine Klinik bringen lassen. Und da schlummert sie jetzt. Wartet auf den Tag, da es so weit ist, von mir in der psukh-Formel zur Anwendung gebracht zu werden.«

»Ich fürchte, ich kann Ihnen immer noch nicht folgen«, sagte Samat. »Arbeiten Sie bei Ihren Seelentransformationen auch mit fremder DNA? Ich dachte, es ginge darum, mit Hilfe der SSZ aus jedem Menschen die beste Version seiner selbst zu machen?«

»Ja, natürlich«, tat Petschkin den Einwand mit einer flüchtigen Handbewegung ab. »Aber was wäre falsch daran, dem Verwandlungsprozess, sagen wir, ein wenig nachzuhelfen, ihn aufzuwerten, mit dem ein oder anderen Zusatznutzen zu versehen, ihm ein wenig ›Magic‹ zu verleihen, wie Nikitin es auszudrücken pflegt, um das absolute Optimum zu erzielen? Warum nicht ein paar Heldengene hinzufügen – ob nun von Manas oder einem anderen Überflieger. Wir haben eine ganze Sammlung davon, und das nicht nur von kirgisischen, nein, von herausragenden Persönlichkeiten aus der ganzen Welt und Weltgeschichte.«

»Das alles hört sich ziemlich grotesk, geradezu utopisch an. Ich meine, wie gelangt Ihre Helden-DNA in die SSZ und beides wiederum in den menschlichen Organismus? Wer will und braucht das überhaupt? Haben Sie vor, kleine Manasse zu erschaffen? Sie klingen, und bitte verzeihen Sie meine Direktheit, offen gestanden wie Hitler.« Petschkin winkte ab.

»Ich bitte Sie, Sie haben einen völlig falschen Eindruck von der Sache. Es geht ja bei Weitem nicht nur um Kirgistan – ich habe mich da in meinen Ausführungen wohl etwas gehen lassen, das Manas-Projekt ist mein ganz persönliches Steckenpferd –, sondern darum, den Menschen zu verändern und mit ihm die ganze Welt. Das psukh-Experiment gibt uns allen eine zweite Chance. Wir können das Beste aus uns herausholen, im wörtlichen Sinne über uns hinauswachsen, Teil eines universalen Ganzen werden.«

Samat wusste nicht, ob er Petschkin samt seiner leidenschaftlichen Überzeugungsarbeit für genial oder wahnsinnig halten sollte. Vielleicht gab es da auch keinen Unterschied. Aber dieser schien seine Skepsis und etwaigen Zweifel bemerkt zu haben und legte ein weiteres Argument nach: »Lassen Sie uns doch einfach mal an all jene denken, deren Seelen im Verlauf ihres Lebens beschädigt wurden – durch Verlust, Kummer, einschneidende Schicksalsschläge. Was, wenn es eine Möglichkeit gäbe, mit Hilfe von psukh den Reset-Knopf zu drücken, innerhalb weniger Wochen quasi neu geboren zu werden, wiedergeboren, noch einmal ganz von vorne anzufangen, sein ganzes Wesen auf einen Schlag ungebraucht, jungfräulich, frisch zu begreifen. Möchten Sie nicht auch Ihr Ich retten? Möchten Sie nicht auch eine zweite Chance bekommen?«

»Sagen Sie mir endlich wie?!«, ereiferte sich Samat, als es plötzlich an der Tür klopfte. Petschkins Sekretärin informierte sie darüber, dass Nikitin sie in seiner Klinik erwartete. Er hatte seinen Chauffeur geschickt.

»Das nenne ich mal ein hervorragendes Timing«, äußerte Petschkin, kam hinter seinem Schreibtisch hervor und griff nach dem Mantel. »Mein Freund und Geschäftspartner kann diese Frage ohnehin am besten beantworten und Ihnen gleich direkt zeigen, wie weit unser Experiment bereits fortgeschritten ist.«

Als sie wenig später zu dritt (das wissenschaftliche Triumvirat der Zukunft?) im Büro des Psychiaters saßen, einem weiß gekachelten, reduziert eingerichteten Raum in der Klinik am Berg der Wunder, fühlten sie sich gegenseitig mit einer Akribie und Ernsthaftigkeit auf den Zahn, die sonst nur Chirurgen an den Tag legten, wenn sie ihr Skalpell durch den Bauch der Wissenschaft gleiten ließen. Geduldig klopften sie den jeweiligen Wissensstand des anderen ab, testeten kompromisslos und unnachgiebig dessen Gesinnung und Nervenkostüm.

»Es ist schön, dass Sie uns zuvorgekommen sind. Auch wir hätten uns in nächster Zeit an Sie gewandt. Dass es nun auf diese«, Nikitin zögerte einen Moment, »freiwillige Art und Weise passiert, ist nur wünschenswert.«

»Was meinen Sie mit freiwillig?«, fragte Samat.

»Wir leben in Kirgistan«, lachte der Psychiater mit bedrohlicher Ironie in der Stimme, »hier ist doch alles freiwillig, nicht wahr?« Dann fuhr er fort: »Ich denke, bei den einzelnen Transformationsphasen der Imagines müssen wir uns nicht weiter aufhalten – da kennen Sie sich besser aus als wir beide zusammen. Nur so viel: Wir verwenden nicht nur die Schmetterlingsseelenzellen der letzten Häutung, sondern auch jene der davorliegenden Verwandlungssprünge – verschmelzen sozusagen alle Abspaltungen einer vollständigen Metamorphose zu einer einzigen, besonders kraftvollen. Auch was die Falterarten betrifft gehen wir etwas flexibler und experimenteller vor als Sie, versuchen parallel zu Ihren, selbstverständlich ganz hervorragenden, Züchtungen immer wieder Alternativen einzusetzen. Aber das sind letztendlich schon Details. Vielleicht beginne ich damit zu erklären, was genau wir hier tun. Bestimmt hat mein Kollege Petschkin schon von seinem Manas-Projekt geschwärmt, aber das ist nur eine kleine Facette unseres psukh-Experiments, was natürlich dessen Wert in keiner Weise schmälern soll.« Zur taktischen Untermauerung seiner Aussage nickte er Petschkin wohlwollend zu, erst danach wandte er sich wieder an Samat. »Der Hauptteil der Forschung konzentriert sich auf die Behandlung einzelner Personen, die, wie soll ich sagen, für die Welt und das Weltgeschehen von gewisser Bedeutung sind: Politiker, Wirtschaftsoligarche, Promis und sonstige Meinungsbildner, die große Verantwortung tragen und das nötige Kleingeld haben.« Er lachte. »Glauben Sie mir, die Zeit ist reif für psukh und das Geschäft mit der Seele. Nicht nur Zukunftsforscher haben festgestellt, dass wir uns in einer politischen Erregungskultur befinden, in der der Großteil der Bevölkerung unzufrieden ist, missmutig, pessimistisch, auf der Suche. Das ist doch geradezu ideal – diese Willenlosigkeit, Verlorenheit, Desorientierung. Auch die wachsende Angst vor Terror, Überfremdung, sozialem Abstieg und der parallel damit einhergehende gesteigerte Konsum von Psychopharmaka und ungefilterten Informationen aus dem Internet spielen uns in die Hände – das alles kann man ja gar nicht mehr einordnen als normaler Mensch, man ist regelrecht gezwungen, sich eine eigene Wirklichkeit zu schaffen, in seinem Inneren Halt zu suchen und schnellstmöglich eine starke Seele zu (er)finden, damit man sich weniger verloren vorkommt. Jeder würde doch weiß Gott was dafür geben, sich sicherer, fester, vollkommener zu fühlen. Da muss man kein Populist sein, um die Zeichen der Zeit positiv zu deuten und gewinnbringend zu nutzen. Wie etwa mit unserer Seelenverjüngungskur, Seelenoptimierung, Seelenfriedensfindung – die Marketingabteilung sitzt noch am passenden Wort.« Und wieder lachte er. »Die ganze Welt ist ins Wanken geraten, viel schlimmer als jetzt kann das Ungleichgewicht zwischen Gut und Böse, richtig und falsch gar nicht mehr werden. Die USA sind krisengebeutelt, Russland und Europa ebenso – es gibt in dem Sinne ja keine echte Vormachtstellung, keine Dominanz mehr, wenn Sie mich fragen, wird die Weltordnung schon bald neu zusammengestellt werden. Aber wissen Sie was? DAS IST GUT! Während sich alle die Köpfe einschlagen und am Rotieren sind, kreieren wir eine Welt, die

Sicherheit vermittelt, Stärke verspricht, Überlegenheit suggeriert. Und genau da kommt psukh ins Spiel – Sie und wir und psukh. Wir machen es möglich, ohne Anstrengung in nur neunzig Tagen den magischen Prozess der Seelenoptimierung zu durchlaufen, um am Ende der Metamorphose als bestmögliche Version seiner selbst wiedergeboren zu werden. Die Vorteile liegen auf der Hand, vor allem die kurze Reifezeit. Ein neuer Mensch benötigt sonst neun Monate, um zu entstehen, von den Entwicklungsjahren ganz zu schweigen. Jede ernstzunehmende Entziehungskur (egal ob Alkoholentzug oder Drogenentwöhnung), jede Verhaltenstherapie, Psychopharmakabehandlung, jeder Selbstfindungstrip dauert länger und kratzt dabei nur an der Oberfläche. Glauben Sie mir, ich weiß, wovon ich rede. Wir bringen die neu interpretierte Wirklichkeit auf den Markt. Wir ermöglichen echte und nachhaltige Transformation. Wir retten all die unrettbaren Ichs. Wir werden mit der psukh-Formel die ganze Welt verändern und nebenbei Millionen, nein Milliarden verdienen! Und indem wir sie zuerst den Reichsten und Mächtigsten der Welt zugänglich machen, wird sie in ein paar Jahren auch für Normalsterbliche erschwinglich sein. Willkommen im dritten Jahrtausend, im Zombiejahrhundert, wo es vor Seelenverwirrten und Seelenerkrankten nur so wimmelt! Es gibt jetzt schon genug Interessenten, erst vor Kurzem haben wir die drei Forbes Rankings ›The World's Billionaires List‹, ›The World's Most Powerful People‹ und ›Top-Earning Reality Stars‹ durchgeackert, die Rückmeldungen sind unglaublich! Offensichtlich ist allein das Gefühl, einmal etwas anderes als man selbst zu sein, eine außerkörperliche Erfahrung zu machen, Gold wert. Schon bald werden wir uns vor lauter Bill Gates, Mark Zuckerbergs, Dietrich Mateschitzs und Donald Trumps, Wladimir Putins,

Recep Erdoğans, Kim Kardashians gar nicht mehr retten können. Und dann erst die Regierungen, die gnadenloses Interesse daran haben, ihre Gegner und mögliche Konkurrenten auszuschalten oder ›gezielt zu beeinflussen‹, wie ich es nennen würde. Psukh kann Diktatoren zu Lämmchen und Heilige zu Tyrannen machen, Sternchen zu echten Stars und Weltfiguren zu farblosen Marionetten. Wenn wir seitens der USA den Auftrag bekommen, Putin einer Seelentransformation zu unterziehen und dabei heimlich ein paar Affengene einzuschleusen – oder auch umgekehrt von den Russen die Order, Trump mit Mutter-Teresa-DNA zu ›optimieren‹ –, liegt es dann wirklich an uns, über Recht oder Unrecht, Freiwilligkeit oder Zwang, Verbrechen oder Wohltat zu urteilen? Wir haben nicht vor, über unsere Kunden zu richten. Es ist ihre Entscheidung, mit unserer Hilfe Terror zu verhindern oder welchen zu entfachen, seelenlosen Regierungen wieder (Kampf)Geist einzuhauchen, sie gut oder böse walten zu lassen. Wir unterziehen die Auserwählten lediglich dem Metamorphoseprozess.

»Also bewegen Sie sich doch auf der dunklen Seite der Macht. Auch Petschkin hat mir gegenüber schon mögliche Zusatzmanipulationen, ein bisschen ›Magic‹ erwähnt. Wo bleibt da die gute Sache, der ursprüngliche, reine Ansatz von psukh, bei dem es um natürliche Erneuerung, Läuterung, Wandel geht?«

»Der ist immer noch vorhanden. Wir sind nur in der Anwendung, wie soll ich sagen, ein wenig flexibler. Gerade weil wir durch die Finanzspritzen einiger Weniger langfristig auch Ihre ethischen und moralischen Ziele verfolgen, eine breitere Masse bedienen zu können. Es kostet Unsummen, die Forschung voranzutreiben, die entsprechenden Räume, herausragende Genetikexperten, qualifiziertes Personal zu stellen. Sehen Sie es als Investition in die Zukunft. In Ihr Projekt. Sollten wir Sie für diese Sache gewinnen, können Sie natürlich, genau wie Petschkin, einen eigenen psukh-Zweig ins Leben rufen. Doch jetzt geht es erst einmal darum, zahlungskräftige Auftraggeber an Land zu ziehen. Da kann man es sich nicht leisten, moralisch zimperlich zu sein, sich von etwaigen ethischen Bedenken leiten zu lassen. Da heißt es, offen zu sein für Sonderwünsche, Größenwahnsinnigkeiten und menschliche Abgründe. Und, ganz ehrlich, was spricht gegen ein bisschen ›Magic‹? Gerade weil wir im Zuge des Eingriffs bei Bedarf gleich auch noch Zusatzmanipulationen vornehmen, Wunscheigenschaften – die Physis und Psyche betreffend – in den Gencocktail einfließen lassen können, wird psukh doch zu einem unbezahlbaren Erlebnis. ›Mix and Match‹ nennen das unsere Werbefritzen – das ist eine regelrechte Sensation! Wer möchte nicht zusätzlich zu einem besseren Selbst gleich auch noch den Siegeswillen eines Napoleons, die Kompromisslosigkeit eines IS-Kämpfers, das Genie eines Einsteins, die geistige Reife eines Mahatma Gandhis, die Impulskontrolliertheit eines Serienmörders, die NLP-Redegewandtheit eines Rechtspopulisten, die Geschäftstüchtigkeit einer Kim Kardashian, die Weisheit der Pallas Athene oder die mentale Stärke eines Bären besitzen? Oder in Jähzorn, einen Elefantenpenis, Ötzi-Gene, eine Operettenstimme oder die DNA seines größten Konkurrenten investieren, wenn er die Möglichkeit dazu bekommt? Und die Möglichkeiten sind schier unbegrenzt. Einfaches Klonen war gestern. Mit Kinkerlitzchen wie der Augenfarbe und dem Wunschgewicht (wie seit Jahren bei der künstlichen Befruchtung üblich) gibt sich heutzutage ja keiner mehr ab. Seelenkomplettverwandlung lautet das Zauberwort der Zukunft. Donald Trump hat beispielsweise erst kürzlich den Zusatz von Teenagergenen angefragt. Er überlegt mit Hilfe von psukh in ein paar Jahren als Präsident der Vereinigten Staaten zu kandidieren. Sogar seine Familie und die potenziellen Regierungsmitglieder sollen sich der SSZ-Transformation unterziehen – natürlich wird er sein eigenes Team an plastischen Chirurgen mitbringen, das die visuelle Entwicklung während des Prozesses überwacht und moduliert – uns soll es recht sein!

Wladimir Putin, Recep Erdoğan, Kim Jong-un, Brangelina und Papst Franziskus stehen bereits auf der Warteliste, und keine Geringere als Kim Kardashian hat als eine unserer ersten internationalen Patientinnen die psukh-Transformation sogar schon hinter sich. Sie wurde von Grund auf neu designt, hat über zehn Zusatzmanipulationen bestellt und durfte sich sogar ihren Lieblingsschmetterling für die Verwandlung aussuchen (marketingtechnisch übrigens der absolute Renner). Um die Wahrheit zu sagen, wird ›psukh pur‹ nur selten angefragt – meines Wissens bislang nur von Queen Elizabeth und Angela Merkel –, wohl weil wir auf absolut außergewöhnliches und verlockendes Erbgut zugreifen können. Schon seit drei Jahrzehnten sammle ich die DNA der einflussreichsten und bedeutendsten Persönlichkeiten der Weltgeschichte. Zurzeit horten wir mehr als 2.000 Samples, darunter Zellmaterial von Albert Einstein, Aristoteles, Manas, Juri Gagarin, Mahatma Gandhi, um nur ein paar zu nennen. Wobei wir, unter uns gesagt, mit der Durchführung der Zusatzmanipulationen in der Praxis noch unsere Schwierigkeiten haben, mit der Auslotung der Möglichkeiten etwas hinterherhinken. Während die Resultate einer ›normalen‹, also wie von Ihnen angedachten SSZ-Metamorphose mehr als zufriedenstellend ausfallen, steigt die Fehlerhäufigkeit mit zunehmender Anzahl an Wunschmanipulationen in geradezu riskante Höhen. Auch Ihre jüngsten Ergebnisse aus den Ecdyson- und Juvenilreihen, die derlei Pannen sonst prima kaschieren, sind uns bei diesem speziellen Problem keine Hilfe. So sind bei einigen Patienten kleine Fühler- und Flügelansätze zurückgeblieben (die sich zum Glück relativ problemlos unter Haaren und Jacketts verstecken lassen), bleibende Halluzinationen und Wahnvorstellungen aufgetreten (ähnlich wie bei einem schlechten LSD-Dauer-Trip – was seitens unseres Hollywoodklientels witzigerweise sogar als positiv aufgenommen wird), und auch sonst haben wir leider immer wieder mit unwillkommenen Mutationen und Abnormitäten zu kämpfen. In einem Fall sind die Patienten – ein Hochbegabten-Zwillingsbrüderpaar aus Deutschland, das von seinen Eltern zur Seelentransformation gebracht wurde, um noch gescheiter, genialer, wundersamer zu werden – bedauerlicherweise sogar im Schmetterlingsstadium stecken geblieben, jemand dürfte wohl die Juvenilzufuhr oder auch andere Medikamente dermaßen überdosiert haben, dass bei der letzten Häutung das Menschsein komplett verloren ging. Um die Katastrophe perfekt zu machen, sind uns die beiden grünviolett-fluoreszierenden Flatterer auch noch entkommen – bestimmt schwirren sie jetzt weiß Gott wo durch die Gegend. Ich darf gar nicht daran denken – die Eltern der beiden Wunderkinder verklagen uns bis zum heutigen Tag. Aber genau das sind die Schwachstellen und Punkte, die wir mit Ihnen zu diskutieren hoffen.«

Samat war von Nikitins enthusiastischer Gehirnwäsche gleichermaßen erschlagen und berauscht und musste unwillkürlich auflachen. Auch deswegen, weil es gut möglich war, dass er die eben erwähnten Mutanten-Schmetterlingszwillinge schon einmal gesehen hatte, vor ein paar Wochen im Zuge einer Expedition zum Song-kul. Sicher war er sich freilich nicht, weswegen er das illustre Erlebnis auch für sich behielt. Zumal sein Gegenüber schon wieder fleißig am Erläutern war: »Sollten Sie uns also dabei helfen können, unliebsame Resultate wie sprechende Schmetterlinge, halluzinierende Raupen, Hypersensibilisierungen und Leuchthybride zukünftig zu vermeiden, wären wir Ihnen überaus dankbar. Vielleicht haben Sie ja ein paar Ideen und Ansätze, wo die Fehler begraben liegen und wie man sie ausmerzen könnte. Wir selbst dachten an eine Veränderung der Aufzucht- und Rahmenbedingungen, an spezielle Stimulationen des Gedanken-, Gefühls- und Seelenhaushalts (man vergisst beim Anblick der unfertigen psukh-Wesen ja viel zu oft, dass sie auch im Raupenstadium schon hören, fühlen und denken können). Vielleicht wäre auch ein speziell präpariertes Zellumfeld bei der Implantierung der SSZ eine Möglichkeit? Oder eine Adaption der Puppenhaut, etwa durch Angleichen des äußeren und inneren Turgordrucks? Ohne Zweifel sollten wir bei allen Überlegungen den Fokus auf die letzte Häutung legen, schließlich ist das die heiße Phase, in der wir die gewünschten Zusatzmanipulationen vornehmen, die gebuchte Erbinformation in die noch unfertigen Seelenanteile der heranwachsenden Menschenraupen spritzen und sie nach unseren Vorstellungen modellieren und finetunen können. Jedenfalls hoffen wir, dass diese Probleme bald der Vergangenheit angehören, aber dafür braucht es zum einen dringend mehr Probanden für die Forschung und Simulation«, seufzte er, »zum anderen weitere Ausnahmewissenschaftler wie Sie. Apropos Ausnahmewissenschaftler: Haben Sie nicht eine Freundin namens Sybille Specht – die bekannte Reproduktionsbiologin, Gentechnikerin und Verhaltensforscherin, die 2010 diesen aufsehenerregenden Fachartikel über *generalisierte Reziprozität* im Zusammenhang mit Tieraltruismus veröffentlicht hat? Sie könnte von Interesse für uns sein.«

Samat wurde augenblicklich wach, als er Sybilles Namen vernahm. Er fühlte sich unbehaglich und ertappt, seine Gedanken sprangen wie wild gewordene Pferde durcheinander.

»Woher wissen Sie, dass wir befreundet sind«, er korrigierte sich, »befreundet waren? Wir stehen seit Jahren nicht miteinander in Kontakt.«

»Sagen wir, wir haben unsere Quellen. Und dass aus Frau Specht eine begnadete Wissenschaftlerin geworden ist, dürfte allgemein bekannt sein. Wir hätten sie gerne beim psukh-Experiment dabei, also wenn Sie diesbezüglich etwas für uns tun könnten?« Samat bemühte sich nach Leibeskräften ein Pokerface aufzusetzen. Er wollte nicht, dass die beiden seine Überraschung und Verletzlichkeit bemerkten. Er hatte seit einem Vierteljahrhundert nichts von seinem Dillemädchen gehört und so sehr er sie in all den Jahren vermisst hatte und immer noch vermisste – vielleicht aus Nostalgie?, aus Reue?, aus Sehnsucht?–, würde er sie jetzt bestimmt nicht kontaktieren und in eine Sache verwickeln, von der er selbst nicht wusste, wie er sie einordnen sollte.

»Ich fürchte, Sie werden sie selbst fragen müssen«, antwortete er so beiläufig wie möglich, »und falls es Sie interessiert, habe ich, ehrlich gesagt, selbst noch nicht entschieden, ob ich bei diesem Wahnsinnsunterfangen dabei sein werde, ja, ob ich überhaupt in ausreichendem Maße verstanden habe, was hier genau vor sich geht.« Nikitin schien sich fürs Erste damit zufriedenzugeben und Samat kam allmählich wieder zur Ruhe. Die Sonne hatte längst den Zenit überschritten, sie waren müde und hungrig geworden, sodass sie beschlossen eine kurze Pause einzulegen und ihre angeregte Diskussion in einer Stunde fortzuführen. Samat setzte sich auf eine der Parkbänke vor der Klinik und ließ sich mit geschlossenen Augen die Sonne ins Gesicht scheinen. Wie ferngesteuert griff er in seine Jackentasche, fingerte eine Papirossa aus der gold-blauen Sputnik-Schachtel und zündete sie an. Seine Hände zitterten. Sein Hirn war völlig leer, konnte die Informationen der letzten Stunden, genau wie die beiden Gesprächspart-ner, schlichtweg nicht einordnen, interpretieren – entweder waren sie wahnsinnig oder wahnsinnig genial. Doch noch bevor er wusste, wie ihm geschah, noch während er hoffte, das alles nur geträumt zu haben, läuteten die beiden Herren auch schon die zweite Gesprächsrunde ein, zogen ihn erneut hinab in die dunklen Abgründe und Geheimnisse ihres psukh-Experiments.

Seit etwa einem Jahr arbeiteten sie fast nur noch mit der renommierten *CRISPR/Cas*-Methode *(Clustered Regu-larly Interspaced Short Palindromic Repeats)*, einer speziellen Technik, mit der sich das Erbgut praktisch aller Organismen – Bakterien, Tiere, Pflanzen und Menschen – so effektiv manipulieren ließ wie nie zuvor. Jede Art von Gen konnte auf diese Weise eingefügt, entfernt, ausgeschaltet oder verän-dert werden. Ganze Populationen ließen sich damit in relativ kurzer Zeit modifizieren.

»Sie sind ja meines Wissens kein Gentechnikexperte«, wandte sich Nikitin an Samat, »aber bis vor ein paar Monaten, also vor der Existenz von *CRISPR/Cas*, gestal-tete sich jede noch so minimale Manipulation im mensch-lichen Genhaushalt als extrem aufwändiges, unzulängliches und zudem kostenintensives Unterfangen«, erzählte er. »Sie können sich gar nicht vorstellen, WIE experimentell sich die ganze Sache gestaltet hat.« Seine Augen funkelten. In den Anfängen hatten sie, wie sich herausstellte, mehr oder weniger auf gut Glück versucht, die SSZ in die menschli-che Doppelhelix einzupflanzen, es war dem Zufallsprinzip geschuldet geblieben, in welchem Winkel des gesamten menschlichen DNA-Bauplans mit seinen 6,54 Milliarden genetischen Buchstaben die Schmetterlings- und Zusatzinformationen gelandet waren. Das menschliche Genom stellte selbst in der Gegenwart ein ungelöstes Rätsel dar, auch wenn das die Wissenschaft ungern zugeben wollte. Bis zu 140.000 Gene sollten im Rahmen des Humangenom-Projekts zeitweise dem Homo sapiens zugestanden werden, derzeit pendelte die Zahl irgendwo zwischen 20.000 und 22.000 (selbst manch heimisches Unkraut brachte es auf 27.000 Gene, aber das behielt Samat, der das einmal zufällig irgendwo gelesen hatte, an dieser Stelle für sich).

»Zu Beginn haben wir sogar immer mehrere SSZ gleichzeitig an unterschiedlichen Stellen platziert, um die Erfolgschancen zu erhöhen, aber es blieb ein Lotteriespiel, ob sie angenommen oder abgestoßen wurden. Dem Himmel sei Dank gab es immer schon die Pharmakonzerne, die Milliardensummen in die Genomforschung investierten und besonders an der Ergründung sogenannter ›Snips‹ interessiert waren – das sind jene Stellen im Genom, an denen sich ein Mensch von anderen Menschen unterscheidet, was in etwa bei jedem hundertsten bis dreihundertsten Basenpaar der Fall ist. Und genau solche Snips galt es, auch für das Andocken der SSZ in der Doppelhelix zu lokalisieren (Nikitin vermied es wie Petschkin und auch Samat, das Wort Seele allzu oft in den Mund zu nehmen). Das war letztendlich der kniffligste Part des gesamten Eingriffs. Danach mussten freilich noch die chemischen Bausteine der Schmetterlings- und sonstigen DNA erfolgreich in den seitlichen Lücken, den ›Furchen‹, positioniert werden, wo die Basen direkt an der Oberfläche lagen und damit für Andockversuche leichter zugänglich waren. Aber das ist zum Glück alles Schnee von gestern«, stöhnte Nikitin erleichtert und wirkte zum ersten Mal menschlich

– wohl weil er sich aus einem schwachen Moment heraus zur stolzen Schilderung längst überholter psukh-Vorgehensweisen hatte hinreißen lassen. »Bei *CRISPR/Cas* ist das völlig anders«, rutschte er in die Gegenwart zurück. »Das System funktioniert mit der immer gleichen Schere, die zusammen mit zwei einfachen Molekülen sehr präzise und schnell eine bestimmte DNA-Stelle findet, was die ganze Sache billig und einfach macht. Im Grunde ist es eine Art Werkzeug, mit dem man im genetischen Bauplan einzelne Gene ausschalten, defekte DNA durch korrekte ersetzen oder überhaupt ganz neue Abschnitte ins Erbgut einfügen kann – so wie wir das mit der SSZ und der Zusatz-DNA praktizieren. Aber noch bevor es überhaupt zum *CRISPR/Cas*-Eingriff kommt, werden die Probanden und Klienten einer intensiven siebentägigen Testphase unterzogen, in der die medizinischen Grundlagen (Blutwerte, Allgemeinzustand, DNA-Tests, physische und psychische Belastbarkeit et cetera) abgeklärt werden. Ist alles in Ordnung, werden sie, genau wie die ausgewählte SSZ, schockgefroren. Dann erst starten wir mit der Operation, die derzeit von einem französischen Ärzteteam rund um Elouise Chevallier, einem der führenden Köpfe auf diesem Gebiet, durchgeführt wird. Wir haben sie schon vor drei Jahren, 2009, vom Helmholtz-Zentrum in Braunschweig abwerben und für die psukh-Sache gewinnen können. Nach der Operation bringen wir den Patienten dann langsam auf Körpertemperatur zurück, damit sich die Membran der implantierten Zelle(n) auflösen und im menschlichen Gewebe – zumeist im Gehirn und da doch tatsächlich, wie einst von von Soemmerring prognostiziert, im *Liquor cerebrospinalis* – einnisten kann. Et voilà – die Seelenmetamorphose beginnt und ein neuer Mensch wächst im Schmetterlingskokon heran.« Dr. Magic bewegte sich bei den letzten Sätzen wie ein Magier, der ein weißes Kaninchen aus dem Hut zauberte. »Da sich erwiesen hat, dass die SSZ seltener abgestoßen wird, wenn die Patienten in einem möglichst ausgeglichenen Allgemeinzustand sind, helfen wir in allen Stadien – von der Ei- bis zur Puppenphase – mit einschlägigen Substanzen und stimulierenden Praktiken nach (Cannabis, Opium, Hypnose, Subliminal-Therapie), auch wird während des gesamten Verwandlungszeitraums der Grundumsatz so niedrig wie möglich gehalten.«

Allmählich wurde das psukh-Experiment klarer, seine einzelnen Phasen, Schritte und Ansätze für Samat nachvollziehbar – unglaublich blieben sie trotzdem. Samat erhob sich von seinem Stuhl und machte ein paar Schritte zum Fenster.

»Das heißt also, und ich drücke es bewusst plastisch aus, dass Sie seit geraumer Zeit die SSZ in die DNA-Struktur von realen Menschen einbauen und damit einen Prozess auslösen, der den gesamten Organismus einer vollständigen Schmetterlingsmetamorphose unterzieht?«

»Ja.«

»Der Patient durchläuft dabei also tatsächlich die vier Verwandlungsstadien der Schmetterlingswerdung – vom Ei zur Raupe zur Puppe zum fertigen Insekt?«

»Ja.«

»Er wird also während dieser Phasen zu einem Tier, nein, bleibt schon Mensch, oder nennen wir diese Zwischendaseinsform vielleicht besser Hybrid«, Samat redete und dachte gleichzeitig, »durchläuft eine Art Wiedergeburt – Seelenwanderung – Verwandlung, um nach einer gewissen Anzahl von Tagen, Wochen, Monaten am Ende dieser Transformation schließlich unbeschadet als verbesserte, geläuterte, optimierte Version aus einem Schmetterlingskokon ausgespuckt zu werden?«

»Ja, so könnte man es sagen. Genau gesagt sind die fertig entfalteten Seelengeschöpfe nach neunzig Tagen wieder für die Welt bereit«, gab Nikitin routiniert zurück.

»Das ist doch völlig verrückt, um nicht zu sagen unmöglich. Und obendrein auch bestimmt höchst illegal«, schoss es aus Samat heraus.

Nikitin schien amüsiert. Er lehnte sich mit einem breiten Grinsen in seinen Lederstuhl zurück und sagte: »Für ein Vorhaben wie dieses sind immer Opfer zu bringen. Natürlich gab es bei den ersten SSZ-Implantierungsversuchen, nun, wie formuliere ich das am besten, Verluste. Aber wozu haben wir Waisenhäuser, Obdachlose, Geächtete und Verstoßene, die in der kirgisischen Gesellschaft ohnehin keine Zukunft hätten? Letztendlich haben sie die ihnen verbleibende, triste Lebenszeit für eine gute Sache eingetauscht.«

Samat bekam Gänsehaut. Es mochte an den grausamen Wahrheiten liegen, die er nur erahnen konnte, an der Größe und Wahnsinnigkeit, an der Größenwahnsinnigkeit des gesamten Projekts, bei dem mit Menschen experimentiert und die von ihm entdeckte reine Schmetterlingsseele in vielen Fällen missbraucht wurde. Ganz sicher lag es auch am Auftreten von Nikitin selbst, der wie ein begnadeter Marionettenspieler die durchsichtigen Fäden zog und dabei wahlweise in die Figur des Teufels oder Engels schlüpfte – was wie alles im Leben von der jeweiligen Perspektive abhing. Und dann Petschkin, sein Chef, er hatte während des gesamten Gesprächs kaum ein Wort gesagt, ihn immer nur selbstgefällig und aufmunternd angegrinst, als würde er die dunklen Abgründe, die sich hier auftaten, einfach überspringen. Dabei kannte Samat zu diesem Zeitpunkt nur die Hälfte der Wahrheit. Oder nicht einmal die.

»Ich kann Sie nur einladen, sich selbst ein Bild vom aktuellen Stand unserer psukh-Forschung zu machen, sich mit Ihren eigenen Augen von unserer Arbeit, unseren Fort-schritten zu überzeugen – vorausgesetzt Sie sind«, Nikitin machte eine bewusst lange Pause, »grundsätzlich an einer Mitarbeit interessiert?« Der Psychiater blickte ihm direkt ins Gesicht und schaute lange Zeit in ihn hinein und durch ihn hindurch. Samat zögerte.

»Ich bin Wissenschaftler, es liegt in meiner Natur, mich für dieses Projekt – grundsätzlich – zu interessieren, zumal ich nicht ganz unbeteiligt daran bin. Aber ich will offen zu Ihnen beiden sein. Haben Sie schon einmal an die ethischen Konsequenzen gedacht? Was ist der Unterschied zwischen Ihnen und einem Diktator, der sich ein eigenes Volk erschafft, oder gar zwischen Ihnen und Gott, der den Menschen, das Leben an sich erschaffen hat?«

»Sie glauben an Gott?«, beide brachen in schallendes Gelächter aus.

»Nein, ich glaube an die Wissenschaft. Aber auch die sollte ihre Grenzen haben und es liegt an den Wissenschaft-lern, diese nach bestem Wissen und Gewissen zu definieren und zu verteidigen.«

»Und doch sind wir alle nur Menschen und unsere fest-gelegten Grenzen menschlich. Aber das müssen Sie – dank Ihrer großartigen Entdeckung – nicht länger sein«, konterte Nikitin. »Warum sind Sie so skeptisch? Der psukh-Prozess an sich ist und bleibt nach wie vor ein reiner, zweckfreier, natür-licher, karmischer, um Ihre Worte zu gebrauchen. Warum ihn also nicht zum Wohle des Menschen einsetzen?«

»Woher wollen Sie wissen, was zum Wohle des Menschen ist? Warum sollte Ihre Wahrheit mehr wert sein als die eines anderen. Was gibt Ihnen, oder uns, das Recht dazu, über Dritte zu bestimmten – vielleicht sogar über ein ganzes Volk, die ganze Menschheit?«

Nikitin dachte nicht daran, Samats Fragen zu beantworten, stattdessen erwies er sich einmal mehr als begnadeter Themenwechsler, Geschichtenerzähler, geschickter Wort- und Tatsachenverdreher – bestimmt hatte auch er eins dieser umstrittenen NLP-Zertifikate in der Tasche, mit denen in Europa so gut wie jeder Politiker hausieren ging. »Ich habe meine Pläne mit psukh und Sie Ihre, die Sie gerne in gewissem Rahmen hier verfolgen können.« Er schlug mit der flachen Hand auf die Tischplatte und für einen kurzen Moment schien erneut sein wahres Gesicht unter der freundlich-ruhigen Maske aufzuflackern. »Was glauben Sie eigentlich, was wir hier machen?«

»Genau das versuche ich seit fünf Stunden herauszufinden. Wer garantiert mir, dass Sie langfristig auf der guten Seite stehen? Das gewonnene Wissen nicht wie bei der Atomphysik hauptsächlich für die falsche Sache einsetzen?«

»Sicherheit oder eine Garantie gibt es nicht im Leben. Das sollten Sie am besten wissen. Und jede große Entdeckung hat mit Genie und Wahnsinn zu tun, sonst gäbe es sie nicht. Ich bin Visionär. Und obendrein fest davon überzeugt, dass das psukh-Experiment eine Weltsensation wird – mit oder ohne Ihre Hilfe. Wir werden Evolutionsgeschichte schreiben. Mit Ihrer Erfindung. Wollen Sie nicht dabei sein, wenn wir die Menschheit von hoffnungslos in beseelt verwandeln?«

Samat hatte heute bereits genug Wahnsinnigkeiten und utopische Theorien vernommen. Trotzdem versuchte er sich ein weiteres Mal zu konzentrieren, das psukh-Projekt zurück auf den Boden der Realität zu bringen. Er hatte noch so viele Fragen: Wo befanden sich die schockgefrorenen Patienten? Löste sich mit steigender Körpertemperatur die Membran der SSZ tatsächlich auf und ergoss sich in das humane DNA-Umfeld? Verfügte der Mensch dann kurzfristig über siebenundvierzig statt sechsundvierzig Chromosomenpaare? Wie viele Probanden, wie viele Versuchsreihen gab es überhaupt? Wie viele Metamorphosen waren ihnen bisher gelungen? Was genau geschah mit den Probanden, nachdem sie »beseelt« worden waren? Wie sah der Metamorphoseprozess in der Praxis aus – ließ er einen gar an Kafka denken? Nikitin schien seine Gedanken förmlich rattern zu hören, denn noch bevor Samat dazu ansetzen konnte, weitere Fragen zu formulieren, stand er auf und sagte: »Kommen Sie, ich zeige es Ihnen.« Und dann machten sich die drei ins unterirdische Labyrinth des Wonderland Centers auf, um einen Blick auf das zu werfen, was irgendwo zwischen Illusion und Wirklichkeit zu existieren schien. Immer noch einigermaßen benommen wankte Samat neben Nikitin und Petschkin durch die Klinikgänge. Eigentlich war ihm schon während des Gesprächs klar geworden, dass seine Neugier größer war als sein Entsetzen, dass er bei dieser Mission dabei sein wollte. Auch wenn es noch viel zu besprechen gab. Auch wenn er zugegebenermaßen nach wie vor große Skrupel und tausend Zweifel hatte. Auch wenn jeder von ihnen mit Sicherheit von anderen Motivationsgründen getrieben wurde – bei Petschkin waren es vermutlich Patriotismus, Manas-Besessenheit und der Wunsch, Evolutionsgeschichte zu schreiben, bei Nikitin: Macht, Geld, Ruhm und bei ihm vielleicht die Sehnsucht nach Erlösung und Vergebung. Ja, er wollte alles wiedergutmachen, sich endlich von der Bedeutung leiten und tragen lassen, die hoffnungsschwer auf seinem Namen lag: »Wunsch und Sehnsucht«. Ja, er wünschte sich von ganzem Herzen wieder neu und ganz zu werden, um eines fernen Tages vor allem einer Person als besserer Mensch gegenüberzutreten. Die Welt brauchte echte Helden und zweite Chancen. Alles hätte er dafür getan. Und alles tat er dann auch. Denn was fürs Erste klang wie eine Episode aus einem schlechten Horrorfilm der frühen Neunzigerjahre, war im dritten Jahrtausend in einem kirgisischen Keller längst Realität geworden: Psukh war wirklich. Er selbst hatte es entdeckt.

Auf ihre jeweilige Art Geschichte schreiben wollten sie alle drei. Vielleicht war es das, was sie einte. Sollte und musste er wirklich damit hadern? Hatte die Wissenschaft nicht längst Dimensionen und Möglichkeiten erreicht, die dem Normalverbraucher verborgen blieben oder nur in zumutbaren Dosen nähergebracht wurden? Schrieb die Wissenschaft nicht schon lange die wahren Horrorgeschichten, sei es über geklonte Menschen (das erste Klonbaby Eve war 2002 offiziell der Welt präsentiert worden – wie viele geheime Eves mochte es in Wahrheit davor schon gegeben haben?), über Dolly-Schafe, über künstlich erzeugtes Fettpasten-Ammoniak-Burgerfleisch oder über Körperteil-Implantate aus dem Bioprinter? Waren Gucci-Nasen, das Wiederlebendigmachen Toter (Hunde), bulgarische Katzen mit bionischen Pfoten und Elefanten auf LSD nicht längst schon Wirklichkeit? Musste man nicht mitunter tatsächlich in einen Graubereich des Akzeptierens eintreten, wenn man Großes vorantreiben wollte, so wie einst der CIA, der schon in den 1950er-Jahren geheime Menschenversuche durchgeführt und ahnungslose Krankenhauspatienten und Gefängnisinsassen mit halluzinogenen Drogen vollgepumpt hatte, um im Zuge des MK ULTRA Geheimprojekts ein perfektes Wahrheitsserum zur Gedankenkontrolle zu entwickeln? Warum also hier zimperlich sein.

Samat war wahnsinnig aufgeregt, als sie vor einer schweren Metalltür zu stehen kamen. An der Wand war ein unscheinbares schwarzes Täfelchen mit beweglichen Plastikbuchstaben angebracht, das Samat an die Beschriftung in öffentlichen Schulen und Ämtern erinnerte. »Ei- und Raupenräume«, las er leise und hatte nach wie vor keinen blassen Schimmer, was ihn hinter dieser Tür erwartete, zu theoretisch und abstrakt hatten sich die in den letzten Stunden gehörten Schilderungen gestaltet. Hin- und hergerissen wurde er zwischen seiner Neugier und seinem Forschergeist einerseits und der Vielzahl an Bedenken und Zweifeln andererseits. Aber er musste unbedingt sehen, was sich hinter dieser Tür verbarg.

»Ihnen ist schon klar, dass es, wenn Sie diesen Raum erst einmal betreten haben, kein Zurück mehr gibt«, äußerte Nikitin ernst. Samat nickte. Es war ihm nicht entgangen, dass ihnen, seit sie das Büro verlassen hatten, bewaffnete Männer durch die Gänge gefolgt waren, seine ausständige Entscheidung also nur auf kirgisische Art als freiwillig zu bezeichnen war.

»*Per aspera ad astra*«, sagte Nikitin und stemmte sich gegen die schwere Tür.

Schmetterlingsräume.

Es war, als ob sie eine andere Welt beträten. Der Eiraum entpuppte sich als großer Saal, als Dschungelgarten voll Blumen, Sträucher und sogar Bäume, die üppig und bunt in riesigen Töpfen und Trögen wucherten. Samats erster Gedanke war, dass Topfpflanzen in einem Krankenhaus eigentlich verboten waren, weil sich in Blumenerde und Granulat riskante Keime wie etwa der Tetanuserreger leicht vermehrten, aber was war schon normal, wenn die Wissenschaft pioniermäßig vor sich hin keimte und ihre innovative Saat streute. Überall flatterten Schmetterlinge durch die Luft, es war wohlig warm und roch nach Wald und Wiese. Obwohl Samat nur hobbymäßig mit der Botanik vertraut war, erkannte er einige der Gewächse auf Anhieb: In der linken Ecke des Saales schossen Birken und landestypische Pappeln in die Höhe, um sich mit von der Decke hängenden Futterpflanzen für die heranwachsenden Imagines zu verweben (darunter auch Dill und Kerbel, die ihm automatisch einen nostalgischen Seufzer entlockten), an anderer Stelle rankten sich wilde Farne, Kletten und Efeu empor, überzogen goldgrün schimmernde Moospolster die Erde, und wenn er sich nicht irrte, belebte weiter hinten, am Ende des Raumes, ein kleines Grüppchen aus Weißdorn-, Schlehen- und Brombeersträuchern die Atmosphäre. Für jede Falterart schien die passende Nährstoffquelle in Reichweite zu sein, sodass die Larven, die schon bald aus den Eiern schlüpfen würden, für ihr nächstes Stadium fresstechnisch optimal versorgt waren. Da sie sich zwei Stockwerke unter der Erdoberfläche befanden, simulierte künstliches Licht den normalen Tagesverlauf. Dazwischen, auf Betten geschnallt, lagen Menschen in Phase eins der Schmetterlingsseelentransformation – dem Eistadium. Es waren ihrer etwa acht, alle von einer klebrig-glänzenden Schicht überzogen, einer Art semitransparentem Glibber, der sich – je nach Art und charakteristischer Beschaffenheit der implantierten SSZ – bei dem einen gerippt, beim anderen mit Ornamenten versehen, bei einem dritten behaart und gezackt gestaltete. Die Patienten, die unmittelbar nach erfolgtem *CRISPR/Cas*-Eingriff hierher verlegt wurden, standen rund um die Uhr in der Obhut eines zehnköpfigen Ärzteteams und einer ganzen Batterie medizinischer Überwachungsapparate. Wenn eine der Maschinen zu piepsen oder blinken begann, wuselte die weiß bekittelte Expertenschar sofort zum betroffenen Bett und widmete den aufgetretenen Abweichungen und Komplikationen ihre ganze Aufmerksamkeit. Samat hätte es nicht gewundert, wenn hinter einem der Gummibäume plötzlich *Alice im Wunderland* aufgetaucht und ihn zu einer Tasse Tee eingeladen hätte, so skurril und unwirklich kam ihm das ganze Szenario vor. Aber schnell gewann das wissenschaftliche Interesse in ihm die Oberhand. Neugierig schritt er von einem Bett zum anderen, studierte die Notizen zum Eingriff und dem bisherigen Metamorphoseverlauf, die auf einem Klemmbrett am Fußende der Bettgestelle angebracht waren. Bei einem Patienten, der von Rosen- und stacheligen Brombeerbüschen umringt war, blieb er stehen. War das nicht der berühmte kirgisische Schlagersänger … »Ist das nicht Mirbek Atabekov?«, fragte Samat erstaunt.

Nikitin nickte: »Ja, er hat sich eine nachtaktive Roseneule *(Thyatira batis)* für seine Seelenwandlung ausgesucht und außerdem darauf bestanden, sich während des gesamten Prozesses mit seiner eigenen Musik beschallen zu lassen.« Samat nahm auf einem der Stühle Platz. Er war beeindruckt. Petschkin und Nikitin waren mit ihrer Version des psukh-Experiments tatsächlich schon sehr weit fortgeschritten, unvorstellbar weit geradezu. Er schloss die Augen und nahm erst jetzt ein allgegenwärtiges Gemurmel war: »Ich fühle mich so bizarr, so klebrig, so haarig.« »Nein, spindelförmig«, »nein, kugelförmig«, »nein, linsenförmig«, tönte es leise. »Ich lechze nach Schmand«, »Ich bin mit Haaren des Afterbusches bedeckt«, »Ich kann das Universum spüren«, »*Jeder lernt was der andere kann, / der eine verlor was der andere fand*«, kam es wieder aus einer anderen Richtung. Halluzinierte er?

»Es sind die Schmetterlingsseelen, die Sie hören können, wobei es sich in dem Sinne um gar kein richtiges Reden handelt, mehr um ein lautes Denken, ein gedachtes Flüstern, ein Spürbarwerden vorhandener Gedanken in einem Raum.« Petschkin lächelte. »Es ist ein Wunder. Nur die wenigsten wissen ja, dass Schmetterlinge hören, sehen und dank ihrer winzigen Härchen an den Fühlern auch tasten, schmecken und fühlen können. Selbst in diesem frühen Stadium.«

Samat nickte. »Warum befinden sich alle Patienten in einer Art Tiefschlaf?«, fragte er.

»Nun, wäre man nicht schockgefroren – wie während der OP oder im Tiefschlaf wie hier – oder anderweitig betäubt und berauscht wie später dann in der Raupenphase, man würde die außerkörperliche Erfahrung schlichtweg nicht ertragen, ständig schauen, ob einem schon Fühler aus dem Kopf, Flügel aus dem Rücken wachsen und dabei verrückt werden. Denn genau das passiert ja hier: Das eigene Dasein wird im wahrsten Sinne des Wortes ver-rückt. Man kann so einen kafkaesken Zustand der Insektwerdung in echt und bei vollem Bewusstsein gar nicht verarbeiten.« Samat lauschte gespannt. Offensichtlich spielte sich die Eiphase primär im Kopf des Trägers ab, in dessen dunkle Windungen und Nervenstränge die SSZ eingepflanzt worden war, sich eingenistet hatte – äußerlich schien die Metamorphose noch wenige

Spuren zu hinterlassen. Am auffälligsten war der Glibber, den die Patienten absonderten und der Samat besonders faszinierte.

»Wir sind sogar dazu übergegangen, etwas nachzuhelfen, was die äußeren Rahmenbedingungen betrifft«, klärte Petschkin ihn auf. »Überhaupt wird Authentizität während des gesamten Prozesses großgeschrieben: Falls notwendig, unterstützen wir die Eiphase bei einzelnen Probanden zusätzlich mit künstlich produziertem Gel, balsamieren sie von Kopf bis Fuß damit ein, sorgen mittels Tonbändern für eine stimulierende Geräuschkulisse und schaffen so ein durch und durch natürliches Sourrounding, eine lebendige Schmetterlingswelt mit allem, was dazugehört – Blumen und Sträucher und natürlich auch echte Falterschwestern und -brüder, die ganz nebenbei ihre Eier auf den Futterpflanzen ablegen, sodass sich Tier und Mensch im selben Stadium befinden – ein geradezu genialer Schachzug, wie sich herausgestellt hat.«

»Aber bekommen das die Patienten überhaupt mit?«

»Wir denken, ja. Ab und zu öffnen sie ihre Augen, es kann nicht schaden, ihnen schon in dieser frühen Phase mit visuellen und akustischen Reizen das Gefühl zu geben, in gewisser Weise bereits verwandelt zu sein.« Samat war aufgefallen, dass einige in aufrechter Position in ihren Betten saßen, während andere in der Horizontale verweilten. »Liegt das an den zwei Haupttypen von Eiern?«, fragte er.

»Hervorragend erkannt«, antwortete Nikitin, »die einen bevorzugen es, aufgrund der dorsalen Ausrichtung ihrer Mikropyle tatsächlich zu sitzen, während die flachen Eitypen aufgrund ihrer nabelförmigen Ausbuchtung mehr oder weniger zu einem liegenden Dasein gezwungen sind. Wir nehmen, soweit es uns möglich ist, sogar Rücksicht auf die natürliche Formation der Eiablage. Kommt zum Beispiel ein Paar zu uns (wie Brangelina) oder eine Gruppe von Menschen (oft bei Regierungen der Fall), verwenden wir SSZ von Schmetterlingen, die ihre Eier auch paarweise oder in größeren Gruppen ablegen ...« –

»... was wohl dieses Doppelbett oder die ringförmige Anordnung der vier Patienten rund um den Pappelbaum da hinten erklärt«, vervollständigte Samat den Satz begeistert. »Das alles ist schlichtweg unglaublich.«

»Glauben Sie es ruhig. Es ist auch Ihr Verdienst. Bescheidenheit ist absolut fehl am Platz.« Je näher sie dem anderen Ende des Saales kamen, desto dunkler wurde die Färbung der Seelenjünger. Während die frisch Operierten noch eine annähernd menschliche Hautfarbe aufgewiesen hatten, sahen diese hier unmenschlich und gruselig aus, irgendwie blutunterlaufen – was der simplen Tatsache geschuldet war, dass die Färbung der Schmetterlingseier gegen Ende ihrer Entwicklung in ein Dunkelblau, mitunter sogar Schwarz überging. Etwa drei Wochen verbrachte ein Patient im Durchschnitt im Eiraum – je nach Falterart war der Prozess aber auch schon nach wenigen Tagen abgeschlossen (nicht selten kam es vor, dass die zukünftig Geläuterten es mit der Seelenoptimierung eilig hatten, Zeit war immer Geld, selbst im Business des immateriellen Vollkommenheitsstrebens) oder aber er dauerte in Ausnahme- und Krisenfällen ein ganzes Jahr (zum Beispiel wenn ein Scheck geplatzt war, die Raupenwerdung auf Eis gelegt und Ei samt Patient »überwintert« wurden).

Samat atmete tief ein, bevor er wissbegierig und entschlossen die Tür zur zweiten Parallelwelt, dem, wie die neuerliche Beschriftung verriet, »Raupenraum«, öffnete. Es dauerte einen Moment, bis er sich zu orientieren vermochte – rund um ihn herrschte absolute Dunkelheit und die olfaktorischen Reize, die ihm entgegenschwellten, waren mehr als gewöhnungsbedürftig: herb, dicht, abgestanden, dumpf, scharf, süßlich, streng – als befände er sich in einem Silo, in dem frisch gemähtes Gras raumfüllend vor sich hin gärte, oder in einer Opiumhöhle, in der sich die Dämpfe und Rauchschwaden der Droge mit Schweiß und anderen Körpersekreten vermischten. Zwar machte Samat auch hier vereinzelt Betten aus, aber die meisten Patienten bevorzugten es, auf dem Boden zu verweilen oder es sich im Gestrauche und Gestrüpp gemütlich zu machen. Petschkin reichte ihm eine Laterne, damit er die einzelnen Raupengeschöpfe genauer betrachten konnte. Die in der Eiphase noch primär mental vollzogene Verwandlung schien hier in der nächsten Stufe schon stark ins Körperliche übergegangen zu sein. Die menschengroßen Exemplare wiesen die unterschiedlichsten Farben und Musterungen auf – die Zeichnungen reichten von unauffälligen Braun- und Beigetönen bis hin zu spektakulären, auffälligen Ergüssen mit knallroten Punkten und erbsengrünen Streifen, die die Natur zum Zwecke der Abschreckung von Feinden hervorbrachte. Sie hatten mobile Messgeräte umgeschnallt, die auch weiterhin für eine lückenlose Überwachung der Körperfunktionen sorgten. Die Nahrungsverabreichung wurde künstlich mittels Sonden und diverser Lösungen vorgenommen – zwar gab es genug Blattwerk und natürliche Nahrungsquellen im Raum, aber schließlich galt es, neben den heranwachsenden Schmetterlings- auch die menschlichen Körper gesund und fit zu halten und mit allen lebensnotwendigen Stoffen zu versorgen. Auch in diesem Punkt war man fleißig gewesen, hatte in monatelanger Arbeit eine eigens abgestimmte Hybridkost entwickelt, die beiden Systemen gab, was sie brauchten.

»Eigentlich muss das Raupendasein angenehm und sorgenfrei sein«, dachte Samat, »außer Fressen ist nicht allzu viel zu tun, nicht umsonst spricht man vom ›Fraßstadium‹ der Schmetterlinge.« Und weil sich ihr Körpervolumen in diesen drei bis acht Wochen stark vergrößerte und die Chitinmembran nur begrenzt dehnbar war, hatte sich die Evolution mit mehrmaligen Häutungen beholfen – ganze drei- bis viermal schwoll die Raupe dabei an, ließ die alten Hüllen platzen, durchlief dementsprechend also vier bis fünf Raupenstadien, bevor sie schließlich mit der Verpuppung begann. Samat war mit dem Vorgang bestens vertraut, doch angesichts der Größe der abgestreiften und herumliegenden Hautteile ekelte es selbst ihn ein wenig.

»Wie viele Raupen, äh, Menschen befinden sich derzeit hier?«

»Sechs«, antworteten Petschkin und Nikitin unisono. »Mehr sind gleichzeitig auch schwer zu handeln.«

»Und wie lange dauert der gesamte Prozess?«

Nikitin rechnete laut: »Nun, je nach Falterart kalkulieren wir ein bis drei Wochen im Eistadium, drei bis acht Wochen in der Raupenphase, ein bis vier Wochen als Puppe, plus mindestens je eine Woche Regenerationszeit vor und nach dem Eingriff. Macht summa summarum zwischen sieben und siebzehn Wochen – wobei es, wie anfangs erwähnt, natürlich auch des Öfteren zu gewünschten oder auch notwendigen Abweichungen dieser Zeitspannen kommt. Das beste und letztendlich für alle Beteiligten auch effizienteste Ergebnis erzielen wir momentan mit einer Gesamtmetamorphosedauer von neunzig Tagen. Dann hat die SSZ genug Zeit, um sich optimal zu entfalten, und für den Menschen sind drei Monate des Untertauchens und Ertragens dieses körperlichen Ausnahmezustandes gut zumutbar. Was sind letztendlich neunzig Tage in Relation zu einem ganzen Leben, wenn man sich danach wie neugeboren fühlt?« Er lachte und gab sich selbst die Antwort auf seine Frage: »Gar nichts. Drei Monate sind wie ein langer, erholsamer Urlaub.«

Samat sah sich eines der Raupengeschöpfe genauer an – ganz deutlich war hinter der filigranen Membran immer noch die menschliche Silhouette erkennbar, auch wenn die bereits deutlich ausgeprägten Kauwerkzeuge, Fühler und Punktaugen des heranwachsenden Insekts nach außen hin dominanter wirkten. Noch etwas unkoordiniert und hilflos schienen Mensch und Tier mit dem jeweiligen Körper, den fremden Organen und Extremitäten umzugehen, sich ihrer Funktionen, Bestimmungen und Fähigkeiten gewahr zu werden. Auch die Spinndrüsen zeichneten sich ab, die schon bald die Fäden zur nächsten Entwicklungsstufe spinnen und spannen würden. Dieses Exemplar gehörte zur Familie der Spannerraupen – es hatte im Gegensatz zu den ansonsten recht buschigen Artgenossen im Raum praktisch keine Haare und schmatzte zufrieden und geschäftig vor sich hin.

»Wie geht es Ihnen heute?«, wandte sich Samat nach kurzem Zögern an die Raupenseele.

»I sleep and I eat a lot, I eat a lot, a lot. Last week mommy got very angry with me, because I ate the bead spread, …, it had plants and leaves on it, I like leaves.«

Samat schob dem nackten Spanner einige Holunderblätter zu und sagte: »Dann lassen Sie es sich schmecken. Es ist wichtig, dass Sie sich gut ernähren. Kann ich sonst noch etwas für Ihr Wohlbefinden tun?«

»Danke, nein«, antwortete die Raupe, »dafür sorgt schon Meister Eckhart: *Wenn die Seele etwas erfahren möchte, dann wirft sie ein Bild der Erfahrung vor sich nach außen und tritt in ihr eigenes Bild ein.*« Samat war sich nicht ganz sicher, ob er gerade tatsächlich mit der Raupe geredet oder es sich nur eingebildet hatte, als auch schon eine weitere Stimme ihm zuflüsterte: »*Das Denken ist das Selbstgespräch der Seele.*« War das nicht Plato? Ein anderes Exemplar machte sich an einem Stapel Bücher zu schaffen und Samat meinte zwischen den Schmatzgeräuschen die Worte der von Peter Bieri erfundenen Romanfigur Amadeu Inácio de Almeida Prado zu erkennen: »*Die Geschichten, die die anderen über einen erzählen, und die Geschichten, die man über sich selbst erzählt: Welche kommen der Wahrheit näher? Ist es so klar, dass es die eigenen sind? ... Doch das ist nicht wirklich die Frage, die mich beschäftigt. Die eigentliche Frage ist: Gibt es bei solchen Geschichten überhaupt einen Unterschied zwischen wahr und falsch? Bei Geschichten über das Äußere schon. Aber wenn wir uns aufmachen, jemanden im Inneren zu verstehen? Ist das eine Reise, die irgendwann an ihr Ende kommt? Ist die Seele ein Ort von Tatsachen? Oder sind die vermeintlichen Tatsachen nur die trügerischen Schatten unserer Geschichten?*«

Es war unglaublich, noch immer war Samat weit davon entfernt, sich an die Tatsache zu gewöhnen, dass Tiere sprechen konnten – er dachte kurz an das Fiepen der Puppen in seinem Labor – oder, besser gesagt, dass er sie jetzt erstmals richtig verstand. Das war schön und befremdlich zugleich. Er wurde aus seinen Gedanken gerissen, als sich die Raupe eines Eulenfalters besonders auffällig in der für diese Gattung typischen Brückenbildungs-Rutschmanier an ihm vorbeibewegte, indem sie die letzten Beinpaare unmittelbar hinter die Vorderfüße setzte. Einigermaßen angestrengt sprach oder dachte, je nachdem wie man es jetzt halten wollte, auch dieses Geschöpf zu ihm: »Und wieder *eine Runde weiter, ... weniger geworden, ... von elefantengroß zu erdbeerklein. Die Vergebung muss noch warten.*« Samat lächelte und sagte an

Nikitin gewandt: »Ich würde gerne an diesem Punkt mit meiner Forschungsarbeit ansetzen, wenn es Ihnen recht ist. Ich weiß, dass Sie die eigentlich kritische Phase erst im Puppenstadium sehen, aber vielleicht kann man vorbereitend etwas tun, um die später auftretenden Komplikationen und Mutationen erst gar nicht entstehen zu lassen. Ich denke, ich hätte da ein paar Vorschläge.«

»Nur zu«, antwortete Nikitin, »dann wird eben das in den nächsten Wochen und Monaten Ihr Hauptarbeitsbereich.«

»Auch wir haben zum Raupenstadium einige neue Ansätze entwickelt«, äußerte sich Petschkin. »Da es im Gegensatz zur Natur in unserer Laboratmosphäre – noch – keine realen Gefahren und Fressfeinde wie Vögel, Spinnen oder Wespen gibt, dachten wir daran, zukünftig auch diese Widrigkeiten mit zu simulieren, um die angeborenen Abwehr-, Tarn- und Täuschungsstrategien wie Mimese oder Mimikry auszulösen.«

»Eine gute Idee«, stimmte Samat zu, »in Zukunft werden Sie beim Betreten des Raupenzimmers einen Schirm mitbringen müssen.«

»Warum das?«, fragte Petschkin. »Wenn wir derlei Gefahren simulieren, werden die Raupen mit Fallenlassen und Abseilen reagieren, zwei Verhaltensweisen, die man sich in freier Natur übrigens bei der Suche nach ihnen zu Nutze machen kann: Man hängt einen geöffneten Schirm an einen Ast, schüttelt denselben kräftig – unter uns Schmetterlingskundlern nennt man das Raupenklopfen – und schon nach wenigen Sekunden tummeln sich die unterschiedlichsten Arten im Schirm, die man mit bloßem Auge nie entdeckt hätte.« Die Herren lachten.

»Vergessen Sie nicht, dass unsere Raupen mitunter an die hundert Kilogramm wiegen«, witzelte Petschkin weiter.

»Ebenfalls von Interesse wären vielleicht Studien mit Gift-stoffen und Mordraupen, schlug Samat vor. »Es gibt gewisse Schmetterlingsarten, deren Raupen einen penetrant unappe-titlichen Geruch verströmen (wie etwa jene des Schwalben-schwanzes) oder die sich durch den Verzehr giftiger Kräuter selbst giftig machen (wie der Jakobskrautbär) oder die durch enzymatische Spaltung gar Zyanidverbindungen wie hoch-giftige Blausäure freisetzen (Widderchen, im Volksmund auch Blutströpfchen genannt, machen sich beispielsweise auf diese Art und Weise unbeliebt). Die Raupen selbst sind gegen ihre Gifte resistent, nur für andere sind sie tödlich. Und echte Mordraupen aus der Familie der Eulenfalter neigen überhaupt dazu, sich gegenseitig umzubringen – primär um fremde, unliebsame Konkurrenz auf den Futter-pflanzen zu beseitigen –, aber auch Kannibalismus kommt vor, dann fressen sich eigene Artgenossen sogar gegenseitig. Rein theoretisch müssten sich diese Eigenschaften auch auf den Menschen übertragen lassen.«

Nikitins Augen blitzten. »Großartig, ganz großartig«, flüs-terte er verschwörerisch und dachte insgeheim schon an die ungeahnten Möglichkeiten, die ein mit Giftdrüsen- oder Mord-raupengenen manipuliertes Individuum in absehbarer Zukunft mit sich bringen würde – bestimmt gab es jede Menge Interes-senten dafür. Wie Dr. Magic bereits erwähnt hatte, wurde der Tiefschlaf im Raupenstadium durch alternative Beruhigungs-und Behandlungsmethoden ersetzt – eine zu starke Sedierung, ein komatöser Zustand hätten die Seelenwesen daran gehindert, ihren natürlichen Trieben zu folgen. Gearbeitet wurde nebst Hypnose, Cannabis und Opium vor allem mit mentalen Ein-zelcoachings, in denen die Ängste, Stimmungsschwankungen, aber auch Fortschritte der Patienten besprochen und durch-leuchtet wurden. Das schier grenzenlose Wissen, über das die psukh-Wesen zu verfügen schienen, ermöglichte Nikitin und seinem Team ungeahnte Einblicke in eine Welt, die alle bisher bekannten Grenzen der menschlichen Psyche sprengte und eine Vielzahl an faszinierenden, aufschlussreichen Erkenntnissen mit sich brachte. Jedes Raupenwesen war einmalig und individuell verschieden – mit unverwechselbaren Charakteristika und ganz speziellen Vorlieben. So verfügte eins, das mit der SSZ eines Prozessionsspinners in Berührung gekommen war, über ein reges Sozialverhalten und lebte in größeren Gespinsten mit seinen Artgenossen zusammen, während ein anderes, das die Gene eines Brombeerspinners in sich trug, lieber zurückgezogen und einzelgängerisch seiner Vollendung entgegenglitt. Manche waren nachtaktiv, andere liebten den (simulierten) Sonnenschein, manche zeigten sich aggressiv und angriffslustig, andere zogen ihren Schwanz ein, wenn Gefahr oder Stress drohte. Auch die mitgebrachten Eigenschaften des menschlichen Zellträgers spielten natürlich eine Rolle – eine Kim Kardashian verhielt sich auch unter diesen Umständen anders als eine Mutter Teresa. Dreimal am Tag gab es ein aufwändiges Licht- und Lautkonzert, um das Wachstum und den bevorstehenden Verpuppungsprozess anzuregen, parallel dazu wurde der Häutungshormonhaushalt – wie auch schon in den Laborsimulationen – mittels Zugabe oder Wegnahme von Juvenil und Ecdyson reguliert, die Frühreifen also zur Langsamkeit gezwungen, die Spätentwickler zum britzeligen Frühlingserwachen angespornt. Samat verfolgte nicht ohne Rührung das vertraute Aufflackern, Blitzen und Fluoreszieren (dem hier freilich künstlich nachgeholfen wurde) – wie Lichtschwerter durchzogen die grünen und violetten Strahlen die Dunkelheit des Raumes, erinnerten ein wenig an den Kampf zwischen Gut und Böse aus *Star Wars* oder an andere Schlachten von galaktischen Ausmaßen.

Nach den beiden Schmetterlingsräumen besichtigten sie noch weitere Stationen der geheimen unterirdischen Forschungsabteilung mit ihren zahlreichen, gut versteckten und gesicherten Laboren, Röntgenzimmern und verwinkelten Büro- und Untersuchungsräumen. Sogar das *CRISPR/Cas*-Werkzeug durfte Samat aus nächster Nähe bestaunen und einen Blick in einen der OP-Säle werfen, in denen Elouise Chevallier gerade ihr Können demonstrierte. Er schüttelte viele Hände, alles machte einen professionellen Eindruck auf ihn. Während Operation, Ei- und Raupenphase der psukh'schen Transformation in der Klinik vollzogen wurden, fanden Verpuppung und Schlupf (die alles entscheidenden, hochsensiblen Stadien) in externen Laborhöhlen statt. Diese lagen im ganzen Land verstreut, um die unterschiedlichen Vegetationszonen und Lebensräume der Schmetterlinge abzudecken und den jeweils spezifischen Anforderungen der Falter gerecht zu werden, waren mit allen notwendigen Hightechgeräten ausgestattet und außerdem via Morseapparat – ein verlässliches Relikt aus der Sowjetzeit – ständig mit der Klinikzentrale verbunden (man wollte ein mögliches Abhören auf öffentlichen Leitungen vermeiden). Im Gegensatz zur künstlich angelegten Atmosphäre im unterirdischen Labyrinth des Wonderland Centers versuchte man dort von einer noch echteren, unverfälschteren Umgebung für das Metamorphosefinale zu profitieren. Wie Samat berichtet wurde, waren derzeit fünf solche bestens getarnte Höhlen in Betrieb – eine davon befand sich am Song-kul, was Samats Sichtung der beiden leuchtenden Riesenschmetterlingskinder endgültig plausibel machte.

»Sie können in den nächsten Wochen gerne eine der Höhlen inspizieren, für heute haben Sie genug gesehen«, sagte Nikitin. »Ein Letztes vielleicht an dieser Stelle, um den

Kreis zu schließen: Am Ende des Seelenprozesses landen die
›Wiedergeborenen‹, die geretteten Ichs dann wieder hier in
der Klinik, wo sie einem umfassenden Finalcheck unterzogen werden, bevor wir sie neu beseelt in ihre Welt entlassen.«

Als Samat an diesem Tag den Keller und die Klinik verließ
– nicht ohne zuvor eine bibeldicke Geheimhaltungsklausel
zu unterschreiben –, war es Nacht geworden. Die »normalen«
IFV- und Entzugspatienten schlummerten oberirdisch friedlich in ihren Betten und der Mond stand groß und rund
am Himmel. Die wichtigsten Räume hatte Samat an diesem
Tag freilich nicht zu sehen bekommen – den Placebo-
raum, den Mutantenraum, die Leichenkammer, die beiden
Suiten. Nicht einmal in der Zukunft würde man ihm Zutritt
gewähren, er von ihrer Existenz wissen, aber wer haderte
schon mit etwas, von dem er gar nichts wusste, wer zerbrach
sich den gutgläubigen Kopf, wenn dieser vielleicht gar nichts
wissen wollte. Drei Tage und drei Nächte lang schlief er so gut
wie nicht, schritt unruhig den Flur seiner Wohnung auf und
ab, überlegte vor und zurück, hin und her, ließ die Ereignisse
und Gespräche besagten Tages in seinen Gedanken Revue
passieren und entschied sich schließlich, seinen Teil zu dem
Projekt beitragen zu wollen. Sicher war er sich immer noch
nicht. Aber er war zu dem Schluss gekommen, dass es auch in
seiner Macht und in seiner Verantwortung lag, das Notwendige, nein Mögliche, zu tun, um seine einmalige Entdeckung,
um die psukh-Transformation in eine gute, reine und altruis-
tische Richtung zu lenken, gegebenenfalls ausgleichend und
korrigierend auf die beiden Herren einzuwirken. Wenn er
nicht mit ihnen kooperierte, konnte er gar nichts ausrichten.
Sie wussten alles, was er wusste, waren in ihren Experimen-
ten weiter, als er es jemals für möglich gehalten hätte. Es gab
gar keinen anderen Weg. Er hatte keine Wahl. Am vierten

Tag erschien er wie gewöhnlich zur Arbeit im Zoologischen Museum – Petschkin und Nikitin hatten sich schon Sorgen gemacht, ihn langsam, aber sicher für einen Abtrünnigen, einen Verräter gehalten –, aber er entschuldigte sein Fehlen mit einer körperlichen Unzulänglichkeit, reichte wie vereinbart an höherer Stelle offiziell die Bitte um Versetzung in die Forschungsabteilung des Wonderland Centers ein, verstaute seine angesammelten Arbeitsunterlagen ordentlich in den jeweiligen Archiven und lud seine langjährigen Kollegen zu einem letzten Umtrunk ein. Ein schmales Mäppchen mit den wichtigsten Protokollen und Versuchsaufzeichnungen seiner bisherigen psukh-Forschung versteckte er bei sich zu Hause – wer wusste schon, wie sich die Dinge entwickelten und ob er diese seine ursprünglichen, originären Beweise eines Tages nicht dringend benötigen würde. Alles andere, sogar das beinahe fertiggestellte Lexikon der Tien-Shan-Schmetterlinge und ein paar persönliche Habseligkeiten wie eine alte Wandkarte und ein paar verstaubte Bilderrahmen, ließ er zurück. Als alles zu seiner Zufriedenheit erledigt war, sperrte er ein letztes Mal die Bürotür zu, legte den Schlüssel auf den Tisch der Vorzimmerdame und verließ nicht ohne Wehmut jene Wirkstätte, die ihm und seinen Faltern über sieben Jahre wie ein zweites Zuhause gewesen war. Tags darauf begann er mit seiner neuen Arbeit in der Klinik am Berg der Wunder außerhalb der Stadt. Es schneite die ersten dicken Jännerflocken des Jahres 2012.

Lehrjahre, Herrenjahre.

So zogen die Tage ins Land, wurden zu Wochen, zu Monaten, zu Jahren, und auch wenn sich Samats Zweifel nie gänzlich auflösten, er zwischenzeitlich immer wieder ins Wanken und Grübeln und Zweifeln geriet, sehr wohl die eine oder andere Auffälligkeit, Ungereimtheit bemerkte – die wachsende Promi- und OP-Dichte, die verschlossenen Türen, die gedämpften Schreie, die furchteinflößenden Bodyguards, die nächtlichen Anlieferungen und Abtransporte oder den alarmierenden Mangel an Vorversuchsreihen und Fachpersonal –, so sah er doch über sie hinweg, drückte beide Augen zu, legte Scheuklappen an und fokussierte sich umso stärker auf seine Auffassung, sein Ideal von psukh. Er verbrachte so gut wie jeden Tag, jede Nacht bei seinen Schützlingen in der Klinik oder in einer der Höhlen, wo er ihnen in der Verpuppungsphase und beim Schlupf zur Seite stand. Mit seinem ehemaligen Chef Dima Petschkin hatte er kaum noch Kontakt, nur ab und zu sah er ihn in seinem weißen Kittel auf dem Klinikgelände hinter einer Tür verschwinden, vielleicht um seine Manas-DNA-Versuche und die Neuerschaffung Kirgistans voranzutreiben – auch wenn dieser Ableger der SSZ-Transformation laut Nikitin mehr und mehr an Bedeutung verlor und kaum noch Probanden zugeteilt bekam. Den Psychiater selbst hingegen traf er in regelmäßigen Abständen, allein schon, um über seine Fortschritte in den (Ei- und) Raupenräumen zu berichten oder um sich über einzelne Patientenfälle auszutauschen und abzustimmen. Samat glaubte bedingungslos an das Reine und Gute seiner psukh-Idee, daran, dass er jetzt und hier die einmalige Chance hatte, seine Version der Seelenerneuerung in die Tat umzusetzen, er vertraute auf die weltversöhnende Ethik, den

altruistischen Ansatz hinter seiner Geburts- und Wiederge-
burtsformel, baute unbeirrbar auf die Wirk- und Zauber-
kraft der extrahierten SSZ und darauf, dass sie auch beim
Menschen eine Veränderung zum Originären, zum Schöp-
ferischen hin möglich machten. An Nikitins Vorgehensweise
und Praktiken hingegen glaubte er mit den Monaten immer
weniger. Er redete sich zwar ein, dass nicht zuletzt seine Mitarbeit eine vollkommene Entgleisung der fragwürdigen Zusatzmanipulationen, eine katastrophale Überhandnahme men-
schenverachtender Pfuschereien verhinderte, die sein Projekt
völlig außer Kontrolle geraten und zu einem unberechenba-
ren wie gefährlichen Spielzeug der Reichen und Mächtigen
verkommen ließen. Er durfte es einfach nicht zulassen, dass
fremde Ideologien sein filigranes psukh-Pflänzchen über-
schatteten, zuwucherten, erstickten. Dass seiner Wesensformel das Wesen abhandenkam. Den Menschen das Menschsein verloren ging.

Wirtschaftlich betrachtet war Samats psukh-Modell
natürlich von vorneherein zum Scheitern verurteilt. So genial
und weltbewegend es sich auch offenbarte, so elementar und
gewaltig die Möglichkeit einer erlösenden Seelentransformation auch anmutete – das Sinnvolle, Gute, Zweckfreie
hatten in der Welt schon lange keinen Wert mehr. Das Leise,
Wahrhaftige, Sanfte waren kaum noch gefragt. Im gegenwärtigen Leben erkaufte sich jeder, der die Wahl (und das
Geld) hatte, ausnahmslos den einfachen, leichten, schnellen
und angenehmen Weg: Silikonbusen, Ghostwriterdisser-
tationen, Auftragskillermorde, Leihmütterbalgen, Antide-
pressivaglück. Die Devise lautete Kosmetik statt Akzeptanz,
Plagiat statt Idee, Verkleidung statt Bewusstsein, Show statt
Wahrheit, Schein statt Sein. Auch die eigene Identität zu
ergründen, die persönliche Seelenlandschaft zu erforschen

war aus der Mode gekommen – zu anstrengend, schmerzhaft, langwierig und über alle Maßen verwirrend gestaltete sich in der Regel so ein Prozess, der ja selbst mit psukh nicht ohne Strapazen und über Nacht passierte. Die alten, bekannten Hüllen zurückzulassen, nichts mehr zu kennen und zu wissen, vor allem nicht, wer man war oder zu sein glaubte, und das alles nur, um sich neu zu finden, neu zu begreifen, neu zu erschaffen, ohne auch nur zu erahnen, was da auf einen zukam, wer einem letztendlich im Spiegel entgegenblickte, war ein Vorhaben, für das der Masse erstens der Mut fehlte und für das sie zweitens nicht zu zahlen bereit war. Das Sichauflösen und Grenzensprengen machten Angst. Da wurde ja die eigene Aktie komplett geschrottet, die eigene Signifikanz vollkommen begraben, das eigene Ich zur Gänze aufgelöst, erst dann konnte man sich wieder füllen und befüllen lassen – mit Wahrnehmungen und Weisheiten, die größer waren als man selbst, die alle Horizonte sprengten und sämtliche Gesetzmäßigkeiten auf den Kopf stellten. *Erst wenn alles tot war, war alles gleich,* formulierte einmal Elfriede Jelinek treffend. Aber wer war im gegenwärtigen Leben zu so einem Schritt bereit außer niemand? Wer war kühn und neugierig genug, alles, wirklich alles in Frage zu stellen, um ein besserer Mensch zu werden? Die meisten suhlten sich doch recht zufrieden in ihrem vermeintlichen Glück oder Unglück. Vielleicht war Samats psukh einfach eine Nummer zu groß. Insofern hatte Jaroslaw Nikitin von Anfang an recht gehabt und gut daran getan, die SSZ-Transformation nicht in Verbindung mit erdschwerem Vokabular wie Verlust, Geduld, Wahrheit oder Läuterung in Verbindung und auf den Markt zu bringen. Seine Definitionen waren optimistisch, vielversprechend, smart, kamen als Soft-Guru-Paket, als easy-cheesy Wesensverjüngungskur, als gepimpte Wunsch-Ich-Werdung mit gewissen Extras daher. So ließ sich Schotter machen! So gelangte man an die Macht! So schaute ein Marketing-Geniestreich aus! Und tatsächlich war seine Rechnung innerhalb kürzester Zeit aufgegangen – das Geschäft mit der Seele florierte und boomte, sodass 2014 bereits halb Hollywood und eine Vielzahl sonstiger Reicher, Mächtiger und Berühmter aus der ganzen Welt auf seinem OP-Tisch gelandet waren. Immer mehr und ausgefallenere Zusatzmanipulationen und Heldengene wurden angefragt, immer häufiger ging es darum, Konkurrenten und Feinde gegnerischer Lager mit Wesensveränderungen zwangszube-glücken, sogar eine eigene psukh-Placeboreihe (der jüngste Auswuchs seiner Geschäftstüchtigkeit) war lanciert worden, als er feststellte, dass vielen die Show mehr gab als die eigent-liche Verwandlung.

Vielleicht hätten die Dinge so ihren Lauf genommen. Vielleicht hätte Samat den Rest seines Lebens damit zuge-bracht, wegzusehen und im stillen Kellerkämmerchen an seinem psukh zu feilen. Vielleicht hätte er sich eines Tages sogar den Nikitin'schen Plänen gefügt. Wäre er nicht im Mai 2014 von seinem Chef nach Österreich abkommandiert worden, um im Rahmen eines internationalen Lepidoptero-logen-Kongresses in Wien sein Koryphäenwissen über die Tien-Shan-Flatterer weiterzugeben – freilich ein rein tak-tischer Schachzug, um Samat für ein paar Tage loszuwer-den, wurde doch zeitgleich eine Delegation umstrittener Rechtsradikaler aus ganz Europa in der Klinik erwartet, die für ihren nächsten Polit-Coup mit Hitler-DNA wesensver-wandelt und gestärkt werden wollte. Der dreißig Personen starke Neuzugang hätte sich kaum verheimlichen lassen und Nikitin hatte keine Lust auf etwaige Erklärungen, lähmende Diskussionen und kritische Fragen. Und obgleich sich Samat anfänglich gegen diese Reise gewehrt hatte – er war seit seinem Aufbruch 1989 nicht mehr in der einstigen Heimat gewesen, hatte einen Besuch selbst im Zuge seiner frühen Autoüberstellungen aus Deutschland vermieden, ja wurde auch jetzt noch fallweise von Angst (vor alten Wunden und Dämonen) heimgesucht –, stellte sich doch auch Vorfreude ein, vor allem bei einem Gedanken: auf diesem Weg vielleicht das Dillemädchen wiederzusehen. Überhaupt konnte es nicht schaden, eine Auszeit zu nehmen, ein wenig Abstand von seinen Schmetterlingswesen und dem Alltag im Wonderland Center zu bekommen. Permanent die Ambivalenz der Wissenschaft ertragen zu müssen war auf die Dauer ziemlich anstrengend. Immer häufiger hatte er sich in letzter Zeit selbst motivieren und laut vorsagen müssen, dass es im Kampf um sein Ideal eben auch Opfer zu bringen galt, die Abwege Nikitins in Kauf zu nehmen, seine geheimen Machenschaften zu ignorieren. Wenn er ehrlich war, wusste er schon lange nicht mehr, ob sie sich mit der ganzen psukh-Sache noch annähernd auf dem rechten Weg befanden.

Dass ihn ausgerechnet in den alten Gefilden eine erschütternde Erkenntnis überkommen, eine entscheidende Erleuchtung ereilen würde, dass er just dort der sich immer weiter zuspitzenden Diskrepanz seines Handelns gewahr werden und den Entschluss fassen würde, den eingeschlagenen Kurs zu korrigieren, ahnte er zu jenem Zeitpunkt freilich nicht. Erst als er am zweiten Kongresstag durch Zufall Sybilles Namen in der Todesanzeige für ihren Mann in der *Wiener Zeitung* entdeckte und tags darauf seinen finalen Vortrag schwänzte, um zur angekündigten Beerdigung auf dem Zentralfriedhof zu fahren, erschienen ihm die Dinge plötzlich ganz einfach und klar. Denn als er seine Jugendfreundin in ihrer unendlichen Traurigkeit und Verzweiflung am Grab stehen sah, ihren Schmerz, ihre Verlorenheit geradezu spürbar vor Augen hatte, wusste er, dass es in all den Jahren seiner Forschung, bei jedem einzelnen seiner Schmetterlingsexperimente in Wahrheit immer nur um das Dillemädchen gegangen war, um sie, um ihn, um ihrer beider Freundschaft, dass er psukh letztendlich einzig und allein für sie beide entdeckt hatte, um sich gegenseitig retten, dem anderen zuliebe wieder ein ganzer, ein neuer Mensch werden zu können. Sybille an jenem Tag persönlich anzusprechen, hatte er dann aber doch nicht geschafft. Es war ihm einfach nicht richtig erschienen, sie in ihrer Trauer nach all den Jahren so zu überfahren, selbst(noch)verloren, selbst(noch)vergessen aus dem Nichts aufzutauchen. (Einen weiteren zunächst bitteren, im Nachhinein allerdings erhellenden Moment erlebte er beim spontanen Kurzbesuch ihrer Eltern, die Sybille, wie sich herausstellte, seine Briefe in all den Jahren vorenthalten hatten – keinen einzigen hatte sie je in die Hände bekommen.)

Der Heimatbesuch hatte Samat aufgewühlt, durchgepflügt, beackert, ihm die Lösung seines Problems, den Ausweg aus seinem Dilemma geradewegs an die Oberfläche geschaufelt. Er wusste (wieder!, endlich!) mit absoluter Sicherheit, was er zu tun hatte, bevor er seinem Dillemädchen gegenübertreten konnte: sich auf das Wesentliche der Seelenformel zurückbesinnen. Das Richtige tun. Und genau das tat er auch, als er zwei Tage später zurück in Kirgistan an seinem Schreibtisch saß.

Wenn man erst wusste, was man wollte, ging der Rest ganz schnell. Samat beschloss, abseits des Nikitin'schen Wirkungskreises den psukh-Prozess an sich selbst durchzuführen, und suchte um ein Sabbatical an – warum war er nicht schon viel früher darauf gekommen? Alle ernstzunehmenden Wissenschaftler hatten ihre Hypothesen und Entdeckungen im Selbstversuch überprüft. Lazzaro Spallanzani etwa, als er vor zweihundertfünfzig Jahren hundert Gramm Hühnerfleisch in ein Leinensäckchen eingeschlagen und verschluckt hatte, um die Existenz von Verdauungssäften nachzuweisen. Nicolas Minovici, der sich ab 1905 zwölfmal für ein paar Minuten erhängte, um der körperlichen Ablebensursache des Galgentods auf die Schliche zu kommen (man starb an der Blutunterversorgung des Gehirns und nicht wie erwartet am Erstickungsreflex). Oder wie Werner Forßmann, der sich 1929 eigenhändig am Herzen operierte, um die Sinnhaftigkeit von Kathetern zu untermauern. Auch Petschkin, Nikitin und er hätten längst am eigenen Leib die Schmetterlingstransformation durchlaufen, sich die SSZ einverleiben und damit belegen müssen, dass eine schicksalsgeschlagene, krisengebeutelte Seele wieder ganz werden konnte, ohne Hokuspokus und sonstigen Simsalabim. Aber besser spät als nie. Er würde die Sache angehen. Und wenn das geschafft war, als alter, neuer Kerbeljunge seinem Dillemädchen gegenübertreten.

Es gab viel zu tun, zumal er die Verwandlung mehr oder weniger im Alleingang durchzuführen gedachte, zumindest ohne Einflussnahme von Nikitin und Petschkin, denen er bei Weitem nicht genug vertraute, um seinen Körper und Geist in ihre Hände zu legen. Trotz allem würde er natürlich Hilfe brauchen – beim Eingriff selbst, bei der späteren Kontrolle seiner Körperfunktionen und Entwicklungsschritte, der Nahrungsaufnahme sowie bei der Errichtung einer eigenen Laborhöhle im Gebirge, wo er die vollständige Verwandlung zu durchlaufen gedachte. Was die Operation betraf, fiel seine Wahl schnell auf Elouise Chevallier, mit der er seit Monaten eng zusammenarbeitete und die er für eine der begnadetsten psukh-Chirurginnen am Wonderland Center hielt. Was den

Rest betraf, brauchte er einen Freund oder zwei oder drei, auf die er sich beizeiten verlassen konnte und die ihm im Notfall zur Seite standen – *Odna golowa choroscho, a dwe – lutschsche (Ein Kopf ist gut, zwei sind besser.* Und ein dritter schadete bestimmt auch nicht). Und auch in diesem Punkt fiel ihm die Entscheidung nicht schwer – Samat kannte exakt drei Menschen auf der Welt, auf die diese Beschreibung zutraf: Wolf vom Issyk-kul, Beshkempir und das Dillemädchen. Er musste einen detaillierten Metamorphoseplan ausarbeiten, das Equipment für die Höhle heranschaffen, eine spezielle Falterart züchten (dass es eine Kreuzung aus einem Dill- und Kerbelfalter werden würde, war klar), sich gegen die beiden Mitwisser absichern und seine Aufzeichnungen in Sicherheit bringen. Er musste ein Last-Exit-Programm entwickeln, falls sein Vorhaben scheiterte, und seine Nachbarin Medina warnen, der er eine Samenspende für ihren Kinderwunsch versprochen hatte. Sie durfte den geplanten Eingriff in der IVF-Abteilung von Nikitins Klinik nicht vornehmen lassen, vielleicht sah er nur Gespenster, aber sie sollte nicht plötzlich spurlos verschwinden.

Als sich das Jahr dem Ende zuneigte, hatte Samat einen Großteil seiner Vorbereitungen erledigt: Elouise Chevallier hatte eingewilligt, den Eingriff an ihm persönlich und in aller Heimlichkeit in einem externen Operationssaal vorzunehmen – die finalen psukh-Untersuchungen waren für Anfang Mai 2015 anberaumt, die *CRISPR/Cas*-OP mit 8. Mai 2015 festgesetzt. Er hatte erfolgreich mehrere Schmetterlingsseelenzellen seiner neuen nostalgischen Schmetterlingszüchtung *Colias hyale sybillis* konserviert. Und es war ihm gelungen, mit der Hälfte des einst gefundenen Goldklumpens zwei Mitarbeiter des GKNB zu bestechen, ihm bei der Verminung der zentralen psukh-Stützpunkte – die Untergeschosse der Klinik, des Zoologischen Museums sowie die fünf Laborhöhlen – behilflich zu sein. Die Idee, die unterirdisch angebrachten Dynamitlager mittels oberirdisch versteckter Sprengvorrichtungen zu zünden, kam Samats Plänen sehr entgegen. Sollte er tatsächlich scheitern, würde es für einen seiner Vertrauten ein Leichtes sein, die roten Knöpfe zu drücken und sämtliche psukh-Beweise in die Luft zu jagen. Dass diese in Form dekorativer, fast unschuldig anmutender Baumbonsai-Trojaner daherkamen und obendrein direkt vor den Augen seiner beiden Mitwisser platziert wurden, empfand er als so humorvollen wie ausgeklügelten Schachzug. Die im Dutzend von Gärtnern angelieferten Schalen erregten weder bei Nikitin noch Petschkin Verdacht – Dr. Magic legte seit jeher großen Wert auf seinen gepflegten Erholungspark rund um das Wonderland Center und auch im Zoologischen Museum wunderte man sich nicht weiter, als es hieß, die Hofbegrünung sei ein etwas älterer, bereits bezahlter Auftrag eines gewissen Dr. Samat Jamanbai uulu.

Blieben noch vier Monate, um eine kleine Höhle für Samats neunzigtägigen Aufenthalt zu finden und einzugs- und betriebsbereit zu gestalten. Es war Wolf, der die geniale Idee hatte, einfach das bestehende Forschungslabor Nummer 5 am Inyltschek-Gletscher in der Nähe seines Wohnortes zu erweitern und einen geheimen Nebenraum – Sektor 5a – anzudocken, der ihnen den unauffälligen und uneingeschränkten Zugriff auf die Gerätschaften der Haupthöhle bot. Wenn es so weit war, könnte er Samat relativ unkompliziert regelmäßig besuchen kommen, ihn mit Nahrung und Medikamenten versorgen, alle nötigen Tests und Kontrollen durchführen und auch die sonstigen Instruktionen seines akribisch für jeden der neunzig Tage ausgearbeiteten psukh-Werdungsplans befolgen.

Und schließlich galt es noch, den längst überfälligen, alles entscheidenden Brief an sein Dillemädchen zu verfassen – es würde der letzte sein, den er ihr aus der Ferne schrieb. So kam es, dass Samat eines Tages – es mochte im Februar 2015 gewesen sein – auf seinem Hocker in der Küche Platz nahm und zu Papier brachte, was so viele Jahre in ihm geschlummert hatte. Er konnte nicht wissen, ob es tatsächlich möglich war, dass eine Sybille, die er vielleicht aus alter Verbundenheit und reiner Melancholie, vielleicht aus falschem Wunschdenken und fehlgeleitetem Rettersyndrom heraus nunmehr in sein kühnes Vorhaben, in seinen Strudel bald real werdender Fantasie mit eintauchen lassen wollte, ihn an die Hand nehmen, die nötigen Fäden spinnen und diese zu einem Netz verknüpfen würde, mit dem sie ihn und psukh schließlich zu fassen bekäme, ja ob es überhaupt möglich war, ihn und sein verlorenes Land zu retten. Konnte eine Freundschaft sechsundzwanzig Sommer und Winter überdauern, ohne dass sie wirklich gepflegt worden war? Waren Existenz oder Schwund derselben nicht vielmehr wie eine (frei nach Thomas Lehr assoziierte) *Funktion mit zwei unabhängigen Variablen, die erst im Augenblick des Zusammentreffens kalkulierbar* wurden? Würde sie tatsächlich zu ihm kommen? Vielleicht war der triftigste Grund für Samats Zeilen aber auch einfach der, dass er selbst wieder zum Kerbeljungen von damals werden wollte, dass er sich insgeheim nichts sehnlicher wünschte, als seinem geliebten Dillemädchen, wenn die Zeit reif war und er den Seelenprozess am eigenen Leib durchlaufen hatte, als verbesserte Version seiner selbst gegenüberzutreten. Alles Weitere lag an ihr. Er hatte sich vorbereitet: Die Schätze waren vergraben. Die Hinweise verstreut. Die Tage ausreichend kalkuliert, damit sich Sybille, so sie denn käme, beim Suchen auch ein

Stück weit selbst würde finden können. Sogar einen Guide hatte er engagiert, der ein wenig auf sie Acht geben und sie bei ihren Entdeckungstouren unterstützen sollte. Dass Nikitin und Petschkin auf dieselbe Idee kommen, denselben Talant Kubat auf sie beide ansetzen würden, um über seine Freundin an ihn, seine Pläne, seinen Aufenthaltsort, seine Unterlagen heranzukommen, ahnte er freilich nicht. Erst war es den beiden noch einerlei gewesen, dass Samat sich von seiner Arbeit im Wonderland Center zurückgezogen und in ein Sabbatical geflüchtet hatte, aber als im Mai 2015 plötzlich die bekannte Wissenschaftlerin Sybille Specht in Bischkek auftauchte, um nach dem Abtrünnigen zu suchen, schrillten bei ihnen die Alarmglocken. Sie hatten nicht nur Samat, sondern auch seinen Briefverkehr seit Jahren sporadisch überwachen lassen, und wussten über die (einst) enge Bande zwischen »Dillemädchen und Kerbeljunge« Bescheid. Zwar hatten sie längst vermutet, dass ihr seit jeher nach überzogenen Idealen strebender Kompagnon irgendwann sein eigenes Süppchen kochen würde, aber mit der Ankunft von Sybille Specht hatte sich ihr Verdacht erhärtet: Samat Jamanbai uulu hatte etwas Entscheidendes vor, etwas, was nicht für ihre Augen und Ohren bestimmt war. Entweder beabsichtigte er die Formel zu stehlen oder aber sie zu vernichten oder – verrückt und weltfremd, wie er war – sie erst im Selbstversuch zu testen und danach zu entscheiden, was zu tun war. Was immer es sein mochte, Sybille Specht musste sie zu ihm führen. Und so hatte Nikitin die erste sich bietende Gelegenheit genützt, um Samats Seelenfreundin kurzerhand ein Wahrheitsserum zu spritzen (wie sich herausstellte zu früh, sie tappte, was dessen Aufenthaltsort und psukh betraf, selbst noch im Dunkeln), sich an ihrer DNA zu bereichern (gute

Gene waren immer gefragt, vielleicht für eine CSI-Schauspielerin, der für forensische Meisterleistungen die nötige Expertise fehlte) und sie in weiterer Folge von Talant Kubat beschatten zu lassen.

Als Samat sich an besagtem Februartag, derlei Zukünfte nicht erahnend, also hinsetzte und sich seinen ganzen Ballast von der Seele geschrieben hatte, als er schließlich auf der dreizehnten und letzten Seite angelangt war – ... *Vielleicht habe ich deshalb nie damit aufgehört, dir zu schreiben, weil ich dich (immer schon) geliebt habe. Und vielleicht höre ich genau deshalb jetzt damit auf, weil ich dich (immer noch) liebe. Und ja, das war es, was ich dir schon die ganze Zeit sagen wollte: Ich liebe dich. Wenn du glaubst, das ergibt alles keinen Sinn, so lass dir mit Gewissheit sagen, es ergibt immer alles einen Sinn am Ende ...* –, fühlte er sich bereit. Fast ein ganzes Jahr lang hatte er die Sache sorgfältig und im Detail geplant. Nur noch wenige Erledigungen und Wochen trennten ihn von seiner persönlichen psukh-Erfahrung – ein paar finale Arbeiten in Sektor 5a, eine Abschiedsspritztour mit dem Motorrad, ein Besuch bei Beshkempir, das Aktivieren der Sprengstoffbonsais und des Countdowngeräts – und schließlich: das letzte Abendmahl, der letzte Schlaf, der letzte Blick in den Spiegel.

Die Welt, in die Samat Bergen oder auch Samat Jamanbai uulu am 8. Mai 2015 eintreten sollte, drehte sich um ihre eigene Achse, folgte unbekannten Gesetzen, zog unbeschriebene Bahnen durchs Universum. Und während er so den Versuch unternahm, das Leben zu verändern, wurde Sybille Specht, die am selben Tag kirgisischen Boden betrat, einfach so vom Leben verändert.

Hakenschlagen.

[1. beim Gehen/Laufen/Rennen/Fahren plötzlich die Richtung ändern, 2. beim Denken/Sprechen plötzlich das Thema/die Folgerung und/oder die Meinung/Gesinnung ändern, 3. einen Boxhieb mit angewinkeltem Arm ausführen]

»Wie geht es ihm?«

»Wem?«

»Na, Samat. Was hat er gemorst?«

Beshkempir rieb sich verschlafen die Augen und brauchte kurz, bis er begriff, wo sie waren. Das Dillemädchen und er hatten, erschöpft von der nächtlichen Flucht aus der Laborhöhle(-hölle?), ein paar Stunden schlafend in einer verlassenen Scheune am Ortsrand von Kara Bulak zugebracht. Nur langsam kam er zu sich und fischte die mitgenommenen Morsebänder aus seiner Jackentasche. Dann las er ihr mit ruhiger Stimme die Nachricht vor:

Vorläufige Erkenntnisse aus dem psukh-Selbstversuch, diktiert von (Professor Dr.) Samat Jamanbai uulu, aufgezeichnet von Hieronymus T. Wolf am 23. Mai 2015.

Manifest:

1. Es ist nur möglich, die Ambivalenz der Wissenschaft zu umgehen, indem man sich selbst zum Forschungssubjekt macht.

2. Kein Mensch kam je über zwei Ideale hinaus. Wenige über eins, sagte einst Oscar Wilde. Nichtsdestotrotz muss man es versuchen.

3. Die Geschichte wiederholt sich nicht, laut Marc Twain. Grund genug, in jeder Gegenwart sein Bestes zu geben.

4. Es muss im Leben darum gehen, das eigene (verlorene) Land zu retten. Dieses liegt nicht in äußeren Heimaten und

Geografien begründet, sondern hat seinen Sitz in der Seele des Menschen.

5. Agiere stets furchtlos. Im Notfall gilt es, die roten Knöpfe in den Baumbonsais zu drücken oder mit dem Generalschlüssel verbotene Türen aufzusperren. Merke: Es gibt immer einen roten Knopf und einen Schlüssel.

6. Jeder Mensch braucht ein Dillemädchen / einen Kerbeljungen.

7. Halte an einer Sache fest. Es muss nicht jene sein, die dir das Talent nahelegt, sondern besser eine, die dir Freude bereitet. Mache sie zu deinem Lebenswerk, vertiefe dein Wissen Jahr für Jahr.

8. Man soll nur über Dinge schreiben, die man kennt.

9. … mit Gedanken und mit Erinnerungen, die sich uns nähern, ist es wie mit verprügelten Hunden. Wenn man sich zu hastig bewegt oder etwas zu ihnen sagt, oder wenn man sie streicheln will – schwupp sind sie weg! Und dann kann man Grünspan ansetzen, ehe sie sich wieder heranwagen. *Halte still.*

10. Ich weiß jetzt, wie er geht, der letzte Beweis: Von oben fliegt die Erde einen elliptischen Kreis.

»Was soll das bedeuten?«, staunte Sybille.

»Ich habe keine Ahnung«, gab Beshkempir zurück, »ich denke, Samat versucht uns zu sagen, wie es ihm geht.«

»Wo ist er?«

»In einer Höhle am Issyk-kul. In der Obhut seines Freundes Wolf.«

»Wo genau?«

»Das hat er mir nicht gesagt, aber ich denke, sie liegt an der Stelle, die er mit dem grünen Kreuz markiert hat.«

»Das auf dem Kartenschnipsel?«

Beshkempir nickte.

»Du musst mich zu ihm bringen.«

»Das geht nicht. Das ist zu gefährlich. Du hast ja selbst gesehen, was passiert, wenn jemand dem psukh-Geheimnis zu nahe kommt. Bestimmt suchen sie uns schon.«

»Nikitin und Petschkin?«

Wieder nickte er. »Am besten wird sein, wenn du dich vor ihnen versteckst und eine Zeitlang von der Bildfläche verschwindest. Du darfst sie auf keinen Fall zu Samat führen. Mach etwas, womit du dich selbst überraschst und womit keiner rechnet. So wie Feldhasen, wenn sie ihre Haken schlagen.«

»Und was ist mit dir? Kommst du nicht mit?«

»Ich kann nicht. Ich muss zurück und auf meine Mutter aufpassen.«

»Aber wo soll ich denn hin? Und für wie lange?« Sybille schüttelte verzweifelt den Kopf. »Ich muss doch endlich Samat finden und dem ganzen Wahnsinn hier ein Ende bereiten.«

»Komm jetzt«, sagte Beshkempir und packte ihre Sachen zusammen, »wir können erst einmal für ein, zwei Tage bei einem alten Freund unterkommen. Er wohnt ganz in der Nähe. Du kannst dich da ein wenig ausrasten, die Daten auf meinem Skywalker-Stick einsehen und bestimmt hat er auch eine Landkarte, auf der wir den genauen Standort des grünen Kreuzchens eruieren können. Danach sehen wir weiter.«

Das kleine Dorf Kara Bulak lag in einem namenlosen Tal des Turkestan-Gebirges, dem südwestlichsten Ausläufer des Tien Shan, und war für zwei Dinge einigermaßen berühmt: Zum einen war es Schauplatz des kirgisischen Kinofilms *Beshkempir – The adopted sun*, dem Ak Möörs Sohn seinen Namen verdankte, zum anderen wuchs ganz in der Nähe die seltene, orangefarbene Eduard-Kaiserkrone *(Fritillaria eduardii)*, von den Kirgisen schlicht Ajgul genannt, die aufgrund ihrer Schönheit und Eleganz jedes Jahr einige Hundert Besucher anlockte und zu ihrem Schutz seit 1980 auf der Roten Liste bedrohter Arten stand. Aber wegen beidem waren sie nicht hier. Beshkempir klopfte an die Tür eines kleinen Häuschens und trat ein. Es gehörte Bachit, einem bekannten Manastschi und Naturliebhaber, den Samat auf einer seiner zahlreichen Expeditionen durch die umliegende Berglandschaft kennengelernt hatte. Bachit kannte jeden Halm, jeden Stein und jeden Schmetterling und war Samat aufgrund seiner umfassenden Kenntnisse bei seinen Forschungen immer eine große Hilfe gewesen. Über die Jahre hatten sie sich angefreundet. Der alte Mann freute sich aufrichtig, den Jungen zu sehen: *»Skólka sim, skólka ljet«* (viele Sommer, viele Winter), sagte er poetisch und drückte Beshkempir zur Begrüßung fest an die Brust. Dann musterte er seine Begleiterin und winkte auch Sybille zu Chai und Chljeb herbei. Eine Weile unterhielten sich die beiden Männer, bis Bachit nach seiner Frau Azida rief, die wenig später einen in die Jahre gekommenen Atlas ins Zimmer brachte. Beshkempir instruierte Sybille ihren Laptop auszupacken und reichte ihr seinen Skywalker-Stick.

»Es ist Zeit für dich, einen Blick darauf zu werfen, Dillemädchen«, sagte er, lässig im Schneidersitz auf dem Taptschan, einem bettartigen Holzgestell mit Polstern, sitzend. »Das sind die letzten Unterlagen, die ich von Samat bekommen habe – von der nächtlichen Morsenachricht einmal abgesehen. Er wollte, dass du sie liest. Ich denke, du bist ihm eine Antwort schuldig, nun da du alles weißt. Also ob du mitmachen wirst. Ob auch du die psukh-Metamorphose durchlaufen willst.« Daran hatte sie überhaupt noch nicht gedacht, dass psukh auch zu ihrer Realität werden könnte.

»Warum sagt er mir das alles nicht persönlich? Warum veranstaltet er diese Schnitzeljagd? Ich dachte, er will mich einfach wiedersehen.«

»Nichts ist einfach«, antwortete Beshkempir, »das ganze Leben ist doch kompliziert. Bitte, lies jetzt. Und dann sag mir, was du tun willst, damit ich die Botschaft weitergeben kann.«

Sybille trat vor die Tür und rauchte eine Zigarette. Sie hatte schon die BONSAI-SMS an Elaine fertiggetippt, als sie sie langsam, Buchstabe für Buchstabe wieder löschte. Sie durfte nicht noch mehr Menschen in Gefahr bringen. Nicht, solange sie keine Entscheidung darüber getroffen hatte, wie es jetzt weiterging. Zurück im Wohnzimmer starrte sie lange auf das angezeigte Ordnersymbol auf dem Bildschirm, das den Namen »Dillemädchen« trug. Durch einen doppelten Klick öffnete sie das darin abgespeicherte, neunzig Seiten umfassende Dokument. Die Daten unterschieden sich auf den ersten Blick von jenen, die sie auf ihrem Darth-Vader-Pendant in Bischkek gefunden hatte, nur die Grundthematik war dieselbe geblieben: Es handelte sich eindeutig um weiteres psukh-Material, genau gesagt um Samats persönliche Patientenakte samt detailliertem Plan seiner angestrebten Verwandlung. Aufmerksam scrollte sich Sybille durch die einzelnen Abschnitte, die vor dem Hintergrund aller bisher gewonnenen Informationsbausteine und Puzzleteile immer deutlicher den Zusammenhang und Sinn des experimentellen Selbstversuchs offenlegten. Samat hatte es wirklich getan. Er war augenscheinlich gerade dabei, sich in eins der Schmetterlingswesen zu verwandeln, die sie tags zuvor in der Höhle gesehen hatten, wollte (ihr?) beweisen, dass seine alte Existenz mit einer neuen überschrieben werden, seine brüchig gewordene Seele wieder heilen konnte. Jeder Transformationstag war auf einer eigenen

Seite zusammengefasst, auf der es eine Vielzahl an Kästchen anzukreuzen, Fragestellungen zu überprüfen und Anweisungen zu befolgen galt. Sybille klickte sich zum gegenwärtigen Tag und tatsächlich war dort die Übermittlung eines vorläufigen Erkenntnisberichts an einen gewissen BSU vermerkt. Da SJU eindeutig Samats Kürzel darstellte (es war schon in älteren Protokollen aufgetaucht), lag die Folgerung nahe, dass BSU gemäß der kirgisischen Namensweitergabetradition seinen Sohn Beshkempir (Samat uulu) bezeichnete. Wie es aussah, befand sich Samat derzeit noch in der Eiphase, seine Entfaltung – der Schlupf – war mit 6. August berechnet, was auch mit dem letzten Tag auf ihrem Countdownanzeiger übereinstimmte. Der gesamte Vorgang, genau wie die psukh-Akte, schien dreigeteilt. Teil eins umfasste den physischen Teil des Unterfangens: den *CRISPR/Cas*-Eingriff, sämtliche medizinischen Richtwerte – von Blutgruppenserologie bis Zelldiagnostik –, Zwischenbefunde und Medikationsszenarien (angeführt in den Anlagen A bis F), Teil zwei widmete sich dem Geisteszustand und der dritte Abschnitt den Seelenfortschritten. Wenn sie die Daten richtig interpretierte, befand sich Samat nicht in der Klinik in Bischkek, sondern wuchs und gedieh in einer ausgelagerten Höhle, die die Kennzeichnung 5a trug, aber ganz sicher war sie sich nicht. Andererseits war sie längst an einem Punkt angelangt, an dem ihr das Unmögliche fast möglicher zu sein schien als das herkömmlich Bekannte. An anderer Stelle, weiter hinten in Samats Akte (sie war bei Tag 70 und also in der Zukunft gelandet), stutzte sie erneut:

Experiment ψυ·χή / Selbstversuch SJU

!!! ACHTUNG: upgedatet am 17. Mai 2015 von EC

Versuchsprotokoll Nr. 70 – Übergang Raupen-/Puppenstadium
Datum: voraussichtlich 10. Juli 2015 (Woche 9)
Mitarbeiter: HTW, EC
Fragestellungen:
* UPDATE: Am 16. Mai 2015 ist die DNA Nr. 3008/SS in der
Klinik aufgetaucht (entnommen von JN, Zweck unbekannt).
Es handelt sich zu 100 % um Genmaterial von Dr. Sybille
Specht. Aufgrund der persönlichen, gemeinsamen Hintergrund-
geschichte von SJU und SS UNBEDINGT Relevanz und
mögliche Verwendung der DNA mit SJU abklären. Bleibt es
beim ursprünglichen Plan einer reinen psukh-Metamorphose
OHNE jegliche Zusatzmanipulationen? Bestätigung dringend
erbeten. Ansonsten: DNA Nr. 3008/SS binnen 24 Stunden
lieferbar.
* Verläuft Raupen-/Puppenentwicklung in allen drei Teil-
existenzen plangemäß? Ist der Patient stabil? Umfassende
Auswertung der gesammelten Labordaten sowie Totalcheck
der geistigen und seelischen Befindlichkeiten (Ichbewusstsein,
Persönlichkeit, Empfindsamkeit, Kommunikation). Im Fall
von Abweichungen siehe Medikationsplan Anhang D bis F.
Ausschließlicher Direktkontakt mit EC.
* Höhle 5a auf Verpuppungsmodus umschalten.
* Abklärung des potenziellen psukh-Eingriffs bei SS. Zustim-
mung bereits vorhanden? (Reporting durch BSU, Ortung des
aktuellen Aufenthalts ev. auch via TK möglich). Falls nein,
künstliche Überwinterung der Raupe andenken (für weitere
Vorgehensweise in diesem Fall siehe Anhang C).

SJU, BSU, HTW, JN, SS, TK, EC. Sie musste endlich die
letzten Kürzel knacken. Wenn, wovon Sybille aufgrund
früherer Protokolle ausging, JN immer noch für Jaroslaw
Nikitin stand, hatte dieser am 16. Mai eine DNA-Probe

namens SS entnommen, die plötzlich auch im Zusammenhang mit Samats Metamorphose auftauchte. Sybille überlegte. SS wie die nationalsozialistische Schutzstaffel oder … und da kam die Antwort auch schon … Sybille Specht – sie selbst. Hatte ihr dieser Mistkerl damals in der Klinik tatsächlich DNA entnommen. Doch was wollte jetzt Samat damit? Sich ihr zumindest biochemisch annähern, falls sie Nein sagen und sich gegen psukh entscheiden würde? SJU und BSU waren klar – und auch die Initialen TK und HTW waren relativ schnell zusammengereimt. Sybille tippte auf Talant Kubat. Dann war also auch das Aufeinandertreffen mit ihm kein Zufall gewesen. Hatte Samat den Detektiv und Reiseleiter beauftragt, um sie zu beschützen? Oder waren es Petschkin und Nikitin, um sie beschatten zu lassen? Oder alle drei? Bei HTW handelte es sich aus dem Kontext heraus um Samats Freund Wolf, auch wenn sie dessen richtigen Namen nicht kannte. Blieb nur noch EC. Wer mit diesen beiden Anfangsbuchstaben war in der Lage, parallel einen derart komplexen medizinischen Prozess am Menschen und am Tier zu überwachen. Und plötzlich machte es klick. Elouise Chevallier – eine der berühmtesten Gentechnikerinnen der Welt und zudem ihre ehemalige, temporäre Forscherkollegin am Helmholtz-Zentrum in Braunschweig, wo Sybille 2009 drei Monate an einem internationalen Gemeinschaftsprojekt über menschlichen und tierischen Altruismus mitgewirkt hatte. Sollte tatsächlich auch sie ihre Hände im Spiel haben? Wussten am Ende alle Bescheid außer ihr? Sybille klappte mit einem Ruck den Laptop zu und schloss die Augen, wie es auch kleine Kinder machten, um der Wirklichkeit zu entfliehen. Von draußen drang eine beruhigende Melodie an ihr Ohr, kam zu ihr hereingeweht und trug sie sanft in eine Welt der Sorglosigkeit, Prophezeiungen und Magie hinüber. Es musste

Bachit sein, der wehmütige Verse aus dem *Manas-Epos* zum Besten gab und dabei auf der Komuz spielte. Und obwohl sie die Bedeutung der Worte nicht verstand (Beshkempir sollte sie ihr erst später am Abend mit *Was sah das Auge? Nichts sah das Auge. Was hörte das Ohr? Nichts hörte das Ohr. Was sagte der Mund? Nichts sagte der Mund* übersetzen), beschlich sie in dem Moment eine tiefe Sehnsucht danach, einfach nichts mehr sehen, hören oder sagen zu müssen. »Was soll ich jetzt nur tun?«, dachte sie. »Ja, ich bin Wissenschaftlerin und natürlich fasziniert mich der Gedanke, psukh und der SSZ-Transformation auf den Grund zu gehen. Aber in Wahrheit bin ich doch nur gekommen, um Samat zu sehen. Und dann ist er nicht hier. Überfällt mich stattdessen mit einer Sache, bei der er mir um Jahre voraus ist, viele Tage und Nächte lang Zeit gehabt hat, um die Pros und Kontras seiner wahnwitzigen Entdeckung abzuwägen, und wie es aussieht sogar meinen Part, meine potenzielle Beteiligung an seiner Ganzwerdung mit einzukalkulieren. Er kann doch nicht ernsthaft glauben, dass ich einfach so, ohne ihn nach einer Ewigkeit getroffen, gesprochen, gesehen zu haben, Ja oder Nein sage. Ich kann und will jetzt keine so elementare Entscheidung treffen. Mag sein, dass Männer in ihren Entschlüssen impulsiver und schwanzgesteuerter vorgehen, schon mal ihre langjährige Lebensgefährtin für eine blutjunge Neunzehnjährige in den Wind schießen und auch sonst im Leben und Lieben den omnipräsent unterschwelligen Wunsch verfolgen, etwas von sich für die Ewigkeit zurückzulassen – einen Baum, ein Haus, ein Kind –, warum nicht auch eine geheime Weltformel für Seelentransformation? Aber so verrückt und lebensmüde bin ich nicht. Nicht mehr. Ich brauche Zeit.« In etwa das waren auch die Worte, die Sybille an Beshkempir richtete, als sie am Abend gemeinsam vor dem Feuer saßen.

»Ich weiß nicht, ob ich für psukh schon bereit bin, ob ich überhaupt dafür bereit bin. Ich bin nicht hierhergekommen, um mich in eine andere zu verwandeln – einmal ganz abgesehen davon, dass ich das Experiment für extrem gefährlich halte. Ich bin hier, weil ich Samat sehen möchte. Und ich habe das Versteckspiel, so aufregend es auch ist, langsam satt. Er wird nicht umhinkommen, mir das alles selbst zu erklären. Bitte sag ihm das.«

Beshkempir war sichtlich enttäuscht. »Ich würde sofort mitmachen.«

Sybille strich ihm durchs Haar. »Ich mache mir wirklich große Sorgen um deinen Vater. Und du solltest das auch. Nach der Verwandlung wird nichts mehr so sein, wie es mal war. Er wird ein anderer sein. Vielleicht gerät alles außer Kontrolle. Denk nur an die Probanden, die wir beinahe in die Luft gesprengt haben. Jede Entdeckung hat ihren Preis und auch Samat wird am Ende für die ganze Sache bezahlen müssen. Seine Verwandlung wird – ob nun direkt oder indirekt – auch uns verändern, dich, deine Mutter, mich. Sollte er wirklich Erfolg haben und die psukh-Eingriffe künftig einer breiteren Masse zugänglich machen, wird eines Tages vielleicht sogar das ganze Land, die ganze Welt mit all ihren Menschen und deren Stärken und Schwächen nicht mehr jene sein, die du kennst und in der du aufgewachsen bist. Verstehst du das? So eine Entscheidung kann man nicht in einer Nacht treffen, dafür reicht nicht einmal ein ganzes Leben.«

Widerwillig holte Beshkempir das Grüne-Kreuz-Fitzelchen aus seiner Hosentasche hervor und legte es nach kurzem Suchen an passender Stelle auf die Kirgistankarte im Geografieatlas.

»Ich denke, hier ist er. Fahr zu ihm, Dillemädchen. Aber vergiss nicht, was ich dir über Feldhasen gesagt habe. Du musst unbedingt ein paar Haken schlagen, Petschkin und Nikitin täuschen, sie ablenken und in die Irre führen.«

Sybille lächelte. Die felligen Löffler waren in der Tat berühmt für ihre blitzschnellen Richtungswechsel und überraschenden Verwirrmanöver – bis zu siebzig Stundenkilometer erreichten sie bei ihren Spurts über den Acker. Wenn es eine Situation erforderlich machte, konnten sie außerdem bis zu zwei Meter hoch springen, springlaufen, scharrgraben, schaufeln, rutschen, rennen und flüchten. »Angesichts der Lage bestimmt keine schlechte Idee«, bemerkte sie aufmunternd und dann studierten sie gemeinsam die Umgebung des Issyk-kul im östlichsten Teil des Landes. Schon bald wurde »Khan 69« zu Khan Tengri, einem Riesengipfel von 6.995 Metern Höhe, der im Gebiet des Inyltschek-Gletschers emporragte, was wiederum die Buchstabenformation »tschek-Gl« erklärte. Und dann nannte Beshkempir ihr noch eine zehnstellige Zahlenreihe, die sie sich einprägen sollte.

»Du musst sie dir unbedingt merken, schreib sie auf keinen Fall auf«, beschwor er sie eindringlich. Es ist die Telefonnummer von Wolf vom Issyk-kul. Er ist der Einzige, der dich zu Samat führen kann.«

»Bist du sicher, dass du nicht mitkommen kannst?«

»Ja«, sagte Beshkempir, »ab hier musst du den Weg allein gehen. Außer du willst gar nicht mehr, dann bringe ich dich selbstverständlich so schnell wie möglich nach Bischkek zurück. Dort gehst du dann zum Österreichischen Konsulat und fliegst direkt nach Hause. Falls die dich – und mit die meine ich Nikitin & Co – einfach so gehen lassen.«

»Ich will nicht zurück.«

»Gut«, sagte Beshkempir, »dann solltest du jetzt aufbrechen, die Fahrt in den Osten des Landes ist lang und anstrengend und Fliegen ist keine Option, dann würden sie in der Sekunde wissen, wo du steckst, ihre Augen sind überall. Bestimmt ist dir auch dieser Talant noch auf den Fersen. Am besten wird es wohl sein, wenn du dich mit Marschrutkas und Sammeltaxis durchs Land schlägst, schaffst du das?«

Sybille nickte. »Du bist ein toller Junge, Beshkempir«, sagte sie zum Abschied und drückte fest seine Hand. »Danke für alles. Und richte Samat aus, dass ich ihn schnellstmöglich sehen will, egal in welchem Zustand er sich befindet, das ist keine Bitte, sondern Bedingung.«

Beshkempir blickte zu Boden. »Für dich«, sagte er und schob ihr seinen Skywalker-Stick, das Morsemanifest und Bachits Atlas zu. »Und ich habe noch etwas«, lächelte er verlegen, »ich möchte dir einen neuen Namen schenken. Ich denke die Zeit ist reif dafür, dass aus dem österreichischen ein kirgisisches Dillemädchen wird.«

»Bist du dir sicher?«, fragte sie aufgeregt.

»Ja, bin ich. Ab sofort bist du in geheimer Mission unterwegs. Und außerdem gehörst du jetzt zu meiner Adoptivfamilie.«

Sie wartete gespannt.

»Sezim«, flüsterte Beshkempir.

»Se-zim, Se-zim, Se-zim«, wiederholte Sybille unsicher, »was bedeutet das?«

»Feelings«, antwortete er bedeutungsvoll, »der Name steht für jedwede Art von Gefühl.«

»Er gefällt mir sehr«, sagte sie und erlaubte sich eine kurze Umarmung.

»Bring mir meinen Vater zurück«, war das Letzte, das sie von ihm hörte. Beshkempir marschierte auf der staubigen Straße davon, ohne sich noch einmal nach ihr umzusehen.

Eine Stunde später startete Sezim-Sybille ihren abenteuerlichen, durch und durch improvisierten Hoppelritt durchs Land. Die erste Etappe nach Osch wollte sie eigentlich mit einem Freund von Bachit bewältigen, doch schon nach wenigen Kilometern blieb dessen alter, dürftig zusammengeflickter Allradwagen in einem holprigen Flussbett liegen. Er fluchte und hantierte mit einem rostigen Schraubschlüssel an der Karosserie herum, bis er es irgendwann aufgab, sich unter einen Baum setzte und ketterauchend auf Hilfe oder auf ein Wunder wartete. Tatsächlich dauerte es mehrere Stunden, bis ein anderes Auto vorbeifuhr, dessen Insassen – ein kirgisischer Lenker und zwei französische Fotografen, die das Leben in den usbekischen Enklaven Batkens für ein Reisemagazin dokumentieren sollten – sich bereit erklärten, sie ein Stück des Weges mitzunehmen. Am frühen Abend erreichten sie Schachimardan, wo sie für den nächsten Morgen eine weitere Mitfahrgelegenheit nach Osch ergatterte. Der vollgepfropfte Marschrutkabus kam nur langsam voran, immer wieder machte er Halt, um neue Passagiere aufzunehmen und andere abzusetzen, passierte dabei eine Vielzahl an kleinen Örtchen, unter anderem Ütsch-Korgon, Kyzyl-Kija, Arawan, blieb oft aber auch einfach mitten im (N)Irgendwo an der Straße stehen, wo eine oder einer dann, meist mit einer Ziege, schweren Einkaufstaschen oder sonstigem Gepäck beladen, aus dem Busbauch gespuckt wurde und querfeldein durch die Steppe latschte. Die Fahrt dauerte eine Ewigkeit, bevor Sezim-Sybille ein oder zwei Tage später (sie hatte ob der vielen Unterbrechungen, der unerträglichen Hitze und unregelmäßigen Nickerchen tatsächlich das Zeitgefühl verloren) schließlich mit dem scheppernden Gefährt in Osch einritt. Zu gerne hätte sie sich in ein ordentliches Bett gelegt, aber nun, ohne Dolmetscher oder kundigen

Begleiter an der Seite, wurde aus jeder Mücke tatsächlich ein Elefant, aus jeder Kleinigkeit eine echte Herausforderung. Sie verstand kein Wort. Und keiner verstand ihre Worte. Die einzige Möglichkeit, die ihr wieder einmal blieb, war, im Geografieatlas auf die nächstgrößeren Städte zu deuten, die sie ihrem angepeilten Ziel im Osten wieder ein paar hundert Kilometer näher brachte – Dshalal Abad, Kazarman, Naryn –, und dabei auf die Ehrlichkeit und kognitiven Fähigkeiten des jeweiligen Auskunftgebers oder Fahrzeuglenkers zu vertrauen. Allein in Osch musste sie geschlagene fünf Mal das Sammeltaxi wechseln, ehe die Fahrt überhaupt losging – ganz offensichtlich hatte sich der sichtbar an ihr haftende Ausländertarif in Windeseile unter den Fahrern herumgesprochen und zu hitzigen Debatten und Feilschereien geführt. (Die vereinbarten 1.200 Som, hingekritzelt auf ein Stück Papier, entsprachen mit ziemlicher Sicherheit dem Doppelten dessen, was ein Einheimischer normalerweise für den Trip nach Dshalal Abad bezahlte, aber das nahm sie unter diesen Umständen gerne in Kauf.) Sie war zu einer begehrten Fracht, zu einer lukrativen Fuhre geworden, die sich keiner entgehen lassen wollte. Auch ein gewisser Nurbek nicht, der aus dem Feilschen als Sieger hervorgegangen war, und so setzte sich die fünfte Marschrutka schließlich doch noch in Bewegung und rumpelte langsam aus der Stadt hinaus. Sezim-Sybille saß zusammengepfercht zwischen sieben ausnahmslos kirgisischen Männern jeder Altersstufe, die sie unverhohlen und neugierig begafften. Dass ausgerechnet der Ungustiöseste (er stank nach Wodka, Schweiß und Zwiebeln) direkt neben ihr zu sitzen kam, machte die Sache nicht gerade erträglicher. Sie fühlte sich unwohl, den diversen Testosteron-Ausschüttungen, eindringlichen Blicken und dem grobschlächtigen Gelächter ihrer Mitfahrer ausgesetzt, die auf die Frage hin, ob vielleicht jemand Englisch spreche, nur verständnislos die Köpfe schüttelten. Sie ermahnte sich ruhig zu bleiben – die Situation war nun einmal, wie sie war, und sie würde in den nächsten paar Stunden damit zurechtkommen müssen. Entsprechend verkrampft verbrachte sie die Fahrt zwischen Fensterscheibe und der Körpermasse des Sitznachbarn auf dem durchgesessenen Sitz hinter dem Fahrer und versuchte sich mit den vorbeiziehenden Landschaftsbildern abzulenken. Dass sie in Dshalal Abad die Abzweigung in Richtung Osten verschlafen und den geplanten Umstiegsort versäumt hatte, bemerkte sie erst, als sie bei einem Blick aus dem Fenster zufällig die Ortsschilder von Tasch Kumyr sowie einige Wegweiser nach Bischkek erspähte. Es bestand kein Zweifel, laut ihrem Atlas befanden sie sich eindeutig auf dem Weg zurück in die Hauptstadt.

»Anhalten! Hilfe! Stopp!«, schrie sie so hysterisch und laut aus dem Affekt heraus, dass Nurbek erschrocken eine Vollbremsung hinlegte, und als er weder ein Hindernis noch sonst eine Gefahr ausmachte, schließlich mit ihr zu schimpfen begann. Sie versuchte, ihm das Problem begreiflich zu machen, doch er verstand sie nicht, und langsam beruhigten sich alle wieder. War nicht genau das passiert, was Beshkempir ihr ohnehin geraten hatte – die Route spontan und impulsiv zu wählen und somit nicht auffindbar zu sein? Sezim-Sybille hatte unbewusst ihren ersten Haken geschlagen. Trotzdem ließ sie sich bei der nächsten Rast von Nurbek die von ihm verfolgte Route mit einem roten Stift auf ihrer Karte einzeichnen, um weitere Missverständnisse und Umwege zu vermeiden. Die nächste Abzweigmöglichkeit zum Issyk-kul schien sich bei Suusamyr aufzutun, ernst und energisch kringelte sie den Ort mit mehreren roten Kreisen ein, dabei immer wieder Blickkontakt mit dem Fahrer suchend, zog dann die rote

Linie weiter nach rechts bis zum Fischerort Balyktschy am Issyk-kul und deutete immer wieder auf Suusamyr und sich selbst, bis sie das Gefühl hatte, er verstand, dass sie dort aussteigen wollte. Er nickte und sie gaben sich die Hand darauf. Wenn sie die Distanzen der früheren Fahrten mit Talant einigermaßen richtig in Erinnerung hatte, lagen weitere sechs bis sieben Stunden auf dem Tien-Shan-Highway vor ihr und sie seufzte tief. Ihr war übel, Magen und Darm meldeten sich in immer kürzeren Abständen mit nervösem Knurren und bedenklichem Rohrleitungsblubbern – wie es aussah, hatte sie im wahrsten Sinne des Wortes viel zu verdauen, oder aber die Diarrhö schlug aufgrund der hiesigen Hygienestandards und des Essensangebots, das sich in letzter Zeit primär von Schaf bis Schaf erstreckt hatte, erneut zu. Sie warf zwei von ihren gelben Tabletten ein und blinzelte müde in die Nacht hinaus, in der nur ab und zu ein schwaches Licht aufleuchtete – eine kleine Siedlung, eine Tankstelle, ein entgegenkommender Wagen. Es mochte am Bauchweh liegen, an der Aufregung, Erschöpfung, am permanenten Ausnahmezustand, aber ihre sonst zielbewussten und lösungsorientierten Gedanken waren plötzlich von kleinen Selbstmitleidswölkchen und Resignationsnebeln getrübt, hatten ihre Bewegungs- (und Denk)Richtung geändert, es von einer Sekunde auf die andere bevorzugt zu schreithoppeln, zu springlaufen, zu scharrgraben anstatt in bewährter Weise analytisch vor sich hin zu rattern – und wollten dabei doch nichts anderes als sie: ein bisschen flüchten. Sich verstecken. Und ruhen. Aber so war das mitunter, wenn man überfordert war und mit Feind und Freund Katz und Maus spielte. Da hieß es, die Löffel zu spitzen, auf der Hut zu sein und dem Instinkt zu vertrauen, denn mit Logik hatte all das nichts zu tun. Im Gegenteil. Wie sonst war sie von einer österreichischen

Gefriertruhe in diesen stickigen kirgisischen Bus gekommen? Warum jagte sie einem verschwundenen Freund und dessen dubiosen Schmetterlingsplänen hinterher? War sie nur auf der Suche nach ihm oder suchte sie in Wahrheit eigentlich sich selbst? Tatsächlich war sie erst in Bischkek wieder in der Lage gewesen – vielleicht aufgrund der wilden Abenteuer, der fremden Umgebung, der neuen Impressionen –, mit der Ergründung dessen zu beginnen, wer, wie, was von ihr übrig geblieben war – ohne Martin, ohne Familie, Freunde, Arbeit, Gewohnheiten, Heimat. Auch wenn ihr bei all dem Samat-Suchen nur wenig Zeit fürs Sybille-Fangen geblieben war. Dabei ging es genauso um sie. Um ihr Leben, ihre Vorstellungen, um ihre Identität. Haken zu schlagen bedeutete auch, dass sich (sprichwörtlich) die Lebensthemen änderten oder deren Ausrichtung zumindest, dass die eigene Meinung und Gesinnung überraschend die Richtung wechselten. Dass da, wo eben noch Eile herrschte, Ruhe einkehrte, wo Vorwärtspreschen an der Tagesordnung stand, Innehalten an die Reihe kam, Handeln durch Überlegen, Planen durch Müßiggang, Logik durch Willkür ersetzt wurden. »Genau das braucht es jetzt«, dachte sie. Und: »Du wirst dich gedulden müssen, Samat«, dachte sie, als sie aufgrund einer erneuten Vollbremsung abrupt in der Gegenwart landete, die sie im Augenblick mit einer Kuhherde auf der Autobahn und acht Mitpassagieren in einem abgewrackten Minibus teilte, in dem langsam die Luft knapp wurde. Sie musste aufwachen, war soeben in gewisser Weise aufgewacht und zum ersten Mal seit ihrer Ankunft spürte sie sich wieder (vielleicht auch zum zweiten Mal, wenn man das Erlebte am Berg der Wunder gelten ließ).

Sie nützten den Zwischenfall, um im nächsten Ort eine Rast einzulegen, es war Frühstückszeit und die Kirgisenhorde lechzte nach Fleisch. Sie selbst hatte keinen Hunger und deckte sich stattdessen nach einem Toilettenbesuch, der sich in puncto Gestank und Menschenunwürdigkeit nahtlos in die Reihe der bisherigen einfügte, an einem Kiosk mit Cola, trockenem Brot und »Step« ein – zum einen aus »medizinischen« Gründen, zum anderen als Hommage an ihr bittersüßes Leben. Ein alter Kirgise, der auf einer Bank in der Nähe des Restaurantparkplatzes saß und lautstark telefonierte, winkte sie herbei und bedeutete ihr, dass sie sich zu ihm setzen sollte. Schon nach kurzer Zeit nahm eine nicht unlustige, nonverbale Interaktion ihren Lauf, zu der auch die Kioskbesitzerin, eine fröhliche, geschwätzige Matrone, herbeigeeilt kam – dankbar für die willkommene Abwechslung. Mit Händen und Füßen gingen sie daran, sich über die Banalitäten des Lebens auszutauschen. Die beiden waren neugierig, wie sie hieß, woher sie kam und was sie hier wollte. Bereitwillig malte sie die Antworten auf einen Zettel und in einem Premierenakt stellte sich Sybille als Sezim vor. Sie mochte den Namen, seine Bedeutung, den Klang – und doch würde es wohl noch etwas dauern, bis sie sich an ihn gewöhnt hatte. Das Schauspiel war auch ihren Mitreisenden nicht entgangen, und als der Alte schließlich theatralisch vor ihr auf die Knie fiel, ihr Küsse zuschnalzte und dabei immer wieder die einzigen englischen Wörter äußerte, deren er offenbar mächtig war (»I love you!«), mischten auch sie sich in das Geplänkel ein und lachten. Wie sich herausstellte, hatte er Sezim aufgefordert bei ihm zu bleiben und seine dritte (!) Frau zu werden. Sie lehnte freundlich, aber bestimmt ab, und als die Fahrt wenig später weiterging, schien auch im Bus das Eis gebrochen zu sein. Sezim verteilte ihre restliche Schokolade und langsam, aber sicher kam ein Gespräch in Gang. Wie üblich waren alle schockiert, dass sie keine Kinder hatte – die Anwesenden nannten durchschnittlich vier oder gar fünf ihr eigen und sie bekam stolz die entsprechenden Fotos der Sprösslinge auf diversen Handys präsentiert. Natürlich sorgten auch die vier mal zehn gezeigten Finger für rollende Augen, was schließlich dazu führte, dass sie sich in einer unbeobachteten Sekunde den Ehering, der seit Monaten in ihrer Geldbörse bei den Münzen versteckt war, überstreifte, um zumindest als verheiratet durchzugehen. Eine vierzigjährige Herren- und Kinderlose hätte zweifelsohne eine Steinigung nach sich gezogen. Man offerierte ihr Kok-Chai, viel zu salzige Kurut und Baktybek, der Beifahrer spielte sogar Discjockey für sie und wechselte alle paar Minuten die CD, um dem ausländischen Gast seine Lieblingshits vorzuspielen. Als man sie schließlich nach achteinhalb Stunden wie vereinbart im Dörfchen Suusamyr absetzte, waren alle zufrieden. Zum Abschied knipste Sezim ein gemeinsames Foto, das sie allen zu schicken versprach, aber schon beim ersten Blick auf die gesammelten E-Mail-Adressen fiel ihr auf, dass diese nicht stimmen konnten – entweder fehlte das @-Zeichen, das obligate Länderkürzel oder die Kombination aus Zeichen und Ziffern ergab generell keinen Sinn. Als sie nachfragte, zuckten alle nur ratlos mit den Schultern. Und dann winkten sie ihr zu: ihr nach Wodka, Schweiß und Zwiebel riechender Sitznachbar Janybai, Nurbek, Baktybek, Nursultan, Azamat und wie sie alle hießen. Eine Nacht und einen Tag lang waren sie ihr zu Begleitern geworden.

In Suusamyr sollte Sezim eigentlich auf ihre nächste Mitfahrgelegenheit zum Issyk-kul warten, die Baktybek telefonisch für sie organisiert hatte und die, wenn seine Aussage stimmte, in etwa drei Stunden eintreffen würde, vielleicht aber auch später, denn Unpünktlichkeit und Unzuverlässigkeit waren erfahrungsgemäß die Rädchen, die das Land am Laufen hielten. (Zwar hatte Baktybek ihr wieder und wieder die Route via Bischkek auf ihre Karte gemalt – und tatsächlich wäre der Issyk-kul aufgrund der besser ausgebauten Straßen so viel schneller erreichbar gewesen –, aber erstens hatte Sezim seinen Vorschlag nicht verstanden und zweitens wollte sie ihrem neu entdeckten, auf dem nächtlichen Gedankenacker erblühten Egoismus nicht schon wieder die kalte Schulter zeigen.) Sie hatte jetzt Zeit, konnte sich treiben lassen und wenn ihr danach war, auch einfach ein paar Tage in Suusamyr bleiben. Gerade als sie versuchte einen Supermarkt oder ein Restaurant auszumachen, um Wasser und eine Kleinigkeit zum Essen zu besorgen und bei der Gelegenheit auch gleich nach einem möglichen Bett für die Nacht zu fragen, registrierte sie in etwa dreihundert Metern Entfernung eine Gestalt, die genau wie sie am Straßenrand stand und – auf jemanden?, auf etwas? – zu warten schien. Sie rieb sich die Augen, aber die Person (sollte es sich wirklich um eine Nonne handeln oder spielten ihr nur Staub und Sonne einen Streich?) war immer noch da, sodass sie beschloss, langsam auf sie zuzugehen. Tatsächlich hatte sich ein weiterer Fremdkörper samt Schleier und Ordenstracht in dieses kleine Örtchen verirrt.

»Ich heiße Sezim, Sezim, Sezim«, stellte sie sich ihr vor. »Normalerweise wiederhole ich meinen Namen nicht dreimal, aber er ist relativ frisch und ich muss mich selbst erst an ihn gewöhnen«, erklärte sie.

»Alles klar, ich bin Viktoria, Viktoria, Viktoria«, gab die Schwester gewitzt zurück. Die gebürtige Polin war ein Jahr lang missionarisch in ganz Kirgistan unterwegs – hauptsächlich um Kinder auf dem Land zu unterrichten und unterprivilegierten Frauen bei ihren täglichen Arbeiten unterstützend zur Seite zu stehen. Sie trug eine Nickelbrille auf der Nase, wirkte furchtlos und jugendlich und war Sezim auf Anhieb sympathisch. Wie sich herausstellte, wartete Viktoria auf ein Marschrutkataxi zum Song-kul, wo sie zwei Wochen lang bei einer Nomadenfamilie aushelfen sollte – die Frau hatte vor Kurzem Drillinge geboren und nebenbei vier weitere Kinder sowie den Rest der Sippe zu versorgen. Die beiden unterhielten sich dermaßen angeregt und verstanden sich so gut, dass Sezim, als das Taxi schließlich auftauchte und Viktoria sich von ihr verabschieden wollte, spontan fragte, ob sie sie vielleicht begleiten dürfe. Die Nonne überlegte kurz: »Zwei Hände mehr können bestimmt nicht schaden, aber lass uns unterwegs noch zusätzlichen Proviant und vielleicht auch ein paar nützliche Geschenke kaufen. Bist du immer so impulsiv?«, lachte sie.

»Nein, Viktoria, aber es fängt gerade an, mir zu gefallen.« Und so kam es, dass Sezim nicht wie angedacht Wolf vom Issyk-kul ansteuerte, sondern mit ihrer neuen Freundin eine andere, selbst gewählte Richtung einschlug. In der Stadt Kotschkor, die sie nach mehreren Stunden kurvigen Auf und Abs erreichten, erledigten sie im Schnelldurchlauf alle nötigen Einkäufe, um im Anschluss (für Sezim zum gefühlten hundertsten Mal) das Transportmittel zu wechseln, sich eine Weiterfahrmöglichkeit herbeizuschwatzen und heranzugestikulieren. »Wenn zwei Englein reisen«, dachte sie. Und: »Jetzt dreh ich das Versteckspiel mal um«, dachte sie. Und dann kam auch schon ein alter sowjetischer GAZ-66er Allradtruck um die Ecke gebogen, der die beiden hoch zu den Jurtenlagern und Sommerweiden bringen sollte.

Laut Reiseführer gab es vier mögliche Wege zum Song-kul, doch der Fahrer, ein stämmiger Haudegen mit zwei auffälligen goldenen Zähnen im oberen rechten Quadranten, der auf den Namen Beki hörte, hatte sich offensichtlich für die Route über Sary-Bulak entschieden, die von Kotschkor aus etwa vier Stunden in Anspruch nahm. Viktoria, die passables Russisch sprach, erläuterte Sezim, dass wohl der Kara-Ketsche-Pass aufgrund jüngster Geröllabgänge und zerstörter Brücken unpassierbar sei, am Terkej-Torpok-Pass (im Volksmund auch 22-Papageien-Pass) drei fohlende Stuten und zwei hängengebliebene Lkws die Straße blockierten und der dritte Anfahrtsweg über Ak Tal und den Kurtka-Pass für sie generell nicht in Frage komme, da er vom Süden des Landes aus zum See führe. Sezim sollte es recht sein. Sie lehnte sich an die Fensterscheibe und schaute interessiert ins Land hinein: In so gut wie jeder Serpentine parkte ein Auto oder Lastwagen mit offener Motorhaube am Straßenrand, davor, daneben, darunter (je nach Art des Gebrechens) der dazugehörige Lenker, der konzentriert am Fahrzeug herumschraubte, seine unumgänglichen Mechanikerqualitäten zur Anwendung und die überhitzten, dampfenden Maschinen wieder auf Vordermann brachte – ein nahezu alltägliches Bild, das sich ganz harmonisch in die Landschaft einfügte. Sie selbst hatten Glück und kämpften sich ohne Vorkommnisse dieser Art auf holpriger Piste bergauf, überwanden den stellenweise horrend steilen Kalmak-Pass, um schließlich mit einem Panoramablick über das Tal des Tölök belohnt zu werden, der, wie Sezim fand, schöner war als Sex und Weihnachten und Geburtstag zusammen. Dort machten sie eine Pause, Beki schien sie für Touristinnen zu halten und animierte sie mit einem pantomimisch dargebotenen Fotoklicken zu einem Postkartenmotiv. Außerdem wollte er eine Zigarette rauchen und die obligate Medizin gegen Bluthochdruck einnehmen – ein Gläschen Wodka –, nicht umsonst waren auf den Gebirgspässen im gesamten Kirgistan reihenweise Wodkaflaschen am Straßenrand aufgestellt. Erst jetzt bemerkten die beiden Frauen den verwaisten Flaschenfriedhof zwischen friedlich grasenden Schafen und reglosen Steinen im Gras. Dass hochprozentiger Alkohol angeblich dabei half, den Blutdruck zu senken, war einer russischen Volksweisheit geschuldet, der man nur zu gerne Glauben schenkte, und als Beki nicht und nicht locker ließ, kippten auch Viktoria und Sezim ein Gläschen. Danach fuhren sie weiter – Sezim ertappte sich dabei, wie sie in die vorbeiziehenden Gesteinsformationen Gesichter und Figuren hineininterpretierte so wie Kinder die Wolken am Himmel lasen. Das abergläubische, mythenumwobene Land schien bereits auf sie abgefärbt zu haben. Plötzlich wurde sie durch einen dumpfen Knall aus ihren Gedanken gerissen – eine Krähe war gegen die Windschutzscheibe gekracht und hatte ihre austretenden Organe und Körpersäfte großflächig auf derselben verteilt. Sie und Viktoria hatten beinahe einen Herzstillstand erlitten, doch Beki fluchte nur, sein Wagen war intakt, seine »Fracht« am Leben – der Zeitpunkt für einen weiteren Wodka schien geradezu perfekt zu sein und dieses Mal war es Viktoria, die eine kleine Flasche reihum reichte.

Und irgendwann lag er schließlich vor ihnen: der funkelnde, tiefblaue See, eingebettet in die karge Hochebene, die in unregelmäßigen Abständen von sich bewegenden weißen und schwarzen Pünktchen gesprenkelt war – Ansammlungen von Pferden, Schafen und Yaks – wie von statischen Farbklecksen – ausrangierte Lastwagen, Eisenbahnwaggons und Jurten, die bunt zu ihnen heraufleuchteten. Von hier, aus der Distanz, wirkte die Ebene wie eine Modelllandschaft, die ein eifriger Bastler in vielen Arbeitsstunden in seinem Hobbykeller aufgebaut hatte. Sezim stockte der Atem. Das war das schönste Stückchen Welt, das sie jemals gesehen hatte. Groß und weit, eingerahmt von bauschigen Himmelswolken und gigantischen Bergketten. Vielleicht würde sie den Glitzersee eines Tages umwandern können. Wie sie von Viktoria erfuhr, war der Song-kul mit seinen zweihundertsiebzig Quadratkilometern der drittgrößte See des Landes, lag auf einer Höhe von 3.016 Metern und war maximal siebzehn Meter tief. Selbst im Hochsommer hatte es in diesen Höhen nachts Minusgrade, weswegen die Nonne warme Jacken und Mützen eingepackt hatte – genug, um auch Sezim eine abzutreten, die bereits jetzt ein wenig fror. Für die ansässigen Nomaden, denen die umliegende Steppe als Sommerweide diente (das Gras war hier so saftig wie sonst nirgendwo), hatte der Song-kul eine nicht unwesentliche fischereiwirtschaftliche Bedeutung. Vor allem Maränenartige gingen hier ins Netz. Die Ringpiste, die einmal rund um den See führte, war in einem ungewöhnlich guten Zustand, was, wie Beki eifrig erklärte, einem Besuch Boris Jelzins in den Neunzigerjahren geschuldet war. Angeblich hatte er sich zur Stippvisite an den Song-kul begeben, um die unberührte Natur zu genießen, Wodka in einer Jurte zu trinken und die schönsten Frauen des Landes zu inspizieren (seit jeher ging die Legende um, dass die hübschesten Kirgisinnen am Song-kul beheimatet waren). Jedenfalls wurde im Vorfeld des hohen Staatsbesuches alles an Technik und Geräten aufgefahren, was verfügbar war, um die Straße präsidententauglich zu machen.

Viktoria wurde bereits erwartet. Die Familie von Myrsa und Dshamilja beäugte die Nonne mit wohlwollender Neugier. Sezim zählte sieben Kinder und neun Erwachsene – das junge Paar mit den drei unruhig schreienden Neugeborenen, die gerade gestillt wurden, je zwei weitere Buben und Mädchen, alle etwa zwischen fünf und zehn Jahren alt, die jeweiligen Großeltern sowie zwei Männer, vielleicht Hirten oder Stutenmelker, und eine uralte Frau, die mit dem Rühren von Kumys beschäftigt war. Wie viele Bauern aus dem Tschuj-Tal, dem Talas- und Naryn-Oblast verbrachte Myrsa die Zeit zwischen März und September mit Kind und Kegel am Song-kul, um die satten Sommerweiden für das Vieh zu nützen. Nicht vielen war nach der Wende 1991 dieser Spagat gelungen, das nunmehr angestrebte, modernere Leben mit den kirgisischen Wurzeln zu vereinbaren und Sommer für Sommer in 2.000–4.000 Metern Höhe die alten Nomadentraditionen fortzuführen, was ganz nebenbei auch von der UNO als kirgisisches Zukunftsmodell empfohlen wurde (Viehzucht war schon immer die natürliche Haupterwerbs- und Einnahmequelle der hiesigen Bevölkerung gewesen). Myrsa und Dshamilja hatten es jedenfalls geschafft, das Alte mit dem Neuen zu verbinden – auch wenn das jedem einzelnen Familienmitglied harte Arbeit, Pflichtbewusstsein, Opferbereitschaft und Gehorsam abverlangte. Dabei war Myrsas Besitz verhältnismäßig klein – gerade einmal zwanzig Pferde, um die achtzig Schafe, Kühe und Yaks (diese waren besonders widerstandsfähig und versorgten die Familie mit dunklem, nach Wild schmeckendem Fleisch) sowie fünfunddreißig Ziegen nannte er sein eigen – um als wohlhabender Mann zu gelten und ein stattliches Auskommen zu finden, hätte es mehr gebraucht. Wie jedes Jahr war er gezwungen gewesen, eins seiner besten Pferde auf dem Viehmarkt zu verkaufen. Umgerechnet sechshundertfünfzig Euro hatte er dafür erhalten – eine Summe, die für die Versorgung der gesamten Familie (mit Lebensmitteln, Treibstoff und sonstigen Anschaffungen) in den nächsten Monaten reichen musste. Es hatte ihn geschmerzt, dass sein geliebter Hengst wahrscheinlich in einer Metzgerei im reicheren Kasachstan landen und dort als Delikatesse verkauft werden würde, aber ihm war keine Wahl geblieben, zumal er vor Kurzem Familienzuwachs bekommen hatte.

Viktoria, die alle auf Russisch begrüßt hatte, musste schnell feststellen, dass fernab der Zivilisation fast ausschließlich Kirgisisch gesprochen wurde. Nur die Großeltern waren noch der Sowjetsprache mächtig und übersetzten bereitwillig zwischen den beiden Lagern hin und her. Man würde sich mit Händen und Füßen unterhalten müssen, hier mitten im Nirgendwo, mit Zeichen, Symbolen und Gesten. Sezim lächelte, sie kannte das ja schon. Warum gleich zwei Frauen zur Unterstützung gekommen waren, wurde nicht hinterfragt, sie schien ganz automatisch zu einem natürlichen Bestandteil der Geschichte geworden zu sein. Die Männer widmeten sich wieder den Tierherden, der Jagd, der Fischerei und dem Müßiggang (das Patriarchat regierte auch hier), die Frauen zogen sich in die beiden Jurten zurück und gingen ihren täglichen Arbeiten nach: Kochen, Waschen, Putzen, Nähen und die Kinder versorgen. Viktoria und Sezim bekamen einen Platz in Myrsas und Dshamiljas Jurte zugewiesen, auf der rechten Seite, wo auch der Ofen stand, der linke Bereich war den Männern vorbehalten. Viktoria machte einen Plan. Sie selbst würde sich in den nächsten beiden Wochen vor allem um die Drillinge und Dshamilja kümmern, sie bei der Versorgung der Babys unterstützen, ihr die Grundlagen der Gesundheitslehre näher bringen und zeigen, wie sie für ein Mindestmaß an Hygiene und Sauberkeit sorgen konnte – sie hatte zu diesem Zweck einen ganzen Koffer voll Babynahrung, Arzneimittel und Körperpflegeartikel dabei. Sezim sollte den Frauen vormittags beim Kochen und Backen zur Hand gehen und am Abend den Kindern Nachhilfe in Englisch erteilen, den Rest des Tages hatte sie zur freien Verfügung. Sie war einverstanden, sie war mit allem einverstanden, was sie von ihren eigenen Problemen und Gedanken ablenken würde. Und so machten sie sich ans Werk.

In den ersten Tagen konnte Sezim überhaupt nicht schlafen, es gab so gut wie keine Privatsphäre. In der Nacht lag sie beengt zwischen Greisen und Kindern, hörte den Männern beim Schnarchen, Ächzen und Röcheln zu, glaubte seltsame Kratz- und Scharrlaute von wilden Tieren an der Jurtenwand auszumachen, aber jedes Mal, wenn sie sich hinauswagte, um den seltsamen Geräuschen auf den Grund zu gehen, waren da nur die Dunkelheit, der raue Wind, das sternenüberzogene Himmelszelt. Unruhig wälzte sie sich hin und her, wiederholte ab und zu, nur um auf Nummer sicher zu gehen, die zehnstellige Zahlenreihe, die Beshkempir ihr eingetrichtert hatte, scannte den Innenraum der Behausung – das Gebälk, die buntbestickten Stoffbahnen, kunstvoll gefilzten Teppiche und Matratzen – nach vermeintlichen Spinnen ab, genau wie den Steppenboden bei ihren Toilettengängen nach Schlangen, und das obwohl man ihr mehrfach versichert hatte, dass es in dieser Höhe weder Karakurte noch giftige Mittelasiatische Kobras oder Levanteottern gab. Doch mit den Tagen gewöhnte sie sich an ihre neue Lebensform. Vormittags schleppte sie mit den beiden Jungs Kairat und Bonivur Kannen und Eimer voll Wasser vom See herbei, heizte den Samowar mit Pferdedung für heißen Chai, machte sich mit dem Kasan, einem Flachkessel, vertraut, in dem so gut wie alle Speisen zubereitet wurden, buk Fladenbrote, kochte Hammelfleisch mit Reis oder Hammelfleisch mit Rüben, wusch auf einem alten Waschbrett die schmutzigen Textilien und Kleidungsstücke und drehte mit der kleinen Perisat und ihrer älteren Schwester Tolkun fleißig

Kurutbällchen, die sie in die Sonne zum Trocknen legten. Zu den Mahlzeiten saßen Viktoria und sie zwischen der Familie auf dem Fußboden, bekamen als Ehrengäste öfter als ihnen lieb war den Lammschädel serviert, kosteten sich im Laufe der Zeit quer durch sämtliche Fleischteile von Hammel, Schaf und Ziege – vom Augapfel über Lunge, Leber, Hirn und Gedärme bis hin zu den gegrillten Hufen, dessen weiches Inneres wider Erwarten geradezu fantastisch schmeckte –, knotzten, wenn Gäste oder Nachbarn kamen, gar zu zwanzigst in einer der beiden rauchigen, engen Jurten, wuschen sich notdürftigst das Fett mit Hilfe der herumgereichten Kanne heißen Wassers von den Fingern und trockneten sich wie alle anderen am einzig vorhandenen Gemeinschaftshandtuch ab. Anfänglich hatte Sezim noch versucht, durch Berühren der eigenen Körperteile herauszufinden, was sie gerade als Schafspendant im Mund hatte, aber irgendwann war es ihr egal. Sie nahm, was es eben gab. Die Kinder hier waren eindeutig offener und freundlicher als in der Hauptstadt, wo man ihr nicht nur einmal den Mittelfinger gezeigt, sie ohne Antwort zurückgelassen hatte und einfach vor ihr davon gerannt war. Sie gewöhnte sich an das tägliche Bauch- und Magenweh, an die permanente Diarrhö von der fetten Kost, genau wie an die Gelenkschmerzen und steifen Glieder von den durchgelegenen Matratzen. Einmal war es das Hammelschmalz, das ihr übel mitspielte, ein anderes Mal die fette Schafsuppe zum Frühstück, dann wieder zwickte das Iliosakralgelenk. Irgendwann störten sie diese Unannehmlichkeiten nicht weiter, sie gehörten einfach dazu. Sezim gefiel sich gut in ihrer neuen Nomadinnenrolle, sogar den weiten Weg zum Plumpsklo fand sie schon bald im Schlaf, auch wenn sie aufgrund ihres Ausländerbonus fallweise eine kleine Sonderbehandlung genoss: zwei Extra-Matratzen und eine zusätzliche Decke zum Schlafen beispielsweise oder hie und da auch ein Hineinschnuppern in ein sonst den Männern vorbehaltenes Abenteuer, wie ein Glas Cognac, einen Zug aus der Bong, einen Ausritt zu Pferde oder einen Angelausflug. Besonders Mairambek, ein Fischer und Freund von Myrsa, der von allen kurz Maka genannt wurde und weiter südlich mit seiner Familie eine Jurte bewohnte, nahm sich ihrer an.

Eines Tages kam er mit einem zweiten Pferd angetrabt und lud Sezim zu einem Ritt entlang des Seeufers ein. Erst traute sie sich nicht – noch nie in ihrem Leben war sie auf einem Gaul gesessen, hatte das Reiten vielmehr immer als pubertären, elitären Mädchentraum abgetan –, doch schließlich überwand sie ihre Scheu und hievte sich in den Sattel. Sie fasste es kaum, so befreiend und königlich war das Gefühl, das sich in dem Moment einstellte, da sie neben Maka über die saftigen Wiesen jagte. Als hätte sie nie etwas anderes gemacht, so natürlich und sicher saß sie auf dem Rücken des Braunen, und als dieser vom anderen Pferd angesteckt in den Galopp überging, war es vollends um sie geschehen. Ihr Glück schien grenzenlos. Wie der Wirbelwind fegten sie dahin, die Angst, die Sorgen, die Aufregung der letzten Wochen in den Staubwolken hinter sich lassend. Kein Wunder, dass den Kirgisen ihre Pferde heilig waren, nicht nur, weil sie ihnen in den Bergen als effizientes Transport- und Fortbewegungsmittel dienten, sondern vor allem, weil sie sie an ihre eigene Kraft und Stärke erinnerten. Ein anderes Mal hatte sie Maka um fünf Uhr früh aus den Federn geholt, um sie zum Fischen mitzunehmen. Sie stapften durch den sumpfigen Uferabschnitt zu seinem Boot und ruderten in der Morgendämmerung auf den See hinaus.

»Okay?«, fragte ihr Begleiter alle paar Minuten und streckte dabei demonstrativ den Daumen in die Luft.

»Very okay«, sagte Sezim, während sie sich am Bootsrand festhielt und in die aufgehende Sonne blinzelte. Es war unglaublich still und friedlich. Nur vier Fische hatten sich in den ausgelegten Netzen verfangen – eine jämmerliche Beute, die ihrer guten Laune jedoch keinen Abbruch tat. Nachdem sie das Ufer nach einer Stunde wieder erreicht hatten, marschierte ein jeder von ihnen mit zwei Exemplaren in der Hand auf eine Gruppe von Leuten zu, die sich in der Wiese sitzend zum gemeinsamen Frühstück versammelt hatte. Es war Makas Familie, die Sezim aufs Herzlichste begrüßte und sie zum Bleiben einlud. Ein paar kleinere Buben schliefen noch im offenen Lastwagen, ein Kirgisenmädchen in grüner Adidas-Hose, orangem Glitzersweater und pinken Plastiksandalen goss frisch gebrühten Chai in kleine Schüsseln und verteilte diese – dabei klimperten bei jeder Bewegung ihre blauen Plastikarmreifen. Ein Junge kam auf seinem Esel vorbeigeritten, zog einen alten Lkw-Reifen hinter sich her und starrte neugierig zu ihnen herüber. Nachdem Sezim das Szenario ausreichend bestaunt hatte und auch sie von den Anwesenden zur Genüge gemustert worden war, sich die Augen beider Seiten ein grobes erstes Bild gemacht hatten, folgte die übliche Sprachbrocken-, Hand- und Fußkonversation: »Sezim, Sezim, Sezim« (noch immer wiederholte sie ihren neuen Namen dreimal hintereinander, auch wenn er sich bereits normal anhörte), vierzig (per Fingerzeig), verneinendes Kopfschütteln zur obligaten Kinderfrage (an die verständnislosen Blicke, die darauf folgten, hatte sie sich gewöhnt), die Lüge mit dem hingestreckten Ehering als Zeichen, dass sie zumindest verheiratet war, »Austria not Australia« (oder der Einfachheit halber auch »Germany«, das besser bekannt zu sein schien) und schließlich drei Worte auf Russisch zu ihrem Beruf, die sie auswendig gelernt hatte: »utschonaja« (= Wissenschaftlerin – was meist ratlose Gesichter nach sich zog), »veterinar« (= Tierarzt) oder, wenn selbst das nicht verstanden wurde, »wratsch« (= Arzt, obwohl beides natürlich nicht wirklich stimmte). Wenn man außerdem noch wissen wollte, warum sie nach Kirgistan gekommen war, nahm sie einen kleinen Zettel zu Hilfe, auf dem sie ein paar mittels Online-Translator übersetzte Worte notiert hatte: »Ja sdesz, schtobyi naiti mojewo druga« (Ich bin hier, um meinen Freund Samat zu suchen.) – doch an diesem Tag hatte sie ihn nicht dabei. Sezim trank Tee, schoss ein paar Fotos und kostete von den köstlichen Brioches. Ein kleiner Junge schenkte ihr ein Erdbeerzuckerl und Makas Frau reichte ihr ein Stück Karton, auf den sie ihren Namen und »Song-kul« geschrieben hatte – offensichtlich die Adresse, wie immer ohne Postleitzahl oder Hausnummer –, um einen Abzug der Fotos zu bekommen. Wie sollte das funktionieren – Postzustellung per Telekinese? Als Sezim wenig später zu ihrer Jurte zurückspazierte, war sie noch besserer Laune, dass sie den *Du-hast-den-schönsten-Arsch-der-Welt*-Song summte, den sie einmal in einer Marschrutka in Bischkek gehört hatte.

In der zweiten Woche zeigte ihr Myrsa, wie das Melken der Schafe, Ziegen und Kühe funktionierte, und von da an übernahm sie auch diesen Dienst, den ersten in aller Herrgottsfrühe, aber sie beklagte sich nicht. Die Nachmittage gehörten nach wie vor ihr allein. Sie unternahm ausgedehnte Spaziergänge ohne konkretes Ziel, setzte sich in eins der Fischerboote am Seeufer oder ritt gemeinsam mit Maka oder den beiden Jungs durch die Landschaft. Danach schmerzte ihr immer das Hinterteil, was Kairat, den jüngeren der beiden, der mit seinen fünf Jahren auf seinem Ross dahinglitt wie ein

Adler, extrem belustigte. »Ass«, giggelte er. »Butt«, korrigierte ihn Sezim und lachte mit. Das Englischlernen mit den vier Geschwistern machte ihr großen Spaß. Jeden Abend saßen sie eine Stunde lang gemeinsam um eine abgesägte Plastiktonne, die ihnen als Tisch diente, und lernten Vokabeln aus einem Sprachführer für Erwachsene – ein altersadäquates Schulbuch gab es nicht. Sezim hatte alle Hände voll zu tun, ihre Abc-Schützen einigermaßen im Zaum zu halten und zur Aufmerksamkeit zu bewegen, was am einfachsten ging, wenn sie auf reale Gegenstände zeigte oder Dinge auf einen Block zeichnete, die die vier intuitiv mit dem kirgisischen Begriff benannten, den sie dann wiederum um den englischen ergänzte und auf das Blatt schrieb. Bei den russischen Vokabeln holten sie Viktoria zu Hilfe. Es wurde viel gekichert. Vor allem bei Wörtern wie »butt«, »pantyhose«, »kiss«, »baccalaureat« und »corkscrew«, die besonders die Buben wegen des anrüchigen Bedeutungsinhaltes oder der ungewöhnlichen Aussprache zu belustigen schienen. Manchmal konnten sich Kairat und Bonivur gar nicht mehr einkriegen vor Lachen. Und es war ja auch ein schräger Wortschatz für einen Fünf- und Achtjährigen: Hinterteil, Damenstrumpfhose, Kuss, Matura, Korkenzieher.

Die zwei Wochen waren wie im Flug vergangen und der Tag, an dem sich Viktoria verabschiedete, um andernorts einer bedürftigen Familie unter die Arme zu greifen, quasi aus dem Nichts gekommen.

»Und du?«, fragte sie Sezim, als sie an ihrem letzten gemeinsamen Abend auf einem Bänkchen vor der Jurte zusammenhockten und den Kindern beim Spielen zusahen. »Was wirst du jetzt machen?«

»Um ehrlich zu sein, ich habe nicht den Hauch einer Ahnung, was ich jetzt tun, wohin ich gehen soll.«

»Vielleicht bleibst du einfach noch ein wenig hier?«, schlug Viktoria vor.

»Ja, vielleicht mache ich das, verstecke mich noch ein wenig wie ein Hase in seinem Bau. Meinst du, das geht überhaupt, also, dass ich noch bleibe?«

»Bestimmt. Wenn du willst, spreche ich mit Myrsa und Dshamilja. Sie haben sicher nichts dagegen. Sie werden erst Mitte September ihre Zelte abbauen und wieder ins Tal hinunterziehen.« Sie schwiegen eine Weile.

»Glaubst du eigentlich, dass man während des Suchens das Findenwollen vergessen kann?«

Viktoria sah ihrer Freundin in die Augen. »Du sprichst von deinem Freund Samat, nicht wahr?« Sezim nickte.

»Willst du ihn denn noch finden?«, fragte sie nach.

»Ja und nein«, antwortete Sezim nachdenklich.

»Nun, dann ist das hier doch nicht der schlechteste Ort auf der Welt, um genau das herauszufinden.« Sie lachte aufmunternd. »Die Daunenjacke, die Mütze und die Handschuhe darfst du selbstverständlich behalten. Es wird nicht lange dauern, bis die Temperaturen noch stärker sinken und die Hochebene mit Raureif überzogen ist.«

»Ich danke dir für alles, Viktoria. Du bist die netteste Nonne, die ich jemals getroffen habe.«

»Nun, hoffentlich kennst du auch ein paar andere, sonst ist das Kompliment nämlich nur halb so viel wert«, grinste sie. Am darauffolgenden Morgen steckte sie Dshamilja heimlich ein wenig Geld zu, dann drückte sie alle zum Abschied und fuhr mit Beki, nicht bevor dieser bei seiner Ankunft einen Wodka geleert hatte, davon. Sezim blickte ihr noch lange nach. Sie hatte in der Tat keine Ahnung, wie es weitergehen sollte – mit ihr, mit hier, mit allem. Seit sie am Song-kul angekommen war, hatte sie es vermieden, den

Countdownanzeiger nach dem aktuellen Stand von Samats Verwandlung zu befragen, und auch jetzt verspürte sie keine rechte Lust dazu. Seit Wochen war sie in kirgisischen Landen unterwegs und Samat auf der Spur. Die Suche nach der Wahrheit und ihrem verschollenen Jugendfreund hatte sie um den halben Globus geführt, die ominöse psukh-Akte, die geheimen Verstrickungen und Samats verworrene Familiengeschichte hatten sie – beabsichtigt oder nicht – wieder zurück ins Leben katapultiert. Schon länger dämmerte es ihr, dass die ganze Sache zumindest ansatzweise von Anfang an konstruiert worden war. Sie war alles so leid – Samats Geheimniskrämerei, die vielen Irrwege, Lügen und Täuschungen, Talant, Nikitin, Petschkin und all die anderen Verrückten. Vielleicht wurde sie einfach Nomadin, gehörte und hörte auf niemanden mehr, außer (auf) sich selbst, versuchte endlich überall und nirgends daheim zu sein, alles und nichts zu fühlen, zu denken, zu besitzen, es einfach zu genießen, am Leben zu sein. Denn dafür war sie Samat trotz allem dankbar. Dass er sie in dieses wilde Land gelockt, ihren Horizont verlegt und sie aus ihrer österreichischen Todesstarre befreit hatte.

Ja, schon bald würde sie sich entscheiden müssen, ob sie bei seinem wahnwitzigen Projekt dabei sein oder es verhindern wollte (sofern das überhaupt möglich war), oder aber, ob sie Samat einfach seinem Schicksal überlassen und dorthin zurückkehren sollte, wo sie hergekommen war.

Nach Viktorias Abreise fühlte sich Sezim vollends *lost in translation*. Es waren wortkarge Zeiten, in die sie gefallen war. Sie sah den anderen bei ihren täglichen Verrichtungen zu und kopierte sie oder sie zeigte selbst etwas vor und wurde kopiert. Bis auf die tägliche Englischstunde mit Kairat, Bonivur, Perisat und Tolkun erfolgte die Verständigung ganz ohne Worte – Beobachtungen, Deutungen und Gedanken dominierten und schmückten ihre Welt. Sie beobachtete, dachte nach, schwieg. Oft saß sie stundenlang auf einem Stein oder auf der Bank vor den Jurten und klickte sich durch die Landschaft (schön langsam gingen ihr die Filme aus). Ihre Hände waren von der harten Arbeit und dem schroffen Klima rau und rissig geworden, ihre Fingernägel säumte ein tief sitzender Trauerrand – schon seit Wochen hatte sie sich nicht mehr ordentlich gewaschen, überhaupt hatte sie vergessen, wann sie zum letzten Mal ausgiebig geduscht hatte – der See war bei Weitem zu kalt. Als sie sich einmal zufällig in einer Glasscherbe erblickte, erkannte sie beinahe ihr eigenes Spiegelbild nicht mehr. »Habe ich mich also tatsächlich in Sezim verwandelt«, dachte sie und schickte den Gedanken zu Beshkempir. Sie war zu einer semipermeablen Membran geworden, die ihr Umfeld in sie eindringen, durch sie hindurchfließen ließ. Und zu sehen gab es viel, wenn man richtig schaute, in jeder Mulde, hinter jedem Halm lauerte eine kleine Sensation – klick: seltene Mongolenregenpfeifer, Himalaya Braunellen, Purpurpfeifdrosseln – die Letzten schillerten, wenn sie für einen Augenblick still in der Sonne verharrten, geradezu unwirklich blau, so wie auch Menschen, die für einen kurzen Moment im Scheinwerferlicht standen, intensiver und lebendiger wirkten als ihre Schattenbrüder und Dämmerlichtschwestern. An den Ufern des Sees brüteten seltene Vogelarten, die von den Schutzgebietsrangern des Zapowednik Karatal Dshapyryk überwacht wurden: Schnee-, Mönchs- und Gänsegeier, Steppen-, See- und Fischadler, Saker- und Wanderfalken – ganze Vogelscharen ließen sich hier auf ihrem Weg von Pakistan und Indien zu den Brutgebieten in Nordkasachstan und Sibirien nieder. Was für eine Ruhe. Was für ein Frieden. Jedes noch so unspektakuläre Schauspiel traf sie mitten ins Herz: die Möwen, die kreischten, die Kühe, die vereinzelt am Ufer grasten, der Steinadler, der seine Kreise zog, das längst vertraute Geräusch vom Auftreffen der Hufe auf hartem Lehm. Selbst beim Anblick der räudigen Plumpsklos, die in Reih und Glied in einiger Entfernung der Jurten aus dem Boden wuchsen, entwischte ihr ein kleines Lächeln (Kairat hatte, sie nachahmend, zu Beginn immer »Bumsklo« gesagt). Aber auch sonst begann sie – wie einst Adalbert Stifter bei seinen Studien der Natur – die dahinterliegenden Wahrheiten und Zusammenhänge zu begreifen, die charakterlichen Parallelen zwischen der Tier-, Pflanzen- und Menschenwelt zu verstehen, konkret jene zwischen Menschen und Pferden, wo es heißblütige Leithengste gab, die sich messen und produzieren mussten, mitlaufende Herdentiere, ungezähmte Freigeister, verhaltensauffällige Sonderlinge, wild Schnaufende, gutmütig Zurückhaltende, lang Ausdauernde, zartbesaitete Junge – alle waren sie vertreten und hatten ihre Berechtigung zu sein.

Und dann gab es da diese paar Minuten zwischen Nacht und Tag, die allein ihr gehörten, diese kurze Zeitspanne, noch bevor sie sich zum Melken aufmachte und die anderen unter ihren Decken hervorgekrochen kamen, wenn die Wiesen mit dem flaumigen Pelz der Edelweiße und Raureif überzogen waren, zugedeckt von gleich zwei fast unwirklich anmutenden, zuckerkristallartigen, milchig-grauen Weltschichten, die das Land in eine Traumlandschaft verwandelten, in der man ohne Weiteres die *Herr der Ringe*-Trilogie hätte drehen können. In solchen Momenten wurde Sezim selbst zu einem Grashalm, der zwischen lustigen Steppengrasbüscheln, die ihre spitzen Halme wie kleine Stachelschweine in die Luft streckten, im Wind hin- und herwiegte, und war einfach nur existent wie der Himmel und der See und die Berge. Sezim, »feelings«, – ihre Launen und Gefühle, ein Feld aus Steppengras.

Sie konnte es kaum glauben, als sie eines Tages die Augen aufschlug und bereits der Juli ins Land gezogen war. Ihr kirgisischer Anfang in Bischkek war ihr damals wie eine kleine Ewigkeit vorgekommen – allein die dortigen Ereignisse hätten locker einen Roman füllen können –, doch hier, am Song-kul, waren zwei Monate in ihrer Wahrnehmung zu einer kurzen, kompakten Zeitungsmeldung geschrumpft. Aber verhielt es sich nicht oft so im Leben, dass sich die Zeit, wenn alles gut lief, wie ein Dieb aus dem Staub machte und nur in schlechten Phasen gnadenlos aufblies? Sezim, für die sich schon lange nichts mehr wie Urlaub angefühlt hatte – rosarot, unbeschwert, zuckerwatteleicht –, waren die Tage bei Myrsa, Dshamilja und ihrer Familie genau das gewesen: Urlaub. Durch das Innehalten und Beobachten hatte sie nicht nur die Zeit vergessen, sondern auch Bishops *things and places and names*. Doch natürlich stand auch hier, am Ende der Welt, die Zukunft vor der Tür. Der Sommer im Hochgebirge hatte seinen Zenit überschritten, schon in wenigen Wochen würde das Hirtenvolk die hiesigen Weiden verlassen und wieder in die Täler ziehen. War der März im Nomadenjahr Inbegriff des Ankommens, wo jeder Handgriff in (Josef) Guggenmos'scher Manier den *Frühling einläutete*, die Jurten aufgebaut, die Stuten gemolken und die Lämmer geschlachtet wurden, stand der nahende Herbst für Aufbruch und Vergänglichkeit – die Jurtenstangen wurden entfernt, die Knoten gelöst, die Planen zusammengepackt, die Habseligkeiten auf Lkws verladen und die letzten Pferde eingefangen.

Auch Sezim spürte eine langsam aufkeimende Unruhe und machte sich innerlich bereit. Es hatte gut getan, den Kopf freizukriegen, die Geschehnisse der letzten Wochen hinter sich zu lassen, zu Kräften zu kommen. Doch Samats psukh-Akte schlummerte immer noch ungeduldig in ihrem Rucksack, der Countdownanzeiger meldete gnadenlos 13 Tage (8 Stunden, 17 Minuten, 55 Sekunden) bis zum Tag X und es hieß jetzt, einen Zahn zuzulegen – ihre Reise war noch nicht zu Ende. »Es hatte ja ausgerechnet ein Kirgise sein müssen«, seufzte sie. Und: »Ich hoffe, es ist noch nicht zu spät«, seufzte sie. Und dann steckte sie sich eine dieser starken Papirossy an und paffte kleine Rauchwölkchen in die Luft. Denn so sehr sie Samat zwischenzeitlich auch verflucht hatte, stand es doch außer Frage, dass sie ihn wiedersehen wollte. So sehr sie das Suchen nach ihm sattgehabt hatte, so sehnsüchtig hoffte sie nunmehr, ihn endlich zu finden. Sie hatte eine Entscheidung getroffen.

Mit einer Sache hatte Sezim freilich nicht gerechnet: Wer wie sie selbst Tag für Tag auf der Lauer lag und seine Umgebung unter die Lupe nahm, wer seinen ganzen Fokus uneingeschränkt auf ein Ziel (oder immer neue Ziele) richtete, vergaß, dass er mitunter selbst zum Objekt der Beobachtung werden konnte, dass wie im isländischen Streifen *Von Menschen und Pferden* auch andere Augen oder Ferngläser für den Bruchteil einer Sekunde am Horizont aufblitzten. Und das taten sie. Genau gesagt waren es zwei Augen und ein Spektiv, das in ruhigen und bekannten Händen ruhte und das an jenem 24. Juli vom einige Kilometer entfernten Seezipfel aus auf Sezim gerichtet war, sie heranzoomte, umfasste und ihre rote Wollmütze in den Mittelpunkt eines Bildes rückte, das zentraler Bestandteil im Film eines anderen war, einem, der schon einmal hineingegriffen hatte in den Verlauf ihres Such-, Versteck- und Fangenspiels. Einem, bei dem es nicht schaden konnte, auch die dritte mögliche Form des Hakenschlagens, jene aus dem Boxkampf, zu beherrschen.

Final Countdown, zwei.

Es hatte ja ausgerechnet das Dillemädchen sein müssen, damals wie heute. Und dann war es ihm auch noch verwelkt, einfach so. Und jetzt, sechsundzwanzig Jahre später, wollte er immer noch ihr Gärtner sein. Selbst hier, in der dunklen Höhle, baumelte er kopfüber im feuchten Dunkel von der Decke und flüsterte ihren Namen: »Sybille.« Elizabeth Bishop hatte ja keine Ahnung, wovon sie sprach – *The art of losing isn't hard to master* – von wegen. Es war unglaublich schwer und schwer zu ertragen, einen Menschen zu verlieren, einen Kontinent, einen Namen, alles, was man auch einmal gewesen war, hinter sich zu lassen. Geradezu jenseitig war das, denn diesseitig war es nicht.

Schnell hieß es da, einen Plan zu ersinnen und der Welt zu zeigen, dass Schmerz, Trauer und Verlust nicht endgültig und unumkehrbar waren, dass es nie zu spät war, um einen Neuanfang zu wagen, dass der menschliche Wille Berge versetzen und ein Seelenexperiment Erfolge erzielen konnte, die keiner je für möglich gehalten hätte, er selbst am allerwenigsten. Schnell hieß es da, die Sinne zusammenzuhalten, wollte man ernsthaft einen Wandel in Gang setzen, sich selbst verwandeln in einen Fisch, einen Vogel oder einen Schmetterling (warum auch nicht?) – *fish have no brain and birds no bags and butterflies no sorrows* – oder es Dschingis Khan und dem großen Manas gleichmachen und ein wenig Staub aufwirbeln. Auch wenn das vielleicht bedeutete, am Ende einen hohen Preis zu zahlen. Bei einem derartigen Unterfangen konnte immer etwas schief und verloren gehen, auf dem Weg von schlecht zu gut (oder besser) war ein gewisses Risiko geradezu unvermeidlich. Selbst beim simplen Geranienzupfen musste beim Abtrennen des verdorrten Blattwerks immer auch eine Handvoll frischer Blüten daran glauben, selbst beim Heilen eines aggressiven Krebsgeschwürs wurden prophylaktisch auch gesunde Regionen mit herausgeschnitten. Andererseits, was hatte er zu verlieren und zu verlieren gehabt, damals, als er noch Samat hieß, sich selbst Freund und Feind war, Krieger ohne Heer, Gefangener ohne Flügel, König im Exil – ohne Thron, ohne Land, ohne Hoffnung, als er noch Sohn und Vater war und nicht von einem (heiligen?) Geist beseelt in einer feuchten Höhle auf das Ende und den Anfang wartete.

Vielleicht hätte er Sybille niemals rufen dürfen nach all den Jahren, und doch, nun da das psukh-Projekt mehr als real geworden war, es täglich dunkler und gleichzeitig heller wurde in und um ihn herum, feine Härchen seinen Körper überzogen und ihn ein fester Panzer vor der Außenwelt abschirmte, was blieb ihm anderes übrig, als auf sie zu hoffen und zu warten. Er selbst hatte sich in diese Lage gebracht, beschlossen ein neuer Mensch zu werden und sich zum eigenen Versuchssubjekt in einem hochkomplexen, wahnwitzigen Experiment gemacht. Die letzte Häutung lag hinter ihm, seine Organe, seine gesamte äußere Gestalt hatten sich verändert, hinter einem seidenen Gespinst versteckt. Seine Glieder und Gelenke schmerzten, seine Beine schienen wie gelähmt (als ob sämtliche Extremitäten mittels Kitt an seinen Körper geklebt worden wären), an seinem Kopf hatten sich seltsame Deformationen gebildet, keulenförmige Verdickungen, abstehende Fortsätze. Auch sein Kiefer versagte zunehmend den Dienst, nur mühsam konnte er die täglich verabreichten Flüssigkeiten, Nährstofflösungen und eine Art Brei aus Pflanzen- und Blütenresten hinunterwürgen. Auf geradezu unfassbare Weise war er dabei, über sich hinauszuwachsen, sich dem Wahrheitskern zu nähern, an den

Sinn des Daseins heranzupirschen – der Kopf erkannte die Füße nicht mehr, der Verstand begriff das eigene Ich nicht. Er konnte sich nur noch mit sich selbst unterhalten, mit sich selbst beraten, nach Innen schauen und der neu gewonnenen Wahrnehmung trauen. Und doch tröstete ihn der Gedanke, nicht länger von einem Außen abhängig, von einer Masse umgeben zu sein, die ohnehin niemals die Wahrheit sagte. Die Masse war nicht wahr. Nur schemenhaft realisierte er, was um ihn herum geschah, seine Augen waren farb- und lichtempfindlich geworden, die kurzen Bilder und Sequenzen, die sich ab und zu einen Weg in sein Gehirn bahnten, ähnlich wie bei Rilkes *Panther* durch die Gitterstäbe, wirkten wie ein verschwommenes, verpixeltes Abbild der Wirklichkeit. War es überhaupt die Realität? War er real? War es schon hell in ihm geworden oder kam die große Erleuchtung noch? Bemerkte man sie am Ende gar nicht? Griff da jemand nach ihm und begriff er das alles überhaupt? Gab es noch eine Grenze oder fühlte er sich vielmehr grenzenlos? Hatte es schon (Shaban & Käptn) Peng! gemacht? Fehlte da noch etwas oder war alles ein großer Fehler gewesen? Er hatte komplett das Zeitgefühl verloren, wusste nicht, ob er einen Monat oder ein ganzes Jahr so zugebracht hatte. Er fror. Tagsüber erwärmte sich die Luft in der Höhle zwar noch auf erträgliche fünfzehn Grad, aber in der Nacht überzogen Raureifkristalle die Wände. Es musste Herbst geworden sein oder aber er war hoch oben in den Bergen, wo sich die Nächte selbst im Hochsommer rau und frostig zeigten. Hier und da kräuselte ein Farn, pelzte eine Schmalhausenia hinter einem Stein vor sich hin. Der Duft von Dill und Kerbel lag in der Luft. Einen Moment lang sehnte er sich nach Menschlichkeit, nach Kinderlachen und geschäftigem Treiben, aber um ihn herum war es nur still. Bis auf die kurzen Kontakte mit

Wolf und das Surren des Morseapparats war er vom Rest der Welt abgeschnitten, nur ab und zu gesellten sich verblasste Erinnerungen zu ihm in die Finsternis, wobei er sich nie ganz sicher war, ob das, was er dachte und zu sehen glaubte, in einem anderen Leben tatsächlich passiert war oder er es nur herbeihalluzinierte: *things* – eine Messerscheide, die in der Sonne aufblitzte, ein Revolver, der die letzte Sicherheit versprach, Bäume, die Geheimnisse bargen, Briefe, deren Zeilen ihm vertraut vorkamen, Bücher, die vor lauter Glück und Unglück schmerzten, Schlüssel, die alles und nichts versperrten, Bänder, die im Wind flatterten, Samen, die austrieben, Fotografien, die die Vergangenheit konservierten. *places* – ein alter Bauernhof in Österreich, ein kleines Dorf in Suusamyr, eine pulsierende Straße in Bischkek, eine unberührte Gebirgslandschaft am Song-kul, ein grünviolett fluoreszierendes Kellerlabor, ein schier endloser Himmel voll Schmetterlinge – Tagvögel, Nachtvögel, einer schöner als der andere. *names* – Erna, Jamanbai, Tschingis, Ak Möör und Beshkempir, Nikitin, Petschkin und immer wieder: Sybille. Sybille – lachend und unbeschwert über eine krautige Wiese hüpfend (schon damals hatte sie sich in sein Herz geschlichen, heimlich ihre Dillspitzen in seine Kerbelsuppe getaucht), Sybille – traurig und gebrochen an einem Grab in Wien stehend, Sybille – entschlossen durch die kirgisischen Lande streifend. Ein Elternpaar, das blutüberströmt auf den Dielenbrettern lag, ein Baby in seinem Arm, eine Frau mit dunklen Mandelaugen, die ausdruckslos danebenstand, ein Mann im Weltall, der ihm zuwinkte, ein Riese, der ihn in die Lüfte erhob. Und immer wieder dieses Zeichen, ψυ·χή, das vor ihm auftauchte, »psukh, psukh, psukh« erklang eine Stimme von ganz weit her, oder war er es am Ende selbst, der zirpte?

»Bist du das, mein Dillemädchen?«, dachte er und »Hast du mich tatsächlich gefunden?«, dachte er. Und dann schickte er kleine Atemblitze in die Luft, die an den Wänden Funken schlugen und die Höhle in ein grünviolettes Licht tauchten, das alle Zeiten miteinander verwob. Doch da war niemand. Und was hätte es auch geholfen, was hätte es geholfen, wenn sie jetzt bei ihm gewesen wäre, wo er alles andere als fertig, ja geradezu lost in evolution war.

Und doch war er weit gekommen, befand sich ja schon seit Wochen in der Metamorphose, hatte schmerzhafte Prozeduren über sich ergehen, sich schockgefrieren und wieder auftauen lassen, war Ei, Larve, Raupe gewesen, hatte sich Versuchsreihe um Versuchsreihe vorangeseelt, Forschungsbücher mit seinen eigenen Daten gefüllt, dabei so manche Komplikation überwunden, Fortschritte gemacht, Rückschläge eingesteckt, hatte sich vor Feinden versteckt und Freunden anvertraut, um nunmehr nach einer gefühlten Ewigkeit mumienhaft, stürzpuppenartig am eigenen Gespinstfaden von der Decke zu hängen und dabei manisch von neunzig rückwärts zu zählen, wieder und wieder. Doch irgendwann musste es so weit sein, irgendwann musste er lange genug geruht haben und den Kokon zum Platzen bringen, zumindest hoffte er das. Er würde zum ersten Flug ansetzen und sie würde ihn finden, vielleicht schon morgen.

Schmetterlingsfänger.

Es gab eine ganze Reihe plausibler Beweggründe für ausländische Besucher, um sich an den Song-kul zu verirren, überhaupt nach Kirgistan zu reisen, aber die beiden häufigsten waren: Sie hatten einen Hang zum Exotischen oder zum Extremen. Egal ob man Florfliegen analysieren, Gletscherspalten untersuchen, mit raren Obstsorten experimentieren, gigantische Siebentausender bezwingen, seltene Schmetterlinge fangen oder wie sie einen verschollenen Freund finden wollte – Fremde waren entweder auf neue Eindrücke und außergewöhnliche Erfahrungen aus oder sie waren lebensmüde und ein wenig verrückt. Der Gruppe, die an diesem sonnigen Julivormittag langsam auf Myrsas und Dshamiljas Jurten zugehopst kam, konnte ohne schlechtes Gewissen beides unterstellt werden. Sezim war von den fremden Stimmen und dem regen Gestapfe ins Freie gelockt worden und musste unweigerlich lachen, als sie das Geschehen aus nächster Nähe verfolgte. Etwa ein Dutzend kauziger, in die Jahre gekommener Männer mit großen Schmetterlingsnetzen und allerhand Equipment bepackt bewegte sich kreuz und quer über die Wiese und jonglierte dabei gekonnt seine Fangvorrichtungen durch die Luft. Nach einer Weile löste sich einer aus der Gruppe und schritt auf sie zu. Er war in voller Trekkingmontur – grüne Zipp-off-Hose, funktionale Outdoorjacke, beide mit diversen Taschen und Halterungen versehen, dazu Sonnenkappe, Bergschuhe, Navigationsgerät –, wäre da nicht das überdimensional große Netz gewesen, sie hätte ihn für einen Legionär gehalten.

»Salam! My name is Bernhard«, sagte er und reichte ihr zum Gruß die Hand.

»Salamattschilik, I'm Sezim«, antwortete sie und bemerkte, als ihr Gegenüber fortfuhr in schlechtem Englisch zu sprechen, sofort dessen deutschen Akzent. Sie unterbrach den alten Buben und sagte: »Ich denke, wir können uns auf Deutsch unterhalten.« Tatsächlich kam der Fremde aus München, genau gesagt von der Münchner Entomologischen Gesellschaft, und hatte sich mit anderen Schmetterlingsexperten in den hohen Tien Shan aufgemacht, um seltene kirgisische Falter zu fangen. Seit drei Wochen waren sie bereits im Land unterwegs und nunmehr auf der Rückreise zum Issyk-kul, wollten sich auf dieser letzten Etappe allerdings nicht das Gebiet um den Song-kul entgehen lassen.

»Wir haben vor zwei Tagen unsere Zelte etwas weiter südlich am Seeufer aufgeschlagen und werden den heutigen und morgigen Tag noch nützen, um ein paar Flatterer einzufangen. Bitte lassen Sie sich durch uns nicht stören.«

Sezim grinste. Die Welt war ein Dorf. »Alles klar«, sagte sie. Sie winkte auch die anderen Männer herbei und kochte Chai. Myrsa und Dshamilja schüttelten erstaunt die Köpfe, widmeten sich dann aber wieder ihren Aufgaben und ließen sich nicht weiter aus der Ruhe bringen. Nur die Kinder wuselten neugierig und aufgeregt um die Bärtigen herum.

»Und Sie? Was machen Sie hier?«, fragte Bernhard, offensichtlich Rädelsführer der Gruppe.

»Ich versuche auch jemanden einzufangen«, gab Sezim schelmisch zurück, »einen, der sich mindestens so flatterhaft wie Ihre tierischen Freunde verhält und sich obendrein bestens mit der Spezies auskennt.«

Bernhard verstand nicht gleich.

»Ich bin auf der Suche nach einem alten Jugendfreund, der seit vielen Jahren hier lebt und zufällig führender Experte auf Ihrem Fachgebiet ist«, wurde Sezim deutlicher, »er heißt Samat Bergen oder mit kirgisischem Nachnamen auch Jamanbai uulu.«

»Das gibt es ja nicht!«, entfuhr es Bernhard begeistert und auch die anderen wurden jetzt hellhörig. »Reden Sie etwa von dem Professor, der früher für das Zoologische Museum in Bischkek an einem umfassenden Lexikon über die Tien-Shan-Falter gearbeitet hat?«

Sezim war sprachlos und nickte nur.

»Ehrlich gesagt sind wir in gewisser Weise seinetwegen hier. Wir haben ihn vor etwa einem Jahr auf einem Kongress in Wien getroffen, auf dem er von der hiesigen Schmetterlings-vielfalt und bislang unbekannten neuen Arten geschwärmt hat. Bis zu einem halben Meter groß und größer sollen die kirgisischen Falter in Ausnahmefällen werden, auch wenn uns bislang leider kein derartiges Exemplar ins Netz gegangen ist. Er hat damals anklingen lassen, vielleicht sogar selbst an der Expedition teilzunehmen, falls es seine Zeit erlaubt. Wir standen eine Weile per E-Mail in Kontakt mit ihm, aber eines Tages hat er sich dann einfach nicht mehr gemeldet. Und im Zoologischen Museum wollte man uns keine näheren Aus-künfte über seinen Verbleib geben. Er habe seinen Job vor drei Jahren gewechselt, hieß es nur. Die Adresse seiner neuen Wirkungsstätte war nicht herauszubekommen.«

»Und Sie sind rein zufällig heute hier gelandet, ja?«, fragte Sezim misstrauisch.

»Ja!«, antwortete Bernhard. »Geradezu unglaublich, nicht wahr! Es grenzt an ein Wunder mitten in den Bergen auf jemanden zu treffen, der des Deutschen mächtig ist und obendrein den verehrten Dr. Bergen kennt.«

»Verrückt«, sagte Sezim und setzte sich auf einen Stein. Sie musterte die Umhängetaschen, Behältnisse und seltsamen

Lampen, die die Schmetterlingskundler mit sich herumschleppten. Ähnliche Glaszylinder, Tinkturen und Pinzetten hatte sie auch schon in den Schränken in Samats Wohnung in Bischkek gesehen.

»Sagen Sie, könnten Sie mich unter Umständen vielleicht morgen zum Issyk-kul mitnehmen, ich habe den gleichen Weg?«, fragte sie aus einer spontanen Eingebung heraus.

»Ich denke, das ist kein Problem. Ich muss das nur heute Abend mit unserem Tourenführer klären«, antwortete Bernhard.

»Und würde es Sie stören, wenn ich Sie einen Tag lang auf Ihrer Expedition begleite? Ich habe so etwas noch nie zuvor gemacht, also Schmetterlinge fangen und präparieren, es würde mich wirklich interessieren.« Bernhards Kollegen schienen alles andere als begeistert von ihrem Vorschlag zu sein, aber er sagte kurzerhand Ja und versprach sich ihrer anzunehmen. »Wer weiß, wozu das gut ist«, dachte sie. Und: »Wenn das mal kein Zeichen ist«, dachte sie. Und dann schnappte sie sich eine der Bauchtaschen und ein Netz und heftete sich an seine Fersen.

Bernhard war ein geduldiger Lehrer, Schritt für Schritt zeigte und erklärte er ihr, wie sie Schmetterlinge am geschicktesten fangen konnte, ohne die Zeichnungen auf ihren Flügeln zu verletzen, wie sie sie dann mit Hilfe von Zyankali im Tötungsglas betäubte und ihnen schließlich mit einer Insulinspritze eine kleine Dosis Salmiakgeist in den Thorax jagte. Aufbewahrt wurde die Beute mit zusammengeklappten Flügeln in kleinen Pergamentpapierbriefchen, die wiederum in einer mit feuchtem Filz ausgekleideten Plastik- oder Blechbüchse landeten, um die Schmetterlingskörper für die spätere Präparierung geschmeidig zu halten. Sezim erinnerte das ganze Unterfangen ein wenig an die Szene aus *Schweigen der Lämmer*, in der zwei Bilderbuchnerds umringt von hunderten Falterexponaten in einem abgedunkelten Keller saßen und akribisch mit Kokons und Puppen herumhantierten – auch wenn Bernhard bei Weitem nicht so gespenstisch auf sie wirkte und das Setting in freier Natur der Tötungsaktion den Schrecken nahm, ihr vielmehr die Leichtigkeit eines Sonntagsspaziergangs verlieh. Endgültig konserviert und auf Spannbrettchen aus Balsa- oder Pappelholz geklemmt würde der Fang erst zu Hause in Deutschland oder im Fall der anderen auch in Frankreich und Großbritannien – die Lepidopterologengruppe war aus ganz Europa angereist –, aber Bernhard bot an, ihr am Abend auch dieses Prozedere an ein paar Flatterern zu demonstrieren, sofern sie Interesse hatte. Obwohl Sezim während ihres Studiums der Veterinärmedizin auch den Kosmos der Insekten gestreift hatte – Lepidoptera bildeten mit knapp 160.000 beschriebenen Arten nach den Käfern immerhin die zweitreichste Ordnung und jährlich kamen um die siebenhundert Neuentdeckungen dazu – und immer noch einiges an Fakten in petto hatte, lauschte sie der wissenschaftlichen Fachsimpelei Bernhards mit einiger Neugier. Seine Augen leuchteten geradezu, wenn er von der außergewöhnlich hohen Insektenkonzentration im Land berichtete, die 1,3-mal höher war als die mittlere weltweite Kennziffer. Mehr als die Hälfte davon hatte das Gebirge und Hochgebirge zum Lebensraum erkoren – was, wie sie dachte, kein Wunder war, es gab ja hier nur Berge. Besonders erstaunlich war außerdem, dass es überproportional viele endemische Gattungen gab (sie erinnerte sich, dass auch Samat in einem seiner vielen Briefe davon geschwärmt hatte). »Jedenfalls ist Kirgistan eine echte Traumdestination für Schmetterlingsexpeditionen«, fasste Bernhard, der schon im Alter von elf Jahren den Imagines verfallen war, sich in der

Folge seinen Bubentraum erfüllt und sein Hobby zum Beruf gemacht hatte, seine Begeisterung zusammen. Seine diesbezügliche Leidenschaft ließ Sezim unweigerlich an Samat denken. Mühelos, ohne von der Arbeit abzulassen (teilweise hantierte er sogar mit zwei Netzen gleichzeitig), erklärte er ihr die Unterschiede, Vorlieben und Besonderheiten der einzelnen Klassen, Gattungen und Stämme, hielt ihr dabei mal den einen, mal den anderen besonders hübschen Fang unter die Nase (etwa einen *Parnassius tianschanicus* – weiß mit roten und schwarzen Augen und perlmuttfarbenem Rand –, einen orangeschwarzen Distelfalter oder einen dunklen Landkärtchenfalter, der aufgrund der Jahreszeit bereits erhöhte Schwarzanteile aufwies) und berichtete ausschweifend von früheren Reisen in aller Herren Länder. Die eingefleischte Gruppe durchstreifte jedes Jahr ein anderes Gebiet, die mitgebrachten, zum Großteil illegal eingeführten Substanzen dabei immer schön in zweckentfremdeten Nagellackentferner-Fläschchen und Antifaltencreme-Tiegelchen als Schmuggelware im Gepäck. Und während Sezim innerlich immer nur dachte: »Husch, husch, kleine Freunde, fliegt davon! Die Schmetterlingsfänger kommen!« und sich nur halbherzig auf die Pirsch begab, gingen Bernhard und seinen Kollegen im Minutentakt unzählige Eulenfalter, Bärenspinner, Zipfel- und Dickkopffalter, Bläulinge, Weißlinge und wie sie alle hießen ins Netz. Sezim brauchte eine Pause, zündete sich eine starke Papirossa an und setzte sich ins Gras. Ein spleeniger Kreis von Leuten war das, dem sie sich da angeschlossen hatte – wie Süchtige wirbelten sie ihre engmaschigen Kescher durch die Luft, wie kleine Kinder stellten sie begeistert ihre selbst gebastelten Fallen auf, wie listige Goldgräber verglichen sie verstohlen ihre eingetüteten Schätze miteinander. Außerhalb des Schmetterlingsuniversums schien sie dafür

wenig zu interessieren, die meisten von Bernhards Fachge-
nossen gaben sich nicht sonderlich offen oder freundlich,
hüllten sich stattdessen in mürrisches Schweigen und Unnah-
barkeit – nur er war anders, aufgeschlossener, lustiger, sozial
verträglicher, was wie Sezim annahm an seinem Zweitberuf
als Biologielehrer an einem Gymnasium in München liegen
musste. Als sie sich wenig später wieder zu ihrem Mentor
gesellte, war auch er damit beschäftigt, an einem möglichst
windstillen Ort zwischen ein paar Gesteinsbrocken seine
Fallen aufzubauen. Er benützte dafür orange Eimer aus
einem Baumarkt, kleidete sie mit Eierkartons und einem in
Chloroform getränkten Tüchlein aus, setzte eine Art Trichter
aus Plexiglas auf den Unterboden und befestigte zum Schluss
noch eine duale Röhre, die sowohl den Grün- als auch den
Violettbereich abdeckte – der Dämmerungsschalter würde
die Konstruktion später von selbst aktivieren. Am nächsten
Morgen konnte er dann den nächtlichen Fang gemütlich einsammeln. Denn, wie Sezim erfuhr, gab es neben der Vielzahl
an hübschen kirgisischen Tagfaltern auch Unmengen an
wertvollen und bedeutenden Nachtschwärmern, die nur auf
den ersten Blick grau und fade aussahen, klappte man jedoch
bei Tageslicht ihre Flügel auseinander, einen mit schillernden
Gold-, Silber- und Perlmuttönen überraschten, wie etwa der
goldgelbe Zackenspanner, der grünsilbrige Smaragdspanner
oder der rubinrote Weinschwärmer.

»Wie viele kirgisische Schmetterlinge haben Sie denn schon
gefangen?«, unterbrach Sezim sein geschäftiges Werkeln.

Bernhard grinste: »Nun, an die Tausend werden es wohl
schon sein.«

»Und sammeln Sie einfach alles ein, was Ihnen vor die
Nase fliegt, oder sind Sie auf der Suche nach einem ganz
speziellen Exemplar?«, interessierte sie sich weiter.

»Was wäre ich für ein Sammler, wenn ich nicht ganz besonders an den seltenen, vielleicht sogar bislang unentdeckten Arten Gefallen fände?«, antwortete Bernhard. »Die stehen zwar zum Teil auf der Roten Liste, aber unter den tausend Flatterern fallen da ein, zwei verbotene Fänge nicht weiter auf. Und wo kein Kläger, da kein Richter, nicht wahr?« Er wand sich ein wenig. Natürlich dürfe man in Nationalparks und Schutzgebieten keine Schmetterlinge fangen, fuhr er fort, und doch seien sie jetzt hier, mit ein wenig Schmiergeld gehe eben alles. »Und dann sind da natürlich noch diese schimmernden Riesenexemplare, die Ihr Freund Samat mir gegenüber in Wien erwähnt hat – eine angeblich bizarre Mischung aus Tag- und Nachtfalter, ich nenne sie seither Dämmerfalter – und die sich im Gebiet des Song-kul herumtreiben sollen. Professor Bergen hat nur bei einer einzigen Gelegenheit zwei von ihnen gesichtet, niemandem sonst ist es gelungen, sie aufzuspüren, und schön langsam glaube auch ich, dass der große Meister vielleicht lediglich einer Halluzination erlag, aber einen solchen Exoten zu finden, wäre das Größte für mich.«

»Leuchtend violett, schillernd grün, nicht wahr?«, murmelte Sezim.

»Woher wissen Sie das?«

»Er hat die Falter einmal in einem Brief erwähnt – allerdings in einem eher kryptischen Zusammenhang.«

»Ich fürchte, ich verstehe nicht.«

»Ich verstehe es auch nicht«, antwortete sie, »ich bin keine Expertin auf diesem Gebiet, aber seine Begegnung mit den Riesenschmetterlingen klang, ehrlich gesagt, etwas surreal.«

Langsam wurde es finster. Bernhard trommelte die Truppe zusammen, um sich langsam auf den Weg zurück zum Lager zu machen.

»Wir werden zum Abendessen erwartet«, sagte er an Sezim gerichtet, »wenn Sie möchten, können Sie gerne mitkommen. Und danach geht es mit der Nachtschicht weiter«, er lachte, »wir müssen noch einige Lichtpyramiden aufstellen. Wenn Sie noch nicht genug haben, begleiten Sie uns ruhig! Auch können wir dann gleich die Abreisemodalitäten für morgen klären.«

Sezim überlegte kurz und willigte ein. »Ich komme gleich nach. Ich möchte noch einen Moment für mich sein und von allem hier Abschied nehmen. Morgen ist ja quasi mein letzter Tag am Song-kul.« In Wahrheit musste sie schon seit den frühen Morgenstunden immer wieder heftig an Samat denken, an die dreizehn Tage, die ihr noch blieben, an das mögliche Wiedersehen, an alles, was sie ihm sagen wollte. Sie kletterte allein auf einen der umliegenden Hügel hinauf. Der Hang war steiler als gedacht, sie schaffte es gerade so mit ihren Turnschuhen, rutschte immer wieder ab und setzte sich schließlich auf der Anhöhe angekommen, von faustgroßen Disteln, vertrockneten Schafgarben und ausgewachsenen Lupinen umkränzt, in die stachelige Wiese. Sie wollte ein letztes Mal über das Tal blicken, in dessen Sonne sie Energie getankt, in dessen Schatten sie sich verkrochen hatte. Sie sah von oben, wie Myrsa die Metallfedern eines Bettgestells reparierte und Dshamilja ein Stück Fleisch aus dem selbst gebauten Kühlschrank nahm – einem zusammengenagelten Brettergestell mit Gazegitter. Sie sah Maka mit dem Boot ans Ufer kommen und Bernhard samt Gefolge zu ihrem Lager marschieren. Sie sah den Himmel und die Wolken, die Berge und den See und die Dämmerung, die sich langsam über das Tal legte. Alles war zum Greifen nah und dabei unwirklicher denn je. Und plötzlich kamen sie angeflattert, zwei gigantische Schmetterlinge, gut einen Meter groß, sie irrlichterten in saphirnem Grün und bläulichem Violett mit filigranen Zeichnungen und schillernden Mustern auf den Flügeln durch die Abenddämmerung und ließen sich sachte in einigen Metern Entfernung nieder. Sezim hielt die Luft an, versuchte den Schreck zu unterdrücken, sich nicht zu bewegen oder zu zucken. Ein Turkestanisches Nachtpfauenauge war es nicht. Ein Merzbacher Apollo auch nicht. Noch nie zuvor hatte sie etwas so Schönes, Erhabenes, Großes gesehen, Bernhard und die anderen hätten sich vor lauter Ekstase bestimmt in die Hosen gemacht, aber zum Glück waren sie nicht da. Reflexartig warf Sezim einen kurzen Blick auf ihr Netz, das sie achtlos ins Gras geworfen hatte und das viel zu klein gewesen wäre, um die Riesenflatterer damit einzufangen – auch wenn sie das gar nicht vorhatte. Mit einem kurzen Flügelschlag hob das blaugrüne Duo ab, drehte eine kleine Runde, umkreiste sie und landete dann unmittelbar neben ihr, begab sich, wenn man so wollte, ganz freiwillig in die Falle, gerade so, als ob es wüsste, was es tat. Sezim atmete so flach wie möglich. Sie glaubte zu träumen.

»Das gibt es doch nicht«, flüsterte sie, »das sind doch die beiden Riesen, von denen wir heute noch gesprochen haben! Hat Samat sie also wirklich gesehen. Unglaublich, wie schön sie sind.«

»Wir können dich hören, wir können dich hören«, fiepte es plötzlich durch die Luft. Wie vom Karakurt gestochen, war Sezim auf den Beinen und blickte gebannt in Richtung der Schmetterlinge. Eine Weile blieb es still und sie atmete erleichtert auf. Doch gerade, als sie die feinen Stimmen als aufkeimende Verrücktheit und offensichtliche Halluzination abtun wollte, vernahm sie den Singsang erneut.

»Wir sinds, wir sinds. Wir sind Zwillingsseelen und müssen alles doppelt sagen, doppelt sagen.«

Ungläubig starrte sie auf die Erscheinungen, die sie an die seltsamen Geschöpfe aus der Höhle in Batken erinnerten.

»Das sind Schmetterlinge. Du fängst jetzt nicht an, dich mit Schmetterlingen zu unterhalten. Dein Bewusstsein spielt dir nur einen Streich«, beruhigte sie sich erneut und nahm einen großen Schluck aus der Wasserflasche. Doch die beiden ließen sich nicht beirren.

»Wir sind Freunde von Samat. Wir sind psukh, psukh. Und wer bist du?«

»Ich bin Sezim«, stammelte sie schließlich zaghaft, »auch eine Freundin.«

»Das Dillemädchen, nicht wahr? Wir haben schon viel von dir gehört, von dir gehört.«

Langsam fasste sie Mut. »Wisst ihr vielleicht, wie es ihm geht? Geht es ihm gut?«

»Gut, gut«, kam es zurück.

»Ist er wirklich in einer Höhle am Inyltschek-Gletscher?«

»Kann sein, kann sein. Wenn du mit ihm sprechen willst, musst du doch nur durch die Ellipse flüstern.«

»Wie meint ihr das?«

»Sie weiß nicht, wie es geht, kanns nicht, kanns nicht.«

»Ich versteh nicht, was ihr sagt.«

»Du musst den Brennpunkt suchen, Brennpunkt suchen.«

Sezim dachte nach. So kamen sie nicht weiter.

»Wer seid ihr? Geht es euch gut?«

»Ja, ja, nein, nein. Sind nur einsam, zweisam, einsam, zweisam.«

»Kann ich euch helfen?«

»Uns kann niemand helfen, … *wir haben uns* schon längst *den Gesetzen enthoben, / haben die Grenzen verschoben, wir wurden alle belogen! / …* jemand hat uns ungefragt *in die Lüfte erhoben / und alle* unsere *Atome … zu Kreisen verbogen.*

/ *Es ist zu viel,* wir drehn *durch,* geben *auf,* und verstehns *nicht* / Versuchen *es zu fassen, doch* scheitern *kläglich* ...« Das Leuchten wurde schwächer, die Stimmen leiser.

»Nicht weggehen«, sagte Sezim aufgeregt. »Könnt ihr mich zu Samat bringen?«

»Finden alles, wissen alles.«

Fast hätte sie den Schatten nicht bemerkt, der langsam lang und länger wurde, an Fläche gewann und sich plötzlich über das Märchen legte.

»Husch, husch! Weg mit euch!«, zischte sie noch, und auch keine Sekunde zu spät. Es war Bernhard, der sie mit seinem großen Netz beinahe auf den Kopf getroffen hätte, nur knapp rauschte der Rahmen an ihr vorbei und berührte krachend den Boden. »Bitte sag mir, dass das nicht wahr ist«, stotterte er aufgeregt, »das war doch«, er unterbrach sich und starrte Sezim ungläubig an. In der Erregung war er zum Du übergegangen. Die beiden Schmetterlingswesen waren verschwunden.

»Ich weiß nicht, was du meinst«, antwortete sie kurz, schüttelte Hände und Füße aus, als wären sie eingeschlafen, und machte sich wie ferngesteuert daran, den Hügel hinunterzuschreiten. Sie wusste beim besten Willen nicht, ob sie das eben nur geträumt hatte. Auf dem Weg zurück zum Lager kriegte sich Bernhard überhaupt nicht mehr ein und bombardierte sie mit Fragen. Doch Sezim hatte sich wieder gefasst und blieb dabei: Es war nichts passiert, was immer er glaubte gesehen zu haben, musste seiner Fantasie entsprungen sein.

Schon von Weitem wehten ihnen Schwaden von würzigem Eintopf entgegen. Die Zelte waren im Abstand von wenigen Metern kreisförmig aufgestellt. In deren Mitte eine Feuerstelle mit Sitzklötzen aus Holz, darüber auf einem geschickt errichteten Eisenkonstrukt ein großer Metallkessel, in dem, der Geruch hatte sie nicht getäuscht, eine dicke Brühe aus Wurzelgemüse und Schafffleisch brodelte. Im Radio spielte es gerade das Lied *Mesto, gde svet* (Der Platz, wo das Licht ist) der Band Mashina Vremeni und aus einem der Zelte hörte man es klappern und klirren – offensichtlich suchte jemand das Geschirr für das Abendmahl zusammen. Bernhards Kollegen hatten ihre Tüten und Dosen mit den Schmetterlingen in Sicherheit gebracht und saßen mit einem Bier in der Hand vor ihren Behausungen. Sie drückten den beiden Neuankömmlingen eine Flasche in die Hand und prosteten ihnen zu. »Wir haben schon auf euch gewartet! In zehn Minuten gibt es Abendessen.«

Bernhard war immer noch verstört und ungewohnt wortkarg und auch Sezim hing ihren Gedanken nach. Sie ließ den Blick entlang des Ufers schweifen und machte am Ende der Seezunge ein schwaches Licht aus. Wenn sie sich nicht komplett irrte, handelte es sich um die beiden Jurten von Myrsa und Dshamilja – ihr Zuhause der letzten Wochen. Zu gerne hätte sie zu ihnen hinübergewinkt, aber die Entfernung war viel zu groß, als dass ihre Geste erkannt worden wäre. Als wenig später im Essenszelt Teller voll Eintopf herumgereicht wurden und alle in sattes Schweigen verfielen, folgte der nächste Schock. Nicht das Unglück, sondern das Unverhoffte kam selten allein. Sezim erschauderte, kniff angestrengt ihre Augen zusammen und ließ vor lauter Schreck ihren Teller zu Boden fallen. Talant. Es war eindeutig Talant, den sie zwischen den Männern ausmachte und der, als wäre es das Normalste auf der Welt, als wären sie sich nie zuvor begegnet, als hätte er sie nicht angeschnallt und betäubt in der Höhle zurückgelassen, auf sie zugeschritten kam, die Scherben zusammenklaubte und sagte: »Nichts passiert, kommen Sie mit, wir holen Ihnen eine neue Portion.« Dabei streckte er ihr die Hand entgegen und fügte hinzu: »Hallo übrigens, ich bin Tynschtyk, das bedeutet ›Frieden‹.« Sezim schnappte nach Luft. Wie konnte er es wagen, hier aufzutauchen und so zu tun, als ob sie sich nicht kennen würden? Was hatte er hier verloren zwischen all den Schmetterlingsexperten? Woher wusste er überhaupt, dass sie hier war? Ihre Muskeln spannten sich an, ihre feinen Körperhärchen richteten sich auf. Der Feind war aufgetaucht. Sie musste auf der Hut sein. Und wieder hatte sie den Revolver nicht griffbereit, der sich bei ihren anderen Habseligkeiten in den Tiefen ihres Rucksacks versteckte. Reflexartig ballte sie die Faust und holte zum Hakenschlag aus, doch noch bevor sie etwas tun oder sagen konnte, packte er sie am Arm und flüsterte: »Sie müssen keine Angst haben. Ich tue Ihnen nichts. Ich denke, es ist an der Zeit, dass wir mit offenen Karten spielen.« Weiß im Gesicht und auf zittrigen Beinen folgte sie ihm langsam zum Feuerkessel ins Freie. Sezim, die bei Talants Anblick automatisch wieder in Sybille-Zeiten zurückgeworfen worden war, riss sich los.

»Was zur Hölle wollen Sie von mir? Wieso heißen Sie jetzt Tynschtyk – ›Frieden‹, das soll wohl ein Witz sein? Wie lange wissen Sie schon, dass ich hier bin? Sie wollten Beshkempir und mich umbringen und jetzt tauchen Sie hier auf und machen auf Freund, oder was?«

»Lassen Sie mich bitte erklären, worum es geht. Und wenn Sie dann immer noch nichts mit mir zu tun haben wollen, dann lasse ich Sie gehen. Ehrenwort. Ich hatte und habe nicht vor, Sie zu töten. Hätte ich das gewollt, dann wäre es längst passiert.«

»Eins kann ich Ihnen sagen – Sie verarschen mich kein zweites Mal. Sie haben sich mit der Falschen angelegt. Ich habe mich verändert.«

»Das sehe ich. Auch Sie haben den Namen gewechselt. Sezim – ›feelings‹, wie originell.«

Bernhard, der sich wieder etwas entspannt hatte, war ihnen nachgegangen und fragte: »Alles in Ordnung bei euch?« Und an Tynschtyk gewandt: »Es macht Ihnen doch nichts aus, dass wir einen zusätzlichen Gast zum Essen mitgebracht haben? Wir haben die Dame heute zufällig getroffen. Sie scheint sich für unser Handwerk zu interessieren und würde gerne, wenn das für Sie passt, morgen mit uns zum Issyk-kul weiterreisen.«

»Kein Problem«, antwortete Talant-Tynschtyk, »wir lernen uns gerade kennen.« Und dann flüsterte er ihr eindringlich ins Ohr: »Lassen Sie uns nach dem Essen weiterreden, die Gruppe ist dann mit ihren Nachtfaltern beschäftigt. Ich schwöre Ihnen, es ist in Ihrem eigenen Interesse. Und bitte sprechen Sie mich nicht mit Talant an.«

Sezim-Sybille ließ ihn am Feuer stehen und ging zurück zu den anderen ins Zelt. Ihr war immer noch schwindlig. Talant. Hier. War er Feind oder Freund, Mörder oder Retter? Was verschwieg er ihr diesmal? Log er erneut oder sagte er zur Abwechslung einmal die Wahrheit? Sie wusste es nicht. Die Frage war, ob sie es herausfinden wollte.

»Wie hast du Tynschtyk kennengelernt?«, fragte sie Bernhard beiläufig und es kostete sie einiges an Konzentration, ihn bei seinem neuen Namen zu nennen.

»Das war ein echter Glücksfall«, meinte er. »Nachdem wir Professor Bergen damals nicht mehr erreichen konnten, musste ich mich nach Alternativen umsehen. Und da ist mir eingefallen, dass ein Kollege von mir, der mit der Erforschung des Sexualtriebs bei Florfliegen betraut ist, auch schon einmal in Kirgistan unterwegs war. Er war damals außerordentlich zufrieden mit seinem Guide und hat mir den Kontakt gegeben. Wir sind jetzt aber, wenn ich alles richtig verstanden habe, mit dessen Bruder oder einem seiner Mitarbeiter unterwegs, er heißt zumindest anders. Wir sind jedenfalls happy mit Tynschtyk – er kennt das Land wie seine Hosentasche, hat für uns alle notwendigen Genehmigungen organisiert, die Reiseroute zusammengestellt und das ganze Equipment – von Zelt bis Zyankalinachschub – besorgt. Was die offiziellen Papiere betrifft, so gibt es übrigens eine amüsante Anekdote, denn die russischen Wörter für Nachtfalter und Hure sind ident – ›babotschka notschnaja‹ –, was offensichtlich in der zuständigen Behörde in Bischkek zu schallendem Gelächter geführt hat. Außerdem scheint er ein gewitzter Bursche zu sein.«

»Das ist er in der Tat«, antwortete Sezim und allmählich beruhigte sie sich. Vielleicht war es ja an der Zeit, Tabula rasa zu machen oder – um es kirgisisch auszudrücken – eine metaphorische Partie Kökbörö zu spielen. Nicht nur einmal hatte sie seit ihrer Ankunft den brachialen, inoffiziellen Nationalsport der Kirgisen verfolgt. Zuletzt vor einer Woche, als sich die Burschen und Männer der umliegenden Jurten bei Myrsa getroffen hatten, um sich mit ihrer Version des Polospiels ein wenig Ablenkung und Spaß zu verschaffen. Mit gepanzerten Helmen und hoch zu Pferde hieß es da in zwei gegeneinander kämpfenden Mannschaften, den Ball mit bloßen Händen und/oder Füßen ins Tor zu bugsieren. Mit der unbedingt zu erwähnenden Besonderheit, dass der Ball in diesem Fall ein frisch geschlachteter Ziegenkörper war und das Tor ein ausgedienter Lkw-Reifen. Sezim hatte danebengestanden, als Kairat, Bonivur und zwei andere Bengel das nichts ahnende Tier festgehalten und mit einem gekonnten Messerstich in den Hals getötet hatten – danach wurde ihm der Kopf abgetrennt und die Hinterläufe abgehackt.

Der Körper bebte und zuckte noch, als er blutspritzend und warm auf dem Spielfeld landete, wo die unruhig scharrenden Pferde und ihre drahtigen Reiter schon ungeduldig darauf warteten, seiner habhaft zu werden. Ursprünglich war diese Art sportliches Training entstanden, um die Pferde kriegstauglich zu machen, sie in den Schlachten gegen Dschingis Khan und andere Herrscher des frühen dreizehnten Jahrhunderts wendig und flink zu halten. Und das Rezept dürfte aufgegangen sein, denn kirgisische Pferde galten seit jeher als die robustesten und geschicktesten unter den Kampfnaturen – schon der große Manas hatte mit ihrer Hilfe seine Feinde erfolgreich in die Flucht geschlagen. Es war ein raues, ein hartes Spiel, bei dem aufeinander eingeprügelt, wild um sich geschlagen, aber auch schnell und geschickt taktiert wurde. Mit einigem Grausen hatte sie vom Spielfeldrand aus das Treiben beobachtet und sich gefragt, wie das unmenschliche Gebaren es bis ins einundzwanzigste Jahrhundert und zur inoffiziellen Ligareife hatte schaffen können. Aber hier war vieles möglich, wenn nicht sogar alles. Und wenn sie in den letzten Wochen und Monaten, in denen auch sie zum blutigen Spielball geworden und brutal über die Steppe geworfen worden war, eins gelernt hatte, dann, dass sie in ihrem eigenen Spiel des Lebens ganz sicher nicht länger die Ziege sein wollte. Vielmehr hatte Sezim Appetit bekommen nach beendetem Game das mürbe gedroschene Fleisch als Siegerin zu genießen, ihre Schlacht als Heldin zu verlassen und ein für alle Mal aufzuräumen mit den Wahnsinnsbedingungen, undurchsichtigen Regeln und von Männern dominierten Machtkämpfen um sie herum.

»Na, hilfst du mir noch, ein paar Fallen aufzustellen?«, riss Bernhard sie aus ihren Gedanken. Er war der Erste, der nach dem Mahl schon wieder auf den Beinen stand und zum Aufbruch rief. Sezim willigte ein, ihn noch auf einen kurzen Sprung zu begleiten. Eins musste man den Lepidopterologennerds lassen: Sie waren ausdauernd. Nachdem sie mit Bernhard unweit des Lagers zwei mannshohe pyramiden- und zylinderförmige Leuchttürme aus Stoff aufgezogen und diese mit zwei unterschiedlichen Dioden versehen hatte (ein breiteres Lichtspektrum ergab automatisch eine mannigfaltigere Ausbeute), gesellte sie sich zu ihm auf den Boden und wartete. Schon nach wenigen Minuten schwirrte, surrte, brummte und flatterte es um sie herum – es wimmelte nur so von Nachtfaltern, die sich neben den Lichtfeldern auch in ihren Haaren, Ohren und der Kleidung verfingen. Sezim ekelte sich ein wenig, doch Bernhard sammelte flink und fokussiert – mit Kopflampe und Schutzbrille ausgestattet – die Schmetterlingskörper ein. Er hatte die Absicht, bis in die frühen Morgenstunden auszuharren, da, wie er beiläufig erwähnte, jede Falterart ihre ganz bestimmte Flugzeit hatte – manche ließen sich beispielsweise nur um drei Uhr früh blicken –, und so verabschiedete sich Sezim nach einer Weile von ihm, dankte für seine Lehrstunden und versprach, ihm am nächsten Morgen beim Einsammeln seiner Eimerfallen zu helfen.

»Du weißt schon, dass es hier aussieht, als wären Ufos gelandet«, sagte sie zum Abschied.

»Du wirst es nicht glauben, aber am Tegernsee wurde uns genau deshalb einmal die Polizei auf den Hals gehetzt. Die Anrainer hielten unsere aufgestellten Lichtkegel ebenfalls für außerirdische Signale.« Er lachte. Was wohl Myrsa und Dshamilja dachten, die die beleuchtete Minizeltstadt von ihrer Jurte aus bestimmt sehen konnten. Ohne Zweifel hatten auch sie eine abenteuerlich-abergläubische Erklärung dafür.

Tynschtyk hatte schon auf sie gewartet. Festen Schrittes steuerte Sezim auf den glosenden Glühwürmchenpunkt im Schatten eines Zeltes zu, der sich in kurzen Abständen erhellte und die Silhouette einer Gestalt erahnen ließ. Sie zündete sich selbst eine Papirossa an und sagte: »In Ordnung, Talant-Tynschtyk, lassen Sie uns eine Runde Kökbörö spielen.«

»Danke«, eröffnete er das Gespräch, »danke, dass Sie mir zuhören.« Es war nicht der schlechteste Beginn einer Konversation von jemandem, dem man nicht mehr vertraute.

»Am besten Sie kommen gleich zur Sache«, antwortete Sezim gereizt, »ich habe nämlich keine Angst mehr vor Ihnen oder vor der Wahrheit oder dem, was hier so manch einer für die Wahrheit hält.« Tynschtyk stieß lange den Rauch aus, bevor er mit seiner Version der Geschichte loslegte: »Ich hatte damals wirklich keine Ahnung, in was ich da hineingeraten bin. Ihr Freund Samat hat mich beauftragt, während Ihres Aufenthalts ein Auge auf Sie zu werfen. Er hatte Sorge, dass Ihnen etwas zustoßen könnte. Und parallel dazu haben mich auch die Herren Nikitin und Petschkin dafür bezahlt, Sie und Samat zu überwachen, eigentlich überwachte am Ende jeder jeden. Ich habe das Geld genommen und irgendwann bin ich dann in die Zwickmühle geraten – man kann es eben nicht allen recht machen. Aber glauben Sie mir, ich wusste bis zu diesem Zeitpunkt nichts über die dubiosen Vorkommnisse in dieser Höhle, über die seltsamen Gestalten oder die geheimen DNA-Experimente. Selbst jetzt begreife ich sie nicht. Man hat meine gesamte Familie ins Gefängnis gesteckt und, ich will Sie ja nicht beunruhigen, meines Wissens wurden auch Beshkempir und Ak Möör festgenommen. Ich selbst bin seither untergetaucht, daher auch der neue Name. Warum heißen Sie jetzt eigentlich Sezim – also nicht, dass es eine schlechte Idee ist, im Gegenteil.« Er lächelte.

»Beshkempir hat sich den Namen für mich ausgedacht und irgendwie fand ich es passend, dadurch ein Stück weit kirgisischer zu werden. Aber das spielt jetzt keine Rolle. Warum sind er und seine Mutter verhaftet worden? Geht es ihnen gut? Und warum sind Sie hier? Was wollen Sie?«

»Ich habe keine Ahnung, wie es den beiden geht. Auch im Café Ihrer Freundin und bei Ihrer Vermieterin gab es ziemlichen Wirbel Ihretwegen. Aber soweit ich weiß, sind sie mit einem blauen Auge davongekommen. Ich will Ihnen nichts Böses. Vielleicht kann ich Ihnen sogar helfen. Oder haben Sie Ihren Freund zwischenzeitlich schon gefunden?«

»Ich wüsste nicht, warum ich ausgerechnet Ihnen etwas darüber erzählen sollte. Ich traue Ihnen nicht. Nicht mehr. Nehmen Sie mich morgen einfach mit zum Issyk-kul und dann belassen wir es damit.«

»Sybille, Sezim, hören Sie, ich kann verstehen, dass Sie mit mir nichts mehr zu tun haben wollen, aber auch ich habe mir in der Zwischenzeit einiges zusammengereimt, und wenn Sie Samat tatsächlich aus dieser verrückten Sache herausholen möchten, werden Sie Hilfe brauchen. Die fackeln nicht lange mit Verrätern oder Personen, die sie für welche halten. Angesichts des Ausmaßes an bisherigen Überwachungsmaßnahmen, Verhören und Festnahmen habe ich den Verdacht, dass ganze Machtkonglomerate, Geheimnetzwerke und Regierungen in die Sache involviert sind.« Sezim überlegte. Er mochte mit seinen Annahmen richtig liegen, aber nichtsdestotrotz trug sie ihm seine Unaufrichtigkeit immer noch nach.

»Was genau wollen Sie von mir?«, fragte sie schroff. »Sie helfen mir doch nicht aus reiner Nächstenliebe?«

Er grinste. »Sie haben mich durchschaut. Sie haben etwas, was ich will. Und im Gegenzug helfe ich Ihnen bei dem, was Sie wollen.«

»Und was wäre das?«

»Ich habe in der Höhle damals eine große Menge an DNA-Proben mitgehen lassen, es passierte mehr aus Panik denn Kalkül, jedenfalls hat sich zwischenzeitlich herausgestellt, dass es sich dabei um Genmaterial herausragender Vertreter der Menschheit handelt, lebender wie toter – von Aristoteles und Manas bis Wladimir Putin und Brangelina. Aber was noch viel besser ist, es gibt offensichtlich einen riesigen Markt dafür und ich habe einen Auftraggeber gefunden, der gewillt ist, wahre Unsummen für einen Gennachschub an Intelligenz, Macht, Schön- und Berühmtheit hinzublättern.«

Sezim runzelte die Stirn. »Und wenn ich Ihnen jetzt also dabei helfe, an weitere DNA zu kommen, dann helfen Sie mir …« – »bei was immer Sie vorhaben: Flucht? Entführung?«, vervollständigte Tynschtyk ihren Satz.

»Einen *CRISPR/Cas*-Eingriff, (Größen)Wahnsinnsminimierung, vielleicht sogar Auslöschung«, überlegte sie laut.

»Erzählen Sie mir von den DNA-Proben. Wie viele gibt es Ihrer Meinung nach? Wo sind sie gelagert? Haben Sie und Samat Zugriff darauf?«

»Langsam, mein Freund. Ich bin mir relativ sicher, dass es mehr als 3.000 Gensamples gibt, meines trägt nämlich die Nummer 3.008 und wurde im Mai entnommen. Und ja, theoretisch könnte ich Ihnen wohl Zutritt verschaffen.«

Tynschtyks Augen funkelten. »Ich wusste es. Das ist ja großartig! Mein Auftraggeber ist ein amerikanischer Milliardär, der derzeit stark in den Weltraumtourismus investiert,

Raketenstationen errichtet, transneptunische Zwergplanetenkandidaten und Asteroiden des Sonnensystems aufkauft, so etwas in der Art. Um es kurz zu machen, er will so viele Edelgene und Sensations-DNA, wie er nur kriegen kann. Was er damit vorhat, weiß ich nicht – und es ist mir, ehrlich gesagt, auch herzlich egal. Bei der Summe, die er bereit ist zu zahlen, stelle ich keine Fragen. Von mir aus kann er damit Kriegsschafe auf dem Mond klonen, dreibusige Schönheitsköniginnen in die Welt setzen, Promiperücken züchten oder sie auch einfach zu seinen sonstigen skurrilen Relikten der Menschheit in die Vitrine stellen – das Einstein-Gehirn, ein Kilogramm Pofett von Kim Kardashian und das linke Ohr von Vincent van Gogh besitzt er bereits. Jeder, wie er mag, nicht wahr? Ich weiß nur, dass ich Unmengen an Geld verdiene, wenn ich die Ware liefere. Und ich werde liefern – den Grad meiner Entschlossenheit haben Sie ja am eigenen Leib erlebt.«

»Drohen Sie mir etwa schon wieder? Dann sollten Sie nämlich wissen, dass auch ich fest entschlossen bin und Ihnen genau wie allen anderen, die sich mir in den Weg stellen, falls notwendig, das Gehirn wegpuste. Wenn es sein muss, werde ich der Ziege eigenhändig den Kopf abschlagen.« Sezim konnte es selbst kaum glauben, dass sie eben diese Worte gebraucht hatte, und kam sich vor wie eine falsche Gangsterbraut. Aber Tynschtyk grinste, die Kökbörö-Anspielung war ihm nicht entgangen.

»Sie haben sich seit unserem ersten Treffen in der Tat sehr verändert, innen wie außen«, stellte er fest. »Aber noch einmal, jetzt da wir beide wissen, woran wir sind, lassen Sie uns zusammenarbeiten. Wir haben dieselben Feinde, wir können beide von dieser Situation profitieren.«

Sie überlegte. In ihrem Kopf schossen die Gedankenpfeile wild durcheinander. Log er erneut? Sollte sie ihm trauen und sich auf den Deal einlassen? Waren seine Worte nichts weiter als eigennütziges Fähnchen-im-Wind-Gewäsch? Würde er sie am Ende wieder an weiß Gott wen (in seinem Fall wohl an den Meistbietenden) verraten und verkaufen?

»Ich brauche einen Helikopter und Personenschutz«, sagte sie schließlich. »Ich kann dafür bezahlen. Sie erinnern sich bestimmt an den Goldklumpen, den wir in Samats Apartment in Bischkek gefunden haben? – machen Sie ihn zu Geld.«

Tynschtyk musste vor Überraschung mehrmals schlucken. Als er wieder sprechen konnte, fragte er ungläubig: »Einen Heli und Personenschutz? Was zur Hölle haben Sie vor?«

»Ich muss wahrscheinlich ein paar Leute kidnappen und sie von Bischkek zum Inyltschek-Gletscher fliegen lassen. Und das schon in etwa einer Woche. Können Sie das organisieren?«

Tynschtyks Auflachen hatte etwas Hysterisches, Adrenalingeputschtes an sich. »Und wie soll ich das bitte anstellen in so kurzer Zeit?«, schnaufte er. »Glauben Sie vielleicht, ich könnte mit dem Brocken einfach in einer Wechselstube einmarschieren oder beim GKNB ein paar Leute rekrutieren?!«

»Vielleicht fragen Sie Ihren amerikanischen Freund?«, antwortete Sezim kühl. »Ein echter kirgisischer Goldklumpen macht sich in seiner Sammlung doch bestimmt hervorragend. Und außerdem ist es mir herzlich egal, wie Sie die Sache angehen, tun Sie, was nötig ist, ansonsten können Sie die DNA und den Deal vergessen.« Für eine Zigarettenlänge standen sie schweigend an die Zeltwand gelehnt und bliesen abwechselnd ihre Rauchkringel in die Luft.

»Gut«, meinte Tynschtyk schließlich, »ich werde sehen, was ich erreichen kann. Wir brechen morgen Vormittag gegen zehn Uhr auf. Seien Sie dann abfahrbereit. Sie tun das alles, um Samat zu retten, nicht wahr?«

Sezim schwieg. »Ich habe nicht vor, mich mit Ihnen über meine Beweggründe zu unterhalten. Sie und ich sind, wenn überhaupt, Geschäftspartner und ganz bestimmt keine Freunde. Ich brauche außerdem ein neues Handy«, verhandelte Sezim weiter.

Tynschtyk nickte. »Sonst noch was?«

»Nein, ja«, sie war hin- und hergerissen. »Da Sie ja auch sonst immer über alles Bescheid wissen – können Sie mir zufällig etwas über Ellipsen erzählen? Ich hatte heute eine äußerst ungewöhnliche Begegnung, bei der jemand mir gegenüber etwas von Ellipsenflüstern und Brennpunkten erwähnt hat.« Tynschtyk stutzte.

»Nun, Darstellende Geometrie ist nicht gerade eins meiner Steckenpferde, aber ich war einmal mit einer Gruppe von Astronomen und Planetenforschern unterwegs. Das ist zwar schon eine Weile her, aber da ging es durchaus um stellare und nicht stellare Himmelskörper und die Kreis- und Ellipsenbahnen, die sie durchs Weltall ziehen. Was genau wollen Sie wissen?«

»Ich bin mir nicht sicher. Sagen Ihnen zufällig Flüstergewölbe etwas? Oder gibt es sonst eine Möglichkeit, wie zwei Menschen oder Orte durch eine Ellipse miteinander verbunden sein könnten?« Er überlegte.

»Mal sehen. Jeder einzelne Punkt auf der Ellipsenbahn hat von zwei Punkten auf der Hauptachse, auch Brennpunkte genannt, den gleichen Abstand. Wenn man also eine Schallwelle – einen Lichtstrahl oder ein Geräusch – von Brennpunkt A wegschickt, wird sie an der Ellipsentangente so reflektiert, dass sie exakt am Brennpunkt B wieder eintrifft. Wenn sich also Ihre Ohren in einem solchen Ellipsenbrennpunkt befänden, müssten Sie theoretisch jedes Geräusch, das vom anderen Punkt kommt, hören können. Ich glaube sogar zeitgleich und verstärkt. Diese Art der Schallübertragung funktioniert auch in manchen Höhlen oder Métro-Stationen, deren Decken einer Ellipsenhälfte ähneln. Dieses Phänomen nennt sich meines Wissens Flüstergewölbe, aber ich müsste das wirklich noch einmal nachschlagen. Hilft Ihnen das weiter? Warum fragen Sie überhaupt? Sie wollen bestimmt nicht mal eben die Kepler'schen Planetenbahnen um die Sonne berechnen.«

»Ich weiß nicht, ob mir das hilft, aber spannend ist es auf jeden Fall. Ehrlich gesagt reicht es mir für heute«, seufzte sie.

»Haben wir einen Deal?«, fragte Tynschtyk.

»Wenn Sie mir alles besorgen, worum ich Sie gebeten habe, ja, dann haben wir einen Deal.« Dann drehte sie sich um und marschierte in die dunkle Nacht davon. Sollte sich in den letzten Wochen ein Plan in ihrem Unterbewusstsein zusammengebraut, herauskristallisiert, vage geformt haben (das Denken hört ja nie auf, das Lösungsfinden passierte ja auch in Phasen des Nichtstuns, Schlafens, Träumens oder gerade dann), so war er durch das unerwartete Auftauchen Tynschtyks plötzlich greifbar und konkret geworden: Sie würde bei der ganzen psukh-Sache nicht mitspielen. Sie musste Samat zur Vernunft bringen, ihn dazu bewegen, den Eingriff rückgängig zu machen, ja psukh gegebenenfalls sogar zu vernichten. Er hatte vor nicht allzu langer Zeit den halben Goldschatz in den Schutz seiner großen Entdeckung investiert, und sie würde nunmehr die andere Hälfte dafür einsetzen, ihn vor seiner Entdeckung zu beschützen. Besser konnte man das Gold gar nicht verwerten, wie sie fand. Und um in der nahen Zukunft all das zu erreichen, hieß es jetzt, in der Gegenwart die Gelegenheit beim Schopfe zu packen und sich Tynschtyk zu Nutze zu machen. Wer sonst würde gefinkelte Mittel und verschlagene Wege finden, um auf die Schnelle ein paar furchtlose Söldner samt Helikopter aufzutreiben, die Elouise Chevallier entführten und in die Gletscherhöhle zu Samat brachten? Natürlich würde sie nicht erneut den Fehler machen, ihm restlos zu vertrauen, aber sie hatte eine Rettungsmission zu planen und sie musste schnellstmöglich von hier weg, zum Issyk-kul, und gemeinsam mit Bernhard und den anderen fühlte sie sich einigermaßen sicher. Außerdem konnte man es sich im Krisenfall einfach nicht erlauben, nachtragend zu sein, musste unter Umständen selbst herbe Enttäuschungen und groben Verrat pragmatisch wegstecken. Das hatte mit simplem Überlebenswillen zu tun – und mit Intelligenz, denn wie blöd musste man sein, als früheres Opfer auch später noch seinem Täter freiwillig die Last der Verletzungen nachzutragen. Wenn es unbedingt sein musste, sollte er seine DNA eben bekommen, aber bis dahin war noch etwas Zeit, vielleicht würde sich diesbezüglich auch eine andere Lösung finden, denn Tynschtyk am Ende leer ausgehen zu lassen wäre ihr aus vielerlei persönlichen wie ethischen Gründen lieber gewesen. Sezim wusste, was sie zu tun hatte: Wolf vom Issykkul anrufen, der sie hoffentlich zu Samat bringen würde. Medina und Elaine verständigen und sie um Unterstützung bitten. Ihre ehemalige Kollegin Elouise Chevallier kontaktieren und herausfinden, ob sie in die psukh-Sache involviert war, und wenn ja, was genau sie mit Samat angestellt hatte. Ihre Lebenskräfte waren zurückgekehrt, sie wollte nicht länger still sitzen und Däumchen drehen. Schade nur, dass Juri Gagarin nicht mehr im All weilte, und schade auch, dass Koshomkul längst auf Erden verfaulte – sie wären stolz auf sie gewesen ob ihrer wiedergewonnenen Entschlossenheit und Stärke. Erst würde sie Samat retten – vorausgesetzt, er spielte mit, ließ sich überzeugen, wollte überhaupt gerettet werden

– und dann gemeinsam mit ihm beraten, was mit psukh, den Akten, den Forschungsstationen, Petschkin, Nikitin und allen anderen beteiligten Wahnsinnigen geschehen sollte. Sie persönlich war für den roten Knopf oder fürs gesamtheitliche Auf-den-Mond-Schießen oder, noch viel besser, für das Katapultieren sämtlicher Beweise auf einen noch weiter entfernten Kleinplaneten – ein kosmischer Schutthaufen mit dunkler Oberfläche und tiefen Einschlagkratern schien ihr genau der richtige Ort zu sein, um menschlichen Problemstoff zu beseitigen, aber da hatte natürlich auch Samat ein Wörtchen mitzureden, psukh war seine Entdeckung, seine Glücks- oder Unglücksformel, sein Lebenswerk. Doch bevor Sezim sprichwörtlich nach den Sternen greifen konnte, *per aspera ad astra*, galt es, noch ein paar irdische Hindernisse zu überwinden und, am allerwichtigsten, ein seit sechsundzwanzig Jahren ausständiges Gespräch zu führen. Erst dann konnte es heißen: ab ins All mit dem Bösen und back to life mit würdevollem Gut.

Myrsa und Dshamilja kamen ihr mit einer Laterne entgegen, sie hatten sich schon Sorgen um sie gemacht. Sezim umarmte die beiden. Es tat gut, auf zwei normale Menschen zu treffen, die von alldem nichts wussten, deren Sorgen einzig und allein darin bestanden, ihre Schafe zu zählen, genug zu essen zu haben, ihre Kinder zu versorgen, einigermaßen gesund und glücklich zu bleiben. »So einfach konnte das Leben sein«, dachte Sezim und sie meinte es in diesem Moment kein bisschen sarkastisch. Noch in derselben Nacht packte sie ihre sieben Sachen zusammen. Als die beiden sie dabei beobachteten, wussten sie, dass das Abschied hieß. Myrsa holte seinen besten Cognac aus dem Regal. Dshamilja schenkte ihr eine gewalkte Filzrose. Sezim teilte ihren gut gehüteten Rest

Schokolade. Auch das letzte Mal trug (genau wie das erste) einen besonderen Zauber in sich. Das letzte Mal ein Revier abschreiten. Das letzte Mal in die Augen von Leuten blicken, die man lieb gewonnen hat. Das letzte Mal in einem Bett schlafen. Das letzte Mal Staub aufwirbeln. »Yrachmat«, sagte sie und erhob das Glas. Wenig später schlief sie zwischen den Frauen und Kindern in dicke Decken gehüllt so gut und fest wie schon lange nicht mehr.

Bei Tagesanbruch klopfte Bernhard an die Jurtentür. Obwohl er nur zwei Stunden geschlafen hatte, war er seit einer Stunde schon wieder auf den Beinen, um die tags zuvor aufgestellten Fallen einzusammeln. Sezim, die versprochen hatte ihn zu begleiten, unterbrach den Abwasch, schlüpfte in ihre Jacke und trottete hinter ihm her. Sobald Bernhard einen der Eimer auch nur von Weitem ausmachte, beschleunigte er seinen Schritt, stolperte und rannte euphorisch auf den orangen Punkt in der Landschaft zu, die Schweißperlen standen ihm auf der Stirn, die Augen waren vor Vorfreude weit geöffnet, der Atem kurz und unregelmäßig. Der sich auftuende Leichenfriedhof war gigantisch – hunderte betäubte Falter kamen durch- und übereinander zu liegen, als er den Inhalt der Behälter auf ein Tuch schüttete und gewissenhaft ans Selektieren und Eintüten ging. Ein Exemplar nach dem anderen verschwand nach verabreichter Salmiakgeistdosis in den kleinen, weißen Säckchen aus Pergamentpapier, in die andernorts Schokoladenpralinen oder Geleehühner gefüllt wurden.

»Bist du bereit fürs nächste Abenteuer?«, fragte er gut gelaunt. Sezim verstand nicht gleich.

»Ich meine, hast du schon gepackt? Pünktlich um zehn Uhr geht's los in Richtung Issyk-kul.«

»Ja«, sagte sie, blickte dabei auf die unzähligen filigranschimmernden Flügelpaare und wurde ganz still.

Kirgisischer Quilt.

Die wenigen noch verbleibenden Tage bis zum Countdownende kamen Sezim wie ein Schyrdak vor, wie eine zusammengeschusterte Patchworkdecke, ein mit Ornamenten übersäter Wandteppich – allerdings von einer Anfängerin gefertigt, die die Nähte zwischen den einzelnen Flicken, aus dem Kontext gerissene Gesprächsfetzen, mit klammen Fingern geführte Telefonate, abenteuerliche Begegnungen und Erlebnisse, nur notdürftig zusammengefügt hatte, entweder unnatürlich fest oder an anderer Stelle wiederum recht lose, sodass das gesamte Teil unförmige Zipfel und Falten warf. Eigentlich war Sezims ganzer Aufenthalt in Kirgistan ein überdimensional geratener Quilt.

Als sie gegen Mittag den Song-kul hinter sich gelassen hatten und mit einem alten Mercedes-Bus 208 CDI – auf dem Reste von Klebebuchstaben immer noch auf dessen ursprünglichen Einsatz als deutsches »Maler- und Lackiergeschäft«-Fuhrwerk schließen ließen – über die holprigen Serpentinen des 22-Papageien-Passes talwärts gekurvt waren (sie selbst hatte nicht zweiundzwanzig, sondern siebenundzwanzig gezählt), schaute Sezim sich nicht einmal um. Wenn man sich von etwas Vertrautgewordenem verabschieden musste, war es am besten so. Den Großteil ihrer Garderobe, vor allem Viktorias Wintersachen, hatte sie in der Jurte zurückgelassen – ein unausgesprochenes Gesetz unter Reisenden in armen Ländern –, bestimmt würde schon bald einer kommen, der sie nötiger brauchte als sie. Dshamilja hatte sie ihr Goldkettchen und ihre Barreserven vermacht, den Männern den kläglichen Restbestand an Papirossy und den Kindern ihre letzten beiden Schreibblöcke mit kitschigen

Katzenmotiven, drei Kugelschreiber, ein Feuerzeug, eine gefundene Muschel und den russischen Sprachführer mit den vielen bunten Zeigebildchen unter die Kissen gelegt – mehr hatte sie nicht dabei.

Die lange Fahrt zum Issyk-kul gestaltete sich anders als Sezims bisherige Entdeckungstouren. Nur selten nahm sie von der vorbeiziehenden Landschaft Notiz, nur einsilbig beteiligte sie sich an dem einen oder anderen Gespräch, das sich innerhalb der Gruppe ergab. Sie war ungeduldig und nervös und linste immer wieder zu Tynschtyk, der schon den ganzen Vormittag ununterbrochen telefoniert hatte – sie wollte ihn im Auge behalten. Sezim sehnte sich nur noch danach, anzukommen, der Weg war nicht länger ihr Ziel. Schluss mit Adalbert Stifter und seinen beschaulichen Naturreflexionen – Sezim fühlte sich wieder bereit für die echte Welt mit ihren hupenden Herausforderungen und turbulenten Aktions- und Reaktionsmomenten, bereit, in ihrem Inneren für Aufregung und Kampfgeist Platz zu schaffen.

Als sie Stunden später die Stadt Naryn erreichten und sich die Lepidopterologen ihre Füße vertraten und zum späten Mittagessen aufmachten, verschanzten sich Sezim und Tynschtyk in einem kleinen Café neben dem Parkplatz, um sich gegenseitig auf den neuesten Stand zu bringen. Es war dem Meisterdetektiv nicht anzusehen, ob er gute oder schlechte Nachrichten für sie hatte.

»Wie sieht es aus? Konnten Sie schon etwas erreichen?«, fragte Sezim.

»Sie hatten recht«, erwiderte Tynschtyk mit funkelnden Augen, »der Amerikaner ist in der Tat interessiert. Zwar weniger am Gold und mehr an der DNA, Geld hat er wohl selbst mehr als genug. Er hat zugesagt, bis Ende der Woche einen seiner Helikopter nach Kirgistan zu schicken.«

Auch Sezim versuchte ihre Mimik unter Kontrolle zu halten, sich die Erleichterung nicht anmerken zu lassen. »Und was ist mit der Kampftruppe?«

»Nun, da bin ich dran. Aber ich denke, dass ich in den nächsten Tagen entsprechende Leute stellen kann. Für gutes Geld hat schon so mancher seine Gesinnung geändert und etwaige Skrupel über Bord geworfen. Aber quid pro quo. Geben Sie mir das Gold. Und eine Liste mit der verfügbaren DNA.«

»Das Gold können Sie haben. Die Liste wird warten müssen. Sie bekommen sie, sobald ich mit Samat gesprochen habe. Es bleibt wohl für beide Seiten ein gewisses Restrisiko, auch ich muss darauf vertrauen, dass Sie Wort halten und die Einsatztruppe tatsächlich angeflogen kommt.«

»Wann und wo genau startet der Coup?«

»Frühestens in drei, spätestens in zehn Tagen. Ich werde Sie die Details wissen lassen, sowie der Plan steht. Der Helikopter soll sich in der Zwischenzeit in Bischkek bereithalten. Die Zielpersonen sind eine gewisse Elouise Chevallier und ihr mehrköpfiges Ärzteteam. Es ist gut möglich, dass sie freiwillig mitkommen, wenn nicht, ist Entführung angesagt. Landeziel ist aller Voraussicht nach eine Höhle in der Nähe des Inyltschek-Gletschers, die genauen Koordinaten bekommen Sie noch.«

»Sehr durchdacht klingt Ihre Mission nicht, wenn ich das anmerken darf«, äußerte Tynschtyk. Und er hatte recht, wie sich Sezim eingestehen musste. Aber die Dinge lagen nun einmal, wie sie lagen, und einen anderen (Aus)Weg sah sie nicht.

»Wann erhalten wir die versprochenen DNA-Proben?«

»Nun, wenn alles glatt geht am 6. August, vielleicht auch ein, zwei Tage später. Meines Wissens nach wird der Großteil an zwei Standorten in Bischkek aufbewahrt, die restlichen Samples befinden sich an vier weiteren Stationen im Talas-, Naryn- und Issyk-kul-Oblast.«

»Lassen Sie mich raten: Sie werden in ähnlichen Höhlen wie jener in Batken gehortet, wo ich damals schon fündig geworden bin«, grinste Tynschtyk.

Sezim nickte.

»Und warum plündern wir die Höhlen dann nicht zuerst? Da ist doch niemand.«

»Jene in Batken existiert nicht mehr. Beshkempir und ich haben sie in die Luft gejagt. Und so einfach, wie Sie sich das vorstellen, ist die Lage nicht. Bestimmt wurden die Überwachungs- und Sicherheitsvorkehrungen in der Zwischenzeit verstärkt. Ohne Samats Hilfe werden wir nicht an die DNA herankommen. Aber Sie können sich natürlich mit Ihren Freunden Petschkin und Nikitin zu einem Plauderstündchen treffen. Vielleicht öffnen sie Ihnen ja freiwillig alle Türen und schenken Ihnen ihre Schätze«, gab sie ironisch zurück. »Und jetzt helfen Sie mir bitte dabei, ein neues Mobiltelefon zu kaufen, mein altes zu verwenden, erscheint mir bei Weitem zu riskant. Bestimmt wird es längst abgehört. Draußen versammeln sich bereits Bernhard und Ihre anderen Schützlinge vor dem Bus.«

Tynschtyk zahlte, winkte beim Verlassen des Cafés der Gruppe zu und rief zu Bernhard hinüber, dass die Fahrt in zehn Minuten weiterging. Dann lotste er Sezim um ein paar Ecken in einen Laden, der einen bunten Mischmasch aus Lebensmitteln, Haushalts- und Technikwaren anbot, und kaufte dort ein altes Motorola-Modell und die dazu passende Wertkarte.

»Bis der Akku aufgeladen ist, können Sie gerne meines verwenden«, bot Tynschtyk an.

Sezim zögerte, wollte ihn so wenig wie möglich an ihren einzelnen Schritten und Vorbereitungen teilhaben lassen. »Schon okay, so dringend ist es nicht«, sagte sie rasch, doch dann überlegte sie es sich anders und tippte die längst überfällige SMS an Elaine.

BONSAI. BONSAI. BONSAI. Ich lebe noch! Bitte Medina informieren. Ich brauche dringend eure Hilfe. Ihr müsst mich in ein paar Tagen mit dem Wagen im Osten des Landes abholen, vielleicht am Issyk-kul, vielleicht aber auch im Gebirge. Ich melde mich wieder, wenn ich Genaueres weiß. Auf keinen Fall an diese Nummer zurückschreiben. Ich melde mich wieder. Und vermisse euch! XOXO Sybille.

Mit der abgesetzten Dramatik einigermaßen zufrieden löschte sie unmittelbar nach dem Senden die Nachricht. Sicher war sicher.

Zurück beim Bus wurden sie von den anderen ungeduldig erwartet.

»Was ist eigentlich unser nächstes Ziel?«, fragte Bernhard, als er sich wieder zwischen seine Taschen und Boxen auf den Beifahrersitz quetschte. Tynschtyk erklärte, dass sie voraussichtlich gegen Abend das Fischerstädtchen Balyktschy erreichen würden und danach die Südseite des Sees entlang nach Karakol weiter müssten, aber dass er sich nicht sicher sei, ob sich diese Mammutstrecke heute tatsächlich noch bewältigen ließe. Notfalls müssten sie einfach kurzfristig umdisponieren und vielleicht schon in Bokonbajewo oder Tamga übernachten. Nachdem sie weitere Stunden und Kilometer an Fahrt hinter sich gebracht hatten, wurde in Kotschkor erneut eine kurze Klo-, Rauch- und Verschnaufpause eingelegt. Sezim nützte die Gelegenheit und verschanzte sich mit ihrem frisch aufgeladenen Akku im Toilettenverschlag.

»Null, fünf, fünf, drei, drei, null, …«, flüsterte sie beim Wählen der Nummer die einzelnen Ziffern mit. Sie war unglaublich aufgeregt, hatte sie sie richtig in Erinnerung behalten? Und was, wenn nicht? Doch wenig später hörte sie das erlösende Freizeichen. Was sollte sie ihm sagen? Würde er sie verstehen können? Doch auch nach dem zwanzigsten Klingelton hob keiner ab. Sie würde es später wieder versuchen müssen. Enttäuscht gesellte sie sich zu den anderen.

»Alles okay?«, fragte sie Bernhard mit ehrlichem Interesse. »Ja, danke, ich bin nur müde und habe Bauchschmerzen«, log sie.

In Balyktschy kaufte Tynschtyk an einem der vielen Marktstände am Straßenrand geräucherten Fisch für alle und frischte in einem kleinen Supermarkt die Lebensmittel- und Wasservorräte auf – zehn ausgewachsene Männer zu versorgen verlangte eine vorausschauende Planung. Sezim wählte indes erneut die geheime Nummer, doch wieder ohne Erfolg. Tynschtyk schien indessen ganz in seinem Element zu sein. Versiert und gut gelaunt wie eh und je – das verborgene Schauspiel, die geheime Parallelaktion waren ihm nicht im Geringsten anzusehen – gab er eine seiner Gratis-Nachhilfestunden in kirgisischer Landesgeschichte: Balyktschy blickte auf eine bedeutsame Vergangenheit zurück. Einst wichtiger Umschlagplatz auf der großen Seidenstraße, später dann bedeutender Fischerei- und Flößerei-Hotspot verlor das Städtchen nach 1991 aber immer mehr an Bedeutung – der See war so gut wie leer gefischt, die Fabriken wurden nach und nach geschlossen. Und während die Regierung die Bevölkerung für den Fischschwund verantwortlich machte, gab diese vor allem den sowjetischen Verbesserungsexperimenten in den 1930er-Jahren die Schuld, wo man zur Ertragssteigerung Forellen aus dem armenischen Sewansee eingesetzt hatte, gefolgt von Zander-, Karpfen- und Karauschen-Kulturen in den 1950er-Jahren. Die ursprüngliche Fischpopulation war dabei gehörig aus dem Gleichgewicht geraten, die beliebten Tschebatschoks etwa starben ganz aus. »Na, dann hoffen wir mal, dass dieser Einkauf hier tatsächlich aus dem Issyk-kul gesprungen ist«, unterbrach ihn Bernhard, nahm ihm die beiden Tüten ab und schwenkte sie lustig hin und her.

Auf der Weiterfahrt setzte Tynschtyk seine Erzählung fort, schöpfte aus seinem Schatz an skurrilen Anekdoten und fachkundigem Wissen und sorgte für willkommene Kurzweil: Im zwanzigsten Jahrhundert war der Issyk-kul nicht nur wirtschaftlich, sondern auch militärisch genützt worden. So testete zum Beispiel das sowjetische Verteidigungsministerium zwischen 1950 und 1970 U-Boot-gestützte Unterwasserraketen im See – die Torpedos seien, wie er launig anmerkte, ganz in der Nähe ihrer heute angepeilten Endstation Karakol gezündet worden –, was jedoch dem beginnenden Tourismus am Kirgisischen Meer keinen Abbruch tat. Auch heute noch luden jede Menge Pensionen, ehemalige Sanatorien und Privatzimmer die zahlungskräftigen Massen – hauptsächlich reiche Russen und begeisterte Bergsteiger aus Europa – zum Verweilen ein, machten ihre Betten für schwimmbegeisterte Sonnenanbeter und hartgesottene Abenteurer bereit, die den schneebedeckten Vier- und Fünftausendern des Kungej Alatoo im Norden oder des Terskej Alatoo im Südosten auf ihre Leiber rücken wollten, um als alpinen Höhepunkt vielleicht sogar den Pik Pobeda oder den Pik Khan Tengri samt Inyltschek-Gletscher zu erobern.

Sezim hatte nur mit einem Ohr zugehört, war aber spätestens beim Wort »Inyltschek« wieder putzmunter geworden. Es war bereits Abend und allen – Tynschtyk eingeschlossen – taten von dem stundenlangen Herumgekurve die Knochen weh. Nachdem er ein hektisches Telefonat geführt hatte, wandte er sich wieder der Gruppe zu: »Gute Nachrichten, liebe Leute. Bis Karakol schaffen wir es heute nicht mehr. Wir fahren jetzt noch etwa eine halbe Stunde die wunderschöne Uferstraße entlang und übernachten dann in Tamga. Ich habe soeben eine Unterkunft für uns besorgt. Es wird Ihnen dort gefallen!« Aus den müden Reihen kam keine Widerrede, Bernhard nickte nur, ein paar der Altspunde dösten vor sich hin, die restlichen blätterten in ihren Bestimmungsbüchern. Endlose Pappelreihen und Obsthaine zogen an ihnen vorbei – saftige, sonnengelbe Aprikosen, pralle Äpfel, die schneewittchenhaft in Rot, Grün und Gelb von den Bäumen leuchteten. Sezim blickte auf den See. Das war es also, das »Tigerauge« im kirgisischen Landkartenrelief, das Juri Gagarin angeblich einst vom All aus gesichtet und in das er sich augenblicklich verliebt hatte. Er war in der Tat so schön und prachtvoll, dass er sich über die Jahrhunderte nicht umsonst als »Perle des Tien Shan« in zahlreiche Geschichten und Songtexte eingeschlichen hatte. Das Wasser war strahlend blau und an seinen Rändern erhoben sich die mächtigen Gebirgsketten, die mit ihren schneebedeckten Gipfeln nahtlos in den bauschigen Wolkensaum übergingen. Sie machte klick. Dass Gagarin nach absolviertem Weltraumausflug tatsächlich einmal hier gelandet war, lag vor allem an den zahlreichen Sanatorien entlang des Sees, in denen seinerzeit geschwächte Kosmonauten aufgepäppelt wurden und in der Gegenwart reiche Russen ihre Sommerkuren verbrachten. Die Ausblicke, die sie im Vorbeifahren erhaschten, waren postkartenreif, die ganze Gegend strahlte eine südländisch anmutende Gelassenheit aus, die sogar die Lepidopterologen ab und zu von ihrer Lektüre aufblicken und staunen ließ. Der Issyk-kul war der größte Gebirgssee

Zentralasiens und einer der tiefsten der Welt – an mancher Stelle grub er sich ganze siebenhundert Meter in Richtung Erdmittelpunkt hinab. Es gab verschiedene Thesen, wie und wann er entstanden war. Die wahrscheinlichste datierte ihn auf einen mächtigen Gebirgsbruch vor zwei Millionen Jahren, in dessen Folge sich die so entstandene Spalte mit Wasser gefüllt hatte. Doch Tynschtyk hatte seine eigene Entstehungsversion parat, die er all jenen, die noch wach waren, näher brachte. Wie immer bei kirgisischen Legenden handelte es sich um eine Herz-Schmerz-Geschichte mit moralischem Fingerzeigende – Sezim hörte ihm nur am Rande zu, sinnierte fiebrig über ihre scheinbar verhexte Nummernreihe »… null, fünf, fünf, drei, drei, null, …« und ließ Tynschtyks Worte wie Staubzucker über ihren Gehirnstrudel rieseln, der statt mit Rosinen und Äpfeln mit bevorstehenden Aufgaben und Erledigungen gefüllt war:

»Es war einmal ein Dorf mit einer Wasserquelle. Das Wasser war so gut und gesund, dass jeder, der davon trank, über hundert Jahre alt wurde. Ein junges Mädchen bewachte die Quelle und als eines schönen Tages ein stattlicher Reiter kam, um sich am kühlen Nass zu erfrischen, verliebten sich die beiden unsterblich ineinander. Er nahm sie mit zu seinen Eltern, die weit hinter dem Pass wohnten, und kurz darauf wurde Hochzeit gefeiert. Als sie nach dem Fest zurückkehrten, um auch die Eltern der Braut zu besuchen, war das ganze Dorf mitsamt seinen Bewohnern verschwunden. Das Mädchen hatte vergessen, die Quelle zu schließen – Menschen, Vieh und Häuser lagen unter den Wassermassen begraben. So war der See entstanden. Und als das Mädchen ob ihrer Torheit weinte und weinte, wurde er größer und größer von ihren Tränen. Das Salz kann man heute noch schmecken. Und die kirgisische Moral von der Geschichte:

Erst kommt die Arbeit, dann das Vergnügen.« Tynschtyk lachte herzhaft und schien sich selbst am meisten an seinem Ammenmärchen zu erfreuen.

Als sie Tamga endlich erreicht hatten und sich nach dem Abendbrot – der Balyktschyfisch hatte allen hervorragend gemundet – erschöpft in ihre kleinen Pensionszimmer zurückzogen, versuchte Sezim zum dritten Mal ihr telefonisches Glück. Sie hatte ein mulmiges Gefühl, obwohl sie ganz sicher war, Beshkempirs Zahlen richtig memoriert zu haben, wieder und wieder war sie ihre Eselsbrücken in Gedanken durchgegangen und zum selben Ergebnis gekommen. Sie überlegte. Was sollte sie nur tun, wenn sie ihn wieder nicht erreichte? Beshkempir saß hinter Gittern in Bischkek und ohne richtigen Namen und eine Adresse würde sie Wolf vom Issyk-kul wohl kaum ausfindig machen können. Nach all den Strapazen durfte ihre Mission doch jetzt nicht daran scheitern, dass sie eine falsche Nummer hatte. Es klingelte und klingelte.

»Verdammt«, dachte sie und wollte schon auflegen, als am anderen Ende der Leitung plötzlich eine tiefe Stimme »Da?« sagte.

»Wolf?« Schweigen. »Hier ist das Dillemädchen.« Schweigen. »Hallo, hören Sie mich?«

»Staryj drug lutschsche dwuch nowych (Ein alter Freund ist besser als zwei neue). Ich dachte schon, Sie melden sich nie«, kam es rau und kratzig zurück.

»Und ich dachte, ich würde Sie gar nicht mehr erreichen, weil Sie entweder bei Samat oder gar nicht mehr am Leben sind.«

»Wieso das?«, fragte er.

»Weil sich der Countdown dem Ende zuneigt, sich die Schlinge immer enger zieht und es wohl ein paar Herren aus den unterschiedlichsten Gründen mit der Angst zu tun bekommen.«

Er schien zu lächeln, zumindest stellte sie sich das vor.

»Wo sind Sie?«, fragte er.

»In Tamga.«

»Packen Sie die wichtigsten Sachen zusammen, Sie werden mit ziemlicher Wahrscheinlichkeit nicht mehr dorthin zurückkehren. Dann gehen Sie zum Sanatorium. Ich bin in vierzig Minuten da.«

»Warten Sie! Sie müssen mir noch einen Gefallen tun. Können Sie mit Elouise Chevallier Kontakt aufnehmen?«

»Kann das nicht warten?«, fragte er zurück.

»Nein. Bitte fragen Sie sie, ob sie den Eingriff an Samat durchgeführt hat. Und wenn ja, ob sie ihn rückgängig machen kann, also theoretisch, oder ob es dafür schon zu spät ist.« Er schwieg. »Machen Sie das für mich?«

»Sie hat das *CRISPR/Cas*-Werkzeug mit ihren eigenen Händen bedient. Ich war dabei. Was Ihre andere Frage betrifft, so will ich sehen, was ich herausfinden kann«, sagte er. Dann legte er auf. In der Sekunde, da das Gespräch beendet war, fiel eine fast unmenschliche Anspannung von Sezim ab. Jetzt würde alles gut werden. Es musste gut werden. Eilig stopfte sie ihr Handy, den Revolver, den Fotoapparat, ein paar Unterhosen, ihre Zahnbürste und den alten Atlas zu den Memorysticks, dem psukh-Manifest und dem Countdownanzeiger in den Rucksack, packte den Goldklumpen in einen unauffälligen, fest verschnürbaren Müllsack und brachte hastig zwei kurze Nachrichten zu Papier. Dann schlich sie auf Zehenspitzen aus dem Zimmer, an der unbesetzten Rezeption vorbei, zur Tür hinaus und stahl sich im Schutze der Dunkelheit davon.

Lieber Tynschtyk, das Päckchen ist für Sie. Ich musste weg. Mir bleibt keine andere Wahl, als mich darauf zu verlassen, dass Sie dieses eine Mal Wort halten und der Helikopter samt Besatzung am Tag X für meine Mission bereitsteht. Die genauen Einsatzkoordinaten erhalten Sie in den nächsten Tagen. Wenn alles gut geht, sehen wir uns gesund und munter zur DNA-Übergabe am 6. oder 7. August in Bischkek, wo uns die dann bereits vergangene Zukunft bestenfalls wie eine kirgisische Mähr vorkommt. Sezim.

Lieber Bernhard, du bist der netteste Schmetterlingsexperte, den ich jemals kennengelernt habe (bis auf Samat natürlich). Und du hattest recht, was die exotischen Riesenflatterer am Song-kul betrifft. Ich wünschte, ich könnte dir eines Tages die (ganze) Wahrheit über sie erzählen, aber ich denke, das wird nie passieren. Danke für alles. Sezim.

Der Erholungsort Tamga war nicht allzu groß. Es gab eine Reihe privater Wohnhäuschen mit geschnitzten Fensterläden, einige Gästehäuser und kleinere Hotels, ein überschaubares Angebot an Supermärkten und Kiosken entlang der Hauptstraße und viel Grün. Jetzt musste Sezim nur noch das Sanatorium finden. Auf gut Glück bog sie nach rechts ab und steuerte auf eine Gruppe Jugendlicher zu, die in der Wiese abhingen, Musik hörten und ihren Spaß hatten.

»Excuse me, can you tell me in which direction the sanatorium is?«, fragte sie, »Juri Gagarin?, poliklinika?, sa-na-to-ri-um?«, stammelte sie und zeigte dabei wahlweise in die Richtung, aus der sie gekommen war, und jene, in die sie marschierte. Schön langsam hatte sie es satt mit dem Sprachenkauderwelsch. Nach anfänglichem Zögern äußerte einer der Jungen unsicher: »Sanatorij?« Sezim nickte. Dann deutete er ihr weiter geradeaus zu gehen. Wenn sie sich wirklich verstanden hatten, war sie auf dem richtigen Weg. Tatsächlich erreichte sie nach wenigen Minuten ein riesiges Gebäude, das nach Krankenhaus aussah und von einem großen Park umgeben war. Sezim nahm auf einer der Bänke in der Nähe der Eingangshalle Platz und sah sich um. Sie war zu früh. Gerade als sie zum Handy greifen wollte, um Medina anzurufen und zur Abwechslung eine freundliche, vertraute Stimme zu hören, kam auch schon eine graue Gestalt auf sie zu geschlichen.

Sie hatte ihn sich tatsächlich annähernd so vorgestellt. Wolf vom Issyk-kul trug seinen tierhaften Namen aus gutem Grund: Er war um die Sechzig, hager von Gestalt, hatte schulterlanges, schlohweißes Haar, markante Wangenknochen und einen ungezähmten Dreitagebart, der ihn wild und verrucht wirken ließ. Seine Augen funkelten wach und konzentriert, er schien jederzeit bereit zu sein, auf die Umgebung zu reagieren, urplötzlich vorzupreschen oder sich zurückzuziehen – je nachdem, was im jeweiligen Moment gefragt war, alles in allem wirkte er auf sie – und es kostete sie eine Minute, um auf das richtige Wort zu kommen – geschmeidig. Sein vollständiger Name lautete Hieronymus T. Wolf, seine Vorfahren waren Mitte des achtzehnten Jahrhunderts unter Katharina der Großen ins Russische Reich gekommen, um als angeworbene Siedler die Steppengebiete an der Wolga zu kultivieren und in fruchtbares Agrarland zu verwandeln. Sie hatten gute und vor allem schlechte Zeiten gesehen – etwa die Aufhebung der Selbstbestimmungsrechte deutscher Siedler durch Zar Alexander II. (1874), die Auflösung der autonomen »wolgadeutschen Republik« und die Zwangsdeportationen nach Sibirien und Zentralasien unter Stalin (1941) –, doch Hieronymus' Urgroßeltern hatten Glück, überlebten genau wie ihre Nachkommen Hunger, Grausamkeiten und Gewalt und landeten schließlich in der Kirgisischen

SSR, wo sich ab 1953 mit Chruschtschow und der Tauwetter-Periode die Lage für die Wolgadeutschen allmählich wieder entspannte. Von der Möglichkeit der Einbürgerung in die Bundesrepublik Deutschland in den 1970er-Jahren machte Hieronymus T. Wolf, der 1955 das Licht der Welt erblickt hatte, keinen Gebrauch. Er blieb hier, studierte Mathematik und Medizin, heiratete eine Kirgisin und bekam mit ihr zwei Kinder. Als seine Frau vor zehn Jahren starb, sein Sohn nach Amerika auswanderte und seine Tochter heiratete, zog er sich in ein abgelegenes Häuschen im kleinen Dorf Kyzyl Suu auf halber Strecke zwischen Tamga und Karakol zurück und lebte dort seither in frei gewählter Einsamkeit. Nur seine Tochter Ümüt und sein Freund Samat besuchten ihn ab und zu. Der Spitzname Wolf oder auch Wolf vom Issyk-kul war mit der Kauzigkeit der Jahre gekommen.

Wolf hatte keine Zeit verloren, Sezim auf dem Weg zu seiner Bleibe die wichtigsten Eckdaten seiner Lebensgeschichte zu offenbaren, sie hingegen hatte nur wenig gesprochen. Am liebsten hätte sie Samats Höhle im Gebirge direkt angesteuert, aber sie war hundemüde und hatte schließlich eingewilligt, zumindest ein paar Stunden zu schlafen.

Wolf hatte Samat kennengelernt, als dieser noch Student in Frunse war, er selbst hatte damals als Arzt praktiziert und nur fallweise als Professor an der Biologischen Fakultät unterrichtet. Ihre Fachgebiete hatten sich nur marginal überschnitten, doch in den Folgejahren waren sie sich immer mal wieder bei dem einen oder anderen Seminar und Vortrag über den Weg gelaufen und Freunde geworden. Der Kontakt hielt, und auch als Wolf sich später zur Ruhe setzte, hatte Samat seinen Mentor regelmäßig in wichtigen Fragen konsultiert und wann immer es ihm seine Feldforschungen erlaubten, ein paar Wochen bei ihm am Issyk-kul verbracht. Sezim, die gespannt seinen in holprigem Deutsch formulierten Ausführungen lauschte, hätte an diesem Abend noch Unmengen an Fragen zu stellen, ja selbst vieles über Samat zu berichten gewusst, aber im Endeffekt redeten sie nicht mehr viel. Vielleicht war es der Müdigkeit oder dem Umstand geschuldet, sich nicht gut zu kennen, vielleicht lag es auch einfach daran, dass beide nicht sicher waren, an welchen Stellen im Lebenslauf sie mit ihren Erzählungen über den gemeinsamen Freund ansetzen sollten. Doch zwei Dinge ließen Sezim trotz allem keine Ruhe: »Warum machen Sie das für ihn?«, fragte sie Wolf geradeheraus.

»Ich schätze, aus demselben Grund wie Sie. Er ist mein Freund«, antwortete er.

Sie lächelte.

»Sie haben vor, ihm die ganze Sache auszureden, nicht wahr?«, fragte er.

Sezim zögerte. »Ja«, lautete schließlich ihre ehrliche Antwort. »Ich habe da eine Idee. Wenn es dafür nur nicht zu spät ist.«

»Es ist nie zu spät«, sagte Wolf ernst.

»Was hat eigentlich Elouise Chevallier gesagt? Haben Sie sie erreicht?«

»Sie meinte, es sei überaus kompliziert und riskant, den *CRISPR/Cas*-Eingriff rückgängig zu machen, zudem ein absoluter Irrsinn, jetzt so kurz vor dem Ziel. Aber sie hat auch gesagt, dass es – theoretisch zumindest – möglich sei.«

Sezim war sichtlich erleichtert, als sie diese Worte aus seinem Mund vernahm. Gleich am nächsten Morgen wollten sie in Richtung des Inyltschek-Gletschers aufbrechen, der gemeinsam mit anderen gefrorenen Wassermassen das felsige Dreieck zwischen den drei gewaltigen Gipfelzinken Pik Khan Tengri, Pik Nansen und Pik Pobedy füllte. Als Wolf Sezims entsetzten Gesichtsausdruck wahrnahm, beruhigte er sie, sie müssten bei Weitem nicht so hoch hinauf, nicht einmal bis zum ersten Basislager, die Höhle 5a befinde sich am Fuße des Khan Tengri noch unterhalb der Gletscherzunge in der Nähe der Merzbacherwiese, sie würde das mit Sicherheit schaffen. Fünf Tage mit je fünf bis sechs Stunden Gehzeit lägen vor ihnen – und sie würden bestimmt nicht die Einzigen sein, die sich in die Gletscherwelt des Himmelsgebirges aufmachten. Im Juli und August herrsche hier Hochsaison, mehr als 2.000 Bergsteiger jährlich kämpften sich zu dieser Zeit – mit ihren kundigen Bergführern, Pferden und Trägern, die sich des Gepäcks annahmen – durch Eis, Schutt und Geröll dem nördlichsten Siebentausender der Erde entgegen, um die Heimat der Schneeleoparden und Sibirischen Steinböcke zu erkunden und weit bis nach China hineinzuschauen.

Allein die Vorstellung des bevorstehenden Fünftagesmarsches erschöpfte sie, gleichzeitig war sie unheimlich aufgeregt und motiviert – ein Gefühl, das sie so nur ein einziges Mal erlebt hatte, als sie vor Jahren in Wien gemeinsam mit Martin an ihrem ersten und letzten Marathon teilgenommen hatte und ihr auf dem finalen Stück die Beine nicht mehr gehorchen wollten. Damals waren es 42,195 Kilometer auf ebener Strecke gewesen, wohl eine Lappalie im Vergleich zur drohenden Gletschererstürmung – Sezim hoffte wirklich, sie würde es schaffen, und versuchte alle negativen und beunruhigenden Gedanken zu verdrängen. Irgendwann gelang es ihr schließlich, einzuschlafen. Am nächsten Morgen sah die Welt schon wieder ganz anders aus, Sezim erwachte quicklebendig und voller Vorfreude auf das langersehnte Treffen mit Samat, die Bedenken der Nacht waren wie weggefegt. Überraschenderweise wurde sie in der Küche von Wolfs Tochter Ümüt begrüßt, die extra angereist war, um während der Abwesenheit ihres Vaters dessen Haus und Garten zu versorgen. Er hätte sie erst tags zuvor wissen lassen, dass er in einer dringlichen Angelegenheit auf unbestimmte Zeit weg müsse, und sie und ihre Familie hätten daraufhin beschlossen, das Nützliche mit dem Angenehmen zu verbinden und die letzten Tage der Ferien am Issyk-kul zu verbringen. Sie bilde sozusagen die Vorhut, Mann und Kinder würden am Abend nachkommen. Ümüts Name hatte Sezim sofort ein Lächeln entlockt, erinnerte er sie doch an das gleichnamige Mädchen, das sie einst auf dem Flughafen in Bischkek getroffen hatte. Mit jener Ümüt (»Hoffnung«) hatte ihre kirgisische Geschichte damals angefangen und mit dieser Ümüt würde sie hoffentlich bald zu einem Ende finden. Der Kreis schien sich langsam zu schließen. Die beiden Frauen frühstückten gemeinsam in der Küche und packten dabei den Proviant für die nächsten Tage zusammen. Wolf belud den Truck mit ihren Zelten, Schlaf- und Rucksäcken – schon in Kürze würden sie den Checkpoint Etschkili Tasch an der kasachisch-kirgisischen Grenze ansteuern und von dort aus mit Pferden die erste Etappe zu einem Camp auf 3.205 Metern Höhe zurücklegen. Für die neuerliche Kontaktaufnahme mit Elaine oder Medina war keine Zeit geblieben, auch mit Elouise Chevallier hatte Sezim noch nicht persönlich gesprochen, aber Wolf beruhigte sie. Er habe sein Satellitentelefon dabei, die Höhle verfüge über ein Morsegerät – sie könne also auch von unterwegs aus jederzeit jemandem eine Nachricht zukommen lassen. »Vielleicht ist das sogar besser«, dachte sie und: »Zuallererst muss ich mit Samat reden«, dachte sie und dann sah sie nur noch, wie ihnen Ümüt im Rückspiegel zum Abschied hinterherwinkte. Der Countdownanzeiger zeigte 10 Tage, 8 Stunden, 34 Minuten, 5 Sekunden.

Nachdem sie Etschkili Tasch hinter sich gelassen, nach mühsamen Stunden das erste Zeltlager erreicht und dort die Nacht verbracht hatten, ging es am zweiten Tag ihres abenteuerlichen Anstiegs erneut über sumpfige Wiesen und mehrere kleine Bäche Meter für Meter bergauf. An diesem Abend schlugen Wolf und Sezim im Schutze eines massigen Felsfindlings und hochgewachsener Tannen ihr Lager auf. Für den nächsten Tag stand die Bezwingung des rund 4.000 Meter hohen Tyuz-Passes auf dem Programm und Wolf ermahnte seine Begleiterin, sich an den mitgebrachten Broten und Süßigkeiten ordentlich zu stärken. Ihre Anstrengung wurde mit beeindruckenden Blicken hinunter in die tiefen Schluchten des Inyltschek-Flusses, der die riesigen Gletscher entwässerte, und hinauf zu den Schneefeldern des Pik Khan Tengri und Pik Pobeda belohnt – sie waren im Zentrum des hohen Tien Shan angekommen. Über ihnen kreisten immer wieder vereinzelte Helikopter, die müde Wanderer ins Tal oder betuchte zu den Basislagern brachten. Und nach einem weiteren, langen Abstieg zum Camp Chon-Tash im Inyltschek-Tal begann am vierten Tag der eigentliche Aufstieg zum Gletscher. Ab hier gab es für die Pferde kein Weiterkommen mehr, normalerweise kümmerten sich professionelle Träger um das Gepäck der Bergsteiger, aber Wolf hatte nicht viel dabei – die Höhle war ihm längst zum zweiten Zuhause geworden und mit allem Nötigen ausgestattet. In kritischen Phasen der Samat'schen Schmetterlingstransformation war er Tag und Nacht bei ihm geblieben, hatte akribisch alle Messwerte überprüft, alle vorgeschriebenen Untersuchungen, Checks und Re-Checks durchgeführt oder sich einfach mit seinem Freund unterhalten. In ruhigeren Zeiten verbrachte er nur die halbe Woche bei ihm und die andere in seinem Häuschen in Kyzyl Suu – wenn er allein unterwegs war, schaffte er den Trip mittlerweile in drei statt der üblichen fünf Tage. Nach einer letzten Zwischenübernachtung im Glininka-Camp tauchte schließlich oder in Sezims Wahrnehmung und Diktion endlich mitten in der lebensfeindlichen Stein- und Eiswildnis umgeben von gewaltigen Gletschermassen die Merzbacherwiese vor ihnen auf – unvermittelt, erlösend, blumenübersät. Eine grüne Oase auf 3.345 Metern mit einem fest installierten Zeltlager samt Speise- und Kommunikationszentrum, in dem die Daunenbejackten und Wollbemützten vor oder nach dem Gipfelsturm relaxten und keine Ahnung davon hatten, dass ganz in ihrer Nähe, nur ein paar hundert Meter entfernt, die Laborhöhle Nummer 5 beziehungsweise 5a versteckt lag – ein hochmodernes »Puppenhaus«, in dem sich eines der bedeutendsten Wissenschaftsexperimente der Gegenwart ereignete.

Ein Schritt, ein Atemzug, ein Schritt, ein Ächzen, ein Schritt, ein Gehirnvakuum. Sezim hatte es geschafft. Und so beschwerlich sich die fünf langen, kräftezehrenden, steilen und felsigen Wandertage auch gestaltet hatten – oft hatte sie mehr mechanisch als menschlich einen Fuß vor den anderen gesetzt –, rückblickend kamen sie ihr wie eine vorbeiflirrende Filmsequenz, wie ein farbenfroher Traum vor. Lediglich ihr Körper zeugte von den Abnützungserscheinungen und Spuren der realen Anstrengung: die Frostbeulen und Blasen an den Füßen, der erhöhte Puls, die drückenden Kopfschmerzen, das mühsame Luftholen (einmal war sogar Wolfs hyperbare Überdruckkammer zum Einsatz gekommen, doch der reine Sauerstoff hatte sie rasch dem atmosphärischen Umgebungsdruck wieder standhalten lassen). Seit Kyzyl Suu hatte sie keine Zigarette mehr angerührt, doch jetzt, da sie das Ziel erreicht hatten, war ihr plötzlich danach.

»Hier ist der Schlüssel«, flüsterte Wolf, als sie eine Viertelstunde später abseits des Lagers vor dem verwachsenen Eingang standen. Wolf hatte ihr erzählt, dass Samat und er den a-Sektor, von dessen Existenz nicht einmal Nikitin oder Petschkin etwas wussten, in monatelanger Arbeit in einem elliptischen Nebengewölbe des Hauptlabors angelegt hatten.

»Ich denke, ich habe selbst einen, der passt«, sagte Sezim, blies dabei Rauch aus und zog ihr einst im Zoologischen Museum entwendetes Exemplar hervor. »Außer natürlich, ihr habt das Schloss ausgewechselt?«

»Das haben wir«, lachte er, »es gibt nur drei Exemplare dieses speziell gefrästen Generalschlüssels. Eins ist im Besitz von Elouise Chevallier, eins ist bei Samat in der Höhle und meines hier bekommst jetzt du. Ich warte im Lager auf dich. Lass dir Zeit. Und viel Glück«, sagte er.

Sezim packte ihren treuen Begleiter am Ärmel, sie wollte nicht, dass er schon ging.

»Darf ich dich noch etwas fragen, Wolf?« Er nickte. »Wird er mich erkennen? Werde ich mit ihm reden können? Ich habe Angst.«

»Es wird alles gut, Dillemädchen. So oder so.«

»Warte! Ein Letztes noch«, hielt sie ihn zurück und kramte in ihrem Rucksack nach ihrer Kamera. »Bitte mach ein Foto von mir. Nur, damit ich später sehen kann, dass das alles wirklich passiert ist. Wer weiß, ob ich dann noch dieselbe bin.«

Es machte klick.

»Geh jetzt«, sagte er zum Abschied.

Das Gefühl, das sich in dem Moment, da Sezim mutterseelenallein vor der Höhle stand, bei ihr einstellte, ließ sich nicht in Worte fassen. Alles in ihr, jede Synapse, jede Faser, jede Zelle, war in Bewegung. Und was sagte man auch zu jemandem, den man ewig gesucht hatte, wenn man dann endlich vor ihm stand? Wo waren sie in solchen Fällen hin – all die lange gedachten, sorgsam gehüteten, sehnsüchtig formulierten, hoffnungsfroh aufgestauten Worte? Verschwunden, verschluckt, implodiert?

Sie merkte, wie sich der rote Faden ihres Schyrdaks langsam in Luft auflöste, jeden Saum, jeden Knoten, jede Naht ihres kirgisischen Quilts hatte sie wahrgenommen, gespürt, wie sie mitunter gespannt und gezogen hatten – bei Nikitin in der Klinik, beim Studieren der psukh-Akten, beim Kökböro am Song-kul, während der Gespräche mit Tynschtyk und Wolf –, jeder Stich an ihrer Patchworkdecke hatte gesessen und war mitten in ihr Herz gegangen, jeder noch so banale Flicken, der mit der Zeit hinzugekommen war, Zipfel aufgeworfen und Falten geschlagen hatte, war ihr im Gedächtnis geblieben – Samats Briefe, die kryptischen Erzählungen, die kirgisischen Märchen und Legenden, die schönen Momente mit Medina, Elaine, Beshkempir, die zufälligen Bekanntschaften mit Viktoria, Dshamilja, Myrsa und all den anderen –, alles hatte sich letztendlich zusammengefügt zu einem großen Ganzen und sie hierhergebracht. Nur jetzt vor der Höhle war er plötzlich aus, der rote Faden, als wollte sich der letzte Streifen nicht mehr annähen lassen, als wüsste das letzte Stück nicht, wie es sich dazugesellen sollte – als zentrales Ornament, als überflüssige Bordüre, oder würde es gar eine Lücke hinterlassen?

»Los jetzt!«, ermutigte sie sich selbst.

Die Sonne ging schon unter und der Mond auf. Ein Kuckuck schrie in der Ferne fünfzehnmal. Ein Schmetterling schlug aufgeregt mit seinen Flügeln. Und einen winzigen Moment lang bediente sich die Zeit (wieder einmal) der ihr innewohnenden Dehnbarkeit, mit der sie Sekunden in einen

Äon und Monate in einen Augenblick verwandeln konnte. Sezim nahm einen letzten Zug von ihrer Zigarette, schnappte ihren Rucksack. Und betrat die andere Welt.

Samat und Sezim.

Er haderte mit sich, bis er sich schließlich sagte, es sei eigentlich ganz normal, daß er nicht wisse, was er wolle. Man kann nie wissen, was man wollen soll, weil man nur ein Leben hat, das man weder mit früheren Leben vergleichen noch in späteren korrigieren kann. (Milan Kundera, *Die unerträgliche Leichtigkeit des Seins*)

Es war feucht und dunkel. Der Geruch von Dill und Kerbel lag in der Luft. Sie fror. Langsam tastete sie sich die felsige Wand entlang. Und da war er. Mitten im Raum. Er hing von der Decke herab – mumienhaft, stürzpuppenartig, mit dem Kopf voran – und schickte kleine Atemblitze in die Luft, die an den Wänden Funken schlugen und die Höhle in ein grünviolettes Licht tauchten, das alle Zeiten miteinander verwob.

»Sybille, mein Dillemädchen, bist du das?«, dachte er und »Hast du mich tatsächlich gefunden?«, dachte er. Und im Gegensatz zu den unzähligen Malen, in denen diese Hoffnung unerfüllt geblieben war, schien ihm in seiner schemenhaften Wahrnehmung jetzt tatsächlich jemand im Raum zu stehen. »Du bist es wirklich, nicht wahr?«, sagte er.

»Ja, ich bin es wirklich. Und du, Samat? Bist du real?«

»So real, wie du es zulässt«, kam es zurück. »Bist du also tatsächlich zu mir gekommen, ich habe schon nicht mehr daran geglaubt«, seufzte er.

»Ich zwischenzeitlich auch nicht«, erwiderte sie melancholisch.

»So oft habe ich an dich gedacht, mir den Moment unseres Wiedersehens ausgemalt, mir nichts sehnlicher gewünscht, als endlich mit dir zu reden, bei dir zu sein – auch wenn es jetzt in anderer Form passiert, als wir beide uns das vielleicht gewünscht haben. Weil normal ist das alles natürlich nicht, eher jenseitig als diesseitig. Andererseits, was ist schon normal, nicht wahr?« Und als keine Antwort kam, fuhr er fort: »Ich bin jetzt fast so weit, die Rädchen der Wissenschaft haben die Zeit unaufhörlich weitergedreht, ich werde bald erfahren, ob es richtig oder falsch war, es den Schmetterlingen gleichzumachen, ihnen in meinem kleinen Experiment am eigenen Ich bis zum Äußersten zu folgen. Nur du bist mir noch eine Antwort schuldig, obgleich ich sie bereits erahne.«

Als sie ihn so reden hörte, platzte es förmlich aus ihr heraus, wie das mitunter passierte, wenn man überfordert war und wenig Übung darin hatte, beim Sprechen und Denken die eigenen Gefühle im Zaum zu halten: »Was machst du hier, Samat, und warum? Warum hast du mich gerufen und hierhergelockt nach all den Jahren? Warum bist du damals einfach nach Kirgistan abgehauen und hast mich im Stich gelassen? Warum willst du dich in einen anderen verwandeln, eine neue Seele haben? Was sollte denn das ganze Versteckspiel? Warum hast du mir nicht einfach die Wahrheit gesagt?« Sezim versagte die Stimme, die letzten Worte hatte sie beinahe gekrächzt, sie war einer Ohnmacht nahe, taumelte kurz und sackte dann mit weich gewordenen Knien zu Boden. »Merkst du denn nicht, wie verrückt das alles ist?«, schluchzte sie. Auch Samat schwankte im Kokon hin und her, zitterte, glühte, pulsierte, zuckte. Zu gerne wäre er jetzt menschlicher gewesen, hätte sie in den Arm genommen, ihr mit den Händen durchs Haar gestreift, sie getröstet.

»Und doch ist es passiert. Und passiert immer noch. Und dass du jetzt hier bist, beweist doch, dass es richtig war.«

»Ach, Samat«, stöhnte sie. »Du bist ein Schmetterling. Ich spreche mit einem Schmetterling. Das findest du richtig?«

Sezim rutschte auf den Knien näher an ihn heran. Die Oberfläche seines Puppenpanzers wies kleine Rillen und Furchen auf. Unter der dunklen Haut konnte sie seine genveränderte Silhouette ausmachen, den Kopf, den Rumpf, die Flügel. Sie nahm das sanfte Pulsieren in seinen Adern wahr, die die porös gewordenen Nähte schon in wenigen Tagen sprengen und ihren neubeseelten Freund freigeben würden. Zaghaft strich sie über die filigrane Gespinsthaut. Allmählich beruhigte sie sich.

»Entschuldige«, flüsterte sie. »Ich bin bestimmt nicht gekommen, um dir gleich Vorwürfe oder alles kaputt zu machen. Ironischerweise hast du mir mit psukh sogar das Leben gerettet. Durch deine Briefe, deine Rätsel, dein Kirgistan bin auch ich wieder lebendig geworden. Habe, nachdem ich mich monatelang aus den Augen verloren hatte, wieder zu mir gefunden. Habe die alte Sybille hinter mir gelassen und bin stattdessen mit der neuen Sezim an der Hand zum Dillemädchen von einst zurückspaziert. Dafür werde ich dir ewig dankbar sein.« Sie räusperte sich: »Ich bin zu dir gekommen, weil ich mich davon überzeugen wollte, dass es dir gut geht, dass du glücklich bist mit deiner Entscheidung und die Sache wirklich zu Ende bringen willst. Ich habe nachgedacht, Samat. Und ich bin zu dem Entschluss gekommen, dass ich bei psukh nicht mitmachen werde. Ich kann das nicht. Ich möchte das nicht. Ich glaube, du bist dabei, einen großen Fehler zu begehen. Vielleicht wirst du dank deiner unglaublichen Entdeckung tatsächlich zu einem besseren Menschen, vielleicht schaffst du es, mit den Schmetterlingen deine Seele (und dein eigenes Land) zu retten, aber für mich ist das nicht der richtige Weg. Wieso ein menschliches Rätsel lösen, das ein jeder für sich selbst entwirren und knacken muss: Bishop, Kafka, Kundera, du und ich.

Wieso sich vorwärts verwandeln, wenn doch alles rückwärts anfängt. Immer. Und wenn überhaupt, sollte einen doch einzig und allein das Leben verändern. Und nicht umgekehrt, wir das Leben. Genau wie es auch mich in den letzten Monaten verändert hat – von einer Toten in eine Lebendige. Von einer Suchenden in eine Findende. Von einer verlorenen Österreicherin in eine mutige Übergangskirgisin. Von Sybille in Sezim.«

»Woher hast du eigentlich den neuen Namen?«, unterbrach er sie.

»Dein Sohn hat ihn mir geschenkt, er dachte, dass ›feelings‹ zu mir passen würde.« Sie lächelte. »Was, wenn du einfach wieder als der zurückkommst, der du warst – mit allen Ecken und Fehlern und Kanten? Wir befinden uns in keinem Science-Fiction-Abenteuer, sondern im echten Leben, das, so scheußlich, so ungerecht, korrupt, verworren und widersprüchlich es auch mitunter sein mag, eben doch unser Leben ist, das einzige, das wir haben. Eins, in dem Schmetterlinge nun mal nicht sprechen können, in dem man nicht einfach so die DNA von anderen klaut und mit Menschen und Tieren experimentiert. Da redet ja genau die Richtige, kannst du dir jetzt denken. Und weißt du was, bis vor einem Jahr wärst du noch richtig gelegen damit. Da habe ich selbstgefällig mit meinen schockgefrorenen Affenköpfen hantiert und mir eingebildet die Zukunft erforschen zu müssen, wie wir alle immer glauben vorankommen zu müssen, schneller, klüger, genialer zu werden, aber das stimmt gar nicht. Keiner braucht Gott oder Universum zu spielen, keiner hat das Recht, in die Evolution und Geschichte einzugreifen. Ich bin nicht perfekt. Die Welt ist nicht perfekt. Aber darf das Leben nicht einfach nur so sein, wie es ist – nicht perfekt? Ich weiß auch nicht, kann es nicht sein, dass du die

Orientierung verloren hast, dass die ganze psukh-Sache – ob nun aus Unglück, Verzweiflung, aus falschem Wunschdenken oder deiner Sehnsucht nach dir selbst heraus – ein klein wenig aus dem Ruder gelaufen ist, zusätzlich angestachelt wurde von zwei Wissenschaftlern, die ganz offensichtlich Genie nicht von Wahnsinn unterscheiden können? Die alles Mögliche aus deinem psukh machen, nur nicht, was du dir vorgestellt hast. Kannst du nicht einfach aufhören damit? Soll ich dich anflehen, damit du aufhörst?« Sie realisierte, dass sie ihm schon seit Minuten einen Vortrag hielt, und schwieg. Da sah sie ihren besten Freund nach so langer Zeit wieder und hatte nichts anderes zu tun, als ihm die Leviten zu lesen. »Ich mache mir einfach Sorgen um dich«, fügte sie schuldbewusst hinzu. »Und auch wenn es egoistisch ist, ich will meinen Freund zurück, den, den ich zum letzten Mal vor einer halben Ewigkeit in einer krautigen Wiese habe sitzen sehen, mit dem ich lachen und weinen und Kerbelsuppe löffeln konnte.« Und nachdem sie Luft geholt hatte, fragte sie: »Du bist doch noch mein Freund, Samat? Denn so sehr mir auch Koshomkul und Gagarin und all die anderen kirgisischen Traumgestalten ans Herz gewachsen sind, ich könnte wirklich gut einen gebrauchen – einen realen, einen von dieser Welt.«

»Aber ich bin real. Und wüsstest du nichts von psukh und meinem Selbstversuch und hättest mich erst in drei Wochen getroffen, wer weiß, ob dir der Unterschied überhaupt aufgefallen wäre«, konterte er.

»Das glaubst du doch selbst nicht. Was hätte psukh für einen Sinn, wenn man nach der Seelenverwandlung keinen Unterschied bemerken würde? Das universale Wissen, die außerkörperliche Erfahrung, das Gefühl von Allbeseeltheit, auf die man im Laufe des Prozesses und wohl auch danach

Zugriff hat – sie machen einen doch bestimmt unerreichbar, heben einen komplett von allen anderen ab. Wenn du erst einmal als neuer Mensch geschlüpft bist, haben wir uns vielleicht gar nichts mehr zu sagen, erreichen uns überhaupt nicht mehr, können uns gar nicht mehr fassen. Vielleicht wirst du dann für den Rest deines Lebens unendlich einsam sein. Denn ist Einsamkeit nicht letztendlich der Preis, den man für sein Anderssein zahlt, den es zu begleichen gilt, wenn die eigene Seele vollkommen, überirdisch, erleuchtet daherkommt?«

»Aber ich bin doch schon fast fertig. Die psukh-Transformation ist so gut wie abgeschlossen. Wäre es denn so schlimm, wenn ich schlüpfte?«

»Sei jetzt nicht egoistisch«, dachte Sezim leise, um wenig später laut zu sagen: »Nein, natürlich nicht. Ich hatte nur den Eindruck, dass du selbst deine Zweifel hast oder zumindest hattest. *Du musst zu mir kommen, mein Dillemädchen, und mich suchen, … wenn du mich nicht findest, findet mich keiner.* So etwas in der Art hast du mir doch in deinem letzten Brief geschrieben? *Ich brauche dich, dringender denn je – dein Wissen, deine Erfahrung, deine Freundschaft …* – dann habe ich das wohl missverstanden. Es tut mir leid, dass ich, was psukh betrifft, nicht deiner Meinung bin, dass ich mich nicht in der Lage sehe, deinen Weg (mit)einzuschlagen.«

»Natürlich bin ich mir nicht sicher, ob ich das Richtige tue, ob psukh Fluch oder Segen über die Menschheit bringt, aber es ist mein Lebenswerk, mein Vermächtnis, alles, was mir in den vergangenen Jahren Hoffnung gegeben hat.«

»Ich weiß, Samat. Und es ist ja auch eine unglaubliche Erkenntnis- und Wesensoffenbarung, die du da ans Licht befördert hast. Eine geradezu sensationelle wissenschaftliche Entdeckung. Und doch ist die Welt noch nicht bereit. Was, wenn die SSZ in den falschen Händen landet? Oder anders gefragt: Ist sie das nicht schon? Ist dir klar, was Nikitin und Petschkin mit deiner Errungenschaft treiben? Wie sie die Schmetterlingsseelenzellen manipulieren, vermarkten und damit die Machtstrukturen ganzer Länder beeinflussen? Wie sie mit illegalen Methoden an DNA und Probanden kommen? Wie lange willst du noch wegsehen? Und noch etwas muss ich dich fragen: Hast du meine DNA verwendet? Ich bin in einem deiner neunzig Metamorphoseprotokolle darauf gestoßen, an Tag 70, um genau zu sein.«

Samats Puppenkörper veränderte sich. Er begann heftiger zu leuchten, ein schimmernder Film legte sich über seine Haut, eine starke, glutvolle Hitze strahlte von ihm ab.

»Ja, das habe ich«, flüsterte er kleinlaut.

»Aber warum? Warum hast du dir für deinen Selbstversuch erst eigens diesen speziellen Dill- und Kerbelfalter herangezüchtet – *Colias hyale sybillis* – und dann auch noch meine DNA verwendet? Widerspricht das nicht komplett deiner ursprünglichen Vorstellung von psukh, der originären und reinen Seelentransformation? Zeigt nicht genau dieses Verhalten, dass psukh keine Chance hat? Wenn nicht einmal du dich an deine Ideale hältst, dich von einer Melancholie, einem Gefühl, einem tiefen Wunsch oder was auch immer leiten lässt. Vielleicht will am Ende dann überhaupt keiner mehr nur er selbst sein, sondern immer (auch) jemand anderes oder alles auf einmal.«

»Ich war mir einfach nicht sicher, ob du kommen würdest. Und irgendwie habe ich insgeheim wohl schon damit gerechnet, dass du bei der Sache nicht mitmachen würdest. Ich wollte dich bei mir haben, in mir, um mich. Ich wollte dir einfach nahe sein.«

»Aber du hättest doch einfach zu mir kommen können.«

»Das sagst du jetzt so leicht. Ich wollte, dass alles wie früher wird, sie noch mal erleben – die Zeit des Dillemädchens und Kerbeljungens. Und hinzu kommt, dass ich in der Ei- und Raupenphase die Erkenntnis gewonnen, die Theorie aufgestellt habe, dass psukh noch effektiver funktioniert, wenn die SSZ mit einer Essenz aus (Seelen)Freundschaft, Urvertrauen und Liebe angereichert wird. Ich meine, sind das nicht die einzigen Dinge, die am Ende Bedeutung haben, die bleiben und verbinden, die stärksten Bande zwischen den Menschen, die ultimativen Leistungen der Menschheit? Das Gefühl, wenn sich zwei, so wie wir damals, richtig anschauen, bis ins Herz hinein, wenn zwei verlorene Seelen sich finden und wiederfinden, darum geht es doch. Ich wollte nichts sehnlicher, als dass das Dill-und-Kerbel-Rezept nach sechsundzwanzig Jahren doch noch aufgeht.«

Sie schwiegen eine Weile, dachten nach – über das Gesagte genau wie über das Noch-zu-Sagende.

»Stört es dich, wenn ich eine Zigarette rauche?«, fragte Sezim, rückte einen der Stühle, die sie an der Höhlenwand ausmachte, näher an Samat heran und lehnte sich an seinen Puppenkörper. Sie wussten beide, dass das Gespräch noch nicht zu Ende war. Langsam stiegen ihre Rauchkringel zwischen seinen Atemblitzen in die Luft.

»Aber was ist mit all der Weisheit, zu der ich plötzlich Zugang habe? Das Wissen wieder ganz zu sein. Die Sprache der Tiere zu verstehen. Die Allbeseeltheit zu begreifen. Den letzten Beweis zu kennen. Ich kann das alles doch nicht einfach aufgeben, wieder vergessen«, überlegte Samat weiter.

»Das kann dir doch keiner mehr nehmen.«

»Aber psukh könnte die Welt verändern.«

»Vielleicht soll sich die Welt gar nicht verändern.«

»Aber psukh kann uns zu besseren Menschen machen.«

»Braucht es nicht beides auf der Welt – das Gute und das Böse –, auch wenn im Moment vielleicht kein Gleichgewicht besteht? Schau dich an – auch du bist weder Luke Skywalker noch Darth Vader.«

»Aber wäre es nicht besser, Luke zu sein?«

»Dann sei doch einfach Luke. Wo wir schon bei Vater-und-Sohn-Geschichten sind: Beshkempir lässt dich grüßen. Er ist ein toller Junge. Weißt du, was er zum Abschied gesagt hat?« Sie wartet nicht auf seine Antwort. »Bring mir meinen Vater zurück. Das hat er gesagt.«

»Aber war dann nicht alles umsonst?«, sagte er.

»War es das? Du bist hier, ich bin hier.«

»Aber was, wenn ich meinen Sinnen gar nicht mehr trauen kann? Meine Realitäten haben sich bereits verschoben, ich weiß gar nicht zu sagen, in welcher ich mich in diesem Moment aufhalte. Schon seit Längerem bin ich nicht mehr ich, sondern viele, und wenn nicht viele, so doch einige. Was wenn alles keinen Sinn mehr ergibt, nicht mehr stimmt, auch das, was ich gerade in diesen Sekunden sage und denke und fühle?«

»Was fühlst du denn?«

»Dass du vielleicht recht hast.«

Wieder vermischte sich die Dunkelheit mit Stille. Sezims Blick wanderte langsam Zentimeter um Zentimeter an Samats Puppenpanzer empor, bis hinauf zum robusten Gespinstfaden, der sich schließlich in der Tiefe der Höhlen-kuppel verlor. Irgendwie wunderte sie sich plötzlich gar nicht mehr so sehr über seine Form, seine Verwandlung, seinen Zustand, unterm Strich war sie sogar mehr erleichtert, als dass sie an den bizarren Umständen verzweifelt wäre. Sie war einfach nur froh, dass sie es geschafft und ihn gefunden hatte und dass Samat wohlauf war. In gewisser Weise war es sogar normal, dass bei einem Aufeinandertreffen nach so vielen

Jahren die eigene Fantasie über eine Person nicht mit der Realität übereinstimmte, das Gegenüber anders aussah, als man es erwartete, anders dachte, als man es sich wünschte, anders fühlte, als man es sich vorgestellt hatte – obgleich natürlich auch nicht jeder gleich als Kafka-Käfer oder Samat-Schmetterling aufkreuzte. Und auch mit den Worten verhielt es sich nicht anders, wie Sezim befand. Alles, was man einst so dringend hatte wissen, verstehen und erfragen wollen, was man sich selbst vorgenommen hatte loszuwerden, war plötzlich nicht mehr so wichtig. Wann war schon alles gesagt? Wann war überhaupt jemals alles gesagt? Als sie so in Ruhe und wiedergewonnener Zweisamkeit nebeneinander in der dunklen Höhle saßen, war in Wahrheit alles egal. *Einfacher wurde die Welt vom Sehen und Wiedersehen.*

»Wo warst du nur in all den Jahren?«, seufzte Samat.

Sezim dachte nach: »Ich denke, genau wie du – auf Umwegen – unterwegs.«

»Und doch am anderen Ende des Ellipsenbogens«, fügte er hinzu.

»Ah, die Ellipse, der entscheidende, letzte Beweis«, lächelte sie.

»Du kennst ihn?«

»Den letzten Beweis?«, wiederholte Sezim. »Ich denke schon. Zumindest ansatzweise. Dein Manifest hat mich darauf gebracht, Tag 13, du erinnerst dich?« Sie suchte in ihrem Rucksack nach dem Zettel, auf dem Beshkempir die Morsemitschrift für sie übersetzt hatte, zündete das Feuerzeug an und las vor: »Ich weiß jetzt, *wie er geht, der letzte Beweis: Von oben fliegt die Erde einen elliptischen Kreis.*«

»Genau wie andere Ellipsen die Erde umkreisen und jeder Mensch eine Ellipse ist, mit zwei Brennpunkten unter einem Flüstergewölbe«, ergänzte Samat.

»Außer …«, setzte sie an, »außer?«, fragte er nach, »außer man hat das Glück, dass die Ellipsenbahnen und Brennpunkte zweier Menschen ähnliche Positionen einnehmen, sich mehr und mehr überlappen, bis sie schließlich eines Tages ganz zusammenfallen. Dann braucht man das alles nicht. Dann können die beiden nämlich ganz eng beieinander stehen und sich, was wichtig ist, direkt ins Ohr flüstern.«

»Ich liebe dich«, wisperte er.

»Ich liebe dich auch«, wisperte sie zurück.

»Und jetzt? Was machen wir jetzt?«

»Ich schätze, wir haben genau zwei Möglichkeiten. Entweder wir hören auf, uns gegenseitig zu retten, und lassen jeden sein eigenes Ziel verfolgen – was dich vielleicht der Erlösung näher bringt und mich – um einiges erlöster – wieder nach Hause.«

»Oder?«, fragte er.

»Oder wir unterbrechen deine Kafka-Werdung, wachen endlich aus diesem insektuösen Albtraum auf und verwandeln dich zurück.« Sezim hielt kurz inne, nachdem sie die Worte ausgesprochen hatte. Sie musste daran denken, dass ihr noch vor wenigen Monaten der (aus jetziger Perspektive geradezu lächerliche) Akt des Haarefärbens wie eine echte Verwandlung vorgekommen war. Dass sie für sehr lange Zeit nichts gefühlt hatte, schon gar nicht etwas wie Liebe. Und doch hatte sie sie ausgesprochen, die drei Worte, die alles veränderten, war sich plötzlich ganz sicher, dass sie stimmten und nicht einfach stress- oder situationsbedingt aus ihr herausgesprudelt waren.

»Aber ist es dafür nicht zu spät?«, fragte Samat.

»Es ist nie zu spät. Du musst es nur wollen. Wolf hat mit Elouise Chevallier gesprochen. Sie könnte den Eingriff rückgängig machen. Auch alles Weitere ließe sich organisieren, denke ich. Ich habe ein paar Vorkehrungen getroffen für den Fall, dass du Ja sagst, uns bleibt noch eine ganze Woche. Wir müssten dann nur noch die psukh-Unterlagen vernichten. Und ein paar rote Knöpfe drücken.«

Auch wenn es den Anschein haben mochte, es war bei Weitem nicht so, dass Sezim sich ihrer Sache sicher war. Vielleicht hatte Samat recht. Vielleicht sollte sie ihn einfach seinem Schicksal überlassen. Vielleicht musste er die psukh-Sache für sich zu Ende bringen. Vielleicht war ihr Ansinnen zu egoistisch. Ihr in Wahrheit nur vage ausgearbeiteter Last-Exit-Plan gar nicht haltbar. Und wer würde schon sein ganzes Lebenswerk aufgeben, all seine Träume hinschmeißen, seine komplette Gegenwart auf den Kopf stellen?

Auch Samat überlegte angestrengt hin und her, versuchte das Für und das Wider abzuwägen, die Hoffnung und die Enttäuschung, das Glück und das Unglück und zu einer Entscheidung zu gelangen. Aber vielleicht gab es gar keine Lösung für dieses Problem, keine Antwort auf diese Frage. Er konnte noch so lange darüber nachdenken, wer von ihnen beiden richtig lag und wer falsch, ob es gescheiter war, den Selbstversuch zur Vollendung zu bringen, oder ob er sich tatsächlich verrannt hatte und psukh, wie Sezim gesagt hatte, schlichtweg einfach zu groß war für diese Welt. Obwohl er auf die grenzenlose Urerfahrung des Universums Zugriff hatte, würde er nie wissen, was wäre oder sein würde, wenn. Am Ende gab es nur einen Grund – wie er nicht ohne Ironie feststellte, einen banalen, irdischen, menschlichen –, der einen alles auf eine Karte setzen ließ, mit der man dann gewinnen oder verlieren konnte, einen einzigen, warum man seinen vermeintlichen oder tatsächlichen Erkenntnisgewinn von einer Sekunde auf die andere über den Haufen warf, aus dem Bauch heraus aufgab, was einem eben noch wichtig war, mit einem Fingerschnipsen (oder Flügelschlag) hinter sich ließ, was man mühsam erschaffen hatte, und plötzlich absolut absurde Dinge in Betracht zog (in seinem Fall: etwas, was man sich hatte einpflanzen lassen, wieder auszupflanzen, in ihrem Fall: aus der Kühltruhe zu steigen und um die halbe Welt zu fliegen) – Liebe.

Es war weit nach Mitternacht, als sich Wolf mit einer Stirnlampe auf dem Kopf, einer Kanne warmer Chai unter dem Arm und dem restlichen Gepäck auf den Schultern zu ihnen in die Höhle gesellte, um bei Samat und Sezim nach dem Rechten zu sehen.

»Wie geht es jetzt weiter?«, fragte er gespannt.

»Alles auf Anfang«, antwortete Samat.

»Es gibt viel zu tun«, fügte Sezim hinzu.

Großes Erwachen.

Es war einmal vor gar nicht *langer Zeit in einer* gar nicht *weit entfernten Galaxis …* (frei nach *Star Wars*)

Mit der Operation, die in der Geschichte von psukh eine echte Premiere darstellte (noch nie hatte jemand versucht, die Seelentransformation wieder rückgängig zu machen), betraten Elouise Chevallier und ihr fünfköpfiges Ärzte- und Forscherteam im wahrsten Sinne des Wortes neues Terrain. Aufgrund der Komplexität und Unvorhersehbarkeit des Unterfangens hatten sie sich dafür entschieden, den hoch-komplexen Eingriff nicht im geheimen Sektor 5a, sondern in der geräumigeren und noch besser ausgestatteten Haupt-höhle Nummer 5 durchzuführen. Erstaunlicherweise war er ohne gröbere Komplikationen verlaufen, jetzt hieß es abwarten. Die berühmte Gentechnikerin war samt Gefolge in einer überfallartigen Nacht- und Nebelaktion in Bischkek eingesammelt und per Hubschrauber in die Höhle am Fuße des Pik Khan Tengri gebracht worden. Nicht ganz freiwillig wohlgemerkt, denn wie Chevallier mehrfach betont hatte, kam das Aufheben der SSZ- beziehungsweise DNA-Implan-tation so knapp vor dem Ziel einem absoluten Irrsinn gleich. »C'est fou! C'est abracadabrantesque!«, war sie denn auch nicht müde geworden, bei jeder Gelegenheit zu wiederholen – selbst dann noch, als sie bereits das *CRISPR/Cas*-Werkzeug in den Händen hielt.

»Das ist es in der Tat«, hatte Sezim nur geantwortet.

Noch in derselben Nacht, da Sezim Samat endlich leib-haftig gegenübergestanden war, hatten sie und Wolf Mor-segerät und Satellitentelefon zum Glühen gebracht, um ihren wackeligen, waghalsigen Last-Exit-Plan in die Tat umzusetzen. Tynschtyk und sein namenloser, stiller Investor hatten tatsächlich Wort gehalten und dafür gesorgt, dass der versprochene Hubschrauber mit Chevallier und Konsorten an Bord zwei Tage später bei ihnen eingetroffen war. Sogar die mobile Kampftruppe hatte Tynschtyk aufgetrieben. Glück musste der Mensch haben. Oder zumindest etwas, was zwei andere um jeden Preis haben wollten. Auch Medina und Elaine konnte sie erreichen und es hatte unheimlich gut getan, ihre vertrauten Stimmen zu hören. Als sie den beiden vier Tage später nach einer rasanten Autofahrt zum Issyk-kul und anschließendem Helikopter-Transport zur Merz-bacherwiese gegenübertrat, war die Wiedersehensfreude unbeschreiblich. Die Erleichterung stand ihnen förmlich in die Gesichter geschrieben – was freilich auch daran gelegen haben mochte, dass Medina während des Trips mehrfach vor lauter Aufregung und Hektik die Gangschaltung samt Konsole aus ihrem alten Saab herausgerissen hatte, sodass Elaine streckenweise durch das entstandene Bodenloch den blanken Asphalt sah – der anschließende Flug war ihnen im Vergleich zur zuvor erlittenen Todesangst geradezu beschaulich vorgekommen. Nachdem die drei aus der ersten Gesprächsflut aufgetaucht und einigermaßen befriedigt im Antwortenboot an der Oberfläche des Fragenmeers gelandet waren, hatte schnell festgestanden, dass ihr die Freundinnen, komme was wolle, zur Seite stehen würden – die Rettungs-aktion hatte ja gerade erst angefangen. Und eins war jedem der Beteiligten klar: Auch wenn die Sache definitiv ein paar Nummern zu groß anmutete, sie dabei nur zu leicht aus den Latschen kippen konnten, die für Riesen und Riesenschritte gefilzt zu sein schienen, so hieß es doch, sich der Kühnheit zu verschreiben. Sie waren zu weit gekommen, um jetzt klein beizugeben.

Zuallererst galt es, sämtliche psukh-Spuren zu vernichten – Dokumente, Protokolle, Krankenakten, Reagenzreihen und sonstiges Beweismaterial –, die in geheimen Aktenschränken und auf gesicherten Festplatten im ganzen Land verstreut waren: in der Klinik am Berg der Wunder, im Zoologischen Museum in Bischkek, in den verbliebenen vier Höhlen im Gebirge. Die Aufgabe schien perfekt für die furchteinflößende Truppe von Söldnern zu sein, die sich gemeinsam mit Wolf sofort daran machte, von einer Station zur nächsten zu fliegen, um die roten Knöpfe zu drücken und gegebenenfalls mit ein wenig zusätzlichem Sprengstoff nachzuhelfen. Die sich in Transformation befindlichen psukh-Wesen ließ man, wann immer es Zeit und Umstände erlaubten, frei (Zimperlichkeit war in diesem Fall leider nicht angebracht). Die Explosionen im Turkestan- und Terskej-Alatoo, im Talas-Gebiet und am Song-kul blieben weitgehend unbemerkt – wer außer einem aufgescheuchten Steinbock oder verirrten Wanderer sollte sich mitten im Hochgebirge auch von einem, obgleich höllenmäßigen, Krawumm beeindruckt zeigen. Als aber die unterirdischen Labortrakte des Zoologischen Museums und fast die halbe Klinik in der Hauptstadt in die Luft flogen, war der allgemeine Wirbel genau wie das Medieninteresse enorm. Es dauerte weniger als vierundzwanzig Stunden, bis Nikitin, Petschkin und ein paar ihrer Gefolgsmannen, die heimlich die Flucht ergriffen hatten, ebenfalls bis an die Zähne bewaffnet vor der Höhle Nummer 5 auftauchten, um sich a) zu verstecken, b) zu retten, was zu retten war, und c) Rache an den Verrätern zu nehmen. Dass die beiden Wissenschaftler dabei nicht von einem der aufgestellten Wachposten überwältigt wurden, sondern ausgerechnet in die zwei Tierfallen stolperten, die Elaine auf Sezims Geheiß hin aus ihrer Wohnung in der T. Abdumomunowa

uliza mitgebracht und eigenhändig, wohl aus einer spontanen Eingebung heraus *(unter Birken musst du wirken)*, unter
einer Gruppe ebensolcher in der Nähe der Höhle installiert
hatte, war natürlich ein besonders köstlicher (für die eine
Seite) oder auch demütigender (für die andere Seite) Witz
am Rande. Mit den Laboren und Höhlen hatten sich auch
die 3.000 DNA-Proben in Luft aufgelöst oder, besser gesagt,
in Schutt und Asche verwandelt, was Tynschtyk freilich erst
erfuhr, als es schon zu spät war. In Wahrheit hatte Sezim
nie vorgehabt, ihm die skurrile, in der Tat beeindruckende
Sammlung an Genmaterial auszuhändigen. Und was sollte
er im Nachhinein auch groß unternehmen? Was weg war,
war weg. Die Sache war nicht mehr zu ändern. Sie waren
jetzt quitt.

Im ganzen Land kamen nach und nach immer mehr
Überlebende in den unterschiedlichsten Stadien ihres
Schmetterlingsseelenprozesses zu Bewusstsein und aus
den Kellerruinen und Höhlenlöchern gekrochen. Das
Erwachen war groß – besonders in Bischkek –, wo plötz-
lich ganze Scharen untergetauchter Promis, verschwunde-
ner Politiker und zwangsbeglückter Testpersonen an allen
Ecken und Enden der Stadt auftauchten. Wladimir Putin
saß benommen in einem Kaffeehaus am Tschuj und trank
Wodka, Brangelina wankten zwischen den Ständen des Osch-
Basars herum und kauften Kirschen, Norbert Hofer und
Heinz-Christian Strache saßen händchenhaltend vor dem
verschlossenen Eingang des Österreichischen Konsulats und
weinten bitterlich. Niemand schien genau zu wissen, warum
er war, wo er war, und auch der kirgisische Präsident und
die Stadtregierung hatten alle Hände voll zu tun, einigermaßen professionell mit der Ausnahmesituation umzugehen.
Aber man konnte die ganze Sache auch positiv betrachten:

Endlich hatte es das kleine Land Kirgistan wieder einmal in die internationalen Schlagzeilen geschafft – und zwar, erfreulicherweise, nicht mit den üblichen negativen oder exotischen Meldungen zu Präsidentenstürzen, Pferdepenis-Wurstskandalen oder verlorengegangenen Verfassungsdokumenten, nein, »Neue Traumdestination für Hollywood« hieß es jetzt, »Brangelina in Bischkek gesichtet« oder »Geheimes Gipfeltreffen der globalen Politelite?«. Und in der Tat war in den ersten Augustwochen des Jahres 2015 die Dichte an bekannten Gesichtern so hoch wie sonst nur bei der Oscar-Verleihung, wichtigen EU-Gipfeln oder geschichtsträchtigen Staatsbesuchen. Die Ursachen dieses Phänomens, genau wie jene der Explosionen, wurden nie aufgeklärt, schon nach kurzer Zeit waren die Untersuchungen im Sand verlaufen. Was auch immer der Grund für das unerwartete, aber willkommene Wunder gewesen sein mochte, er schien keinen mehr wirklich zu interessieren. Auch das Wörtchen psukh sollte wieder in den Annalen der Geschichtsschreibung verschwinden, mitsamt seinen Theorien und Visionen zu einer Randnotiz in einschlägigen Büchern verkommen, die erneut jahrhundertelang in den Regalen vor sich hin verstaubten. Ein weiteres Mal würde dieses genial-wahnsinnige Wissen ungenützt bleiben, von der Bildfläche verschwinden, um vielleicht in einer fernen Zukunft aufs Neue aufzutauchen, in die Hände eines anderen zu geraten, der es wiederentdeckte und etwas anderes daraus zauberte, etwas Besseres vielleicht, vielleicht auch nicht.

Die Toten konnten ohnehin nichts mehr verraten. Und auch die Überlebenden hielten dicht und kehrten, nachdem der gröbste Schreck aus den Gliedern gewichen war, zu ihren normalen Tätigkeiten zurück: Petschkin kartografierte die kirgisische Pflanzenwelt im wiedererrichteten

Zoologischen Museum. Nikitin entwöhnte seine Drogenpatienten. Tynschtyk nannte sich, nachdem seine Familie (genau wie jene von Samat) aus dem Gefängnis entlassen worden war, wieder Talant und begleitete exzentrische Reisegruppen durchs Land. Sein stiller Investor hatte sich nach hitzigen Diskussionen, gegenseitiger Androhung von Gewalt und ausgestoßenen Verwünschungen am Ende mit der DNA-Pleite abgefunden, zumindest war ihm das Gold geblieben – nicht die schlechteste Währung für Vergebung. Beshkempir, der ernsthaft überlegt hatte in die lepidopterologischen Fußstapfen seines Vaters zu treten, ging mit seiner Mutter zurück nach Ak-Sai und wurde Jahre später zum ersten männlichen Frauenrechtler des Landes. Bernhard, Sezims zweitliebster Schmetterlingsexperte, war mit dem Rest der Truppe unbeschadet, aber einigermaßen enttäuscht nach Europa zurückgekehrt – die erhoffte Beute war ihm nicht ins Netz gegangen, doch trotz allem dachte er gerne an diesen kirgisischen Sommer zurück. Elaine, die in ihrer Funktion als spy-assistant (in jeglicher Hinsicht) ihre Unschuld verloren hatte, bekam von Sezim in einem feierlichen Akt deren Revolver überreicht (erstaunlicherweise war er bei all den Vorfällen kein einziges Mal zum Einsatz gekommen). Medina kehrte ins rup:rup zurück und hatte ihrem bewegten Leben definitiv eine weitere gute Geschichte hinzuzufügen: Sie adoptierte die beiden Schmetterlingszwillinge, die (vielleicht bedingt durch die Explosionen) wie durch ein Wunder fertigmutiert und zu zwei intelligenten Knaben geworden waren. Sie blieben gerne bei ihr (zurück zu ihren Eltern nach Deutschland wollten sie nicht) und so hatte Medina am Schluss doch noch den ersehnten Nachwuchs bekommen. Wolf verschanzte sich wieder in seinem einsamen Häuschen am Issyk-kul. Elouise

Chevallier hängte das *CRISPR/Cas*-Werkzeug an den Nagel und wurde Weltraumpilotin. Blieben schließlich noch Dillemädchen und Kerbeljunge.

Samat erwachte eines Morgens Mitte August im Höhlensektor 5a, dem einzigen Relikt, das, abgesehen von ihm selbst, noch von der psukh-Existenz zeugte. Er hatte die ganze Zeit über friedlich im Koma gelegen und von alldem nichts mitbekommen. Die Apparate fingen aufgeregt zu piepsen und zu blinken an. Als er die Augen aufschlug, sah er in das lächelnde Gesicht des Dillemädchens, das neben ihm an seinem Bett saß und seine Hand hielt.

»Willkommen zurück«, sagte es und strich ihm zärtlich über die Wange. Wie um sich der Realität zu vergewissern, kniff er seine Freundin in den Arm.

»Ist also doch noch einmal alles gut gegangen«, flüsterte er.

»Ein Happy End, wer hätte das gedacht?«, flüsterte sie zurück.

Der Rettungshubschrauber wartete bereits in der Nähe der Merzbacherwiese, als Samat blass und entkräftet auf Sezim gestützt aus der Höhle getorkelt kam. Er drückte auf den letzten der roten Knöpfe, und als die Explosion unter ihnen die Erde erbeben ließ, sank er vor Erschöpfung zusammen.

So kippte er *um und* sie *fing* ihn *auf.*
Sie umflügelte ihn *und* sie s*chauten hinauf*
Die Nacht war hell, sie sahen *tausend Sterne*
Verstanden es plötzlich, sogar aus der Ferne
Sie wussten *wie er geht, der letzte Beweis*
Von oben fliegt die Erde einen elliptischen Kreis.

Als alles vorbei war, war alles wie immer. Samat und Sezim waren mit dem Krankentransport nach Bischkek und in ihr

Apartment zurückgekehrt. Die Genesung schritt gut voran – noch im Krankenbett vervollständigte Samat den zwölften Band des einstigen Standardwerks Fauna und *Flora der Kirgisischen SSR*, das freilich längst einen neuen Titel trug. An einer einzigen Stelle erlaubte er sich eine Reminiszenz an sein psukh und fügte auf Seite 1005 den Tien-Shan-Flatterer *Colias hyale sybillis* hinzu, den es in Wirklichkeit gar nicht gab. Sezim hatte indes beschlossen, ihre Affenköpfe und den weißen Laborkittel für immer hinter sich zu lassen und endlich das zu tun, was sie schon immer wollte: Kunst studieren. Der Countdownanzeiger hatte aufgehört zu ticken. Der letzte Schmetterlingsrahmen an der Wand war leer geblieben.

Als alles vorbei war, war alles wie immer. In ihrer Wohnung regierte der Staub, aus dem angrenzenden Café rup:rup hörte man Medina mit den Tellern klappern, der Hahn spielte verrückt, auf den Straßen rauschte der Verkehr, Kinder lachten, Männer spuckten ihren Unflat auf den Gehsteig, pünktlich um halb acht bog wie jeden Morgen Präsident Atambajew unter Polizeischutz vom Manas in den Tschuj prospekt ein, bei Charms purzelten reihenweise die alten Frauen aus den Fenstern, der Kampf Gut gegen Böse nahm seinen Lauf, die Erde drehte sich weiter auf den Kepler'schen Sonnenbahnen, in den Gärten wucherten Dill und Kerbel, auf irgendeinem (französischen) Herd köchelte die Originalkerbelsuppe des Paul Bocuse (vielleicht sogar mit einer Prise Dill) und bestimmt las irgendwo auch einer Bishops *One Art* und versuchte mit dem Leben fertig zu werden.

Natürlich war es auch nicht auszuschließen, dass es sich bei der ganzen puskh-Sache um eine kirgisische Mär handelte, eine weitere Legende, einen fiebrigen Traum. Aber was änderte das schon? Gar oft entwickelten sich die

Dinge anders als geplant: Ein Abenteuer wurde zur Liebesgeschichte, eine wahre Begebenheit zur Utopie, eine Episode über Verlust und Trauer zum Märchen mit Happy End. *(Die Welt war ein Kreissaal.)* Ja, vielleicht war tatsächlich alles erfunden. Die Wichtigen, Schönen und Reichen saßen schließlich (wieder) an ihren Plätzen und man konnte sich darüber streiten, ob sie sich in irgendeiner Art und Weise verändert hatten. Nur wer ganz genau hinsah, erkannte vielleicht an dem einen oder der anderen verräterische Spuren – unfertig ausgereifte Fühler, den Hauch eines Flügelfortsatzes, eine kleine Narbe. Aber ganz ehrlich, wer störte sich heutzutage noch an so etwas? Selbst die (verhaltens)auffälligsten Geister, Mutanten und Illuminierten schafften es mit ihren seelenlosen Weisheiten und unausgereiften Fantasien mehr als einmal zum Idol, auf diverse Hitlisten oder gar den Präsidentenstuhl. Mir nichts, dir nichts ging das, schwuppdiwupp, als ob nicht das Geringste geschehen wäre. Und so war es ja auch. Zeit, nach Hause zu gehen.

Inhalt.

Danke.

Michael Stebegg (wie immer für recht ziemlich viel).

Senta Wagner (für das Lektorat).
Christoph Kopecky (für den Wink mit dem kirgisischen Zaunpfahl).
Gertraud Haas, Prof. Reingard Klingler, Gerda Lischka (für Zuspruch und Motivation).
Helene und Peter Binder-Krieglstein, Christina und Peter Aumayr-Hajek, Prior Rathan Nicholas Almeida (für die Schreibrefugien).

Der Kirgistan-Fraktion (für Fachwissen, Welcome und Support in diversen Lebenslagen):
Medea Janashia und pur:pur-Team, Arsen Imankulov, Andrey Ershov, Tolgonaj Bakybaeva, Talant Asemov, Aibek Abdrazakov, Dr. Jenishbek Nazaraliev, Natalie Subbotina, Gulnura Toleeva, Aida Sharsheeva, Elena Bayalinova, Kubat Karabotoev, Ishemkulov Bonivur, Aida Sadykova, Ilyas Estebesov, Jarkinai Satylganova, des Weiteren: Azida vom Kioskbüdchen, Kairat vom Issyk-kul, Beki, Farizad, Airiz und und und.

Den hiesigen Historikern und Expertinnen: Dr. Sven Tost, Dr. Moritz Florin, Prof. Dr. Kerstin Susanne Jobst, Inga Niemann/LCB, Bernhard May, Eser Ari-Akbaba, Miho Lee, Dr. Erna Schulter, Johannes Chrs. Vurglics.

Quellen.

Kapitel 16: *Kirgistan und die sowjetische Moderne*, Moritz Florin, V&R unipress, 2015.

Kapitel 18, 25, 28: *Sie mögen sich*, Shaban & Käptn Peng, 2012.

20125 Mü
€1,-